· The Living Reed ·

살아있는
갈대

살아있는 갈대

초판 1쇄 인쇄 2014년 4월 14일
2 판 5쇄 발행 2025년 5월 15일

지은이 | 펄 S. 벅
옮긴이 | 장왕록·장영희
펴낸곳 | 도서출판 길산
펴낸이 | 이현숙
표지일러스트 | 박용석 화백(중앙일보 만평)
주소 | 경기도 고양시 일산동구 호수로 662, 442호
TEL | 031. 973. 1513
FAX | 031. 978. 3571
E-mail | keelsan100@gmail.com
www.keelsan.com

ISBN 978-89-91291-34-8 03810

값 18,000원

The Living Reed
Copyright ⓒ 1963 by The Pearl S. Buck Family Trust
All rights reserved.
Korean translation copyright ⓒ 2020 by Keelsan Books
Korean translation rights arranged with Inkwell Management, LLC.
through EYA (Eric Yang Agency)

이 책의 한국어판 저작권은 EYA(Eric Yang Agency)를 통한
Inkwell Management, LLC.사와의 독점계약으로
'도서출판 길산'에 있습니다.
저작권법에 의하여 한국 내에서 보호를 받는 저작물이므로
무단전재와 복제를 금합니다.

잘못 만들어진 책은 구입처나 본사에서 교환해 드립니다.

살아있는 갈대

펄 S. 벅 지음
장왕록 · 장영희 옮김

길산

한국은 고상한 사람들이 사는 보석 같은 나라이다.

- *펄 S.벅* -

:: 책머리에

펄 S. 벅

　독자 여러분은 아마 이 소설의 어디까지가 사실이고, 어디까지가 허구인지 궁금할 것이다. 이 소설의 중심인물인 한국인 가족은 작가의 창조 과정을 거친 사실적 소재에 기초를 두고 있다. 역사적 소재들은 독립군 재판과 일제의 기독교회 방화 사건을 비롯한 여러 사건, 그리고 유감스럽게도 제 2차 세계대전 직후 미군이 인천에 상륙하던 날 일어난 일들까지 모두 사실이다.
　미국과 한국을 포함하여 모든 외교상의 인물은 사실 그대로 제시하였다. 정치적 사건들 역시 역사에서 발췌한 것이다. 윌슨 대통령에 대한 인물 묘사는 기록으로 증명된 사실에 기초를 두고 있으며, 소설에서 하는 말은 모두 그가 실제로 했던 말이다. 그의 말이 아시아인들의 상상력을 사로잡게 된 경위도 모두 사실이며, 한국의 대표가 약소국들의 사절처럼 파리에서 그를 찾아가 만났던 것 역시 실제로 있었던 일이다.
　그러나 내가 한국을 방문했을 때 알게 된 사실과 중국에서 살 때 보았던 것에 기초하고 상상력을 발휘하여 등장인물들을 구상했다. 나는 이 소설에서 한국인들을 묘사할 때마다 항상 그들에게 진실 되려고 노력하였다.

차 례

· 책머리에　　　　　　　　　　　　　　5

· 제 1부　왕조의 몰락　　　　　　　　9
· 제 2부　살아있는 갈대의 투쟁　　　291
· 제 3부　끝나지 않은 갈등　　　　　457

· 저자의 말 – 펄 S.벅　　　　　　　624
· 옮긴이의 말 – 장영희　　　　　　　628

제1부

왕조의 몰락

1

 단기 4214년, 서기로는 1881년이었다. 수도 한양의 어느 봄날, 이제 막 태어날 아기를 위해서는 더없이 좋은 계절이요, 화창한 날씨였다.
 김일한은 서재에 앉아 둘째 애가 태어났다는 전갈을 기다리고 있었다. 일한의 본관은 안동安東이었다. 그가 지금 앉아 있는 방은 온돌방으로서 이 집에서 제일 크고 안락했다. 남향집이어서 담 위로 솟아오른 햇살이 종이 창문을 통해 은은히 비쳐들었다. 그는 낮은 책상 옆에 공단 방석을 깔고 앉아 책상에 펴놓은 책에 정신을 집중해 보려고 애썼다. 아내가 친정 자매와 산파 그리고 몸종들과 함께 안방으로 들어간 지도 벌써 세 시간이 지났다. 같이 들어간 여인들이 번갈아 세 번이나 나와 모든 게 순조롭다고 하며, 아직 애를 낳으려면 멀었으니 제발 뭐 좀 들라고 하더라는 아내의 말을 전해 주었다. 그럴 때마다 그는 캐물었다.

"멀었다고? 그래, 얼마나 더?"

하지만 여인들은 고개를 가로젓고 보일 듯 말 듯한 웃음을 띠며 조용히 물러갈 뿐이었다.

'조선 여인들의 전형적인 태도로군. 표정은 비단결처럼 부드러우나 속은 바위처럼 고집이 센 여인들….'

그는 여성에 대해 조금은 무시하는 태도로 생각했다. 아름답고 사랑스러운 아내, 순희만 빼고는 다 마찬가지지! 그는 아내를 그토록 사랑하는 것을 누구에게도, 심지어 아내에게도 내색하는 것이 부끄러웠다. 결혼하기 전에는 얼굴도 못 본 사이였지만 다행히 중매쟁이들이 거짓말을 하지 않았고, 점쟁이들도 사주四柱를 제대로 보아 주었던 것이다. 순희는 새댁으로서의 온갖 일을 빈틈없이 해냈다. 그녀는 결혼식 날 친척과 친구들이 끈덕지게 놀려대도 절대 웃지 않았다. 새색시가 혼인날 웃으면 딸만 낳는다는 말이 있기 때문이었다. 순희는 올해 세 살 나는 첫아들이 있는데, 점쟁이 말대로라면 오늘 또 아들을 낳을 것이다. 일한 일가一家는 나라가 어지러운 이때에도 아늑한 보금자리를 이루고 있었다. 하긴 나라가 어지럽지 않았던 때가 과연 얼마나 있었던가? 조선은 지난 4천 년의 긴 세월 동안 거의 백 년도 평화를 누릴 수 없었다. 공물貢物을 요구하는 오만한 중국, 해안 지대를 욕심내는 광대한 러시아, 제국의 야망을 품은 일본 등, 주변의 탐욕스러운 눈초리 앞에 황금의 과일처럼 매달려 있는, 비록 작지만 귀중한 이 반도는 한시도 편안할 날이 없었던 것이다.

일한은 집과 가족에 대한 생각에서 잠시 떠나, 한숨을 쉬며 일어나서 방안을 서성거렸다. 비록 글을 읽는 선비였으나 책에 정신을 집중할 수가 없었다. 그는 선비는 선비이되, 아버지처럼 경서經書만

파고드는 선비가 아니라 모든 분야를 섭렵하는 선비였다. 그가 지금 읽고 있는 책은 새 책으로, 서양 국가들의 역사에 관한 것이었다. 만약 아버지가 안동 김씨 집안의 외아들인 일한이 그런 공부를 하고 있다는 것을 알면 언짢아하실 것이다. 그도 그럴 것이, 아버지는 옛 왕조의 화려한 꿈을 안고 공자의 가르침 속에서 산 분이기 때문이다. 그러나 일한은 자기 시대의 모든 젊은이들과 마찬가지로 고루한 철학이나 종교를 참을 수가 없었다. 중국에서 들어온 공자의 가르침은 바다와 산으로 이미 고립된 나라를 더욱 고립시켰고, 불교는 이 나라 백성의 마음을 천당과 지옥, 신과 악마 등 허황된 말로 현혹하여 쓰라린 현실로부터 눈을 돌리게 했다.

그는 서재 마루로 나와 초조하게 서성거렸다. 일한은 여느 조선 사람과 마찬가지로 흰옷을 입었으며, 키가 크고 호리호리했다. 그는 생각에 잠기면서 혹시 새로 태어난 어린애 울음소리라도 들리지 않나 하고 귀를 기울였다. 그러자 너무 늦어진다는 생각에 초조해졌고, 몸이 확 달아오르는 것을 느꼈다. 그는 다시 미닫이문을 열고 방으로 들어갔다. 봄의 해맑은 아침 햇살이 창문 너머로 책상 위에 비쳐들고 있었다. 단단한 티크로 된 이 책상은 할아버지의 것이었다. 버마에서 사들인 목재에 할아버지가 손수 설계하신 대로 만들어 놋쇠 장식을 한 것이었다. 할아버지가 돌아가시자 아버지는 말씀하셨다.

"이건 네가 써라. 고명하신 정승政丞의 뜻과 글이 네게 영감을 불어넣어 줄 것이야!"

그의 할아버지는 정말 고명하였다. 아직도 명맥을 유지하고 있는 조선朝鮮의 영의정을 지내셨고, 역대 임금들로부터 쇄국주의와 자부심, 독립 정신을 배우신 분이었다.

"현재 우리나라는 노서아, 중국, 일본의 세 강대국에 둘러싸여 있으므로 우리를 이들의 탐욕으로부터 지키는 길은 세상에서 물러나 있는 것뿐이옵니다. 우린 은둔국隱遁國이 돼야 하옵니다."

할아버지는 벌써 50년 전에 상감께 이렇게 아뢰었던 것이다. 아버지는 가끔 할아버지의 이 말씀을 인용하곤 했는데, 일한은 속으로 은근히 무시했다. 선조들의 어리석음이라니! 그는 대원군을 몰아내려는 첫 음모에 가담했었다는 사실을 아버지에게도 감추고 있었다. 일한은 당시 소년에 지나지 않았지만, 음모를 꾀하는 지도자들과 젊은 왕비 사이를 오가는 쓸 만한 전령이었다. 섭정인 대원군은 그의 아들 고종을 너무 어린 나이에 민씨 문중의 한 규수와 결혼시켰는데. 그녀는 임금보다 나이가 많았다. 대원군은 후일 이 일에 대해 후회막급이었다. 그 아름답고 품위 있는 소녀가 그처럼 강인하고 영악하게 섭정을 제거하려는 음모를 꾸미리라고 어찌 상상이나 했겠는가?

일한이 그녀를 처음 본 것은 한밤중 호롱불 밑에서였다. 그때 중전은 음모자들과 밀담을 하고 있었고, 그는 이튿날 어린 임금과 장기를 두러 갈 때 전해 드려야 할 물건을 받기 위해 문 옆에서 기다리고 있었다. 그때부터 이미 그는 중전이야말로 이 나라를 다스려야 할 분이고, 그의 온순하고 다정한 놀이 친구인 임금은 오만한 섭정 대원군과 중전 사이에서 완충 역할을 할 수밖에 없으리라는 것을 알고 있었다.

그러나 일한은 그의 부친께 아무 말도 하지 않았다. 곱게 나이 든 선비로서, 자기의 시골집과 정원에서 꿈꾸듯 살아가는 아버지가 무엇을 할 수 있단 말인가? 청나라를 좋아하는 젊은 중전 편에 가담했다가는 대원군을 섬겼던 할아버지의 마음에 상처를 주게 될까 봐 부친은 궁궐의 알력에서 일찌감치 발을 뺐던 터였다. 얼마나 사실인지는 모르나 사람들은 중전에게 중국인의 피가 섞여 있고, 그녀의 가장 강력한 배후는 북경北京에서 권력을 장악하고 있는 자희慈禧, 바로 서태후西太后라고들 했다. 중전은 자신이 즐겨 입는 비단과 금수단錦繡緞을 북경에서 사들이도록 고집했고, 일부는 그녀의 사치를 비난했지만, 일한은 중전이 하는 일에 대하여는 추호도 비난할 생각이 없었다. 이제 둘째 아이가 태어난다는 기쁨에 젖은 그는 앞으로 왕위를 계승하게 될, 중전의 유일한 왕자를 생각하였다. 그는 태어날 때부터 정신이 허약했다. 중전은 오만하고 아름답고 총명하였지만, 그 마음 한가운데에 공허감이 자리 잡고 있다는 것을 그는 알고 있었다.

일한은 항상 나랏일을 골똘히 생각했는데, 지금 이 순간은 막 태어날 아이의 울음소리를 듣는 데 신경을 쓰고 있었다. 그는 잠시 멈춰 서서 발걸음 소리가 들리는지 귀를 기울였다. 아무 소리도 들리지 않자 그는 책상으로 돌아가서 붓을 들고 며칠 전에 시작한 건의서 집필을 계속했다. 만약 국왕께 올릴 문서였다면 예를 갖추어 한문으로 써야 할 터였다. 그러나 왕비가 은밀하게 검토할 예정일 뿐, 국왕께 올리는 글이 아닌 만큼 그는 한글로 써내려갔다.

'마마, 뿐만 아니오라 영국이 우리나라 해안과 너무도 가까운 거문도에 함대를 보낸 것이 마음에 걸리나이다. 그들은 청나라 군대가 한성에서 철수하기를 바라고 있는 것 같사오나 소인은 이에 찬동할 수 없나이다. 일본이 위급한 사태에 비해 조선에 군대를 파견하겠다고 주장하고 있기 때문이옵니다. 우리나라에 어떤 위급 사태가 일어난다 한들 일본 군대가 필요할 리 있겠사옵니까? 이것이야말로 대륙으로 진출하여 제국을 건설하려는 일본의 뿌리 깊고 끈질긴 야심 때문이 아니고 무엇이겠사옵니까? 일본이 조선을 발판 삼아 중국, 그리고 나머지 아시아까지 집어삼키려는 기도를 묵과해서

되겠사옵니까?'

방문이 열리는 소리에 일한은 고개를 들고 울먹거리는 아들의 목소리를 들었다.

"나, 아버지한테 안 갈 거야!"

그는 일어나서 문을 홱 열었다. 어린 아들의 독선생獨先生이 문 앞에 서 있고, 아들은 그 젊은이의 목에 매달려 있었다.

"용서하십시오, 대감."

선생이 말하며 아이 쪽으로 돌아섰다.

"무슨 짓을 했는지 아버님께 말씀드려요."

그는 어린아이를 내려놓으려 했으나 아이는 작은 원숭이처럼 고집스럽게 그의 목에 매달렸다. 일한은 아이를 억지로 떼어서 세워놓고는 꾸짖었다.

"똑바로 서 있거라. 고개를 들거라."

아이는 시키는 대로 했다. 검은 눈엔 눈물이 가득했다. 그래도 아버지의 얼굴을 버릇없이 똑바로 쳐다보지는 않았다.

"자, 말해 봐라."

일한이 명령했다. 아이는 애써 흐느낌을 억제하면서 애처로운 침묵으로 그의 아버지를 바라볼 뿐이었다.

"대감, 제가 먼저 말씀드려야겠습니다."

마침내 선생이 입을 열었다.

"대감께선 아드님을 저에게 맡겨 주셨습니다. 도련님이 잘못을 저지른다면 그건 제가 잘못 가르친 탓입니다. 오늘 아침 도련님은 공부방에 들어오질 않았습니다. 근래에 와서 말을 잘 듣지 않습니다. 제가 학습하도록 내 준 시구詩句를 외우려 하지 않는 겁니다. 공부방에 없는 것을 보고 제가 도련님을 찾아뵀더니 대나무밭에서 죽순을 짓밟고 있었습니다!"

아이는 여전히 아무 말 없이 울음으로 일그러진 얼굴을 하고 아버지를 올려다보았다.

"정말 그랬느냐?"

일한이 물었다. 아이는 고개를 끄덕였다.

일한은 이 애처로운 작은 얼굴을 대하자 마음이 누그러졌지만 생각을 다잡았다.

"어찌하여 어린 죽순을 짓밟았는고?"

그의 음성은 자기도 모르게 부드러워졌다. 아이는 머리를 좌우로 흔들었다.

일한은 선생에게 고개를 돌렸다.

"아이를 내게 데려온 것은 잘한 일이네. 자, 이제 물러가게. 이 애는 내게 맡기고."

순해 보이는 젊은이는 근심 어린 표정으로 망설였다.

일한은 미소를 지었다.

"걱정 말게. 아들을 때리진 않겠네."

"송구스럽습니다. 대감."

젊은이는 절을 하고 방을 나갔다. 일한은 아무 말 없이 아들의 손을 잡고 뜰로 나가 남쪽 담장 옆에 있는 대나무밭으로 갔다. 어떤 일이 벌어졌는지 한눈에 드러났다. 연두색 껍질에 싸인 상아같이 흰 죽순이 땅 위로 솟아 꽤 자라 있었다. 그런데 수백 개의 죽순 중에 몇 십 개는 부러져 이끼 돋은 흙 위에 팽개쳐져 있었다. 아들의 작고 따뜻한 손을 꼭 쥔 채 일한은 그 자리에 멈춰 섰다.

"이게 네가 한 짓이냐?"

아이가 고개를 끄덕였다.

"왜 이런 짓을 했지?"

아이는 머리를 저었다. 그의 크고 검은 눈에는 금세 다시 눈물이 고였다. 일한은 자기로 만든 중국식 의자로 아이를 데리고 가서 무릎 위에 앉혔다. 그는 아이의 이마에 내려온 머리를 뒤로 쓸어 넘겨주었다. 뿌듯한 마음이 가슴에 밀려왔다. 아이는 몸이 곧고 날씬하며, 나이에 비해 키가 컸다. 또 하얀 살결에 갈색 눈, 그리고 조선인 특유의 갈색 머리를 하고 있었다. 그것은 색깔이 짙은 일본인의 머리와는 달랐는데, 조선이 침략자들을 받아들여서는 안 된다는 산 경고이기도 했다.

"얘야, 아버지는 네가 왜 그랬는지 안단다."

일한은 부드럽게 말을 꺼냈다.

"너는 무언가에 화가 났던 것이다. 내가 가르쳐 준 것을 너는 잊어버렸지. 훌륭한 사람은 자기의 노기를 밖에 드러내지 않는다는 것을. 넌 화가 났고, 네가 화났다는 것을 감히 선생에게 말할 수가 없어서 혼자 아무도 보지 않는 이곳에 왔던 것이겠지. 그리고는 아무 힘없는 저 어린 죽순을 짓밟았던 거지. 그게 네가 한 짓이냐?"

아이의 눈에서 눈물이 흘러내렸다. 그는 흐느끼고 있었다. 아버지는 계속 부드럽게 말했다.

"그래도 너는 대나무 순이 소중하다는 것은 알고 있었을 거다. 왜 그것이 소중하지?"

"우리…우리가 그걸 즐겨 먹으니까요."

아이가 기어들어 가는 소리로 대답했다.

아버지가 심각하게 말을 이었다.

"그렇다. 우리는 그것을 먹기 좋아하고, 또 봄에만 먹을 수 있지. 그러나 더 중요한 것은 그 뿌리에서 싹이 단 한 번밖에 나지 않는다는 것이다. 이들 죽순이 자라나 여름 바람에 그 우아한 잎을 흩날리는 대나무가 될 수 있었는데, 이제는 그럴 수 없게 됐다. 봄에 그 싹은 흙을 헤치고 나와 재빠르게 자라나서는 일 년 내에 성장을 마친다. 너는 음식을 못 먹게 만들고 또 생명을 짓밟았다. 대나무는 비록 속이 비었지만, 생명이 있는 것이다. 이제 그 뿌리는 네가 짓밟은 것들을 대신하여 다른 싹을 내야 한다. 무슨 말인지 알겠느냐?"

아이가 고개를 젓자 일한은 한숨을 쉬며 말했다.

"글자를 익히거나 시구詩句를 공부하는 것만으론 부족하다. 그 속에 있는 의미를 배워야 한다. 서재로 가자."

일한은 아들을 무릎에서 내려놓고 아무 말 않고 다시 서재로 데려갔다. 그는 책장에서 노란 공단을 씌운 기다란 상자를 집어들었다.

그는 은제銀製 고리를 따고 상자에서 두루마리를 꺼내 책상 위에 펼쳐 놓았다.

"이것은 우리나라 지도다. 다른 세 나라 사이에 끼어 있는 것을 잘 살펴보아라. 여기 북쪽이 노서아, 서쪽에 있는 이 나라가 청나라, 그리고 여기 동쪽에 일본이 있다. 우리나라가 이들 나라보다 작으냐, 크냐?"

아이는 지도를 들여다보았다. 그리고는 잠시 후 대답했다.

"우린 아주 작아요."

아버지가 말을 받았다.

"조선은 작은 나라다. 그리고 우리는 언제나 위험에 처해 있다. 따라서 우린 용감해야 하고, 또 긍지를 가져야 한다. 우린 자유를 지켜야 하고 다른 나라들이 마음대로 우리를 집어삼키도록 해서는 안 된다. 그들은 수도 없이 우리나라를 침략했지만 우리는 그때마다 침략자들을 몰아냈다. 우리가 그렇게 할 수 있었던 이유가 뭐라고 생각하느냐?"

아이는 머리를 저었다.

일한이 말했다.

"내가 얘기해 주마. 우리나라가 침략을 당할 때마다 용감한 분들이 우리의 지도자로서 자신을 바쳤기 때문이다. 그분들은 우리처럼 지체 있는 양반 출신이거나 평민 출신이었다. 그분들의 출신이 어떻든 그건 문제가 안 되지. 언제나 필요할 때면 그분들이 나타나 우리를 이끌었다는 것이 중요하다. 네가 밟아 버린 죽순 대신 새순이 돋아나듯 말이다. 그분들은 앞으로도 땅 밑에 감추어진 뿌리에서 솟아날 것이야."

아이는 영리해 보이는 눈으로 그를 쳐다보며, 아버지가 말씀하시는 것을 이해하려고 귀를 기울였다. 그 애가 제대로 이해하였는지 일한은 알지 못했다. 바로 그 순간에 갓 태어난 아기의 울음소리를 들었기 때문이다.

문이 열리며 늙은 산파가 들어왔다. 그녀는 얼굴에 온통 주름을 잡으며 환하게 웃었다.

"나으리, 둘째 아드님을 보셨사와요."

그의 가슴에 기쁨이 용솟음쳤다.

"이 애를 선생에게 데려다 주게."

일한은 아이를 산파에게 맡기고는 아들이 뒤에서 부르는 것도 아랑곳하지 않고 달려나갔다.

안방에선 몸종들과 산모를 도우러 모여든 부녀자들, 그리고 누구보다도 아내인 순희가 기다리고 있었다. 그녀는 따뜻한 온돌에 편 요 위에 누워 있었고, 부녀자들이 여러모로 보살펴 주고 있었다. 그들은 아내의 머리를 빗질하며 산고産苦로 땀에 젖은 얼굴과 손을 닦아 주고 꽃무늬 비단 이불을 덮어 주었다. 일한이 머리맡에 서자 아내는 상냥한 미소를 지었다. 아내에 대한 애정이 그의 가슴에 솟구쳤다. 그녀의 계란형 얼굴은 온순하다기보다는 자존심 강한 고전

미를 풍기고 있었다. 그러나 일한은 아내의 마음 속 깊이 숨겨져 있는 애정을 잘 알고 있었다. 그녀의 피부는 우유 빛깔이었지만 지금은 핏기가 없었다. 갈색 눈은 피로와 만족감으로 나른해져 있고, 곱게 빗은 길고 부드러운 머리는 납작한 베개를 덮고 있었다.

"당신에게 감사하러 왔소."

그가 말했다.

"제 소임을 다 했을 뿐인데요."

그녀가 대답했다. 말은 의례적이었지만 그녀는 눈을 통하여 자신의 속마음을 전할 수 있었다.

"하지만 전 당신의 아들을 낳는 것이 기뻐요. 이것을 어찌 소임이라고만 할 수 있겠어요?"

그녀는 약간 고집 센 기미를 띠며 덧붙였다. 일한은 웃었다.

"기쁨이건 소임이건, 계속 낳아 주기만 하구려."

단둘이 있었더라면 그는 아내 옆에 무릎을 꿇고 두 손을 따뜻이 어루만져 주었을 것이다. 그러나 일한은 머리만 수그려 보이고는 돌아섰다. 그는 문 앞에 잠깐 멈춰 서서 여인들에게 당부했다.

"법석을 떨어 마님이 주무시는데 방해되지 않도록 조심하게. 그리고 인삼을 넣고 푹 끓인 닭죽을 잊지 말고 드리게."

여인네들이 조용히 허리 굽혀 인사하자 그는 서재로 돌아왔다. 그는 곧 둘째 아들을 안아 보게 되리라는 것을 알고 있었다. 그는 커다란 책상 앞에 무릎을 꿇고 앉았다가 다시 일어났다. 책을 읽거나 뭘 쓰기엔 아직도 마음이 안정되지 않았던 것이다. 그는 열려있는 문으로 들어오는 네모난 햇빛을 밟으며 마루를 왔다갔다 했다. 그는 얼굴을 햇빛 쪽으로 돌렸다. 따사로이 쏟아지는 그 온기가 좋았다. 그가 입고 있는 흰색 두루마기는 더욱 희게 빛나고, 몸을 감싸는 가볍고 청결한 느낌이 산뜻했다.

그는 까다로울 정도로 깔끔한 성미였다. 순희는 매일 아침 그가 발목에 대님을 맨 헐렁한 바지와, 가슴 쪽의 옷자락이 왼쪽에서 오른쪽으로 겹쳐지는 긴 두루마기 등속의 정결하고 흰옷을 입을 수 있도록 챙겨 주었다. 그의 선조는 태양 숭배자들이었고, 일한은 그들로부터 빛을 사랑하는 마음을 물려받았다. 흰색은 밝음과 삶을 상징하는 신성한 색깔이었다. 물론 흰색은 또한 죽음의 색깔이기도 했다. 수난이 끊이지 않는 이 나라에서는 죽음과 삶이 너무나 가까이 얽혀 있어 뗄레야 뗄 수 없는 관계에 있었다. 이것 또한 그가 물려받은, 그리고 이제 아들들에게 물려줄 유산이었다.

  그는 잠깐 생각에 잠기더니 마루에 비치는 햇빛을 내려다보았다. 그는 큰아들에게 왜 대나무밭으로 달려가 부드러운 죽순을 끊을 정도로 화가 났던가를 물어보지 않았던 것이 생각났다. 아들이 화를 낸 까닭을 아는 것은 중요한 일이었다. 그는 손뼉을 쳐 하인을 방으로 부르고는 방석 위에 자리를 잡고 앉았다. 그는 별일 아니라는 듯이 하인에게 말했다.

  "독선생을 여기 오도록 하고 자네가 잠시 도련님을 봐 주게. 그 애가 대나무밭에 들어가지 못하게 하고."

  그는 아들이 왜 거기 들어가선 안 되는지를 설명하지 않았다. 많은 하인을 거느리는 집에서는 굳이 말을 안 해도 모든 것을 다 알고 있게 마련이다. 하인은 절을 하고 뒷걸음으로 방을 나가서 조용히 문을 닫았다. 일한은 선생을 기다리는 동안 두터운 한지에다 글을 쓰려고 벼루에 먹을 갈았다. 그는 붓에 먹물을 묻히고는 붓끝이 가지런해지도록 솜씨 좋게 다듬었다. 그리고 나서 붓대를 쥐고 종이 위에 글 쓸 자세를 취했다. 그의 머릿속에는 둘째 아들의 출생을 알리는 사행시四行詩가 떠올랐다. 그러나 어떤 문자로 쓸 것인가?

  그 시를 볼 사람이 부친이라면 반드시 한문으로 써야 할 것이다.

"진정한 선비는 언문을 씀으로써 위신을 떨어뜨려서는 안 되느니라."

부친은 이른바 '새로운 표기법'을 볼 때마다 이렇게 강조했던 것이다.

사실, 사람들은 자기들이 양반 교육을 받았다고 과시하기 위하여 한문을 쓰기 좋아했다. 세종대왕 자신은 한학漢學에 능통한 분이었지만 또한 '글을 쓰는 것이 현명한 무엇을 소비해야 할 정도로 어렵다면 임금에게 어떻게 글을 쓸 수 있겠는가' 하고 탄식했다. 그 자신과 백성 사이의 의사소통을 위해 세종은 많은 학자의 도움을 받아 복잡한 중국 문자와 달리 아주 간단한 문자를 창제했다.

세종의 일생을 기록한 책이 지금 일한의 책상 위에 펼쳐져 있었다. 근래에 와서 일한은 이 고매한 임금에 대하여 깊이 생각하고 있었던 것이다. 아! 세종처럼 위대한 통치자가 나타나 만인지상의 자리에서 있으면서도 저 백성들을, 식량을 생산하기 위해 땅을 일구는 사람들, 다른 이가 살 집을 지어 주는 사람들, 평생 종살이만 하다가 죽는 천한 사람들을 생각할 수 있다면! 일한은 양반 가문에서 귀한 독자로 자라 그런 부류의 사람들에 대해 결코 생각하지 않았다. 백성들의 동요, 그 침묵하는 대중의 말없는 저항에 대해 처음으로 그에게 들려준 사람은, 아들을 가르치는 독선생의 부친, 즉 일한 자신의 선생이었다.

세종대왕이란 칭호는 당연한 것이었다. 어떤 지배자도 백성의 불만을 무시할 수 없다는 것을 알 만큼 그는 위대한 통치자였다. 불만은 분노로 발전하고, 분노가 넘치면 결국 폭발하고 마는 것이다. 아! 그런 인물은 지금 어디에 있는가? 지금의 젊은 왕이 과연 그렇게 훌륭한 임금이 될 수 있을까?

살며시 문이 열리고 아들의 선생이 티 없이 깨끗한 두루마기를 입고 들어와 절을 하였다.
"늦어서 송구스럽습니다. 목욕을 하던 참이었습니다."
그는 다시 허리를 굽히고 기다렸다.
"문을 닫고 이리 들어오게."
비록 세 살 차이밖에 안 됐지만 연령으로나 신분으로나 어른인 그는 일어서지 않았다. 그의 부친은 독선생이 너무 어리다고 마땅치 않아 했지만, 일한은 자신의 선생은 너무 늙었고, 그렇다고 해서 조상이 누구인지도 모르는 사람에게는 자기 아들을 맡기고 싶지 않다는 이유로 지금의 선생을 쓰기로 했던 것이다.
젊은이는 안으로 들어와 다시 기다렸다.
"앉게."
일한은 친절하게 말했다.
젊은이는 일한의 책상 맞은편 방석 위에 무릎 꿇어앉고는 공손하게 머리를 수그렸다. 그는 눈에 띄게 안절부절못했고 일한은 그것이 아이의 파괴적인 분노 때문에 책망을 들을 걱정을 하고 있기 때문이라고 생각했다. 그는 젊은이의 민감한 얼굴에 나타난 염려를 알아차리고 조용히 말하기 시작했다.
"내 아들에 관해서 의논하고 싶네."
"좋습니다, 대감."
젊은이는 낮은 소리로 대답했다.
"책망하려고 묻는 건 아니네. 단지 내 아들에 관해서 얘기를 들어야겠다는 것 뿐이네. 그 애는 늘 자네와 같이 있으니 그 애의 성품을 잘 알 거네. 내게 말해 주게. 왜 그 애는 자기 집에서 화를 내야만 하는가?"
젊은이는 책상 언저리에서 눈을 들었다.
"도련님에게는 노기의 발작이 있습니다. 무엇이 원인인지는 모르지만 바다의 폭풍처럼 갑자기 나타납니다. 평소에는 얌전히 앉아 있다가도 느닷없이 책을 바닥에 내동댕이치고 저를 밀어젖힙니다."

"그 애가 책을 싫어하는가?"

"아닙니다."

젊은이는 조금 더 고개를 들어 책상 위에 포개 놓은 일한의 두 손을 쳐다보며 말했다.

"도련님이 어려서, 저는 공부하는데 과중한 부담을 주지 않고 있습니다. 저는 도련님에게 역사 이야기, 전설, 동화 같은 즐겁고 흥미 있는 것들을 읽어 주면서 책에서 얻을 수 있는 기쁨을 배워 나중에는 스스로 책을 찾도록 하고 있습니다. 예를 들면, 오늘 아침에 저는 '금와金蛙의 이야기'를 읽어 주고 있었습니다."

일한은 그 이야기를 어려서부터 알고 있었다. 부루왕夫婁王의 이 야기였는데, 그 왕은 아들이 없어 사내아이를 점지해 달라고 천지신명께 기도하였다. 어느 날 그는 곤룬이라는 곳을 갔다가 말을 타고 집으로 돌아오는 길에 눈물을 흘리는 바위를 보고 놀랐다. 신하들에게 바위를 살펴보도록 했더니 그들은 바위 밑에서 어린애같이 보이는 금개구리를 발견하였다. 그는 자신의 기도가 성취된 것으로 믿고 그 개구리를 집으로 데려갔다. 개구리는 잘생긴 소년으로 성장하여, 왕은 그 아이의 이름을 '금개구리'라는 뜻으로 금와라 하였다. 이 아들이 아버지의 뒤를 이어 금와왕이 되었던 것이다.

선생은 말을 계속했다.

"바로 그때 아드님은 제 손에서 책을 잡아채더니 바닥에 내팽개쳤습니다. 그리고는 방에서 뛰쳐나갔습니다. 제가 대나무밭에서 도련님을 찾았을 때, 그는 있는 힘껏 죽순을 뽑아내서는 땅바닥에 내던지고 있었습니다. 왜 그런 짓을 하느냐고 묻자. 그는 금개구리 동생은 원치 않는다고 했습니다."

일한은 몹시 놀랐다.

"누가 그런 생각을 하도록 했을까?"

젊은 선생은 다시 고개를 떨구었다. 그의 목에서부터 볼까지 붉은색으로 물들었다.

"대감, 제 잘못입니다. 제가 무심코 실수한 것 같습니다. 도련님은 동생이 곧 생기리라는 것을 알고 동생이 어디에서 올 거냐고 저에게 물었던 겁니다. 저는 어떻게 대답해야 할지 몰라서, 아마도 금개구리처럼 바위 밑에서 발견될 거라고 했습니다."

일한은 웃었다.

"재치 있는 설명이군. 그러나 나 같으면 더 나은 설명을 할 수 있을 것 같네! 예를 들면, 동생은 네가 왔던 곳과 같은 데에서 온다고 대답했을 거네. 그리고 거기가 어디냐고 다시 물으면 '네가 모르는데 난들 어떻게 알 수 있겠느냐?'고 했을 거고."

젊은이는 자신의 신분을 잠시 잊고 고개를 들어 일한의 얼굴을 쳐다보았다.

"대감께서는 아드님을 모르십니다. 아드님의 질문은 절대로 피할 수 없습니다. 아드님은 끈질긴 질문으로 제 마음을 파고듭니다. 때로는 몇 년 안 돼서 저를 앞설 거라는 두려움이 생길 때가 있습니다. 속임수는 고사하고 약간만 얼버무려도 그 낌새를 알아채고는, 자신이 이해할 수 없는 것임에도 기어코 진실을 알려 해서 곤혹스럽습니다. 그리고 어찌할 도리가 없어서 제가 간단한 사실을 말해주면 아드님은 마치 적과 투쟁하듯이 그것을 가지고 싸우는 것입니다. 결국, 아드님이 이해하고 스스로 만족할 때가 되면 그는 지치고 화가 나게 되지요. 오늘 아침에 일어난 일이 바로 그렇습니다. 아드님은 동생이 어디에서 오는가를 알아야 한다고 고집을 부렸습니다. 제가 어떻게 도련님에게 출생 과정을 얘기해 줄 수 있겠습니까? 아드님은 아직 어리지 않습니까? 그래서 좀 수를 써서 설득해 보려고 책을 가져왔지요. 그러나 그것이 단지 질문을 얼버무리기 위한 수단이라는 걸 아드님이 알기 때문에 화가 난 겁니다."

일한은 자리에서 일어나 갑자기 문을 열어젖혔다. 거기엔 아무도 없었다. 그는 다시 문을 닫고 자리로 돌아왔다. 그는 책상 쪽으로 몸을 기울이고 조용히 말했다.

"자네를 여기 오라 한 건 또 다른 목적이 있어서네. 자네도 알다시피 자네 부친은 내 스승이었네. 그분은 내게 많은 것을 가르쳐 주셨지. 그러나 무엇보다도 나에게 생각하는 법을 가르쳐 주었네. 그분은 또 우리나라의 역사에 대해 일깨워 주었네. 자네도 내 아들에게 같은 일을 해 주기 바라네."

젊은이는 난처한 듯이 말했다.

"대감, 제 부친은 실학파實學派의 일원이었습니다."

그는 목소리를 낮추더니, 닫힌 문 쪽을 돌아보았다. 일한이 물었다.

"왜 두려워하는가? 사람들에게 도움이 되지 않는 학문은 진정한 학문이 아니라는 것을 가르치는 것이 실학의 장점이네. 실학은 새로운 것이 아니고, 많은 요소로 이루어진…."

"대감, 그 가운데에는 서양적인 요소도 있습니다."

선생이 끼어들었다. 그는 자신의 위치를 망각하고 지금 조선에서 가장 권세 있는 집안의 후계자와 대면하고 있다는 것을 잊어버린 듯했다.

일한이 동의했다.

"부분적으로 서양적인 요소가 있기는 하지. 그러나 그건 좋은 거네. 중전에 대한 반역이 아니라면 나는 이렇게 말하겠네. 우리는 너무나 오래도록 낡은 중국 문화의 영향을 받아 왔다고 말이네. 그렇다고 해서 우리가 전적으로 서양의 영향을 받도록 우리들 자신을 방임하자는 말은 아니네. 우리가 많은 강대국의 틈바구니에 끼여 어느 정도 그들의 영향을 받는 것은 우리의 숙명이네. 받아들이고 거부하는 것, 접목하고 혼합하는 것, 그리고 우리 자신을 하나로 만들어 독립된 국가를 세우는 것이 우리의 과제네. 그러나 그 하나가 무엇이겠는가? 아, 그게 문제네! 나는 그것에 대답할 수가 없네. 그러나 이제 내 아이들을 위하여 해답을 찾아내야만 하네."

일한은 눈살을 찌푸리고 생각에 잠기며, 등받이에 몸을 기댔다. 그러더니 갑자기 기운이 난 듯 다시 입을 열었다.

"그러나 자네는 부친이 범한 오류를 저지르지 않았으면 하네. 자네 부친은 다른 세도 가문에서 일어나는 악惡에 대해서는 나에게 말해 주었지만, 우리 김씨 가문의 일은 함구하였네. 어떤 점에서는 모든 가문 중에서 우리가 가장 죄를 많이 지은 셈인데 말이네. 우리는 일찍이 왕실에 기반을 구축하였던 까닭에 특혜를 누릴 수가 있었네. 우리는 이 나라의 땅과 백성을 이용해 번창한 거지. 조정의 가장 좋은 직위는 우리 선조들에게 돌아왔고, 그런 연유로 나의 조부도, 또 나의 부친도 고향에 돌아가 살 때까지 벼슬을 할 수 있었던 거네. 그렇지 않았다면 대관절 어떻게 이런 큰 집에서 살 수 있겠나? 대궐 같은 집이 아닌가? 그리고 어떻게 내가 이 조그만 나라에서 그렇게 광대한 토지를 물려받을 수 있단 말인가? 한 때 우리는 왕위를 차지하려고까지 하였네. 우리 선조 중 한 분이 그렇게도 왕이 되려다 몰락한 것을 잘 알 거네. 그런 결과가 마땅하였지!"

그는 흥분을 누그러뜨렸지만 깊은 열의를 보이며 말하였다. 젊은 선생은 일한이 자기 가문의 치부를 드러내는 데 놀라서 나직하게 말했다.

"모두 오래전 일입니다. 잊혀진 일들이죠, 대감."

그러나 일한은 거리낌없이 들춰냈다.

"잊혀진 일들이 아니네. 김씨 가문 때문에 수백만 명의 사람이 고난을 당하였고, 지금도 고통을 겪고 있네. 참 걸맞은 성姓이잖은가?"

그는 자기 왼편 손바닥에다 오른손 집게손가락으로 '김'이란 성을 한자로 썼다. 그것은 원래 황금이라는 뜻이었다.

"바로 우리는 토지와 집과 높은 직위라고 하는 황금을 좇아 살아왔던 것이네. 우리는 권력을, 심지어 왕실 이상의 권력을 얻었네. 아, 자네는 자네 부친이 나에게 가르쳐 주지 못한 것을 우리 아들에게 가르쳐 주어야 하네. 아들 녀석에게 진실을 가르쳐 주게나."

일한은 돌연 말을 중단했다. 그의 잘생긴 얼굴은 성난 듯하였고 침통했다.

선생이 미처 대답하기 전에 문이 스르르 열렸다. 산파가 붉은 공단 포대에 눕힌 갓난아기를 안고 방에 들어섰다. 그녀의 뒤에는 순희의 언니가 하녀를 거느리고 들어왔다. 그녀가 앞으로 나서며 말했다.

"둘째 아드님을 보시구려."

일한은 일어섰다. 또다시 가장家長 역할을 해야 했다. 일한은 고개를 끄덕여 독선생을 내보냈다. 그가 팔을 내밀자 산파가 잠자는 아기를 안겨 주었다. 그는 갓 태어난 아들의 작고 완벽한 얼굴을 내려다보았다.

"조그만 금개구리."

그가 중얼거리자 여인들은 놀란 표정으로 서로 얼굴을 쳐다보다가 웃으며 손뼉을 쳤다. 이것은 행운의 인사였다. 왜냐하면, 금개구리는 왕위를 물려받았기 때문이다.

"아기를 보았을 때 그이가 무어라 하던가요?"

순희가 물었다. 그녀는 이미 어느 정도 건강을 회복하였고, 크고 검은 눈에는 생기가 돌았다. 그녀는 순산을 했고, 둘째까지 아들을 낳아 모든 일이 잘되었다. 이제 아들 서넛만 더 낳으면 딸도 하나 바랄 수 있을 것이다. 여자는 집안에 딸이 필요하다.

"미소를 짓더니 저 애를 조그만 금개구리라고 부르지 않겠니."

그녀의 언니가 대답했다. 이제 막 중년에 접어들었지만 키가 크고 날씬한 언니는 북쪽 어느 도시의 선비에게 시집가 살고 있었다. 순희의 모친과 일한의 모친이 모두 돌아가셨기 때문에 그녀는 순희에게 어머니 역할을 하기 위하여 온 것이다. 그리고 동생도 함께 왔는데, 그녀는 결혼하지 않고 비구니가 되길 원하고 있었다. 처제에게 부친이나 오빠가 없는 탓에 그녀의 보호자가 된 일한은 그 소원을 들어줄 수 없었다. 그는 오늘날의 여인들은 비구니로 한평생을 살아서는 안 된다고 단언했다. 불교도의 시절은 끝났다는 것이었다. 그의 허락을 얻기까지 순희의 동생은 그저 기다릴 수밖에 없었다.

순희는 아기를 살며시 받아서 가슴에 껴안았다.

"그인 무엇에고 그럴듯하게 말을 붙여요. 저에겐 분에 넘칠 만큼 총명하시죠. 이 애도 그이와 닮았으면 좋겠어요."

그녀는 아기의 잠자는 얼굴을 들여다보며, 단단하고 작은 볼을 장난스럽게 손가락으로 건드렸다.

"아기가 잠자는 것 좀 봐요! 숨바꼭질하려나 봐. 아직 이 애의 눈도 보지 못했는데."

"품에 안으세요. 아직 젖을 빨 줄 모르겠지만, 입술에 젖꼭지가 닿는 건 느낄 수 있으니까요."

산파가 말했다.

젊은 아기 엄마는 둥근 앞가슴을 열었다.

"먼저 심장이 있는 왼쪽으로 안으세요."

산파가 말했다. 순희는 고집스럽게 고개를 흔들었다.

"나는 첫째 아이를 왼쪽으로 안았죠. 이 애는 오른쪽으로 안을 거예요."

젖꼭지가 입술에 닿자 아기는 움찔했으나 눈을 뜨지는 않았다. 그녀는 손으로 젖을 추켜올려 젖꼭지로 아기 입술을 살짝 건드리고는 빙그레 웃었다. 여인들은 그녀 주변에 모여들어, 건강한 젊은 여인과 예쁘장한 사내아이의 모습을 즐겁게 바라보았다.

동생이 소리쳤다.

"애 좀 봐요. 애, 좀 봐. 지금 눈을 뜨고 있잖아요. 봐… 입술을 오물거려요."

그들은 숨을 죽이고 들여다보았다. 아기는 정말 눈을 떠서 엄마를 바라보고 있었다. 그리고는 갓난애인데도 갑자기 젖꼭지를 입에 물더니 빨았다.

"아, 아!"

여인들은 한숨을 쉬었다. 그들은 서로 얼굴을 쳐다보았다. 이런 일이 또 있을까? 그렇게도 빨리 젖을 빨다니, 비록 한순간이기는 했지만 말이다. 아기는 다시 잠들었다. 처음 나온 맑은 젖이 아기의 입술에 묻어 있었다. 산파는 아기를 안아서 어머니 옆자리에다 뉘었다. 갓난아기는 엄마 가까이에서 자면서 엄마의 체온을 느껴야 하고, 아기가 체내(體內)에 있을 때와 같이 엄마의 생기가 그와 함께한다는 것을 느껴야 하기 때문이다. 그녀의 언니가 산모의 베개와 누비이불을 정리해 주었다.

"부르면 곧 올 수 있도록 가까이 있을게요. 지금은 쉬셔야 해요."

산파가 권했다.

여인들은 방문을 살며시 열고는 다른 방으로 사라졌다. 순희는 그들이 다 나가기를 기다렸다가 아기에게 고개를 돌렸다. 아기와 단둘이 있는 것은 지금이 처음이었다. 이제 자신이 낳은 아기를 잘 검사해 보아야 했다. 그녀는 자리에서 일어나 아기를 무릎 위에 올려놓고 옷을 벗겼다. 아기의 알몸이 드러날 때까지 그녀는 따뜻하고 부드럽게 손을 움직였다.

그리고는 아기에게 혹시 흠이 없나 하여 온몸을 아주 세심하게 살펴보았다. 맨 처음에 다리를 살펴보았다. 언젠가는 건장한 사나이로 굳세게 걸어야 할 다리이지만, 지금은 정말 작고 예뻤다. 완전한 다섯 발가락이 가지런히 달렸고, 발톱은 분홍색, 좀 깎아야 할 정도로 길다. 그러나 깎아서는 안 된다. 아기의 수명에 해로울 것이기 때문이다. 좌우 발등은 그녀와 같이 높고 발목은 지금도 벌써 모양이 좋다. 두 다리는 아버지처럼 길고, 더 자라 아기 때의 굽은 모양이 없어지면 곧게 뻗을 것이다. 아기의 골격이 튼튼하니까 말이다. 넓적다리는 포동포동하고 배는 둥그렇다. 가슴은 넓고 어깨는 벌써 벌어져 목을 받치고 있다. 팔도 역시 길어 키가 클 것을 약속하는 듯했다. 손은 부드러웠고, 이것도 아버지의 길고 예쁜 손을 닮았다. 그녀의 손은 작고 우아했다. 그러나 일한의 손은 비록 글 쓰기 위하여 붓대를 잡는 것 이외에는 아무 일도 하지 않았지만 힘이 있었다. 머리는 크고 총명하고 품위 있게 생겼다. 귀부터 정수리까지가 높고 총기를 띠고 있다. 머리칼은 검고 숱이 많았다. 모든 외모가 완전하게 정돈되어 있었다. 첫째 애가 어머니를 닮은 데 비해 이번 아들은 아버지를 똑 닮았다. 흠 잡을 데가 없었다. 그녀는 아기를 말쑥하게 쪽 뽑아낸 것이다.

아니… 잠깐 기다려 봐. 왼쪽 귀가 좀 작은 것 같지…. 귓불인가? 아기가 잠자는 동안 그녀는 귀를 조심스럽게 검사해 보았다. 왼쪽 귓불의 끝이 짧고 안으로 접혀 있다. 불완전하다!

 왜 이렇게 되었을까? 그녀는 기억을 더듬어 보았다. 아주 사소한 흠이라 하지만 그러한 아기를 낳을 수밖에 없었던 자기는 무슨 잘못을 저질렀던가? 전조는 좋았다. 그녀는 아들을 낳으리라는 것을 알고 있었다. 어느 날 밤 꿈에 지평선에서 떠오르는 태양을 보았기 때문이다. 꽃이 보이면 딸을 낳는다는 것을 의미한다. 그런데 이 작은 왼쪽 귀의 굽은 귓불은 어찌해서일까? 그녀는 임신하고 있을 동안 꾼 모든 꿈을 기억하려고 신경을 썼는데, 악몽은 없었다. 가장 좋은 꿈은 네 살 때 돌아가신 아버지가 나타난 꿈이었다. 나이가 너무 어렸을 때 아버지가 돌아가셨기 때문에 평소에는 아버지의 모습이 희미하게 생각날 뿐이었다. 그런데 꿈속에서의 아버지는 선명한 모습으로 미소를 띠고 나타났다. 갸름하고 상냥한 얼굴이었다. 어떤 나라에선 코가 높으면 파산이나 객사客死를 할 거라 생각하고 낮으면 탐욕스럽다고 여긴다지만, 아버지의 코는 그리 높지도 낮지도 않았다. 그녀는 걱정스럽게 아기의 코를 살펴보았다. 그것은 높지도 낮지도 않았다. 그래도 약간 높은 편이었다. 굽은 귀를 설명하긴 불가능하다! 내일 남편이 오면 이 귀를 보여 주어야겠다. 남편도 그 의미를 모른다면 장님 점쟁이와 의논해 봐야 한다. 그녀는 아기에게 다시 옷을 입혀 명주 천으로 닦아 주고는 옆자리에 뉘었다. 그러나 걱정이 되어 새벽까지 잠을 잘 수가 없었다.

 그녀는 아기의 흠을 말하지 않고 일한이 스스로 찾도록 내버려 두었다. 그는 다음날 정오에 들어왔다. 그때는 아기의 몸을 씻기고 옷을 입히고 나서, 그녀도 식사를 하고 몸을 씻고 향료를 뿌리고 말쑥한 흰옷으로 갈아입은 다음, 길고 검은 머리를 곱게 빗질하여 분홍색 명주실로 땋고 난 후였다. 일한도 역시 외모에 신경을 많이 쓴 것을 알 수 있었다. 그녀는 남편을 잘 알았다. 그가 책상에 앉아 공부에 몰두할 때에는 차림새에 신경을 쓸 수 없었지만, 오늘 아침에는 면도를 하고 머리를 빗질하여 상투를 올리고 깨끗한 흰옷을 입었다. 남편을 보자 그녀는 가슴이 두근거렸다. 마치 그를 대하던 첫날 흰옷 위에 검고 두꺼운 비단 예복을 입고, 높다란 검은 모자, 길고 무거운 목걸이, 그리고 화려하게 수놓은 넓은 띠를 두르고 나타났던 그때의 그를 보는 듯하였다. 중매쟁이가 그에 대해서 얘기한 말은 사실이었다. 중매쟁이는 원래 탐욕스럽고, 보수를 위해서라면 거짓말도 할 수 있기 때문에 그녀의 집에서는 혼약이 이루어지기 전에 염탐꾼을 고용했었다. 그 염탐꾼도 돌아와서 사실대로 말했다.

"그는 잘생긴 청년입니다. 또 도박을 좋아하지도 않고 여색을 탐하지도 않습니다. 그의 유일한 결점이라고 하면 실학을 추종하는 사람이라는 것입니다."

실학? 그것은 수상했다. 그 가르침 속에는 학문만이 아니라 행동에 대한 엄격한 요구가 있었기 때문이다. 실학에서는, 사람은 임금이라 할지라도 그가 말하는 것에 의해서가 아니라, 행동하는 바에 따라서 평가되어야 한다고 주장한다. 이러한 설명을 듣고 순희는 당장 그런 남자를 남편으로 모시겠다고 했던 것이다. 조상의 영광만을 자랑하고 아무것도 하지 않는 남자들에게 염증을 느끼고 있었던 까닭이다. 결국 혼약이 이루어졌고, 그녀는 일한의 듬직하고 잘생긴 얼굴을 대하는 순간 자기가 올바로 판단했음을 즉시 깨달았다.

"어서 오세요."

순희가 남편에 대해 생각하는 동안 일한은 문 옆에 서서 그녀의 아름다움을 찬탄하며 지켜보고 있었는데, 그제야 순희가 입을 연 것이었다. 그녀는 남편이 자신을 바라볼 때 검은 눈에는 상냥한 빛이 어리고 입에는 미소를 띠고 있다는 것을 잘 알았다. 그들이 한 세대 전에만 속하였어도 일한은 아기가 태어난 후 이렇게도 속히, 그리고 혼자서 아내의 방에 나타나지는 않았을 것이다. 그러나 젊은 그들 부부는 구식의 법도에 얽매이지 않았다. 그들 부부는 서로 가까이 있었다. 친구들 중에 그들처럼 허물없이 얘기하는 부부가 없다는 걸 그녀는 알고 있었다. 혹 누가 그런다 하여도 아내들은 그 사실을 드러내지 않을 것이다. 그렇지만 남녀 간의 교감을 누가 알까? 남녀 사이엔 표면 및 깊숙한 곳에 생기 넘치는 흐름이 존재한다. 또 순희는 순결하고 아무것도 모르게 키워졌기 때문에 더욱 마음 설레고 흥분되는 것이었다. 아무도 남편과 사랑에 빠질 수 있다는 그 가능성에 대비해 순희를 준비시켜 주지 않았다. 남편에게 불평하여서는 안 되고 남편의 요구를 거절해서도 안 되는 법이라고 어머니는 타일렀었다. 설령 남편을 즐겁게 해 주지 못해 남자가 집 밖에서 여자들을 찾는다 해도 화를 내어서는 안 된다. 남편은 아내를 자기 부인으로 인정하고 존중하며 의식주를 제공하면 남자로서의 의무를 다하는 것이다.

"남편이 무슨 일을 하든 네 의무는 그 사람을 위한, 오로지 그 사람을 위한 것이니라."

어머니는 힘주어 말했지만 그러나 좀 모호하게 들렸다. '의무'라니… 또 '남편이 무슨 일을 하든'이라니? 그녀는 감히 물어보지 못했고, 어머니는 혼약의 세부적인 일들로 경황이 없었다. 남자 집에서 오는 함函을 받는 것도 그런 일 가운데 하나였다. 검은 상자로 된 함에는 푸른 천으로 싼 붉은 비단, 붉은 천으로 싼 푸른 비단 등속과 함께 편지가 들어 있었다. 아, 편지! 김씨 집안에서 보낸 사람이 그 편지를 건네줄 때, 순희는 그 자리에 있어선 안 되었다. 그러나 순희는 이미 그 내용이 어떤지를 알고 있었다.

> 귀하의 소중한 따님을 우리 집안의 며느리로 맞을 수 있게 하여 주셨으므로 우리 가족은 옛 예법을 따라서 귀하에게 예단을 드리는 바입니다.

이리하여 혼약이 완전히 이루어졌다. 그녀의 집은 그날 밤 초롱불을 환히 켜 두었고, 하인들은 횃불을 들고 대문 옆에 서 있었다. 순희는 자기 방에 몸을 숨기고 있어야 했지만, 그녀는 창가로 가 병풍 뒤 그늘에 서서 밖을 내다보고 있었다. 결혼식 날 남편 될 사람이 말을 타고 대문을 들어설 때에도 그녀는 역시 병풍 뒤에서 지켜보고 있었다. 말은 붉은 모자에 푸른 옷을 입은 사나이가 끌고 있었다. 그 사나이는 또 팔 밑에 행복한 결혼을 상징하는 산 오리를 끼고 있었다. 그러나 그는 키가 작고 오리는 덩치가 커서 그놈과 옥신각신하여야 했다. 말을 탄 일한은 웃고 있었다. 순희는 지금 또다시 웃었다.

"왜 웃는 거요?"

일한이 방석을 그녀 옆으로 끌어다 놓고 앉으며 물었다.

그녀는 웃으면서 말했다.

"당신이 말을 타고 들어오시던 걸 생각했어요. 그리고 종이우산을 들고 뒤에 따라오던 하인들과 큰 오리를 들고 있던 작은 남자도요."

그는 아내에게 미소를 지어 보였다.

"보고 있었소?"

일한은 그녀가 얘기해 본 적이 없는 생각이나 감정, 행동 등에서 놀라움을 발견했고, 그것은 그들 부부의 생활에서 가지는 기쁨 가운데 하나였다.

"그랬어요. 전에는 얘기한 적이 없죠? 저는 다 보고 있었고, 당신이 웃으시는 순간, 전…즐거웠어요."

그녀는 유쾌하게 말했다. 그는 아내의 손을 잡았다.

"무엇이 즐거웠소?"

"제가 당신을 사랑해야 한다는 것을 알았기 때문이죠."

그들은 손을 꼭 쥐었다.

"오리가 날아갔더라면 어쩔 뻔했소?"

오리가 도망가는 것은 결혼에 좋지 않은 징조이므로, 이것은 아내를 놀리느라고 한 말이었다.

"전 그리 상관 안 했을 거예요. 저는 이미 당신을 보았으므로 어디든 당신이 가시는 곳으로 따라갔을 거예요."

그녀는 이렇게 대꾸했다.

그는 오랜 세월이 지났음에도 변함없이 넘쳐흐르는 애정을 감추려고 아내를 짐짓 꾸중하는 척하였다.

"이게 남편에게 말하는 도리란 말이요? 당신 너무 노골적인데… 교육을 잘 받은 것 같지 않군!"

"전 아주 얌전하게 교육받았어요. 당신도 잘 아시겠지만."

그녀는 기분이 상했다는 듯, 뾰로통한 척하면서 대꾸했다.

"박씨 집안의 여인들은 모두 얌전한 교육을 받아요. 우리도 양반이에요. 우리에게도 귀족의 피가 흐르고 있다구요. 당신네 김씨 가문처럼 말예요!"

"양반 대對 양반이라."

그는 이렇게 중얼거리며 아내의 손을 자기 볼에 갖다 댔다. 그녀는 남편의 볼을 어루만지고 나서 더 이상 진전되지 않도록 손을 빼냈다.

"그건 그렇고…결혼식 날 대문 앞에서 당신은 너무 성의 없이 절을 하셨지요. 제 기억으론 네 번 해야 할 걸 세 번 하셨어요! 당신은 그때까지도 오리 때문에 웃음이 터져 나오려는 것을 참고 있었죠?"

"당신도 잘 알다시피, 오리가 상에 얌전히 앉아 있으려 하지를 않았었소."

"그때까지 저를 보지도 못했으면서 오리만 생각하고 계셨단 말이죠?"

말은 비난조였지만, 그녀의 검은 눈은 마냥 다정한 표정으로 일한의 얼굴을 주시했다.

"어찌 잊을 수가 있겠소."

그는 불쑥 몸을 일으키고는 오른팔에 아내를 안고 그 부드러운 머리에 얼굴을 묻었다. 잠깐 동안 포옹을 한 다음 그녀는 부드럽게 남편을 밀어냈다.

"우리의 몸가짐이 점잖지 못한 것 같군요. 여보, 첫날밤이 아니잖아요."

"우리가 자유로우려면 아직도 한 달은…."

그는 불안하게 중얼거리며 물러나 앉았다.

그녀는 눈을 깜박거리다가 비단 홑이불을 내려다보며 실밥을 뽑는 체했다.

"당신은 작은아들을 어떻게 생각하는지 통 말씀이 없으시군요."

그는 크게 숨을 들이켜고 사정하듯이 말했다.

"잠깐 마음을 진정하고 나서."

그는 일어나서 방안을 이러저리 거닐었다. 그는 중국의 한 성산聖山을 그려 놓은 그림 앞에 멈춰 섰다가는 다시 자리로 돌아와서 말을 꺼냈다.

"작은애는 애비를 존경하지 않는 모양이오. 내가 왔을 때 잠만 자고 있던 걸. 그거 말고는 내 맘에 쏙 들어. 비록 그 애가 큰애보다 잘생기지는 못했지만 말이야. 작은애는 나를 닮았어. 일반적으로 말해서 박씨가 김씨보다 잘생겼다고는 말할 수 없지만, 당신은 예외요."

그녀는 고개를 저었다.

"저는 그 아이를 온전하게 낳으려고 갖은 애를 다 썼어요. 하지만…."

"하지만?"

"그 애는 온전하지가 못해요."

"그럼?"

그녀는 자기의 왼쪽 귓불을 만지며 말했다.

"이것이 찌그러졌어요. 다른 쪽 귀와 달라요."

그는 이 말을 듣고 손뼉을 쳤다. 하녀가 들어왔다.

"작은아이를 데려오너라."

그가 분부했다.

"왜 그리되었을까?"

그는 아내에게 물었다.

그녀는 다시금 고개를 저었다. 두 눈에는 눈물이 고여 있었다.

"아, 아, 이봐요. 당신의 잘못이 아니오, 여보."

그는 이렇게 외치며 손을 뻗쳐 아내의 가지런히 모은 손을 잡았다.

"아이가 제 모양을 갖추기 전에 이미 그 애에게 붙은 잡귀의 짓인가 봐요."

그녀는 가만히 한숨을 쉬었다.

"귓불만 약간 건드렸는데…. 그게 무슨 징조인지 점쟁이에게 가서 물어봐야겠어요."

"우리 삼신할머니는 어디 계셨지?"

그는 반쯤 놀리는 투로 물었다.

이것은 그들 사이에 전부터 있어 온, 승패를 가름할 수 없는 끝없는 논쟁이었다. 삼신이란 아이의 잉태와 모태 내에서의 성장과 출생 후의 안전을 보살피는 임무를 띤 세 신령을 말하는 것이었다. 일한은 삼신을 믿지 않았다. 그의 아내는 남편이 놀려댈 때는 삼신을 믿지 않는다고 말하곤 했다. 그러면서도 그녀는 삼신할머니를 섬기는 상징을 준비했었다.

"실하고 종이, 헝겊을 그날 밤 저 벽에 걸어 놓았었는데…."

그는 아내의 손을 가만히 내려놓고 벽 쪽으로 걸어갔다. 그것들은 아직도 벽에 걸려 있었다. 지금은 먼지투성이고 너덜너덜해 보이지만 삼신의 존재를 나타내는 물질적인 상징이다. 어떻게 이따위 것들이 어린아이의 출생에 영향을 줄 수 있다는 말인가? 멸시하는 마음으로 그것들을 바라보자니 오래된 불신不信이 새삼 고개를 들었다. 이것은 삶의 신비를 설명하기 위한 민간의 이야기, 무식한 승려와 농민들의 어설픈 노력일 뿐이다. 그런데 여승이 되기를 원하는 처제까지도 이런 것을 믿다니.

그는 죽은 사람들의 책에서보다는 다른 곳에서 새로운 길을 발견하고, 깨닫고, 이해하기를 갈망했다. 날마다 서재에 들어앉아 김씨 가문의 역사를 파헤치고 있는 그의 아버지는 죽은 자들에 대해서는 긍지를 가지고 있으나 살아있는 사람들에 대해선 까탈스러웠다. 이것이 조선의 불행이었다. 이것은 사람들이 육체적으로는 살아 있음에도 불구하고 서서히 죽어감을 의미했다. 미래를 위해 아들을 낳건만 과거를 꿈꾸며 살아가는 것이다. 그는 손을 뻗어 먼지투성이의 상징들을 방바닥에 내동댕이쳤다.
"여보!"
그는 아내가 외치는 소리를 듣고 돌아섰다.
"얼마나 오랫동안 이놈의 넝마를 치워 버리려고 별렀는지! 이제야 뜻을 이루었군."
그녀는 가쁜 숨을 몰아쉬었다.
"하지만 여보, 무슨 일이 일어나면 어찌시려구요?"
"뭔가 새롭고 좋은 일이 일어나겠지."
바로 그때 하녀가 작은아들을 데려왔다. 그는 아이를 받아 들고, 고개를 끄덕여 하녀를 내보냈다. 그리고는 아이를 이부자리께로 안고 가서 어머니 옆에 뉘었다.
"내게 보여주구려."
그가 말했다.
그녀는 잠자는 아기를 조심스럽게 돌아 눕히고 아이의 귀를 덮고 있는 부드럽고 검은 머리카락을 뒤로 젖혔다.
"글쎄, 태어나기 전에 무슨 일이 있었을까요?"
그녀가 말했다.
그는 자세히 살피기 위해 몸을 기울였다. 사소한 흠이었다. 귀에 보석을 달아야 할 여자라면 좀 더 심각한 문제이리라. 그렇기는 하지만 어쨌든 결함임에는 틀림없고, 그는 자기 아들이 완벽하지 못할 수도 있다는 것은 생각하고 싶지 않았다. 그러나 이제 와서 어떻게 하랴. 몸의 틀은 이미 만들어졌고, 살은 생명으로 굳어진 것이다. 의원에게 보인다 한들 아무 소용도 없다. 한약으론 그것을 고칠 수 없다. 그러나 아주 가벼운 흠이다. 귓불은 마치 실로 꿰매 올린 것처럼 말려 올라가 있지만, 다시 정상으로 돌아갈 수도 있을 것이다. 기술이 있는 사람이라면 잠깐 예리한 칼날을 대기만 하면 될 것이다.

그는 아기의 부드러운 귀를 만져 보고는 검은 머리카락으로 다시 덮어놓으며 말했다.

"서양 의사들은 칼로 고치는 재주가 있다던데."

그녀는 아이를 두 팔로 안았다.

"안 돼요! 서양 의사라고요? 당신은 자식을 사랑하지 않는군요!"

"나는 내 자식을 사랑하오. 사랑하기 때문에 완벽하기를 바라는 것이오."

그는 엄숙하게 말했다. 그녀의 눈에 눈물이 고였다.

"당신은 저를 탓하시는군요."

"나는 아무도 탓하지 않소. 그러나 아기가 완벽했더라면 하는 생각이 없지는 않소."

"하지만 저는…"

그녀는 목멘 소리로 말했다. 눈물이 두 뺨을 타고 흘러내렸다.

"저는 서양 의사가 아기에게 손대지 못하게 하겠어요. 태어난 대로 그냥 내버려 두세요. 이 애를 사랑해요. 당신이 아들로 인정하지 않아도 이 애는 내 아들임이 틀림없어요."

"그만 해요, 여보!"

그는 엄하게 말했다.

"내가 당신보다 부모로서의 애정이 없다고 책망하는 거요? 내 말은 다만 이 아이를 완벽하게 만들 수 있다면 그렇게 해야 한다는 것뿐이오."

이 말에 그녀는 다시 소리 질렀다.

"당신은 자신만을 생각하시는군요. 당신은 자식을 수치로 생각하시는 거죠? 아, 당신은 무엇이나… 그처럼, 그처럼 완벽하기만 바라는군요!"

일한은 깜짝 놀랐다. 그는 여태까지 아내가 이처럼 화를 내는 것을 한 번도 본 적이 없었다. 그녀는 뾰로통하고 토라지기는 했지만 언제나 웃음으로 풀어졌던 것이다. 그러나 지금은 웃음의 그림자라고는 찾아볼 수도 없었다. 그녀의 뺨은 벌겋게 달아오르고, 이글이글 타오르는 검은 눈이 남편을 향하고 있었다.

"여보!"

일한의 목소리는 날카로웠으나 그녀는 남편이 말을 계속하게 놓아두지 않았다. 그녀는 갓난아이를 가슴에 품고, 울먹이며 말을 이었다.

"당신이 동반東班이에요? 자기 아들이 귓불에 조그만, 아주 조그만 흠이 있다고 해서 언짢아하는 동반이란 들어보지도 못했어요. 천만에요, 당신은 서반西班이에요, 서반, 서반이죠."

그는 오른팔로 아내의 머리를 껴안고 손으로 입을 틀어막았다. 그녀는 아이를 팔에 안은 채 몸부림쳤다. 갑자기 그는 아내의 날카로운 이빨이 손바닥을 깨무는 것을 느꼈다.

"악!"

그는 소리를 지르면서 손을 뺐다. 손바닥에서 피가 흘러내렸다. 그는 손바닥을 들여다보고는 다시 아내를 바라보았다. 비단 이불 위로 피가 뚝뚝 떨어졌다. 그녀는 소스라치게 놀랐다.

"내가 무슨 짓을 했지?"

그녀는 이렇게 중얼거리면서 갓난애를 내려놓고는 넓은 소맷자락 끝으로 남편의 손을 꼭 감싸 쥐었다.

"잘못했어요."

순희는 용서를 비는 듯 그의 손을 자기 가슴에 감쌌다. 그녀의 눈은 눈물로 젖어 있었다.

일한은 아내를 용서하는 자신의 너그러움을 즐기며 빙그레 웃었다. 그는 조용히 말했다.

"우리나라 여자들이 고집이 세고 남에게 굽히지 않는다는 것은 틀림없는 사실이오. 나는 다정한 중국 여자나, 유순한 일본 여자에게 장가를 들 걸 그랬나 보오."

"아, 제발… 제발 저를 나무라지 마세요."

그녀는 애원하듯 속삭였다.

"그럼 나는 누구요?"

그가 따져 물었다.

"당신은 양반 중에서도 동반이지요."

그녀가 슬픈 듯한 목소리로 대답했다.

"그리고 또?"

"과거에 급제한 선비이시구요."

"그리고 또… 또 뭐요?"

"저의 주인이시구요."

"그건 사실이지. 그리고 또?"

그는 아내의 가슴에서 손을 빼고는 그녀의 얼굴을 자기 얼굴 높이까지 받쳐 들었다.

"저의 사랑하는 임이시구요."

그녀는 마침내 이렇게 말했다.

"아아! 이제 비로소 내가 누구인지 알겠소. 양반 중 동반이고 당신의 주인이고 그리고 당신의 임이요. 그만하면 아내로서 더 이상 바랄 것이 없군."

그는 부드럽게 말하고는 오랫동안 자기 뺨을 아내의 뺨에 대고 있다 놓아 주었다. 그러나 아내는 다시 그에게 매달렸다.

"손에서 아직도 피가 나오나요?"

그는 손을 들어 손바닥을 내밀어 보였다. 피는 멎었으나 네 개의 붉은 이빨 자국이 남아 있었다. 순희는 후회의 신음소리를 내면서 남편의 손을 자기 손으로 감싸고는 상처에 입술을 갖다 댔다.

바로 그때 이제껏 잠들어 있던 갓난애가 갑자기 울기 시작했다. 그녀는 잡고 있던 손을 놓은 다음, 아기를 팔에 안고 가슴으로 끌어당겼다. 그러자 갓난애는 곧 억센 힘으로 젖을 빨기 시작했다.

그녀는 눈을 들어 일한을 쳐다보았다. 그는 자리에서 몇 걸음 물러나 그들을 바라보며 서 있었다.

"아기 좀 보세요. 배가 고팠던 모양이에요."

순희는 자랑스러운 듯이 말했다.

"보고 있소."

일한이 대답했다. 그는 잠깐 동안 말없이 서서 보드랍고 풍만한 젖가슴에 매달린 아이를 바라보고 있었다.

"내가 예언을 한다면, 우리 아들은 앞으로 결코 배가 고프지 않을 것이라고 말하겠소. 이 아이는 항상 자신이 만족할 수 있는 곳을 찾아서 자기 길을 갈 것이오."

그는 이렇게 말하고 순희의 방에서 나와 서재로 돌아왔다. 무슨 일을 하다가도 그가 지나칠 때면 멈춰 서서 공경의 뜻으로 머리를 조아리는 좌우의 하인들을 거들떠보지도 않은 채로, 그러나 서재에 돌아오기는 했지만 책을 읽을 마음은 나지 않았다.

순희는 부지중에 그가 내심 불안하게 여기고 있던 점을 건드리고만 것이다. 일헌이 아들을 낳은 이 시대는 이상스럽게도 조부가 살았던 시대를 되풀이하고 있는 것이다. 왜 순희는 그 순간 문관文官 귀족들이 권력을 장악하고 무관武官들은 문관들에게 복종해야 했던 그 시대를 끄집어냈을까.

문관이나 무관이나 모두 양반이고, 옛 고려 시대부터 있어 온 귀족 계급이었다. 그리고 비록 일한의 가문이 속해 있던 동반이 실제로는 항상 우월한 지위를 차지하고 있었지만, 서반은 3품관 이상의 관직에 오를 수가 없었다. 이론상으로는 두 귀족 계급인 문관과 무관, 즉 동반과 서반은 동등했다.

그렇지만 언제나 지배 계급이 부패해지면 무관인 서반이 무력으로 부패를 타파하고 권력을 쥐는 것이었다. 고려 왕조의 18대 국왕인, 퇴폐한 의종毅宗 시대에도 이와 같은 일이 있었다. 문관 신하들의 아첨과 감언에 속아 왕은 환락과 어리석은 생활에 빠져들고 말았는데, 어느 날 밤 왕이 궁녀들과 술 취한 신하들에게 둘러싸여 있는 동안 서반인 장군들이 정권을 장악했고, 피비린내 나는 싸움이 있은 후에야 간신히 문관인 동반이 권력을 되찾았던 것이다. 이제 또다시 시대는 문관과 무관 사이의 뿌리 깊은 싸움으로 돌아온 것이다.

어째서 그러한 혼란이 일어나는 것일까? 갑자기, 또 스스로 생각해도 놀랍도록 일한은 과거의 역사를 좀 더 충실하게 공부하지 않은 자신에 대해 화가 났다. 성인이 되고, 아이들의 아버지가 된 이제 와서는 부친이 입버릇처럼 들려주던 말을 실감하기 시작하는 것이었다.

"현재를 이해하고 흔들림 없이 미래를 맞으려면 과거에 있었던 일을 충분히 알아두어야 하느니라."

그때는 과거의 사건에 진절머리가 나고 조상들에 대한 찬사에 싫증이 나서 귓전으로 흘려버렸던 것이다. 요즈음에도 아버지는 옛 친구들을 만나면 화제가 오직 과거사뿐이었다.

"자네 생각나나?"

모든 이야기는 으레 이런 말로 시작되었다.

"자네 생각나나, 자네, 고려의 황금시대를 기억하나? 자네는 우리나라를 침범했던 못된 왜놈들을 우리가 어떻게 물리쳤는지 생각나나."

"암, 생각나고말고. 그러나 조선朝鮮을 생각해 보세."

그렇다, 무식을 면하기엔 아직도 늦지 않다. 이제라도 아버지에게 가서 하시는 말씀에 귀를 기울이면 되는 것이다.

"나으리, 산책을 하시려는 것은 아니겠습지요?"

하인은 검은 명주로 된 겉옷을 들고 서서 근심 어린 말투로 조심스럽게 물었다.

"산책을 좀 해야겠네."

일한이 대답했다.

하인은 검은 도포의 넓은 띠로 주인의 오른쪽 어깨를 잡아맸다.

"나으리, 소인이 따라가오리까?"

"따라올 필요는 없네. 날씨도 좋고하니, 아버님께 가서 출산을 알려드려야겠네."

하인은 물러서지 않았다.

"나으리, 그 소식은 이미 알려 드렸습니다요. 저희가 어제 소식을 전했습죠."

"아무 말 말게!"

일한이 말을 막았다.

그가 전에 없이 역정을 내며 말하니 하인은 주인의 기분이 언짢음을 깨닫고 허리를 굽히며 문간까지 배웅했다. 거기서 하인은 다시 허리 굽혀 인사를 하고는 얼마 동안 지체하다가 눈에 띄지 않게 거리를 두고 주인을 따랐다. 한편 일한은 햇볕에 따스해진, 시원한 봄의 대기 속을 빠른 걸음으로 걸어갔다.

돌을 깐 대로大路는 흰옷을 입은 남녀로 북적댔다. 여자들은 남자들 사이에서 자유롭게 오고가 있었다. 그는 어렸을 때 북경을 방문한 적이 있었다. 부친이 청나라 황제에게 공물을 갖다 바치는 사절로 임명되자, 15세의 소년이었던 그는 같이 데려가 주기를 간청했던 것이다. 넓고 먼지 많은 북경의 길거리를 걸으면서 그는 몇몇 거지와 장사하는 여자 이외에는 여자들의 모습을 전혀 볼 수 없어서 놀랐었다.

"청나라에는 여자가 없나요?"

그는 아버지에게 물어보았다.

"물론 있지. 그러나 여자들은 자기네 집에 갇혀 있다시피 하지. 우리나라에서는…."

그는 여기서 말을 멈추고 웃으면서 씁쓸한 듯이 고개를 저었다.

"여자들이 너무 극성스러워. 아내에게 눌려 지내는 남편에 대한 옛 얘기가 생각나느냐?"

그는 기억했다. 어떤 여관에서 같이 식사를 하면서 아버지는 아내가 집안을 쥐고 흔드는 바람에 고초를 겪는 옛날 어떤 원님 얘기를 들려주었다. 그 원님은 자기 고을의 백성들을 모두 모아놓고 자기의 괴로운 형편을 하소연했다. 그리고 나서 그는 자기와 마찬가지로 아내에게 눌려 지내는 사람은 방의 오른편으로 옮겨 앉으라고 분부했다. 사람들이 모두 옮겨 앉았는데 한 사람만 왼편으로 앉았다. 사람들은 비록 한 사람일망정 왼쪽에 남아 있는 그를 보고 놀랐으며, 원님은 그 사람이야말로 남자다움의 표상이라고 칭찬했다.

"자, 말해 보게. 자네는 어떻게 해서 그처럼 남자로서 자기 자신을 지킬 수 있는가?"

원님이 물었다.

사나이는 조그마하고 겁 많은 친구였는데, 어리둥절한 채로 다음과 같이 떠듬떠듬 설명할 뿐이었다. 즉, 그는 이게 어떻게 된 영문인지 알 수가 없으며, 자기는 다만 사람들 틈에 끼지 말라고 항상 분부하는 아내의 말에 복종했을 따름이라는 것이었다.

"나도 물론… 언제나 네 어머니의 시하時下에 있다. 상황이 극도로 악화되는 경우엔 그래도 여자는 남자 없이 살 수 없어, 하고 자위하지. 왜냐하면 여자에게 아이를 낳게 하는 열쇠는 우리 남자들이 쥐고 있으니까."

일한은 그런 거리낌없는 얘기에 얼굴이 붉어졌고, 그의 아버지는 껄껄 웃어댔던 것이다. 일한이 그때 일을 생각하며 빙그레 웃음 짓고 있는데, 콩기름 병을 머리에 이고 오던 키가 큰 촌 아낙네가 소리쳤다.

"정신 차리고 걸어요, 이 양반아!"

그는 황급히 옆으로 물러서서 길을 비켜 주었다. 그리고 웃음으로 반짝이는 아낙의 까막눈이 그를 곁눈질하는 것을 보았다. 그는 옆으로 본 여자의 얼굴에 감탄했다. 참으로 잘생겼다, 이 나라 사람들은! 그는 청나라나 일본 장사꾼들도 본 적이 있다. 일본 사람들은 체구가 작고, 중국 사람들은 피부가 누런 데다 머리칼은 더 까맣고 빳빳하다. 이 고상한 사람들이 어떤 불행을 타고 났기에 남들이 탐내는, 좁고 산이 많은 땅에 갇혀 있는 것인가! 만약 이 백성들을 평화롭게 내버려 두기만 한다면, 마음대로 꿈을 꾸게 내버려 두기만 한다면 그들은 노래를 만들고, 시를 짓고, 그림을 그릴 것이 아닌가! 그러나 그것은 불가능하다. 이제 바야흐로 주위의 굶주린 나라들은 입맛을 다시고 있고, 문관인 동반은 점점 부패해 가고 있으며, 호시탐탐하는 서반은 또다시 밑으로부터 위협을 가하고 있는 것이다.

그는 숭례문崇禮門이라고 불리는 남쪽 대문에 멈춰 서서 몇 시에 해가 떨어지는지 수문장에게 물어보았다. 해가 진 후에는 문이 닫히고 공무가 있는 사람 이외에는 아무도 출입이 허락되지 않기 때문이었다.

오른쪽 눈이 사팔뜨기인 키 큰 수문장은 서쪽 하늘을 찡그리며 바라보더니 짐작으로 대답했다.

"어디까지 가시는데요, 대감?"

그가 물었다.

"아버님을 뵈러 가는 길일세."

수문장은 일한이 김씨 가문 사람임을 깨닫고는 창을 내리며 공손하게 말했다.

"대감께서는 어르신네와 차 두 잔 정도 마실 시간이 있으십니다."

"고맙네."

일한은 거대한 대문을 나오자 평소처럼 멈춰 서서 뒤를 돌아보았다. 이 문은 서울의 여덟 대문 중 하나인데, 그 문들은 어느 것이나 사람들이 마음대로 출입할 수 있었다. 다만 전란이 있을 경우 임금님께서 피난하는 길목이므로 평상시에는 닫혀 있는 북문과 죄인들이 성 밖에서 처형될 때에 지나가는 길인 서소문만은 예외였다. 또한 강물이 그 밑으로 흐르므로 수구문水口門이라고 불리는 문이 있었다. 그것은 또한 죽은 사람을 장지葬地로 옮겨 갈 때에 지나가는 문이기도 했다. 죽은 사람은 모두 그 문을 통과해야 했지만, 돌아가신 왕은 다른 문을 통과할 수도 있었다.

남대문은 목조 건물로서 빨강, 파랑, 초록, 노랑의 색깔로 채색되어 있었다. 그 이층 건물은 커다란 성벽 위로 우뚝 솟아 있었고, 아래층은 위층보다 넓었으며, 위층의 벽에는 활을 쏠 수 있도록 여기저기 구멍이 뚫려 있었다. 지붕에는 기와가 입혀져 있고, 네 귀퉁이는 북경의 궁성 지붕과 대문처럼 살짝 들려 있었다. 일한이 어렸을 때 들은 얘기에 의하면, 장난을 치면서 지붕을 미끄러져 내려와 일을 저지르고, 집 안으로 들어가 선량한 사람들을 괴롭히며 말썽을 일으키는 도깨비들을 잡는 데에는 그런 지붕이 훨씬 좋다는 것이었다.

그는 열세 살 되던 해에 그 문에 올라간 적이 있는데, 거기서 나무에 깊숙이 새겨진 옛 이름을 발견했다. 그것은 옛날 어느 왕자의 이름이었다. 그 왕자 역시 다른 아이들과 마찬가지로 자기 이름을 영원히 매끄러운 표면에 새겨 놓기를 원했던 것이다. 일한도 자기 이름을 그 왕자의 이름 밑에 새기고 싶었으나 망설이다가 고개를 드니 파수병 하나가 지켜보고 있었다. 일한은 그때 적의에 찬 서반의 눈을 피해 달아났었다. 일한은 그러한 기억을 떨쳐 버리고 산을 바라보았다. 그리고는 먼지가 이는 자갈길을 점잖게 걸어갔다. 하인은 눈에 띄지 않을 정도로 멀리 떨어져서 그의 뒤를 따르고 있었다. 험준하고 뾰족뾰족한 바위산으로 둘러싸인 이 도시는 국토의 중심지이고, 나라의 심장부이다. 저쪽으로 가장 높게 솟은 것이 삼각산三角山인데, 그 세 개의 봉우리에는 아직도 길고 하얀 줄기를 이루며 눈이 쌓여 있었다. 그 외에도 남산과 북악산이 있다. 그리고 도시 성벽은 영은문迎恩門 — 이 명칭은 참으로 그럴듯한데, 왜냐하면 강대하면서도 아직까지는 우호적인 중국인들이 서쪽으로부터 들어오기 때문이었다 — 이라는 서쪽 문으로부터 시작하여 이들 산의 주름 사이로 도성을 들쭉날쭉 둘러싸며 동쪽으로 흥인지문興仁之門에 이르기까지 굽이굽이 뻗쳐 있는 것이다. 흥인지문은 참으로 아이러니컬한 이름인 것이, 3백 년 전에 저 땅딸막하고 잔인한 촌뜨기 악당 히데요시가 일본으로부터 이 문을 통해서 쳐들어온 것이다.

일한은 무르익은 봄 햇살 속에 펼쳐진 풍경을 즐기면서 천천히 걸었다. 여자들과 어린아이들은 풀이 돋아난 샛길을 따라가며 기나긴 겨울 동안 말리거나 절인 야채 밖에는 먹지 못해 무척이나 구미가 당기는 신선한 나물을 캐고 있었다. 들판 너머 잿빛 산허리는 무리를 지어 피어나는 진달래꽃으로 마치 불타는 듯했다. 껍질을 벗겨 짓이긴 다음 삶아서 깨소금과 간장에 무쳐 먹는 도라지 뿌리, 흰 질경이, 들국화 순 같은 신선한 산나물을 찾아 헤매는 사람들이 산꼭대기에까지도 있었다. 이것들은 모두 쌀밥과 국에 곁들이면 향긋한 맛을 돋운다. 그는 아직도 어머니의 살림 솜씨를 낱낱이 기억하고 있었다.

순희는 영리한 주부이다. 그러나 일한의 어머니는 구식 여자여서 두부 한 모도 사려고 하지 않았다. 그는 어렸을 때 어머니가 중심이 되어 일을 하는 곳으로 따라다녔다. 그리고는 냉수에 밤새도록 담가두는 콩에다 그 어린 손을 넣기도 하고, 어머니가 이튿날 아침에 불린 콩을 맷돌로 가는 것을 돕는가 하면, 그것을 찌고 끓여서 희고 말랑말랑한 두부모를 만드는 것을 돕기도 했다. 그는 이런 순서를 순희에게 일일이 일러 주었지만, 그녀는 자기 고집대로, 요즈음 세상에는 집에서 김치만 담그면 그만이라고 우기는 바람에 두부는 사 먹는 수밖에 없었다.

"아무리 그렇더라도 집에서 만든 음식이 제일이오. 우리 어머니의 간장 솜씨는…."

일한은 자기 의견을 내세워 봤다.

아, 그 간장 맛이라니! 여기까지 생각하자 산뜻한 봄공기로 허기가 느껴졌다. 그의 어머니는 메주콩을 뭉개질 때까지 삶아서는 나무 등걸을 움푹하게 파내어 만든 오래된 절구에 넣고 찧었는데, 그 절구 공이는 양쪽 끝이 둥그스름한 나무로 만든 것이어서 어느 쪽으로나 사용할 수 있었다. 그것이 끝나면 어머니는 뭉개진 콩을 둥그렇게 뭉치고, 새끼로 얽어서 부엌 천장에다 매다는 것이었다. 오늘 같은 봄날, 어머니는 그것을 다시 끌러 몇 조각으로 쪼갠 다음 매운 고추를 띄워 간을 한 물속에 담그는 것이었다. 그는 집에서 만든 그런 음식을 다시는 맛보지 못할 것이다. 일한의 어머니는 그가 결혼하던 해에 돌아가셨고, 따라서 당신의 첫 손자를 보지 못했다. 어머니가 임종 시 한 말은 "손자 얼굴을 못 보고 마는구나!"였다.

어머니는 살기 위해 갖은 애를 썼지만 결국은 죽음을 맞고 말았다. 어머니를 생각하면서 그는 맑은 날씨와 아름다운 시골 풍경도 잊고 무겁게 발걸음을 옮겼다. 그리하여 부친이 살고 있는 집 근처의 조그만 개울에 놓인 다리를 건널 때는 오후도 한참 기울어진 무렵이었다.

둑을 따라 쭉 빨래하는 여자들이 쭈그리고 앉아 넓적한 돌 위에 흰 옷가지를 놓고 방망이질을 하고 있었다. 방망이는 맑은 대기 속으로 시원스런 음향을 울려 보내고 있었다. 사랑스럽고 친근한 시골 풍경, 평화로운 분위기는 그의 가슴을 아프게 했다. 언제까지 이런 생활이 변하지 않고 남아 있을 것인가?

일한이 들어서자 아버지는 붓을 내려놓았다. 아들이 왔다는 전갈이 있었지만, 그는 글씨를 쓰던 낮은 책상 위로 그림자가 어른거리는 것을 보고서야 고개를 들었다. 일한은 엎드려 절을 했다. 아버지는 머리를 끄덕여 응대하고 방바닥의 방석을 가리켰다. 일한이 방석 위에 앉자 하인 한 사람이 그의 겉옷을 받아들었다.

아버지는 아들을 향하여 눈처럼 흰 눈썹을 치켜올렸다.

"오늘은 어떻게 여길 왔느냐? 조정에 나가야 하는 것 아니냐?"

"아버님, 아버님의 둘째 손자가 건강하고, 벌써 젖을 빨고 있다는 것을 말씀드리려고 왔습니다."

"좋은 소식이다. 좋은 소식이야!"

노인은 소리쳤다. 쭈글쭈글한 주름살이 웃음으로 치켜 올라가고, 얼마 안 되는 회색 수염이 그의 턱 위에서 떨렸다.

"네, 아이는 아시다시피 어제 아침나절에 났는데, 잘생겼고 튼튼하며 큰놈보다 약간 작은 정도입니다. 외양은 나무랄 데가 없습니다. 그런데…."

그는 아이의 귀를 생각하고 말을 멈췄다.

"그런데?"

아버지가 다음 말을 기다리다가 재촉했다.

"그 애의 왼쪽 귀가 좀 온전치 못합니다. 사소한 흠입니다만…."

"김씨 가문에 흠이란 없느니라. 틀림없이 네 처가인 박씨의 혈통에서 온 것이겠지."

노인은 단호하게 말했다.

일한은 화제를 바꾸려고 하였다. 실상 그는 아버지의 뜻과는 다소 안 맞게 결혼을 했던 것이다. 아버지는 내심 박씨보다는 이씨를 원했지만, 그 무렵 이씨 문중에는 혼기에 이른 딸이 없었던 것이다. 아버지는 손을 들어 그의 말문을 막고 엉성한 수염을 잡아당기며 계속했다.

"말하자면… 나는 이씨 집안에 흠이 있다는 소린 듣지 못했다. 뛰어난 재능은 신체의 아름다움과 병존하는 거란다. 이것이 오늘날에 이르기까지 이씨의 특질이라고 할 수 있어. 그들은 선비일 뿐만이 아니야. 예를 들자면 이 방바닥도 말이다… 이 온돌 바닥도 단순히 걷거나 앉기 위해서만 만들어진 것이 아니라, 따스하게끔…."

아버지는 자기 옆의 방바닥을 주먹으로 내리쳤다.

일한은 전에도 몇 번이나 들은 적이 있는 이야기를 참을성 있게 들었다. 그의 아버지는 이씨 왕조의 발명에 대해 이야기했다. 예를 들면, 지금은 어느 집에나 있는 온돌방은 옆에 붙어 있는 부엌보다 한 자는 더 높이 놓여 있었다. 부엌의 아궁이로부터 다섯 개의 방고래가 벽 밑으로 해서 온돌방으로 뚫려 있다. 이 방고래 위를 가로질러서 구들장이 놓인다. 돌로 된 구들장 위로 다시 진흙을 얹고, 그 다음에 모래와 회를 깐다. 다시 그 위에 종이를 바르는데, 마지막으로 바르는 장판이라고 하는 종이는 뽕나무로 만든 것이다. 장판은 매우 튼튼하고 질기다. 그 장판에 콩을 간 것과 들기름으로 콩댐을 한 후 말리면 방바닥은 미색을 띠며 매끄럽게 윤이 나고, 청소하기가 쉽다.

아버지가 온돌방의 칭찬을 마치면 그 다음에는 히데요시를 몰아낸 이순신 장군의 거북선 이야기가 나오게 마련이다. 일한은 그렇게 되리라고 짐작했고, 또 실제로 그렇게 되었다. 그리고 나서는 나라의 역사에 대한 해박한 연설이 시작되는 것이다. 일한은 아버지의 기분을 짐작했다. 연기에 열중하고 있는 위대한 배우! 과거에 대한 이야기를 할 때면 아버지의 눈에 광채가 보였다. 그리고 똑같은 자세를 취한 채 오랫동안 꼼짝도 않고 앉아 있었다. 그리고 나서는 그 여윈 얼굴에 고고하고도 오만한 표정을 지으면서 몸을 꼿꼿이 세우고, 마치 무기를 든 것처럼 오른팔을 쳐들며 이야기를 계속해 나가는 것이다. 그가 과거로 돌아갈 때에는 목소리조차 바뀌었다. 힘줄이 선 목에서는 젊은이 같은 힘찬 음성이 흘러나왔다. 반나절 가량을 이런 식으로 계속하다가 다시 이순신 장군으로 되돌아가, 장군이 어떻게 조선을 일본의 침략으로부터 구해냈는지까지에 이르는 것이다.

"우리는 결코 정복된 적이 없느니라. 앞으로도 김씨나 이씨는 절대로 정복되지 않을 것이다."

부친은 이렇게 결론을 내리며, 윤이 반질반질 나는 책상을 주먹으로 내리쳤다.

"그럼 아버지께서는 서반의 편을 드시는 건가요?"

일한이 짓궂게 물었다.

노인은 껄껄 웃으며 말했다.

"네가 애비의 마음을 떠보려는구나! 안 될 말이지, 안 돼. 나는 선비이고 동반이고, 따라서 평화를 사랑하는 사람이다, 나는 어머니의 무릎 위에서 배웠단다…"

여기서 그의 아버지는 눈을 지그시 감고 천천히 옛 시를 읊는 것이었다.

바람은 손이 없어도 초목을 뒤흔들고
달은 발이 없어도 하늘을 달리노라

"그럼 저희는 이제부터 서반을 두려워할 필요가 없겠군요?"

일한이 물었다.

아버지는 입술을 오므렸다.

"내 말은 그런 뜻이 아니야! 서반은 선비가 아니다. 그러나 세상 사람이 모두 선비가 될 수는 없는 노릇이다. 우리는 양쪽이 다 필요하다. 학문과 예술을 이해하기 위해서는 무엇인가가 있어야 하는 법이다. 서반은 그것을 가지고 있지 않아."

부친은 이마를 가볍게 치고는 입을 다물었다. 그리고 그렇게도 많은 이야기를 한 후, 자기 아들에게 할 말을 다했다는 뜻으로 침묵 속에서 눈을 감았다. 일한은 아버지의 고개가 가슴 위로 떨어지는 것을 본 후에야 조용히 일어나서 방을 나왔다.

때맞게 집을 떠나 한 시간 후 황혼 무렵에 성문 가까이 다다랐을 때, 그는 한 무리의 사람들이 소란을 피우며 아우성치는 것을 보았다. 그는 똑바로 걸어나갔다. 성문 가까이에 이르자 20~30명의 서반 사람들이 몽둥이와 창으로 문을 두드리는 것이 보였다.

성문을 부수는 데 정신이 팔려 그들은 일한이 가까이 다가가는 것을 알지 못했다. 그러나 성문은 육중하고 쇠로 둘러져 있으며, 안에는 어른 팔뚝보다도 굵은 쇠방망이로 빗장을 질러 놓았으므로 그들의 시도는 헛된 것이었다.

일한이 그들을 보고 소리쳤다.

"여러분, 왜들 그러십니까?"

그러자 사람들은 아우성을 멈추고 돌아서서 그를 바라보았다. 지휘자인 듯 보이는 사람이 무리 속에서 나섰다.

"저 빌어먹을 놈의 수문장이 우리가 오는 것을 보자 문을 잠가 버렸소. 해도 아직 지지 않았는데 말이오."

그들은 일한 주위로 몰려들었고, 일한은 그들의 흥분되고 노한 눈초리가 불타오르는 것을 느꼈다.

"동반이다. 동반이야, 동반."

이렇게 중얼거리는 소리가 들렸다.

"당신네들 말이 옳소. 성문이 너무 일찍 닫혔구려. 이 일을 상감께 말씀 올리다."

그가 조용히 말했다.

잠시 그들 사이에 침묵이 흘렀다. 그러자 그 지휘자는 더욱 거친 목소리로 소리쳤다.

"우리는 동반의 도움 따위는 원치 않아! 우리 손으로 문을 부셔 버리겠어."

그들은 또다시 성문으로 몰려들며, 일한을 그들 한가운데로 밀어 넣었다. 그는 생전 처음으로 뭇 사내들의 살 내음과 땀 냄새를 맡았다. 잔인하고 싸늘한 공포의 전율이 일시에 엄습해 옴을 느꼈다. 바로 그 순간, 그의 하인이 무리를 헤치고 나타났다. 일한은 이 하인이 자신의 지시를 어기고 줄곧 뒤따라 왔다는 것을 알았지만 무척 반가웠다.

"나으리, 소인이 그 수문장을 압니다요. 소인이 쪽문을 두드리면 나으리께서 오신 줄 알고 문을 열어 줄 것입니다요."

이렇게 말하면서 그는 한쪽 옆에 달린 조그만 쪽문으로 가서, 길에서 주운 돌로 미리 약속해 놓은 소리를 냈다. 문이 조금 열리자 하인이 안으로 들어갔다. 잠시 후 큰 성문이 갑자기 활짝 열리는 바람에 병사들이 무더기로 넘어졌다. 그들이 먼지 속에서 몸을 털고 일어나는 동안 일한은 그들의 눈에 띄지 않게 슬그머니 자기 집으로 향했고, 하인은 다시 말없이 그 뒤를 따랐다.

봄이 지나고 조용히 여름이 되었다. 순희는 산후 조리를 하고 다시 집안일을 돌보기 시작했다. 모든 것이 순조로웠다. 젖도 잘 나오고 아이는 무럭무럭 자랐다. 큰아들은 이제 어머니가 다시 자기에게 관심을 쏟아 주자 심술을 덜 부렸다. 어느 맑은 날 아침, 그녀는 아들의 손목을 잡고 뽕나무밭으로 바람을 쐬러 나갔다. 무성한 뽕잎은 푸르고 부드러웠다. 그녀가 이렇게 나온 것은 뽕잎이 누에의 먹이로 알맞게 자랐는지 알아보고자 함이었다. 누에치기는 그녀의 소일거리일 뿐이었다. 명주를 짜는 것은 성 밖에 있는 집안 소유의 땅에서 소작인들이 하는 일이었기 때문이다. 하지만 그녀는 어렸을 적 나이 먹은 유모의 시중을 받던 때부터 명주 짜는 일을 좋아했다. 뾰족한 붓끝으로 종이 위에 찍은 점보다 더 작은 알이 따뜻한 누에 자리에서 부화될 때부터 명주가 몇 겹으로 그녀의 팔에 안기는 마지막 순간까지의 일이 좋았던 것이다. 그렇기 때문에 비록 본격적인 길쌈은 시골에서 하게 되지만, 조그만 베틀을 행랑채에 두고 해마다 행랑어멈과 함께 명주를 짰던 것이다. 그 일은 즐거움일 뿐만 아니라 의무이기도 했다. 왕비도 손수 누에를 쳐 길쌈을 하고, 상감도 논을 갈아야 했던 것처럼 말이다. 조용하고 맑은 날 아침, 그녀는 아들과 함께 뽕나무밭을 거닐면서 잎사귀를 만져 보기도 하고, 그것을 따서 혀로 맛을 보기도 했다. 잎사귀가 아직까지는 억세거나 쓰지 않았다. 그러나 절대로 시기를 놓쳐서는 안 되었다.

"오늘 당장 누에알을 놓아야겠구나, 얘야."

그녀는 아들에게 말했다.

그리고는 뽕잎이 피기 전에 알이 부화孵化되지 않도록 겨울부터 이른봄까지 알을 얼음 위에 보관해 두는 행랑채로 갔다. 그녀는 행랑어멈에게 알을 담을 큰 광주리를 준비하도록 일렀다. 그들이 바쁘게 서두르는 동안 어린아이는 이곳저곳을 신이 나서 돌아다녔다.

"지금 당장 누에가 나왔으면 좋겠어요."

아이는 성미 급하게 소리 질렀다.

순희는 웃었다.

"저것들은 알에 지나지 않잖니! 우리가 따뜻하게 해 주어야 해. 그러면 누에가 자라기 시작하고, 껍질이 작아지면서 밖으로 나오게 되는 거야."

어린아이는 하루에도 수십 번씩 언제 누에가 나오느냐고 물었는데, 며칠 후 길이는 3밀리도 안 되고 명주실처럼 가느다란 수천 마리의 조그만 생명체가 쏟아져 나왔다. 여자들은 곱게 썬 뽕잎으로 광주리의 밑바닥을 덮고 그 위에다 조심스레 새끼 누에를 쓸어 넣었다. 사흘 밤낮으로 여자들은 3시간마다 그 조그만 생명체에게 먹이를 주었고, 순희는 일한이 자고 있는 동안 몇 번씩이나 잠자리에서 일어나 달빛이 비치는 마당을 가로질러 누에가 어떻게 자라는지 보는 것이었다.

사흘이 지나자 누에는 먹기를 그치고 첫잠을 준비했다. 그리고는 머리카락처럼 가는 실을 뽑아내 꼿꼿이 쳐들고 있는 머리만 빼놓고 뽕잎에 몸을 잡아매는 것이었다. 천천히 누에의 색깔이 변해 갔다.

"이것 봐라. 누에가 잠옷으로 갈아입고 있다."

순희는 큰아들에게 말했다.

순희가 아들과 함께 기다리는 동안 누에들은 머리를 쳐들고 하루나 이틀쯤 잠을 잤다.

"누에가 다음엔 무엇을 하나요?"

아이가 물었다. 요즈음 그는 공부는 물론이고 선생과 함께 있으려고도 하지 않았다. 누에와 누에가 하는 일 외에는 아무것도 생각할 수 없었기 때문이다. 아이에게는 그것들이 요술을 부리고 둔갑을 하는 마술 같은 존재가 되어 버렸다. 순희도 마찬가지였다. 그녀는 젖을 먹일 때 이외에는 갓난애 옆에 붙어 있을 수가 없었다. 그녀는 어린애가 젖을 다 빨기가 무섭게 아이 보는 여자의 팔에 안기고는 행랑채로 가는 것이었다.

"이제는 누에가 허물을 벗어야 한단다. 껍질이 너무 작아졌기 때문이야. 누에는 잠자는 동안에 새 껍질을 만들어야 해."

순희가 아들에게 설명해 주었다.

"그럼 나도 언젠가는 껍질을 벗어야 하나요?"

어린아이는 겁먹은 목소리로 물었다.

"아니, 네 껍질은 늘어나게 되어 있어."

순희가 웃으며 대답했다.

이때 그녀는 일한의 발자국 소리를 들었다. 일한은 누에치는 일이 여자의 소관이어서 거기에 흥미가 없는 체했지만, 누에가 어떻게 되어 가나 살펴보고, 또 그것들이 상징하는 생명의 과정을 관찰하기 위하여 가끔 들르곤 했다. 그가 아들의 질문을 받았다.

"아니, 너도 너무 자라면 껍질을 벗지. 한 껍질, 한 껍질 벗어 던지지만 너는 그것을 느끼지 못할 게다. 네가 알지 못하는 사이에 크고 강한 사람으로 변해 가는 거야. 그리고 네 얼굴과 몸에도 털이 나게 되지. 그렇게 되면 완전히 어른이 되는 거란다."

그가 아들에게 말했다. 어린아이는 가만히 듣고 있더니, 입을 실룩거리며 곧 울음을 터뜨릴 것 같았다.

"얼굴과 몸에 왜 털이 나요?"

아이는 조그만 소리로 물었다. 그러자 순희는 아들을 끌어안았다.

"당신은 아이를 놀라게 하는군요. 울지 마라, 아가. 너도 언젠가는 어른이 되는 것을 좋아하겠지. 어른이 된다는 것은, 즉 강하고 젊고 또 네 아이를 가질 수 있게 된다는 것은 아름다운 일이란다."

어린아이는 이 새로운 생각에 대한 놀라움으로 울음을 그쳤다.

"누가 엄마가 되나요?"

"우리가 찾아주마."

순희는 말하면서 아이의 머리 위로 자기가 좋아하는 표정을 짓고 있는 남편의 눈과 마주쳤다.

누에는 네 번이나 그 껍질이 아주 작아질 때까지 먹고, 잠을 자고, 허물을 벗었다. 막판에는 몸이 커진 누에가 어찌나 억세게 뽕잎을 뜯어먹던지 나무는 거의 벗겨지다시피 하고, 잎사귀를 씹을 때 턱을 놀리는 소리가 바깥마당에서도 들릴 지경이었다. 누에방 근처에서는 남녀를 막론하고 누구도 담배를 피우지 못했다. 담배연기를 맡으면 누에가 죽기 때문이다.

누에를 키우면서 순희는 내내 누에방 주위를 떠나지 못했다.

"아, 참 신기하기도 하지."

그녀는 애정 어린 목소리로 중얼거렸다.

마침내 누에는 밝고 투명한 은백색銀白色으로 변했다. 이것은 누에가 고치를 짓고 나방으로 변할 준비가 되었음을 의미하는 것이다. 여자들은 고치를 지을 수 있도록 볏짚을 넣어 줬다. 누에들은 지침指針이 되게끔 몇 가닥의 실을 볏짚에 잡아 매 놓고는 머리를 이쪽저쪽으로 움직이면서 고치를 만드는 것이다. 누에는 고치 안에서도 머리를 이리저리 움직여 마침내 질기고도 부드러운 명주 보금자리를 만들고 자신은 번데기가 된다. 하나의 고치는 길이가 수천 자에 이르는 가느다란 섬유로 되어 있다. 이제는 다음 해의 씨를 받을 가장 훌륭하고 큰 고치를 가려내야 한다. 이렇게 가려낸 고치는 명주를 뽑는데 쓰지 않고, 번데기가 나방이 되었을 때 뚫고 나가 종잇장 위에 알을 까도록 내버려 두는 것이다. 나방은 죽기 전에 4백 개의 알을 깐다. 그러나 다른 고치들은 나방이 되기 전에 끓는 물에 넣어 섬유를 서로 응결시키는 점액粘液을 녹여서 실을 뽑아낸다.

순희는 알을 얻으려고 나방이 나오게 한 고치도 버리지 않았다. 그녀는 행랑 여자들에게 이것도 끓이라고 시키는데, 여자들은 고치를 다 끓인 다음 그것을 모아 조그맣고 납작한 명주 방석을 만든다. 이것을 말려서 겨울옷 속에 대면 부드럽고 따뜻했다. 이런 식으로 순희는 집안일을 보살피며 충실하게 옛 풍습을 지켰다. 그래서 가족들의 평화는 확고하며 생명은 영원한 것인 양 살아온 것이다. 일한은 자기의 사랑하는 아내이자 온 집안의 어머니 역할을 하는 그녀가 집 안팎을 분주히 움직이는 것을 지켜보았다. 그는 부득이한 경우가 아니면 문밖의 세상사에 대해서 아내에게 말할 용기가 나지 않았다.

이러는 동안에 찬란한 하루하루가 지나갔다. 비는 때를 맞춰 내렸다. 역사 깊은 땅은 싱싱하고 푸르고 꽃이 피어 화사했으며, 사람들은 음력 5월 5일에 치르는 초여름 축제인 단오절端午節을 준비했다. 솔직히 말해서 일한은 이 명절이 여간 귀찮은 게 아니었다. 왜냐하면 순희는 부지런한 주부였고, 또 관습에 의하여, 이 명절은 집안을 청소하고 수리하며 단장하는 날이었기 때문이다. 장지문의 종이는 벗겨내고 새 종이를 발라야 하며, 온돌 바닥의 장판지까지도 갈아야 하는 것이다.

"내 서재만은 건드리지 마시오."

일한은 해마다 이런 말을 하였고, 일하는 여자들의 불평에도 불구하고 순희는 그의 말에 순종했다.

"대감께서 조정에 나가시는 날을 기다리기로 하자. 그때 몰래 서재로 숨어 들어가 요술쟁이처럼 일을 하는 거야. 그리고 돌아오시기 전에 모든 것을 말끔히 치워놓는 거지."

이것이 그녀의 상습적인 계략이었다. 한편 일한은 자기 주변의 집안일이 온통 행복한 혼잡에 빠져 있는 동안, 책더미 속에 몸을 감추어 버렸다. 방을 청소하고 마당도 깨끗이 쓸고 나면, 여자들은 빨래를 마친 다음 목욕을 하고 아이들을 씻겨 준다. 이때는 또한 여자들이 머리를 특별 손질하는 시기이다. 그들은 대야 속에 때가 잘 빠지고 유달리 상쾌하면서도 드문 향기를 남기는 창포菖蒲물을 붓는다. 그리고 숱이 많은 머리를 말릴 때에는 풀잎을 머리에, 또 양쪽 귓가에 꽂는다.

순희보다 교육을 못 받은 여자들은 여름의 무더위로 인한 질병을 창포물이 물리친다고 믿었다. 그러나 순희는 그 말이 맞는지 안 맞는지는 알 수 없었지만, 일한이 인정하지 않았기 때문에, 자기는 그런 미신을 반대한다고 말했다.

단오절은 역사가 있기 훨씬 이전부터 수천 년 동안이나 내려온 초여름의 축제, 기쁨과 자유의 날이었다. 그리고 순희는 비록 아내이고 어머니이기는 했으나 가슴속에는 소녀의 마음을 간직하고 있었다. 그래서 단오절 놀이인 그네 타기에 끼어들었다. 일한은 순희가 놀이를 좋아하는 것을 알고 있었기 때문에, 하인에게 마당 동쪽에 있는 큰 느티나무 가지에 밧줄을 매어 그네를 만들게 했다. 거기에서 일한은 순희와 그녀의 몸종이 그네 타는 것을 지켜보았다. 순희는 다른 어느 여자보다도 높이 올라갔다. 순희가 하늘 높이 붉은 치맛자락을 펄럭이고, 댕기에서 풀어져 나온 머리카락이 휘날리는 것을 볼 때면 일한은 심장의 고동이 멈추는 것 같았다. 만약에 밧줄이 끊어져서 그녀가 땅바닥에 떨어져 엉망이 된 채로 누워 있는 것을 보게 된다면 어떡할 것인가? 그러나 밧줄은 끊어진 적이 없었고, 앞으로도 그렇게 될 리는 만무하다고 믿으려 애썼다.

하지만 명절이 지나가면 그는 곧 그녀를 풀도록 했다. 그리고 밤이 되면, 그녀가 참을 수 없을 때까지 몇 번이고 새로운 정열로 그녀를 끌어안았다. 마침내 순희는 사랑의 표현이라고는 해도 너무나 힘껏 끌어안는 바람에 갇히기나 한 것처럼 느껴 "아이, 갑갑해요."하고 속삭였다.

일한이 팔을 늦추었지만 조금뿐이었고, 순희는 여전히 그의 품에 안겨 있었다.

"왜 아무 말씀 없으세요? 제가 노엽게 해 드렸나요?"

마침내 그녀가 물었다.

"아니오. 어떻게 내가 당신에게 노여워할 수 있겠소? 나는 행복하오. 하지만 우리의 행복에 중압감을 느끼게 되는구려."

"중압감을 느껴요?"

그녀는 말뜻을 이해하지 못하고 되뇌었다.

"이것이 언제까지나 계속될 수 있을까?"

"언제까지나 계속될 거예요. 우리가 죽는 날까지 계속될 거예요."

그녀는 밝은 목소리로 대답했다.

아내가 왜 죽는 얘기를 꺼내는 것일까? 그들이 죽을 수 있다는 생각에 대해서 일한은 크게 호통을 치고 싶었지만 그대로 침묵을 지켰다. 그가 두려워하는 것은 오랜 삶을 조용하고 달콤하게 끝맺는 죽음이 아니라, 문밖에서 노리고 있는 난폭하고 돌연한 죽음이었다. 그러나 일한과 순희의 차이는 남자와 여자 사이에 놓인, 다리가 놓아진 적도 없고 또 다리를 놓을 수도 없는 끝없는 심연이었다. 일한의 생활은 바깥일에 집중되어 있었고, 집안에서 일어나는 일들은 주된 관심 사항 밖이었다. 기쁜 일이건 귀찮은 일이건 그에게 집안일은 모두 생활의 주류主流에서 벗어난 사소한 것에 지나지 않았다. 집안에서 일어나는 일은 모두 순희에게 맡겨 놓았고, 하루가 끝난 밤에 자기 이야기를 들어주지 않는다고 순희가 불평할 때면 빙그레 웃을 뿐이었다.

"당신이 모든 일을 잘 처리하고 있다는 것을 알고 있소."

그는 항상 이렇게 대답했다. 그녀는 이런 두루뭉술한 대답을 받아들이려고 하지 않았다.

"집안일을 걱정하시지 않는다면, 그럼 무엇을 생각하신단 말씀이에요?"

그녀가 캐물었다.

"그건 간단하게 설명할 수 있는 일이 아닌데, 그걸 묻는 것이 이런 밤에 적합한 일이라고 생각하오?"

그는 이렇게 대꾸하면서 아내를 즐겁게 하고 자기도 즐거워지는 사랑의 행위를 하는 것이었다.

이럭저럭 여름이 흘러가서 낮은 뜨겁고 밤은 선선해졌다. 얽히고 설킨 일로 정신이 없고 혼란스러웠던 탓에 일한은 날이 가고 달이 가는 것을 생각할 겨를이 없었다.

어느 날 아침, 그는 늦잠에서 혼자 깼다. 갓 뽑은 배추의 가을 내음이 코를 찌른다. 벌써 김장을 할 때가 되었던가? 그는 일어나서 창밖을 내다보았다. 옳거니, 밭에서 들여온 배추가 마당에 수북이 쌓여 있었다. 틀림없이 그 전날에 들여왔을 것이다. 식모 둘이 자배기에 든 소금물로 배추를 씻고 있고, 다른 식모 둘은 길고 하얗게 살찐 무의 흙을 털고 있었다. 한편에서는 또 다른 식모 둘이 배추와 무를 잘게 썰고 있었다. 순희는 이 맑은 아침에 파란색 앞치마를 두르고 마당에 내다놓은 상 위에서 양념을 버무리고 있었다. 빨갛고 매운 고추, 다진 생강, 파, 마늘, 다진 고기를 남편의 입에 맞게 김씨 집안의 김장 방식에 따라서 버무리는 것이다. 결혼하던 첫 해에는 그녀가 박씨 집안의 방식대로 김치를 너무 싱겁게 담가서 일한은 마땅치 않았다. 처음 맛을 보고는 젓가락을 도로 내려놓았던 것이다.

"당신은 김치 담그는 법을 어머님께 배워야겠소."

그는 순희에게 말했었다. 그녀는 울컥 화가 난 눈치였다.

"저는 김씨 집안의 김치는 못 먹겠어요. 혀가 얼얼해요."

"그럼, 당신은 박씨 집안의 김치를 만들어 혼자 드시구려. 난 어머님께 담가 달라 할 테니."

그가 대꾸했다.

그녀는 남편의 말을 따를 생각이 없는 듯했으나 이듬해엔 김씨네 방식을 따라 김장을 담갔다. 근래 일한은 해마다 습관처럼 김장 김치 한 쪽을 입에 넣고 맛을 보았었다.

그는 싱긋 웃고 하품을 하면서 일어나 세수를 하고 그날 할 일에 대비했다. 그는 옷을 입고 마당으로 내려갔다. 순희는 그가 언제나 바쁘고 집안일에 무심하다고 또 은근히 나무랐다. 아낙네들은 그가 나타나자 조용해졌다. 주인이 김치 맛을 본 후, 고개를 끄덕이며 주인 마나님과 이야기하고 있는 것을 그들은 엿듣지도 않는 듯했고 쳐다보지도 않았다.

"오늘 아침에는 또 어디를 가시는 거예요? 매일 아침만 자시면 나가시고 으슥할 때까지 볼 수조차 없으니, 그러면서도 어디 갔다 오셨다든가, 내일은 또 어디에 가신다는 말씀 한마디 안 하시잖아요."

순희는 부엌칼에 시선을 떨구면서 말했다.

"오늘밤에 돌아와서 다 얘기해 주겠소. 어서 아침이나 차려 주구려. 나가 보게."

일한의 무뚝뚝한 말에는 아내를 복종케 하는 그 무엇이 있었다. 그녀는 식모 한 사람을 불러 일을 맡기고는 손을 씻고 남편을 따라 방으로 들어갔다. 여느 때와 다름없이 일한은 잠자코 밥과 국, 소금에 절인 찬들이 차려진 아침을 들었다. 순희는 아이들이 가까이 못 오게 내보냈다. 큰아들은 선생에게 보내고, 겨우 기기 시작하는 작은아들은 유모에게 맡겼다. 그녀는 산후 6개월까지는 아이에게 직접 젖을 먹이고, 아이가 유아기의 어려운 고비를 넘기면 유모에게 아이를 맡겼다. 유모는 건강한 시골 여인으로서 아이들이 어떤 음식이든 먹을 수 있는 두세 살이 될 때까지 젖을 먹였다.

이날 아침, 그녀는 혼자서 일한의 시중을 들고, 그가 밥상을 물린 후에 얌전히 아침을 들었다.

"야위셨네요. 무슨 걱정이라도 있으세요?"

마침내 그녀가 남편을 바라보며 물었다.

"당신이 상관할 일은 아니오."

일한이 방석에서 일어서자 그녀는 재빨리 남편의 두루마기를 가져왔다. 다정하고 염려스러운 표정들을 주고받으며 그들은 헤어졌다. 마음속에 품고 있는 것을 아내에게 말할 수는 없었다. 그동안 잠자코 있는 것이 나으리라 싶어 봄부터 쓰기 시작했던 건의서를 덮어 두고 있었는데, 정세로 보아 더 이상 침묵을 지킬 수도 없어 끝을 맺었으며, 그건 지금 중전의 손에 들어가 있었다.

그는 혼자만 입궐하라는 중전의 명을 받고 있었다. 동시에 상감은 그의 아버지를 불렀다. 지금까지는 부자가 함께 어명을 받은 터였다. 이번에 따로 부르는 것은 상감과 중전의 새로운 분열을 의미하는 것일까? 알 수 없는 일이었다. 일한으로서는 그저 복종할 수밖에 없었다.

그래서 그는 평상시의 나들이옷을 입고 집을 나섰다. 그의 도포는 눈보다도 희고, 빳빳한 말총으로 엮은 검은 갓이 턱 밑에 매여 있었다. 그는 맑은 아침에 걷는 것이 상쾌하여 양반답게, 그리고 선비답게 천천히 걸었다. 많은 사람이 그를 알아보고 공손히 인사를 했다. 그의 풍채를 보고 사람들은 길을 비켜 주었는데, 그렇다고 해서 상놈 근성이나 어떤 두려움 때문에 그러는 것은 아니었다. 사실 이 민족은 두려움이 없었다. 위험과 재난이 끊이지 않았지만, 이웃 나라들이 탐내는 땅을 하늘이 주셨으니 태연하고, 명분이 뚜렷하니 두렵지 않았다. 그들은 인사를 하고는 제 갈 길을 갔고, 일한도 걸음을 재촉했다.

일한의 아버지는 언제나 궐 안에서 그를 만나곤 하였다. 그러나 일한이 대궐문에 나타나자, 문구멍으로 내다보던 수문장은 황급히 문을 열어 주고는 곧 닫아 버렸다.

"아버님이 예 계신가?"

일한이 물었다.

"새벽녘부터 상감과 함께 계십니다만, 중전마마께서 대감은 비원 秘苑의 후궁으로 오시라 하옵니다. 그리고 춘부장 말씀이 대감께서 알현을 먼저 끝내면 여기서 기다리라 하셨고, 당신께서 먼저 끝내시면 대감을 기다리겠다고 하셨사옵니다."

일한은 망설였다. 중전께서 왜 그런 식으로 자신을 은밀히 불렀는지, 아버지께는 어떻게 말씀드려야 할지, 또 나중에 상감께는 뭐라 아뢰어야 할지 당혹스러웠던 것이다. 대궐에서나 여염집에서나 비밀은 없었다. 그의 아버지가 이미 상감을 알현하고 있다는 것과 그는 왕비만 만나고 있다는 사실, 또한 이것이 설명하기 어려운 분열이라는 것을 누구나 알게 될 것이다. 그러나 어쩌랴? 그는 명령에 복종할 수밖에 없었다. 그는 더 이상 얘기를 않고 수문장을 따라 대궐에 들어갔다.

국화의 계절이라 일대는 그 고상한 꽃으로 찬란했다. 비원은 오솔길을 따라 국화로 물결을 이루고 꽃구름이 덮인 듯했다. 이윽고 그는 궁의 석단으로 올라가는 돌층계 앞에 안내되었다. 수문장이 호위병에게 그의 입궐을 전하고 호위병은 또 내관에게 알릴 때까지 그는 조각을 하고 칠을 한 문 앞에서 기다렸다.

문이 열리고, 그는 다시 길로 안내되었다. 그 방은 전에도 중전의 부름으로 여러 번 온 적이 있는 방이었지만, 전에는 항상 아버지와 함께였다. 놋쇠로 테를 두른 나지막한 탁자와 푹신한 보료가 방을 아늑하게 했다. 맞은편 벽에는 옛 화가가 그린 족자가 걸려 있고, 방 모퉁이에는 보기 드물게 훌륭한 국화가 꽃병에 꽂혀 줄지어 있었다.

"앉으시오. 마마께서는 곧 아침 수라를 물리실 것입니다. 시녀들도 마마께서 입으실 옷을 들고 대령하고 있습니다. 마마께서는 여느 때처럼 접견실에서 맞으실 줄 압니다."

내관이 말했다.

일한은 자리에 앉아 내관이 은잔에 따라 주는 차를 고맙게 받았다. 중국에서 가져온 최고급 차로서, 자스민 내음이나 이국의 꽃향기를 풍기지 않는 부드러운 새싹으로 만든 것이었다. 그는 천천히 맛있게 마셨다. 잠시 후 내관이 다시 나타나 경건한 음성으로 외쳤다.

"중전마마 납시오."

일한은 일어서서 내관을 따라 다음 방으로 옮겼다. 남향으로서, 서쪽 벽의 단 위에 있는 옥좌 외에 다른 가구는 하나도 없는 큰 방이었다. 아무도 없었다. 그러나 그는 머리를 조아리고 시선을 마루에 고정시킨 채 경건하게 서서 기다렸다.

그리 오래 기다리지는 않았다, 백을 채 셀까 말까 하는 시간에 북쪽 벽의 휘장이 걷히면서 중전이 나타났다. 그는 옥좌를 향해 걷는 중전이 다리를 뗄 때마다 붉은 옷자락이 흔들리는 것을 보았다. 고개를 숙인 채 그는 조용히 세 번 절을 했다.

중전이 먼저 말을 해야 했다. 중전은 적당한 인사말에 이어 말을 계속했다.

"경의 건의서는 받았소. 부친과 경을 따로 부른 것이 의아할 것이오. 하지만 그대는 너무 착실한 아들이라 만일 지난날처럼 함께 부르면 내가 상감과 같이 있으나 혼자 있으나 경의 부친만 말을 하고, 경은 말이 없거나 부친의 의견을 존중할 뿐, 경의 생각은 이야기하지 않을 것이오."

중전의 음성은 낭랑하고 젊음이 넘쳐흘렀다. 그는 중전의 얘기가 계속될 것임을 짐작하고 다소곳이 있었다. 중전은 계속해서 말했다.

"경의 건의서를 여러 번 읽었소. 어째서 그것을 내밀히 보냈소?"

'내밀히'라는 말에 그는 뜨거운 피가 가슴에서 귀까지 치밀어

오르는 것을 느끼면서, 귀를 빨갛게 만드는 피의 장난이 원망스러웠다.

모든 것을 관찰하는 중전은 그가 당황하고 있는 것을 알아챘다.

"경은 내가 묻는 것을 듣고 있소? 그 새빨개진 귀로 말이오."

중전이 웃었다. 그로서는 처음 보는 밝은 웃음이었다. 그는 웃지도 대답하지도 못하고 귀만 더욱 빨개지는 것 같았다. 그는 당황하면서 중전의 붉은 공단 치마 밑으로 내려다보이는 신의 코끝에 시선을 돌렸다. 은으로 장식한 이 조그마한 신발, 어쩌면 터키 여인의 신과도 비슷한 이런 신발이 어디에서 비롯되었을까? 하기는 어느 누가 자기 민족의 원천을 알랴? 수세기에 걸친 오랜 투쟁 속에서 그의 조상이었던 중앙아시아의 종족은 딴 종족들과 뒤섞였다. 지금 조선 왕비가 신고 있는 이 조그마한 신은 여인의 아름다움을 상징하는 잃어버린 징표였다.

"아니, 내 앞에서 꿈을 꾸고 있소?"

중전이 캐물었다. 그녀의 장난기 어린 음성에는 칼날이 숨어 있었다. 그는 화들짝 놀라서 고개를 들어 무심코 중전의 얼굴을 보고는 다시 귀밑이 빨개졌다.

"그렇게 빨개질 것은 없소. 나도 젊은이들이 두려움 없이 쳐다볼 만큼 늙었소."

"황공하오이다, 마마."

일한이 말했다. 그는 시서을 중전의 동그스름하면서도 고집 세 보이는 턱에 고정시켰다. 중전의 입술은 부드럽게 말했지만 그 모습과 음성은 야무졌다.

"묻는 말에 왜 대답을 아니 하오?"

"마마."

그는 중전 앞에서 엉뚱하게도 신발 생각을 한 자신에게 화가 나서 목소리를 낮추어 엄숙하게 대답했다.
"신이 건의서를 올린 것은 청나라에 대한 충의를 잘 알기 때문이옵니다."

서로 너무나 잘 아는 것에 대해서는 말할 필요가 없었다. 그가 온 것은 상감이 대원군과 중전의 틈에 끼여 갈피를 못 잡고 있기 때문이었다. 말하자면 조선을 둘러싼 열강 간에 세력 균형을 이루게 함으로써 불안정하게나마 독립을 유지하려는 대원군의 생각과 청나라에 대한 중전의 절대적인 믿음 사이에서 상감은 이러지도 저러지도 못하고 있는 것이었다. 그래서 일한은 단도직입적으로 말하는 것을 피했다.

"마마, 신은 아직도 우리가 불란서 신부들을 살해한 것이 유감이옵니다. 그리고 분풀이로 미국 상선 제너럴셔먼 호號를 공격한 것은 더욱 그러하옵니다. 미국 선원을 죽인 것은 가장 어리석은 짓이었사옵니다."

중전은 오른손을 들어 그의 말을 막았다.

"미국 상선이 무슨 권리로 대동강 깊숙이 평양 근처까지 들어온단 말이오? 우리 조선 배들이, 그 무슨 강이든 미국의 강에 정박한 일이 있었소?"

"마마, 신은 잘 모르는 일이옵니다."

일한이 아뢰었다. 중전은 큰 소리로 말했다.

"들으시오, 우리는 배를 외국에 항해시키는 일이 없을뿐더러 그들의 강 이름도 모르오. 이런 무례한 서양 사람들은 모두 매일반이오. 누가 미국인들의 속셈을 알겠소. 다른 서양 나라에서 온 망명자, 배신자, 모반자, 집도 절도 없는 놈들이 모인 잡종들이라는 이야기를 들었을 뿐이오."

그는 더 이상 기다릴 수가 없었다.

"마마, 황공하옵게도 그들만이 우리의 유일한 희망이옵니다. 이미 광대한 땅을 갖고 있는 미국만이 제국 건설의 꿈이 없사옵니다. 따라서 우리의 우방이 될 수 있을 것이옵니다."

"나를 다그치는군, 그러나 난 상관하지 않소."

중전은 화를 냈다.

"마마, 황공하옵니다."

비단 옷자락 위로 드러난 중전의 단정한 손으로 일한의 눈길이 쏠렸다. 그는 무의식적으로 눈을 들어 중전의 얼굴을 바라보았다. 크고 검은 눈은 총명한 빛이 넘치고 검은 눈썹, 매끄럽고 흰 살결, 붉은 입술, 그리고 둥그런 턱이 한눈에 들어왔다. 그는 재빨리 시선을 떨구었다. 중전이 그의 시선을 눈치챘다 하더라도 구태여 말을 하지는 않았을 것이다. 중전은 생각에 잠긴 듯이 그리고 자신에게 다짐하듯이 말을 이었다.

"서양 국가들이 다른 나라를 사심 없이 대한 적이 있었던가? 그들은 무역과 종교를 빙자하지만 실제 목적은 우리 국토의 염탐에 있지. 나는 서양 국가들을 절대로 받아들이지 않을 것이오."

일한은 신중하게 말을 이었다.

"마마, 아뢰옵기 황공하오나, 최근 서양 국가에서 돌아온 일본 외교 사절은 일본 왕에게 이렇게 아뢰었다 하옵니다. 서양의 강대국들은 일본의 정한론자征韓論者 사이고西鄕가 조선에서 군사 정변을 일으키는 것을 못마땅하게 생각할 거라고 말입니다. 결과적으로 서양 국가들이 우리를 구원한 셈이옵니다, 중전마마!"

그의 말은 도가 지나쳤다. 중전은 벌떡 일어나서 앞으로 서너 걸음 다가서더니 쥘부채를 꺼내 엎드려 있는 일한의 오른뺨과 왼뺨을 번갈아 한 대씩 때리며 외쳤다.

"무엄한지고! 어디 감히! 나의 친구 서태후가 일본으로 하여금 우리와 조약을 맺게 하고 우리와 일본의 동등권을 인정한 게 불과 6년 전의 일이 아니냐? 우리를 구한 나라는 서양이 아닌 중국이다."

일한은 더 이상 참을 수 없었다. 그는 지엄한 중전마마의 앞이라는 사실을 잊었다. 그는 머리를 번쩍 들고 중전을 똑바로 쳐다보며 방이 쩌렁쩌렁 울리도록 큰 소리로 외쳤다.

"친선 조약이라고요? 친선 조약, 그것은 말장난입니다. 무장한 4백 명 군대를 끌고 온 사신이 우리에게 강요한 것입니다. 그로 인해 일본은 우리 국토에서 특권을 갖게 되었습니다. 일본이 대만을 침략하고 유구流球섬까지 삼켰는데 이제 우리가 어떻게 청나라에 의지할 수 있겠사옵니까?"

그 말을 듣고 중전도 크게 소리쳤다.

"그대는 이해하지 못하겠소? 우리는 나라가 작고 수가 적기 때문에 공격을 받고 침략을 당하는 것이오. 청나라가 우리의 종주국이 아니라면, 우리는 온갖 방식으로 침략을 당할 것이오. 우리가 대국과 친해야만 자유와 독립을 누릴 것이오. 그 대국은 노서아도 아니고 일본도 아니고, 또 미국… 절대로 미국도 아니오! 그것은 결단코 청나라일 수밖에 없소."

이때 그는 말문이 막히고 화가 나서 그 어느 신하도 이전에 한 일이 없는 행동을 했다. 그는 물러가라는 말씀이 없는데도 중전에게 등을 보이며 그 자리를 물러나왔다. 그가 머리를 높이 쳐들고 성큼성큼 궁전을 물러나올 때 그의 심장은 터질 듯이 뛰었다.

일한의 부친은 대궐 문에서 아들을 기다리고 있었다. 일한은 아버지와 함께 걸어가면서 아버지가 이야기하기를 기다렸다. '중전마마가 나하고만 이야기하고 싶어 했다'는 것을 어떻게 말할까? 그러나 일한의 아버지는 매우 만족스러워 보였다. 그는 옛 선비의 걸음으로 얼굴에는 미소를 띠며 점잖게 걸어갔다.

 아버지가 말을 꺼낼 기미를 보이지 않자 일한 역시 침묵을 지켰다. 때마침 날씨가 좋아서 사람들은 가을의 풍취를 즐기고 있었다. 겨울이 눈앞에 닥친 지금, 이렇게 좋은 날은 별로 남아 있지 않아서 다 소중했다. 시골집 사립문 앞에 있는 감나무에는 붉은 감이 주렁주렁 달렸고, 시장에 내갈 감은 바닥에 쌓여 있었다. 어린아이들은 감을 실컷 먹어 볼에 단물이 잔뜩 묻어 있었지만 아무도 나무라지 않았다. 이런 군중 속에서는 더더욱 중요한 문제를 이야기할 수가 없었다.

 "난 네 집에 가서 손자들이나 봐야겠다."

 아버지가 말했다.

 아버지와 아들이 따로 사는 것은 그리 흔한 일이 아니었다. 그러나 일한은 대궐에서 가까운 성 안에서 살고, 그의 부친은 대대로 살아온 성 밖의 시골집에서 살고 있었다. 그는 여기에서 벗들을 맞아 즐기고 시를 짓는 것으로 소일하며 때때로 왕실의 부름을 받을 뿐이었다.

 병상에서 모친이 일한에게 이렇게 말한 일이 있다.

 "네 아버님에 대해서는 딱 한 가지 불만이 있을 뿐이다. 그 양반은 다른 여자를 찾거나 도박을 하거나 그런 짓은 안 하셨어도 절대 친구 없이는 사실 수 없는 분이다."

 친구들 역시 한가한 양반들로, 아버지 집에 모여서 옛날의 영광을 회상하거나 조국의 영웅에 관한 일화를 이야기하거나, 일본의 불교가 조선을 통해서 건너가 개화했다는 것을 논하거나, 일본의 여러 가지 기념비적인 예술품과 문화재는 조선에서 훔쳐간 것이라는 이야기를 되풀이하였다. 일본인들이 인정할는지 모르지만 나라奈良에 있는 얼굴이 길고 아름다운 관음상은 조선에서 조각한 것이 아닌가! 이러한 분위기에서 많은 시가 나왔지만, 일한은 그런 시들을 별로 달갑게 여기지 않았다. 이렇게 위급하고 바쁜 시대에 걸맞지 않다고 생각해서였다.

순희에게 은근히 이런 불평을 했더니 그녀는 다른 의견을 말했다.

"그렇지 않지요. 과거의 영화를 되새겨 봐야 합니다. 우리의 조국을 사랑하는 것이 얼마나 가치가 있으며, 우리 민족이 얼마나 훌륭하였는지를 알아야 하니까요."

돌이 깔려 있는 길을 따라 일한은 아버지를 모시고 아무 말 없이 집까지 걸어갔다. 아버지는 사랑방으로 들어가고, 일한은 하인에게 아이들을 찾아서 할아버님을 뵙도록 하라고 일렀다.

"마님도 나오시라고 하게."

그는 하인의 등에 대고 일렀다.

부친이 보료 위에 앉자, 하녀가 차와 다식을 가져왔다. 일한은 아들로서 당연히 아랫자리에 앉았다. 잠시 후 순희가 아이들을 데리고 왔는데 큰놈은 손을 잡고, 작은놈은 유모에게 안겨서 들어왔다. 그녀는 공손히 절을 하고 나서 큰아들이 절하는 것을 물끄러미 지켜보았다. 조부도 손자를 대견스럽게 바라보며 물었다.

"큰애에게 이름을 지어 줄 때가 되지 않았느냐?"

"아버님께서 좀 지어 주세요."

순희가 대답했다.

순희는 방석 위에 다소곳이 앉았다. 그녀는 다른 집이었다면 그리 쉽게 시아버지 앞에 오지 못한다는 것을 잘 알고 있었다. 비록 조선 부인들은 일본 여자처럼 남편 앞에 무릎을 꿇지도 않고, 중국 여자처럼 발을 작게 싸매지도 않으며, 서양 부인들처럼 허리를 단단히 묶지 않는다고 하더라도 말이다. 조선에서는 남편과 아내의 지위가 동등하며, 아들이 컸다고 해서 어머니를 얕보지도 않는다.

왕실에서는 왕이 죽고 그 후계자가 너무 어리면, 어린 왕이 다 클 때까지 대비가 섭정을 한다. 일한은 아내를 사랑할 뿐 아니라 존중하였고, 또한 서양 부인들은 출입을 자유롭게 한다는 말을 들었기 때문에 그 역시 아내에게 자유를 주었다. 돌아가신 그의 어머니는 여자들이 바깥출입을 하지 않고 조용히 지낸, 살기 좋았던 옛날이야기를 많이 하였다. 어머니는 통행 허용 시간에만 부녀자들이 자유로이 나다닐 수 있던 옛날 관습이 그립다고 입버릇처럼 말했다. 그 당시의 관습은 매우 엄하여서, 만일 부녀자를 몰래 훔쳐보는 자가 있으면 그는 목이 잘리고 말았다.

"제가 몰래 순희를 훔쳐보면 어머님은 제 목을 선뜻 베시겠습니까?"

일한은 언젠가 어머니에게 물어보았다.

"내가 너를 그보다는 잘 가르쳤겠지."

어머니의 대꾸였다. 그러나 순희는 몸가짐이 단정하였다. 지금 그녀는 남편과 시아버지 앞에서 머리를 다소곳이 숙이고, 그들의 얼굴을 보지 않았다. 조부는 손자의 이름을 생각하고 있었.

드디어 그가 말했다.

"우리 큰손자는 보통 아이가 아니다. 이놈은 기상이 뛰어나고 머리가 영특하다. 기상은 젊은이의 특징이기는 하지만, 이놈은 유달리 출중하다. 게다가 이 아이는 봄에 태어났으니, 한 해의 봄을 뜻하는 연춘年春이라고 하자."

일한과 순희는 서로의 뜻을 알아보려고 시선을 교환한 후, 일한이 자기들 생각을 말했다.

"아버님, 이름이 좋습니다. 감사합니다."

방안의 분위기는 썩 좋았는데, 이때 마침 새 이름을 얻은 아이는 할아버지 옆의 책상 아래에 있는 생쥐를 보았다. 겨울이 다가오면 귀뚜라미나 거미 또는 쥐들이 집안으로 기어들어, 닥쳐올 추위를 피하려고 한다. 귀뚜라미나 거미는 별로 해가 되지 않지만, 쥐는 해로웠다. 또 사람들은 계집아이가 쥐와 같이 놀게 되면 밥을 제대로 못 짓게 된다고 믿었다. 그러므로 하녀들은 쥐를 보면 언제나 내쫓아 버렸다. 책상 밑에 도사리고 있는 쥐를 본 어린아이는 큰 소리를 지르면서 손가락으로 그 쥐를 가리켰다. 다른 사람들은 아이가 무서움에 질린 얼굴을 하고 할아버지를 손가락질한다고 생각할 수밖에 없었다.

조부는 당황하였고, 일한은 부끄러웠다. 일한이 엄하게 말했다.

"이놈을 데려가라."

그러나 어린아이는 어머니 손에서 빠져나와 책상 앞으로 달려가 그 아래를 들여다보았다. 이때 쥐가 뛰어나오자 아기를 안고 있던 유모가 깜짝 놀랐다. 이번에는 유모가 소리를 지르며 아기를 데리고 방에서 급히 나갔다. 순희도 일어나 몇 발자국 뒤로 물러섰다. 이 소동을 보고 일한이 일어나 벌벌 떠는 쥐를 손으로 잡아서 뜰과 통하는 문에 놓아주었다. 그는 불교 신자는 아니지만, 살아있는 것을 죽여서는 안 된다는 불교의 가르침이 몸과 마음에 배어 있었다. 파리가 얼굴에 앉아 귀찮게 해도 죽이지 않고 날려보냈다. 모기도 마찬가지였다.

이러한 소동이 끝난 후, 그가 아내에게 눈짓을 하자 순희는 그 뜻을 알아차리고 큰아들을 데리고 방을 나갔다. 이젠 두 사람만 방에 남았다. 잠시 침묵이 흐른 후, 일한의 부친이 감상을 말했다.

"참 이상하지. 여자와 어린이가 있는 데서는 어디서나 소동이 일어나니 말이다. 그들이 있으면 아무 일도 할 수 없단 말이야."

이러한 말을 하고 나서 그는 중요한 문제로 화제를 돌렸다.

"지금 상감께서는 은퇴한 대원군의 정책을 시행하지 않을 생각이

시다. 그러나 대원군은 상감의 아버님이시니, 상감도 외국과 조속히 조약을 맺고 싶어 하지는 않으신다. 청나라는 우리가 미국과 조약을 맺었으면 하기 때문에 상감은 지금 혼란에 빠져 계신다. 그런 조약으로 어떤 결과가 오리라는 것은 익히 알고 있지 않느냐? 일본과 6년 전에 맺은 조약 때문에 일본의 잔인한 군대가 대만과 유구섬을 침략하였다. 그렇다면 우리가 왜 다른 나라와 조약을 맺어야 하겠느냐? 나는 상감께 대원군의 정책이 옳다고 진언하였다. 우리는 세계로부터 고립하여야 한다. 우리는 계속 은둔국이 되어야 한다. 그렇지 않으면 우리는 독립은 물론, 나라 자체도 유지하지 못할 것이다. 우리의 찬란한 역사는 망각의 바다에 빠질 것이고, 우리는 더 이상 존재할 수 없게 된다."

아버지의 음성은 마치 시를 읊을 때와 같은 곡조를 띠고 있었는데, 일한은 그것이 자못 귀에 거슬렸다. 그는 중전의 부름을 받고, 그의 아버지는 상감의 부름을 받았다. 중전의 세력이 강하기는 해도 중전은 여자이고, 만약 국왕의 뜻과 그녀의 뜻이 충돌하면 국왕의 뜻을 좇아야 하는 것이다. 이 점에서 일한의 아버지는 일한보다 더욱 힘이 있었다. 이제 나라를 위하여 그는 아버지의 뜻에 반대해야 했다.

"아버님! 대원군도 잘못이고 아버님도 잘못입니다. 두 분 다 존경하기 때문에 이런 말씀을 드리는 것입니다. 청나라의 이홍장李鴻章이 그렇게 권한 데는 다 이유가 있습니다. 미국은 우리나라를 위협하지 않습니다. 그 나라는 멀리 떨어져 있는 신생 강대국이고 또 국토가 광대하다고 들었습니다. 그들은 우리의 작은 땅 덩어리는 필요 없고 오직 무역을 원할 뿐입니다."

그러자 일한의 부친이 약간 화난 어조로 끼어들었다.

"틀린 것은 너다. 시대를 바로 보지 못하는구나. 영국이 인도를 먹을 때 무역 말고 다른 방법을 사용하더냐? 그들은 아무 사심 없이 무역만을 원하며, 그 무역은 인도 국민에게 이익이 된다고 했다. 사심 없다고? 그 결과가 어찌 되었지? 인도는 지배를 받게 되었고, 그 국민의 굴욕은 끝이 없다. 무역을 통하여 영국은 더욱 부자가 되고 힘이 커지는 반면, 인도는 더욱 가난해지고 약해졌다. 너 같은 젊은이들이 역사를 제대로 공부하지 않다니! 과거를 살펴야 현재를 잘 볼 수 있고 미래를 예견할 수 있는 법이다."

일한은 그의 부친이 화를 냈음에도 불구하고 그리 놀라지 않았는데, 부친의 말은 중전이 한 말과 같았기 때문이다. 그들이 말하는 것에도 일리가 있었으나 그것은 피상적이었다. 일한이 말했다.

"우리가 정말로 경계하여야 할 나라는 노서아와 일본입니다. 이 두 나라의 통치자들은 탐욕스럽고, 그 국민들은 통치자의 속셈을 모릅니다. 더구나 그 나라들은 평화를 사랑하지 않습니다. 일본은 작은 나라이므로 야심이 큽니다. 작은 사람들은 자기 스스로에게 만족하지 못하기 때문에 한번 야심을 품으면 무섭습니다. 일본은 큰 머리를 가진 작은 사람입니다. 우리는 야심이 없는 큰 나라와 맹방이 되어야 이 작은 나라의 침략을 막을 수 있습니다. 청나라라 할지라도 지금은 우리를 보호할 수 없습니다. 우리는 서양 우방을 가져야 합니다. 이홍장은 이 점을 알고 우리에 대한 종주권을 유지하려고 협조자를 찾고 있습니다. 그래서 우리더러 미국과 조약을 맺으라고 충고하는 것입니다. 그리고…."

그의 부친은 더 이상 들으려 하지 않았다. 그는 자리에서 일어나 갓을 쓰고 부채를 접어서 흰 도포의 소매에 넣었다. 그는 가겠다는 말도 하지 않고 성큼성큼 집을 나갔다. 그는 머리를 곧추세우고 아랫입술을 쭉 내밀고 걸었다. 일한은 아버지가 가는 것을 지켜볼 뿐, 뒤쫓아 가지는 않았다.

일한은 한 시간 전에 중전 앞을 나올 때의 자기 모습도 저러했을 것이라고 생각하며 한숨을 쉬고 머리를 가로 저었다. 아버지와 아들의 뜻이 맞지 않고 왕비와 신하가 싸움을 하게 되면, 이 나라는 어디서 평화를 찾을 수 있단 말인가?

평소 일한은 자기의 의문에 만족스런 해답을 얻지 못할 경우 책을 읽었는데, 이번에는 우연히 조선 후기에 씌어진 시조를 발견했다.

> 바람아 부지 마라 나뭇잎 다 지것다
> 세월아 가지 마라 고운 얼굴 다 늙는다
> 늙는 인생 막을 길 없으니 이를 슬어하노라.

자기 민족을 위해 해야 할 바를 다할 만큼 과연 인생이 길겠는가? 그는 갑자기 화창한 가을날이 어두워졌음을 깨달았다. 바람이 우수수 일고, 지붕을 두드리는 빗소리가 귀를 울렸다.

"미안해요."
순희가 말했다.
조용한 밤이었다. 아이들은 잠들고 문은 다 잠겨 있었다. 일한이 겉옷을 벗자 아내는 옷을 잘 개어 장롱 속에 넣었다.
"미안하다구요?"
그는 되물었다.
"오늘 아침의 쥐… 그리고 큰애 말이에요."
"아, 나는 벌써 잊어버렸소."
일한은 흰 명주로 만든 내의가 나올 때까지 계속 옷을 벗었다. 그리고는 아내가 잠옷을 꺼내 놓자 그걸 입었다. 그러자 아내가 살며시 물었다.

"요새 밤낮으로 어떤 생각을 하세요? 당신이 우리를 보고 있을 때도 생각은 딴 데 가 있는 것 같아요. 저는 우리 큰애가 왜 그렇게 자주 심술을 부리는지 생각해 봤어요. 아인 당신을 신처럼 믿고 있답니다. 그런데 당신은 그 애에게 말을 건네시지 않아요. 저에게조차 기껏 하신단 말씀이 시장하시다거나, 목마르다거나, 뭘 해 달라거나 그런 것들뿐이시잖아요."

아내의 말이 옳았고, 그도 이를 인정했다. 그러나 자기의 우울한 예감을 어떻게 아내에게 설명할 수 있겠는가? 아니, 어떻게 하면 그 느낌을 자신에게조차 설명할 수 있겠는가? 그는 어깨 너머로 아내에게 웃음을 던지면서 미닫이문을 열고 나왔다. 정원은 가을 달빛을 듬뿍 받고 있었다. 거의 보름달이었다. 하인들이 도적을 쫓기 위해 석등에 불을 켜 놓았지만 달빛이 더욱 밝게 빛나고 있었다. 그는 돌담 위로 도시를 둘러싼 높은 산들을 바라보았다. 거친 산봉우리는 달빛에 반사되어 부드러운 빛을 뿜고 있었다. 다시 그의 가슴은 조국에 대한 사랑으로 벅차올랐다. 그의 아름다운 조국은 삼면이 바다로 둘러싸여 있고, 북쪽으로는 백두산이 장벽을 치고 있으며, 남북을 관통하는 산맥이 길게 뻗어 있다. 이 산맥 속에 금, 은 그리고 다른 광물이 얼마나 많이 숨어 있을까? 오랫동안 사람들은 한강에서만 금을 채취했어도 그 양은 끝이 없지 않았던가. 서양에는 사람들이 산을 파서 생긴 굴이 있다는 걸 읽은 적이 있고, 거기서 자연 속에 파묻힌 금은보화를 파낸다는 것도 알고 있다. 이 나라의 풍부한 자원은 이제껏 개발되지 않은 채 햇빛 보기를 기다리고 있다.

산맥과 산맥 사이에는 비옥한 골짜기가 있고, 굽이굽이 흐르는 강의 유역에는 들판이 있는데, 남녀노소 할 것 없이 이 들판을 원시적인 도구로 힘들여 경작한다. 계절은 쉬지 않고 바뀌어 봄에 뿌린 씨앗을 가을에 추수하는데, 이것 역시 소중하다. 농사일에 대해 그는 대충 알고 있었으나 부친의 집이 있는 곳 이외에 먼 시골까지 가 보지는 못했다. 그는 선비의 아들이었고 노동을 해본 적이 없었다. 김씨 가문은 토지를 많이 가지고 있었지만, 그는 이 땅을 조금은 부끄럽게 생각하였다. 왕실의 환심을 사지 못했거나 부정부패, 고리대금업이 아니었다면 김씨 가문이 어떻게 축재할 수 있었겠는가? 그의 아버지도, 그의 아버지까지도 그런 일을 하였다.

그가 창문에서 돌아서자 순희가 서서 기다리고 있었다. 그녀의 고운 얼굴은 걱정에 잠겨 있고, 흰옷은 날씬한 몸매를 감싸며 안개처럼 잔잔히 흔들리고 있었다.

"여보…."

그는 말을 하려다 끊었다.

"네?"

순희는 속삭이듯 대답했다. 그는 아내가 무엇을 바라는지 알고 있었다. 그녀의 온화한 웃음, 부드럽고 수줍음에 찬 목소리, 무언가를 갈망하는 검은 눈, 그녀의 전신이 그를 사랑의 보금자리로 초대하고자 기다리고 있었다. 그러나 일한은 초대에 응할 수 없었다.

"나는 걱정이 있소. 오늘 밤 나는 나랏일을 생각하고 싶소."

순희는 그대로 우아하게 물러섰다.

"저는 당신만을 생각해요."

그녀는 이렇게 말하고 나서 일한을 혼자 두었다.

다음날 아침, 그는 일찍 눈을 떴다. 햇살이 창호지 문틈으로 스며들고 있었다. 그는 날씨가 쾌청한 것을 보고, 옷을 갈아입고 정원으로 나갔다. 공기는 차가웠지만 땅은 온기가 있었고, 길가의 풀잎과 돌 위에는 큰 이슬방울이 맺혀 있었다. 바위 턱을 타고 흐르며 반짝이는 작은 개울 옆에 있는 소나무 사이로는 가을 국화가 밝게 빛나고 있었다. 그는 길게 뻗은 오솔길을 따라 걸어갔다. 그는 푸른 자기로 만든 중국식 정원용 의자에 앉아 자기 집 지붕의 낮고 미끈한 곡선을 바라보았다. 이 집은 수백 년 전에 세워졌다. 바윗돌로 놓은 초석, 회색 벽돌벽, 흙을 구워서 만든 기와지붕 등등. 그러나 이 집의 안정성은 외견뿐이었다. 농민들의 동요, 구세대와 신세대의 갈등, 또는 전쟁이 언제 그의 집을 부숴 버릴지 모를 일이다. 외국의 폭군이 이 땅을 지배한다면 이 집은 감옥이 될지도 모른다. 외국의 침략을 물리칠 힘이 그의 백성에게 있을까? 우리 적은 우리 손으로 막아야 한다. 옛 친구인 청나라는 너무 쇠약해서 자기네 백성도 보호하지 못하고, 노서아와 일본은 서로 으르렁대는 적국일 뿐이다.

그의 백성은 도대체 얼마나 힘이 있을까?

이에 대한 답은 자신에게 반문하는 것 말고는 달리 알 길이 없다. 문득 그의 마음속에 새로운 결심이 떠오른 것은 이날 아침, 곡선으로 이어진 지붕 밑에서 모든 가족이 고요히 잠들어 있는 이 아침이었다. 순례의 길을 떠나면 어떨까? 물론 속죄의 순례도 아니고, 그렇다고 다른 뚜렷한 이유가 있는 것도 아니다. 절이나 산을 찾으려는 것도 아니다. 그가 찾으려는 것은 그 자신이고, 스스로의 질문에 대한 답이다. 동서남북으로 여행하며 동포의 얼을 찾고자 하는 것이다. 그렇게 해야 나라가 침략을 받았을 때 백성들에게 무엇을 기대하고, 무엇을 요구할 수 있으며, 필요하다면 조국을 위하여 무엇을 할 수 있는지 알아낼 수 있을 것이다.

결심을 하고 나니 마음이 편했다. 그는 의문과 공포의 밀림 속에서 길을 잃었으나 이제 밀림을 벗어날 수 있는 길을 찾은 것 같았다. 그 길의 끝을 보지 못하게 될지라도 그 시작은 본 것이다. 그

길이 어디로 향한 것이든 그는 자유롭게 갈 수 있었다. 그러나 사랑하는 두 여인, 그의 아내인 순희와 중전이 마음에 걸렸다. 두 사람은 기꺼이 그를 보내 줄 것이다. 누구의 승낙을 먼저 받아야 할까? 얼른 결론이 나오지 않는다. 중전의 허락을 먼저 얻는다면 순희에게 왕비의 명령이라고 말할 수 있겠지. 하지만 그는 순희의 고집과 강인한 성격을 알고 있었고, 또 그녀의 사랑도 알고 있었다. 순희는 울면서 이렇게 말할 것이다.

"중전마마께는 썩 잘 된 일이겠죠. 중전마마는 이런 어려운 시대에 당신이 홀로 산천을 방황하도록 명령하실 수 있겠죠. 중전께는 그분의 명령에 따를 다른 사람도 많을 텐데, 그분에게는 사람이 많지만, 나에겐 오직 당신뿐인데, 나에게는 당신이 제일 소중해요. 저는 당신 없이는 살 수 없고, 또 제가 없으면 우리 아이들은 어떻게 되겠어요. 만일 당신이 영원히 돌아오시지 않는다면 어떻게 합니까? 만약…?"

일한은 이렇게 상상의 날개를 펴다가 그만두었다. 순희에게 먼저 말하리라. 그는 아내를 설득하는 것보다는 중전을 설득하는 편이 더 쉬우리라 생각하였다. 시간을 잘 골라야 한다. 순희의 기분이 한껏 흐뭇할 때가 좋겠지. 그는 잠시 생각에 잠기더니, 아내가 빙고氷庫를 새로 짓고 싶어 한다는 것을 생각해 냈다. 뜰 뒤편에 있는 오래된 빙고가 허물어져서 지난여름, 겨울에 저장했던 얼음이 일찍 녹아 7월 하순에 벌써 얼음이 다 떨어져 버렸던 것이다. 그는 순희의 살림살이를 위해 빙고를 다시 만들어야겠다고 결심했다. 그녀 자신을 위해서는 중국산 경옥硬玉을 사리라. 발그스레한 경옥은 순희가 그렇게도 갖고 싶어 했지만 아직도 얻지 못한 것으로서, 구하기가 힘들었다. 옥을 파는 상인들이 그저 간혹 가다가 가져올 뿐이었던 것이다. 아내는 백옥 비녀와 청옥 팔찌와 귀걸이는 가졌지만, 홍옥으로 된 것은 없었다. 아내는 금색 덧저고리의 큰 단추를 홍옥으로 만들고 싶어 했다. 그는 자신이 이런 수단까지 궁리하는 것을 생각하고 빙그레 웃음 지었다. 그러나 일한은 아내의 성품이 고상하다는 것을 알고 있었기 때문에 가끔씩 아내가 속이 좁은 것도 사랑스러웠다. 그녀에게서 이런저런 약점을 발견하는 것조차 그에겐 즐거운 일이었다.

그날 밤 일한이 빙고에 대해 말을 꺼내려 할 때, 다행히도 아내가 먼저 그 얘기를 하기 시작했다. 그날 큰놈이 보이지 않아 하인들이 반나절이나 그 애 이름을 부르며 곳곳을 찾아다녔다는 것이다. 마침내 하인들이 빙고 있는 곳에서 희미한 목소리가 나는 것을 듣게 되었다. 큰애는 빙고의 반쯤 열린 문으로 기어들어가 문을 닫았는데, 문 닫는 진동으로 돌이 굴러 떨어져 문을 막는 바람에 빙고 안에 갇혀 버렸다.

순희는 그 이야기를 하면서 숨을 헐떡였다.

"아 글쎄, 가슴이 어찌나 뛰는지 죽는 줄 알았어요. 우리가 그 아일 찾지 못했더라면 겨울이 되어 빙고에 얼음을 저장하러 들어가서야 시체로 변한 그 애를 발견하게 되었겠죠. 생각만 해도 끔찍해요. 여보, 빙고를 꼭 새로 지어 주세요. 그 아이를 잃었다면 어떻게 되었겠어요?"

그는 아내를 달래면서 말했다.

"진정하오, 도대체 그 애 선생은 어디 있었단 말이오?"

"아, 당신께 말씀드린다는 것을 깜박 잊었군요. 사흘 말미를 얻어 자기 집으로 돌아갔어요. 약혼을 한다더군요."

"그러면 그놈을 따라다니며 시중을 드는 하녀는 어디 갔었소?"

"요새는 김장때라는 것을 당신도 아시잖아요. 손이 백 개가 있어도 모자라는 판이에요. 제가 어제 좋은 김장거리를 구해 오라고 시골에 보냈어요."

"알았소. 변명을 모두 곧이듣겠소."

일한이 말했다.

"변명이 아니라니까요."

일한은 심각하게 말을 이었다.

"빙고를 곧 새로 짓게 하리다. 그러나 당신에게 말할 것이 있소. 나는 한동안 집을 떠나 있어야겠소. 내가 없는 동안…."

"떠나신다구요? 왜요?"

그녀가 다그쳐 물었다.

"내 말을 마저 들으시오. 내가 없는 동안 큰놈을 돌볼 사람이 없으면 내가 어떻게 마음을 놓겠소? 낡은 빙고는 곧 헐어 버린다고 합시다. 그러나 큰 아이의 성격으로 보아 그놈은 새로운 모험을 하려고 할 거요."

"그런데 왜 떠나려고 하십니까?"

그녀가 따져 물었다.

"그것이 나의 의무라는 걸 알았기 때문이오."

일한은 대답하고 나서 이야기를 하고 싶지 않을 때면 으레 하던 습관대로 일어나 나갔다.

그는 방을 나와 큰아들이 자고 있는 방으로 들어갔다. 아이는 요 위에서 팔을 벌린 채로 자고 있었다. 잠든 아이의 얼굴은 평화롭고 아름다웠다. 그렇게도 아비의 속을 썩이는 불같은 성격의 아이가 이렇듯 천진스럽게 자고 있는 모습을 보니 코끝이 찡했다. 아이는 분노와 장난과 파괴의 화신으로 변하기 일쑤였기 때문에 일한은 간혹 아이에게 악신惡神이 들린 것은 아닐까 하고 걱정을 한 적이 한두 번이 아니었다. 언젠가 그 아이는 고양이 새끼 한 마리가 자기한테 오려 하지 않는다고 목을 졸라 죽인 일이 있었다. 한번은 어린 동생의 손을 물어 피를 본 일이 있었다. 또 한 번은 돌로 거북이의 등을 부숴 버린 일도 있었다. 이런 일들을 생각하면 일한은 몸이 떨렸다. 그러나 또 이와는 전혀 다른 때도 있었다. 깨물린 동생의 손에 자기가 제일 좋아하는 장난감을 쥐어 주기도 하고, 바람이 불어서 둥지에서 떨어진 새끼 새 한 마리가 너무 어려서 그가 주는 모이조차 먹지 못하자 눈물을 흘리기도 했다. 그리고 사랑에 굶주려 아버지의 품을 파고들던 때는 얼마나 많았던가. 이런 자식을 두고 떠나는 것이 옳은 일일까? 그렇다. 그가 하려고 하는 일은 자식을 위한 것이기도 했다. 자기 자신보다도 자식들을 위하여 나라가 안전하여야 한다.

그날 밤, 그가 너무나 엄숙하게 침묵을 지켰으므로 순희는 감히 그에게 말을 건네지도 못했다. 그녀는 남편이 한 말에 두려움을 느끼고 있었다. 잠이 들기 전에 그녀는 남편에게 가만히 다가갔고, 일한은 아내의 유순함과 소심함에 마음이 움직여 그녀를 포근히 안아 주었다.

이튿날, 그가 중전이 거처하는 비원의 문에서 중전의 알현을 청하자 문지기가 안에 들어갔다 오더니, 중전마마는 오늘 비원의 정자에서 여가를 즐기고 있다고 전했다. 들어와도 좋다는 허락이 내린 후, 그는 정자의 삼각형 지붕 아래에 있는 작은 방으로 인도되었다. 중전은 꽃과 낙엽이 가득 쌓인 탁자 옆에서 철에 맞게 적갈색과 자색 치마저고리를 입고 서 있었다.

중전의 기분이 썩 좋은 것을 알 수 있었는데, 까다로운 예식을 차리지도 않고 또 요구하지도 않았기 때문이다.

"들어오시오. 나는 약장略裝(간편한 복장)을 하고 여가를 즐기고 있소. 어려운 문제를 꺼내지 않기 바라오. 경은 언제나 몹시 점잖을 빼므로 경이 어떤 생각을 하는지 알 수가 없소. 아마 비밀로 꽉 차 있겠지."

중전은 한껏 기분 좋게 웃으며 이야기했다. 왕비의 지위가 아니라도 중전은 역시 아름다운 여인이라는 생각이 들었다. 그러나 왕비에 대하여 감히 이런 생각을 해서는 안 된다는 것을 깨닫고 일한은 급히 말씀을 올렸다.

"중전마마, 소신은 마마의 즐거움을 방해하려고 온 것이 아니오라 한 가지 청이 있어 왔사옵니다."

"말해 보시오."

분부를 하고 나서, 중전은 낭자에서 비녀를 뽑더니 노란 국화 한 송이를 끼워 다시 꽂았다. 그 꽃은 중전의 흰 목덜미에서 보석같이 빛났다. 그는 얼른 눈길을 돌렸다.

"소신이 몇 달 동안 마마의 곁을 떠나 있어야겠다는 청이옵니다. 정확히 몇 달이라고 할 수는 없지만, 전국 방방곡곡을 여행하며, 지위 고하를 막론하고 많은 사람을 만나 그들의 힘과 솜씨와 기질을 두루 살피고 오겠습니다. 돌아와서 마마께 말씀을 올리겠나이다. 그래야만 우리가 어떻게 해야 나라를 지킬 수 있을지 알게 될 것이옵니다."

비록 중전이 한 여인의 차림으로 앞에 서 있다고는 하지만, 그는 신하의 도리를 지켜 낮은 목소리로, 그러나 또렷하게 청을 드렸다. 중전은 빠른 걸음으로 다가오더니 그의 오른팔을 두 손으로 잡아끌었다.

"안 되오, 안 돼."

중전이 속삭였다.

일한은 뒤로 물러서려고 했으나, 중전이 그를 놓지 않았다. 그는 피가 거꾸로 흐르는 듯, 어지럼증을 느꼈다. 그녀의 이러한 행동은 무엇을 의미하는 것일까? 그의 놀란 얼굴 밑으로 중전이 눈을 내리깔았다. 중전은 그를 놓아 주고 뒤로 물러서더니 다시 위엄을 차렸다.

"그럴 만한 이유가 있소."

중전은 낮은 목소리로 말을 꺼내더니 주위를 살폈다. 가까이에는 아무도 없었다. 일한이 들어올 때 중전은 시녀들에게 후원 저쪽으로 물러가 있으라고 했는데, 여기서 그들의 모습은 보였으나 말소리는 들리지 않았다. 게다가 그들은 중전에게 등을 돌리고 있어야 했다. 일한은 돌같이 서서 꼼짝 않고 기다렸다. 그의 눈은 중전이 서 있는 이끼 낀 길을 주시하고 있었다.

중전은 다시 꽃꽂이를 하기 시작했다.

"나는 대원군이 권좌를 노리고 있다는 소문을 들었소."

중전은 어깨 너머로 말을 건넸다. 일한은 부끄러움과 안도감을 함께 느꼈다. 어찌하여 그는 감히 완벽한 혈통의 지엄한 중전이 한낱 여성으로 행동할 수 있다고 생각했을까? 우아하고 아름답다는 것이 그녀의 잘못이겠는가? 아까 그는 순간적으로 뒤로 물러나서 위험한 현장을 피하려는 충동을 느꼈었는데, 이는 중전이라 할지라도 자신을 유혹하여 순희와의 금실을 떼어 버릴 수는 없다는 것을 확인한 일종의 안도감도 느끼게 했다. 그는 아내에 대한 사랑 때문에 유혹에 흔들리지 않았고, 이러한 사실이 일한의 마음을 흡족하게 했다. 그는 냉정한 태도를 되찾고 입을 열었다.

"중전마마, 신은 그런 음모에 관해서는 들은 바가 없사옵니다."

"경이 알지 못하고 있는 일이 한두 가지인 줄 아시오?"

중전이 쏘아붙였다. 중전은 그에게 등을 돌리고 있었으나, 일한은 중전의 하얀 손이 꽃 사이에서 떨리는 것을 보았다.

"신의 부친도 그런 소문은 못 들은 줄로 알고 있사옵니다. 그런 소문을 들었으면 반드시 신에게 무슨 이야기를 했을 것이옵니다."

"경의 부친은 대원군과 친숙한 사이지 않소?"

"마마, 신의 부친은 의리를 아시는 분이옵니다. 그리고 또 충신이옵니다."

"하긴 상감도 내 말을 믿지 않는 터인데 경이라 해서 내 말을 믿을 리 없지."

중전은 나직한 목소리로 말했다.

"마마, 그런 소문은 어디서 들으신 것이옵니까?"

일한이 물었다.

"밤에 내 시중을 드는 젊은 시녀 하나가 대원군의 처소를 지키는 자와 혼인했는데, 그자가 소문을 듣고선 제 처에게 일러주었다오."

"아랫것들의 허튼 이야기이옵니다."

일한은 말하였다.

"하지만 나는 경이 가지 않기를 바라오."

일한은 곧바로 대답하지 않았다. 중전은 어깨 너머로 그를 바라보고 일한의 얼굴에 불만이 차 있는 것을 눈치 채고서 다시 입을 열었다.

"아니오, 내가 가지 말라는 명을 내린 건 아니오. 가서 마음껏 즐기시오."

"중전마마!"

중전은 더 이상 아무 말도 들으려 하지 않았다.

"가시오, 가라니깐."

중전은 참을 수 없다는 듯이 말하였다.

꽃밭에 중전을 남겨 두고 나온 일한의 마음이 편하지만은 않았으나 가슴속은 단호한 무엇인가로 설레고 있었다.

2

 사나이가 자기 나라를 둘러보는 방식에는 여러 가지가 있다. 부친 같았으면 준비가 대단했으리라는 것을 일한은 잘 알고 있었다. 바리바리 꾸린 옷가지며 이부자리, 먹을 것과 마실 것, 추위에 대비한 조그만 화로, 더위에 사용할 부채, 비 올 때 쓸 기름종이 우산, 여러 명의 하인과 말, 두툼한 솜방석을 댄 사인교 같은 온갖 준비가 필요했을 것이다. 그는 학자나 선비 또는 문인들을 만나 차와 술을 마셔 가면서 끝없이 시구(詩句)를 읊었을 것이다. 그리하여 떠났을 때에 비해 새로 알게 된 것이라곤 하나도 없는 상태로 돌아왔을 것이다. 어딜 가나 자기 세계에 파묻혀 있는 부친에게 그 외의 다른 세계란 없었던 것이다.
 일한은 아버지와 달랐다. 어린 시절부터 장성할 때까지 그를 가르쳤던 선생은, 늘 지식을 목마르게 추구해야 하며, 남들에게 배우려면 그들과 같은 입장에 서지 않으면 안 된다고 했다.

그래서 일한은 부자도 가난뱅이도 아닌 옷차림을 하고 말을 돌봐 줄 하인 한 명만을 데리고 가겠노라고 고집을 부려 아내를 놀라게 했다.

중전을 만난 지 닷새째 되는 초가을의 어느 서늘한 날, 일한은 길 떠날 채비를 했다. 말을 타고 하인 한 명과 단둘이 떠날 것이었다. 해야 할 일이 얼마나 중대한가를 잘 알고 있었지만 마음은 가벼웠다. 그는 여가를 즐기기 위해 집을 떠나 본 일이 없었다. 놀러 다니는 아이처럼 보일 터였기 때문이다. 또 그는 논다고 가장의 임무를 소홀히 할 사람이 아니었다. 그러나 이번 여행길엔 뚜렷한 목표가 있다. 이런 여행을 통해 부수적으로 기분 전환을 할 수 있다면 그것은 양심의 가책 없이 즐길 수 있는 것이다.

마지막 작별의 말이 오갔다. 그는 미닫이를 닫아 놓고 잠시 동안 순희와 둘만의 시간을 가졌다. 그는 순희를 껴안고 따뜻하고 부드러운 뺨에 자신의 뺨을 포갰다.

"어떻게 저를 두고 가실 수 있어요?"

그녀가 한숨을 쉬며 말했다.

"당신은 어떻게 날 떠나보낼 수 있소?"

그가 맞받았다. 순희는 장난스럽게 그를 밀쳤다.

"다 제 잘못이란 말인가요?"

영원히 떨어질 수 없다는 듯이 둘은 다시 부둥켜안았다.

"전 우리 둘 다 신기해요."

한참 뒤 그녀가 말했다.

이윽고 헤어지지 않으면 안 되는 순간이 오자 순희는 남편의 품에서 벗어났다. 그들은 아이들이 기다리고 있는 옆방으로 들어갔다. 큰아들은 선생과, 둘째는 유모와 함께였다. 일한은 자신이 왜 그 무엇보다도 나라를 더 사랑하게 됐는지 다시 한 번 의아스러웠다. 아버지가 떠날 채비를 하는 것을 보고 큰놈이 울기 시작했다. 일한은 큰아들을 품에 끌어안으면서 선생에게 또 한 번 당부했다.

"자네만 믿네. 이 아이한테서 잠시라도 눈을 떼는 일이 없도록 하게."

단호한 어조였다.

"책임지겠습니다."

일한은 큰 녀석을 여전히 허리에 매단 채로 유모한테서 둘째를 받아 안았다. 건강하고 느긋한 둘째는 날 때부터 침착하고 조용했다. 둥근 얼굴, 발그스레한 뺨에 검은 눈이 반짝였다. 둘째가 아버지를 보고 미소를 짓더니 옆에 모여 선 하인들과 어머니를 둘러보았다.

"작은 도련님은 도대체 우는 법이 없어요! 모든 걸 다 흡족해한답니다."

유모의 말이었다.

"이런 아들을 본 것도 내 복일세."

일한은 그렇게 대꾸하면서 아이를 유모에게 넘겨주었다. 그는 유모에게도 당부를 잊지 않았다.

"자네만 믿겠네."

"여부가 있겠습니까요, 나으리."

작별 인사는 끝났다. 부친께는 전날 인사를 올린만큼 다시 성가시게 해 드릴 필요가 없었다. 그는 대문 밖으로 나와 건너편 길로 접어들었다. 이웃 사람들이 몸조심 하라거나 냉수를 마시지 말라거나 산적을 조심하라는 말과 함께 그를 전송했다. 마침내 그 모두를 뒤로 한 채 그는 말고삐를 잡아당겨 서북문西北門을 통해 서울을 빠져나갔다. 처음에 북쪽으로 갔다가 그 다음에 다시 동쪽으로 가고 다시 남쪽으로 내려옴으로써 조국 반도半島의 중심부를 둘러볼 생각이었다. 그리고는 다시 서쪽 해안을 따라 북쪽으로 올라가서 한강 어구에 있는 강화도에까지 갈 것이다.

이제껏 가본 일은 없지만 강화도는 일한에게 소중한 섬이었다. 한민족의 역사가 거기서 시작됐기 때문이다. 사람들은 조선의 건국 시조인 단군이 기원전 2천여 년 무렵 하늘에서 이 강화도 산꼭대기로 내려오셨다고 믿고 있었다. 이 성스러운 탄신일로부터 4천 년 가까이 백성들은 숱한 임금을 섬기면서 평화롭게 살아왔다. 7백여 년 전 몽고의 오랑캐들이 대군을 이끌고 압록강을 건너 이 땅에 쳐들어오기 전까지는. 오랑캐를 막아낼 힘이 없었던 당시 임금과 왕실은 강화도로 피신했다. 임금은 강화도의 육지 쪽 해안에 성을 쌓으라는 명령을 내렸는데, 백성들은 그때 하늘나라에 계시던 단군께서 성 쌓는 일을 거들어 주도록 아들 세 분을 지상에 내려 보내셨다고들 했다. 그 뒤로 이 성을 삼랑성三郞城이라고 한다.

일한은 이 전설을 어렸을 때 들었다. 역사적 사실도 사실이지만 김씨 가문이 바로 강화도에서 시작됐기 때문에 조부는 강화 얘기를 즐겨 들려주셨던 것이다.

"강화도는 조선 독립의 본거지일 뿐만 아니라, 우리 가문이 시작된 곳이기도 하느니라."

조부께서는 곧잘 말씀하셨다.

"김씨 가문 사람들은 강화에서 전쟁이 일어날 때마다 나라를 위해 싸웠다. 몽고인들이 우리나라에서 금은보화를 몽땅 긁어 가지고 제나라로 돌아간 뒤 몇 백 년 동안 우리나라는 다시 태평성대를 누렸다. 중국 너머에 사는 어느 못된 오랑캐족이 다시 쳐들어오기 전까지는 말이다. 이번에도 우리의 보루는 강화도였다. 그런데 아쉽게도 오랑캐의 손에 삼랑성이 무너지고 말았다. 백성들은 왕 다음으로 높은 김씨 성을 가진 장군의 지휘 아래 굴하지 않고 다시 성을 쌓았고, 이번에도 외적을 물리쳤다. 놈들이 물러가자 우리는 다시 강화도에서 나와 우리 땅을 찾았다. 강화도에는 조선 민족의 불굴의 기상이 깃들어 있느니라."

그건 사실이었다. 일한이 기억하기로도 불란서 사람들이 서울에 쳐들어오려고 한 적이 있었고, 만약 그 때 서울로 통하는 유일한 통로인 한강이 뚫렸더라면 성공했을지도 모를 일이었다. 그러나 이번에도 입구인 삼랑성에서 불란서군을 막아내 서울을 지킬 수 있었던 것이다.

그는 산과 골, 바다와 논밭과 섬까지 방방곡곡 돌아다니면서 조국과 동족을 있는 그대로 살펴보리라고 결심했다.

대체 어떤 말로 남아의 조국에 대한 사랑을 표현할 수 있을 것인가? 어머니가 뱃속에 그를 품기 이전에 이미 일한은 조국의 땅덩어리에 잉태되어 있었다. 조상들이 자신들의 삶을 통해서 그를 만들어 낸 것이다. 조상들이 숨 쉬던 공기, 그들이 마시던 물, 그들이 먹은 음식은 땅에서 나온 것이었고, 그 땅에서 일한이 태어난 것이다. 중전마마와 처자식에게 작별을 고할 때, 일한은 조국에 대한 이 외곬의 치열한 사랑 외에 다른 모든 사랑은 당분간 접어 두기로 했다. 그리고 이제 그가 만나는 백성들, 눈에 비치는 풍경, 나날의 생활에 날이 갈수록 넓게 가슴과 머리를 열었다. 하인을 유일한 벗 삼아 낮이면 길을 가고 해가 지면 어디든 발 닿는 그 자리에서 잠을 잤다.

우선 북쪽으로 말머리를 향한 일한은 20일 남짓 만에 금강산에 도착했다. 금강산이라는 이름은 금강석이 나와서가 아니라 산봉우리에 들어선 절마다 태양보다 더 눈부신 깨달음을 비춰 준다고 해서 붙여진 것이었다. 그가 금강산에 발을 디딘 것은 이번이 처음이었다. 그전에는 거센 비바람에 깎여 나간 험산준령이라는 소문만 들었을 뿐이다. 곳곳에 기암괴석이 즐비했고, 그늘지고 비좁은 계곡에서는 하얀 물이 폭포수가 되었다가 큰 강줄기로 모여들어 반도를 둘러싸고 있는 바다로 빠져나갔다.

그는 위대한 지리학자 이중환이 자신이 태어나기 250여 년 전에 펴낸 책에서 이 나라의 산맥에 대한 이야기를 읽었다. 책에 의하면 산맥은 세 갈래의 큰 줄기를 이룬다. 덩치 큰 맹수의 등뼈처럼 나라의 북쪽에서 남쪽으로 뻗어나간 태백산맥과 북동쪽 구석에 나란히 뻗어 있는 세 개의 작은 산맥, 그리고 마지막으로 남서쪽에서 북쪽으로 뻗어 나가는 또 하나의 산맥이 그것이다. 비와 눈 녹은 물이 산등성이의 흙을 씻어내려 겨울이면 계곡마다 비옥한 침적토가 두텁게 쌓이곤 했다. 일한은 매일 말을 타고 북쪽으로 향하는 동안 이 땅이 얼마나 비옥한지 실감할 수 있었다. 논에서는 벼가 무르익어 황금빛으로 출렁이고, 감나무에서는 감이 노랗고 붉게 익어 가고 있었다. 잿빛 낭떠러지 앞에는 가늘고 키 큰 포플러 나무들이 노랗게 타오르는 촛불처럼 우뚝 솟아 있었다. 흙이 귀한 곳이라 몇 그루 되지는 않았지만, 한 그루 한 그루가 홀로 우뚝 서서 자태를 뽐냈다.

이런 숨 막힐 듯한 아름다움 속에서 하얀 두루마기를 입고 검정색 갓을 쓴 키 큰 사내들, 화사한 치마저고리에 바구니를 끼거나 물동이를 인 여자들이 마치 예언자나 시인처럼 오고 갔다. 어딜 가나 티없이 환한 시골 아이들이 눈에 띄었다. 밤이면 그 아이들을 가까이에서 볼 수 있었다. 날마다 해가 지면 맨 처음 발길 닿는 마을의 어느 초가집에서 하룻밤을 청하곤 했기 때문이다. 그들은 어려운 살림에도 어김없이 있는 반찬을 몽땅 털어 상을 차려오기 마련이었다. 밥 한 그릇에 된장국, 빈대떡과 새우젓에다 입맛 돋우는 김치, 그리고 밥상을 물릴 즈음엔 뜨거운 숭늉 한 그릇. 그리고 나서 남자들과 얘기하노라면 아낙들은 구석에 물러앉아 있고, 아이들은 바짝 다가들어 그를 쳐다보며 대화에 기울이곤 했다.

대화는 아주 간단했다.

"끼닛거리는 있소이까?"

그가 이렇게 질문을 시작하면, 으레 '먹고살 만하지만 추수 전엔 가끔 모자랄 때가 있다'는 대답이 돌아왔다. "다른 어려운 점은 없소이까?"가 다음 질문이었다.

이 질문을 받으면 사람들은 조심스러워 하다가 그가 세금이나 다른 관아 일로 암행 나온 사람이 아니라는 다짐을 해야 비로소 마음을 놓았다. 그들의 불만 내용은 간단했다. 농부들은 저마다 더 많은 땅을 원할 뿐이었고, 아들을 서당에 보낼 형편이 못 되는 걸 아쉬워했다.

"서당에 다닌다고 해서 농사짓는데 무슨 도움이 되나요?"

일한이 물었다. 그러자 구석 자리에 앉아 있던 노인이 몸을 내밀며 대꾸했다.

"학문은 마음을 밝게 하고, 책은 하늘과 땅에 대해서 사람의 마음을 열어 준다오."

"글을 읽을 줄 아십니까?"

노인은 쭈글쭈글한 눈가에 손을 얹었다.

"이 두 눈은 세상의 거죽밖에 못 보는 까막눈이라우."

밤이 이슥해 초도 다 녹으면 그들은 잠을 청했다. 일한은 주인집 식구들과 한 이불에서 잤다. 방이라고 해야 안방 한 개, 그리고 잘해야 작은 방 한두 개를 넘는 집이 드물었다. 바로 이 안방에서 모든 삶이 이루어졌다. 밤이면 바닥에 요를 깔고 부모가 가운데 눕고 막내는 엄마 옆에 큰아들은 문간에서 잤다. 비참한 생활일 수도 있지만 실상은 그렇지 않다고 생각했다. 밤중에 어린것들의 울음소리를 들을 때마다 위안을 느꼈기 때문이다. 대궐 같은 집과 여러 개의 방, 그리고 자신만의 공간에 익숙한 그조차도 시골의 초라한 오두막에 누우면 따뜻한 체온이 느껴져서 밤이 덜 어둡게 느껴지곤 했다. 그럼에도 불구하고 날이 밝으면 그는 길을 서둘렀다.

북쪽으로 갈수록 공기가 바뀌었다. 계곡은 갈수록 좁아지고 논밭도 얼마 없고 수확 역시 보잘것없었다. 산적이 출몰한다는 얘기가 들려왔고, 두 번이나 마을 사람이 이웃마을까지 동행해 주었다. 자신이 무사했던 이유가 산적 중에 그 동행인의 친척이 있었기 때문이라는 것도 알게 됐다. 그가 질문을 던지면 금방 퉁명스러운 대꾸가 돌아왔다. 그렇다, 그들은 지금 형편에 불만이 많다. 거의 굶어 죽을 지경이다. 지엄하신 상감과 중전께서 백성들을 까맣게 잊으셨다. 대원군으로 말하자면 폭군이나 다름없고, 그가 다시 권좌에 오르는 것을 바라지 않는다. 뭘 원하느냐고? 먹을 것과 정의, 그리고 땅이다.

"어떻게 땅을 더 얻는단 말이오?"

하루는 절을 찾는 나그네들을 위해 지어 놓은 주막에서 그가 물었다.

"산이 사방에서 감옥처럼 마을을 가로막고 있어요. 바위를 깎아서 논을 만들 수는 없지 않소."

이 말에 모두 아무런 대꾸도 하지 못하자 이윽고 성미 급한 친구가 나서서, 그러면 도둑질이나 해먹는 수밖에 없다고 목청을 높였다.

"우리는 부자를 털어 가난한 사람을 먹여 살리는데 그것도 죄요? 하늘에 맹세컨대 그건 선행이에요."

절을 찾는 돈 많은 신도들이 자주 털리는 것은 사실이었다. 그래서 일한은 자신이 말 한 필과 하인 한명을 데리고 평민 행세를 하며 다니는 것이 다행스러웠다. 그렇긴 하지만 이 사람들조차도 원래가 악한 사람들은 아니라고 생각했다.

가을의 맑고 깨끗한 공기를 마시며 말을 타고 가노라니, 산이 너무 많아 농사를 지어먹을 수 있는 땅이 전체의 5분지 1밖에 안 되는 이 나라에서는 땅이야말로 보물이라는 생각이 절로 들었다. 땅을 가진 사람이 바로 권력자다. 일한은 농부들의 말을 들으면서 그 사실을 더욱 확연히 깨달을 수 있었다.

어느 날 아침, 하인이 말했다.
"나으리! 오늘은 걸어가야 합니다요. 산을 올라가야 하거든입쇼."
그들은 산 밑자락 바위 위에 들어선 어느 작은 마을에서 하룻밤을 묵은 참이었다. 집성촌인 이 마을 사람들은 다른 마을에서 사들인 식량을 절에 팔아 생계를 이었다. 승려들은 생선이나 고기 같은 육류는 물론 달걀조차 입에 대지 않았고, 콩이나 밀, 기장, 쌀 등을 고기 삼아 먹었다.

일한은 눈앞에 깎아지른 듯 서 있는 낭떠러지를 올려다보았다. 좁다란 시골길이 바위턱으로 이어져 말이 지나갈 수가 없었다.
"그렇다면 말은 여기 두고 가는 것이 좋겠네. 마을 어른한테 가서 말을 돌봐 주면 돌아와서 사례하겠다고 전하게."
하인은 분부대로 했다. 해가 떠오를 무렵 일한은 이미 깎아지른 듯한 산길을 올라가고 있었다. 그가 높은 곳을 무서워했더라면 아침나절에 벌써 발길을 돌렸을 것이다. 곳에 따라 한 뼘도 안 되는 바위턱이 무서워 견딜 도리가 없었을 테니까 말이다. 하지만 그는 이따금 걸음을 멈춰 사방을 둘러보고는 발만 쳐다보며 걸었다. 장엄한 풍경이었다.

머리 위로 하늘을 찌를 듯 치솟은 산봉우리는 회색 안개 속에 머리를 감추고 있었다. 까마득한 발아래 좁은 계곡을 쿵탕거리며 흘러내리는 물소리가 그의 귓전까지 메아리쳐 왔다. 대화는 불가능했다. 이곳에선 사람의 말소리를 알아들을 도리가 없었다. 요란한 물소리가 아니더라도 절벽 사이로 바람까지 미친 듯 울부짖고 있었던 것이다.

그들은 찬 주먹밥으로 점심 요기를 하기 위해 발을 멈춘 것을 제외하곤 하루 종일 걸었다. 피곤한 몸을 누일 첫 번째 절에 당도했을 때는 이미 어스름 녘이었다. 절을 향해 가면서 일한은 잠들어 있던 시상詩想이 북받쳐 오르는 것을 느꼈다. 절은 서향이었다. 일한의 눈에 처음 비친 절은 저녁 햇살을 받아 황금빛으로 물들어 있었다. 낭떠러지 사이 석양의 그늘 속에서, 시커먼 바위를 등지고 푸른 소나무들이 줄지어 서 있었다. 그리고 마디진 소나무 사이로 구불구불한 돌계단이 보였다. 그 유서 깊은 절이 마치 보석처럼 자태를 드러낸 것은 바로 그때였다. 회색 기와지붕과 주홍색 들보, 그리고 하얀 회벽, 그는 돌계단을 올라 커다란 문 앞에서 기다렸다. 그때 마치 그가 부르기라도 했다는 듯이 문이 열리더니 회색 장삼을 걸친 키 큰 스님이 거기 서 있었다. 스님은 '나무아미타불'을 외우며 합장했다.

일한은 오래전 어린 그를 절에 데리고 간 어머니가 가르쳐 주셨던 구절로 답례했다.

"보리중생菩提衆生."

"들어오십시오. 우린 다 같은 중생이니까요."

그는 적막감이 드는 드넓은 대웅전으로 들어섰다. 정면으로 황금 연꽃 위에 가부좌를 틀고 앉아 한 손을 곧추 세우고, 손가락으로는 동그라미 모양을 하고 있는 거대한 금불상이 보였다. 자비롭고 고요한 황금 부처의 얼굴을 대하자, 평화가 그의 전신을 감싸는 듯했다.

일한은 한 달 동안 이 절에서 스님들과 함께 생활했다. 밤에는 좁은 방에서 자고, 매일 아침 해 뜰 무렵이면 법당을 찾았다. 담자색으로 물들인 베장삼을 걸친 주지 스님이 마룻바닥에 검정 방석을 깔고 앉아 독경을 하는 곳이었다.

주지 스님은 이 절에 언제나 신성한 기운이 넘친다고 했다. 체관선사諦觀禪師가 고려 태조 왕건에게, 삼국의 통일은 불, 법, 승佛法僧의 세 가지가 합쳐진 불교의 통일성을 보여준다고 가르치던 고려 왕조 창건 당시부터 그래 왔다는 것이다. 불법승의 통의로 불교는 한층 융성해져 인도로부터 중국으로 해서 그 주변 국가로, 그리하여 조선으로, 드디어는 조선에서 일본으로 전파될 수 있었다고 했다. 이 나라에서 불경이 간행될 수 있었던 것도 이러한 불교의 힘 덕분이었다. 고려 문종의 넷째 아들인 저 유명한 고승 대각국사大覺國師는 석가모니 부처님의 28대 직계 제자로서, 몸소 송나라에 건너가서 귀중한 불경을 수집해 오기까지 했다.

"우린 장차 닥칠 일에 대비하고 있었다오. 그때 이미 북쪽에서 몽고인들이 쳐들어오리라는 예언이 있었지요. 문화 민족을 괴롭히는 오랑캐들은 언제나 북쪽에서 넘어온답니다. 중국도 북쪽 오랑캐들을 막기 위해 만리장성을 쌓지 않았소이까? 몽고인들이 북쪽에서 쳐들어왔지만 불교의 힘으로 우리는 하나로 뭉쳐 오랑캐들과 맞섰지요."

일한이 끼어들었다.

"결국에는 징기스칸한테 무릎 꿇지 않았습니까? 게다가 놈들이 불경도 다 태워 버렸구요."

"무릎 꿇은 게 아니라 패배했을 뿐이외다."

주지 스님이 짜증스러운 어조로 말했다.

"물론 국왕 전하께서 강화도로 피신한 것은 사실 이오만, 우리

불자들은 부처님의 가호를 믿고 새로 목판을 만들었지요. 그 뒤 16년 동안 수백 명의 승려가 피땀을 쏟아 팔만대장경을 다시 간행하지 않았소? 그래서 우리가 아직까지도 세계에서 가장 방대한 불경인 팔만대장경을 갖게 된 거요. 덕분에 우리나라도 부처님의 가호 아래 단결하여 독립을 지킬 수 있었고 말이오."

"우리나라 천태종天台宗의 창시자이신 체관선사는 아홉 해 동안 면벽하고 참선을 하셨지요. 그분의 귀중한 가르침은 고요한 사색과 명상에 의한 마음의 정화를 통해서만 깨달을 수 있답니다. 모든 진리는 자신의 마음속에 있기 때문이지요. 우리 불승들이 이렇게 산중에 은둔해 있는 이유가 바로 그래서랍니다."

"그걸 믿으십니까? 외적이 우리나라의 산이나 골짜기까지 쳐들어오면 어디로 몸을 숨긴단 말입니까?"

주지 스님은 전혀 흔들림이 없이 여전히 온화한 목소리로 말을 이었다.

"신라 시대에 김교각이라는 왕자가 승려가 되어 당나라로 갔습니다. 그분은 양자강을 따라 올라가다가 구화산九花山에 잠시 들렀는데, 그곳 태수로부터 많은 은을 받았지요. 그분은 그때부터 하얀 개 한 마리를 옆에 앉힌 채 정좌 참선에 들어갔답니다. 75년째 접어든 어느 날 휘황한 빛이 그분을 감싸자 사람들은 그분이 득도하신 것을 알았습니다. 76년하고도 일곱 달의 말일에 그분은 휘황한 빛에 싸인 채 입적하셨지요. 사후에도 그분의 육신은 썩지 않았고, 그분의 무덤 위에는 불길이 타올랐답니다. 왜냐구요? 벌 받은 중생들을 위한 사랑과 연민으로 대신 지옥에 내려가셨기 때문이지요."

일한이 소리쳤다.

"그게 지금 무슨 소용이 있습니까? 불자들이 제 아무리 참선을 했어도 우릴 구해 주진 못했어요. 게다가 그분처럼 지옥에 내려간다고 해서 다 되는 건가요? 그분이 지옥 같은 요즘 우리나라로 내려 오셨더라면 더 좋았을 겁니다. 우리도 벌 받은 중생일지 모르니까요. 게다가 고려 시대의 승려들은 권세에 물들어 사치와 부패를 일삼지 않았습니까?"

주지 스님은 말이 없었다. 그의 비난은 사실이었다. 지배층이 갈수록 퇴폐해지면서 불교 경축일의 행사마저도 주지육림의 향연으로 변해 갔다. 새로운 사상으로 무장한 신진 유학자들은 승려들의 부패상을 규탄했으며, 이 새롭고 의로운 세력 앞에 고려 왕조는 무너지고 조선 왕조가 들어섰다. 그 뒤로 유교가 조선의 종교와 관습으로 자리 잡고, 불승들은 산중의 절로 영원히 물러나게 된 것이다.

일한은 스님들과 함께 낮 시간을 보냈다. 일과가 끝나고 석양이 깔리면 그는 절 주위의 키 작은 숲속을 거닐었다. 어디서 무엇을 하건 그의 주변에는 깎아지른 듯한 산봉우리가 하늘을 찌를 듯 솟아 있었다. 골짜기는 한낮에도 어둠에 잠긴 채 시커먼 그림자를 드리웠다.

어느 날 저녁 해질 무렵, 그는 스님들의 찬불 소리를 들었다. 하늘에 인간의 절망과 희망을 절규하는 음울한 음악이었다. 그는 가까이 다가가서 법당 안을 들여다보았다. 스님들은 방석 위에 가부좌를 틀고 앉아 눈을 감은 채 박달나무와 상아로 만든 염주알을 손가락으로 부지런히 굴리고 있었다. 무아지경에 빠진 스님들의 얼굴에 촛불의 희미한 빛이 어른거렸다. 젊은 사람은 아무도, 단 한 사람도 없었다. 하나같이 나이 든 인생의 패배자요 낙오자였다. 그들이 누리는 평화는 죽음을 앞둔 자의 평화 바로 그것이었다. 죽음! 그렇다. 이곳이야말로 인간 정신과 육신의 무덤이었다.

그는 돌아와서 하인을 불렀다.

"내일 새벽에 떠날 것이네."

"나으리, 잘 생각하셨습니다요! 소인은 나으리께서 이 음울한 절에 눌러 살 생각이신 줄 알았습죠."

절에서의 마지막 밤을 보내려고 방에 들어간 그는 책상 위의 촛불에 불이 켜진 것을 보았다. 누군가 방바닥에 가부좌를 튼 채 그를 기다리고 있었다. 일한이 들어오는 것을 보고 그가 일어섰다.

"나으리, 내일 아침 여길 떠나신다는 게 사실입니까?"

"동트기 전에 갈 생각입니다."

"절 데려가 주십시오, 나으리. 제발 부탁입니다!"

젊은 스님의 눈이 촛불을 받아 반짝였다. 그의 얼굴에는 간절한 염원이 나타나 있었다. 일한은 놀랍고도 당혹스러웠다.

"어떻게 데리고 간단 말입니까? 스님은 서원誓願(신이나 자기 마음 속에 맹세한 소원)을 하지 않으셨습니까?"

스님은 신음하듯 말했다.

"몰라서 그랬던 겁니다. 전 보잘것없는 농사꾼의 아들이었습니다. 열일곱 살에 집을 나왔다가 예수교인을 만나 그 사람들 학교에 들어갔지요. 하지만 마음에 차지 않아서 여기 와 부처님께 귀의한 겁니다. 그런데 저는 아직도 진리에 목말라 하고 있습니다. 전 동서양을 막론하고 닥치는 대로 책을 읽었습니다. 절을 찾는 사람들에게서 칸트, 스피노자, 헤겔 같은 서양 철학자들의 책도 구해 읽었지만 그래도 마음의 평화를 찾을 수가 없군요. 대체 진리는 어디 있단 말입니까?"

그는 젊은 스님의 간곡한 애원을 완강하게 뿌리쳐 돌려보낸 뒤 문의 빗장을 걸었다.

하지만 다음날 아침 신세 진 것에 감사하고 작별 인사를 고하러 주지 스님을 찾아갔을 때, 일한은 이별의 아픔을 느꼈다. 이 절,

그리고 이 절과 비슷한 산중의 절마다 조국의 과거가 깃들어 있었다. 이제 산은 한때 영광스러웠던 과거의 유물들이 묻혀 있는 은신처가 됐다. 장차 어떤 비극이 닥칠 것인가? 부처님의 자비를 잊고 사는 지금, 백성들을 다시 하나로 묶어 놓을 힘은 무엇인가?
"스님들께서 나라를 위해 기도해 주십시오."
"늘 기도합니다."
주지 스님은 대답하고 나서 일한의 앞길을 축복하기 위해 자리에서 일어섰다. 일한도 키가 컸지만 스님은 더 컸다. 스님은 고개 숙인 일한의 머리 위에 손을 얹었다.
"부처님의 자비가 있기를! 부처님의 가호가 있기를! 부처님께서 평화를 내려 주시기를! 나무아미타불…."
축원이 끝나자 일한은 산을 떠나 바다가 있는 남쪽으로 향했다.

조선의 동해안은 해안선이 완만했지만 서해는 오랜 세월 땅과 바위가 침식되어 해안 곳곳에 깊고 좁은 만이 있었다. 그리고 간만의 차가 컸다. 일한은 동해안을 따라, 어부들이 바다와 집을 오가며 다져 놓은 울퉁불퉁한 모랫길을 발길 닿는 대로 달려갔다. 바닷사람들은 농사꾼이나 승려들과 달랐다. 억세고 거칠었으며, 살갗은 소금에 절어 있고 눈은 태양과 폭풍우에 시달려 가느스름했다. 작은 돛배를 타고 거친 바다로 나가 높은 파도에 목숨을 맡기는 용감한 사내들이었다. 집에 돌아오면 바다와 물고기, 조개에 대한 얘기로 시간을 보냈다. 남정네가 고기잡이를 나가면 아내와 자식들은 마을 뒷산에서 삼을 캤다. 삼은 귀했고 탕이나 차로 마시면 약효가 그만이어서 소중하게들 여겼다. 소금 뿌린 생선에 삼 한 뿌리를 넣어 끓이면 만병통치약이었는데 폐를 후벼파는 해소 천식을 달래기 위해 노인들이 즐겨 먹었다. 채소로는 연한 나물을 삶아 초간장에 무쳐 먹었다. 어촌 마을을 돌아다녔지만 가축 고기는 맛도 보지 못했다. 하루는 어느 집 처마 밑에 말린 쇠고기가 걸려 있는 것을 보았다. 그래서 어떻게 구했느냐고 물었더니 암소가 병으로 죽었노라는 주인의 대답이었다.

하인이 겁을 먹고 소리쳤다.

"나으리! 여기서는 물고기만 먹읍시다요."

바닷사람들은 집에서 빚은, 걸쭉하고 시큼한 냄새가 나는 막걸리를 마셨다. 해안 지방을 돌아다니면서 일한도 보았듯이, 땔감으로는 남녀노소 할 것 없이 나서서 긁어모은 솔잎과 나뭇가지, 볏짚과 풀, 그리고 말린 해초를 썼다. 이것만 봐도 바닷사람들이 땅에 대해서 얼마나 무관심한지 알 수 있을 것 같았다. 집 역시 다른 곳보다 작고 지저분했으며, 사람들도 더 무식했다. 하루는 어느 작은 마을 주막에서 눈을 붙이던 중 "도둑이야! 도둑이야!" 하는 고함소리를 듣고 잠이 깼다. 낯선 나그네인 그를 도둑으로 오인한 마을 사람들이 그의 방으로 우르르 몰려들었고, 하인이 나서서 큰 소리로 꾸짖은 뒤에야 물러갔다.

"그래도 농사꾼보다는 우리가 낫지." 어느 날 밤, 오두막의 화롯가에 앉아 있을 때 한 어부가 말했다.

"어째서 그렇습니까?"

사내가 화로 안에 침을 뱉고는 다음 말을 생각했다. 상어한테 손가락 두 개를 물려 뜯겼는데 작은 상어였기에 망정이지 안 그랬으면 손목까지, 아니 팔이 통째로 잘려 나갔을 것이라고 그는 너털웃음을 섞어 말했다.

"양반들이 땅은 뺏어도 바다는 뺏지 못하니 더 낫고말고. 바다는 아직도 주인이 없거든. 상전이 아니라 하늘이 주인이니 우리들 것이나 마찬가지지."

그의 말에는 가시가 돋쳐 있었다. 어촌 마을 어디서나 농부들에게 느꼈던 것과 같은, 절망감에 짓눌린 분노를 느낄 수 있었다. 가난은 숙명인 듯, 아무도 그 굴레에서 벗어날 수 없었다. 그러나 땅 없는 농부가 지주의 종인데 비해, 바닷사람들은 가난해도 자유가 있으니 견딜 만했다.

일한은 그날 밤 제대로 잠을 이루지 못했다. 바닷사람들에게서는 생선 비린내가 났다. 절에서는 그윽한 향내와 햇볕에 달아오른 소나무 냄새가 났었다. 그러나 여기서는 바닷바람조차도 생선 말리거나 겨울철에 대비해 소금에 절여 놓거나 모래 위에서 썩어 가는 냄새를 씻어 주지는 못했다. 심지어는 숭늉에서도 생선 냄새가 났다. 헐벗은 산과 파도치는 바다 사이에 갇힌 이들의 삶은 너무 음울해서 그는 더 이상 머무를 수가 없었다.

그는 반도의 남쪽 끝에 있는 부산 조금 못 미쳐 양산에 있는 한 주막에서 여장을 풀었다. 객들이 먹는 기다란 밥상에 앉고 보니 반찬이 너무 초라했다. 그러나 행여 돈깨나 있는 사람이나 암행하는 벼슬아치로 의심받을까봐 그는 억지로 밥을 삼켰다.

안동 일대에서 발원하는 낙동강에 이르렀을 때는 물이 깊어 걸어서 건널 수가 없어 배를 타고 건넜다. 배는 생전 처음 보는 모양을 하고 있었다. 길이는 여섯 자 정도인데 폭이 아주 좁았다. 사공은 강폭이 넓어졌다 좁아졌다 하기 때문이라고 했다. 어부들은 이 강에서 투망으로 잉어와 붕어 같은 민물고기를 잡았는데, 바닷고기와는 맛이 달랐다.

어느 맑은 날, 불교 신도의 행렬과 마주친 그는 다시 절 생각을 했다. 행렬의 한가운데에 금불상이 있고, 맨 앞의 가마에서는 세 소녀가 찬불가를 부르고 있었다. 그러나 구경꾼이 이르기를, 이 사람들은 절에 불공을 드리러 가는 것이 아니라 놀러 가는 것이라고 했다. 부처님은 이미 오래전에 죽었기 때문이라는 것이었다.

"옳은 말씀이오. 그분은 사람들 마음속에 더 이상 살아 있지 않으니까 말이오."

이제 목적지는 한 군데밖에 남지 않았다. 바로 강화도였다. 일한은 어느 주막에서든 하루만 자고 곧장 목적지로 향했다. 그는 고깃배를 타고 강이 바다와 만나는 수로를 건너 그 유명한 섬에 발을 디뎠다. 그는 섬을 혼자서, 그것도 가능한 조용히 여행할 생각이었다.

그가 하인에게 일렀다.

"멀리서 따라오게. 아무것도 묻지 말고, 밤이 되면 아무 데서나 잘 것일세. 먹을 것은 가면서 필요한 만큼만 사도록 하게."

일한은 먼저 건국 시조 단군이 하늘에서 내려왔다는 산꼭대기로 올라갔다. 길은 가팔랐고 겨울이 닥쳐오면서 서리 맞은 풀이 미끄러웠지만, 오랫동안 걸어다녀 근육이 단단해지고 살이 빠진 일한은 피곤한 줄을 몰랐다. 산마루에 도착하자 그는 돌무더기 옆에 서서 파란 하늘을 올려다보았다. 그는 머리로는 전설을 믿을 수 없었지만 가슴으로는 받아들였다. 그는 거기 있음으로 해서 마음이 더 잔잔해지고 힘이 솟는 듯하다는 느낌 외엔 알 수가 없었다. 하지만 그는 바로 알 수 없는 무엇을 받아들이며 명상에 잠긴 채 서 있었다. 얼마 후 그는 모서리가 뾰족하고 묘하게 생긴 돌멩이 하나를 골라 다녀간 기념으로 돌무더기 위에 올려놓았다. 그리고는 산을 내려왔다.

그는 다시 한번 발길을 멈추고 삼랑성을 둘러보았다. 지난 7백 년 동안 재건에 재건을 거듭하며 그 자리에 서 있었건만 이제는 과거의 유물이 되고 말았다. 누가 됐건 간에 새로운 침략자는 성으로 막을 수 없는 신무기를 들고 나타날 것이다. 그리고 폭이 몇

리나 되는 강조차도 더 이상은 해자나 요새 구실을 할 수 없을 것이다. 이제 강화는 조상의 용맹을 말해 주는 유물이자 후손들의 기상에 힘을 불어넣는 원천일 뿐이었다.

그는 유서 깊은 전등사(傳燈寺)에서 며칠 묵을 생각을 했었지만 이제는 생각이 달라졌다. 그렇게 퇴락한 곳에 간들 무슨 소용이 있을 것인가? 게다가 집이 그리웠고 하루빨리 평소 생활로 돌아가고 싶어 조바심이 났다.

그는 이제 백성들의 참모습을 소상히 알게 된 만큼 가벼운 마음으로 길을 재촉했다. 조선 사람들은 용감하고 강인했으며, 용기뿐만 아니라 감탄할 만한 낙천성으로 시련을 견뎌내고 있었다. 부처님한테서도 임금님한테서도 아무것도 기대하지 않은 채 조그만 행운에도 고마워하며 스스로 돕고 또 서로 도왔다. 거칠면서도 순박했고 폭풍우와 추위와 먹구름 아래서 자연과 맞서 싸웠지만 혼자가 아니라 나란히, 다 함께였다. 일한은 그들을 사랑했다.

서울에 있는 집으로 말머리를 돌리는데 첫눈이 내렸다. 돌아가서 제일 먼저 중전을 알현하고, 이 나라 백성의 참모습과 그들을 위해서는 어떠한 희생도 헛되지 않다는 것, 절대로 침략자의 손에 백성들을 넘겨줄 수는 없다는 것을 아뢰어야 한다. 어떤 대가를 치러야 하는가? 그것이 문제였다.

서울을 절반쯤 남겨 두고 그는 불행한 소식을 들었다. 바람은 없어도 꽤 추운 아침이었다. 그는 주막집 방의 작은 창문 틈으로 스며드는 햇살에 잠을 깼다. 따뜻한 온돌방에서 푹 자고 난 뒤라 곧장 일어나지 않고 그대로 누워 있는데, 방문 밖에서 기다리고 있던 주모가 기척을 듣고는 뜨거운 숭늉 주전자를 들고 들어왔다. 주모는 그의 머리맡에 무릎을 꿇고 앉아 그릇에 숭늉을 따른 뒤, 윗목에 있는 작은 상에 올려놓았다. 손마디가 굵고 겨울 추위에 손등이 터진 주모는 중년의 아낙네들이 으레 그렇듯이 몹시 수다스러웠다.

"흉한 소식이 있사옵니다. 나으리."

주모는 신이 난 어조였다.

"무슨 소식?"

그는 아직도 잠이 덜 깬 목소리로 물었다.

"간밤에 한양에서 보낸 파발이 지나갔답니다. 대원군이 다시 섭정에 오르셨대요. 왕께선 수락하셨지만 중전마마는 아니라는군요. 중전은 몸을 숨겼는데 대원군이 중전을 잡아 죽이려고 군대를 풀었답니다."

"나가렸다!"

그가 호통을 치자 놀란 주모가 허겁지겁 일어났다. 그러나 그는 뛰쳐나가는 주모의 치맛자락을 잡았다.

"내 하인한테 가서 말안장을 채우라고 이르게. 바로 떠날 테니까. 아침밥도 필요 없네."

일한이 떠밀자 주모는 달려나가 시키는 대로 전했다.

그가 서둘러 의관을 갖추고 신발끈을 매고 있는데, 하인이 수세미 같은 머리를 들이밀었다.

"나으리, 웬일로 이리 서두르십니까요?"

"아무것도 묻지 말게. 가는 길에 말해도 늦지 않으니. 말을 밖으로 끌어내고 주인한테 방값을 치르게. 그리고 객들이 수군거리는 소리를 귀담아 들어두게."

"나으리, 이 시간에 누가 일어나겠습니까요?"

하인이 대꾸했다.

"그렇다면 더 좋고."

그들은 눈 깜짝할 사이에 길을 나섰다. 아침 햇살은 눈부셨지만 그의 마음은 착잡했다. 이렇게 아름다운 나라에 어찌하여 바람 잘 새가 없단 말인가? 그러잖아도 늘 외적의 위협에 시달리는 판국에 어찌하여 나라 안도 이리 허구헌날 소란스럽단 말이던가? 이 아름다운 작은 땅덩이 안에서, 바다에 둘러싸인 땅조각 안에서 어떤 불만과 갈등이 그리 솟구쳐 이런 재앙을 부른단 말인가! 대원군은 지독히도 오래 권좌에 머물렀었다. 왜 이제 와서 자기 손을 떠난 권력을 무력으로 다시 틀어쥔단 말인가?

그는 해가 중천으로 떠오르는 동안에도 있는 힘을 다해 말을 달렸다. 하늘은 새파란 쪽빛이었고 농부들은 길이며 도랑을 손보고 지붕에 이엉을 새로 얹으면서 겨울 해를 보내고 있었다. 그가 달리는 길 바로 앞쪽으로 눈이 쌓인 채 청명한 하늘을 등지고 있는 회색 산봉우리들이 보였다.

일한은 그 산속으로 굽이굽이 이어진 길을 향해 점심 생각도 잊고 말을 재촉했다. 그러다가 정오가 되어서야 창백하게 질린 하인의 얼굴을 우연히 보았다. 일한보다 나이가 많은 하인은 그가 어렸을 때 이미 어른이었다.

"저 길을 지나면 주막이 있네. 거기서 쉬도록 하세. 파발꾼들이 한양에서 그 길을 통해 바닷가로 오가는 만큼 좀 더 자세한 소식을 들을 수 있을 테니."

그들은 주막에서 발을 멈췄다. 하인이 말을 돌보는 동안 일한은 주막의 밥상 앞에 앉아 나그네들의 말에 귀를 기울였다. 그들은 짐꾼이나 파발꾼들로서 언행이 상스러웠고, 비꼬는 투로 거침없이 떠들었다. 중전이 어디 계신지 아는 사람은 없었다. 어쩌면 숨어 있을지도 모르고 아니면 죽었을 수도 있다고 했다. 어쨌든 대원군이 중전을 살려 두지 않을 것만은 확실하다고 했다. 중국과 가까이 하면서 대원군을 권좌에서 몰아낸 장본인이 바로 중전이기 때문이라는 것이었다.

이 대목에서 그가 대화에 끼어들었다.

"상감이 중전 계신 곳을 알아내지 못할까요?"

그는 시큰둥한 척, 슬쩍 질문을 던졌다. 대꾸가 여기저기서 요란하게 터져나왔다.

"상감이? 상감은 대원군한테 권력을 넘겨준 장본인이오. 대원군이 바로 아버지 아니오? 그런데 음모를 꾸며서 권좌를 내놓게 한 중전을 대원군이 살려 두겠소?"

그는 이런 무지하고 상스러운 사내들이 왕실의 내막을 시시콜콜 알고 있다는 데 내심 놀랐다. 자기 이름자도 쓸 줄 모르고 한글조차 못 읽는 까막눈일지라도 기실 무식한 사람들은 아니었다. 이들은 선조들로부터 입내림으로 역사를 들었을 뿐 아니라 궁궐 시종들이나 파수병들한테 소문을 들어서 사정을 알고 있는 것이다. 일한은 이들의 말에 귀를 기울이다가 쌀농사가 흉년이 되는 바람에 백성들이 동요하고 있고, 쌀이 부족해서 녹봉이 삭감된 탓으로 병사들까지 동요하여 대원군 일파의 감언이설에 넘어가 대원군이 권좌에 복귀할 수 있었다는 사실을 알게 됐다.

짐꾼이나 배달꾼 같은 이런 천한 백성들이 왕실의 풍파를 신나게 떠들어대고 있는 것이다. 일한은 말없이 귀를 기울이며 먹고 마시는 척했지만, 어떤 사태가 벌어졌는지 듣고 보니 음식을 씹을 수도 숭늉을 마실 수도 없었다. 바람에 그을린 얼굴의 마차꾼 하나가 쉰 목소리로 제일 시끄럽게 떠들어 댔다.

"중전은 주무시던 중이었다더군."

깡마르고 지저분한 몰골에 누더기를 걸친 그 마차꾼이 말했다.

"중전 침소에 있었다던가, 아니면 상감마마와 동침하던 중이었다던가?"

누군가가 물었다.
"중전 침소에 있었다네."
마차꾼이 낄낄거렸다.
"이 멍청한 친구야. 상감께서는 거지처럼 무릎으로 기어 중전한테 가서는 울고불고 애원한다는 소리도 못 들었는가?"
"무슨 소릴!"
물었던 이가 언성을 높였다.
"중전이야말로 벌벌 기면서 상감한테 가서 울고불고 한다네."
일한은 더 이상 참고 들을 수가 없었다.
"어서 말씀이나 계속해 보시오, 마부 양반."
그가 마차꾼한테 소리쳤다. 그리고 자신이 부자가 아니라 보부상들이 입는 평복 차림을 한 것에 대해 다시 한 번 안도의 한숨을 쉬었다. 자신이 안동 김씨라는 것을 이들이 알았다면….
마차꾼이 계속 떠들었다.
"중전이 상궁들과 함께 주무시는데 파수병들이 뛰어와서 문이 포위됐다고 고했다네."
"상감은 뭐하고 계셨답디까?"
일한이 물었다.
"상감? 그분으로 말할 것 같으면, 대원군을 영접하려고 문에서 기다리면서 이마를 땅에 박고 절을 해댔다고 합디다."
"중전 얘기를 해 보시오. 발가벗었답디까? 중전은 옷을 하나도 안 입고 잔다고 하던데요."
젊은이 하나가 소리쳤다.
"소문이 그렇다면 아마 발가벗고 있었을 테지."
마차꾼이 낄낄거렸다.
"중전도 발가벗으면 여느 아녀자들하고 다를 게 하나도 없어."

이번에도 일한은 이런 끔찍한 농담을 참고 들을 수가 없었다. 더 없이 기품 있고 아름다운 중전마마를 주막의 상스러운 역적놈들이 발가벗기고 있는 것이다. 도대체가 중전마마의 환난을 농담거리로 여긴다면 그야말로 역적이 아니고 무엇인가?

일한은 무거운 어조로 말했다.

"중전은 돌아가셨을 겝니다. 중전이 그런 상황에서 어떻게 피신하셨겠오?"

마차꾼이 응수했다.

"아하, 댁은 중전을 잘 모르시는 모양이로군."

그는 목소리를 낮추고 흥에 겨운 듯 말을 이었다.

"시녀 하나가 손을 맞잡고 비비 꼬면서 아낙네들이 내는 그런 청승맞은 소리로 울고 있었답니다. 그러자 중전은 시녀의 뺨을 때리면서 입 다물라고 하셨다지 뭐요. 그리고는 옷을 벗어 자기에게 입히라고 분부하셨대요. 시녀는 시키는 대로 했고."

이 대목에서 마차꾼은 말을 멈추고 고개를 까딱이며 빙그레 웃었다.

"그래서 중전은 시녀의 옷을 입고 계셨답니다. 그때 대원군 일파가 궁궐로 쳐들어와서 중전의 침소로 들이닥쳤는데, 시녀는 발가벗은 채 서 있고 중전은 이미 사라지고 없었다는 거요."

"그래서 시녀를 중전으로 착각했답니까?"

어느 젊은이가 물었다. 그 장면을 상상하느라 그의 눈은 번들거리고 입은 반쯤 벌어져 있었다.

"반군들이 붙잡았을 때 시녀는 막 중전의 옷을 입던 참이었는데, 시녀가 중전 흉내를 내면서 '내 몸에서 손을 치우지 못할까' 하고 호령을 하길래 옷을 입을 동안 기다렸다가 나중에 잡아갔다더군."

일한은 숭늉 대접을 들어 단숨에 들이마셨다. 그리고 나서 대수

롭지 않다는 듯이 말했다.

"그 사람들이 사실을 알아차렸을 때 어떤 꼴을 했을지 궁금하군요. 중전 대신 시녀라니! 그 사람들이 중전한테 보기 좋게 당한 거요."

하지만 방금 한양에서 돌아온 마차꾼은 모르는 것이 없었다.

"일당이 시녀를 대원군 앞으로 끌고 갔는데, 중전이 아니라 시녀가 끌려온 것을 보고 대원군은 마구 욕을 퍼부으면서 그 작자들을 감옥에 처넣었답니다. 시녀는 대원군이 목 잘라 죽였대요."

일한은 자리에서 일어났다.

"이제 그만 가봐야겠소이다. 볼일이 있어서요."

그가 하인에게조차 털어놓지 못한 것은 자기 가슴속에 도사리고 있는 두려움이었다. 대원군은 김씨 일족이 중전을 섬겼다는 사실을 알고 있을 게 틀림없다. 중전은 국왕 옆에서 국사를 돌보기 시작한 이래 누구보다도 김씨 문중을 아꼈다. 그리고 김씨 문중에서도 중전이 가장 총애한 사람은 다름 아닌 일한이었다. 이제 대원군이 복수하러 들지 않겠는가? 그리고 일한 자신이 집에 없다는 사실을 알게 되면 아내와 자식들, 그리고 연로한 부친을 해치려고 하지 않을까? 복수는 폭군의 권리인 것이다.

"주막에 묵지 않을 것일세."

그가 하인에게 일렀다.

"새 말을 사게. 한양에 당도할 때까지 쉬지 않고 달릴 것이니."

그가 남대문을 들어섰을 때 성 안은 적막했다. 거리를 나다니는 사람들은 마치 아무 일도 없는 듯이 무심히 오고 갔다. 그가 지나가도 아무도 드러내놓고 쳐다보지 않았으며, 설사 그를 알아본다 해도 아무도 말을 걸지 않았다. 그의 의관은 기나긴 여행으로 남루해졌고 수염도 무성하게 자라났지만 그렇다고 못 알아볼 리는 없었다. 여기서는 당연히 그의 얼굴을 알아보아야 했다. 어쩌면 감히 그에게 말을 걸 엄두를 내지 못한 것일까?

그는 쉬지 않고 말을 달렸다. 거리에는 인적이 뜸한 것 같았지만 시장은 서 있었다. 생선전, 푸줏간, 국수전에 야채전까지 모두 나와 있었다. 노점마다 여전히 홍시가 수북이 쌓여 있고, 아이들이 행상과 과객들의 다리 사이를 쏜살같이 오가고 있었다. 어린 사내 녀석 하나가 그의 말 앞에 넘어져 흙바닥 위에서 앙앙 울어댔다. 그러나 일한은 아이가 다치지 않고 일어나 달아나는 것을 보고는 말을 멈추지 않고 자기 집까지 곧장 달려갔다. 문 앞에서 말을 내린 그는 고삐를 하인에게 던져 준 다음 대문을 열고 들어갔다. 그리고는 중문을 밀치니 빗장이 걸려 있었다. 쪽문 들창으로 문지기가 내다보는 것이 보였다. 그런데도 문을 열지 않았다. 바깥에 서서 안을 들여다보니 문지기가 집안으로 달려가는 것이 보였다. 그의 도착을 알리러 가는 것이 틀림없었다. 초조하게 기다리고 있으려니 문지기가 다시 돌아와 한 사람이 간신히 들어갈 만큼 문을 빼꼼 열고는 그가 안으로 들어서기 무섭게 다시 쇠빗장을 질렀다.

"돌아오셨군요. 나으리! 부처님 은덕입니다요."

문지기가 소리쳤다.

"식구들은 다 있는가?"

"예, 다 계십니다요."

일한은 집으로 들어갔다. 사랑채는 불을 지펴 따뜻했으나 사람이 없었다. 그는 가만히 서서 귀를 기울였다. 집안은 아이 울음소리도 없이 적막했다. 그가 막 발을 떼려는 참에 문이 살그머니 열리더니 순희가 믿기지 않는다는 표정으로 서 있었다. 순희는 잠시 그렇게 서 있더니 이윽고 울음을 터뜨렸다.

"아!"

순희는 두 팔로 남편을 얼싸안고 머리를 그의 가슴에 묻은 채 품에 안겼다. 그들은 한동안 그렇게 서 있었다. 그리고 나서 순희가 몸을 빼고 그를 올려다보았다.

"아세요?"

그는 고개를 끄덕였다. 이런 시국에는 벽에도 귀가 있는 법이다. 그녀는 발꿈치를 치켜들고 남편의 귀에 입을 갖다 댔다.

"그분이 여기 계세요."

순희는 그가 알아들었나 보려고 뒤로 물러섰다. 그는 눈썹을 치켜 올렸다.

"누구 말이오?"

"중전마마요!"

그는 잠시 말문이 막혔다. 중전마마라고? 중전마마가 왜 하필 내 집을 은신처로 삼아 아이들의 목숨을 위험에 빠뜨린단 말인가? 마마의 호위병들은 다 어디 갔단 말인가?

순희가 다시 속삭였다.

"마마께서 여기 계시는 줄은 아무도 몰라요. 하인들에게는 궁궐의 상궁이라고 하셨어요. 중전께서 살해당하는 걸 목격하고는 아무것도 드실 수가 없다시고는 하루 종일 중전을 애도하는 척하면서 자리에 누워 계세요. 아무도 마마 곁에 가지 않아요. 방에 휘장을 치고 계신답니다. 수라상은 제가 밤에 올리구요."

"언제까지 비밀을 지킬 수 있단 말이요!"

이제 그가 돌아왔다는 소식이 온 집안에 퍼진 만큼 언제일지는 아무도 점칠 수가 없었다. 독선생이 그가 없는 몇 달 동안 부쩍 자란 큰아들을 데리고 들어왔다. 유모가 데리고 온 둘째 아들은 이제 조심스럽게 두 발을 벌리며 걸음마를 했다. 일한은 두려움을 숨기고 짐짓 반가운 표정과 웃음을 지으며 칭찬을 해 주었다. 하인들이 와서 절을 하고 그가 무사히 돌아온 데 대한 반가움을 전했다. 그는 이들 모두가 믿고 의지할 수 있는 의젓한 주인 행세를 하지 않으면 안 되었다. 아무도 그가 없는 동안 궁궐에서 벌어진 사건을 들먹이거나 자신들의 은밀한 두려움을 내색하지 않았다.

그는 모두에게 일일이 그동안 충직하게 본분을 지켜 준 데 대해 치하했다. 하인들에게는 돈을 주고 두 아들에게는 비취로 만든 작은 동물 인형을 주었으며, 선생에게는 산사의 주지 스님에게서 받은 고대 시집을 선물했다.

"이젠 좀 씻은 다음 수염도 깎고 옷도 갈아입어야겠네. 집에 오니 기쁘기 한량없네. 이제 다시는 집을 떠날 일이 없을 걸세."

그는 말을 마치고 자기 방으로 들어가서 목욕을 했다. 집안의 조발사調髮師가 와서 수염을 깎고, 그의 긴 머리를 감겨서 빗긴 뒤 다시 상투를 틀어 올렸다. 그리고 나서 밥을 먹는데, 순희가 들어와 그 옆에 앉았다. 두 아들은 잠을 자기 전에 다시 한 번 아버지에게 왔다. 저녁은 그렇게 지나가고 밤이 되면서 집안이 조용해졌다. 그동안 일한은 내내 골방에 숨어 휘장을 드리우고 있는 중전 생각만 했다. 중전마마를 더 안전한 은신처로 모시지 않으면 안 된다. 비록 하인들이 충직하다고는 하지만 강가에 나가 빨래를 하는 하녀 중의 누군가가 허튼 소문을 입 밖에 낼 수도 있는 것이다.

"우리 주인집에 이상한 부인이 있어. 하루 종일 휘장 뒤에서 자리보전을 하면서 아무것도 먹지 않아."

그 한마디면 만사가 끝장일 수도 있었다.

집안이 조용해지자 그는 순희에게 말했다.

"자, 이제 마마 계신 곳으로 가 봅시다."

평복 차림의 중전은 작은 책상 앞에 방석을 깔고 앉아 빨간 공단에 수를 놓고 있었다. 말없이 움직이는 중전의 손 위로 두 자루의 촛불 빛이 일렁였다. 중전은 문이 열린 뒤에도 그가 들어설 때까지 고개를 들지 않았다.

"마마!"

절로 튀어나온 말이었으나 그는 목소리를 죽였다. 중전의 정체를 드러내는 말은 절대로 입 밖에 내선 안 된다. 그는 말없이 서서 중전을 바라보았다. 중전이 그를 올려다보더니 두 손을 책상 위로 내렸다. 양손 사이에서 붉은 공단 더미가 번쩍이고 있었다.

"경의 둘째 아들한테 줄 비단 신을 만들던 참이오."

그는 대답하지 않았다. 그는 가까이 다가가서 중전 앞에 무릎을 꿇었다. 순희도 뒤따라 남편 옆에 무릎을 꿇고 앉았다. 그의 목소리는 아주 작아서 입술은 움직였지만 거의 들리지 않을 정도였다.

"오늘밤 이 집을 떠나셔야 하옵니다. 여기는 안전치가 못하옵고 신으로서는 마마를 보호할 수가 없나이다. 제 식솔마저도 보호할 수 없는 형편이옵니다. 의관을 따뜻하게 갖추시고 주무시는 것처럼 촛불을 끄고 계시옵소서. 제가 마마를 모시러 오겠사옵니다. 신과 함께 말을 타고 먼 곳으로 떠나시옵소서. 충주에 아는 친구가 있나이다…."

중전은 대꾸하지 않았다. 그녀는 한동안 커다란 검은 눈을 일한의 얼굴에 못 박은 채 앉아 있었다. 그리고 나서 사각형의 붉은 공단을 들고 바늘을 찔러 넣었다.

"준비하고 있겠소."

그리고는 끝이었다.

그와 순희는 일어나서 안방으로 갔다. 그들 내외가 아무리 금실이 좋다 하더라도 이런 상황에서 무슨 할 말이 있겠는가? 순희는 두꺼운 옷 한보따리를 꾸리고, 주막에서 묵을 수 없거나 눈이 내려

외딴 곳에 갇힐 경우에 대비해 말린 음식을 챙겨 넣었다.

일한이 집에서 입는 옷을 벗고 두꺼운 옷으로 갈아입는 동안 그녀가 물은 것은 단 한가지였다.

"하인을 데려가셔야 하지 않겠어요?"

"그 사람이 충직하기는 하지만 자기 식구들하고 몇 달 동안이나 떨어져 있었소. 게다가 발각되면 위험하기도 하고."

그녀가 말을 막고 나섰다.

"당신 혼자 가시는 건 생각할 수도 없어요. 만약 복병이라도 만나 화를 당하시면 누가 돌아와서 제게 기별하겠어요?"

울음을 삼키느라 그녀의 얼굴이 파르르 떨렸다. 그는 아내가 강하게 마음먹도록 나무라려고 했지만 속으로는 그녀가 안쓰럽기 짝이 없었다. 그는 아내의 두 손을 꼭 잡았다.

"내겐 당신의 용기가 필요하오. 나 혼자 힘만으론 험한 앞날을 헤쳐갈 수 없소. 당신이 눈물을 보이면 내 마음이 약해지오. 중전마마께 충성하는 것이 내 본분이오. 그분이 이 나라의 유일한 희망이니까 말이오. 그렇지 않으면 내가 당신을 남겨두고 집을 떠나 중전마마를 보호할 것 같소? 중전마마는 반드시 살아 돌아와서 상감을 대원군으로부터 다시 떼어놓아야 하오. 다행스럽게도 상감께서 중전을 사랑하고 의지하신다고 들었소. 상감께서는 부친을 별로 좋아하지 않소. 그분은 대원군에 맞서고 싶은 마음이 간절하지만 그만큼 강하지가 못해서 스스로를 한탄하신다고 하오. 적어도 내가 듣기로는 그렇소. 여보, 몇 달만 기다려 주오. 내 계획이 제대로 들어맞는다면 중전께서는 다시 돌아오실 게고, 그러면 옥좌가 적어도 당분간은 안전할 거요."

"그런데 왜 꼭 당신이 가야 하는 거죠?"

그녀는 착잡한 마음으로 중얼거렸다.

"마마께서 날 믿기 때문이요."
그녀는 어깨 너머로 그를 올려다보았다.
"털을 댄 옷을 입고 가세요. 제가 가져오겠어요."

그날 밤 야심한 시각에 그는 중전이 기다리고 있는 방문 앞으로 갔다. 하인에게는 말 세 필을 문밖에 대령시켜 놓으라고 분부했다. 그 대목만은 순희에게 양보했지만, 하인에게는 어떻게 생각해도 좋으니 아무것도 묻지 말라고 일러 놓았다. 순희가 방안에 들어가 있는 동안 그는 방문 밖에서 기다렸다. 이윽고 순희가 중전의 손을 꼭 잡고 방을 나왔다. 아무도 입을 열지 않았다. 중전은 안에 털을 댄 옷을 입고 머리에는 비단 장옷을 써서 얼굴이 잘 보이지 않았다. 온 집안이 잠든 가운데 일한이 앞장서서 걷고 중전은 순희와 함께 그 뒤를 따랐다. 다행히 달도 없는 캄캄한 밤이었다. 문 밖에는 말이 기다리고 있었다. 문지기까지 잠이 들었기에 하인이 조용히 문을 연 뒤 말 세 필의 고삐를 쥐고 서 있었다.

일한은 중전을 부축해 말에 태워 드리고 나서 순희를 향해 돌아섰다.

"여보, 어서 들어가시오. 가서 따뜻한 이불 속에서 내가 무사히 돌아오는 꿈이나 꾸시구려. 꼭 다시 돌아오겠소. 사내대장부로서 당신한테 맹세하리다."

그녀는 남편이 시키는 대로 마음을 단단히 먹고 돌아섰다. 일한은 그녀가 대문의 쇠빗장을 지르는 소리가 들릴 때까지 기다렸다가 말에 올라 일행을 이끌고 밤길을 달렸다. 하인이 말발굽을 헝겊으로 싸매 놓았던지라 말발굽이 자갈에 부딪치는 소리도 들리지 않았다. 성문 앞에 도착하자 수문장이 누가 한양을 빠져나가려 하는지 보려고 등불을 높이 치켜들었다. 중전이 장옷을 들어올렸다. 그 얼굴을 본 수문장은 말없이 돌아서서 쇠빗장을 벗겼다.

그날 밤과 그 뒤 며칠간 일한은 서울에서 충주로 이어지는 자갈 깔린 대로를 버리고 시골길과 산길로 말을 몰았다. 어둠이 내리면 주막이 아니라 마을 농가에서 잠을 청했다. 중전은 일찍이 이렇게 많은 백성과 얼굴을 대해 본 적이 없었다. 일한은 자신이 한 여인만을 숨기고 보호해야 하는 것이 아니라 한 사람의 형상을 한 여러 여인을 보호해야 한다는 것을 깨달았다. 중전은 농가에 방이 하나밖에 없고 다른 한두 개는 벽장보다도 못한 것을 보고 너무 놀란 나머지 갑자기 중전의 신분으로 돌아갔다.

"뭐라고? 이 더러운 상것들하고 한 방에서 자란 말이오?"

첫날 밤 그녀가 일한에게 부르짖었다.

"마마께서는 지금 먼 친척을 만나러 가는 평민이고, 신은 마마의 오라비라는 사실을 명심하소서."

중전은 금세 수그러졌다.

"난 늘 오라비가 있었으면 했소."

그녀가 부드러운 음성으로 말했다.

그가 중전에게 낯선 사람들 앞에서는 절대로 입을 여지 말라고 당부한 것은 다행이었다. 그렇지 않았더라면 부드러운 목소리와 왕실의 억양으로 평민이 아니라는 것을 누구나 단번에 알아차렸을 터였다.

"수줍은 척하소서. 여인네들은 부친이나 오라비, 남편이 말을 시키지 않으면 절대 말을 해서는 안 된다는 사실을 명심하소서. 아무 말씀도 하지 않으시면 누구도 의심치 않을 것이옵니다."

이제 어느 정도 안전해지자 중전의 눈과 미소에는 억누를 수 없는 장난기와 생기가 배어 나왔다. 그는 고개를 돌렸다. 이 지체 높고 고집 센 여인 앞에서는 냉담하고 무뚝뚝하게 굴지 않으면 안 되는 것이다. 그렇긴 해도 일한은 순희에 대한 사랑이 그만큼 강렬하지 않았다면 중전이 필시 자신을 번뇌에 빠뜨렸으리라는 것을 알고 있었다. 중전은 이제껏 그가 본 누구보다도 아름다웠다. 그리고 그 미모를 중전만이 할 수 있는 방법으로 이용했다. 감히 자신을 추근거리는 사내는 목을 베거나 사약을 내릴 수도 있었기 때문이었다. 그는 중전이 그런 사악한 짓을 할 사람이 아니라고 믿었지만 신하는 절대 왕비를 믿을 수 없다는 사실 또한 알고 있었다. 한 여인으로서 중전이 그를 일부러 유혹한다 할지라도 신하 이상으로는 그녀에게 다가가지 않았고, 중전에 대한 그의 존경심에는 흔들림이 없었다.

어느 날 밤 시골 사람들의 형편없는 음식을 도저히 먹을 수가 없노라 불평하는 중전에게 그가 타일렀다.

"아울러 명심하실 것은, 이 사람들은 마마의 백성이고 이들은 죽을 때까지 이런 음식을 먹고살 것이며, 일 년에 한두 번 돼지고기 몇 점 맛보는 것이 고작이라는 사실이옵니다. 이 사람들이 사는 방이 비좁게 느껴지고 냄새가 지독해서 숨도 쉬기 어려우시다 해도, 그래도 이 사람들은 마마의 백성이고, 들어가 살 대궐이 있는 것도 아니옵니다."

"나 역시 마찬가지요."

그녀가 탄식했다. 그가 단호한 어조로 말했다.

"아니옵니다. 마마께서 용기를 잃지 않으신다면 올해 안에 환궁하실 것이옵니다."

그는 이런 식으로 중전의 심기를 달랬다. 그리고 날이 갈수록 중전의 고집이 사라지고 불평도 적어지는 것을 보고 마음을 놓았다. 그녀는 사람들을 외면하지 않고 그들이 무슨 일을 하는가 지켜보았으며, 그럼으로써 중전의 면모가 더욱 강해졌다.

그들은 어느 추운 겨울 밤 충주에 당도했다. 일한은 친구 집으로 가서 채찍으로 대문을 두드렸다. 친구가 직접 나와 문을 열었다. 가난한 선비인 그에게는 하인이 없었던 것이다.

"나, 일한일세."

"아니, 일한이! 들어오게. 어서 들어와…."

어렸을 때 공부를 같이 한 데다 못 본 지 오래되었는지라 친구의 목소리는 반가움에 차 있었다. 일한은 말고삐를 하인에게 넘겨주고 문 안으로 들어서서 친구에게 귓속말을 했다.

"궁궐에서 피신 나온 귀인을 모시고 왔네. 그분을 안전하게 숨겨 드려야 하네. 자네라면 그분을 기꺼이 숨겨 줄 거라고 생각해서 왔다네."

선비는 자기 귀를 의심했다. 서울에서 들려온 소문으로는 중전이 죽었다고 했다. 그렇지만 아무도 중전의 시신을 보지 못했고 강가에 중전으로 보이는 시체가 떠내려 온 적도 없는데다가, 우물까지 샅샅이 뒤졌지만 시신이 나오지 않았다고 전하는 사람들도 있었다. 중전의 옷을 입고 죽은 여인이 있는 건 사실이지만 알고 보니 중전이 아니었다는 것이다.

"자네 설마…."

선비는 말을 잇지 못했다.

"자네 짐작대로네! 그러니 어서 그분을 모시고 들어가도록 해주게. 우리도 그렇지만 그분은 지금 얼어서 돌아가실 지경이네. 어서 먹을 것과 잠자리를 마련해 드려야겠네."

일한은 친구가 중전을 숨겨주는 그런 엄청난 위험을 감수할 수는 없다며 거절할지도 모른다고 생각했다. 그러나 친구는 진정한 선비였다. 그는 학문을 사랑했기에 가난하게 살았고, 따라서 잃을 것이 없었으며 용감했다.

"안사람한테 얘기하겠네. 그건 그렇고 문은 열려 있네. 그분을 집안으로 모셔 오게."

친구가 앞장서 집으로 들어가고, 일한은 중전을 부축해 말에서 내린 다음 집안으로 모시고 들어갔다.

"제 벗이 좋은 사람이라서 이 집을 마마의 은신처로 택한 것이옵니다. 게다가 살림이 풍족하지 못해 더욱 안성맞춤이옵니다. 드나드는 사람이 그리 많지 않기 때문이옵니다. 마마는 무사하실 것이옵니다. 마마께서는 이 집안 식구처럼 처신하실 것을 간청하옵니다. 여기서는 중전이 아니라 이 가난하고 착한 사람들의 식구라고 생각하시옵소서."

중전은 오랫동안 고된 여행을 한 뒤라 많이 누그러져 있었다. 난생 처음으로 백성들의 참모습과 그들이 사는 형편을 보았다. 앞으로는 두 번 다시 값비싼 보석과 비단을 탐하거나, 돈을 흥청망청 낭비하지 않으리라 결심했다. 그녀는 귀족의 마음과 정신을 갖고 있었지만 이제 달라진 것이다.

"명심하겠소."

그럼에도 그는 중전을 여기 두고 떠나는 것이 얼마나 힘든 일인지 미처 상상하지 못했다. 선비의 아내는 절을 하고 정신이 반쯤 나간 얼굴로 그들을 맞아들였다. 선비는 아내에게 중전의 이름은 물론 마마라는 호칭도 부르지 말라고 단단히 일렀고, 그녀는 시키는 대로 따랐지만 그래도 황송해 했다.

"쇤네를 따라오시옵소서."

그녀가 나지막이 말했다.

중전은 애원하는 눈초리로 일한을 돌아보았다.

"한두 시각도 아니 되옵니다. 즉시 돌아가서 마마를 다시 궁으로 모실 계획을 세워야 하옵니다."

"그 계획에 대해 함께 상의해 본 적이 없질 않소."

"신은 마마께 짐이 될 얘기는 하지 않기 때문이옵니다. 마마께서는 친구처럼 이 집 식구들을 도우면서 여기 조용히 계셔야 하옵니다. 이 집 부인의 집안일을 도우소서, 이 집에는 하인이 없나이다. 부인이 하는 말은 새겨들으시되 마마는 될 수 있는 대로 말씀을 삼가소서. 이 기회를 통해 학문과 아름다움에 대한 애착 외에는 어떠한 재물도 없는 가난한 선비의 삶이 어떤 것인가를 배우시옵소서. 이 사람들 역시 마마의 백성이옵니다."

"작별 인사인 셈이오?"

중전이 물었다. 일한은 중전의 커다란 눈동자에서 불안감을 읽었다.

"곧 뵙게 될 것이옵니다."

그가 우두커니 서서 선비의 아낙이 중전을 안내하는 것을 지켜보는데, 중전이 갑자기 몸을 돌려 빠른 걸음으로 다시 그에게 다가왔다. 그는 말없이 눈으로만 무슨 일이냐고 물었다. 중전은 품안에 손을 집어넣더니 뭔가를 그의 오른손에 쥐어 주었다.

"이건 받을 수가 없사옵니다."

손을 내려다본 그는 숨죽인 목소리로 부르짖었다. 그것은 중국산 경옥으로 만든 중전의 도장으로서, 중전의 공식 칭호가 새겨져 있었다.

"받아 두시오. 경의 목숨을 구하기 위해서는 고관대작들에게 내 이름을 팔아야 할지도 모르잖소. 경의 목숨이 곧 내 목숨이니까 말이오."

들릴락말락한 목소리였다.

중전이 기다리고 있는 아낙에게 서둘러 돌아가는 동안 그는 얼이 빠진 채 우두커니 서 있었다. 그리고 죽을 때까지 충성을 다해 중전을 섬기겠다고 다시 한 번 다짐했다.

하인이 말들을 먹이고 쉬게 하는 동안 그는 잠시 친구와 자리를 함께 했다.

"왜 그렇게 서둘러 떠나는가?"

"동틀 때 자네 문 앞에 말들이 매여 있는 게 눈에 띄면 좋지 않네. 그리고 나와 내 하인이 자네 집에 있는 모습도 눈에 띄지 않는 것이 좋아. 남정네는 여인네보다 숨기기가 더 어렵거든. 아 참, 잊어버리기 전에 일러두겠네만, 부인더러 마마께 허름한 옷을 좀 빌려 드리라고 하게. 옷이라곤 지금 입고 계신 것뿐이니까. 그리고 누가 마마를 누구냐고 물으면 얼마 전에 과부가 된 일가붙이인데, 갈 곳이 없어서 여기 와 있다고 하게."

"나는 아직도 어리둥절하네. 정신을 차리려면 시간이 좀 걸릴 것 같으이."

"몇 달 안에 꼭 다시 오겠네."

선비가 그의 팔을 잡았다.

"잠깐만! 마마께 어떤 음식을 올리면 좋겠느냐고 안사람이 묻던데."

"아무거나 잘 드시네."

그는 잘라 말하고 길을 나섰다.

누추한 집에 사는 선비의 식구들은 중전에게 말을 거는 일이 거의 없었다. 중전은 자기를 싫어해서가 아니라 어려워서 그런 것임을 잘 알고 있었다. 선비의 아내는 늘 가까이 있었으나 황송한 마음에 중전이 일부러 말을 시키지 않는 한 입을 열 줄 몰랐다. 선비는 별채로 된 오두막에 작은 책상 하나를 놓고 돗자리를 깔고 앉아 몇 권 안 되는 책을 읽거나 시를 쓰며 따로 지냈다. 그는 매일 아침 중전 앞에 나아가 절을 한 다음 안부를 묻고는 바로 물러났다.

중전은 자신의 운명을 반추해 보는 때가 많았다. 아침 해 뜰 시각에 태어났는데 바로 그 순간 수탉이 운 걸 보면 역마살이 끼어 있는 팔자라던 어머니의 말이 생각났다. 그녀는 이제껏 팔자에 들어맞는 삶을 살아왔다. 자기가 고집이 세다는 것은 인정하지만, 성격이 강한 것 또한 사실이다. 자신의 강인함에 생각이 미치자 상감 생각이 났다. 그녀는 상감이 약한 사람이라고 생각해 왔지만 이제와 생각하니 자신이 없었다. 어쩌면 자신의 진정한 면모를 그녀에게 숨겨 온 것인지도 모른다. 상감의 모친은 강한 분이셨고 상감도 어린 시절 내내 부친에게 은밀히 저항하는 습성을 키워 왔다. 부친을 사랑하면서도 증오하고, 무엇을 할 것인가를 결정하면서도 일이 끝나기 전에는 아무한테도 속내를 털어놓지 않았던 것이다.

대원군의 복권도 어쩌면 상감이 승낙하신 것은 아닐까? 오로지 권력에 대한 대원군의 집착에 의한 것이라면 서울 곳곳에 눈과 귀가 있는 상감이 미리 음모를 막아내지 않았을까? 그리고 만약 대원군의 복권을 상감이 승낙하셨다면 그건 상감이 중전을 미워하여, 전에 대비에게 반기를 들었듯이 중전에게 반기를 든 것은 아닐까? 중전이 종주국으로 중국을 좋아하니까 중국의 종주권을 반대하는 자신의 부친을 선택한 것은 아닐까? 상감이 언제부터 어른이 된 걸까? 그리고 왕실의 불협화음이 나라의 문제와 뒤엉키고, 나아가서 쇠락하는 중국과 메이지 유신으로 한층 강력해진 일본의 힘이 뒤엉키게 된 것은 또 언제부터일까?

시간이 흐를수록 중전은 그런 생각들로 부쩍 초조해졌다. 일한으로부터 희망적인 전갈이 오기는 틀린 노릇이었다. 그는 연락할 방법이 없다고 미리 말했었다.

"환궁하셔도 될 때가 오면 마마의 연*輦을 문 앞에 대령하겠사옵니다. 아무것도 묻지 마시고 그냥 타시옵소서. 보낸 사람은 신일 것이옵니다."

그러나 연은 오지 않았다. 처음에는 초조했으나 이제 화가 났다. 한 번은 안 되는 줄 알면서도 문밖으로 나갔다가 산에서 내려오는 시냇물과 그 너머 구불구불한 자갈길을 보았다. 선비의 집은 마을 변두리에 있었다. 마을이래야 초가집 몇 채에 불과했고, 대부분 농사꾼과 그 식솔들이 살고 있겠지만 선비도 몇 명 있는 모양이었다. 그런 선비 너댓이 중전이 머물고 있는 집에 자주 모여들었고 그때마다 선비의 아낙은 중전에게 골방에 들어가 계시라고 당부했다.

"마마께서 계시는 동안에는 친구분들을 오지 못하게 하라고 바깥양반에게 누누이 당부했사옵니다. 그런데 늘 오는 분들인지라 갑자기 못 오게 하면 까닭을 물어 올 것이라 하옵니다."

중전은 이 말에 흥미를 느꼈다. 늘 명령하는 데 익숙한 중전 아니던가! 선비의 아낙은 중전의 놀란 표정을 보고 서둘러 설명을 계속했다.

"마마께서는 선비들을 잘 모르시옵니다. 그들은 고집불통이어서 못 할 일이 없겠지요. 마음은 아이같이 천진스럽지만 재기와 지혜는 타고난 분들이랍니다. 쇤네가 고생한 것을 어찌 말로 다할 수 있사오리까! 정말이지, 선비를 남편으로 섬기기란 쉬운 일이 아니랍니다."

"듣고 보니 더더욱 그 선비들의 말을 들어봐야겠네, 문을 살짝 열어 놓게."

※ 임금이 거동할 때 타고 다니던 가마. 옥개屋蓋에 붉은 칠을 하고 황금으로 장식하였으며, 둥근 기둥 네 개로 작은 집을 지어 올려놓고 사방에 붉은 난간을 달았다.

바로 그 순간, 마당에 서 있던 중전은 마을에서 선비들이 오는 것을 보았다. 모두 하얀 도포 차림이었다. 이 집 선비의 아낙이 그렇듯이 그들의 아낙도 매일같이 새로 빨아 대령하는 것이 틀림없었다. 거기다가 말총으로 만든 검정 갓을 쓰고 턱 밑으로 끈을 묶었다. 그 기다란 갓 때문에 실제보다 키가 더 커 보였다. 키가 작고 나이 든 사람부터 한 줄로 들어왔기 때문에 머리가 층층이 보였다. 그녀는 마지막 순간까지 버티면서 손님들의 얼굴을 모두 본 다음 서둘러 골방으로 들어가 문을 살짝 열어 놓았다.

다행히도 골방에는 창문이 없어서 그녀는 어둠 속에 앉아, 복판에 작은 책상을 놓고 한방에 빽빽이 둘러앉은 다섯 선비를 문틈으로 내다볼 수 있었다. 오랜 지기들 사이의 격의없는 인사말이 오고 갔다.

중전은 그들이 가난하기는 하지만 스스로의 삶에 만족하는 사람들이라는 것을 알 수 있었다. 어린 시절 한문을 배우면서 자란 중전인지라 공자님 말씀이 떠올랐다.

'나물 먹고 물 마시고 팔을 베고 누웠으니, 대장부 살림살이 이만하면 족하도다. 옳지 못한 부귀영화는 내게 한갓 뜬구름과 같고나.'

그런데 이 선비들은 지혜로울 뿐만 아니라 쾌활하기도 하다는 것을 중전은 곧 깨달았다. 선비의 아낙이 다식도 없이 연한 녹차만 내놓아도 전혀 개의치 않았다. 선비들은 차를 마시면서 그날의 즐거운 모임을 시작하는 의미에서 지난번 모임 이후로 각자가 지은 시구詩句를 읊으라고 서로 권했다. 그리고 예를 갖추어 서로 순서를 사양한 끝에 결국 제일 연장자가 먼저 나섰다. 그는 눈을 감고 손을 무릎에 얹은 채 그토록 왜소하고 나이 든 노인의 목소리라고는 믿을 수 없는 크고 낭랑한 목소리로 암송을 시작했다. 밤이면

왕조의 몰락 131

여우로 둔갑하는 절세미인에 관한 시였다. 미인의 남편이 들뜬 마음으로 아내와 함께 잠자리에 들지만, 눈을 떠보면 손과 뺨에 작은 손톱자국이 나 있고 베개 옆자리는 비어 있더라는 내용이었다.

소나무 숲에서 비탄과 죽음을 노래한 시인은 가장 젊은 선비였다. 들으면 들을수록 노인들은 젊음과 아름다움을 꿈꾸고, 젊은이들은 우울함과 비극적 운명을 노래한다는 사실이 확연해졌다. 그녀가 제일 이해하기 힘들었던 것은 사방에서 옥죄어 오는 외적들과 나라 안의 갈등이 맞물려 도탄에 빠진 현실에 대해서는 입도 뻥긋하지 않는다는 사실이었다. 젊은이건 노인이건 간에 이 사람들은 비록 학식은 높지만 나라가 누란의 위기에 빠져 있고 과거의 역사가 자신들을 구할 수 없으며, 백성들을 구하러 자신들이 떨쳐 일어서지 않으면 자신들의 앞날도 신기루처럼 사라질 수 있다는 사실을 모르는 것 같았다. 그런 생각이 들자 당장이라도 문을 박차고 나가서 자신이 국모國母라는 사실을 알리고 싶은 충동을 억누르기가 힘들었다. 어째서? 호통을 쳐서 정신을 차리게 만들려고!

"국모인 내가 목숨이 위태로운 상황에 놓여 있는데 너희들은 어찌 시나 읊으며 몽상의 안개 속에서 살고 있더란 말이냐? 눈을 떠라, 이 사람들아! 늙은이고 젊은이고 너희들 모두 어린애로다. 내가 언제까지 어미 노릇을 해 주어야 하느냐?"

이렇게 외치고 싶은 마음이 간절했다. 그러나 참았다. 더 큰일을 위해서 입을 다물지 않으면 안 된다. 그래서 중전은 엄지손톱을 깨물며 억지로 침묵을 지켰다. 어느 날 밤, 선비의 아낙이 자신을 깨워 "문 앞에 연이 대령해 있사옵니다."라고 속삭일 때까지는 기다리고 또 기다려야 한다.

일한은 신중을 기하기는 했지만, 그리고 대원군이 위해를 가해

올 경우 가족들을 보호하기 위해 집을 벗어나지는 않았지만, 그렇다고 손 놓고 지낸 것은 아니었다. 그는 부친에게 자신이 병에 걸렸으나 의원들도 병명을 알아내지 못하고 있고, 따라서 그게 전염병이 아니라고 밝혀지기 전에는 부친 곁을 가까이 하지 않는 것이 자식 된 도리일 것 같다는 전갈을 보냈다. 그렇기는 하지만 하인이 부친과 그의 집을 오가며 매일같이 소식을 전했다. 그의 부친 또한 신중한 사람이었다. 부친은 위장이 조금 탈이 나서 문밖출입을 삼가야 한다고 했다. 부친도 물론 아들이 육신의 병을 앓는 게 아니라는 것은 알고 있었다. 김씨 문중으로서는 아주 위험한 시국이었던 것이다.

일한은 왕비의 환궁을 단계적으로 추진해 나갔다. 이번 거사에서 그의 수족 역할을 한 사람은 아들의 선생이었다. 일한은 집안 식구들이 다 잠든 어느 날 저녁 그를 내실로 불러들였다. 그리고 뒤탈을 염려하여 계획의 전모는 설명하지 않은 채 믿을 수 있는 고관 몇 명을 불러오라고 시켰다. 대신들은 한꺼번에 모인 것이 아니라 오늘은 이 사람, 내일은 저 사람 하는 식으로 서로 연락망을 형성하며 하나씩 모여 들었다. 연락은 언제나 선생이 맡았다.

"날 믿어 줘야 하네. 난 우리 모두를 구하기 위해서 이러는 걸세."

일한이 선생에게 말했다.

"중전마마의 환궁을 도모하시는 겁니까? 세월이 변했사옵니다."

선생이 말하자 일한은 그를 날카롭게 쳐다보았다. 그의 얼굴은 갸름하고 젊었으며 말투는 지나치게 공손했다. 그러나 맑은 눈만은 빛이 나고 있었다.

일한이 한참 만에 입을 열었다.

"영원한 것은 없다네. 중전마마도 환궁하면 바뀌셔야 하네."

"대감께서 변혁이 있어야 한다는 사실을 아시는 한, 저는 대감을 믿겠사옵니다."

선생은 일한이 건네 준 편지들을 집어들고 심부름 길에 나섰다.

첫 단계는 자명했다. 대원군을 제거해야 하는 것이다. 이 나라에서 추방하여 바다 건너 돌아올 수 없는 땅으로 내몰아야 한다. 그러자면 그의 적국으로 보내야 한다. 그의 적은 누구인가? 바로 청나라와 서태후西太后였다. 일한은 대원군을 죽일 생각은 추호도 없었고, 또 다른 이들이 그런 음모를 꾸미는 것도 용납하지 않을 작정이었다. 그런 잔혹한 짓을 저지르면 민심이 왕비로부터 등을 돌릴 것이기 때문이었다. 일단 대원군을 제거하면 그 다음 단계는 선비의 집에 연을 보내 왕비를 환궁시키는 일이 될 것이다.

아이들은 마당에서 뛰놀고, 순희가 꽃밭을 가꾸며 하녀들을 감독하는 가운데 일한은 조용히 조직을 확대해 나갔다. 그는 명령하는 것처럼 보이지 않으면서도 일을 지휘하는 데는 타고난 수완이 있었다. 그는 동료 대신들에게 기회가 닿는 대로, 아니면 일부러 기회를 만들어서라도 의견을 묻거나 자기 생각을 말하곤 했다. 그러면 동료 대신들은 일한의 의견을 전폭적으로 좇아 행동에 옮겼다. 동료들도 평화를 사랑하는 사람들이었다. 따라서 그들에게 난폭한 방식을 제안할 수 없다는 것을 일한은 잘 알고 있었다. 대신 그는 청나라와 새로운 동맹 관계를 맺자고 제안했다. 어느 날 그의 집에서 열린 비밀회의 자리에서 그가 말했다.

"이웃 청나라는 언제나 우릴 도울 태세가 돼 있소. 그러니 일본에 대한 청나라의 적대감을 이용해서 우리의 무기로 삼도록 합시다."

일한이 그런 말을 한 것은 늦봄의 어느 날이었다. 열려 있는 문

밖의 감나무에 피어 있는 노란 감꽃 사이로 벌들이 윙윙거리며 모여드는 소리를 통해 벌집이 나누어진 것을 알 수 있었다. 이 벌들은 여왕벌을 중심으로 새 삶을 꿈꾸고 있었다. 그것은 일한이 동포를 위해 도모하는 거사의 상징이기도 했다. 그는 손뼉을 쳐서 하인을 불러 분부했다.

"마당쇠더러 벌들이 분봉分蜂을 한다고 이르고, 감나무 가지에 몰려 있는 벌떼를 새 벌집에 받으라고 해라. 꿀을 딸 수 있도록."

하인이 물러가자 일한은 벌떼를 자극하지 않으려고 문을 닫은 뒤 다시 방석에 앉았다.

"길조요. 벌떼를 꾈 수만 있으면 앞으로 꿀을 얻게 될 테니까."

그가 손님들에게 말했다. 일행은 점잖게 웃었다. 손님들은 하얀 도포를 입고 삥 둘러앉아 있었다. 상투를 틀어 얹은 검은 머리 밑으로 온화한 얼굴들이 드러났다.

일한은 말을 계속했다.

"청나라에 조선 주둔 병력을 보강하라고 청합시다. 새 병력이 들어오면 대원군의 비호 아래 나날이 세력을 키우고 있는 일본을 제압할 수 있을 게요."

"청나라가 어떻게 내정의 질서를 바로잡는단 말이외까?"

신식 문물과 서양 학문을 선호하는 것으로 알려진 한 학자가 물었다.

"한 가지만 하면 됩니다."

일한이 대꾸했다.

"한 가지라니?"

"대원군을 제거하는 것 말입니다. 대원군을 청나라로 데리고 가서 가두는 거요. 감옥이 아니라 가택에 연금시킨다는 말입니다. 그리고 가급적이면 죽을 때까지 거기다 가둬놓는 거지요."

그는 손님들의 놀란 얼굴을 침착하게 하나하나 훑어보았다. 이 간단하고도 대담한 거사 계획을 듣고 사람들은 경악해 마지않았다. 그들은 조용히 일한의 말을 생각해 보고 있었다. 일한은 그들의 얼굴을 지켜보았다. 미심쩍은 표정이 점점 사라지고 희망의 빛이 떠오르더니 종내 찬성하는 표정으로 바뀌었다. 나이 든 사람들은 대원군을 제거하고 민비를 환궁시켜 평온을 되찾자는 일념뿐이었고, 젊은 사람들은 내정의 갈등을 종식하고 개혁정책의 수립과 그 실행방도를 강구할 여지를 기대하고 있었다.

"찬성하는 분은 고개를 끄덕여 주시기 바라오."

일한이 말했다. 사람들은 차례로 고개를 끄덕였다. 일한이 잔을 들어 차를 비웠다. 손님들도 일제히 뒤를 따랐다.

"지금 말씀하신 것을 어떻게 실행하실 생각이시오?"

모두 잔을 내려놓은 뒤 누군가 물었다.

"사자使者 한 사람이면 충분하오."

일한이 대답했다.

"누가 감히 그런 역할을 맡는단 말이오?"

다른 누군가가 물었다.

"내가 적당한 사람을 알고 있소."

일한은 그날 밤 손님들이 모두 떠난 뒤 젊은 선생을 불렀다.

"지금 당장 천진天津으로 떠나게. 여기 밀서가 있네. 중전마마의 도장을 찍어 놓았지. 그렇다네, 그 도장을 내가 가지고 있네! 마마께서 작별하면서 내게 주셨다네. 이 서한을 천진에 있는 우리 밀사에게 전해 주게. 자네도 잘 아는 김씨 문중의 조카일세. 벌써 세 번이나 거처를 옮겼지. 이 편지를 보여 주고 청나라 군대가 여기 오는 데 얼마나 걸릴지 물어봐 주게. 대군大軍은 필요 없다고 이르고, 도움을 받자는 것이지 점령군을 청하는 건 아니니까! 4천 명이면 충분하겠지만 죽거나 병드는 사람도 있을 테니까 몇 백 명 더 보내도 상관없다고 하게."

그는 책상의 비밀 서랍에서 무명천으로 싼 작은 꾸러미를 꺼냈다.

"이건 은銀일세. 왕복 여비로 충분할 거네. 그런데 밀서는 어디다 숨길 텐가?"

"상투 속에 숨길 생각이옵니다."

일한은 웃었다.

"됐네! 그러자면 적군이 자네 목을 자르지 않도록 조심해야겠네."

이튿날 선생이 떠나고 난 뒤 일한은, 그가 중국에 수출할 인삼을 사러 북쪽에 갔다고 했다. 인삼은 귀한 물건이고 중국 인삼 상인들의 주문이 늘 밀려 있는데다가, 인삼 수출이 김씨 문중의 가업 가운데 하나였기 때문에 다들 그의 말을 믿었다. 의사들에게는 인삼이 보물이나 마찬가지였다. 중국의 옛 의서에 따르면, 인삼은 사람의 좋은 성질을 강화시켜 주고 나쁜 성질을 바로잡아 주며, 경기驚氣에 따른 심계 항진을 치료해 주고 악성 우울증을 몰아내며 판단력을 키워 준다고 했다. 뿐만 아니라 장복하면 몸이 가뿐해지고 활력이 넘치며 수명을 연장시켜 준다고도 했다.

"저는 당신하고 결혼했지만 당신은 저하고 결혼한 게 아니에요."

어느 날 순희가 말했다. 자정이 지난 시각이었다. 그들은 온 집안이 잠든 정적 속에서 이부자리에 누워 있었다. 그는 남은 시간을 모두 아내와 보내야겠다고 작심하고 해질 무렵 이 방으로 찾아왔다. 나라와 중전을 위해서 최선을 다한 만큼 이제 남은 것은 기다리는 일뿐이었다. 그는 순희의 인내심을 알고 있었지만, 오늘밤만큼은 다정다감한 아내가 필요했다.

그는 아무 말도 없이 아내를 품은 채 한동안 그대로 누워 있었다. 그러자 그의 가슴속 깊은 곳에서 뜨거운 열정이 솟아오르기 시작했다. 그들은 격렬하게 사랑을 나누었다. 그녀는 처음에는 수동적이었지만 차츰 말할 수 없이 섬세한 몸짓과 본능적인 열정으로 응해 왔다. 그는 너무 행복한 나머지 깊은 한숨을 쉬었다. 이런 아내, 이런 여인이 어디 또 있을까? 그녀는 아무것도 묻지 않았고 아무 말도 하지 않았다.

그런데 그가 아직도 행복감에 취해 있을 때 순희가 어처구니없는 비난을 가해 온 것이다. 자신은 일한과 결혼했지만 일한은 자신과 결혼하지 않았다니!

그는 잠시 생각을 가다듬었다. 어떤 식으로 대답해야 할 것인가? 화를 낼 것인가? 아니면 농담을? 아니면 웃어 버려야 할까? 결국 그는 아내의 말을 진담으로 받아들이지 않는다는 투로 대꾸했다.

"싸우자는 거요?"

"그렇다면 내가 말하는 건 모조리 거짓이겠구려. 그러니 내가 무슨 말을 하면 좋겠소?"

"아무것두요."

그녀의 목소리는 나직하면서 거리감이 느껴졌다. 그리고는 머리 다듬는 일에만 열중했다. 그는 아내가 머리를 다 다듬을 때까지 기다린 다음 머리를 살짝 잡아당겨 그녀가 다시 자기의 어깨에 기대게 했다.

"설마… 설마 당신, 중전마마를 시기하는 건 아닐 테지?"

그녀는 일한의 맨살에 얼굴을 묻었다. 그는 더없이 부드러운 음성으로 말을 이었다.

"내가 당신을 안듯이 중전마마를 끌어안고, 당신의 알몸을 사랑하듯이 그분을 사랑할 수 있으리라는 어리석은 상상을 단 한순간이라도 할 수 있겠소?"

그녀는 웃음을 터뜨렸다.

"아니에요. 하지만…."

웃음소리가 흐려졌다. 그녀는 여전히 남편의 벌거벗은 어깨에 얼굴을 묻고 있었다. 이윽고 그가 입을 열었다.

"당신이 이유를 설명하지 않겠다면, 당신 얘기가 무슨 뜻인지도 모른다고 해도 날 탓할 수 없는 것 아니겠소?"

그녀는 갑자기 벌거벗은 등을 보이며 돌아앉았다. 그가 본 중에 가장 아름다운 등이었다. 쭉 뻗은 척추에 부드럽고 가는 허리, 우아한 목덜미, 매끄럽고 고운 살결.

"여자에게는 몸보다도 더 중요한 것이 있어요."

"그게 뭔지 말해 보구려."

그는 장난기 있는 어조로 말했다. 그녀가 어깨 너머로 그를 쳐다보았다.

"절 놀리시면 한마디도 하지 않겠어요."

"놀리는 게 아니오. 기다리고 있을 따름이지."

그녀는 남편이 웃고 있지나 않은지 보려고 이따금 어깨 너머로 그를 훔쳐보면서 말없이 앉아 있었다. 그는 손을 뻗어 아내를 어루만지고 싶었지만 참고 심각한 표정을 지었다.

"당신은 절 그토록 사랑해 주신 적이 없어요. 그렇게…."

그녀는 적당한 말이 생각나지 않아 잠시 말을 멈췄다.

"어떻게?"

"그렇게… 오늘밤처럼 뜨겁게 말예요. 당신은 뭔가 새로운 느낌에 사로잡혀 있어요. 그게 뭐죠?"

"새로운 것 따위는 없소. 그냥 더 사랑하는 것뿐이지. 오랫동안 당신이나 아이들을 생각할 시간이 조금도 없었다는 걸 생각해 봐요."

"아뇨, 뭔가 있어요."

그녀가 고집을 꺾지 않았다. 그는 일어나 앉았다.

"여자들 마음이란 정말 알 수가 없군, 뒤틀리고 비꼬여서 자기 뿐만 아니라 남편까지 혼미하게 만든다니까! 말해 봐요. 여보! 무슨 생각을 하고 있는지 말해 보란 말이오. 내가 뭘 잘못했소? 내가 기생이나 하녀들한테 마음이라도 두고 있다는 얘기요?"

"아녜요."

속삭이는 목소리였다. 그녀는 일어나서 창에 드리운 발을 걷었다. 밖에는 비가 내리고 있었다. 그녀는 얼굴에 물보라가 스치는 것을 느꼈다. 그는 뒤따라가서 발을 다시 쳤다.

"미쳤소? 당신 죽고 싶은 거요?"

"그럴지도 모르죠."

그녀는 다시 책상 옆의 방석 위에 앉아 보온용 덮개를 들치고 찻주전자를 들어올렸다. 그녀는 뜨거운 차를 잔에 따른 뒤 손이 따뜻해지도록 두 손으로 잔을 모아 쥐고 조금씩 마셨다.

"제발 이러지 마시오. 난 부부 싸움에 허비할 시간도 힘도 없소. 내가 남편 노릇 못한 게 있소? 그렇다면 내 사과하리다. 하지만 먼저 내가 뭘 잘못했는지 얘기나 들어봅시다."

"용서하고 말고 할 문제가 아니에요. 그리고 당신 스스로도 당신 심경에 어떤 변화가 일어나는지 모르고 계실 수도 있어요."

그녀는 잔속을 들여다보며 말했다.

"내 심경이 어떻게 변했다는 거요?"

그녀는 생각에 잠긴 눈을 들어 일한의 눈을 마주 쳐다보았다.

"당신은 뭔가에 사로잡혀 있어요. 중전마마께서 절박한 처지와 높은 지체, 미모와 권력, 그리고 외로움으로 당신을 사로잡으신 거예요. 외로운 여인은 언제나 남정네를 끄는 법이죠. 그러나 중전마마뇨! 그분은 어디 계시건 간에 어디까지나 중전이세요. 물론 누구나 황송해 하죠. 하지만 당신은 그 영광스러움에 압도당해 버렸어요. 중전마마께서 특별히 나 한 사람을 선택하셨다니, 하고 말예요. 저같이 보잘것없는 여자를 어떻게 감히 중전마마와 견줄 수 있겠어요? 그분이 당신 마음을 사로잡은 거예요. 그렇고 말구요… 아무 말씀도 하지 마세요!"

그 순간 일한이 벌떡 일어났다. 그러나 순희는 그를 밀쳐냈다.

"내 옆에 오지 마세요. 그건 사실이니까요. 당신은 영민한 분이세요. 당신 같은 남자를 사로잡는 데는 굳이 육체가 필요하지 않아요. 그건 제가 잘 알아요. 게다가 난 당신처럼 똑똑하거나 재치가 있거나 영민하지도 못하고 학식은 당신 근처에도 가지 못해요. 당신은 절대로 마마를 갖지 못할 테지만 나는 당신이 소유하고 있으니 날 보잘것없는 인간으로 생각하실 거예요. 아니, 당신은 벌써 그렇게 생각하고 계세요! 그분을 뵙고 그분의 말씀을 듣고 올 때마다 당신은 마치 황홀한 꿈을 꾸다 돌아온 사람처럼 보여요. 그리고 그분에게 은신처를 구해 드린 사람이 당신이고, 그분이 계신 곳을 아는 사람도 당신 하나밖에 없는 지금, 그래요, 말해 볼까요? 당신은 꿈을 꾸고 있어요!"

그녀의 목소리가 노여움으로 치솟다가 슬픔 속에 가라앉았다. 그는 혼란스러웠다. 이런 엄청난 모욕 앞에 어떻게 대꾸를 할 수 있겠는가? 그러나 아내는 본능적으로 사물의 핵심을 꿰뚫어보는 능력이 있었다. 그러니 실제로 자신이 모르는 어떤 진실을 감지한 것은 아닌가 하는 의구심도 들었다. 그는 끊임없이 중전을 생각했다. 중전은 그에게 성스러울 만큼 고귀한 존재였다. 하지만 여자로서가 아니라 그가 충성을 다하고 있는 나라와 백성의 상징으로서 그렇다고 일한은 믿었다. 하지만 그는 남자였다. 그리고 중전과 함께 있을 때마다 어느 정도 매혹된 것도 사실이다. 그는 아무리 예쁜 기생을 보아도 두 번 다시 쳐다보고 싶은 욕구를 느끼지 못하는 사람이다. 하지만 중전처럼 지성적이고 기품 있게 이야기하는 여인이라면, 그 여인의 육체도 더불어 빛이 나고, 그로 하여금 흠모하게 만들었다.

그는 한숨을 쉬고 눈을 감았다. 그에게는 스스로를 돌아볼 시간이 없었다. 게다가 그게 무슨 문제란 말인가? 그는 중전을 환궁시킬 책임이 있고, 또 그렇게 할 것이다. 그리고 그분이 권좌에 복귀하면 그땐 처음부터 끝까지 중전일 따름인 것이다.

"내 말 좀 들어보오. 내가 할 일이 무엇이고 내 직분이 무엇인지 좀 들어보란 말이오. 나는 백성들을 단결시켜야 하오. 그렇지 않으면 우리를 둘러싸고 있는 탐욕스러운 열강이, 두꺼비가 개미떼를 한입에 삼키듯이 우리를 집어 삼켜 버릴 것이오. 내 말 좀 들어주지 않겠소. 여보? 내 아내로서 말이오."

그녀는 찻잔을 내려놓았다.

"듣겠어요."

"난 언제나 머리가 맑지 않으면 안 되오. 온갖 정파의 말에 귀를 기울이면서도 단계적으로 나 자신의 노선을 선택해야 하니 말이오. 여보, 우리가 언젠가는 반드시 서양과 손을 잡지 않으면 안 될 거라고 믿소. 새로운 맹방을 찾아내어야 하오. 하지만 지금 당장은 중전… 그리고 전하를… 복권시킬 수 있도록 청나라의 힘을 빌려 일본과 싸우지 않으면 안 되오."

그의 아내인 순희는 정말이지 영리했다!

"왜 전하 말씀을 하면서 더듬거리시는 거죠? 중전을 먼저 입에 올리고는 말을 더듬으셨어요. 전하가 어쨌길래요?"

"이리 내 옆으로 오시오."

그녀가 일한의 옆에 와서 섰다.

"누우시오. 내 옆에 있는 베개를 베구려."

그녀는 의아해 하며 시키는 대로 했다. 아내가 옆에 와서 눕자 일한은 돌아누워 그녀의 귀에 속삭였다.

"전하께서는 중전 편이 아닌 것 같소. 대원군의 복권을 도운 사람이 바로 전하라오."

"전하의 아버님이니 당연한 일이죠."

"중전은 부인이오. 전하의 부인이란 말이오."

그리고 나서 그들은 입을 다물었다. 적어도 어느 정도는 아내가 알아듣도록 충분히 일렀으므로 이제 그는 한 여인이 아니라 — 설령 중전이라 할지라도 — 나라 사랑에 전념할 수 있게 된 것이다.

그들은 침묵 속에 가까이 누워 있었다. 열정은 없었지만 열정이 그들을 끌어당길 수 있는 것보다도 더 가깝게 말이다.

중전은 선비의 집에서 길고도 지루한 낮과 밤을 보내고 있었다. 여름이 가을로 바뀌고 이제 기나긴 겨울이 찾아왔다. 중전은 이제껏 한 번도 여인으로서의 삶을 생각해 볼 기회나 시간이 없었다. 이제 끝없이 긴 하루를 보내야 하는 중전은 선비 내외의 단조로운 생활을 지켜보았다. 선비의 아내는 남편에게 모든 삶을 바치고 있었다. 그녀는 남편의 일부였다. 그리고 중전은 이를 놓치지 않았다.

"남편 하나만을 섬기는 일이 지겹지도 않은가?"

어느 날 선비가 마을에 지필묵을 사러 가고 아낙과 단둘이 남았을 때 중전이 물었다. 아낙은 맷돌을 갈던 손길을 멈추고 치맛자락으로 얼굴의 땀을 닦아 내며 말했다.

"제가 아니면 누가 그 양반을 섬기겠사옵니까? 그리고 그 밖에

왕조의 몰락 143

제가 할 일이 또 뭐가 있겠사옵니까?"

"옳은 말일세. 하지만 지겨울 때가 정녕 없다는 말인가? 가끔은 다른 삶을 살아보고 싶은 생각이 없는가?"

"어떤 삶 말씀이옵니까? 이게 제 본분이고, 바깥양반은 제 목숨이옵니다."

"그렇다면 자네가 바라는 건 뭔가?"

아낙은 생각에 잠겼다.

"쇤네는 소 한 마리 살 만한 돈이 있었으면 하옵니다. 그러면 소가 밭을 갈아 줄 것 아니옵니까? 그리고 바깥양반에게 지금 걸치고 있는 누더기가 아니라 선비 명색에 어울리는 질 좋은 도포를 새로 사드렸으면 좋겠사옵니다. 두 벌쯤 사드리면 더 좋을 것이옵니다. 또 갓도 꼭 필요합니다. 지금 쓰고 있는 갓은 제가 이웃집 말꼬리에서 뽑아낸 말총으로 기워드렸사온데, 원래는 돌아가신 시아버님께서 쓰던 것이옵니다. 바깥양반은 새 갓을 한 번도 써 보지 못했지요. 그 양반 머리가 시아버님 머리보다 작아서 갓이 귀밑까지 내려온답니다. 하오나 쇤네는 어쩔 도리가 없사옵니다."

"그도 그렇구먼."

중전은 동정 어린 어조로 대꾸했다.

낮이 지나고 어김없이 기나긴 밤이 찾아들자 중전은 처음으로 남편으로서의 전하를 생각해 보았다. 자신이 밤낮으로 전하를 섬기는 일에만 만족할 수 있을까? 그렇지 않을 것이다. 전하 또한 그렇게 섬겨 주기를 바라지도 않을 것이다. 전하는 필요할 때만 불렀고, 자신도 그분이 원할 때만 갔다. 솔직히 말해서, 대개는 부름에 응했지만 가끔은 내키지 않아서 달거리 핑계를 대고 가지 않은 적도 있다. 그러면 전하는 역정을 내며 나인에게 증거를 가져오도록 분부하였다. 증거가 없을 때면 짐승 피를 적신 기저귀를 보내곤 했다. 그러나 전하를 사랑하지는 않는다 하더라도 미워하지도 않았고, 따라서 그것은 아주 다행이었다. 전하는 열정적인 분이었던 것이다. 그래서 애정 없이도 둘은 흡족한 잠자리를 가질 수 있었다. 그러나 중전은 수태를 꺼려했다. 더군다나 동궁인 아들이 언제까지나 어린 아이의 지능으로만 살아가게 될 것이라는 사실을 아는 지금은 특히 그랬다. 하지만 동궁의 아버지인 전하를 사랑했더라면 아들을 잘 돌보았을 것이다. 그런데 중전은 아들을 궁궐의 외진 곳으로 보내 나인들로 하여금 돌보게 했다. 가끔 뜰에서 노는 모습을 보면 상냥하게 말을 걸곤 했지만 금세 자리를 떴다. 그리고 자기에게는 아이가 없는 것과 마찬가지라고 생각했다.

중전은 가난한 선비집 누추한 이부자리에 누워 있었지만 울지 않기로 다짐했다. 그녀는 자신을 타일렀다. 스스로에게 한 맹세를 잊지 말자, 그 어떤 이유로든 더 이상 울지 않겠다고 결심하지 않았던가.

기나긴 밤이 지나갔다. 그리고 기나긴 밤은 그날이 마지막이었다.

그 이튿날부터 소문이 나라 방방곡곡에 퍼져, 마침내는 그 마을과 선비의 집에까지 들려왔던 것이다. 청나라 서태후가 중전을 구하기 위해서 군대를 보냈다고 했다. 선비는 사립문을 닫고 책상 위의 등잔불을 껐다. 그는 어둠 속에서 귀를 곤두세운 중전에게 이 엄청난 소식을 귀엣말로 전했다.

"청나라 군대가 한양에 입성했사옵니다! 잘 드는 칼은 물론이고 서양 무기로 무장한 병력이 4천 5백이나 된다고 하옵니다! 그들이 궁궐의 수비대를 단숨에 물리쳤사옵니다. 그들은 또 대원군을 사로잡았는데, 청나라로 데려가 연금시킬 것이라 하옵니다. 이제 궁궐에는 국왕 전하만 남아 계시옵니다."

중전은 새벽에 이 소식을 들었다. 선비의 아낙이 그녀를 깨운 뒤 선비가 서서 기다리고 있는 방으로 모셔갔던 것이다. 중전은 몸이 떨리는 것을 어쩔 도리가 없었다.

"믿을 만한 소문인가?"

"물론이옵니다. 그러니 떠날 채비를 하고 계시는 것이 좋을 듯하옵니다."

중전은 초조한 밤을 여섯 번이나 넘기며 기다렸다. 이레째 되는 날 선비의 아내가 중전이 수를 놓고 있는 방으로 조용히 들어왔다.

"마마, 연을 문 앞에 대령했사옵니다."

아낙은 말을 마치고 무릎을 꿇은 다음 손을 맞잡아 이마에 대고 큰절을 올렸다. 중전은 그녀를 일으켜 세워 자신에게 옷을 입히고 문밖으로 인도하게 했다. 황혼이 지는 저녁때의 일이었다. 다행이었다. 마을 사람들이 저녁 준비에 바쁜 시각인 데다가 가마꾼들이 호위병들과 함께 샛길과 밭두렁을 골라 왔기 때문이다. 게다가 가벼운 눈발까지 뿌린 덕분에 사람들이 문을 닫고 집안에만 있었다. 그럼에도 불구하고 중전이 나타나자 호위대장은 절을 한 후에 빨리 떠나자고 재촉했다.

"마마, 서둘러 뫼셔 오라는 분부를 받았사옵니다. 야음을 틈타서 길을 가야 할 뿐 아니오라, 산중의 골짜기와 바위 뒤에 반군이 숨어 있을지도 모르옵니다."

중전은 고개를 약간 끄덕여 알았다는 뜻을 전했다. 그녀는 선비 내외를 향해 돌아선 뒤 기쁨에 사로잡힌 채 한동안 그렇게 서 있었다. 그렇다. 전하께서 혼례식 때 중전에게 하사하신 연이 온 것이다. 질 좋은 목재로 만든 데다 금박까지 입힌 연이었다. 복판에는 오색영롱한 보석이 박혀 있고, 창은 손으로 그림을 그려 넣은 청나라 유리였다. 전하께서는 중전의 청을 받아들여 가마의 귀퉁이마다 금으로 만든 문장을 박아 넣게 하셨다.

"세상 어디를 가건 제가 무사히 여행할 수 있도록 하기 위해서 이옵니다."

중전은 전하께 그렇게 설명했었다. 이제 정말로 구원을 받게 된 것이다. 그녀는 자신이 들어갈 수 있도록 연 앞에 드리운 휘장을 걷으라는 손짓을 했다. 그리고 연 안으로 들어가서 금수단으로 만든 푹신한 보료 위에 앉았다. 그리고는 꽃병에서 자신이 제일 좋아하는 장미 향기를 맡아 보았다. 중전에게 그 향기는 집의 냄새나 마찬가지였다. 중전은 그 향기를 깊이 들이마셨다. 그때 휘장이 드리워지고, 중전은 자신의 몸이 땅에서 들려 어둠 속으로 실려 가는 것을 느꼈다.

며칠 뒤 중전이 서울에 도착했을 때도 역시 밤이었다. 장님들 말고는 거리가 텅 비어 있었다. 국법에 따라 밤에는 장님만 바깥을 돌아다닐 수 있었는데, 지금 그들은 발밑의 자갈을 지팡이로 두드려 가며 말없이 걷고 있었다. 그때 갑자기 중전의 기분이 바뀌었다. 그녀는 또다시 고독감과 한기를 느꼈다. 궁궐로 돌아가고는 있지만, 과연 예전과 같아질 수 있을까? 그리고 중전에게 자신이 입고 있던 무명옷을 입혀 주고, 자신은 그 대신 죽음을 뜻하는 중전의 옷을 입었던 그 시녀는 어떻게 됐을까? 틀림없이 죽었을 터이고, 그녀의 착한 혼령이 영원히 궁궐 안을 떠돌 것이다.

"중전마마께서는 무사히 환궁하셨나요?"

그날 아침 순희의 첫 질문은 그것이었다.

"환궁하셨소."

시골의 온실에서 가장 먼저 꽃이 핀 매화나무들을 보내 왔는데, 순희는 그것을 보고 있었다. 매화꽃은 은은한 생기를 뿜고 있었지만, 희고 거의 향기가 없었다. 그녀는 묻기 전에 하인 두 명에게 자리를 비키라고 일렀었다.

"왜 미리 말씀해 주시지 않았어요?"

순희는 바쁘게 꽃가지를 손보면서 물었다. 겨울에는 매화나무, 봄에는 벚꽃, 여름이면 주렁주렁 매달린 자주색 등나무꽃, 가을에는 단풍나무. 계절을 말해 주는 꽃과 나무들이다.

"당신은 아이처럼 푹 잠들었더군. 나는 자고 있는 사람 깨우는 걸 싫어하는 줄 당신도 알지 않소. 잠자면서 무슨 꿈을 꾸는지 누가 알겠소? 혼이 육신을 떠났는데 갑자기 잠에서 깨는 바람에 혼이 돌아오는 길을 제대로 찾지 못해 정신이 나간 사람을 본 적도 있다오."

그녀는 웃었다.

"내가 터줏귀신을 믿는다고 놀리시는군요."

그때 두 아이가 유모와 선생 품에서 벗어나 달려왔다. 유모가 둘째의 뒤를 쫓아 헐레벌떡 따라 들어왔다. 일한은 유모가 아이의 저고리 자락을 움켜쥐고 꼭 끌어안는 것을 지켜보았다.

"이젠 둘째도 독선생을 들일 때가 된 것 같구려."

"제발 부탁이지만 내년 여름까지는 안 됩니다."

순희가 말했다.

큰아들이 엄마 옆으로 오더니 그녀에게 기댔다. 겨우 몇 달 만에 머리 하나만큼 키가 자랐지만 고집 센 얼굴은 그대로였다. 생기 넘치는 검은 눈은 여전히 대담했다. 형이 엄마와 함께 있는 것을 본 막내가 아버지 옆으로 다가왔다. 유모는 말없이 비켜 서 있었다. 일한은 둘째를 부둥켜안았다. 홀쭉하고 계집아이처럼 온순한 둘째가 자그맣고 따뜻한 손으로 아버지의 볼을 어루만지며 미소지었다.

"또 어디 가시나요?"

아이가 물었다.

"궁궐에 간단다."
일한이 대꾸했다.
"궁궐엔 왜 가시는 거예요?"
"중전마마께서 환궁하셨기 때문이지."
그가 대답하는 동안 큰아들이 옆으로 달려왔다.
"아버님, 관복을 입으실 건가요?"
"그래. 그래서 네 어머니를 찾으러 온 게야. 옷 입는 걸 거들어 달라고 말이다."
"제가 거들어 드릴게요. 저하고 어머님 하구요."
그들은 곧 일한이 거추장스러운 관복 입는 것을 거드느라 바삐 움직였다. 하인 하나와 하녀 둘이 관복을 가져와 짜증스러워 하며 석상처럼 서 있는 일한에게 옷을 입히는 동안 순희는 옆에서 감독을 했다. 하얀 명주 속옷 위로 무릎까지 내려오는 긴 초록색 공단 윗도리를 입힌 다음 명주끈으로 오른쪽 가슴 위에 고름을 맸다. 옷깃 위에는 하얀 무명 동정을 달았다. 직사각형 모양에 앞뒤가 튀어나온 복대는 튼튼한 명주끈으로 고정시켰다. 그리고는 공단에 금실로 수를 놓고 그 위에 은실로 학 두 마리를 수놓은 흉장을 맸다. 학 두 마리는 그의 높은 신분을 나타내는 것이었다. 지위가 낮은 신하들은 학을 한 마리만 수놓게 돼 있었다. 발에는 하얀 무명 버선을 신고 검정 융단으로 만든 단화를 신었다. 긴 머리는 빗어 새로 상투를 틀고 앞뒤로 테가 달린 원통 모양의 높다란 관모를 썼다. 관모의 양옆에는 날개처럼 생긴 두 귀가 달려 있었는데, 이는 어명을 즉시 알아 받들려는 신하의 마음가짐을 상징했다.

의관을 다 갖추고 궁궐에 들어갈 준비를 마치자 두 아들은 외경심에 사로잡혀 그를 바라보았다. 그들은 부처님 앞의 동승처럼 아버지 앞에 서 있었다.

순희가 웃었다.
"이분이 너희 아버지냐, 아니냐?"
"아버님이세요."
큰아들은 자랑스럽게 말했지만 둘째는 울음을 터뜨리면서 유모의 치맛자락에 얼굴을 묻었다. 그때 선생이 제자를 찾아 방에 들어왔다. 그러자 일한은 순희만 남아 있으라 하고 모두 물리쳤다.
"나가들 보아라. 정신을 가다듬고 마음가짐을 똑바로 할 시간이 필요하다."
모두 나가자, 그는 순희의 손을 잡고 눈처럼 흰 꽃으로 뒤덮인 가장 큰 매화나무 앞으로 데리고 갔다.
"여보, 중전마마 배알하는 것을 허락해 줄 수 있겠소?"
순희는 놀란 얼굴로 그를 쳐다보았다.
"아니오, 부탁하는 거요."
"만약 거절하면요? 어차피 가실 거잖아요."
"가지 않겠소."
그녀는 갑자기 웃음을 터뜨렸다.
"조선 천하에 당신 같은 양반은 둘도 없을 거예요."
"그게 무슨 뜻이오?"
이번에는 일한이 놀라서 물었다.
"사실이 그러니까요. 그러니 이제 중전마마를 뵙고 제가 시켜서 왔다고 하세요. 제가 당신을 집에서 떼밀어 몰아냈다구요."
말을 하고 나서 순희는 그를 떼미는 척하면서 배웅했다. 그녀는 여전히 웃고는 있었지만 뭔가가 가슴에 걸렸다. 중전마마가 어떤 식으로든 남편을 사로잡고 있다는 사실을 알기 때문이었다.
일한은 일한대로 사인교를 타고 가면서 자신이 가장 잘 아는 두 여인, 아내와 중전을 골똘히 생각했다. 젊은 시절 그는 몇몇 여자를 알고 지냈다. 노래와 춤 그리고 남자들과 대화하는 법을 훈련받은, 이른바 기생들이었다. 그들은 사실 여자라기보다는 여자와 남자의 중간쯤 되는, 그러니까 여자도 남자도 아닌 그냥 사람이었다. 그 외에는 순희를 아내로 맞아들이기 전에 다른 어떤 여자도 만나본 일이 없었다. 명문가나 부잣집 규수들은 휘장을 친 가마 속에 몸을 숨기고 다녔고, 얼굴을 드러낸 채 거리를 다니거나 논밭에서 일하는 아낙들도 봉변당할 각오를 하지 않고는 쳐다볼 수가 없었다. 이런 여염집 여인들은 정조 관념이 대단했고 남편들이 그들을 지켰다. 철이 없거나 정신 나간 남정네 아니고 누구도 감히 그들에게 치근댈 수 없었다.

일한은 그런 생각을 하면서 한숨을 쉬었다. 그리고 차라리 중전이 아니라 국왕을 배알하러 가는 길이라면 싶었다. 그러나 그가 충성을 바치는 사람은 중전이었으며, 왕실의 이 두 어른은 마치 중국의 태후와 일본의 왕처럼 서로 달랐다.

일한은 중전의 처소에 들어서자마자 그녀가 달라졌다는 것을 깨달았다. 중전은 많이 수척해 있었다. 수를 놓은 풍성한 치마저고리조차 야윈 몸을 감추지는 못했다. 얼굴은 갸름해졌고 앳된 기가 많이 가셨다. 그는 중전의 아름다움과 늘 생기 돌던 눈에 어린 잔잔한 슬픔, 그리고 희고 창백한 살결에 다시 한 번 감탄했다. 그가 들어서도 중전은 말이 없었다. 왕관 모양의 보료에 앉아 있는 모습이 약간 냉담해 보이기까지 했다. 중전이 그에게 부복하라거나 앉으라고 권하지 않는 것은 이번이 처음이었다. 그러나 중전이 그를 먼발치에 서 있게 한 데는 나름대로의 이유가 있었다.

어쨌거나 일한은 예를 갖춰 절을 올리고 안부의 말씀을 여쭌 뒤에 중전의 분부가 있을 때까지 기다렸다. 그러자 중전이 말문을 열었다.

왕조의 몰락 151

"대궐 안의 모든 것이 예전과 다름없소. 그리고 모든 것이 달라졌소."

"전하와 말씀 나누셨는지 여쭈어도 되겠사옵니까?"

"뵙지 못했소. 그러나 전하께서 오늘 부르시리라는 기별을 받았소. 그래서 먼저 경을 들게 한 것이오. 나라의 사정이 어떠한지 경이 본대로 듣고자 함이오. 경은 사실대로 고하리라 믿소. 서글프게도 이런 말은 다른 누구도 할 사람이 없소. 게다가 이젠 나 자신도 믿지 못하게 됐으니. 난 그리 지혜롭지가 못하오. 내가 궁궐에서 쫓겨나 도피하는 신세가 될 줄 누가 꿈이라도 꾸었겠소? 내가 아주 먼 두메산골에서 지낼 줄을. 멀고 먼, 아득히 먼…."

중전은 마치 처음 보는 것처럼 자신의 처소를 둘러보았다.

"마마, 신은 초가집에서 형편없는 음식을 먹고 사는 백성들의 모습을 직접 보신 것이 그리 한탄스러운 일만은 아니라고 생각하옵니다."

그러자 그녀가 말을 가로챘다.

"그리고 백성들이 여기 있는 나보다 더 행복해야지. 선비의 아낙이야말로 행복한 여인이오. 오로지 사랑하는 남편 한 사람을 위해서 오두막집에서 살림만 하면 더 걱정할 게 없으니 말이오!"

"선비의 아낙이 행복한 것은 그런 생활이 성품에 맞기 때문이옵니다. 그리고 마마께서도 잘 아시다시피, 마마는 그런 초가집에서는 절대 사실 수 없는 분이옵니다. 출신이 귀하신데다가 대궐에서 백성들을 다스리고 계시지 않사옵니까?

그녀는 한숨을 쉬다가는 웃고, 웃다가는 다시 한숨을 쉬었다.

"경은 내가 남을 부러워하거나 내 자신의 처지를 슬퍼하는 것까지 내버려 두지 않는구려. 계속하시오! 내가 알아야 할 게 무언지 일깨워 주시오!"

아직도 중전은 그에게 앉으라고 권하지 않았다. 그래서 고개를 숙인 채 서 있는 그의 눈에 보이는 것은 풍성한 치맛자락과 그 밑으로 살짝 나온 비단신의 코뿐이었다.

"대원군께서는 지금 북경에서 꽤 멀리 떨어진 도시의 어느 집에 연금되어 있다 하옵니다. 생활에 불편은 없지만 경비가 엄중하여 도망은 불가능할 것이옵니다. 소신은 청나라 대신과 연락을 취하고 있사옵니다."

"이홍장 말이오? 그많은 청나라 관리 중에 내가 제일 못 믿는 게 바로 그 사람이오!"

다소 노기 서린 목소리였다. 일한은 단호한 어조로 대답했다.

"청나라는 주권을 잃을 염려가 없지만 우리는 청나라가 보호해 줄 수 없는 형편이기 때문에 나라를 잃을 수도 있다는 것을 알 만큼 현명한 사람입니다. 때문에 그의 충고를 받아들여 새로운 서양 국가를 우리의 우방으로 만들어야 합니다. 미국에서 공사를 파견할 수 있도록 현재 보류해 놓고 있는 수호통상 조약을 당장 준비해야만 합니다."

"경은 지금 무슨 말을…."

"반드시 여쭈어야 할 사안이기에 여쭙는 것이옵니다. 중국을 대신해서 우리를 보호해 줄 맹방을 찾아야 하옵니다. 그렇지 않으면 일본이 쳐들어와서 우리를 삼켜 버릴 것이옵니다."

"일본은 절대로 그렇게 못할 것이오! 우리는 3백 년 전에 풍신수길도 몰아내지 않았던가!"

"언제까지 그 말씀만 하실 작정이시옵니까? 일본은 지금 우리보다 강한 나라이옵니다."

"그때도 일본은 우리보다 강했소만, 이순신이 탁월한 전략과 거북선으로…."

"그 거북선 말씀도 이제 그만 하시옵소서. 일본은 새 철갑선과 서양의 신무기를 갖고 있사옵니다. 게다가 일본은 우리처럼 은둔으로 세월을 보내지도 않았사옵니다. 두고 보시옵소서!"

"일개 섬나라가 청나라 같은 광대한 대륙국에 감히 그런 어리석은 야심을 품으리라고는 믿을 수가 없소…."

그가 말을 가로챘다.

"마마, 소신은 야소교인이 아니옵니다만, 야소교에 이런 재미있는 얘기가 있사옵니다. 아무도 감히 덤벼들지 못하는 거인 골리앗이 있었는데, 젊은 목자 다윗이 정확히 겨냥해서 돌팔매질을 했고, 그 돌이 이마에 박혀서 거인이 쓰러졌다고 하옵니다. 요즘은 크다고 해서 강한 것이 아니옵니다. 조약돌을 가지고 있는 젊은이가 강한 것이옵니다. 마마, 언젠가는 신흥 강국들이 그런 무기를 발명할 것이고, 그 무기가 대륙을 쓰러뜨리게 될 것이옵니다."

"내 앞에서 야소교 얘기는 삼가시오. 그 사람들은 어딜 가나 말썽만 일으키는 떠돌이일 뿐이오. 그자들은 보는 대로 잡아 죽여야 하오."

중전이 싸늘하게 말했다. 일한도 그 점은 시인했다.

"요새 그 숫자가 너무 많아진 것은 사실이옵니다. 사방에 야소교인 천지인 데다가 혁명의 조약돌을 품고 다니옵니다. 하오나 마마, 이제는 그자들을 죽여서는 아니 되옵니다. 그자들을 받아들여야 하옵니다. 종교 때문이 아니라 그자들이 서양의 학문을 가져다 줄 것이기 때문이옵니다. 비록 야소교인이라 할지라도 들어오게 하소서 그자들로부터 야소교만 빼놓고는 무엇이든지 다 배워야 하옵니다. 우리가 그들 나라로 갈 수 없으니 우리의 국익을 위해서 그들이 우리나라에 들어오게 해야 하옵니다."

"그들이 와도 난 받아들이지 않겠소. 전하께도 받아들이지 말라고 여쭐 것이오. 그자들은 귀양을 보내야 하오."

그는 오랫동안 중전을 바라보았다. 중전도 마주 보더니 자리에서 일어섰다.

"생각했던 것보다 좀 피곤하오. 이제 그만 물러가시오."

중전이 말을 마치고 손뼉을 치자 옆방에서 시녀들이 나와 그녀를 모시고 갔다. 그는 망연히 거기 서 있었다. 중전을 노엽게 한 것이다. 그런 생각을 하니 등줄기가 서늘했다. 그러나 자신은 본분을 다했을 뿐이다. 이제 전하만 남았다. 전하께는 어찌할 것인가? 알현을 청할 것인가? 그의 부친이 앞질러 알현을 청하지나 않았을까? 그는 재빨리 생각을 한 끝에 왕의 알현을 청하기에 앞서 부친을 찾아뵙고 자기들 부자간의 견해 차이를 알아봐야겠다고 결심했다.

한 시간 뒤, 예고 없이 본가本家에 들른 일한은 부친이 많이 편찮으시다는 말을 듣고 깜짝 놀랐다. 일한을 따라온 하인이 대문에서 그의 도착을 알리자 부친의 청지기가 빗장을 열고 절을 했다.

"나으리, 그러잖아도 나으리를 찾고 있었습니다요. 어르신께서는 오늘 아침 상감마마의 부름을 받고 입궐 준비를 하셨는데, 진지를 드신 뒤에 갑자기 의식을 잃고 쓰러지셔서는 여태 혼수상태로 누워 계십니다요. 의원이 와 있는데…."

일한은 청지기를 밀어제치고 서둘러 대문을 지나 부친의 침소로 들어갔다. 아버님의 용태가 어떠실까 하는 걱정 외에는 아무 생각도 없었다. 비록 연로하시기는 했으나 어찌된 일인지 일한은 부친이 돌아가시리라곤 한 번도 생각해 본 적이 없었다. 부친은 대쪽같이 곧고 호방한 성품에 꿋꿋한 정신을 가지고 있었던 것이다. 비위 맞추기 어려운 성격이었으나 그럼에도 불구하고 사람들은 그분을 좋아했다.

왕조의 몰락

그는 방으로 들어섰다. 이부자리 옆에서 하인들이 흐느끼고 있고, 의원은 부친 옆에 무릎을 꿇은 채 진맥을 하고 있었다. 일한은 의원을 방해하지 않으려고 선 채로 기다렸다. 이윽고 의원이 일어나서 인사를 했다.

"대감, 고명하신 부친께서는 지금 노환과 빈혈을 앓고 계십니다. 보약을 드셔야 합니다. 쌍화탕을 달여 올리십시오. 값이 싸다고 함부로 볼 약이 아닙니다. 오한과 피로에는 뭐니뭐니 해도 쌍화탕이 제일이니까요. 어른께서는 국왕 전하를 알현하기 위해 동트기 전에 기침하셨습니다. 그 연세에 의식을 잃고 쓰러지신 것도 당연한 일이지요."

쌍화탕의 약효는 이미 오래전부터 알려져 온 터라 일한은 의원의 처방을 두말없이 받아들였다. 그리고 아버님이 의식을 회복하고 다시 기운을 차리실 때까지 옆에서 지키겠노라고 순희에게 연락했다. 그러나 날이 저물어 가는 데도 부친은 깨어나지 못했다. 오히려 왼쪽 반신이 마비를 일으켰고, 호흡도 거칠고 가빠졌다. 자리를 옮겨 보면 나아질까 하여 다른 방으로 옮겼으나 깨어나지도 차도를 보이지도 않았다. 일한은 시간이 갈수록 안절부절 못하다가 마지막 수단을 써 보기로 했다. 그는 문간방에서 기다리고 있는 하인을 불렀다.

"어르신께서 환후가 점점 위중해지시는 듯하네. 뭘 삼키지도 못하시니 쌍화탕조차 드실 수가 없질 않는가. 지금 동대문 옆에 사는 미국 의사한테 가게. 가서 여기 와서 어른을 봐 달라고 청하게."

하인은 아연실색했다.

"나으리, 설마…."

"어른의 목숨을 구하는 길이라면 못할 일이 있겠는가. 잔말 말고 어서 가게."

하인은 절을 하고 달려나갔다. 그리고 물시계로 한 시간도 안 돼서 양의(洋醫)가 방에 들어섰다. 큰 키에 검정 외투와 양복바지를 입은 양의는 더부룩하고 거친 수염을 기르고 있었다. 실로 무시무시한 모습이었다. 수염 색깔도 이상했지만 파란 눈에다 머리카락도 짧았다. 눈썹은 무성했고 손등에까지 굵은 털이 나 촛불 아래 번쩍이고 있었다. 일한은 한순간 자신의 결정을 후회했다. 이렇게 야만적으로 생긴 사람을 어떻게 믿을 수 있단 말인가? 체취조차 역겨웠다. 마치 늑대에게서 나는 것 같은 냄새가 코를 찔렀다.

의사 자신은 침착했다. 그는 일한을 향해 어색하게 약간 허리를 굽혀 인사를 하고는 환자 옆에 앉았다.

"이 노인에게 무슨 일이 있나요?"

의사는 무식한 상민들이 쓰는 쉬운 조선말로 물었다. 그러나 일한은 그가 어느 나라말이건 사람이 알아들을 수 있게끔 말을 할 수 있다는 데 놀랐다. 일한은 하인에게 고개를 돌리고 분부했다.

"이 서양 의사한테 모두 설명해 드리게."

하인이 분부대로 하는 동안 일한은 양의를 주의 깊게 관찰했다. 한양에 서양 사람들이 있다는 것은 알고 있었지만 가까이에서 본 적은 한 번도 없었다. 그러니까 이게 바로 미국 사람이로구먼! 나와 내 백성들이 바로 이런 종자들하고 우의를 맺어야 하는 게야! 두 나라 사람들 사이에 비슷한 점이 있을까? 호랑이와 사슴이 친구가 될 수 있을까?

하인이 설명을 끝내자 양의는 일어서서 일한에게 말했다.

"당신 아버님은 뇌경색으로 쓰러지신 겁니다."

일한은 놀란 나머지 체통도 잊어버리고는 하인을 통하지 않고 곧장 양의에게 물었다.

"어른의 머릿속도 들여다보지 않았는데 어떻게 그걸 알 수 있단 말이오."

"이 병에 대해서 잘 압니다. 증상이 확실해요. 약을 드리긴 하겠습니다만 어른께선 오늘밤이 새기 전에 돌아가실 겁니다. 지금 임종 직전이십니다."

일한은 양의의 말에 경악했다. 죽음을 입에 올리는 것, 반드시 죽게 된다고 말하는 것은 일부러 죽음을 불러오는 것이나 다름없다. 그는 분노에 사로잡혀 하인에게 명했다.

"이 미국놈을 끌어내게. 돈을 주고 문밖으로 몰아낸 다음 빗장을 지르게."

"전 돈을 받지 않습니다."

양의는 자랑스럽게 말하고는, 가지고 온 검정 가방에서 작은 병을 꺼내 상에 올려놓고 성큼성큼 걸어나갔다. 그 걸음걸이 폭이 얼마나 큰지 하인은 뛰어야 겨우 그 뒤를 따라갈 수 있었다. 일한은 창문을 통해 약병을 마당의 연못으로 던져 버렸다.

다음날 새벽 동트기 두 시간 전에 부친은 의식불명 상태에서 그대로 운명하였다. 임종 순간은 분명히 알 수 있었다. 일한이 부친의 입에 부드러운 솜뭉치를 올려 두었던 것이다. 그는 부친 옆에 꿇어앉아 희미하게 흔들리는 솜뭉치를 지켜보고 있었다. 마침내 솜뭉치의 움직임이 멈추자 일한의 지시에 따라 하인이 물시계를 보고 미리 준비해둔 종이 위에 임종 시간을 적었다.

일한은 일어서서 명주 이불로 부친의 시신을 덮었다. 그리고 나서 하인을 옆으로 불렀다.

"친척들에게 소식을 알리고, 관습대로 한 시간 동안은 곡을 하지 말도록 하게. 어른의 혼령이 하늘로 올라가시는 것을 방해해서는 안 될 것이네. 그리고 우리 집으로 가서 마님과 도련님들을 뫼시고 오게. 그들을 보살필 사람들도 데려 오고. 장례를 마칠 때까지는 모두 여기 묵을 것이네."

"나으리, 분부대로 거행하기 전에 어른의 혼령께서 다시 돌아오시도록 제가 한번 간청을 드려 보면 안 되겠습니까요? 어른 회갑연 때 이럴 때를 대비해서 미리 준비해 둔 삼베 적삼을 대령해 놓았는뎁쇼."

일한은 하인의 말을 생각해 보았다. 그런 의식은 임종을 못한 식구나 먼 일가붙이가 해야 마땅할 것이었다. 그러나 하인은 이 집에서 자랐고, 일한이 어렸을 때부터 어른이 되어 혼례를 치르고 분가할 때까지 쭉 모신 사람이었다. 그렇지 않았더라면 일한은 그의 청을 거절했을 것이다.

"그리하게."

그러자 하인은 지붕으로 올라가서 주인의 시신이 누워 있는 곳 바로 위에 선 다음 엄숙한 의식을 올릴 채비를 했다.

동틀 무렵이었다. 떠오르는 해가 산봉우리 사이로 길고 찬란한 햇살을 뿜었다. 새벽바람은 차갑고 신선했다. 이 세상을 떠나기에 더할 나위 없이 좋은 날이었다. 하인은 그렇게 생각하고는, 적삼을 들어올려 왼손으로 옷깃을, 오른손으로 끝자락을 쥐고는 북쪽을 향해 세 차례 흔들었다. 처음에는 커다란 목소리로 돌아가신 어른의 함자를 외치고, 두 번째는 어른이 지낸 가장 높은 벼슬 이름을 외쳤다. 옷을 세 번째 흔들 때는 어른의 임종 소식을 고했다. 그 다음 다시 한 번 목청 높여 고인의 혼령께 돌아와 주시라고 간청했다. 초혼이 다 끝나자 지붕에서 내려와 삼베 적삼을 고인의 시신 위에 덮어놓고 커다란 목청으로 곡을 했다. 그리고 나서 다른 이들의 도움을 받아 시신을 남쪽을 향해 펴놓은 요 위에 눕히고 병풍을 둘러쳤다.

초혼이 끝난 뒤 식솔들은 장례 준비를 서둘렀다. 일한의 부친은 오래전에 부인과 사별하고 줄곧 홀몸으로 지냈다. 외로운 생활에도 불구하고 그는 젊은 첩 하나도 들이지 않았다. 남녀 할 것 없이 성심껏 그분을 모셨던 하인들은 이제 슬픔에 잠긴 채 장례 준비에 나섰다. 여자들은 몸에서 패물을 모두 떼어냈다. 그리고 남자나 여자 모두 머리를 풀어헤쳤다. 부엌에서는 식모가 묽은 쌀죽을 끓였다. 상중에는 쌀밥을 지을 수 없었기 때문이다. 시신은 부드러운 종이로 닦아내고 향을 탄 따뜻한 물로 씻겼다. 머리는 빗어 살아있을 때처럼 상투를 틀지 않고 헐겁게 묶었다. 빗질하다가 빠진 머리카락은 다시 머리에 합쳐 넣었다. 기나긴 일생 동안 그분의 몸에서 떨어져 나온 것은 모두 간직해 두었다가 이제 그분의 관 속에 넣었다. 손톱 깎은 것, 머리카락, 그리고 치통으로 뽑았던 치아 네 개 등등을 주머니 두 개에 넣어 시신의 왼쪽과 오른쪽에 놓았다. 내세에서도 이승에서와 마찬가지로 완전한 몸으로 태어나시라는 기원의 뜻이었다.

다음에는 버드나무로 만든 숟가락으로 입을 벌리고 그 속에 진주 한 알을 넣은 뒤 찹쌀 세 숟가락으로 고정시켰다. 이 진주는 낙동강에서 나는 대합조개에서만 자라는 죽음의 진주였다. 광채는 없지만 순수한 이 진주는 대합 1만 개를 까야 하나 나올까 말까 한 진귀한 것이었고, 조개 속에서 자라는 만큼 긁힌 자국 하나 없었다. 이 진주는 실로 희귀해서 관을 땅에 묻기 전에 시신에서 빼낸 다음 대물림을 하였다. 부친의 입 속에 있는 이 진주는 5대에 걸쳐 가보로 내려오는 것이었다. 언젠가는 일한 자신, 그 다음에는 장남의 입에도 이 진주가 놓일 것이다. 의식이 끝나자 일한은 방을 나왔다. 하인도 시신의 귀에 솜뭉치를 넣고 평화로운 얼굴 위로 삼베보를 덮는 것으로 자신의 일을 마쳤다.

식솔들은 바빠졌다. 시신에게 입힐 새 옷을 지어야 하고 요와 담요, 베개도 새로 만들어야 했다. 염쟁이와 상여꾼, 그리고 묏자리를 정할 지관地官도 부르고 관도 짜야 했다. 관은 소나무로 만들어야 했다. 소나무는 사시사철 푸르러 대장부의 기개를 상징하기 때문이었다. 죽기 전에는 시들거나 낙엽이 지지 않는 나무인 데다 뱀이나 거북이, 도마뱀 같은 파충류는 절대로 소나무 옆에 둥지를 트는 법이 없다. 게다가 소나무는 속이 썩어 들어가는 법도 없다. 순식간에 통째로 죽고 다시 새 삶을 시작하는데, 이 또한 좋은 일이다. 노쇠한 생명이 새 생명에 달라붙어 그 성장을 막아서는 안 되는 것이다. 끝난 것은 끝난 것이고, 죽어서 흙먼지가 될 것이라면 그 종말은 한꺼번에 와야 한다. 관을 짤 때는 송판을 나무못으로 짜맞추고 틈새를 꿀과 송진으로 메운 뒤 관 속에는 하얀 천을 댔다. 바닥에는 요를 깔고 관 뚜껑 안쪽에는 하늘 천天자를, 네 귀퉁이에는 바다 해海자를 썼다.

일한은 상주로서 부친의 마지막 보금자리에 시신을 눕힌 뒤 관을 제단 위에 올려놓았다. 이제 부친의 운명 소식을 들은 이웃과 친척, 친지들이 문상을 오기 시작했다. 일한은 문상객이 올 때마다 일일이 곡을 한 다음 술과 음식을 대접했다. 이튿날 해가 뜨자 일한은 향을 피우고 곡을 한 다음 마치 아직도 살아 계신 것처럼 고인 앞에 진지를 올렸다. 해가 저물면 예법에 따라 다시 이런 의식을 치를 것이었다.

이제 일한은 어린 시절 선생 앞에서 경전을 공부했던 방에 혼자 앉아 있었다. 순희가 오기를 기다리는 지금, 그는 새로운 외로움에 사로잡혔다. 어머니는 일찍이 돌아가셨고, 따라서 상처도 그리 깊지 않았다. 어머니가 돌아가신 이후 부친은 그의 가장 가까운 친구였고, 부자지간에는 아무런 거리감도 없었다. 부친이 관직을 마다하고 해가 갈수록 책 속으로만 빠져드셨기 때문이다. 부친은 조정의 권력 다툼, 궐 안의 음모와 배신, 이웃 나라들 간의 전쟁 같은 온갖 갈등과 불화에 끼어들 수 없노라고 곧잘 말씀하셨다. 그는 당신의 마음만 깨끗하게 지키면 족하다고 했고, 백성들을 위해서 할 수 있는 일이 아무것도 없기 때문에 속임수와 사리사욕이 판치는 관직을 떠나는 것이 오히려 그들을 돕는 일이라고 믿었다. 하지만 그는 다른 벼슬아치들의 부패와 사리사욕은 탓하지 않았으며, 그러한 폐습을 바꾸려 들지도 않았다. 예를 들어, 김씨 집안의 땅을 소작인들에게 나누어 주려고는 하지 않았다. 혈기왕성한 젊은 시절의 일한이 부친께, 김씨 문중이 다른 양반 가문들과 함께 나라 땅을 대부분 차지함으로써 지은 죄를 갚아야 한다고 주장하면, 부친은 그저 당대에 지은 죄만 갚으면 된다고 대꾸할 뿐이었다. 그리고 자기 자신은 아무런 죄를 짓지 않았다고 믿었다.

순희가 아이들과 하인을 거느리고 도착한 것은 부친이 죽은 다음 날 정오가 지나서였다. 일한은 대문에서 아내를 맞이했다. 그녀는 안색이 창백했으나 내놓고 우는 것은 삼갔다. 그 대신 아이들의 손을 끌고 와 아버지에게 안기도록 했다. 일한은 첫째와 둘째를 차례로 안았다.

아이들의 커다란 눈은 겁에 질려 있었다. 일한은 할아버님께서 지금은 말씀하실 수가 없는 형편이며, 마당에서 나무에 묶여 있는 작은 원숭이와 함께 놀고 있으면 나중에 데리러 오겠다고 아이들을 다독거렸다. 그리고 나서 방을 향해 걸음을 옮겼다. 순희가 뒤를 따랐다.

단둘이 되자마자 그가 입을 열었다.

"여보, 중전마마를 뵙고 아버님이 운명하셨다는 소식을 전해드려야겠소. 그리고 장례가 끝나는 대로 내가 알현하겠다고 말씀 올려 주시구려."

그녀는 슬픔에 찬 온순한 눈길로 그를 쳐다보고 있다가 이 말을 듣자 표정이 변했다.

"이런 판국에도 마마를 먼저 생각하시는군요."

"그게 내 직분이기 때문이오."

"그렇다면 직접 가지 그러세요?"

그녀는 이렇게 쏘아붙이고 돌아서서 뒷문 쪽으로 갔다. 문은 작은 뒤뜰 쪽으로 열려 있었다. 뒤뜰에는 기껏해야 큰 함지박만한 연못이 있었고, 그 맑은 물에서 붕어 몇 마리가 헤엄치고 있었다. 물고기 지느러미가 햇살을 받아 반짝였다.

일한은 갑자기 여자들에 대한 분노에 사로잡혔다. 중전이건 평민이건 마찬가지였다. 여자들은, 첫째는 자기 자신만 생각하고 다음으로는 남자들이 자신을 사랑하는지에만 관심이 있었다. 일한은 머릿속으로는 자신의 생각이 부당하다는 것을 알았다. 여자들이 사랑을 생각하는 것은 당연하다. 그렇지 않으면 어떻게 아이들이 태어난단 말인가? 그들이 바라는 것은 자식이고, 따라서 무엇보다도 남자의 사랑을 구하는 것이다. 그러나 순희는 남편의 사랑이 부족하다거나 자식이 없다는 이유로 불평할 까닭이 없지 않는가. 노한 가슴이 그렇게 외치자 이번에는 이성이, 그가 몇 달 동안이나 집을 떠나 있었다는 사실을 상기시켰다. 그리고 돌아온 이후에도 다른 문제로 고심하고 있었고, 순희는 그의 정신이 딴 데 가 있다는 것을 금세 알아차리지 않았느냐고 타일렀다. 그러나 일한은 순희가 질투심을 일으킬까 두려워 — 그는 아직도 이해할 수가 없었다. 어떻게 감히 중전을 질투할 수 있단 말이냐? — 나라를 속속들이 들여다보고, 땅에 매달린 채 입에 풀칠을 하기 위해 피땀 흘려 논밭을 가는 백성들을 보고 난 지금 느끼고 있는 답답한 심정을 아내한테 털어놓지 못했다.

일한도 아내에게 등을 돌렸다. 그들은 한동안 그렇게 서 있었다.

이윽고 그는 다시 따뜻한 마음을, 아니 이성을 되찾았다. 아내와 중전 두 사람을 이번에는 궐 안에서 만나게 하자. 그리고 둘이 서로를 알 수 있게끔 놓아두자. 순희는 틀림없이 자신이 얼마나 어리석었는지를 깨닫고 남편 옆으로 돌아올 것이다. 게다가 자신은 순희보다 강하지 않는가. 남자가 여자보다 강한 만큼 자신이 먼저 화해를 청해야 옳다.

그렇게 마음먹은 일한은 아내 옆으로 가서 그녀의 어깨에 손을 올린 뒤 아내의 몸을 돌려 자신의 얼굴을 마주 보게 했다. 그녀의 눈에 눈물이 가득 고여 있고 입술은 떨리고 있었다.

"내가 당부한 대로 하시오. 가서 직접 보시란 말이오. 그분은 나뿐만 아니라 당신한테도 중전마마요."

언제나 그랬던 것처럼 그의 부드러운 태도에 순희의 마음이 누그러졌다. 그는 말을 이었다.

"지난번에 내가 그분을 노엽게 만들었소, 여보. 얼마나 노여워하셨던지 나는 즉시 전하께 알현을 청할 생각까지 했었다오. 그러다가 먼저 아버님을 찾아뵙기로 했던 거요. 아버님이 전하와 더 가까우시니까 말이오. 그런데 여기 와 보니 당신도 알다시피 그렇게 되신 거요. 지금 이 찢어질 듯 아픈 마음으로는 중전마마를 뵈올 수가 없소. 그러니 나 대신 가주시오, 여보."

그녀는 두 손을 들어올려 남편의 뺨을 어루만졌다. 그는 아내가 자신의 뜻을 따르리라는 것을 알았다. 아내가 채비를 갖추러 나가자 그는 하인에게 순희보다 먼저 궐에 가서 급한 일이라고 여쭙고 중전마마의 알현을 청하라고 일렀다. 그리고 나서 아내가 타고 갈 가마를 대령시키고 삼베를 걸어 상중임을 표시하도록 했다.

아내가 떠날 때 일한은 문밖까지 따라나갔다. 그는 아내가 가마에 타 휘장을 칠 때까지 기다린 다음 집으로 돌아가 청지기들을 불렀다. 그들이 보료에 앉아 있는 일한 앞에 모여 서자 그가 분부를 내렸다.

"국사 때문에 아버님의 장례를 서두르기로 했네. 아버님께서도 당신이 돌아가신 것 때문에 국사가 위태롭게 되는 것은 원하지 않으실 거네. 중전께서 환궁하시기는 했지만 아직 일이 모두 해결된 것은 아니니까 말일세. 그러니 장례가 아흐레를 넘겨서는 아니 되겠네. 자네들도 알다시피 그러면 석 달을 더 기다려야 하지 않는가? 석 달이면 나라에 전쟁이 일어날 수도 있어. 그러니 이레째에 장례를 치러야겠네."

하인들은 놀란 얼굴로 서로 마주 보았다. 이들 청지기 노인 네 명은 수십 년 동안 부친을 섬겨 왔다. 이제 주인어른이 돌아가신 만큼 그 아들이자 상속자인 일한의 말을 거역할 수는 없었다. 그렇기는 해도 돌아가신 어른께 충분히 예를 갖추고 싶었기 때문에 장례를 너무 서두르는 것이 탐탁지 않았다.

제일 나이 많은 청지기가 나섰다.

"나으리, 그렇게 서두르는 것은 돌아가신 어른께 불경스러운 일이 아닐까 합니다요. 상것들의 집에서야 보잘것없는 상복 몇 벌 짓는데 이레면 충분하겠습죠. 하오나 이 집에서는 불가할 듯합니다. 지체 높은 가문일수록 상이 길어지는 법입죠. 어른께서 돌아가신 날이 바로 어제입니다요. 스님이 불공을 모시러 온 게 바로 오늘이구요. 지금 스님이 어른의 시신에 일곱 매를 묶어 드리고 있습니다요."

일한이 끼어들었다.

"스님은 예법을 제대로 아는 사람이겠지?"

"그렇습니다요, 나으리. 스님이 어깨와 팔꿈치, 팔목, 손가락, 엉덩이, 무릎, 종아리와 발목에 순서대로 차근차근 매를 묶는 것을 옆에 서서 지켜봤습니다요. 물론 주인이 돌아가시면 이런 지체 높은 집안에도 악귀가 들어온다는 건 제가 일러드려야 했습죠. 그랬더니 제가 보는 앞에서 허리에는 마음 심心자로 묶었는데, 그것은 무엇을 뜻하냐면…."

아까 그 청지기가 대꾸했다.

"알았네, 알았어."

일한이 짜증스럽다는 듯이 말했다. 청지기는 나이가 많은 탓으로 참을 수 없을 만큼 느린 어조로 말을 이었다. 그는 일한이 철부지 개구쟁이 시절부터 혈기왕성한 젊은이로 자랄 때까지의 모습을 생생하게 기억하고 있었다. 따라서 겉모습은 공손했지만 속으로는 고집을 꺾지 않았다.

"상여가 나갈 때까지 준비할 게 얼마나 많은지 한번 생각해 보십쇼, 나으리. 분가한 팔촌까지 포함해서 식구들의 상복을 죄다 지어야 합니다요. 게다가 하인들 상복까지 모두 지어야 하굽쇼. 소인이 다 적어봤습니다요…."

"읽어 보게나."

청지기는 자기 바로 밑의 청지기에게 손짓을 했다. 그러자 두 번째 청지기가 가슴팍에서 두루마리 종이를 꺼내 펼치고는 우렁찬 목소리로 읽어 내려갔다.

"상주이신 나으리와 두 분 도련님 몫으로는 삼베 속곳, 행전과 짚신. 겉옷으로는 삼베 두루마기와 허리띠, 대나무 삿갓과 머리띠. 가로 반半자, 세로 한 자의 천에다 대나무 두 자루를 끼운 낯가리개. 나으리, 두 분 도련님께서 낯가리개를 잘 쓰고 계실 것으로 믿습니다요. 하오나 그렇지 못하시다면…."

"계속하게."

'이 늙은이들이 어른의 장례가 무슨 잔치인 줄 아네' 하는 생각에, 일한은 짧게 내뱉었다. 청지기는 분부대로 했다.

"마님은 상복과 짚신을 갖추셔야 합니다요. 옥비녀 대신 대나무 비녀를 하게 돼 있습죠. 가까운 친척 마님, 아가씨들도 상복은 마찬가집죠. 하오나 대나무 삿갓이나 짚신, 머리띠는 필요가 없고 허리띠만 하얀 것으로 매면 됩니다요. 먼 친척들은 행전과 새끼줄만 매면 되지만 하얀 옷을 입어야 합죠. 아이들도 색깔 있는 옷은 안 되구 말굽쇼."

일한은 더 이상 참고 들을 수가 없었다.

"대체 그걸 다 어떻게 만든다는 말인가?"

청지기 노인 네 명은 마음이 상했다. 그들은 일한의 머리 너머 뒷벽을 보면서 우두머리 청지기가 대꾸하기를 기다렸다. 우두머리는 근엄하게 아뢰었다.

"나으리, 나흘째에 모든 준비가 끝날 겁니다요. 그날이 바로 상복을 입는 날입죠."

"그렇다면 칠일장七日葬으로 하게."

일한은 말을 마치고 손짓을 해서 청지기들을 내보냈다.

바로 그때, 순희는 중전마마 앞에 서 있었다. 도착하자마자 대기실에서 기다리라는 하명을 받은 순희는 그 방에서 오랫동안 기다렸다. 너무 오래 기다리게 하여 화가 날 정도였다. 순희는 중전이 의복과 패물, 머리 모양을 가지고 법석을 떠는 모양이라고 생각했다. 그렇다고 해도 중전을 탓할 수는 없었는데, 한 시간도 더 지난 뒤 나타난 중전은 실로 아름다웠기 때문이다. 순희는 중전이 예복을 입었을 때 어떻게 보이시더냐고 일한에게 여러 번 물었지만, 그때마다 일한은 번번이 대답을 안 했었다.

"그분이 어떻게 보이시는지 내가 어찌 알겠소? 나는 그분의 무릎 위는 절대로 쳐다보지 않소. 가급적이면 치맛자락 위도 쳐다보지 않으려 한단 말이오."

"하지만 어쩔 때는 보시잖아요."

순희는 농담 반 진담 반으로 우겼다.

"가능하면 보지 않소."

일한은 잘라 말했다.

"하지만 가끔은 어쩔 수 없을 때가 있으시죠?"

이 질문에 그는 화를 냈다. 아니, 화가 난 척했는지도 모른다.

"당신이 무슨 얘기를 듣고 싶어 하는지는 몰라도 아마 들을 수 없을 거요."

이제 순희는 완전한 예복 차림을 한 중전을 보았다. 전에 보았을 때와는 모습이 너무 달라 마치 처음 보는 사람 같았다. 중전은 두 나인의 부축을 받고 방으로 들어섰는데, 실제로 부축을 받을 필요가 있어서는 아니었다. 그녀는 보통 키였지만 고개를 위엄 있게 치켜들고 있었다. 균형 잡힌 완벽한 얼굴이었다. 콧날은 쭉 곧고 광대뼈가 볼록했으며 입은 섬세했지만 육감적이었고, 크고 검은 눈은 거리낌없이 정면을 응시하고 있었다. 살결은 우유같이 희고 뺨은 소녀같이 발그레했으며 입술은 붉었다. 아무리 중전마마라 해도 지나치게 아름다웠다. 그러나 순희는 안도감을 느꼈다. 중전의 아름다움은 기품 있고 당당하고 고집스러우며 열정적인, 남자의 마음을 사로잡기보다는 남자의 복종을 요구하는 그런 류의 아름다움이었기 때문이다. 질투심이 약간 수그러든 순희는 호기심에 찬 눈으로 중전을 바라보았다. 이 순간 그들은 두 사람의 평범한 여인으로 돌아갔다.

중전은 미소를 머금었다.

"자네 집에서 보기 전에 늘 자네 얼굴을 상상해 봤었네만, 내가 생각했던 것과 다른 얼굴이었네."

"어떤 얼굴을 상상하셨사옵니까, 마마?"

순희가 웃으며 물었다.

"난 자네가 아주 작은 여인일 거라고 생각했지. 작고 부드럽고 아이 같을 거라고 말일세. 그런데 알고 보니 우리는 자매지간이라고 해도 되겠더군!"

중전이 그녀를 바라보며 말했다.

아, 얼마나 영리한 여인이냐. 순희는 속으로 생각했다. 이토록 영리하게 둘 사이의 거리감을 없애고 교묘한 방법으로 마음을 사로잡을 수 있다니! 순희는 절대로 중전을 곧이곧대로 믿어서는 안 된다고 경계하고 있었음에도 불구하고 중전의 수완이 얼마나 뛰어났던지 자기도 모르게 이 여자에게 마음이 끌렸다. 중전이 이다지도 솔직하게 말을 할 수 있을까? 하긴 중전이 아니라면 누가 이다지도 거리낌없이 솔직할 수 있겠는가?

그녀는 온 목적을 생각해 내고 입을 열었다.

"마마, 쇤네는 바깥양반의 말씀을 받자옵고 궐에 들었나이다. 시아버님께서 운명하였다는 소식을 아뢰어라 하셨사옵니다."

"그럴 수가."

중전은 한숨을 쉬었다. 중전은 두 나인을 물리친 다음 가까이 다가앉았다.

"소문은 들었지만 믿지 않았다네. 그런 일이 있으면 김공이 당장 입궐하여 고하리라고 생각했지."

"바깥양반은 지금 외아들로 상주 노릇을 하고 있사옵니다. 자기 대신 쇤네를 보내게 되어 송구스럽다고 전하라 하였습니다."

중전은 계단 두 개를 내려와 고려시대에 만든 네모난 책상 옆에 앉았다. 책상에는 네 귀퉁이에 수실을 단 비단보가 덮여 있었다.

"내 옆에 와서 앉게나. 다 얘기해 보게."

순희는 분부대로 따랐으나 '다'가 무엇을 뜻하는지 의아했다.

"시아버님은 어제 갑자기 운명하셨습니다. 다행히도 바깥양반이 막 본가를 찾아간 길이었기에, 즉시 곁을 지킬 수가 있었다 하옵니다. 의원들을 불렀는데, 우리 의원뿐만 아니라 양의도 불렀다 하였사옵니다."

"미국 사람은 아닐 테지! 내 충성스러운 신하가 설마…."

중전이 부르짖었다.

"아버님을 살리는 일이라면 무슨 짓인들 못 했사오리까. 마마, 그런데 그 양의가 죽음을 막지는 못했어도 운명하실 거라는 말을 미리 해주었다 합니다."

"그랬었구나… 그랬어."

중전은 그렇게 외치고 나서 소맷자락에서 비단 손수건을 꺼내 눈물을 훔쳤다.

"그래, 그 양반은 어떤가?"

"누구 말씀이옵니까?"

순희는 아무 생각 없이 물었다.

"김공 말일세."

"바깥양반은 애통해 하고 있습니다. 하오나 마마께 대한 본분은 잊지 않고 있사옵니다, 마마."

순희는 다소 차가운 어조로 말한 뒤 자리에서 일어나려 했다. 그러자 중전이 그녀의 손을 움켜쥐고 다시 주저앉혔다.

"아직 일어서지 말게. 우리, 벗이 되면 어떤가. 자매지간이 되자는 말일세. 내가 이 궐 안에서 외톨이라는 것을 자네는 아는가? 대비마마 말고는 벗이 아무도 없어. 그런데 그분은 연로하신 데다 옛날 추억에만 잠겨 계시지. 나도 내가 좋아 외톨이로 지내고 있지만, 날 편안히 내버려 두지를 않아. 그 사람, 자네 주인 양반 되는 사람이 나한테, 이제 모든 상황이 변했으니 항상 몸조심하고 주위를 경계하라고 했다네. 게다가 서양에서 새 공사를 받아들여야 한다는 게야. 미국 사람 말일세. 김공이 자네한테 이런 비밀을 다 얘기해 주던가?"

"아니옵니다, 마마."

중전은 심란한 표정으로 두 손에 얼굴을 괴면서 중얼거렸다.

"그랬더라면 좋았을 걸 그랬네. 나 혼자 이렇게 엄청난 변화를 다 감당할 수가 없어."

순희는 용기를 내서 말을 꺼냈다.

"전하께서…."

"아, 전하 얘기는 꺼내지도 말게."

중전은 못 참겠다는 듯이 말하고는 손을 늘어뜨렸다.

"전하는 뵙기도 어렵다네. 설사 나를 부르신다 해도 함께 무슨 말씀을 나누자고 그러는 건 아니라네."

중전은 오랫동안 순희를 바라보다가 말했다.

"내가 어느 가난한 선비의 초가집에서 몇 달 동안 머물렀다는 걸 자네는 알고 있나? 선비와 그의 아낙 단둘이 살고 있었는데, 그 사람들이 날 숨겨 주었다네. 그런데 난 두 내외가 어떻게 사는지를 봤어. 두 내외는 친구 같았지. 작은 골방에 숨어 있노라면 그들이 웃고 얘기하는 소리가 들렸다네. 회색 고양이가 새끼를 어디에 숨겨 놨다든지, 어떤 새가 남쪽 바다를 건너 돌아왔다든지, 내일 저녁 찬거리로 고기 한 토막을 살 수 있을는지 하는, 아주 자잘한 얘기였지. 그리고 나서 선비가 그날 쓴 시를 읽어 주면 아낙은 조용히 듣고, 그가 쓴 시 중에서 가장 아름답다고 말하곤 하더군. 그리고 밤이면 한 이불 속에 누워…."

그녀는 고개를 돌리고 순희의 손을 두 손으로 꼭 부여잡았다.

"내가 왜 이런 얘기를 자네한테 늘어놓고 있는지 나도 모르겠네. 어리석은 짓이야. 주인 양반한테 돌아가서 서두를 것 없다고 전하게. 그 사람이 자식 된 도리를 다할 때까지 참고 기다릴 것이라고 말일세. 그 동안에는 어떤 일도 벌이지 않을 거라고 전해 주게나."

중전은 일어서서 순희를 향해 웃어 보이고는 잡고 있던 손을 놓았다. 그때 두 나인이 다가왔다. 중전은 다시 그들의 부축을 받으며 접견실을 떠났다.

"어찌 됐소?"

아내가 돌아오자 일한이 물었다.

그는 조금 전까지 부친의 빈소에 있었지만 지금은 두 아들과 함께 마당에 있었다. 그는 스님이 묶어 놓은 매를 살펴본 다음 한참 동안 부친의 시신 옆에 혼자 앉아 있었다. 관습에 따라, 살아 있는 사람들이 식사를 할 때면 돌아가신 이에게도 상을 차려 내야 한다. 그래서 청지기가 쟁반에 밥그릇을 들고 들어온 뒤에야 부친의 곁을 떠나 아들들을 찾아 나선 것이다. 아이들은 아직도 선생과 유모와 함께 마당에서 놀고 있었다. 그들은 벌써 원숭이와 친해져서, 원숭이의 재롱을 보고 웃으면서 유모가 바쁘게 까 주는 땅콩을 먹이고 있었다.

일한은 선생에게, 이제 둘째 아들까지 맡아 줄 때가 됐노라고 했다. 선생은, 둘째는 다른 선생한테 맡기는 게 좋을 것 같다고 대답했다.

"큰 도련님은 너무 영리하고 성격이 강하여서 소인이 전력을 쏟아도 모자랍니다. 그런데 둘째 도련님은 사뭇 다르지요. 그렇게 다른 두 도련님을 가르치고 돌보기에는 소인의 능력이 못 미치는 듯

하옵니다…."

그때 순희가 대문 밖에 나타나자, 일한은 선생의 말을 듣다 말고 당장 아내에게 달려갔다. 그들은 나란히 방에 들어가서 문을 닫은 뒤 이야기를 나누었다.

"말씀대로 중전마마를 배알하고 왔어요."

"그런데 내가 당부 한대로 여쭈었소?"

"물론이죠. 마마께서는 서두르지 말고 자식 된 도리를 다하라고 하시더군요. 당신이 올 때까지 참고 기다리시겠다구요."

"그게 전부요?"

그녀는 찬찬히 남편을 올려다보았다. 뭐라고 말해야 할까? 그게 전부는 아니었다. 중전은 자신이 생각했던 것보다 훨씬 더 아름다웠고 자신에게 마치 자매지간처럼 굴었으며…. 그러나 순희는 아무 말도 할 수 없었다.

"그게 전부예요."

그녀는 말을 멈춘 뒤 눈을 가늘게 뜨고 그를 올려다보았다. 그러자 그가 물었다.

"그런데 왜 그렇게 쳐다보는 거요?"

"제가 어떻게 쳐다보는데요?"

그녀는 웃었다.

"꼭 뭔가 숨기는 사람 같구려."

그가 무뚝뚝하게 말했다. 그녀가 말없이 계속 웃기만 하자 일한은 짜증을 내며 돌아섰다.

"여자들은 도대체가 얼굴을 꾸미거나 엉뚱한 상상이나 하는 버릇을 고치지 못하는구면. 당신은 그렇게 나를 놀리는 것이 재미있는 거요."

그리고는 방을 성큼성큼 걸어나갔다.

장례를 치르기 하루 전에 그는 묏자리로 갔다. 무덤에 표시를 하고 흙을 팔 동안 자리를 지키는 것이 상주 된 도리였기 때문이다. 묏자리는 성문 밖에 있었다. 누구든 도성 안에 묘를 쓰는 것은 국법에 어긋나는 일이었다. 따뜻한 봄 날씨였다. 죽음보다는 새 생명에 더 어울리는 날이었다. 그가 말을 탄 채 앞장을 서고, 하인은 조랑말을 타고 뒤따랐다. 살구나무의 꽃봉오리가 벌어져 시커먼 바위 봉우리를 배경으로 희고 붉은 꽃잎이 어우러져 섬세한 빛깔을 뽐냈다. 사람들은 집을 나와 나들이를 하고, 아이들은 솜을 넣은 두꺼운 겨울옷을 벗어 던지고 맨발로 깡충깡충 뛰어다녔다. 곰방대를 문 노인들이 바깥에 나와 햇볕을 쬐고 있고, 할멈들은 땅에 쪼그리고 앉아 고기 몇 점을 넣고 국을 끓일 여린 푸성귀를 뜯고 있었다.

 한양에서 가장 용하다는 지관이 묏자리를 골라 놓고 기다리고 있었다. 일한은 골짜기를 가로질러 낮은 등성이를 절반쯤 올라가다가 햇볕이 잘 드는 아늑한 산모롱이에서 벌써 묏자리를 표시하고 있는 지관을 발견했다. 지관 옆에는 무덤을 파는 일꾼들이 있었다. 일한은 말에서 내려 예를 갖추고는 사방의 경관과 지형을 살펴본 뒤 무덤을 파도록 승낙했다. 무덤 파는 일이 엄숙하게 진행되는 동안, 그는 한양을 내려다보면서 서 있었다. 가난한 양민의 초가집들이 옹기종기 모여 있는가 하면, 소나무와 벚나무 숲속에 있는 왕실의 궁궐과 양반 가문의 고대광실들이 한데 어우러진 큰 도시였다. 이 도시에서는 나라와 백성의 전혀 다른 두 모습을 동시에 볼 수 있었다. 외적이 호시탐탐 노리는 시국에 이런 분열상이 언제까지 계속될 수 있을 것인가? 어떻게 하면 백성들로 하여금 어리석음을 깨닫게 할 수 있단 말인가? 백성들이 한마음으로 단결하지 않으면 외적의 침략을 물리칠 수 없다. 그는 고뇌에 싸인 채 이 영원하고 위험한 질문에 대한 답을 찾아 거듭 헤맸다. 그리고 그 위험성을 다시 한 번 되새겨 보았다. 그는 깊은 한숨을 쉬며 부친께서 돌아가신 것이 오히려 다행이라고 생각했다. 그러나 부친의 죽음이 무슨 소용이란 말인가? 두 아들은 살아 있고, 그가 두려워하는 일이 자식들에게 닥쳐올 것이다. 어떻게든 나라를 독립국으로 온전하게 지켜내는 것 외에 그들을 도울 수 있는 방법이 뭐란 말인가?

"나으리, 이 정도면 되겠소이까?"

지관이 물었다. 일한은 돌아서서 무덤 자리로 다가가 그 안을 들여다보았다. 흙은 얼마 없고 무덤 자리에서 파낸 돌멩이가 가장자리에 수북이 쌓여 있었다.

한쪽에는 묘비 두 개가 서 있었다. 묘비에는 선비이자 충신이었던 부친의 훌륭했던 점이 새겨져 있었다. 한 개는 무덤의 발치에 묻고 다른 한 개는 영원한 미래를 기원하는 뜻으로 세워놓을 것이다.

"잘했네그려."

일한이 지관에게 말했다. 이제 부친의 육신을 받아들이게 될 산신께 바칠 제물을 들고 올라올 문상객들을 기다리는 일만 남았다. 일한은 바위틈으로 문상객들의 행렬이 걸어 올라오는 것을 보았다. 절차에 따라 제물을 바치고 나서 식이 끝났다. 그러나 한 가지 절차가 남아 있었다. 돌아가신 부친께 당신의 육신을 누일 무덤이 마련됐다고 고하는 일이었다. 일한은 집으로 돌아오자마자 부친의 시신 앞에서 그 사실을 고했다.

이레째 되는 날 아침, 그의 하인이 무덤 옆에 천막을 치고 상여를 만드는 일이 다 끝났다고 아뢰었다. 지체 높은 집안이라 상여를 빌리지 않고 새로 만든 것이다. 그리고 만장도 다 만들어져 이제 상여 나갈 준비가 끝났다고 덧붙였다. 일한은 아무 말도 하지 않은 채 고개를 끄덕여 알았다는 뜻을 전했다. 그는 상주라 가족들을 멀리 하고 혼자 본가의 사랑에 기거하면서 매일 상복을 입고 간단한 찬으로 허기만 면했다. 그리고는 영혼과 마음을 정화하기 위해 불경과 유교 경전을 읽었다. 이런 생활이 상여가 나갈 때까지 며칠이고 계속됐다. 이레째 되는 날 오후 늦게 산으로 상여를 나를 행렬이 모두 모여들었다. 일몰이 얼마 남지 않았다. 선친의 혼령이 편히 떠날 수 있는, 낮과 밤사이의 알맞은 시각이었다. 아들이자 상주로서, 일한은 모여선 행렬을 감독했다. 그는 모든 준비가 흡족하다고 느끼자 행렬을 출발시켰다. 맨 앞에는 나뭇가지를 묶어 만든 커다란 횃불을 든 횃불잡이들이 서 있었다. 그들은 횃불을 땅위로 끌어 이글거리는 불꽃을 튀기면서 걸어갔다. 이따금씩 불이 잘 타라고 다 같이 횃불을 치켜들어 머리 위로 뱅뱅 돌리다가 다시 땅에 내려놓았다. 그 뒤로 빨갛고 파란색의 질 좋은 비단을 씌운 초롱을 든 사람들이 두 줄로 서서 따라갔다. 그리고 그 뒤에는 만장꾼들이 돌아가신 어른의 함자와 생전에 쌓은 수많은 업적을 적은 비단 만장을 두 손으로 들고 갔다.

행렬의 한복판에는 상여꾼들이 멘 상여가 있었다. 최고급 목재에 섬세한 조각을 새겨 넣은 상여에는 혼백을 모신 위패가 안치되어 있었다. 상여의 양옆과 뒤로는 여자 곡쟁이들이 따르고, 그 뒤에는 사람들이 상여를 비추기 위해 초롱을 치켜들고 있었다. 상여꾼들은 걸음의 박자를 맞추기 위해서 서글픈 곡조로 만가를 불렀다. 고인이 양반에다 부자였던지라, 앞에서 요령꾼이 종을 울리면서 걸어가고 상여 주변 사방에는 사람들이 고인의 명복을 빌기 위해 보낸 만장을 든 만장꾼들이 있었다. 일한은 가마를 타고 상여를 따르고 그 뒤로 순희와 아이들, 그리고 다른 친척과 문상객들이 역시 가마를 타고 따라갔다.

긴 상여 행렬이 서서히 길을 따라 움직이는 동안 사람들은 걸음을 멈추고 구경하는가 하면 뒤를 따르기도 했다. 그렇게 해서 행렬이 수구문水口門을 지나 드디어 산에 이르렀을 때는 땅거미가 지고 있었다. 그들은 거기 미리 쳐 놓은 천막에서 밤을 나기 위해 걸음을 멈추었다. 사람들은 멍석 위에서 잠을 잤지만 일한은 잠을 이룰 수 없었다. 그는 누웠다가 일어나기를 몇 차례 되풀이한 끝에 마침내 밤공기가 차가운 바깥으로 나갔다. 달이 어찌나 밝은지 온 세상이 마치 죽은 사람처럼 깊은 잠에 빠져 그의 발밑에 누워 있는 것처럼 보였다.

아들이 아비보다 오래 사는 것이 자연의 이치이기는 하지만, 일한은 이제부터 죽을 때까지 가정과 나라, 그리고 나아가서는 세상의 대소사를 혼자서 짊어져야 한다는 생각에 마음이 무겁고 어두워졌다. 선친과 더불어 한 시대가 마감한 것이다. 그 시대는 조국이 주변 국가들을 피함으로써 평화롭게 살고자 은둔의 길을 택한 시대였다. 그러나 외국 배들이 바다를 가로질러 조선을 향해 다가오고, 새롭게 활기에 찬 일본과 노쇠하고 시들어 가는 청나라 사이에 전운戰雲이 무르익는 지금, 평화는 요원한 꿈이었다. 게다가 북쪽의 거인 노서아는 또 어떠한가? 그는 북쪽으로 몸을 돌렸다. 그리고 뾰족한 산봉우리의 그 단단한 암봉 위에서 피처럼 붉게 빛나는 북극성을 보았다.

아침이 되자 일한은 행렬을 깨워 등성이의 묏자리를 향해 올라갔다. 묘는 모두 손질이 끝나 있었다. 사람들은 예법에 따라 장대 위에 관을 올려놓은 다음 하얀 광목으로 덮었다. 지관은 가까이 서서 손에 나침반을 들고 위치가 정확한가를 확인했다. 아들이 많았더라면 하관은 아들들이 맡았을 터이지만, 일한은 외아들이었기 때문에 다른 이들의 도움을 받았다. 모든 잡귀를 몰아낸 빈 무덤이 이제 타오르는 향속에서 주인을 맞은 것이다. 그동안 여인들은 동쪽으로 얼굴을 돌리고 문상객들은 곡을 했다. 이제 일한은 남자들의 도움을 받아 천천히 무덤에 흙을 덮기 시작했다. 이미 선친의 죽음을 절절히 느끼긴 했지만, 이렇게 가슴 아픈 순간은 일찍이 없었다. 흙덩어리가 관 위로 슬프고 둔중한 소리를 내며 떨어지자 두 아들은 겁에 질려 비명을 질렀다. 그러나 일한은 일을 마칠 때까지 고개를 돌리지도 않았고 아들들을 다독이는 말을 하지도 않았다.

일을 마치고 그는 무덤 밑 계단에서 무덤을 마주 보고 선 다음, 밝고 우렁찬 목소리로 산신께 이제 고인이 이 산의 바위와 흙 속에 묻혔다는 사실을 고했다. 그는 한동안 거기 서서 주위 광경을 머릿속에 새겨 넣었다. 선친의 무덤은 남향의 따뜻한 산등성이, 평평한 곳에 누워 있었다. 파낸 흙을 위로 덮어 무덤은 반달처럼 둥글었다. 그 무덤 밑으로 산등성이에 계단을 만들었다. 일한이 지금 선친께 긴 작별 인사를 고하며 서 있는 곳이 바로 그 계단이었다. 이제 한 가지만 하면 모두 끝난다. 그것은 묘지기를 정하는 일이었다. 그는 우두머리 청지기에게 묘지기 일을 맡겼다. 청지기는 두 손을 맞잡고 허리 굽혀 절을 하면서 이 임무를 받아들였다.

그렇게 하여 장례는 모두 끝났다. 일한은 처자와 하인들을 거느리고 자신의 집으로 돌아갔다.

장례가 끝나자 일한은 중전이 아니라 전하께 알현을 청했다. 그는 장례를 치르는 동안 기나긴 시간을 혼자 조용히 보내면서, 자신의 임무를 곰곰이 생각했었다. 선친이나 그는 고관대작의 직위를 탐하지 않았고, 또 많은 재산과 좋은 가문을 배경으로 언제나 위엄을 지킬 수 있었기에 골치 아픈 관직을 사양할 수 있었다. 그럼에도 불구하고 아뢸 말씀이 있으면 언제든지 왕이나 중전께 알현을 청할 수 있었다. 선친이 살아 계실 동안에는 왕을 배알하는 것은 삼가고 중전에게만 발걸음을 했다. 그러나 이제 선친이 죽음으로 자신이 선친의 자리를 대신하게 된 만큼 먼저 왕을 배알하는 것이 도리였다.

그가 심부름꾼을 보내 배알을 청하자 왕은 단둘이 자리를 같이 할 시간을 정해 주었다. 그해 음력 7월 7일 아침이었다. 계절은 여름이었다. 일한은 정해진 시간에 맞춰 가마를 타고 궁궐로 향했다. 하인은 궁궐 문에서 그의 도착을 고하기 위해 말을 타고 앞에 갔다.

조선 왕조 제26대 왕인 고종은 아직도 한창 나이의 청년이었다. 왕이 된 이래 대비 조씨와 아버지 대원군 사이에서 자랐다. 두 분 다 성격이 강했다. 대원군은 저돌적인 의지를 가진 사내였고, 조대비는 여자의 완고한 고집을 깊이 간직한 분이었다. 두 분다 그를 어린아이 취급했고, 따라서 그는 더디게 철이 들었다. 그는 이따금 두 분 사이에서 씨름할 때가 있었다. 게다가 민씨 문중의 아름다운 규수를 왕비로 맞이함으로써 세 사람 사이에서 줄다리기를 하는 신세가 됐다.

그는 내심 체구가 가냘프고 순종적인, 소녀 같은 여자들을 좋아했다. 그런데 그는 날 때부터 철이 든 것 같은 강하고 고집 센 여인에게 묶여 버렸다. 그러나 왕비는 그를 매혹시켰다. 그의 아직도 자라지 않은 부분, 그가 잊어버리고 짓밟아 버리고 자신에게 없애 버리려고 무진 애쓰는, 그러나 이게 자신의 참모습이 아닌가 하고 의심하는, 왕의 그 아이 같은 부분을 매혹시켰던 것이다. 왕은 자기 자신에 대해서 털어놓을 상대가 아무도 없었다. 그의 내면이 갈등에 휘말려 있긴 했지만, 자신의 운명이 또한 외부의 갈등에도 달려 있다는 것을 잘 알고 있었던 것이다.

그는 무지한 왕이 아니었다. 어린 시절 유교 경전과 불경, 그리고 조국의 역사를 배웠다. 그러나 서양에 대해서는 아는 것이 거의 없었다. 아버지인 대원군이 나라의 문을 닫고 은둔국으로 만들려는 한 가지 일념에 사로잡혀 있었기 때문이다. 대원군의 아들인 지금의 왕 고종은 이제 그것이 불가능하다는 사실을 알고 있었다. 언뜻 믿기 어렵지만, 서양의 끈질긴 무기는 바로 종교였다. 대원군의 가르침에 따르면, 동족 가운데서 예수라는 이름의 반골을 죽인, 유대인이라는 조그만 민족이 제일 먼저 창시한 미신에서 비롯된 종교라고 했다. 그는 세상이 언제나 반골들 때문에 소란스러웠으며, 조선에는 그렇지 않아도 이런 부류가 많은데 서양에서까지 들여올 필요는 없다고 주장했다. 그는 이런 이유를 대고, 자신들의 운명이 어떻게 될지 알면서도 조선에 줄기차게 들어오는 외국 선교사들을 모두 죽이라고 명령했다. 이제 대원군은 청나라에 갇혀 있고, 고종 자신이 국사를 결정할 수 있었다. 물론 중전의 양해를 구해야 한다. 중전은 일본의 세력이 강해지고 있다는 사실을 받아들이지 않고 변함없이 청나라에만 충성을 바치고 있었기 때문이다. 그들은 바로 어젯밤에도 이 문제를 놓고 말다툼을 벌였다. 그는 중전을 들라 일렀다. 근래에 드문 일이었다. 얼굴을 대하지 않은 지가 오래였던 것이다. 그러나 도피 생활을 마치고 환궁한 그녀는 태도가 훨씬 부드러워져 있었다. 중전은 여전히 아름다웠지만 그녀의 태도에는 어떤 희망이나 갈구가 섞여 있는 듯했다. 아니, 이제 청춘이 다 지나갔다는 사실을 깨달은 여인의 욕정에 불과할 수도 있다고 왕은 생각했다. 그래서 그는 어젯밤 단둘이 수라를 들자고 중전을 불렀다. 만약 중전의 매력이 여전하다면 옛 정을 되살려 아직 가망이 있을 때 왕자를 수태시켜 보려는 생각에서였다. 둘의 열정이 뜨거웠던 시절에는 중전과 잠자리를 같이한 적이 한두 번이 아니었다. 그는 아직도 자신에게 옛 시절의 그 열정이 남아 있다는

데 놀랐다.

그럼에도 불구하고 어젯밤은 엉망이 되어 버렸다. 그들은 해묵은 입씨름에 빠져들어 서로 경원하며 의례적인 인사를 주고받은 뒤 일찍 헤어졌다. 왕은 중전이 가고 난 뒤에 궁녀를 불러들였다.

그 이튿날 아침인 지금, 왕은 최근 유명을 달리한 측근의 아들이 자기 아버지 역할을 대신할 생각으로 배알을 기다리고 있다는 전갈을 받았다. 그는 일한이 중전의 총애를 받고 있다는 사실을 알고 있었기에 서두르지 않았다. 좀 기다리게 해 주어야지. 그는 두 시간이 족히 지나서야 일한이 기다리고 있는 방에 내관을 보내 배알을 허락한다고 기별했다. 기다리게 하면 혹시 오만할지도 모를 그의 콧대를 꺾을 수 있으리라 생각해서였다. 그리고 나서 친근하고 격의 없이 대하면 기다리는 동안의 울화가 수그러들거나 아니면 어리둥절해 할 것이니까.

정오가 다 되어서야 왕은 접견실로 들어가 옥좌에 앉았다. 이 방의 옥좌는 책상다리를 하게끔 다리를 짧게 만든 화려한 의자에 불과했다. 그러나 왕은 책상다리 대신 서양식으로 다리를 포개고 앉았다. 그는 백인을 한 번도 본 적이 없었지만, 그들은 의자에 앉아 다리를 똑바로 늘어뜨리거나 무릎을 포개고 앉는다는 말을 들었다. 또한 그는 신하들이 임금의 뜻을 살피기 위하여 왕의 일거수일투족을 놓치지 않고 관찰한다는 사실을 알고 있었다.

곧 일한이 들어와서 왕 앞에 무릎을 꿇었다. 그는 반들거리는 방바닥에 엄지손가락을 맞대고 두 손을 나란히 한 채 이마가 손등에 닿을 때까지 고개를 숙이고는 그대로 기다렸다.

"일어나시오."

고종이 온화한 어조로 말했다. 일한은 눈을 내리깐 채 일어나서 다시 기다렸다.

"말해 보시오."

역시 자애로운 목소리였다. 그러자 일한이 눈길을 들지 않은 채 입을 열었다.

"전하, 신은 작고한 선친의 아들로서 이 자리에 섰나이다. 선친이 그러했듯이 저 또한 관직은 없으나 다른 신하들과 더불어 백성을 책임지고 있는 사람으로서 언제든지 나라를 위해 봉사할 준비가 되어 있나이다."

고종은 이 말을 듣고 나서 일한에게 옥좌 앞에 있는 방석에 앉으라고 손짓을 했다.

예법에 따른 일한의 절이 끝나자 고종이 말했다.

"격식은 잊어버리시오. 짐은 경을 믿으오. 훌륭한 부친의 아들이기 때문이오. 부친은 지혜가 깊은 분이었소. 한번은 우리를 둘러싸고 있는 세 나라가 공이라면 우리는 그 공을 늘 공중에 띄워 움직이게 해야 하는 공놀이꾼이라고 과인에게 말한 적도 있소. 경도 그렇게 생각하오?"

"전하, 신은 그 공의 숫자를 늘려야 한다고 생각하옵니다. 서양 국가들이 바다를 건너 조선을 노리고 있사옵니다. 우리가 다루어야 할 공이 몇 개가 될지 알 도리가 없사오나 세 개 보다는 많을 것이옵니다. 게다가 던져 버려야 할 공도 있을지 모르옵니다."

고종은 초조한 듯이 다리를 풀었다가 다시 포갰다. 그는 오늘 용포는 입지 않았으나 목에는 금줄에 큰 비취 구슬들을 꿴 장신구를 걸고 있었다. 그 끝에는 왕의 문장인, 소나무에 앉은 학이 새겨진 둥근 비취가 있었는데, 그는 지금 오른손으로 그 문장을 만지작거리고 있었다. 아울러 깊은 생각에 잠긴 채 그의 열정적인 성격을 말해 주는 두터운 아랫입술을 엄지와 집게손가락으로 비틀고 있었다.

마침내 왕이 물었다.

"관직을 제수하면 받아들일 거요? 예를 들어 영의정이나 호조 판서를 제수하면 말이오. 경의 생각은…."

일한은 눈을 들어 왕의 눈을 마주 보고는 그 대담한 눈빛에 놀랐다. 왕의 눈은 가늘고 눈꼬리는 날카로웠으며, 짧고 굵은 검정 눈썹 밑의 눈동자는 새까맸다. 선비나 학자의 눈이라기보다는 행동하는 데 익숙한 사람의 눈이었다. 두툼한 아랫입술을 쥐고 있는 그의 손은 검고 튼튼했다.

일한은 학과 소나무가 새겨진 비취 쪽으로 다시 눈길을 내렸다.

"전하, 신이 관직을 사양하더라도 용서해 주시옵소서. 신은 밤낮으로 전하의 분부를 기다리고 있겠사옵니다. 신은 전하의 백성이옵니다. 신이 만약 그 이상의 신분이 되면 마음대로 아뢰거나 돌아다니거나 배알을 청하거나 할 수 없을 것이옵니다. 신은 수족처럼 전하의 뜻을 받들고 싶사옵니다."

왕은 웃었다.

"그러니까 과인에게 바라는 것은 아무것도 없다는 말이렸다! 그거 참 드문 소리로고."

그는 손뼉을 쳐서 내관을 불렀다.

"주안상을 들이라 이르라."

내관들이 분부를 받드는 동안 왕은 말을 계속했다.

"자, 이제 우리 조선의 입장을 한번 이야기해 보시오. 과인은 이홍장이 우리한테 미국 공사를 받아들이라고 권하는 이유를 잘 알고 있소. 그게 전쟁을 일으키겠다고 위협하는 일본에 대해 이홍장의 무기인 셈이오. 청일 전쟁이 일어나면 조선은 일본의 발판이 될 테니까 말이오. 말해 보시오. 미국은 어떤 나라인가?"

왕은 느닷없이 그런 질문을 했다. 일한은 몸 둘 바를 몰랐다. 그

답을 알지 못했기 때문이다.

"전하, 그것은 신이 여쭈어 볼 말이옵니다. 15년 전에 우리나라의 해변에서 난파되었던 배의 선원들이 미국 사람이고, 아주 야만적인 종자들이라는 얘기는 들은 적이 있사옵니다. 그들이 우리 여인들을 범해서 노한 백성들이 그들을 죽였다 하더이다."

왕이 지적했다.

"바로 죽이지는 않았소. 처음에는 그저 잡아들였을 뿐이었소. 그런데 배에 있던 놈들이 그놈들을 구하러 몰려 와서 동료들을 빼돌린 다음 우리 백성 몇몇을 볼모로 잡았던 것이오. 노한 우리 백성들이 그 배에 쳐들어가서 미국 사람 여덟 명을 죽이고 다른 선원들을 사로잡은 뒤 배에 불을 지른 건 바로 그 때문이었소. 자업자득이었다고들 하오."

이 대목에서 왕은 말을 멈추고 잠시 생각에 잠겼다. 그토록 시시콜콜한 내막까지 알고 있다니, 일한은 놀라울 따름이었다.

한참 뒤 왕이 입을 열었다.

"사실이 어땠느냐는 것은 지금 중요하지 않을지도 모르오. 하지만 내 말을 명심하시오. 그 배에 공격 명령을 내린 것은 과인의 부친이셨소. 그분께서는 천주교 신부들이 오래전에 당신의 명령으로 참수 당했던 동료 신부들의 복수를 위해 그 배를 타고 몰려오는 줄 아셨던 것이오. 그분께서는 늘 서양의 종교가 가는 곳마다 평화를 위협한다고 믿고 계셨소. 중국과 일본에 간 선교사들을 보고 그렇게 생각하셨던 것이오. 그분은 섭정으로 계실 때, 조선 땅에 외국 선교사들이 발을 들여놓는 것을 일체 금하고 몰래 들어온 선교사들은 죽이라 명하셨소. 그런데 안타깝게도 우리 백성들 일부가 그놈들한테 현혹되어 야소교인이 된 거요. 이 얘긴 더 이상 하지 않겠소."

여기서 왕은 말을 멈추었다. 천주교인이라는 이유로 참수 당했던 일한의 선조 생각을 떠올렸기 때문이라는 것을 일한은 알고 있었다.

왕이 말을 계속했다.

"과인은 부친의 말씀을 따랐소. 과인은 아주 어렸을 적에 몇 척의 군함을 끌고 우리 항구에 들어온 로우라는 미국 사람이 알현을 청하길래 거절했소. 하나 지금은 잘 모르겠소…."

내관들이 음식을 가져와 상 위에 올려놓고는 시중을 들려고 옆에 앉았다. 그러나 고종은 그들을 다시 물리쳤다. 내관들이 물러가자 고종이 일한에게 불만을 털어놓았다.

"저것들은 그림자같이 따라다닌다니까. 하나 저들은 그림자가 아니오. 눈으로 보고 귀로 듣고 혀를 놀린단 말이오… 이야기를 계속합시다!"

"전하, 전하의 생각을 말씀해 주시니 황공무지로소이다. 신은 전하의 백성인지라 듣기만 할 뿐 입을 놀려서는 아니 될 것이옵니다."

"말해 보시오. 과인은 입을 열지 않는 신하들에게 둘러싸여 있소. 가끔은 조정에서 중전 말고는 모조리 혀 잘린 사람들뿐이라는 생각도 드오. 중전은 도무지 겁을 몰라! 부처님이 다시 환생하신다 해도 그분께 이래라 저래라 잔소리를 할 것이오."

고종은 왕과 신하 사이에서 할 얘기가 아니라는 사실을 알면서도 일부러 그 얘기를 꺼내 놓고 더욱 즐거움을 느꼈다. 일한은 슬며시 미소를 머금은 채 그 말에는 대꾸하지 않고 대신 이렇게 아뢰었다.

"전하, 대원군께서는 당신의 시대에 옳다고 여기신 대로 하셨을 뿐이옵니다. 가령 일본에 대해서도 다른 나라만큼 완강하게 반대하셨사옵니다. 심지어는 일본이 우리나라에서 떠나 주기를 바라시는 마음에서 가끔은 일부러 그들을 모욕하는 듯도 하셨나이다. 하오나 그들은 떠나지 않았사옵니다. 전하, 바라옵건대 부친의 전철을 밟지 마시옵소서. 나라와 백성을 구하기 위해서 무엇을 해야 할지 전하 스스로 생각하시옵고 스스로 결정하시옵소서. 서양의 여러 나라 중에서 그래도 미국이 덜 사악한 듯 하더이다. 그 나라는 젊고 연륜이 없으며, 독립을 위해 싸운다는 것이 뭔지를 겪어서 알고 있나이다. 일백여 년 전에 그들도 자신들을 다스리는 종주국과 싸워서 이겼다 하더이다."

"무슨 소리를 하는 거요?"

"소신은 이홍장이 권하는 대로 미국을 받아들여야만 한다고 아뢰는 것이옵니다."

왕은 주먹을 쥐고 상을 내리쳤다. 안주 접시들이 튀어 올랐다.

"그들이 우리한테서 가져갈 것이 훨씬 많을 조약을 맺으면서 말이오?"

"그렇사옵니다."

두 사람은 서로의 눈을 똑바로 쳐다보았다. 진 사람은 왕이었다. 그는 일어섰다.

"아무것도 먹지를 못하겠소."

왕은 그렇게 말하고는 일한에게 등을 돌리고 방을 나가 버렸다. 그렇다면 어찌 일한인들 먹을 수 있겠는가? 내관들이 그가 가는 것을 보고 빈방으로 들어갔다. 진수성찬은 뚜껑도 열리지 않은 채 그대로였다. 그들은 음식을 찬방으로 도로 가지고 가서 요란스럽게 웃어대며 왕을 위해 준비한 고기를 맛있게 먹어치웠다.

왕을 오랫동안 배알하고 집에 돌아온 일한은 그날 밤 순희에게, 전하께서 높은 벼슬을 제의하였으나 사양했다고 털어놓았다. 그는 벼슬을 사양한 데 대해 후회하지는 않지만 아내는 그가 보기에 천성적으로 자신보다 단순한 만큼, 고관 남편을 둔 다른 여인들을 남몰래 부러워하고 있지나 않을까 염려했다. 남편이 생각한 바를 두려움 없이 행하고 내키지 않는 것을 과감히 거절하는 학자나 선비로서 어느 정도 명성은 얻고 있지만, 과연 그것만으로 만족할까 하는 염려였다. 하지만 그녀의 대답을 듣고 일한은 자신의 염려가 기우였다는 것을 깨달았다. 그리고 늘상 그랬듯이 결혼해서 아들 낳고 살면서도 아내에 대해서 그토록 아는 바가 없는 자신에 대해 다시 한 번 놀랐다. 그가 말을 마치자마자 순희는 즉시 이렇게 대꾸했던 것이다.

"사양하신 것은 정말 잘한 일입니다."

그들은 함께 이부자리에 누워 있었다. 옆에 있는 상 위에서 촛불 한 자루가 타들어 가고 있었다. 집은 조용했고 창문에 쳐 놓은 발 너머로 밤이 어두웠다. 일한이 길게 얘기하는 동안 순희가 귀를 기울여 듣다가 한마디 하자 일한이 캐물었다.

"무슨 뜻으로 하는 얘기요?"

"이유는 한 가지예요. 당신은 언제나 사소한 것은 잊어버리죠. 당신은 뛰어난 분이에요. 그러나 큰일에만 그래요. 당신은 전하나 중전마마와 마치 동기간처럼 말씀을 나누지만 이 집에 사는 하인이 누군지도 잘 모르세요. 그리고 가끔 우리 아이들이 다른 아이들과 섞여 있으면 당신이 과연 우리 아이들을 알아볼까 의심스러울 때도 있는 걸요. 그런데 이제 당신 아이들하고 저를 알게 될 시간이 생기게 됐으니까요!"

순희는 말을 멈추고 웃음을 터뜨렸지만, 그는 아내의 말을 듣고 놀랐다.

"당신은 내가 멍청이인 양 말하는구려. 내 생각엔 그보다는 나은 것 같은데."

그가 투덜거렸다. 그러자 순희는 옆으로 돌아누워 팔로 머리를 괸 뒤 남편의 못마땅해 하는 얼굴을 내려다보았다.

"제가 말씀드린 건 당신이 조그만 일에만 바보라는 뜻이에요. 만약 당신이 사소한 일에 밝으면 큰일에 멍청할 거예요. 그러니 전 당신의 지금 모습에 만족해요. 게다가 제가 운이 좋은 아내요, 축복 받은 어미라는 걸 잘 알고 있답니다."

이번에는 그가 웃으며 말했다.

"그만, 그만. 당신은 지나치게 겸손한 것 같구려. 여자는 다 자신에 걸맞은 복을 받기 마련이오."

이런 농담에 뒤이어 그들 사이에 갑작스런 열정이 불붙었다. 일한은 그토록 가까이에서 촛불 아래 검은 눈을 반짝이고 있는 아내의 사랑스러운 얼굴을 보고 흥분을 느꼈다. 그는 이런 면에서 아내를 잘 알고 있었다. 아내는 준비가 되면 몸에서 독특한 향기가 났던 것이다. 그는 이런 향기가 없을 때에도 아내가 순응하기는 하지만, 그때는 아내가 아무런 기쁨도 느끼지 못한다는 사실을 어렵사리 깨달았다. 그럴 때면 그의 쾌감도 반으로 줄어들었다. 아직 젊디젊은 새신랑이었던 시절, 그는 욕정을 자제할 수도 없었거니와 아내가 내킬 때를 기다릴 수도 없었다. 자제하고 기다리지 않으면 나중에 더욱 멀어진다는 것을 아는 만큼 그러는 자신을 책망하면서도 어쩔 수가 없었다. 그러나 남자로서 더욱 성숙해지면서 차츰 뭔가를 배우게 됐고 그 보람이 있었다. 아내가 원하지 않을 때 억지로 사랑을 하는 것보다는 아내가 원할 때 온전히 하는 것이 나았다.

지금 아내의 향기는 달콤하고 강렬했다. 그는 아내를 오랫동안 꼭 부둥켜안았다. 그들이 사랑을 끝냈을 때, 둘은 그 어느 때보다도 가까워져 있었다. 평화로운 침묵 속에서 일한은 잠이 들고 순희는 생각에 빠져들었다.

한 시간 남짓 뒤에 눈을 뜬 그가 물을 찾자, 순희는 사발에 물을 따라 준 뒤 자신이 생각하던 바를 입 밖에 냈다.

"상중에는 바깥일은 아무것도 하지 마세요. 그리고 우리 두 아들이 어떻게 다른지 살펴보겠다고 약속해 주세요. 저는 아이들이 서로 다르고 둘 다 유별나다고 느끼지만, 제가 미욱해서 어떻게 다른지는 도대체 모르겠어요. 이게 제가 첫 번째로 말씀드리고 싶은 거예요."

그는 물을 들이켜고 더 달라는 뜻으로 사발을 내밀었다.

"그럼 두 번째로 할 말이 또 있단 말이오? 그리고 보나마나 세 번째도 있을 테지! 남편이 조금만 편히 쉴라치면 마누라가 할 일을 만들어 준다니까."

그녀는 남편의 손에서 사발을 낚아채는 시늉을 했다.

"저를 다른 아낙네들하고 같이 보시다니요!"

"그렇지가 않아서 다행이오."

그는 느긋하고 즐거운 마음에, 그리고 자신이 비위를 맞춰 주면 아내에게서 다시 그 독특한 향기가 날까 하는 생각에 갑자기 잠이 달아났다. 살펴보니 그녀는 옷을 갈아입었고 향긋한 냄새는 깨끗한 옷에서 나는 것이었다. 그러자 그녀가 일침을 놓았다.

"당신 생각에만 빠져 있지 마세요. 제발 제 말 좀 들어주세요! 다시 전하를 뵙기 전에 미국 사람 몇 사람을 알아두셔야 해요. 당신은 지체 높고 막중한 자리에 계세요. 왕실에 조언을 하시니까요. 그런데 당신은 미국 사람들이 좋은지 나쁜지 어떻게 아세요? 당신이 뭘 잘 모르고 진언하는 바람에 전하를 잘못된 길로 인도하고 백성들을 고통에 빠뜨린다면 어떻게 되겠어요?"

아내는 정말 놀라운 여자였다. 살림살이 외에는 도무지 아무런 관심도 없는 듯 보이건만, 이렇게 간단하고 현명한 결론을 들이대는 것이다. 서양 사람들하고 어울릴 것을 생각하면 불쾌했지만 아내의 말이 옳았다.

그는 청나라 사람도 알고 일본 사람도 알고 심지어는 노서아 사람도 몇 명 알았지만, 미국인이라고는 거의 한 사람도 아는 사람이 없었다. 다시 한 번 아내와 즐겨 볼까 하던 생각이 깨끗이 사라졌다.

"이제 눈을 붙이시오. 기왕에 당신한테 들은 말만으로도 내가 오늘 밤은 물론이고 앞으로 몇 날 밤을 뜬눈으로 새워야 할 판이니까."

그는 엄지와 집게손가락으로 촛불을 눌러 껐다.

상중에 일한은 집안일에만 전념했다. 아침마다 독선생이 큰애를 가르치는 것을 옆에서 지켜보았다. 그리고 아이가 관심 있는 대목을 재빨리 깨우치면 흡족해 하다가 아이가 재미없는 대목에서 게으름을 피우면 이맛살을 찌푸리곤 했다. 어찌됐건 그는 간섭하지 않았고, 시간이 흐를수록 선생이 아이를 잘 이해하고 있다는 사실을 깨달았다. 선생은 아이가 책에서 한눈을 팔아도 나무라지 않았다. 그 대신 마당에 나가서 놀게 하거나 붓과 물감을 주어 그림을 그리게 하였다.

"그림을 보면서 저는 도련님의 내면의 생각과 느낌을 찾아내곤 하지요."

"그 애가 무엇을 그리던가?"

선생은 난처한 표정을 짓다가 마침내 입을 열었다.

"폭력입니다. 이 지체 높고 점잖은 집에서 도련님은 이빨로 새를 물고 있는 고양이나, 대나무밭에서 바깥을 기웃거리는 마귀나, 피를 철철 흘리는 쥐를 발톱으로 움켜쥐고 있는 매를 그린답니다."

일한은 이 말을 듣고 깜짝 놀랐다.

"아무도 그 아이를 거칠게 다룬 적이 없네. 어찌하여 그 애가 그런 생각을 한단 말인가?"

"아마 우리가 살고 있는 시대 탓이 아닌가 하는 게 소인의 짐작이옵니다. 도련님도 한양의 강도나 산중의 도적 얘기를 듣지 않습니까? 게다가 왜 중전마마께서 시해될 뻔 하셨느냐고 소인에게 여러 번 묻기도 했습니다. 세도 가문 사이의 알력도 알고 있구요. 여름이면 도련님은 늘 시골 본가에 가고 싶어 합니다. 그리고 시골 본가에 있을 때면 도련님은 대감의 땅을 가는 소작인의 아들놈들과 어울립니다. 아주 거친 아이들이죠. 그놈들과 어울리지 못하게 하지만 도련님은 달아나 버리지요. 나중에 찾아보면 마을에 있습니다. 그때마다 좋은 옷은 찢어진 채로 흙투성이고 얼굴은 그 녀석들처럼 시컴둥이가 되어 있지요. 소인에게 버릇없이 굴고 그 녀석들한테서 들은 상스러운 말을 합니다. 사실 도련님이 소인에게 차라리 농부의 아들로 태어나서 거리를 마음대로 뛰어다니고, 하고 싶은 대로 했으면 좋겠다고 말한 적이 한두 번이 아닙니다."

그렇다면 심각한 문제였다. 일한은 양심의 가책을 느꼈다. 자신이 중전과 왕의 문제에 정신이 팔려 있는 동안 아들은 무식한 상것들 사이에서 벗을 구했던 것이다. 바로 그날 아침 공부가 끝나고 점심을 마친 뒤 큰아들의 손을 잡고 대나무밭을 데려갔다.

"죽순이 다시 나왔는지 보러 가자꾸나."

그렇게 아들을 꾀었다.

철이 너무 이르지 않은가 염려했지만 그렇지 않았다. 얼마나 빽빽이 심어져 있는지 햇볕도 잘 들지 않는 대나무밭에 들어서자, 고개를 내미는 죽순들로 흙이 거의 뒤집혀 있었다. 여기저기서 끄트머리가 갈라진 연초록색 죽순이 땅위로 얼굴을 내밀었다.

"네가 죽순을 밟아서 나무를 죽였던 일, 생각나느냐?"

"갈대라고만 하셨지 나무라고는 안 하셨어요."

아이가 고집스럽게 말했지만 일한은 아이가 기억하고 있다는 걸 알 수 있었다. 아이의 손을 놓지 않은 채 그는 자신이 전에 한 말의 뜻을 설명했다.

"그때 너는 내 말을 이해하기엔 나이가 너무 어렸다. 그때 나는 속이 텅 빈 갈대이긴 하지만 살아 있는 것이며, 오래된 뿌리에서 새롭게 솟아난다고 했었지. 그리고 우리나라에서 죽순은 대장부의 굳건한 기상을 상징한다고도 했었다. 그 대장부는 위대한 시인이건 화가건 아니면 나라의 지도자, 심지어는 반역자라도 좋다. 죽순을 짓밟기는 쉽다. 어린아이도 충분히 할 수 있는 일이다. 짓밟기는 쉽지만 만들기는 어렵다. 뭔가를 짓밟고 싶을 때면 그 말을 명심해라."

아이는 손을 빼려고 안간힘을 썼지만 일한은 하고 싶은 말을 마치기 전에는 아이의 손을 놓아 주지 않았다. 이제 그가 슬며시 손을 풀어 주자 아이는 놓여난 것을 깨달은 즉시 쏜살같이 달아났다. 일한은 바람처럼 달려가는 아이의 늘씬한 뒷모습을 보며 깊은 시름에 잠겼다. 그 이후로 일한은 큰아들을 주의 깊게 지켜보았다. 그리고 큰아이가 동생을 떠밀거나 동생이 돌이나 나무로 뭔가 만들어 놓은 것을 망가뜨리는 모습을 보면, 녀석의 손을 단단히 움켜쥐고 그의 손등에 자기 손을 올려놓은 뒤 몇 번이고 거듭 다짐을 했다.

"망가뜨리기는 쉽지만 만들기는 어렵다. 아우가 만든 것을 망가뜨리지 말아라."

어느 날 순희가 이 말을 들었다.

"망가뜨리지 않는 것만으로는 부족해요. 큰애가 자기 손으로 뭔가를 만들게 좀 도와주지 그래요?"

순희의 말은 이번에도 그의 마음을 움직였다. 일한은 최초의 지도 제작자 김정호를 생각했다. 김정호도 황해도 지방에서 자라던 어린 시절에는 침착하지 못한 아이였다. 그는 산을 넘고 강을 건너 떠돌아 다녔다. 그러다가 강이 어디서 시작되는지, 산은 어떻게 놓여 있는지, 구불구불한 해안선은 어떻게 생겼으며, 그 너머에 얼마나 많은 섬이 있는지 궁금해지기 시작했다.

일한은 어느 날 큰아들에게 김정호 선생의 얘기를 들려주었다.

"김정호 선생께서는 아는 사람마다 붙잡고 자신의 온갖 궁금증을 풀어 줄 우리나라 지도를 어디 가면 구할 수 있느냐고 물으셨다. 그런 지도는 없었다. 그때 선생께서는 어른이 되면 지도를 만들어야겠다고 결심하고 닥치는 대로 지도를 찾아서 연구하셨다. 그리고 일일이 찾아다니면서 그 지도가 맞는지 확인하셨다. 그런데 산이나 강이 뒤죽박죽으로 그려져 있고, 실제로는 만이나 곶이 있어 구불구불한 해안선이 반듯이 그려져 있었다. 강의 발원지는 아무 데나 제멋대로 표시해 놓았다. 선생은 어른이 되자 여기 한양에 와서 조정에 도움을 청했지만, 아무도 지도에 관심이 없었고 지도가 왜 필요한지도 몰랐다. 그분은 낙담했지만 포기하지 않았다. 다시 사방을 돌아다니며 거리를 재고 그림을 그리고 새로 발견한 것을 종이에 적어서 마침내 처음으로 조선의 지도를 만드셨다. 그런데 이제 그 지도를 인쇄해야 했다. 아직 아무도 그분을 도와주지 않았다. 그래서 삯일을 하여 돈을 모아 목판을 사 가지고 그 위에 지도를 새기셨다. 그 목판에 먹을 묻힌 뒤 종이에 찍어서 드디어 지도가 완성됐다! 그런데 안타깝게도 당시의 임금께서는 그분이 적과 내통하는 거라고만 여기고 지도와 목판을 빼앗아 불태워 버렸다. 그러나 선생은 지도를 외우고 계셨다. 그래서 임금께서는 어명을 내려 선생을 죽여 버리셨다."

이 말을 듣자 아이의 얼굴이 새하얘졌다.

"어떻게 죽였는데요?"

"그게 중요하냐?"

"알고 싶어요."

아이가 고집을 꺾지 않았다.

"그분의 목을 베었느니라."

일한은 짤막하게 대꾸했다. 아이는 잠시 생각에 잠겼다. 그리고 나서 마치 관심이 없다는 듯 싸한 목소리로 말했다.

"피가 많이 흘렀겠군요."

"그렇다마다. 하지만 그건 중요하지 않다. 내가 이 이야기를 한 것은 그분이 지도 같은 훌륭하고 쓸모 있는 뭔가를 만들어 내기 위해서 얼마나 용기 있게 행동하셨는지, 그리고 그분을 죽인 것이 얼마나 어리석은 짓이었는지 일러주고자 함이니라. 임금조차도 그렇게 무지하셨던 게야."

그는 아이가 자기 말을 들었는지 어쨌는지 알 수 없었다. 아마 듣지 않았을 거라고 생각했다. 그의 뒷목에 아이의 손길을 느꼈기 때문이다.

"무슨 짓이냐?"

일한이 꾸짖고는 어린 아들의 손을 떼어냈다. 아들이 크고 검은 눈으로 그를 들여다보면서 말했다.

"뼈요. 뼈를 자르기 위해서 틀림없이 톱을 썼을 거예요."

이 말에 일한은 아이의 손을 뿌리치고 자리를 떴다. 그러나 그날 밤 일한은 갑자기 잠에서 깨어나 멀리 길거리에서 화재를 막기 위해 돌아다니는 야경꾼 소리를 들었다. 가난한 초가집들이 모여 있는 동네에서는 방 복판에 피워 놓은 화로에서 초가지붕에 불이 옮겨 붙을 수도 있고, 부잣집이라 하더라도 하인이 아무렇게나 버린 불씨나 재로 한양 전체를 불바다로 만들 수 있는 것이다. 불 야경꾼은 밤새 장대 두 개로 딱딱이를 치며 거리를 돌아다녔다. 잠을 깬 사람들에게 자신이 그들의 안전을 지키고 있다는 사실을 알리기 위해서였다. 일한은 야경꾼 소리에 귀를 기울였다. 딱딱이 소리가 점점 가까이 들려오다가는 다시 멀어져 갔다. 하지만 그 소리 때문에 잠을 깬 것은 아니었다. 밤마다 그 소리를 들으며 잤기 때문이다. 그는 가슴속 깊숙이 자리 잡은 근심 때문에 잠을 깬 것이다. 낮에 밀쳐 두었던 그 근심 때문에 이제 캄캄한 한밤중에 일어나 앉아 있는 것이다. 그는 이제부터 매일 얼마씩은 큰애와 함께 지내야겠다고 다짐했다. 그의 목에 닿은 작고 차가운 손길의 느낌을 떨쳐 버릴 수가 없었던 것이다.

둘째 아들은 전혀 달랐다. 둘째는 파리 한 마리 못 죽이고, 고양이 꼬리도 잡아당기지 못했다.

일한은 아이가 유모의 품에서 벗어나기 전에는 크게 신경을 쓰지 않았다. 사실 그가 귓불에 대한 걱정 말고 둘째에게 처음으로 관심을 쏟은 것은 결혼, 회갑과 더불어 사람의 일생에서 가장 좋은 세 가지 날 중의 하나인 아이의 돌날이었다. 정말이지, 그날 마치 계집애처럼 예쁘던 그 돌쟁이 아들의 모습을 그는 결코 잊지 못할 것이다. 순희는 아이에게 침모들을 시켜 특별히 지은 돌옷을 입혔다. 하늘색 명주 바지, 연분홍 바탕의 소매에 빨강, 파랑, 초록의 줄무늬가 있는 색동저고리, 그리고 옥 단추를 단 파란 마고자. 게다가 머리에는 양옆에 장수와 부귀를 기원하는 한자가 쓰인, 끝이 뾰족한 모자. 일한은 순희가 아이의 귀를 가리려고 모자 양쪽을 길게 마름질한 것을 눈치 챘다. 순희가 그 생각을 떨치지 못하고 아이가 완전치 못하다는 것을 끊임없이 걱정하는 바람에, 일한은 다시 한 번 아들의 결점을 고칠 수 있다는 양의들에 대한 소문을 떠올렸다. 하지만 그는 아내에게 그런 소문을 다시 들먹이지는 않았다. 좋은 날에 슬픔을 더해 주고 싶지 않았던 것이다.

아이에게 줄 선물을 들고 손님들이 왔다. 그리고 모든 사람이 잔칫상을 받았다. 친척과 손님들이 제일 잘 차려진 상을 받고, 그들이 데리고 온 하인들은 일한의 집 하인들과 함께 그보다 못한 상을 받았다. 지금 생각나는 것은 따뜻한 온돌방에 앉아 있던 아기의 모습이었다. 순희는 아이 앞에 칼과 책, 붓, 가야금 같은 물건들을 갖다 놓고 아이가 아무거나 골라잡도록 했다. 아이는 한동안 그것들을 바라보았다. 그처럼 어린 나이에도 그것들이 뭘 뜻하는지 아는 것 같았다. 아이는 손을 내밀어 칼자루를 들어올리려고 했지만 그때마다 실패하고 다시 울었다. 순희가 다른 물건으로 아이를 달래 보았지만 아이는 쳐다보지도 않고 어미의 가슴에 얼굴을 묻은 채 흐느꼈다.

이제 일한은 이 둘째 아들을 새삼스러운 눈으로 바라보았다. 둘째는 용모가 우아했다. 골격은 가늘고 살결은 부드러웠다. 첫째의 딱 벌어진 어깨와 보기 드물게 큰 키가 어느 조상으로부터 물려받은 것인지는 아무도 몰랐지만, 둘째는 일한의 선친을 닮았다. 할아버지처럼 크고 시인 같은 눈에 눈썹이 곱고 앞이마가 훤했다. 순희는 이따금 시아버님이 돌아가신 뒤에 그 혼령이 이 아이의 몸에 깃들인 것 같은 생각이 든다고 말하곤 했다. 그만큼 아이가 조용하고 침착하면서도 기품이 있었다. 아이는 새나 나비, 금붕어 같은 작은 짐승과 함께 놀기를 좋아했다. 그중에서도 호롱불과 연, 그리고 음악을 특히 사랑했다.

순희는 거문고를 탈 줄 알았다. 고구려 시절 어떤 음악가가 고대 중국의 현악기로 새 악기를 만들었는데, 그가 이 악기로 백 가지 곡을 연주하고 있을 때 검은 학 한 마리가 하늘에서 내려와 춤을 추었다고 해서 현학금玄鶴琴이라 했고, 거기서 거문고라는 이름이 유래했다고 한다. 둘째는 몸이 아프거나 넘어져서 얼굴을 찡그리며 울다가도 이 거문고 소리만 들으면 금세 표정이 밝아졌다.

일한의 눈에 비친 둘째의 성품은 그랬지만, 아직 개성이나 자질을 드러내기에는 너무 어린 나이였다. 그럼에도 불구하고 아이를 무릎에 앉히거나 아이의 손에 끌려 마당으로 나올 때면, 일한은 언제나 기형적으로 생긴 아이의 귀를 보며 언젠가는 꼭 양의에게 고쳐 달래야겠다고 마음먹고는 했다. 그는 아이의 귀를 직접 살펴보고 귓불이며 살이며 있을 것은 모두 있건만 아마 어미의 뱃속에서 잘못 누워 있던 탓에 귀가 찌그러졌을 거라는 결론을 내렸다. 이제 그는 아들의 접힌 귓불 때문에라도 상복을 입는 기간이 끝나면 마음을 고쳐먹고 서양 사람들과 사귀어야겠다고 결심하였다. 그들 중에서 외과 의사를 찾을 수도 있겠기에 말이다.

그러나 이런 생각을 실행에 옮기기도 전에 대궐에서 사람을 보내 그의 입궐을 명했다. 바로 그날이 상복을 벗는 날이었기에 일한은 거절할 수도 없었다. 그는 예복을 갖춰 입고 입궐하여 왕을 배알했다.

일한이 예를 갖추려 하자 왕이 말리며 말했다.

"격식을 차릴 것은 없소. 지금 당장 미국으로 떠날 준비를 하시오."

이미 손등에 이마를 얹고 왕 앞에 부복하여 있던 일한은 머리 위로 이 분부를 듣고는 몸이 마비되는 듯했다. 겨우 들은 풍월 몇 마디밖에 없는 나라로 거친 바다를 헤치고 가라니! 그는 입안이 말라붙었다.

그는 우물거리는 목소리로 물었다.

"전하, 언제이옵니까?"

"미국과 조약을 맺으려면 그 나라가 어떤 나라인지, 또 어떤 사람들인지 알아야 할 것이오. 이번 방미 사절단에 세 젊은이를 임명해 놓았소. 하니 경은 그들과 함께 가서 그들이 몸가짐을 제대로 하는지, 만사를 두루 살피는지 챙겨 주도록 하시오. 어서 일어나시오."

일한은 일어서서 두 손을 맞잡은 뒤 고개를 숙였다.

"전하, 서둘러야 하옵니까?"

"조금 서두를 필요가 있소. 빨리 움직이자는 게 과인의 생각이오. 조미朝美 수호통상 조약을 즉시 비준할 생각이오. 경과 사절단이 떠나기 전에 말이오. 청나라 서태후가 이홍장하고 마음이 맞지 않아서 조선의 모든 조약은 아직도 청나라를 통해서 해야 한다고 천명했소. 하지만 우리도 이제 미국하고 직접 협상을 벌여서 독립 국가답게 우리의 권리를 지켜야 하지 않겠소?"

"그렇다면 사절단원이 누구이옵니까, 전하?"

일한이 다시 물었다.

"첫째는 과인의 처조카인 민영익閔泳翊 공이오."

민영익 공은 일한도 잘 알고 있었다. 중전 집안에 양아들로 들어가 중전의 조카가 된 인물로서, 그녀의 측근이었다. 군란 당시 대원군이 그를 잡아 죽이라 명했으나 장삼을 걸치고 스님 행세를 하며 달아나 산에 숨어 있었다.

"두 번째는 영의정의 자제 되는 홍영식洪英植이오. 벌써 일본에 사절로 다녀온데다가 다른 나라들을 우리나라만큼 소상하게 알고 있는 위인이어서 보내는 것이오. 세 번째는 과인이 믿어 마지않아 늘 옆에 가까이 하는 측근 서광범徐光範이오."

이 젊은이 또한 일한이 아는 사람이었다. 그의 집안은 대대로 학식과 덕망을 떨친 명문가였다. 서광범은 조선이 청나라로부터 독립해야 한다고 열렬히 주장했으며, 생각이 같은 일파를 이끌고 있었다. 한번은 비밀리에 일본을 다녀온 뒤 일본이 신식 문물을 받아들여 바뀌고 있으며, 신무기를 제조하는가 하면 청나라를 상대로 전쟁을 벌일 생각까지 품고 있다고 대담하게 국왕께 아뢰기도 했다. 그는 원로대신의 자제였고 그 덕분에 국왕을 알현할 수 있었다.

이들 세 사람은 모두 20대였다. 그중 서광범이 가장 대담하고 개화된 인물이라면, 민영익은 민씨 문중의 지도자이자 중전이 총애하는 측근이었다.

"경 말고 두 명을 더 골랐소. 군사 문제에 밝은 채경서, 그리고 역시 일본에서 오랫동안 산 유길준俞吉濬이오."

일한은 절을 했다.

"분부 받자와 거행하겠나이다."

왕은 고개를 끄덕이고는 방을 나갔다. 일한은 국왕이 그의 진언을 받아들여 일을 그토록 빨리 추진하였다는 사실에 어안이 벙벙한 채 집에 돌아올 수밖에 없었다.

같은 해 늦봄, 외국에 가라는 분부를 받은 지 열 엿새째 되는 어느 날, 그는 다시 어명을 받고 입궐했다. 가슴에 단 사각형의 은색 비단에 높은 신분을 나타내는 두 마리 학을 수놓은 조복 차림이었다. 화창한 날이었다. 그는 가마 앞의 휘장을 걷도록 하여 따뜻한 공기와 햇살을 즐겼다. 왕이 입궐을 명한 이유는 조미 조약을 비준하는 엄숙한 행사를 위해서였다. 비준이 오래 지연된 것은 사실이다. 그러나 준비 작업은 대원군이 군란을 일으켜 온갖 참극을 벌이고 청나라에 유폐되기 이전부터 이미 시작됐다. 중요한 첫 단계는 미 해군의 슈펠트 제독이 청나라 고관 이홍장의 동의하에

협상을 시작하면서 놓여졌다. 당시 이홍장은 청나라를 떠나기 꺼려 하여 부하 원세개를 한양에 대신 보내 조선이 중국을 계속 종주국으로 섬기도록 했다. 조미 조약에서 조선은 주권 국가이며 따라서 조약 비준에 앞서 청나라와 협의할 필요가 없다고 천명했는데도 불구하고 말이다. 그렇게 일이 착착 진행 중인 터에 대원군이 중전을 몰아내고 나라를 혼란시켰다. 이제 다시 권좌에 오른 왕은 오늘 조약을 비준하도록 분부한 것이다.

일한에게는 그날이 기나긴 해외 여행길의 시작이었다. 그는 아직 순희에게 사실을 알리지 않았다. 순희가 부인 된 마음에서 그의 건강이며 그가 억지로 먹어야 할 낯선 음식이며 그가 마셔야 할 이국의 물이며 그가 호흡할 거센 바람 같은, 조국과 다른 온갖 것들에 대해 소란을 피울 것이 뻔했기 때문이다. 그러나 오늘 조약이 비준되고 나면 아내에게 털어놓아야 할 것이다. 이제 출국이 코앞에 닥친 것이다.

양력으로 1883년 5월 19일 오후 두 시, 일한은 조정의 넓은 회의실 복도에 서 있었다. 그의 옆에는 조선측 수석 대표인 민영목을 비롯하여 네 명의 대신이 각기 관원들을 거느리고 서 있었다. 일한은 어명에 따라 특별 대표로 참석했다.

여름을 눈앞에 둔 터라 날은 따뜻했다. 벽에는 휘장이 쳐져 있고 맑은 햇살 아래 정원이 한눈에 보였다. 정해진 시각에 일동은 모두 제자리에 서고, 미국인 열 명이 회의실로 들어왔다. 그들은 모두 키가 크고 검정 바지에 빨간색과 황금색이 섞인 상의로 된 해군 제복 차림이었다. 그중의 한 명은 어깨에 제독임을 알리는 황금빛 견장을 달고 있었다. 미국인들이 앞으로 나서자 궁궐의 관리가 커다란 목소리로 사절단장의 이름을 불렀다.

"조선국 주재 미합중국 특명전권공사 루시우스 에이치 푸트 장군!"

푸트라는 이름이 번역되어 조선인들을 깜짝 놀라게 했다. 한동안 일한 자신도 어리둥절했다. 관리가 미국인들을 욕보이기 위해 일부러 장난을 한 것은 아닌가? '발'이라니? 그렇게 지위 높은 장군의 이름이 그렇게 터무니없을리가? 그는 민영목과 마주 보며 서로 의아스러운 눈길을 교환했다. 그러나 미국인들은 아무도 화를 내지 않았다. 조선말을 전혀 몰랐던 것이다. 그들은 영문으로 된 조약문을 민영목 대감에게 전달했다. 그러자 이번에는 민 대감이 조선말로 된 조약문을 전달했다. 양측이 조약문을 교환함으로써 바다 건너 반대쪽에 있는 두 나라 간에 가교가 세워졌다. 조약 비준식은 몇 분도 채 걸리지 않았다. 식이 끝나자 미국인들은 자리를 떴다. 일한도 두 나라가 우방이 될 수 있을 것인가, 두 나라의 수백, 수천만 백성이 글씨 몇 자가 적힌 종이 한 장으로 서로 화합할 수 있을 것인가를 곰곰이 생각하며 집으로 돌아왔다.

"당신이 안 계신 동안 저는 아마 못 살 거예요."
순희가 말했다.
"그렇지 않소."
한밤중이었다. 그들은 사방이 조용한 가운데 안방에 누워 있었다. 마당의 연못에서는 어린 개구리들이 때 이른 사랑가와 여름을 노래했다. 그는 아내에게 어명으로 미국에 가게 됐다는 사실을 털어놓았다. 아내는 한마디 대꾸도 없이 듣고 있더니 이제 자신이 죽을 것이라고만 말하는 것이었다. 그렇지 않다는 일한의 말에 그녀는 대답하지 않았다. 머리 밑으로 두 손을 깍지 낀 채 그의 옆에 누워 있기만 했다. 그는 달빛을 받아 창백한 아내의 얼굴을 내려다보았다.

"당신은 죽을 시간도 없을 거요. 내가 떠나 있는 동안 나 대신 중전마마를 돌봐 드려야 하오. 마마를 알현하여 그분의 불평을 들어 드리고 진언을 하고 보살펴 드려야 하오."

"싫어요."

"해야 하오. 지아비의 부탁이오. 뿐만 아니라 당신은 신임 미국 공사의 부인과 친해져야 하오. 부인을 사귄 뒤에 그 부인을 당신 벗으로 중전마마께 소개해 드려야 하오."

"난 그 부인 이름도 모르는 걸요."

순희가 꼼짝도 않고 말했다.

"푸트 여사요."

이 말을 듣더니 순희는 갑자기 웃음을 터뜨렸다.

"농담하시는 거예요? 푸트라구요? 저런 망칙해라."

그는 아내의 기분이 달라진 게 반가워서 잠자코 있었다. 그녀는 일어나 앉더니 긴 머리를 양옆으로 흔들어 댔다.

"저더러 어떻게 푸트 여사라고 부르란 말씀이세요? 부인을 볼 때마다 웃음이 나올 거예요. 발여사라니! 그 발이라는 남편은 어떻게 생겼는지 궁금하군요."

"다른 사람이랑 똑같아요. 짧고 빨간 수염에다 빨간 머리, 그리고 파란 눈 위에 빨간 눈썹이 달린 것을 빼고는 말이오."

일한은 순희가 재미있어 하는 것이 기뻐서 미국인들의 큰 키며 높은 코, 커다란 손과 긴 발, 바지 입은 다리와 짧게 깎은 머리를 자세히 설명했다.

"야만인인가요?"

"아니오. 그냥 이상할 뿐이지 그 사람들은 나름대로 예법을 알고 교양이 있는 것 같소."

그는 이런 식으로 하여 자신이 바다 건너 낯선 이국으로 간다는 사실을 아내가 받아들이도록 했다. 그렇지만 쉬운 일은 아니었다. 여행 준비를 하는 동안 내내 그녀는 더위와 추위에 대비한 옷가지, 말린 음식과 인삼을 비롯한 약초를 꾸리느라 부산을 떨다가도 밤이 되면 이따금 그의 품에 파고들어 흐느끼곤 했다. 그녀는 일한이 떠나기 전에 적어도 관이라도 골라 놓아야 한다고 졸라 댔다. 만의 하나 타국에서 그가 죽을 경우에 시신이 고국에 돌아와 쉴 보금자리가 없으면 어떻게 하느냐는 것이었다. 그래서 아내의 기분을 맞춰 주기 위해 그는 소나무로 짠 훌륭한 관을 골라 문간방에 들여 놓았다. 그리고는 건강하고 기름지게 살이 쪄서 펄펄 산 채로 돌아올 것이라고 아내를 놀렸다. 그런 와중에도 출발할 날짜는 바짝바짝 다가왔다. 일한은 떠나기 전에 마지막으로 입궐해 먼저 중전을 뵙고 그 다음에 왕을 배알했다. 그는 중전에게 아내 순희를 천거했다.

"마마, 신 대신 신의 미천한 집사람을 불러주소서. 집사람에게 일을 시키시고 분부를 내리시옵소서. 신한테 하실 말씀을 집사람에게 하소서. 집사람은 충성스럽고 견실한 성품이옵니다. 그리고 떠나기 전에 당부 드릴 말씀이 딱 한 가지 있나이다."

"들어준다고 약속은 못하겠소."

중전이 말했다. 이날 그녀는 기분이 썩 좋지 않았다. 그녀는 미국과의 동맹을 꺼림칙하게 여겨 이번 순방에 대해 강하게 반대했던 것이다. 일한은 중전의 토라진 기색은 무시하고 마치 아무 말도 못 들은 것처럼 자기 할 말을 계속했다.

"마마, 미국 공사의 부인을 여기 궁궐로 청해 들이소서."

"뭐라고 하는 거요? 경이 지금 제정신이오?"

그는 참을성 있게 말했다.

"언젠가는 그리해야 할 때가 반드시 올 것이옵니다, 마마. 나중에 어쩔 수 없이 하시는 것보다는 지금 체통 있게 마마의 뜻으로 그리하는 것이 나을 줄 아옵니다."

그녀는 풍성한 치맛자락을 등 뒤로 휘날리며 두세 번 앞뒤로 왔다갔다 했다. 네 번째가 되자 그녀는 내실로 이어진 뒷문 쪽으로 다가가 뒤도 돌아보지 않고, 한마디 말도 없이 곧장 들어가 버렸다. 그는 오랫동안 기다렸으나 소용없었다. 이윽고 상궁이 나와서 절을 하고는 앞으로 손을 맞잡은 뒤 앵무새처럼 전했다.

"마마께서 잘 다녀오시라는 작별의 말씀을 하셨습니다."

상궁은 다시 절을 하고 돌아서서 안으로 들어갔다. 일한은 사랑하는 사람에게 뜻밖의 상처를 입었다는 묘한 아픔에 시달리는 자신에 놀라면서 대궐을 나왔다. 일한은 그 아픔을 가슴 깊이 감추고 애써 외면하며, 아무리 중전이라 할지라도 여자들의 변덕에 마음 졸일 시간이 없다고 스스로를 타일렀다. 그는 백성들을 위해 무거운 짐을 지고 있으며, 그 짐을 언제나 지고 다녀야 하는 것이다. 그는 식솔들과 작별 인사를 하고 무사 귀국을 축원하는 근심 어린 인사를 받았다. 그는 마지막 시간을 처자하고만 보낸 뒤 아내를 위로하기 위해 조상의 위패 앞에 서서 함께 향을 살랐다. 아내는 간절히 기원했다.

"바깥양반을 늘 지켜 주옵소서. 남편의 건강을 지켜 주시고, 맡은 바 임무를 다하고 살아서 돌아오도록 살펴 주소서."

일한이 안고 있던 둘째 아들이 갑자기 울음을 터뜨렸다. 그러나 첫째는 병정처럼 딱딱하게 서서 아무 말도 하지 않았다. 이제 지체할 시간이 없었다. 일한은 순희를 오랫동안 안고 있다가 억지로 돌아섰다. 그리고는 사람들이 우르르 몰려 서서 울음 섞인 작별 인사를 하는 가운데 가마에 올랐다. 이윽고 가마가 사뿐 들리더니 바람처럼 앞으로 달려가기 시작했다.

3

 그해 양력 9월 15일, 일한과 그 일행은 미국의 수도에 도착했다. 기나긴 항해를 하면서 일한은 이 낯선 사람들이 쓰는 말을 배웠다. 배운 사람은 일한뿐이었다. 다른 사람들은 결코 쓰지 않을 말이니 배울 필요가 없다고 생각했던 것이다. 그러나 일한은 가톨릭교도인 젊은 통역의 도움으로 그 이상야릇한 발음을 익혔다. 그리하여 미국 초대 대통령의 이름을 딴 워싱턴에 도착했을 때는 표지판과 신문의 큰 활자를 읽을 수 있을 뿐 아니라 말까지도 몇 마디 알아들을 수 있었다.

 일한은 미국에서 배울 점이 아주 많다는 것을 이미 깨닫고 있었다. 일행이 타고 간 배만 하더라도 감탄스러운 것으로 가득 차 있었다. 그는 바다에서 평생을 보낸 이 배의 털보 선장과 친해졌다. 이 선장과 함께 선교船橋에 올라가서 스크루가 돌아가는 것을 지켜보거나, 배 밑창으로 내려가서 웃통 벗은 사내들이 배를 움직이는 증기를 내기 위해 커다란 화로의 무시무시한 아궁이에 석탄 퍼 넣는 것을 구경하기도 했다. 그들이 배에서 내려 워싱턴까지 타고 갔던 기차 또한 경이롭기는 마찬가지였다. 역시 증기로 움직이는 이 기차는 속도가 얼마나 빠르던지 일한조차도 어지러울 정도였다. 비록 다른 일행들처럼 토하지는 않았지만 말이다. 기차는 산과 평원을 가로지르며 닷새 동안이나 달렸다. 그동안 일한은 이 나라의 땅덩어리가 엄청나게 광활하고 그에 비해 인구는 아주 적은 데 깊은 인상을 받았다.

워싱턴에서 그는 경이롭기 짝이 없는 물건들과 수없이 마주쳤다. 특히 벽에서 콸콸 쏟아져 나오는 뜨겁고 차가운 물, 눈에 보이지 않는 가스를 연료로 사용하는 등불은 정말이지 놀라웠다. 그러나 불편한 점도 한두 가지가 아니었다. 높은 침대에서 제대로 잠을 이룰 수 없었을 뿐만 아니라 마치 아이처럼 두 번이나 떨어져 어깨에 멍이 들기도 했다. 이런 일을 당한 뒤로 그는 매트리스를 끌어내려 바닥에서 잤다. 음식은 비위에 거슬리고 맛이라곤 없었다. 순희가 담근 김치, 그리고 양념을 듬뿍 넣은 감칠맛 나는 고국의 음식들이 그리웠다. 게다가 갈퀴 같은 포크나 날카로운 칼 따위의 식사 도구도 골칫거리였다. 고기를 자를 수도 없었고, 피가 줄줄 흐르는 고깃덩이를 목구멍으로 넘길 수도 없었다. 그래서 스푼으로 그럭저럭 먹을 만한 음식만 골라 먹었다.

하지만 이런 것들은 사소한 문제였다. 얼마 안 되어 그는 이 도시에 웬만큼 적응하게 됐다. 물론 조선 사절단 안내 담당으로 임명된 젊은 해군 장교의 도움이 없었더라면 불가능했을 테지만 말이다. 그는 조지 C. 푸크라는 해군 소위였다. 일한이 명찰을 보고 그대로 이름을 부르자 젊은이는 웃음을 터뜨렸다.

"그냥 조지라고 부르세요."

조지 푸크는 중국과 일본에서 4년 동안 살았으며, 조선에서도 몇 달간 살았었다. 따라서 중국말과 일본말뿐 아니라 조선말까지 조금 할 줄 알았다. 공식 직책이 없는 일한은 다행스럽게도 공식 일정에 꼭 참석할 필요가 없었다. 덕분에 다른 일행이 여기저기 불려다니는 동안 그는 조지와 함께 워싱턴 시를 돌아다니면서 거리와 박물관과 건물에서 조지가 설명하는 역사와 과학, 그리고 예술 이야기를 관심 있게 경청했다. 일한은 때가 오면 조국을 위해 쓰리라 마음먹고, 보고 듣는 것을 모조리 머리에 담아 두었다.

그렇지만 체스터 A. 아더 미국 대통령과의 공식 회담에는 조선 국왕의 특별 사절로서 일한도 참석해야 했다. 회담은 워싱턴이 아니라 대통령이 묵고 있는 뉴욕의 큰 호텔에서 열렸다. 대통령이 왜 거기 묵고 있는지 일한으로서는 알 도리가 없었다. 사절단은 그 호텔로 가서 각기 궁궐 같은 방을 배정받은 뒤 회담일까지 기다렸다. 그날이 되어 회담 시각이 다가오자 일한은 채비를 차리고 가장 좋은 예복을 입었다. 하얀 비단 저고리와 꽃무늬를 수놓은 헐렁한 오얏빛 관복이었다. 관복 위로는 조상 대대로 내려오는, 황금 장식을 한 폭넓은 허리띠를 찼다. 가슴에는 자주색 공단에 하얀 명주실로 학 두 마리를 수놓고 그 둘레에 여러 가지 색깔의 테두리를 두른 흉장을 달았다. 머리에는 관모를 썼다. 일한 말고 이런 복장을 한 사람은 사절단 단장인 민영익뿐이었다. 그 외의 두 사람이 학 한 마리를 수놓은 흉장을 달 수 있는 신분이었고, 나머지는 오얏빛 관복에 초록색과 파란색이 섞인 하얀 명주 저고리를 입고 관모만 썼을 뿐 흉장은 달지 않았다.

정오가 되기 직전에 대통령이 사절단을 맞을 준비가 됐다는 연락이 왔다. 그는 전용 객실의 응접실 복판에 서 있었다. 제일 먼저 들어선 일한은 꽉 끼는 회색 바지에 허리춤에서부터 뒷자락이 터진 긴 검정 코트 차림의 뚱뚱한 사내를 보았다. 그 오른쪽으로 약간 떨어져, 성이 프렐링위슨이라는 국무장관이 말없이 서 있었다. 왼쪽에는 데이비스라는 국무 차관보를 비롯해서 몇 명의 수행원이 서 있었다. 그중에는 조지 푸크도 있었다. 일한을 비롯한 조선 사절단은 한 줄로 들어가서 미국 고관들 앞에 나란히 섰다. 그리고 나서 민영익의 신호에 따라 일제히 무릎을 꿇고 손을 높이 들어올린 뒤 이마가 융단이 깔린 바닥에 닿을 때까지 상체를 앞으로 굽혔다. 그들은 한동안 그런 자세로 있다가 일어나서 대통령 쪽으로 갔다. 대통령은 조선 사절단이 들어설 때부터 수행원들과 함께 정중히 허리를 굽혀 절을 하고는 조선 사람들이 절을 끝내고 일어설 때까지 같은 자세로 서 있었다.

그 뒤 프렐링위슨이 민영익 공을 대통령 앞으로 인도한 다음 그를 소개했다. 민영익과 대통령은 악수를 나누고 서로의 눈을 깊숙이 들여다보면서 각기 자기 나라 말로 인사말을 주고받았다. 조선 사절들에 대한 소개가 끝난 뒤 민영익과 대통령은 통역을 통해 역시 자기 나라 말로 환영사를 했다.

회담이 끝나자 조선 사람들은 호텔을 떠나 바로 그날 배에 올랐다. 안내인으로 임명된 미군 장교들과 함께 보스턴으로 가서 건물과 공장 따위들을 시찰하기 위해서였다.

일한은 며칠 뒤 아내에게 편지를 썼다.

시간이 없어 내가 본 숱한 곳을 일일이 설명할 수가 없구려. 내 머리는 새로운 광경들로 가득하고 정신은 풍성해졌다오. 당신한테 그 이야기를 다 하자면 평생이 걸릴 거요. 사람과 짐승의 일을 기계가 대신하는 드넓은 농장들은 내가 제일 관심 있게 지켜본 것

중의 하나라오. 당신도 내가 얼마나 우리 농민들 생활에 관심을 기울이는지 알 것이오. 안타깝게도 우리는 이 미국인들보다 몇 백 년은 뒤쳐 있는 것 같구려! 그리고 베를 짜는 공장들도 둘러봤는데. 특히 로웰이라는 도시에 많았소. 거기서도 물레로 베를 짜는 우리가 얼마나 뒤쳐 있는지 실감했다오. 우리가 짜는 베, 특히 비단이 우수하다는 건 부정할 수 없소만, 그렇다고 어찌 기계와 겨룰 수 있겠소? 병원과 전신국, 조선창과 으리으리한 보석상이며 온갖 상인들도 다 보았소. 뉴욕의 티파니 상점은 보석상 중에서도 첫손 꼽는 곳이라오. 그 패물들을 보고 있으려니 당신이 옆에 없는 것이 천만다행이라는 생각이 드오. 이것저것 갖고 싶어 하는 당신을 말릴 수 없었을 테고, 당신이 원하면 뭐든지 주고 싶어 하는 나 자신도 말리지 못했을 테니 말이오. 우리나라의 우편은 느리고 부정확하지만, 미국의 우정국은 오늘 부친 편지를 하루 만에 수천 리 떨어진 곳에 배달해 준다오. 그것도 도보가 아니라 기차로 말이오! 백설 같은 설탕을 완전히 기계로만 만들어 내는 제당 공장, 큰 도시에서 가옥 수백 채가 타 없어지기 전에 달려가 불을 끄는 소방차, 큰 신문사들, 그리고 무엇보다도 널따란 강가에 있는 사관학교를 보았다오. 젊은이들을 미국 장교로 길러 내는 곳이랍디다. 그 밖에도 엄청나게 많은 것을 봤소. 여보, 당신과 내가 아주 늙어 함께 구들장 신세를 질 때까지도 아직 못 다한 얘기가 남아 있을 거요. 본 것을 다 이야기하자면 평생 동안 해도 모자랄 테니 말이오.

일정이 끝난 뒤 조선 사절단은 대통령 관저로 찾아가 작별 인사를 했다. 일행은 정부의 업무 수행 방식을 살펴보기 위해 다시 워싱턴에 와 있었던 것이다. 일정 마지막 날 일행은 뿔뿔이 흩어졌다. 일부는 유럽으로 갔다가 수에즈 운하를 거쳐 고국으로 향했고, 일부는 온 길로 해서 곧장 귀국했다. 그리고 세 명은 미국 대통령의 호의로 미국 군함을 타고 조선으로 향했다. 일한도 그들과 동행했는데, 조지 푸크가 그들을 수행하게 되어 그와 좀 더 오래 지내면서 그의 도움을 받아 서양 사람들의 역사와 정치에 더 많은 지식을 얻고 싶었기 때문이다.

이제 일한은 영어로 된 책을 어느 정도는 읽을 수 있게 됐다. 그리고 이해할 수 없는 대목은 조지 푸크가 언제나 도와주었다. 일한은 국왕이, 그리고 원하면 중전까지도 볼 수 있도록 이런 책들을 번역했다.

민영익 공은 그런 책에 일절 관심을 보이지 않았다. 그는 조선이 결코 서양의 상대가 될 수 없으며, 따라서 조선의 힘은 이제까지 해 온 방식을 고수하는 데서 나온다고 주장했다. 그리고는 선실로 들어가 가지고 온 유교 경전을 읽었다.

일한과 다른 일행 세 명, 그리고 조지 푸크를 태운 군함은 유럽으로 먼저 갔다. 그들은 마르세이유에서 배를 내려 열이레 동안 여러 나라를 돌아다니며 새로운 문물을 구경했다. 여행 도중 일한은 본 것을 서로 혼동할 것을 염려하여 매일 저녁 그날 본 것과 그것을 본 장소에 대해 세세히 적어 두었다.

그가 고국 땅에 다시 발을 디딘 것은 여름을 코앞에 둔 늦봄이었다. 배가 제물포항에 닻을 내린 것이 1884년 5월 마지막 날이었다. 거기서 일행은 가마나 말을 타고 호위를 받으며 한양까지 갔다. 일한은 말을 택했고 조지 푸크도 마찬가지였다. 그들은 나란히 말을 타고 햇살이 비치는 아름다운 전원을 지나갔지만, 둘 다 주변의 경치를 감상할 여유가 없었다. 둘은 오랫동안 나지막한 목소리로 대화를 나눴다. 아무래도 민영익 공이 개혁을 반대하는 쪽으로 영향력을 행사할 것 같다는 일한의 우려가 근심 어린 대화의 주제였다.

"조선의 유일한 희망은 과거를 떨쳐 버리고 현재로 돌아오는 것입니다. 나는 희망을 갖게 됐어요. 이제 조그만 나라도 과학과 기계의 힘으로 강성해질 수 있다는 사실을 알았으니 말이오. 조선에서 가장 뛰어난 젊은이들을 뽑아 당신네 나라에 유학을 시킨 다음 돌아와서 사람들을 가르치게 해야 하오. 우리는 젊은이들을 위한 대학을 세워야 합니다. 허나 민 대감의 힘이 이리 막강한데 내가 어떻게 국왕 전하를 설득할 수 있겠소? 게다가 중전마마 역시 설득할 수 없을 게 분명하오. 민 대감이 중전의 조카니까요. 그 짐작이 틀렸으면 하는 게 내 바람이오. 두렵고 안타까운 추측이긴 하지만, 민 대감은 자기가 본 것에 겉으로만 관심을 기울이는 척할 거요. 개혁을 건의하는 척하면서 속으로는 은밀히 방해 공작을 꾸밀 거라는 얘깁니다. 내가 걱정하는 것은 바로 그거예요."

일한은 그렇게 말하면서 들판 너머를 응시했다. 모내기철이었다. 골짜기마다 남녀노소 할 것 없이 온 식구가 나와 얕게 물을 댄 논에 모를 심고 있었다. 대나무밭에는 어린 대나무가 허리 높이로 자라 있었다. 이 얼마나 아름다운 나라인가!

집에 도착한 일한은 말에서 내려 채찍 손잡이로 대문을 두드렸다. 미국 공사관으로 가는 푸크와 성문에서 헤어졌고, 다른 일행도 모두 그보다 일찍 집에 들어갔기 때문에 지금은 혼자였다. 일한의 집이 제일 먼 곳에 있어서 마지막으로 도착한 것이다. 그는 서서 문이 열리기를 기다렸다. 대문이 살짝 열리더니 문틈으로 바깥을 기웃거리는 하인의 얼굴이 보였다. 하인은 그를 보자 문을 활짝 열어젖히고는 무릎을 꿇고 흙바닥에 이마를 갖다 댔다.

"나으리, 나으리! 기별도 없이 오셨군입쇼! 언제 오실지 알 수가 있어얍죠."

"나 역시 몇 시에, 아니 며칠 날 도착할지도 몰랐다네."

그는 하인을 일으켜 세우고 마당을 거쳐 집안으로 성큼성큼 들어갔다. 사방이 쥐 죽은 듯 고요했다. 그는 주인이 온 것을 알고 모여든 아랫사람들에게 마님과 도련님들이 다 어디 갔느냐고 물었다.

"나으리, 두 도련님은 성벽에서 연을 날리고 있습니다요. 그리고 마님은 중전마마를 알현하러 가셨굽쇼."

"마마를 자주 뵈러 가시던가?"

"마마께서 마님을 총애하십니다요."

계집종이 끼어들었다.

일한은 방에 들어가 순희가 돌아오기를 기다리는 수밖에 없었다. 그동안 그는 목욕물과 새 옷을 대령시키고 조발사를 불러 면도를 하도록 했다. 그는 집에 돌아온 기쁨을 만끽했다. 모든 게 이전보다도 훨씬 나아 보였다. 이발과 목욕을 끝내고 하인의 도움으로 옷을 입은 뒤 그는 마당을 거닐면서 나무가 얼마나 자랐는지, 꽃은 얼마나 피었는지 살펴보았다. 노란 감꽃이 활짝 피어 있고 연못에서는 붕어가 즐겁게 헤엄쳐 다녔으며 대나무밭에서 새 한 마리가 지저귀고 있었다. 마당에서 아내를 기다리고 있는데 갑자기 그녀가 나타났다. 허겁지겁 달려오느라 연초록 비단 치마의 치렁치렁한 치맛자락이 등 뒤로 나부끼고 있었다. 그는 팔을 벌렸다. 하인들도 눈치 빠르게 뒷전에 몸을 숨기고 아무도 지켜보는 사람이 없었다. 순희가 그의 품속으로 달려들었다. 아내는 따뜻한 몸을 그의 몸에 바싹 붙이고 부드러운 뺨을 그의 볼에 포갰다. 아, 아내를 다시 품에 안으니 이 얼마나 좋으냐!

그녀가 속삭였다.

"미리 기별을 하시지 않구요. 기다리는 재미가 없어졌잖아요. 당신이 돌아오시다니 꿈만 같아요."

그녀는 뒤로 물러서서 남편을 바라보고 팔을 쓰다듬고 손을 쥐어 보더니 다시 그의 허리를 끌어안았다.

"늙으신 것 같아요. 그리고 더 여위신 듯 하구요."

그러더니 갑자기 말을 멈추고 깜짝 놀란 얼굴로 바라보았다.

"상투를 자르셨군요!"

그는 편지에서 머리를 잘랐다는 말은 하지 않았다.

"잘랐소."

그리고는 충격에 휩싸인 그녀의 표정을 보고 입을 다물었다.

"그러니까 당신… 당신… 저하고 결혼하신 걸 후회하신다는 말씀이로군요!"

뭐라고 변명을 할 것인가? 남자가 혼인을 하면 긴 머리로 상투를 트는 것이 오랜 풍습이었다.

"지금은 새로운 시대잖소?"

좀 힘이 없는 목소리였다. 수상쩍다는 듯이 바라보던 아내의 입가에 이윽고 미소가 떠올랐다.

"이 나라의 보통 남정네들하고 다르게 보이고 싶으신 거죠? 자기 뜻대로 고집스럽게 하는 사람이라는 걸 어떤 식으로든 보이고 싶으신 거예요. 상투가 있건 없건, 당신은 정말 하나도 달라진 게 없군요."

그들은 다시 한 번 뜨겁게 끌어안은 뒤 손을 잡고 방으로 들어갔다.

"아이들이 돌아오기 전에 제가 왜 이렇게 늦었는지 말씀드릴게요."

일한은 아내의 이야기에 귀를 기울이며, 그녀 역시 많이 달라졌고, 그 수줍음 많던 소녀 같은 예전의 여인이 아니라는 것을 실감했다. 이야기를 요약하면 이랬다.

일한이 외국에 나가 있는 동안, 미국 공사 푸트 장군은 국왕과 중전을 알현하기 위해 갖은 애를 썼지만 중전은 그의 접견을 거부하고 왕이 접견하는 것까지도 막았다.

중전은 순희에게 이렇게 말했다.

"도대체 내가 없으면 전하가 아시는 게 뭐가 있나? 이 푸트라는 자는 대신들이 만날 일이지 왕실에서 신경 쓸 일이 아닐세. 우리는 그 자에 비해 너무 지체가 높아. 그 작자가 이 나라의 양반이라도 되는가? 아니, 자기 나라에서조차 양반인지 어떤지 모르질 않나."

미국에는 양반이 없다고 아뢰자, 중전은 한층 더 고집스럽게 대꾸했다.

"그렇다면 더더욱 궐 안에 그 자를 들여놓을 수가 없겠구먼."

상황은 계속 그런 식이었다. 그러다가 순희가 좋은 꾀를 하나 생각해 냈다. 여자 특유의 방식으로 중전과 친해진 그녀는 중전이 새로운 구경거리를 좋아한다는 사실을 알게 됐다. 그래서 어느 날 푸트 여사를 찾아갔다. 그녀는 계집종 하나만을 데리고 푸트 내외가 사는 저택으로 들어섰다. 모든 게 신기했다. 탁자와 의자는 키가 컸고 바닥에는 두터운 융단이 깔려 있었으며, 벽마다 낯선 사람들의 초상화와 이국의 풍경화가 걸려 있었다. 푸트 여사는 그녀를 친절하게 맞아들이고 손을 내밀어 환영의 뜻을 표한 다음 키 큰 의자에 앉으라고 권했다. 그런데 의자가 너무 높아서 순희의 두 발이 공중에 떴다. 그녀는 떨어지지 않을까 조바심이 났다. 순희가 불안해하는 것을 본 푸트 여사는 하녀를 시켜 그녀의 발밑에 발판을 갖다 놓도록 했다.

이 이국 여인이 약간 혀가 꼬부라진 이상한 발음이기는 하지만 조선말을 웬만큼 할 줄 아는 것을 보고 순희는 내심 놀랐다. 게다가 자유분방하고 쾌활하여 순희에게 여러 가지 질문을 했다. 순희는 그 질문에 일일이 대답했고, 얼마 안 돼 두 여인은 허물없이 얘기를 나누는 사이가 되었다. 이윽고 푸트 여사가 순희에게 집을 구경하겠느냐고 물었다. 순희가 호기심에 차서 그러겠다고 하자 위층과 아래층 구석구석까지 안내해 주었다. 그런데 계단을 내려가는 것이 순희에게는 가장 어려운 일이었다. 거꾸로 떨어지지 않으려면 계단에 앉아 한 계단씩 미끄러져 내려갈 수밖에 없었다. 이제껏 그렇게 높은 곳에 올라가 본 적이 없었던 것이다. 순희는 그 집에서 많은 것을 보았다. 촘촘하게 바느질을 해 내는 기계, 글씨를 쓰는 기계, 기둥이 달리고 모기장이 쳐진 침대, 쇠로 된 오븐 등등 이루 헤아릴 수도 없었다.

그녀는 이 모든 것을 중전께 샅샅이 아뢰었다. 중전이 푸트 여사의 차림새를 묻자 이렇게 대답했다.

"가느다란 고리로 고정시킨 풍성한 치마를 입고 있더이다. 그리고 윗몸은 마치 산꼭대기에 앉아 있는 부처님처럼 그 위에 얹혀 있었나이다."

그 말에 중전은 큰 소리로 웃었다. 그리고는 생각에 잠긴 표정이더니 한참 만에 입을 열었다.

"그 여인을 여기 오라고 청해서 직접 그 모습을 봐야겠네."

"마마, 꼭 그렇게 하시옵소서. 그 부인이 걷는 것을 보면 참으로 재미있사옵니다. 두 발이 치마 속에 감춰져 있어서 마치 바퀴를 타고 사방으로 굴러다니는 것 같은 모습이옵니다. 게다가 그 허리라니요… 마마, 이렇게 가늘더이다."

그녀는 두 손으로 작은 동그라미를 만들어 보였다. 중전은 깜짝 놀랐다.

"어떻게 그럴 수가 있단 말인가? 몸이 두 동강이라던가?"

순희도 어떻게 그럴 수가 있는지 의아했다. 그래서 그 집의 계집종한테 은근히 물어보았더니 푸트 여사가 허리에 강철심을 넣은 통을 찬다는 것이었다. 그래서 중전께 그 사실을 아뢰었다.

"부인은 가늘게 보이기 위해 허리에 통을 찬다 하옵니다."

이 말에 호기심을 이기지 못한 중전은 푸트 여사를 초대하고 당신의 연을 보냈다. 그런데 부인은 폭이 넓은 치마 때문에 연에 들어갈 수가 없었고, 가마꾼들이 사방에 이 소문을 퍼뜨렸다.

"우리가 아무리 문을 들어올려도 부인은 연에 들어가지를 못하더구만."

가마꾼들은 한마디 한마디에 웃음을 섞어 가며 그렇게 떠들었다.

"부인의 바깥양반까지도 거기 서서 웃지 뭔가. 우리도 모두 웃어 댔지. 그런데도 부인은 눈썹 하나 까딱하지 않고 함께 웃으면서, 마치 노새가 수레를 멜 때처럼 뒷걸음질쳐서 안으로 들어가더군. 그런데 치마가 너무 많이 나와서 휘장을 내릴 수가 없더란 말일세. 그래서 그대로 거리를 달렸지. 사람들이 새까맣게 몰려나와 구경을 하더군. 소문이 삽시간에 퍼져서 집안에 있는 사람들까지 달려 나왔더라구. 연 밑에 들어가 숨는 사람도 있어서 장대로 때려서 내몰아야 했다네."

이 이국 여인은 그렇게 해서 거리를 지나 궁궐에 도착했다. 부인은 연에서 내리면서 또 한바탕 소동을 일으켰고, 사람들이 억지로 끌어내서 똑바로 세워야 했다. 그랬더니 치마가 넓은 원을 그리면서 활짝 펴졌다. 순희는 그 모습이 아주 아름다웠다고 했다. 부인의 드레스는 화사한 금색 비단옷이었는데, 뒤가 꼬리처럼 길고 앞자락은 널따란 레이스를 단 채 늘어져 있었다. 그리고 소매에 달린 레이스는 부인의 손등을 덮었다. 딱 한 군데만 볼썽사나웠는데, 그것은 비단옷 밑으로 마치 동산처럼 튀어나온 젖가슴이었다고 했다.

순희는 커다란 젖가슴을 가진 것은 이국 여인들의 불운이라고 결론 지었다.

이 대목에서 그녀는 말을 멈추고 곁눈으로 일한을 쳐다보았다.

"그런데 미국 여인들은 다 그렇게 젖가슴이 크나요?"

이번에는 일한이 그녀를 곁눈으로 쳐다보았다.

"자세히 본 적이 없어서 모르겠소."

그러자 순희는 이야기를 계속했다.

푸트 여사가 입궐한다는 소식을 들은 국왕께서는 당신도 그녀를 봐야겠다고 나섰다. 이는 중전의 동의가 있어야 가능한 일이었는데, 그녀는 왕의 청을 받아들였다. 순희는 손님을 접견실에서 만나 옆방을 거쳐 국왕과 중전이 앉아 계신 옥좌로 안내했다. 그들의 옆에는 중전의 조카가 있었다. 순희가 국왕 내외에게 예를 올리는 법을 가르쳐 주자 그녀는 이국인치고는 썩 훌륭하게 절을 올렸다. 그리고 국왕 내외가 일어서자 따라 일어섰다. 국왕은 진자주색 비단 용포 차림이었고, 중전은 치렁치렁 길게 늘어진 파란 비단 치마에, 색색의 꽃을 정교하게 수놓고 호박과 진주 단추를 단 노란 비단 저고리를 입고 있었다. 길고 검은 머리는 목덜미께에 부드럽게 틀어 올려, 보석을 박고 줄 세공을 한 금비녀로 고정시켰다. 우아하게 다듬은 머리 위에도 역시 보석을 박은 장신구로 치장했고, 허리에는 밝은 색 비단 술로 묶은 보석 매듭 장식을 달았다.

왕과 중전은 부인과 담소를 나눴는데, 부인이 짧은 조선말이나마 어찌나 거리낌없이, 그리고 명랑하게 답을 하던지 그들은 곧 함께 웃을 만큼 격의 없는 사이가 되었다. 국왕 내외는 다시 옥좌에 앉으셨고, 고리 달린 치마 때문에 바닥의 방석에 앉기가 힘들었던 부인에게는 흑단 의자를 갖다 주도록 했다.

"중전께서는 푸트 여사의 격의 없고 거리낌없는 태도가 너무나

왕조의 몰락

마음에 드신 나머지 궁중의 뜰에서 연회를 베풀겠다시면서, 바로 그날 부인에게 며칠 내로 연회를 베풀테니 다시 와 달라고 청하셨답니다."

"그래서 연회를 베푸셨소?"

일한은 순희가 중전마마의 마음을 그토록 쉽사리 사로잡았다는 데 감탄하면서 물었다.

"그런 연회는 생전 처음 보았어요."

순희는 새처럼 손을 휘저어 가며 연회 광경을 설명했다.

그 연회는 이제까지 한양에서 벌어진 어떤 잔치보다도 성대했다. 화려한 제복을 입은 2백 명의 키 큰 내관들이 중전과 부인을 정원까지 호위했다. 또 바로 그날에 맞추어 꽃을 피우게끔 미리 온갖 나무에 손을 봐 놓았다. 살구꽃과 오얏꽃, 벚꽃, 그리고 제철도 아닌 각양각색의 국화들이 금박을 입힌 탑과 정자 사이에서 자태를 뽐냈다. 중전은 이날 행사를 위해 멋들어진 정자와 작은 절도 짓게 하였고, 대나무밭과 꽃이 피어 있는 나무, 그리고 연못에 가지를 드리운 버드나무 사이로 풍악이 울려 퍼지게 했다. 뿐만 아니라 중전의 명에 따라 지저귀며 날아다닐 밝은 색깔의 새들을 남쪽 섬에서 날라 왔고, 또 그만큼이나 밝은 색깔의 의상을 걸친 시녀들이 사방을 나비처럼 누비고 다녔다.

부인도 새 옷을 입었다. 치마는 그 전 것보다 폭이 더 넓었고, 윗옷에는 소매가 없었다. 그러나 부드럽고 하얀 장갑이 아주 길어서 마치 소매처럼 팔을 덮었다. 궁녀들이 서로 이 장갑을 끼어 보겠다고 호들갑을 떨었으나 그 장갑을 끼면 손이 마치 어린이 손 같았다. 궁녀들은 부인의 다이아몬드 패물을 만지작거리고 그녀의 꽉 조여 맨 허리를 손대 보는가 하면, 그녀의 살결을 그토록 희고 부드럽게 만든 화장품은 어디서 샀느냐고 물어보곤 했다.

그날은 그렇게 저물었다. 이국의 귀빈을 놀라게 해 주려고 중전의 명으로 마련한 구경거리들을 보는 데 온종일이 걸렸던 것이다. 악사들은 탑 안에 들어앉아 가야금과 두 줄짜리 악기를 탔으며, 장구 소리가 부드럽게 울려 퍼졌다. 연꽃이 만발한 연못가에서는 꽃망울이 벌어지면서 그 안에서 발가벗은 아이가 나오는 연극을 공연했다. 옆에서 기다리고 있던 아이 엄마가 꽃잎 이불에서 아이를 들어올렸다. 다른 연못에서는 돛배에 탄 소녀들이 갑판에서 옛 전설을 표현하는 춤을 추었고, 연못가 나뭇가지에서는 광대들이 재주를 넘었으며 드넓은 정원 곳곳에서 예인들이 중전과 귀빈을 즐겁게 하기 위한 공연을 벌였다.

순희가 그때의 기억을 떠올리며 웃었다.

"정말이지, 모두들 흥겨워서 넋을 잃을 정도였어요. 푸트 여사가 떠날 시간이 되자 두 분은 마치 자매지간처럼 부둥켜안았고, 중전께서는 부인과 헤어지는 것을 못내 아쉬워하셨어요. 먼저 그 연회가 열렸던 게 얼마나 다행인지…."

"그 다음엔 어쨌길래?"

일한이 물었다.

"중전께서 좀 변덕스러우신 데가 있잖아요. 더없이 상냥하고 명랑하시다가도 눈 깜짝할 사이에 무시무시한 마귀로 둔갑하시는 것 말예요."

그는 고개를 끄덕였다.

"그래, 중전께서 어찌 하셨단 말씀이오?"

"중전마마 집안사람들이 대원군의 손에 얼마나 많이 죽었는지 아시잖아요."

일한은 다시 한 번 고개를 끄덕였다.

"그런데 이 연회가 열리기 전부터 중전마마께서는 대원군의 복권

음모에 가담했던 사람들을 모조리 처형하리라고 남모르게 작심하셨던 거예요."

"설마!"

일한은 경악에 사로잡혀 소리쳤다.

"정말이예요. 당신이 떠나시자마자 중전께선 그 사람들을 모두 처형하라고 명하셨어요. 그분의 손을 피해 달아난 사람들도 있었는데, 마마께서는 대신 그 처자식을 죽이라고 하셨답니다."

일한은 이 말을 듣고 손으로 눈을 가렸다. 그러나 순희는 태연한 목소리로 말을 계속했다.

"그건 사실이에요. 내가 연회가 끝난 다음 그 소식을 듣고 푸트 여사를 찾아가지 않았더라면 그렇게 됐을 거예요. 난 바로 그날 밤 부인을 찾아가서 중전의 마음을 돌려 달라고 애원했죠."

일한은 얼굴에서 손을 떼고 물었다.

"얘기는 누구한테 들었소?"

"하인한테서요. 그 사람은 어떤 내시한테 들었는데, 중전이 처형을 명한 사람 중에 그 내시의 누이가 있었다나 봐요. 내 말을 들은 푸트 여사는 연회가 끝난 지 겨우 이틀 만에 초대도 받지 않고 연락도 없이 중전을 찾아갔답니다."

순희는 한숨을 쉬고 고개를 흔들며 아랫입술을 깨물었다.

"부인은 나더러 같이 가자고 권했지요. 그래서 저는 모두 다 보고 들었답니다. 아, 정말 중전마마께서는! 그분의 얼굴은 대리석처럼 딱딱하게 굳어 있었죠. 푸트 여사의 말에도 전혀 마음을 움직이지 않으셨어요. 그리고 소리소리 지르시더군요. '왜 여기 왔소? 누가 오라고 했소? 당장 나가시오!' 라구요. 그리고는 '두 번 다시 당신 얼굴을 보지 않겠소'라고 고함치셨지요. 중전께서 그렇게 악을 쓰셨지만 푸트 여사는 갈수록 침착해지더군요. 마침내 부인이 중전 앞에 무릎을 꿇고는 그분의 손을 잡고 아무리 지렁이 같은 미물일지라도 살생을 하지 말라고 가르치신 부처님 말씀을 들려주더군요. 그리고 나서 군자는 언제나 소인에게 아량을 베풀며, 그런 아량 속에 군자의 위대함이 있다고 하신 공자님 말씀도 했어요."

일한이 끼어들었다.

"마마께서는 들으셨소?"

목에 침이 말라 그의 목소리는 속삭이는 것 같았다.

"결국에는요. 하지만 그 이국 여인이 우리 조선 사람들이 섬기는 성인들을 언급하고서야 비로소 마음을 돌리신 거예요. 마마께서는 그 말을 들으시더니 눈매가 부드러워지면서 한동안 생각하시다가는 모두 살려주겠다고 하시더군요. 그 말을 듣고 부인은 울음을 터뜨렸고, 마마께서도 울면서 여사의 손을 잡으셨죠. 중전은 부인에게 절대로 조선을 떠나지 말라고 당부하셨어요. 그리고 나서 당신의 연을 태워 그분을 집에 보내고는 그 연을 부인에게 선물로 주셨어요. 마마께서 선비의 집에 피신해 계실 때 마마를 환궁시키려고 당신이 보냈던 그 연 말이에요."

순희의 이야기가 얼마나 길었던지 벌써 벽에 석양의 그림자가 드리워졌고, 대문에서 아이들의 목소리가 들렸다. 일한은 부드럽기만 한 것이 아니라 자랑스럽기까지 한 눈길로 아내를 바라보았다.

"여보, 정말 잘했소. 나보다도 훨씬 낫구려. 이제부터 내 모든 것을 당신과 상의하리다. 남편과 아내는 다 똑같은 사람이고 모든 일의 동반자요. 내가 이 세상에 살아 있는 한 당신한테 어떤 것도 숨기지 않겠소."

그들은 손을 부여잡았다. 순희의 눈에 눈물이 가득 고였다. 칭찬하고 인정해 주는 말이 사랑의 속삭임보다도 훨씬 좋았던 것이다.

"아, 내 짐작이 들어맞을 모양이로군!"

일한이 탄식했다. 이날 그는 우의를 다지기 위해 조지 푸크를 만났다. 그들은 지금 연꽃이 만발한 작은 연못가의 정자에서 교자상을 놓고 마주 앉아 있었다. 한쪽에서는 소리하는 여자가 대나무 악기를 연주하고 있었다. 조지 푸크는 민영익 공이 어제 미국 공사 푸트를 남몰래 찾아왔었다고 나지막한 목소리로 전했다.

조지 푸크에 따르면, 민영익 공은 시종 세 명만 데리고 왔으며, 이들조차도 푸트 공사와 접견할 동안 바깥에서 기다리라고 내보냈다. 푸크는 통역으로 불려 들어갔기 때문에 내막을 아는 사람은 그뿐이었다.

공은 심기가 불편한 것 같았다. 얼굴은 창백했고 눈은 잠을 제대로 못 잔 사람처럼 푹 꺼져 있었다. 그는 인사가 끝난 뒤에도 고개를 떨군 채로 있었으며, 푸트가 서양 여행이 즐거웠느냐고 부드럽게 묻자 깊은 슬픔과 번민에 싸여 돌아왔노라고 대꾸했다.

"슬펐다니요?"

미국 공사가 물었다.

"우리나라 사람들이 무례하게 굴었나 보군요."

"아니외다. 가는 곳마다 훌륭한 대접을 받았지요. 내가 슬프다고 한 것은 우리나라가 절대로 당신네 나라의 상대가 될 수 없다고 생각됐기 때문이오. 우리는 압박과 분열에 시달리고 있고 희망이 없어요. 강대국들이 사방에서 덮쳐오는데 어떻게 자유 민족으로 살아남을 수가 있겠소? 머지않아 강대국들이 우리를 세 동강으로 나눠 삼키거나, 아니면 전쟁에서 이긴 나라가 통째로 집어삼킬 것이외다. 나나 우리 백성이나 파멸할 운명이오. 나는 다시 암흑 속으로 돌아온 거요. 어찌 해야 할지를 모르겠소. 희망은 있지만 그것도 실낱같은 희망일 뿐이오."

이 말을 들은 일한은 예전의 걱정을 되풀이할 수밖에 없었다. 그는 푸크에게 말했다.

"두고 보시오. 왕은 수많은 개혁 정책을 공포하겠지만 어느 하나 뿌리를 내리지 못할 게요. 민영익 공이 내버려 두질 않을 테니 말이오."

일한의 우려는 현실로 나타났다. 국왕은 처음에는 개혁을 급하게 서둘렀다. 그는 일한을 몇 번이고 입궐시켜 미국에서 본 것에 대해 상세히 물었고, 미국 사람들의 생활이나 정치 제도에 대해서 듣고 나면 거의 매일 미국인들에게 서한을 보내 신식 군대를 양성할 군사 교관이나 기계에 대해 가르칠 기술자, 정부 행정과 일상생활에 대해 가르쳐 줄 고문관들을 파견해 달라고 요청했다. 급기야는 조지 푸크가 일한에게 미국인들이 이런 요구를 부담스러워 하고 있으며, 심지어는 다른 서양 국가들에 대해 난처한 입장에 빠져 있다고 은근히 귀띔할 정도였다.

"다른 서양 국가들이 우릴 좋지 않은 눈으로 바라보고 있습니다. 우리가 당신네 나라에 눌러앉아 이 나라를 독차지하려 든다고 믿고 있어요. 사실은 그렇지 않은데 말입니다."

푸크의 말이었다.

일한과 푸크는 만날 때마다 우울한 기분으로 헤어졌지만, 그럼에도 불구하고 계속 만나 서로에 대해서 인간적으로 더 많은 것을 알게 되었다. 일한은 푸크에게서 들은 것을 순희 외에는 아무에게도 말하지 않았다. 그와 순희는 푸크가 들려준 말을 국왕에게 털어놓는 것은 시기상조이고 중전에게 이야기하는 것은 위험하다는 데 의견을 모았다. 국왕이 그물을 최대한 멀리 치도록 내버려 두자. 그리고 나서 어떤 물고기가 걸려들었는지를 본 다음 행동해도 늦지 않다. 따라서 왕과 중전을 직무상 배알하기는 했지만 일한은 말을 가리고 전언을 삼갔으며, 그들 또한 일한의 진언을 구하지 않았다. 그러나 침략 전쟁을 준비하고 있는 일본이 강해져서 일본과 청나라, 아니면 일본과 노서아 사이에 전쟁이 일어나기 전에 새 나라를 건설하고 조속히 개혁을 추진하고자 국왕이 정신없이 움직이고 있는 동안에도 중전은 민영익 공과 함께 개혁 정책이 실시되기 전에 저지할 음모를 꾸미고 있다는 사실을 일한은 알고 있었다. 이러한 음모에도 불구하고 국왕은 중전이 자신의 뜻과는 반대로 움직이고 있다는 사실을 모른 채 개혁을 계속 추진했다. 중전은 국왕에게 언제나 부드럽게 대했고 그의 분부에 순순히 따랐다. 따라서 자신이 변한 만큼 중전도 달라졌다고 생각한 왕은 어느 날 궁중의 내실에서 오랜만에 중전과 몸을 섞은 뒤, 자신이 한 일과 앞으로 할 일들을 그녀에게 털어놓았다. 중전은 귀를 기울이면서 감탄사를 터뜨리고 고개를 끄덕이고 이따금 국왕을 부추기기도 하였다. 그리고는 자기 처소에 돌아오자마자 민영익 공을 불러 음모를 꾸미기 시작했다.

중전은 무슨 나쁜 의도가 있어서 그런 것은 아니었다. 오히려 중전과 민영익 공 역시 자기들 나름대로의 방식으로 나라를 사랑했기 때문이었다. 그들의 행동은 조선이 예로부터 조선의 보호국이자 종주국이었던 청나라 편에 서지 않으면 안 된다는 진정한 신념에서 나온 것이었다.

일한조차도 어느 정도 속았다. 그는 이런 사실을 나중에야 듣고 깜짝 놀랐다. 왕은 나라 전역에 새 우편 제도를 실시하라고 어명을 내렸는데, 그 명령에 따라 설립된 우정국 개국을 기념하기 위해 홍영식이 주최한 성대한 만찬에서 이런 사실이 낱낱이 폭로됐던 것이다. 홍영식은 방미 사절단의 일원이었던지라 귀국 후 왕께 진언을 드리고 개혁을 촉구했다. 결국 왕은 그를 우정국 총판으로 임명하기에 이르렀다. 홍영식은 그 자리를 수락했을 뿐만 아니라 구체제를 반대하는, 그리고 무엇보다도 민영익 공을 반대하는 모든 세력의 지도자가 되었다.

홍영식이 그렇게까지 할 줄 누가 상상이나 했겠는가? 만찬 당일 내빈들이 드넓은 홀에 모여들었을 때는 사방에 풍악과 흥이 넘쳐흘렀다. 주빈은 미국 공사 푸트였고 그 다음 귀빈이 민영익 공, 그 다음이 일한, 그리고 조지 푸크의 순서였다. 그 밑으로는 앨런이라는 의사를 비롯한 미국인들, 앨런 밑으로 다른 조선 양반들이었다.

만찬 도중에 갑자기 고함소리가 들려왔다.

"불이야!"

그 소리는 삽시간에 만찬장에 퍼져 나갔다.

"불이야! 불이야!"

모두 다 달려가기 시작했지만 제일 먼저 달려간 사람이 민영익 공이었다. 불이 나면 법에 따라 지체 높은 군인이 나서서, 다른 곳으로 번지기 전에 화재를 진압하도록 감독하고 최대한의 지원을 하게끔 돼 있었기 때문이다. 그러나 고함소리가 모종의 신호라는 것을 눈치 챈 일한은 경고해 주기 위해 그를 뒤쫓아 달려갔다. 그러나 이미 때는 늦었다. 그들이 달려가면서 화려한 비단옷을 벗어 던지자 속에서 무명 바지저고리가 드러났다. 그들은 공을 돌아가 문 앞에서 그를 잡고는 단도를 꺼내 여러 차례 찌른 뒤 담을 넘어 맞은편으로 달아났다.

공은 비틀거리며 다시 만찬장으로 들어왔다. 머리에 일곱 개의 깊은 칼자국이 있었고, 한쪽 뺨은 살점이 떨어져 나가 턱뼈 위로 늘어져 있었다. 게다가 동맥 몇 개가 잘려 나가 피가 솟구쳤다. 일한은 쓰러지는 공을 부축하려고 앞으로 뛰쳐나갔는데, 미국 공사가 일한보다도 먼저 민공의 발을 들어올렸다. 두 사람은 함께 공을 방석 위에 눕혔다. 하인들은 울면서 어쩔 줄 모르고 이리저리 뛰어다녔다. 그러나 푸트 장군은 침착하게 미국인 의사 앨런을 소리쳐 불렀다. 앨런은 옷을 찢어서 만든 붕대로 순식간에 지혈을 하고 바로 몇 분 전까지 손님들이 진수성찬을 집어먹던 바로 그 젓가락으로 붕대를 고정시켰다.

공은 의식을 잃었다. 살아날 가망이 있는지 없는지는 아무도 몰랐다. 그러나 한동안 시간이 흐르자 의사인 앨런이 가망이 있다면서 상처를 꿰맬 기구와 약을 가지러 보냈다. 그렇게 해서 공은 목숨을 건졌다. 일한은 내내 공의 옆을 지켰다. 그리고 마침내 공이 살아날 것이라는 확신이 들자 미국 공사더러 공사관으로 돌아가라고 권했다.

"부인께서 공사의 모습을 보면 놀라시겠소이다. 괜찮으시다면 제가 같이 가지요."

푸트는 이 제의를 받아들였다. 그러나 그때쯤엔 가마꾼이나 마차가 모조리 자취를 감춰 버려 두 사람은 걸어서 가야 했다. 조지 푸크도 그 뒤를 따랐다. 사방이 아수라장이었다. 일한은 이 암살 기도가 중전에 대한 새로운 역모의 시초일 뿐이라는 의구심이 들었지만 공사에게 털어놓지는 않았다. 그들은 거리를 메운 인파를 헤치고 발밑에서 뿌드득거리는 눈을 밟으며 공사관까지 걸어갔다. 관저의 문이 열리면서 일한은 처음으로 푸트 여사를 보았다. 그녀는 주홍색 비단으로 만든 풍성한 치맛자락을 사방에 휘날리며 현관에 서 있었다. 그는 몸종이 들고 있는 전등 불빛을 통해 부인의 모습을 똑똑히 볼 수 있었다. 그녀는 피로 범벅이 된 남편을 보고 비명을 질렀다.

"다치셨군요!"

"이건 내 피가 아니오. 민공의 피라오. 자객들이 공을 죽이려고 했지만 실패했소."

거기까지는 일한도 알아들을 수 있었다. 그래서 그는 물러갈 준비를 했다. 그러나 그들 두 사람을 다시 바라본 일한은 그들의 지성적인 얼굴에 깊은 인상을 받았다. 이 부인이 얼마나 훌륭하게 행동했는지, 어떻게 중전의 어리석은 살육을 막았는지 떠올리면서 그는 조금 더 머물렀다.

그는 조지 푸크의 통역으로 공사에게 말했다.

"공사! 오늘 일은 우리가 막지 못할 큰 불길의 시초라는 것을 알려드리고 싶소. 왕실 호위병들을 여기로 보내 두 분을 궁궐로 모셔 거기에서 당신들을 보호하도록 전하게 청하겠소이다."

미국 공사는 비록 피를 뒤집어쓰기는 했으나 여전히 당당했다. 그는 일어서서 부인의 왼손을 자신의 오른팔에 올려놓고 팔짱을 끼었다.

"고맙소, 친구. 하지만 아내와 나는 공사관에 머물러 있어야 하오. 어떤 상황에서도 나는 우리 공사관이 침범당하지 않도록 지켜내야만 하오. 바깥의 대중이 아무리 폭동을 일으키더라도 이곳만은 평화의 요람이 되어야 하는 것이오."

조지 푸크가 이 말을 조선말로 통역하자 일한으로서는 인사하고 물러나는 수밖에 없었다. 그는 문 앞에서 다시 한 번 뒤돌아보았다. 두 내외는 현관에 나란히 서 있었다. 결의에 찬 부인의 얼굴은 남편과 마찬가지로 평온했다. 그는 자신들, 그리고 자신들의 정부에 대한 그 신념이 그지없이 부러웠다.

집에 돌아오자 순희가 보이지 않았다. 하인이 낙담한 얼굴로 울며 그를 기다리고 있었다. 하인이 흐느끼며 말했다.

"마님께 제발 가시지 말라고 빌었습니다요. 나으리께서 반드시 돌아오실 거라고 아뢰었습죠."

왕조의 몰락

"설마 날 찾아 나선 것은 아닐 테지?"

일한이 소리쳤다.

"중전마마를 뵈러 가셨습니다요. 나으리께서 마마를 구하러 가셨을지도 모른다고 생각하신 겁니다요."

그때 독선생이 뛰어나왔다.

"대감, 위험한 것은 국왕 전하입니다."

"자네가 어떻게 아는가?"

선생은 다급한 어조였다.

"얘기를 들었습니다. 어디서 들었는지는 묻지 마십시오. 하지만 국왕 전하께서 일본 공사에게 도움을 청하셨고, 일본 군사들이 대궐을 포위했다 합니다. 바로 지금 전투가 벌어지고 있답니다."

일한은 즉시 돌아서며 말했다.

"아이들을 부탁하네."

그리고는 거리로 뛰쳐나오자 하인이 뒤따라 달려왔다. 그는 사람들 사이를 헤치며 걸었다. 사람들은 왕이나 중전을 외쳐 부르면서 공연히 소란과 광기만 더하고 있었다. 그는 계속해서 사람들 속을 헤치고 나아갔다. 그들은 흥분에 사로잡혀 일한을 보지도 못했고, 그가 누구인지 알려 하지도 않은 채 여기저기서 대궐을 향하여 엎드려 울부짖고 있었다. 궐문에 이르러 그는 수문장에게 자기 이름을 댔다. 그가 왕께 충성하는 신하라는 것을 모두 알고 있었기 때문에 대궐에 들여보내 주었다. 소나무 밑 눈밭에 피를 흘리며 쓰러져 있는 시체도 있었고, 얼어붙은 연못 위에 쓰러져 있는 시체도 있었다. 다른 시체들은 구겨지고 비틀린 채 여기저기 흩어져 있었다. 그는 지나가면서 허리를 굽히고 시체의 얼굴을 일일이 들여다보았다. 전부 아는 얼굴이었다. 모두 다 청나라를 편들고 개화파를 반대하는 중전의 추종자들이었다. 그는 내전을 향해 다가가는 동안 바위나 얼어붙은 땅, 그리고 움푹 팬 곳마다 피가 고여 있는 것을 보았다. 중전도 밧줄에 묶인 채 끌려 나와 시해 당했을지 모른다. 그때 우연히 눈을 들자 궁궐 너머 멀리서 차가운 겨울바람 속에 미국 국기가 나부끼고 있는 것이 보였다. 그것을 보자 용기가 솟았다. 그리고 중전도 궐 안 어딘가에 숨어 그 깃발을 보고 자신처럼 용기를 얻고 있는 게 아닐까 생각했다.

그가 내전에 도착하기 전에 갑자기 거리에서 새로운 함성과 대포 소리가 들려왔다. 그는 걸음을 멈추고 귀를 기울였다. 청나라 병사들이었다. 그는 어떤 사태가 일어났는지 깨달았다. 조선에 대한 종주권을 지키기 위해서 서태후가 파견한 원세개 장군이 병사들에게 대궐과 국왕 내외를 지키라고 명한 것이었다. 그렇다면 바로 대궐 안에서 일본과 청나라가 전투를 벌인다는 뜻이 아니고 무엇인가? 일한은 안으로 달려가 국왕의 처소에 들었다. 왕은 옥좌에 앉아 있었고 그 옆에 중전이 있었다. 두 분 다 예복 차림이었고, 한 무리의 일본군 병사들이 그 주변을 둘러싸고 있었다.

"아니, 경이 여기 웬일이오?"

중전이 소리쳤다.

"마마!"

일한은 숨가쁘게 외치고 그들 앞에 엎드렸다.

"다치지나 않으셨는지 걱정되어 왔사옵니다."

"경의 부인이 먼저 왔었소. 그래서 호위병을 붙여 다시 돌려보냈소. 죽어도 나 혼자 죽어야지."

중전이 말했다.

"중전 혼자 죽지는 않을 것이오."

왕이 말했다. 그가 미처 다시 입을 열기도 전에 청나라 병사들이 서양 총과 청나라 단검을 빼든 채 문을 박차고 들어왔다. 엄청난 수효의 청나라 병사를 보고 놀란 일본 병사들은 창문으로 뛰어내리고 문에 부딪히며 허겁지겁 달아났다. 그들이 항구에 있는 일본 군함을 향해 기를 쓰고 달아나는 동안 수백 명의 청나라 병사들이 그들을 뒤쫓아 가 칼로 베었다. 그래도 몇 명은 무사히 배로 달아났고, 화가 난 청나라 병사들은 미친 듯 날뛰면서 한양에 있는 일본 사람들의 처자식을 닥치는 대로 토막내어 일본 군함이 있는 바다 속에 던져 버렸다.

전투가 얼마나 살벌했던지 영국인들조차도 자기네 공사관을 버리고 미국 공사관으로 피신했다. 그리하여 서울 전역에서 오로지 미국 국기만이 겨울바람에 나부끼고 있었다. 이성을 잃고 날뛰는 폭도들이 자신들까지도 습격할지 모른다고 생각한 미국인들은 공사관 안에서 회의를 열었다. 그들은 만약 폭도들이 문을 부수고 들어와 국기를 찢어 버릴 경우 푸트 여사만이 자신들을 구할 수 있다는 결론을 내렸다. 조선 백성들이 마음 속 깊이 사랑하는 사람은 부인뿐이었다. 그녀가 역모에 가담한 사람들의 가족을 죽이지 말도록, 그것도 조선 사람들이 섬기는 성인聖人을 인용하여 중전을 설득했다는 사실을 다들 알고 있었기 때문이다. 따라서 폭도들이 들이닥칠 경우 푸트 여사가 온갖 귀중한 서류를 한쪽에 숨긴 채 빈방 한복판의 의자에 앉아서 자신의 목숨을 구해 줄 것과, 자기를 봐서라도 미국인들의 목숨을 구해줄 것을 간청한다는 계획을 세웠다. 이 사실을 일한은 나중에 조지 푸크의 얘기를 듣고 알았다. 결국 폭도들은 미국 공사관에 들이닥치지 않았고, 깃발은 변함없이 공사관 벽 위에서 나부꼈던 것이다.

이런 일이 일어나는 동안 일한은 국왕 내외와 함께 있었다. 그분들이 이번에는 청나라 병사들에게 둘러싸여 있었기 때문이다. 그는 시가지가 잠잠해질 때까지 그분들의 곁을 지켰다. 중전이 자기 처소로 돌아가려고 일어서자 일한은 중전 앞에 부복한 뒤 그녀가 입을 열 때까지 기다렸다.

"고개를 드시오."

중전이 분부하자 그는 고개를 들었다.

"일어서시오."

중전이 다시 분부하자 그가 일어섰다.

그녀는 흔들림 없는 눈길로 오랫동안 일한을 바라보았다.

"또다시 이런 일이 있을 것이오. 그때를 대비하고 있다가 일찍 와서 나를 구해 주시오."

"여부가 있겠사옵니까, 마마."

그는 중전이 사라질 때까지 기다렸다가 국왕을 향해 돌아섰다. 그리고 다시 부복하려 했으나 왕이 손을 들어 말렸다.

"나랏일에 여자가 나서면 슬픈 일이 생기게 마련이오."

그는 손을 내리고 나서 고개를 끄덕여 일한에게 물러가라는 뜻을 전했다.

일한이 집에 도착해 보니 마치 포위에 대비하는 것처럼 대문에 빗장이 걸려 있었다. 그는 대문을 두드리고 나서 기다렸으나 아무런 대답도 없었다.

"나랑 같이 한번 두드려 보세나."

그가 하인에게 말했다. 그들은 함께 문을 두드렸다. 그 소리가 얼마나 요란했던지 다른 집의 대문들이 열리면서 이웃 사람들이 고개를 내밀었다. 그러나 무슨 일인지를 깨달은 이웃 사람들은 다시 서둘러 문을 걸어 잠갔다.

이런 시국에는 사소한 조짐에도 깊은 뜻이 숨어 있는 법이다. 일한은 공포로 가슴이 차갑게 얼어붙는 것을 느꼈다. 정체 모를 적들이 가족에게 복수를 한 것은 아닐까? 그는 처음에 중전의 측근이었고 나중에는 왕의 측근까지 된 만큼 양쪽 편에 모두 적을 만든 것이 틀림없는 사실이었다. 그가 어찌할 것인지 궁리하고 있을 때 갑자기 문이 조금 열리더니 문지기가 내다보았다. 일한을 보자 그는 들어오라고 손짓을 했다. 그러나 일한과 하인이 겨우 들어갈 정도로만 문을 열고 있다가 급히 빗장을 질렀다.

"무슨 일인가?"

그는 물으면서 사방을 둘러보았다. 집안은 쥐 죽은 듯 조용했다. 하인들의 소란스러운 기척이나 아이들의 고함소리와 웃음소리, 그리고 순희의 반가운 인사도 온데간데없었다.

문지기가 속삭였다.

"나으리, 오늘 밤 이 집이 습격당할 거라는 귀띔을 해지기 직전에 받았습니다요."

"귀띔이라니? 누가?"

"독선생이 마님께 말씀드렸습니다요. 선생은 나으리께서 나가신 뒤 바로 밖에 나갔다가 오늘 정오에야 돌아와서 그렇게 알리더군입쇼."

"그렇지만 왜?"

문지기는 고개를 저었다.

"소인은 아무것도 모릅니다요. 마님께서 모두 서둘러 떠나자고 재촉하셨을 뿐입죠. 마님의 명에 따라 옷가지와 음식을 꾸린 뒤에 해가 지자마자 소인만 여기 남고 다들 시골 본가로 떠났습니다요. 마님께서 소인더러 나으리의 말에 안장을 준비해 놓고 나으리께서 오실 때까지 기다리라 하셨습죠. 저도 나으리와 함께 가야 하는지라 말 두 마리에 안장을 채워 놓았습니다요."

일한은 한편으로는 놀랍고, 한편으로는 조금 당황스러웠다.

"어떻게 이 시간에 한양을 떠난단 말인가? 사방이 아수라장인데다가 언제 입궐하라는 분부를 받을지도 모르는데."

하인이 끼어들었다.

"나으리, 일단 마님을 다시 만나시게 되면 모든 의문이 다 풀릴 것이옵니다요. 우선 여기를 떠나야 합니다요. 무슨 일이 벌어질지 누가 알겠습니까요. 지금 바로 시골 본가로 가시지 않으면 나으리 목숨이 위험합니다요. 게다가 중전마마께서 나으리에 대해 진노하시면 온 식구가 목숨을 잃게 될 것 아닙니까요. 마마께서 두 번이나 미국 부인의 말씀을 들어주시리라는 기약이 없질 않습니까요."

일한이 그래도 망설이자 하인은 소리 죽여 흐느끼기 시작했다. 그러나 일한은 쉽사리 말을 들어주지 않았다.

"눈물로 내 마음을 어지럽히지 말게. 지금 나나 내 아들의 목숨보다도 먼저 생각해야 할 게 있네."

그는 단호하게 말했다. 이 말에 하인은 더 큰 소리로 흐느꼈다.

"혹시라도 돌아가시게 되면 나라를 위해 무슨 일을 하실 수 있겠습니까요? 돌아가신 어르신께서도 지금 나으리가 서 계신 그 자리에 계셨습니다요. 소인은 코흘리개였는데 그분 곁에 서 있었습죠. 헌데 어르신은 현명하시게도, 죽어서 아무 말도 못하느니 초가집으로 피신해 목숨을 보존한 연후에 항거하는 길을 택하셨습니다요."

"어른께서?"

"본가로 가셔야 합니다요. 가서 어르신의 책을 찾아보시면 그분이 어떠했는가를 아실 수 있을 겁니다요. 나으리께서는 어르신을 잘 모르십니다요."

이 말에 왜 마음이 움직였는지 일한 자신도 알 수 없었지만, 그는 고개를 끄덕여 가는 것을 허락했다. 그러자 하인은 마구간으로 가서 안장을 채워 둔 말 두 마리를 끌고 나왔다. 일한은 흥분한 말의 고삐를 쥐고 있다가 등 뒤에서 대문의 빗장 지르는 소리가 들리자 어둠을 뚫고 달리기 시작했다.

부친께서 늙은 하인 몇 명과 함께 오랜 세월을 홀몸으로 지내셨던 초가집의 나무 대문 앞에서 일한이 다시 말 고삐를 채었을 때는 자정이 조금 지난 뒤였다. 그 하인들 중 몇 명은 아직까지 여기 살고 있었고, 아마 죽을 때까지 그럴 것이다. 나이 든 문지기가 솜저고리 바람으로 어둠 속을 바라보며 돌계단에 웅크리고 있었다. 일한이 말에서 내려 다가갔을 때는 밤바람이 차갑게 불어왔고 달은 어두웠다. 문지기가 발소리를 듣고 일어나 등잔에 불을 붙여 들어 올렸다.

"나으리께서 오셨소이다."

하인이 일한의 도착을 알렸다.

"기다리고 있었습니다요."

문지기가 밤바람에 기침을 하며 말했다. 문지기가 문을 열자 일한은 마당 안으로 들어섰다. 말발굽 소리를 듣고 일한이 도착한 것을 알아차린 순희가 방문을 열었다. 일한은 고개를 꼿꼿이 들고 문간에 서 있는 아내를 보았다. 아내의 등 뒤로 촛불이 타오르고 있었다. 그는 방에 들어가서 문을 닫았다.

"다시는 못 오실 줄 알았어요."

"길이 끝없이 길게 느껴집디다. 무슨 일이 있었는지 말해 주구려."

그녀가 대답하기 전에 안쪽에서 문 두드리는 소리가 났다. 그녀가 들어오라고 이르자 선생이 들어섰다. 일한은 선생이 더 이상 어리지 않다는 것을 처음으로 깨달았다. 그는 수줍어하거나 머뭇거리지도 않고 들어와서 일한의 얼굴을 정면으로 바라보았다.

"대감, 지금 말씀 여쭐까요, 아니면 목욕하고 진지를 드시고 나서 쉬실 때 여쭐까요?"

"무슨 일이 일어났는지도 모르는데 어떻게 목욕하고 밥을 먹고 할 수가 있겠는가?"

"누구 듣는 사람 없을까요?"

순희가 숨죽인 목소리로 말했다.

"제 부하들더러 망을 보라고 일러 놓았습니다."

선생이 대답했다.

"자네 부하라니!"

일한이 소리쳤다.

"자넨 도대체 누군가?"

선생은 대답 대신 앉으라는 손짓을 했고, 일한은 방 복판의 탁자 옆에 있는 방석 위에 앉았다. 갑자기 긴장이 된 그는 최악의 소식에 대비한 마음의 준비를 했다. 그가 앉자 순희도 따라 앉았다. 일한은 선생에게도 앉으라는 손짓을 했다. 일개 독선생에 지나지 않았더라면 그는 감히 앉지 못했을 것이다. 그러나 이제 그는 자신의 주인이었던 일한과 정면으로 마주 보고 앉아서 입을 열었다.

"새로운 혁명의 기운이 사방에서 요원의 불길처럼 타오르고 있다는 소식을 대감께서 들으셨는지 모르겠습니다만, 그건 사실입니다. 마을마다 들판마다 농민들은 언제라도 들고 일어설 준비가 되어 있습니다. 농민들은 지금 겪고 있는 것과 같은 고통을 더 이상 참고 견딜 수도 없을 뿐 아니라, 억지로 강요당하는 숙명에 더 이상 힘과 목숨을 바치지도 않을 것입니다."

불길한 예감이 일한을 엄습했다.

"동학당 얘기를 하는 모양이구먼"

"그것은 절망에 빠진 백성들을 일컫는 말이지요. 대감의 식구들에게 위험을 알린 사람이 바로 저라는 말씀을 드려야 할 것 같군요. 저는 대감의 선친께서 제 아버님에게 그러하셨듯이 대감께서 오랫동안 저를 거두어 주신 데 대해 고맙게 생각하고 있습니다. 이제 저는 지금의 사태가 시작에 불과하다는 사실을 귀띔해 드려야겠습니다. 농민들은 희망을 잃었어요. 농민들은 동학당의 깃발 아래 하나로 뭉쳤고, 그들이 무슨 일을 벌일지 아무도 예측할 수 없습니다."

"동학당! 자네도 동학당인가?"

일한이 부르짖었다.

"그렇습니다."

그는 뒤로 물러나서 팔짱을 끼고 일한의 눈을 똑바로 쳐다보았다.

"이해할 수가 없네. 자네는 내 집에서 편안하게 대접받으면서 지냈네. 아무도 자네를 핍박하거나 감시하지 않았어. 그런데 왜 그 동학 반도들과 합세한 건가?"

"대감, 저는 애국잡니다. 저는 백성들 편에 섰습니다. 그리고 대감보다 더 우리 백성을 잘 아는 사람이 누가 있습니까? 농민이야말로 모든 사람을 먹여 살리는 장본인입니다. 세금을 내는 것도 그 사람들뿐이에요. 우리나라에는 대감께서 서양 나라들에 있다고 말씀하신 그런 산업이 없으니까요. 이 나라에서는 모든 세금이 땅에서 나옵니다. 상감께서 새로운 개혁 정책, 다시 말해서 외교관이나 사절단, 새 기계 등속은 말할 것도 없고, 신식 군대니 우정국이니 대감께서 하셨던 그런 해외 순방이니를 추진하는 비용이 대체 어디서 나옵니까? 모두 농민한테 세금 물린단 말입니다! 게다가 그것도 모자라다는 듯이, 왕실은 누구 돈으로 그리 사치를 일삼는 겁니까? 궐 밖도 마찬가집니다. 보잘것없는 고을 사또까지도 대궐 같은 집에 사니까요. 게다가 중전마마의 외척이며 총애하는 측근들이며… 그 돈을 다 누가 치릅니까, 누가요? 바로 땅을 부쳐 먹고 사는 농민들입니다. 자기네 것도 아닌 땅, 어느 대지주의 것이라 살 수도, 팔 수도 없는 그런 땅 말이에요. 게다가 지주들은 세금도 내지 않아요. 세금을 내는 것은 그 땅에서 소작을 부쳐 먹는 천한 농민들이란 말입니다! 대감께선 한 번도 양심의 가책을 느끼지 않으셨습니까?"

일한은 마치 정신이 나간 사람을 보듯이 선생을 바라보았다.

"그게 내 잘못인가?"

선생은 단호한 목소리와 표정으로 말했다.

"대감 잘못이지요. 그걸 모르시는 게 바로 대감의 잘못입니다. 대감께선 알려고도 하지 않으십니다. 대감께서는 몇 달 동안이나 나라 방방곡곡을 돌아보셨지 않습니까? 그런데도 산과 계곡과 바다와 꼭두각시처럼 움직이는 사람들밖에는 보지 않으셨습니다. 톨스토이라는 노서아 사람 얘길 들어보신 적 있습니까?"

"나는 노서아 사람은 모르네."

"톨스토이도 대감처럼 지주였습니다. 그런데 그는 양심의 눈을 떴어요. 그는 자기 백성들, 자기 땅을 부쳐 먹고 살기 때문에 자신의 노예가 된 그 백성들을 봤습니다. 그리고는 그 사람들 또한 인간이라는 것을 깨닫고 양심의 가책에 시달리기 시작했어요. 대감, 대감께서도 고통을 느끼셔야 합니다! 제가 대감을 구한 건 바로 그 때문이에요."

일한은 더 이상 참고 들을 수가 없었다. 단순히 선비라고만 생각하고 장남의 교육을 맡긴 온순한 젊은이가 갑자기 낯선 모습으로 돌변한 것만도 견딜 수 없는 충격이었다.

"어떻게 날 구했다는 건가?"

"제 아버님께서 대감의 선친을 구하셨듯이 그렇게 구했습니다.

성난 백성들이 대감의 선친을 죽이려 들었을 때 저희 아버님께서는 그 분을 이 초가집에서 살게 내버려 두도록 사람들을 설득했습니다."

"내 선친께서는 훌륭한 분이셨네."

일한이 말했다. 그러나 선생은 냉정했다.

"훌륭한 분이기는 하셨지만, 다른 사람들이 사악한 짓을 할 때 목소리 한번 높이지 않으셨습니다. 대감께서 국왕 전하와 중전마마를 가까이 모시면서도 백성들을 위해서 목청을 높이지 않으신단 말씀입니다."

일한은 그의 눈을 똑바로 쳐다보았다.

선생의 검은 눈동자가 처음으로 흔들렸다.

"저도 모르겠습니다."

그는 잠시 말을 멈추고 입술을 깨물었다. 그리고 나서 다시 눈을 들어 일한을 쏘아보았다.

"그것 또한 대감 잘못입니다. 그 답을 알아야 할 사람은 바로 대감 자신입니다. 대감께서는 아실 만한 분이고, 또 아셔야만 하기 때문에 제가 대감과 대감 가족의 목숨을 구해드린 겁니다. 저는 오늘 동학 집회에서 죽여 없앨 대상 중에서 대감은 빼야 한다고 주장했어요. 대감을 죽이면 안 된다고 말입니다! 저는 목숨을 걸고, 대감께서는 진실을 알기만 하면 조정의 부패와 무겁기 짝이 없는 세금, 그리고 자기네 나라에서 싸구려 물건을 들여와서 다른 데서는 물건을 살 수 없는 우리 백성들에게 비싸게 팔아치우는 일본 장사꾼들 따위에 대해서 내놓고 반대하실 수 있는 용감한 분이라고 맹세했습니다. 대감께서는 무엇보다도 지주들로부터 이런저런 방법을 써서 땅을 사들이는 일본인 협잡꾼을 몰아내도록 용감하게 목청을 높이셔야 합니다. 그들 때문에 농민들은 이제 농작물에 대한 세금조차 내지 못하는 형편입니다."

선생의 말은 일한의 귀에 마치 도끼처럼 내리꽂혔다. 그는 한동안, 아니 실로 오랫동안 대꾸를 할 수 없었다. 침묵을 견디지 못한 선생이 마침내 다시 소리쳤다. "다시 한번 말씀드리지만, 제가 대감과 대감 일가의 목숨을 구한 것은 오로지 그 때문이란 말입니다."

이 말에도 일한은 오랫동안 침묵을 지킨 끝에 깊은 한숨과 함께 이렇게 말할 수밖에 없었다.

"오늘밤엔 이만 쉬어야겠네."

"그러면 내일은요?"

선생이 끈질기게 물었다.

"내일은 좀 생각해 보겠네."

일한이 약속했다. 그러자 선생이 일어서서 고개를 숙여 인사하고 밖으로 나갔다. 일한은 갑자기 너무나 피곤해져서 순희를 바라보며 도움을 청할 수밖에 없었다.

"아무 말씀 안 하셔도 돼요. 목욕물을 데워 놨어요. 저녁상도 봐 놓았으니 어서 드시고 주무세요."

일한은 일어섰다.

"당신은 내 마음을 이해할 테지."

순희는 살며시 일한의 손을 잡았다. 두 사람은 그렇게 손을 잡고 순희가 치워 놓은 안방으로 향했다.

"자네를 뭐라고 부르면 좋겠나?"

일한이 선생에게 물었다. 그가 선생을 혼자 불러들인 것은 그 이튿날 정오였다. 일한은 아직 아이들을 보지 못했다. 그는 선생하고 얘기를 끝낼 때까지는 아이들을 보지 않을 것이라고 아내에게 일러

놓았다. 큰아이는 선생으로부터 학문 말고도 인격 형성에 충분히 영향을 받을 만한 나이였다. 따라서 일한은 선생의 말을 듣는 것 외에도 그가 어떤 사람인지를 알아야 했다.

뜬눈으로 밤을 새운 그에게는 지금까지의 삶이 모조리 헛된 것처럼 느껴졌다. 그는 중전의 손짓과 국왕의 부름 속에서만 살았다. 그게 자신의 임무라고 생각했다. 오랫동안의 전국 유람과 그 뒤의 해외여행도 백성들을 위해서라기보다는 왕실을 섬기기 위해서였다. 백성과 지배자를 따로 보아야 한다는 말이 정말일까? 한쪽에 봉사하는 것이 반드시 다른 쪽을 배반하는 것일까?

일한이 말했다.

"이젠 더 이상 자네를 내 아이의 선생으로 생각할 수가 없네. 자네는 내가 모르는 사람일세. 성이 최씨인 줄은 아네만 이름은 뭔가?"

그는 약간 쑥스러운 듯이 웃으며 대답했다.

"성호입니다. 훌륭한 정다산 선생과 같은 이름을 가졌더라면 하고 바랍니다만, 저는 그럴 자격이 없습니다. 제가 서당에 다닐 때 아버님께서 지어 주신 그 이름을 계속 쓰는 수밖에요."

"자네는 아마 훌륭한 이름을 남길 수 있을 걸세."

성호는 이번에도 그저 웃을 뿐이었다.

"물어볼 말이 있네."

"뭐든지 물어보십시오."

일한은 선생이 얼마나 자신감이 있는지, 그의 표정이 얼마나 총명한지, 그의 몸가짐이 얼마나 곧은지를 깨달았다. 선생은 전혀 쭈뼛거리지 않고 당당하게 방석 위에 앉아 있었다.

"큰아이가 대처보다는 시골의 이 초가집에서 살고 싶어 하도록 만든 사람이 자네던가?"

"따지고 보면 그런 셈이지요. 처음에는 그저 한양은 여름에 덥지만 여기는 언제나 시원해서 그랬습니다. 하지만 도련님을 변화시키면서 저 또한 달라졌습니다. 여름마다 여기 이 초가집에서 대감의 선친과 함께 지내지 않았더라면 저도 농민들의 사정을 알 기회가 영영 없었을 테니까요."

"내 땅을 부치는 소작들도 동학당인가?"

"그렇습니다. 적어도 젊은이들은 모두 동학당이지요."

일한은 씁쓸하게 웃었다.

"그건 자네들이 어느 날 밤중에 일어나서 내 목을 벤다는 뜻인가?"

"아닙니다. 대감께서 우리들을 대변해 주시는지 지켜본다는 뜻입니다."

성호가 태연하게 대꾸했다. 일한은 이 말을 듣고 약간 당황했다. 지금 자신이 협박당하고 있는 건가? 그는 잔 두 개에 차를 따랐다. 생각할 시간을 갖기 위해서였다. 그리고 한 잔을 성호에게 건네주었다. 그러나 같은 양반한테 하듯이 두 손으로 받쳐들지는 않았다. 놀랍게도 성호 역시 두 손이 아니라 한 손으로 받았다.

일한은 말을 계속했다.

"동학당은 온갖 악당과 반역자들, 빚을 떼어먹은 놈들, 세금을 물지 않는 도둑놈들의 도당이 아닌가?"

싱호는 눈썹 하나 까딱하지 않았다.

"백성이 자신들이 사랑하고 존경하는 사람들에게, 그리고 자신들을 보호해 줄 수 있다고 믿는 사람들에게 비책과 계략을 쓰도록 요구한다는 것은 대감께서도 잘 아시지 않습니까? 게다가 양반 자신부터 타락한 마당에 동학당은 흠 하나 없이 깨끗하기를 바랄 수 있습니까?"

잘못을 인정해야 할 사람은 일한이었다.
"그건 부인할 수가 없네."
그 말에 성호의 목소리가 부드러워졌다.
"양반의 부정부패에서 대감만은 예외라는 것을 저는 항상 믿고 있습니다. 저는 대감께서 정직한 분이라는 사실을 알고 있습니다. 대감의 목숨을 구하기 위해 그것을 맹세하기까지 했지요."
일한은 웃었다.
"자네는 내가 자네 덕분에 목숨을 구했다는 것을 절대로 잊지 못하게 만드는구먼."
"절대로 잊지 못하시게 할 것입니다."
성호도 맞장구쳤다. 그러나 그는 웃지 않았다.
일한이 미처 말을 계속하기 전에 두 아들의 목소리가 들렸다. 한 아이는 화를 내며 고함을 지르고, 다른 아이는 아파서 울고 있었다. 일한과 성호는 동시에 벌떡 일어났다. 그때 문이 활짝 열리더니 등 뒤에 무엇인가를 끌면서 일한을 향해 걸어오는 큰아이의 모습이 보였다. 끌려오는 것은 다름 아닌 둘째 아들이었다. 그의 두 손과 발은 밧줄로 묶여 있었다. 큰아이는 오른손에 단도같이 생긴 장대를 들고 있었다.
"이게 뭐 하는 짓이냐!"
일한은 소리치며 큰아이를 잡았다. 그동안 성호는 둘째 아이를 일으켜 세우고 밧줄을 끌렀다. 일한은 큰아이한테 이렇게 잔인한 짓을 하는 이유가 무엇이냐고 묻지도 않고 손을 들어 오른뺨과 왼뺨을 차례로 때렸다. 얼마나 세게 때렸던지 아이의 머리가 왼쪽, 오른쪽으로 사정없이 돌아갔다. 이번에는 큰아이가 목청 놓아 울기 시작했다.
"너! 이 못된 놈!"

일한은 이를 악물고 말했다. 아이가 울면서 대답했다.

"아니에요. 전 동학당이고 아우는 돈을 뺏어 가는 양반이란 말 예요…."

막내는 이제 밧줄에서 풀려나 있었다. 일한은 아이를 끌어안아 어깨 위로 들어올렸다. 일한과 성호는 서로 눈길을 마주쳤다.

"자네가 큰놈을 악당으로 만들어 놓았네."

성호가 일한의 매서운 눈초리를 똑같이 매서운 눈길로 마주 받았다.

"죄송합니다. 난 더 이상 이 집 식구가 아닙니다."

그는 이 말을 남긴 채 자취를 감추었다. 일한은 그 이후로 다시는 그를 보지 못했고, 그가 어디로 갔는지 그리고 언젠가는 돌아올 것인지도 알지 못했다. 그렇게 해서 일한은 울고 있는 두 아이와 남게 되었는데, 하인이 달려가서 순희에게 이 사실을 알리자 눈 깜짝할 사이에 그녀가 나타났다. 그녀가 달랜 것은 큰아이였다. 그것을 보고 나무랐다.

"그 녀석은 그냥 내버려 둬요. 그놈은 할 수만 있다면 아우를 죽이고 말거요."

"어떻게 그런 말씀을 하세요? 이 앤 아직 어린애일 뿐이라구요."

그녀는 큰아이를 품에 끌어안고 뭐라고 속삭였다. 일한은 어깨 위에 둘째를 안고 서 있다가 갑자기 분통을 터뜨렸다.

"여보, 집안 꼴이 이게 뭐요? 아이들을 데리고 가서 밥을 먹여 재우시오. 나는 좀 혼자 있어야겠소."

순희는 시키는 대로 나가면서 곱지 않은 시선을 던졌으나 그는 개의치 않았다. 다시 아버지와 남편 노릇을 하기 전에 먼저 혼란스러운 자신의 머리부터 정리해야 했다. 혼자 있고 싶은 마음뿐이었던 일한은 그들이 나가자마자 문을 닫고 방석에 앉아 뒤뜰을 내다보며 깊은 생각에 잠겼다.

집안의 무질서는 백성들의 무질서를 나타냈다. 사람들은 얼마나 각양각색인가! 선친의 집 초가지붕 밑에, 선친께서 학자이자 은둔자로서 오랜 세월을 살다 가신 이 집에, 과거의 혼령이 다시 자리잡게 되었다. 자신도 선친의 삶을 되풀이해야 할 것인가?

그는 나라를 병들게 하는 당파를 피하려고 애써 왔다. 한때는 중전 편에서, 한때는 국왕 편에서 옛 충성을 잊지 않으면서도 언제나 새로이 충성을 바칠 준비를 하고 신중하게 중용의 길을 지켜 왔다. 시대 조류를 한 번도 거스르지 않고 순응하면서, 나라를 위하는 길이라면 어떤 변화도 마다하지 않는 유연한 삶을 살아왔건만, 그럼에도 불구하고 자신이 태어나기 몇 해 전에 선친께서 봉착했던 바로 그 입장에 자신도 빠지게 되었다. 그것도 전혀 다른 과정을 거쳐서 말이다.

선친께서는 과거에 대한 신념에 한 치의 흔들림도 없으셨다. 따라서 미래를 꿈꾸는 사람들만이 그분을 증오했다. 이제 그 아들인 자신은 중전에게 매달린 사람들이나 국왕에게 매달린 사람들이나 양쪽 모두로부터 미움을 받고 있다. 내 나라에서 내가 설 땅은 없단 말인가? 만약 그렇다면 자신이 아이들에게 무엇을 가르칠 수 있을 것인가? 자신이 아무것도 모르고 중용의 길을 따르고 있는 사이에 바로 여기, 자신의 집에서 동학당의 음모가 무르익고 있었던 것이다. 그는 혼란과 좌절감에 빠졌다. 그날은 정신이 맑아지지도 기분이 좋아지지도 않은 채 그렇게 지나갔다.

밤잠을 이루지 못한 어느 날, 그가 순희에게 말했다.

"내가 나에 대해서 아는 것이라고는 조선 사람이라는 것뿐이오. 나는 이 땅에서 태어나 이 땅에서 나는 것을 먹고 이 땅의 물을 마시면서 자랐소. 내 조상들의 피와 살은 곧 나의 피와 살이오. 그러니 먼저 나 자신을 알아야겠소."

순희는 일한이 머리를 그녀의 가슴에 파묻고 이야기할 동안 가만히 듣고만 있었다. 한참 만에 그가 입을 열었다.

"나는 한 번도 나를 돌아볼 시간이 없었소. 언제나 다른 사람들에게 불려 다니기만 했지. 이제부터는 어떠한 부름에도 응하지 않겠소. 세상에 대해 내 초가집 문을 걸어 잠글 거요. 나는 혼자 지낼 필요가 있소."

순희는 남편이 그런 말을 할 때마다 귀를 기울이면서 여자답게 '예, 그래야죠, 그렇게 하세요, 뭐든지 당신 생각대로 하세요' 라고 대답했다. 그리고 아침이 되면 다시 낡은 집안을 돌아다니면서 비단을 짜고 김치를 담그고 제사를 치르는 일로 바쁘게 보냈다. 오랫동안 한양에서 살다가 이 시골집에 내려와 사는 것 자체도 큰일이었다. 여기에는 편리한 가구라곤 하나도 없었던 것이다. 부엌은 낡고 솥은 닳았으며 쥐가 사방에 들끓고 도마뱀이 벽에서 기어 나왔다. 시커멓게 그을은 서까래에는 거미들이 집을 지었다. 벽장 안의 요에는 좀이 슬었고, 방의 보료는 죄다 찢어져 안감이 삐져나왔다. 게다가 아이들도 문제였고, 어디서 새 선생을 찾느냐 하는 것도 골칫거리였다.

어느 날 순희가 일한에게 말했다.

"당신이 아이들을 가르치셔야 해요. 그렇지 않으면 선생을 찾으시던가요."

이제 누가 감히 이 집에 와서 아이들을 가르치려 할 것인가? 아이들을 멍청이나 시골뜨기로 만들지 않으려면 어쩔 수 없이 일한 자신이 아이들을 가르쳐야 했다. 그러나 그는 가르치는 것이 어려운 일이라는 것을 깨달았다. 그래서 아침에 두 시간을 힘들여 가르치고는 오후 내내 나가 놀게 했다.

순희는 일한이 가르치기 시작한 뒤에 아이들이 두 배나 짓궂어졌다고 했다. 먼저 장난을 시작하는 것은 언제나 큰놈이었다. 급기야는 순희가 하인에게 아이들이 연못에 빠지거나 뒤주에서 숨 막혀 죽거나 뛰어다니다가 길을 잃지 않도록 살피라고 일러야 할 정도였다.

일한은 일한대로 아이들에게 뭘 가르쳐야 할지 알 수가 없었다. 그러나 자기 자신이 배우고자 하는 바를 가르치는 수밖에 없었다. 그는 민족의 역사를 새로 공부하면서, 날마다 그 전날 자신이 공부한 내용을 간추려 아이들에게 가르쳤다. 선친의 책들은 그의 교과서요 보물이었다. 선친이 책을 얼마나 많이 갖고 있었는지 그는 미처 몰랐었다. 네 개의 방을 터서 만든 서고의 선반에는 원고 두루마리와 책이 가득 꽂혀 있었다. 방마다 책의 주제가 달랐다. 한 방에는 문학, 그 다음엔 역사, 그 다음엔 철학, 그리고 수학과 경제학, 역서曆書였다. 철학 칸에는 정치에 관련된 책들도 있었다. 이 두 주제는 과거에나 현재에나 서로 불가분의 관계여서 하나를 떼놓고는 나머지 하나를 생각할 수가 없었기 때문이다.

그는 이 나라 사람들이 지역적으로 분열돼 있다는 것을 알고 있었다. 바위투성이 산봉우리들이 하늘을 찌를 듯 서 있는 험준한 북쪽 지방 사람들은 남쪽 사람들에 비해 무례하고 교양이 없었다. 그들은 말썽꾼이요 타고난 반골이라고들 했다. 북쪽 농민들 대부분이 자작농이라는 것도 그 부분적인 이유였다. 게다가 그들은 벼농사를 짓는 것이 아니라 밭에 잡곡을 재배했다. 그들은 남쪽 사람들이 무능하고 게으르며 야망이 없이 잔꾀만 부리고, 다른 사람의 땅이나 부쳐 먹고 산다고 경멸했다. 이곳 한양에서도 일한의 가문이 대대로 그랬듯이, 한양의 남쪽에서 사는 양반들을 남인이라 하고, 집이 한양의 북쪽에 있는 사람들을 북인이라고 하여 가를 정도로 그 갈등의 골이 깊었다.

북인이 권력을 잡을 때도 있었고, 가끔은 남인들이 권력을 잡을 때도 있었다. 한양에서의 당쟁은 온 나라의 당쟁을 상징하는 것이었고, 일한 자신도 그 상징의 일부였다. 일한과 그의 동료들은 어릴 적부터 남인의 테두리를 벗어나지 않았고, 순희의 가문도 마찬가지로 남인이었다. 그렇지 않았더라면 일한의 가문이나 순희의 가문이나 그들의 혼인을 허락한다는 것은 상상도 못했을 것이다. 당파가 다르면 서로 결혼하지 않았던 것이다.

그러나 매일같이 서고의 책을 읽고 그 내용을 간추려 어린아이들한테 설명해 주노라면 이따금 이런 당쟁에도 이로운 점이 있다는 생각이 들었다. 한 당파가 권력을 잡고 있을 때면 뒷전의 반대파는 있는 힘을 다해 싸웠고, 그들의 저항은 강렬한 음악과 열정적인 시로 나타났다. 따라서 민족의 위대한 문학은 대부분 이러한 당쟁의 산물이었다. 이런 해석은 아주 그럴듯하고 옳은 것처럼 느껴져서 그는 어느 날 어떻게 하면 이 이야기를 아이들이 알아듣도록 설명해 볼까 궁리하기도 했다.

다시 천고마비의 계절인 가을이 왔다. 순희는 하녀들과 함께 김치를 담그고 있었다. 싱싱한 배추, 몸통이 한 자나 되는 하얀 무, 고춧가루와 마늘, 양파, 갈아놓은 생강과 익힌 쇠고기 냄새가 풍겨왔다. 그런데 갑자기 순희가 방으로 뛰어 들어왔다. 그가 책에서 고개를 들자 아내가 폭이 넓은 파란 무명 앞치마를 두르고 손은 소금물에 젖은 채 애원과 짜증이 뒤섞인 표정을 하고 서 있었다.

"오늘 아이들을 좀 봐 주실 수 없나요? 장난이 너무 심해서 견딜 수가 없어요. 큰애는 배추를 무슨 공이나 되는 것처럼 사방으로 던져대고 작은애까지 따라해요. 김치를 항아리에 담으면서 애들까지 볼 수는 없잖아요. 큰애가… 큰애가 항아리에 숨었는데도 모르고 뚜껑을 닫아 하마터면 죽일 뻔했다구요."

"애들을 이리 들여보내시오."

일한 역시 짜증을 간신히 참으면서 말했다. 두 아이가 깨끗한 옷으로 갈아입고 머리도 새로 빗은 채 손을 잡고 들어왔다. 그는 아이들의 모습을 보자 자신도 모르게 화가 풀렸지만 그래도 엄격한 태도를 유지했다.

"앉거라."

그는 최대한 차가운 목소리를 내려고 애썼다. 그의 냉랭함에 질린 아이들이 자리에 앉았다. 일한은 자신을 바라보는 아이들의 모습을 살펴보며 미소를 참느라 입술을 깨물었다. 너무도 순진하고 맑은 고동색 눈, 햇볕에 그을린 우유같이 뽀얀 살결, 발그레한 뺨과 붉은 입술을 보니 안아 주고 싶은 마음이 간절했지만 꾹 눌러 참았다. 아무리 애정이 솟구치더라도 참고, 겉으로는 냉정하고 엄격한 모습을 보이지 않으면 안 된다.

"오늘은 너희들에게 정다산 선생의 이야기를 해 주겠다. 잘 들어라. 이야기가 끝나면 너희들이 알아들었는지 어떤지 알 수 있느니라. 만약 정신 차려 듣지 않았으면 화를 낼 것이야."

"실제 있었던 얘기에요?"

큰아들이 물었다.

"실제 얘기다. 다산 선생은 너희들이나, 심지어는 나도 태어나기 전에 사셨던 분이지만 우리들에게도 뜻이 깊은 이야기란다. 너희 할아버지께서는 그분을 직접 아셨다. 그분한테서 많은 것을 배우셨지."

그는 선친이 남긴 많은 기록을 통해 알게 된 다산 선생의 이야기를 들려주었다. 다산 선생에 대한 일한의 관심에 다시 불을 지르고, 그로 하여금 선친의 기록을 뒤지게 만든 사람은 최성호 선생이었지만, 일한은 그 사실을 인정하고 싶지 않았다.

"우리 조선이 세계에서 처음으로 활자를 가지고 책을 인쇄한 나라라는 사실을 알아야만 하느니라."

여기서 일한은 말을 멈추었다. 큰아들이 활자가 뭔지 물어볼까 해서였다. 그러나 아이는 묻지 않았다. 그러자 일한은 아무런 설명 없이 말을 계속했다. 아이가 묻기 전에 미리 아이가 궁금해 할 것을 설명해 버리면 자연스러운 호기심을 억누르게 된다고 생각했기 때문이다.

"다산 선생의 생시에는 책이 아주 많았는데, 선생은 그 책들을 읽으셨다. 그런 점에서 그분은 행복한 편이셨지. 우리나라에서 책을 만들기 시작한 지는 오래되었지만 상민들은 읽을 수가 없었거든. 첫째는 글자를 못 읽어서 그랬고, 둘째는 상민들에게 책을 읽게 해주지 않았기 때문이란다. 지배자들이 모든 학문을 통제했지. 그러나 다산 선생은 책을 읽을 수 있었고, 그것도 그분의 집에 있는 책뿐만 아니라 대궐의 서가에 있는 책들까지 읽을 수 있었단다. 과거 시험에 아주 뛰어난 성적으로 합격해서 상감께서도 그분을 인정해 주셨기 때문이지. 그러나 그분이 책만 읽은 것은 아니었다.

그분이 나이가 들자 상감께서는 그분에게 큰일을 많이 맡기셨다. 그중의 하나가, 도성에 외적이 쳐들어오면 국왕께서 옮겨가실 수 있도록 수원에 제2의 도성을 건설하는 일이었다. 다산 선생은 그 건설 계획을 세우면서 도르래에 밧줄을 걸어 무거운 바위와 나무를 들어올리는 방법과 기중기라는 기계를 사용하는 방법을 생각해 내셨다. 그분은 그런 발명을 아주 많이 하셨지.

어느 날 그분은 다른 나라에서 어떻게 하고 있는지 설명한 책을 몇 권 읽으셨다. 그때까지 다산 선생은 모든 지식이 우리나라와 중국에만 있다고 생각하셨었지. 그런데 이 책들을 통해 우리나라에서 섬기는 것과는 다른 신(神)이 있다고까지 주장하는 새로운 사상들을 알게 되셨지. 그런데 이것을 보고 그분의 적들이 좋아했단다. 그런 책을 읽는 것은 금지돼 있었거든. 그들은 다산이 역적이라고 떠들었고, 그분은 한양의 좋은 집을 떠나 머나먼 시골로 유배를 가시게 되었단다. 그분은 거기서 책을 읽고 또 읽으면서 위대한 저서를 지으시고 자신의 생각을 설명하셨지."

"아버님처럼 말이지요?"

둘째가 끼어들었다. 일한은 둘째가 제대로 듣고 있지 않다고 생각했었다. 그런데 아이가 그렇게 영리하고 똑똑하게 말하는 것을 듣고서 일한은 전에 없이 주의 깊은 눈으로 아이를 바라보았다.

그는 맞장구를 쳐 주었다.

"나처럼…. 어떤 면에서 다산 선생은 유배 시절에 그 전보다도 훨씬 더 나라와 후대를 위해 이로운 일을 하신 셈이다. 물론 당시에는 노론이 권력을 잡고 있었고, 그분은 우리 문중의 선조들처럼 남인이셨다. 그래서 그분은 책을 써서 간직하고 있을 수밖에 없었지. 하지만 마침내 그분이 풀려나는 날이 왔고, 그분이 지은 책들을 모든 사람이 읽을 수 있게 되었단다. 언젠가는 나처럼 너희들도 그분의 책을 읽게 될 거고, 이 아비는 지금도 읽고 있다."

"그분은 어떻게 그러실 수가 있었지요?"

곧이곧대로인 큰애의 질문이었다.

"손 놓고 허송세월하지 않으셨기 때문이지. 그분의 육신은 집과 마당에 갇혀 있었지만, 그분의 마음은 나라와 백성들 사이를 돌아다니셨거든. 그분은 또 아름다운 정원을 가꾸고, 폭포까지 손수 만드셨단다."

"그렇다면 우리도 폭포를 만들어요."

큰애가 소리쳤다. 그 생각은 두 아이의 마음을 사로잡았고, 아이들은 순식간에 일어나서 문을 향하고 있었다. 일한이 아이들의 등에 대고 소리쳤다.

"기다려라. 기다려, 나도 같이 가겠다! 다같이 만들자꾸나."

아이들은 아버지가 그런 장난을 하려고 하는 것에 놀라 걸음을 멈추었다. 그는 아이들의 삶을 함께 하지 않고 항상 아이들에게 자신에 맞춰 살도록 강요했던 것을 후회했다. 그는 아이들의 손을 하나씩 잡고 개울가에서 폭포를 만들 장소를 고르며 아이들과 하루 종일 함께 보냈다. 거기에서 물길을 다른 데로 돌리고 폭포수가 떨어질 물웅덩이를 만들 생각이었다. 이 일을 마치는 데 이틀이 걸렸다. 덕분에 아이들을 가르치는 비결을 찾아냈다. 먼저 한 시간 남짓 아이들이 견딜 수 있는 시간만 방에서 가르친 다음, 폭포와 웅덩이를 만드는 곳으로 데리고 가는 것이었다. 그는 일부러 속도를 늦추었고, 그러는 동안 몇 달이 지나 겨울로 접어들었다.

아이들과 이렇게 시간을 보내는 것이 자신의 삶도 깊이 있게 만든다는 것을 알고 일한 스스로도 놀랐다. 이제 학문은 더 이상 삶과 별개의 영역이 아니었다. 다산의 공동체 토지소유 계획을 공부할 때면 그는 이 생각을 선조로부터 물려받은 자신의 땅을 부치고 있는 소작인들에게 어떻게 적용할 수 있을까 궁리했다. 다산은 농부들이 각자 자기 땅을 공동소유로 편입시킨 다음 집단 노동을 해야 한다고 주장했다. 그리고 수확물은 세금을 제한 뒤 각자의 노동량에 따라 분배해야 한다는 것이었다.

일한은 이 계획을 전적으로 받아들이지는 못했지만, 다산 선생이 왕조의 엄격한 통제 아래서, 그것도 그토록 먼 옛날에 비록 실행에 옮기지는 못했다 할지라도 그 정도의 개혁 정책을 생각할 수 있었다는 사실에 감탄했다. 그리고 소작인들이 일한의 땅에 쏟아부은 노동에 대해서, 어떻게 하면 정당한 보상을 할 수 있을까 하는 문제를 놓고 오랫동안 고민했다. 소작인들이 일한의 논밭에서 땀 흘려 일하고 비좁은 오두막에서 거친 음식을 먹으며 어렵게 연명하는 동안, 자신은 여름이면 해를 가려주고 겨울이면 따뜻하게 지낼 수 있는 이곳 초가지붕 밑의 아늑한 온돌방에 앉아 그들이 벌어다 주는 돈을 받고 있는 것이다.

그의 마음은 잘못된 일이라고 외쳤고, 그의 머리는 위험한 일이라고 소리쳤다. 그러나 일개 지주로서 어디서부터 시작해야 할 것인가? 게다가 다산 선생이 비록 유배 생활은 했다고 하지만 자신은 다산만큼의 힘도 없었다. 그리하여 일한은 그해 추수가 끝난 뒤 소작인들을 불러모으는 것으로 자신의 마음을 달랬다. 그는 문 앞에 있는 탈곡장에서 소작인들을 만났다.

그들은 늦은 오후의 햇살을 받으며 서 있었다. 햇볕에 탄 남루한 사내들이었다. 그들은 굳은살이 배긴 손을 늘어뜨리고 일한에게 절을 했다. 모두들 입을 다문 채 안절부절못했다. 그도 그럴 것이, 지대를 올린다는 것 말고 지주가 소작인들에게 할 말이 뭐가 있단 말인가?

그는 소작인들이 불안해하는 것을 눈치 채고 서둘러 안심시켜 주려고 했다.

"예년보다 많은 수확을 거두어 준 데 대해 고맙다는 말을 하려고 불렀네. 적어도 어느 정도는 자네들이 일을 열심히 했기 때문일걸세. 그 외에는 필요한 곳에 적당한 비와 햇볕을 내려 주신 하늘에 감사해야 할 테지."

그들은 여전히 일한의 속셈이 뭔가 의아해 하면서 퉁명스러운 눈길로 그를 바라보았다. 그는 갑자기 소작인들이 두려워졌다. 일한과 그들 사이의 거리는 아주 멀었고 다리 같은 것은 없었다.

"긴말은 하지 않겠네. 올해는 자네들 몫을 두 배로 늘려 주겠다는 말을 하고 싶은 것뿐일세."

그들은 일한의 말을 믿을 수가 없어 여전히 의심과 두려움이 섞인 눈으로 바라보고 있었다. 지주가 소작인의 몫을 두 배로 늘려 주겠다고 했다는 말을 누가 들어봤겠는가? 그런 행운은 극히 드물었다.

일한은 소작인들이 의심하는 것을 깨닫고 감사할 줄 모르는 그들에게 화가 났다. 아무도 입을 열지 않았다. 그는 기다리다가 아무도 입을 열 마음이 없다는 것을 깨닫자 가슴이 차갑고 딱딱하게 굳어지는 것을 느꼈다.

"내가 할 말은 이것뿐일세."

그는 말을 마치고 집으로 돌아와 대문을 닫았다. 그러나 소작인들과의 짧은 만남을 생각하면서, 그는 화를 낸 자신을 나무랐다. 그들이 왜 감사해야 한단 말인가? 그들은 피땀 흘려 농사를 짓고도 겨우 입에 풀칠할 정도의 대가만 받는 삶을 오랜 세월 살아 왔다. 몫을 두 배로 늘려 주어도 충분하지가 못하다. 불평등한 그들의 삶은 수백 년에 걸쳐 내려온 것이고, 하루아침에 한 떼기의 땅에서 한 사람의 지주에 의해 고쳐질 수는 없는 것이다.

몇 년 뒤 어느 추운 섣달 그믐날, 일한은 자신이 실행하고 생각하고 느낀 것을 모두 합치면 단 두 가지의 성과만 남는다고 생각했다. 하나는 아이들이 잘 자라 준 것이요, 자신이 그들의 정신을 기대 이상으로 성숙시켰다는 점이었다.

그들은 유년기에서 소년기로 넘어가서, 큰 애는 청년기를 바라보고 있었다. 비록 열세 살의 나이에도 여전히 난폭하고 참을성이 없고 시비 걸기를 좋아했지만 말이다. 그는 특히 아우한테 말싸움 걸기를 즐겼다. 둘째는 그에 대한 방어책으로 형을 멀리하고 혼자 지냈다. 어떤 면에서는 이는 일한에게 다행스러운 일이었다. 가끔 둘째가 혼자서 자신을 찾아왔기 때문이다. 형의 심술로부터 보호받기 위한 이유도 있었지만, 책과 시 쓰는 것을 좋아하는 점에서 아버지와 아주 비슷하기 때문이기도 했다.

그 밖에도, 둘째는 음악을 좋아했고 거문고에 소질이 있었다. 이는 형이 아우를 시샘하는 이유 중 하나가 되었다. 그러나 둘 중에서 더 잘생긴 것은 큰애였다. 그애는 아주 잘생긴 데다 키도 크고 힘이 셌으며, 눈은 밝게 빛나고 대담했다. 코는 오뚝하고 입술은 얇았다. 그래서 아우의 작은 체구를 놀림거리로 삼았고 화가 나면 아우의 귓불이 완전치 못한 것까지 놀려대곤 했다. 이에 속이 상한 일한은 어느 날 둘째를 데리고 민영익의 목숨을 구해 준 미국인 의사를 찾아가서 귓불을 바로잡아 달라고 했다.

의사는 이제 나이가 들어 손을 떨었다. 그러나 그는 아이의 귀를 검사하고 나서 그동안 자신이 가르친 젊은 조선인 조수를 불렀다.

"이 일에는 자네 손이 나보다 낫지. 옆에서 도와줄 테니 수술칼은 자네가 들어야겠네."

일한은 서서 지켜보았다. 그들은 수술대 위에 누워 있는 아이의 코에 무슨 액체를 적신 솜을 갖다 대고 마취시켰다. 그러자 아이가 잠이 들었는데, 그 모습이 죽은 것과 너무 흡사해서 불안했다. 젊은 의사는 일한이 한 번도 본 적이 없는 얇은 고무장갑을 손에 끼고, 보조하는 여자가 들고 있는 쟁반에서 작고 가는 칼을 집어들더니 아이의 귓불을 솜씨 좋게 갈랐다. 그리고는 바늘과 실로 기워서 모양을 만들었다. 수술이 끝나자 의사는 귀에 붕대를 감았다. 늙은 미국인 의사가 말했다.

"며칠 있다 오세요. 열흘 정도 있으면 아드님의 귀는 두 분이 똑같듯이 그렇게 똑같아질 겁니다."

일한이 아이를 집에 데리고 가자 순희는 야단법석을 떨었다. 그녀가 겁을 먹은 나머지 말릴 것을 알고 일한이 미리 말하지 않았기 때문이다. 그러나 귀는 잘 아물었고 이제 아이는 완벽해졌다. 일한은 기뻤다. 둘째가 완전해진 뒤로 큰애가 자기에게 전보다 더 차갑게 군다는 느낌이 들기는 했지만 말이다. 아들들 일은 그 정도였다.

두 번째 성과는, 일한이 벌써 몇 년 전부터 써 오고 있는 책이었다. 그는 날마다 서울과 지방에서 자행된 모든 악행을 자신이 들은 대로 모조리 책에 적어 넣었다. 자주는 아니지만 친구들이, 그것도 늘 비밀리에 그를 찾아왔다. 뿐만 아니라 모르는 사람들이 와서 자신들이 겪은 고통을 털어놓았고, 날이 갈수록 더 많은 동학당원이 그를 찾아왔다. 일한은 최성호 때문에 그들을 맞아들였지만 성호 본인은 두 번 다시 나타나지 않았다. 그리고 일한이 동학당원에게 그의 소재를 물으면 고개를 저을 뿐, 아무도 최성호가 누군지를 모르는 것 같았다. 그리고 설사 안다 해도 그가 지금 어디 있는지는 아무도 몰랐다.

일한은 자신이 접할 수 있는 사람들에게 들은 이야기를 모조리 책에 써넣었다. 양반이라면 모두 뇌물과 협잡질로 번 돈을 물 쓰듯 하고 있으며, 서반은 누구나 그런 짓을 눈감아 주고 있다고 썼다. 새 수령이 임명되면 그들이 언제 떠나고 언제 부임하는지, 도중에 돈을 얼마나 쓰는지, 어떤 여자들을 데리고 가는지, 아니면 가는 길에 어떤 여자와 동침하는지, 누가 무슨 일로 뇌물을 받는지, 연회와 기생들에 들어가는 비용을 누가 대는지, 일본 첩자들과 내통하는지, 일본이나 청국인이나 노서아인을 은밀히 만나는지, 그들이 여행을 하는지, 자리를 어디에서 얼마나 비우는지, 누가 그들을 접대하고 무슨 청탁을 하는지, 그리고 그 청탁을 들어주었는지를 알아냈다. 그런 부정부패를 찾아내고 책에 써넣을 때마다, 그리고 불쌍한 농민들에게 부정부패의 고통이 해마다 얼마나 더 심해지는지를 볼 때마다 일한은 올바른 개혁 정책과 정의와 평등을 실현할 수 있는 방안에 대해 자신이 생각하는 바를 빽빽이 써내려 갔다.

저녁이면 하루 일을 끝낸 순희는, 일한이 큰 소리로 자기가 쓴 것을 읽어 주는 동안 앉아서 귀를 기울였다. 가끔은 살림살이에 너무나 지쳐서 그가 읽기를 멈추고 순희의 의견을 물어볼라치면 벌써 잠들어 있곤 했다. 그는 절대로 아내를 깨우지 않았다. 순희의 잠든 얼굴에서 그녀가 얼마나 늙었는지를 깨달았기 때문이다. 젊은 여인의 아름다움은 사라지고 중년의 주름살이 뚜렷했다. 일한이 안방의 거울에 비친 자신의 얼굴에서 발견하는 그런 주름살이었다. 그런 아내를 보면 일한은 그저 한숨을 쉬고 책을 조용히 덮은 뒤 그대로 자게 내버려 두었다.

그러나 아내가 잠들지 않고 일한이 책 속에서 그린, 현실과는 전혀 다른 세상을 동경하고 감탄하며 귀를 기울일 때도 있었다. 그런 어느 날 밤, 일한은 잘 됐는지를 물어보기 위해 고개를 들었다가 그녀가 울고 있는 것을 보았다.

"여보, 내가 뭐 틀린 얘기를 썼소?"

그녀는 눈물을 훔치며 웃으려고 했다.

"아녜요. 당신은 너무나 잘 쓰셨어요. 하지만…하지만…아, 왜 아무도 당신이 쓴 것을 읽을 수 없는 거죠? 누군가 이 책을 읽을 날이 과연 올까요? 당신이 이 초가집에서 인생을 낭비하고 있다는 생각을 하면 전 견딜 수가 없어요."

그는 대답하지 않았다. 순희의 물음은 자기 스스로가 수도 없이 하는 질문이었다. 내가 인생을 낭비하고 있는 걸까? 그러나 시대와 백성을 위해서는 그럴지 모르지만 자기 자신을 위해서는 그렇지 않았다. 그는 애당초 자기가 누구인지를 알고자 했었던 것이고, 이제는 알게 됐다. 자신이 조선인이라는 것을. 그는 책을 덮었다.
"이제 잘 시간이오. 밤은 점점 어두워지고 달마저 없구려."

어느 날 초저녁, 손님 한 명이 걸어서 일한의 초가집 문 앞에 당도했다. 낯선 사람인지라 문지기는 자신이 직접 손님을 살펴보기 전에는 집에 들여놓으려 하지 않았다. 이윽고 머리에서 발끝까지 훑어본 문지기가 그 사람을 들이기는 했으나, 우선 문간방에 있게 하고 하인 세 명으로 보초를 세운 뒤 일한에게 낯선 손님이 찾아왔다는 사실과 그의 행색을 고했다.

일한이 아이들에게 유교 경전을 가르치는 저녁 공부를 마친 후였다. 이제는 아침이면 산수와 역사를 가르쳤고, 오후에는 문학, 그리고 잠자리에 들기 전 저녁에는 시경이나 주역을 큰 소리로 읽어주고 그 구절의 뜻을 쉬운 말로 설명해 주곤 했다. 각각의 공부 시간은 길게 잡지 않았다. 아이들의 주의력이 얼마나 쉽게 산만해지는가를 아는 까닭이었다. 그렇지만 매일 세 번씩 나누어 공부함으로써 아이들의 정신에 학문과 도덕이 스며들 것이라고 생각했다. 그리고 비록 자신의 삶은 쓸모없을지 몰라도 아이들의 삶에 영향을 미침으로써 궁극적으로 백성들의 삶을 이롭게 할 수 있었으면 하고 꿈꾸었다.

그렇게 생각하며 스스로를 위로하여 마음을 가라앉힌 그는 아이들에게 잘 자라고 이르고는 자신의 공부를 시작했다. 순희는 부엌에서 인삼차 다리는 것을 살피느라 방에 없었다. 하루 일과를 끝내고 인삼차를 마시면 속이 풀리는 듯했기에 그가 매일 찾았던 것이다. 바로 그때 하인이 문지기가 왔다고 알리자 일한은 고개를 끄덕이며 들어오라 일렀다. 문지기는 들어와서 예를 차려 문간에 선 뒤 허리를 굽혀 절을 하고는 입을 열었다.

"나으리, 집에 낯선 사람이 찾아왔습니다요. 샅샅이 살펴본 연후에야 문을 열어 주었습죠. 외국인이었습니다요."

일한은 손에서 붓을 떨어뜨렸다.

"외국사람 옷을 입고 있던가?"

"아닙니다요. 나으리처럼 제대로 의관을 갖추고 있더군입쇼. 허나 얼굴은 조선 사람이 아니었습니다요."

"이름을 말하던가?"

"나으리께서 보시면 알 거라고 했습니다요."

"외국사람 말을 자네가 어떻게 알아들었는가?"

"조선말을 하더군입쇼."

두 사람은 얼굴을 마주 보았다. 같은 생각이 들었던 것이다. 일한을 암살하려는 자객이 아닐까? 왕이 미국에 보냈던 사절단원 가운데서 일한만이 자기 집에서 자유롭게 살고 있었다. 민영익은 상처가 회복된 후 자신이 섬기고자 했던 청나라로부터도 버림받은 채 여기저기 숨어 다니면서 유랑 생활을 하고 있었다. 청나라 병사들이 대궐에 쳐들어갔을 때 일본군 병사들과 함께 도망가지 않고 끝까지 남아 있었던 홍영식은 국왕이 보는 앞에서 칼에 베어 죽었다. 서광범은 일본으로 도망가서 지금까지 10년 동안 망명 생활을 하고 있으며, 자신의 조국인 조선에서는 반역자로 불리고 있다. 다른 이들은 옥에 갇혀 있거나 이름 모를 외딴 마을이나 농촌으로 유배를 당했다.

문지기가 나지막한 목소리로 말했다.

"나으리, 그 자를 소인이 칼로 베어 연못에 던져 버리겠습니다요."

 순간 일한은 경악했으나 그것은 자기 자신에 대해서였다. 문지기의 말에 순간적으로 마음이 동했던 것이다. 아마 쉬운 일일 것이다. 자기 손으로는 결코 할 수 없는 일이지만, 이 집안에 충성을 바치는 문지기가 한다면 누가 알겠는가? 아니, 안다 하더라도 누가 주인 책임이라고 하겠는가? 다음 순간 일한은 그런 생각을 한 자신에 대해 수치심을 느꼈다. 도대체 뭔가? 시대의 사악함이 그의 영혼에도 스며들었다는 말인가? 사방에서 아무도 모르게 사람들이 죽어 나가는 상황이니만큼 자신 또한 살인을 해야 한단 말인가? 스스로에게 물은 결과, 답은 거듭 '아니오'였다. 그는 붓을 들어 은으로 된 붓뚜껑을 끼운 뒤 책을 덮고 일어섰다.

 "내가 직접 가서 그 사람을 만나보겠네."

 그는 마당을 가로질러 누에를 키우기 위해 심어 놓은 뽕나무 사이로 난 구불구불한 길을 지나갔다. 키가 큰 그는 천장이 낮은 문간방에 들어설 때 고개를 숙여야 했다. 방에는 쇠기름으로 만든 촛불이 흔들리고 있고, 희미한 불빛 속에 비스듬히 벽에 기대고 앉아 있는 사내의 모습이 겨우 보였다. 촛불을 향하고 있어서 옆얼굴만 드러내고 있던 그는 일한이 가까이 다가오자 고개를 들고 말했다.

 "그동안 내내 여기 계셨습니까?"

 비록 얼굴은 여위고 눈은 나이 들어 보였으나 일한은 즉시 그를 알아보았다. 조지 푸크였다. 일한이 두 손을 내밀자 푸크가 그 손을 쥐었다.

 "저는 당신이 죽은 줄 알았습니다! 온 가족과 함께 살해당했고 집에는 못질을 했다고 들었으니까요."

 "우리 집에 못질을 했다구요?"

 "한 번도 안 가보셨습니까?"

"안 가봤소. 하지만 하인들은 몇 번 다녀왔는데, 집에 못질을 했다는 말은 없었는데요."

"그렇다면 최근의 일이겠군요. 내가 호위병을 보내서 그 집에 누가 살고 있는지 알아보라고 했더니 문에는 못질이 되어 있고 병사 한 명이 지키고 있더랍니다. 처음에는 그 병사 역시 당신이 죽었다고 했지만, 손에 돈을 쥐어 주자 그제서야 당신이 이 시골에서 도피 생활을 하고 있다고 알려 주더랍니다. 당신하고 꼭 얘기를 하고 싶었습니다. 백 년 동안에 일어날 일들이 지난 몇 년 동안 한꺼번에 일어났답니다."

일한은 푸크의 손을 잡은 채 나무 그림자와 석양의 어스름을 지나 쪽문을 통해 그를 서재로 이끌었다. 거기서 일한은 하인더러 자신들이 말을 나누는 동안 누구도, 심지어는 순희조차 들이지 말라고 일렀다. 앞으로 언제고, 그녀가 고문을 당하며 자백을 강요받는 일이 생겼을 때, 집에서 미국인을 본 적이 있다고 자백해야 하는 짐을 지워 주고 싶지 않았기 때문이다.

조용한 서재에 들어가 미닫이문을 닫은 뒤 일한은 푸크를 바로 옆의 방석에 앉혔다. 아무도 듣지 못하게 낮은 소리로 말을 나누기 위해서였다. 그는 하인들을 의심하지는 않았지만 누구도, 심지어 순희조차도 완전히 믿지는 않았다. 그녀는 어디까지나 여자였고, 남편이나 아이들의 목숨을 구하기 위해서는 뭐든지 털어놓을 수 있었기 때문이다.

"말해 보시오. 당신이 하고자 하는 이야기를 다 듣기에는 밤이 그리 길지가 않소. 그렇게 오랫동안 소식이 없다가 왜 이제 와서 나를 찾아 온 거요?"

"내가 조선을 떠난다는 사실을 말씀드리려구요."

푸크가 말했다. 둘 사이에 침묵이 흘렀다. 둘은 말없이 서로를 마주 보았다.

이윽고 일한이 입을 열었다.

"당신까지…. 그렇다면 우리가 진 게 분명하군요. 다시 말해서 미국이 우리를 포기한다는 뜻 아니오?"

"미국이 아닙니다. 우리나라 사람들은 조선에 대해서 아무것도 몰라요. 그게 당신네 나라에 대한 우리들의 죄지요. 우리는 무지해요. 우리 정부는 몰라서 당신네 민족을 위해서 아무것도 하지 않는 겁니다. 모르면 결국 무관심해지고, 무관심해지면 한 나라가 죽어 넘어지도록 내버려 두게 되는 거죠. 나는 여기 남아서 당신네 백성들이 죽어가는 것을 지켜볼 수가 없어요. 난…조선을 사랑하니까요."

그 깊은 속뜻을 이해하는 일한에게는 한마디 한마디가 망치처럼 귀를 때렸다.

"무슨 일이 있었는지 말해 보시오."

그 뒤로 푸크의 입에서 나온 이야기는 그가 아주 성실하고 정직해서 진실 외에는 말하지 않는다는 사실을 일한이 알고 있지 않았더라면 아마 믿지 못했을 것이다.

푸크의 말에 따르면, 사건의 발단은 조선을 오랜 종주국인 청나라로부터 독립된 주권 국가라고 천명했던 조미 조약을 체결한 그해로 거슬러 올라간다. 조선은 독립 국가로서 미국인들에게 통상권을 줄 수 있었고, 또 그렇게 했다. 그리하여 푸트 공사 내외가 비서와 통역 사이토를 데리고 부임했던 것이다.

일한이 끼어들었다.

"그 사이토를 데려온 것은 실수였소. 일본 사람을 통역으로 고용하지 말았어야 했소. 그가 자기 나라의 이익을 위해 어떤 말을 보탰는지 아니면 뺐는지 어찌 알겠소?"

"사이토를 쓴 것은 실수였습니다."

푸크도 맞장구를 치고는 다시 이야기를 계속했다.

"미국인들은 국왕 주변에 훌륭한 사람들이 많이 있기는 하지만, 국왕과 내각이 주권 행사를 하기에는 너무 약하다는 사실을 알았어요. 김일한, 당신 같은 사람, 당신 같은 진정한 애국자도 중국이나 일본에 대한 복속에 길들여져 있어요. 당신은 마음만 먹으면 조선이 강해질 수 있다는 것을 믿지 않았습니다."

일한이 느린 어조로 말했다.

"기억나는군요. 상감께서는 미국인들이 왔을 때 기뻐서 춤을 추었다고 하셨지요."

"그런 판인데 우리 미국인들이 수천 년 동안 뿌리 내린 당신네 공포심을 어떻게 극복할 수 있었겠습니까? 국왕은 만사를 우리한테 기댔어요. 이는 청나라뿐만 아니라 다른 서양 강대국들의 비위까지 건드렸습니다. 영국과 독일은 조선과의 조약을 비준하지 않았지요. 놀란 미국 정부는 처음에는 푸트에게, 그리고 푸트가 떠난 뒤에는 나한테 미국 정부의 지침이 없이는 우리가 왕에게 개인 자격으로밖에 충고할 수 없다는 지시를 보내왔어요. 그런데 머나먼 워싱턴에 있는 사람들이, 타산적이고 자기가 사는 곳밖에 모르는 미국 사람들이 어떻게 귀중한 당신네 나라의 방대한 문제를 이해할 수가 있겠습니까? 너무 모르니까 미국은 거의 아무것도 할 수 없었던 겁니다."

그는 고개를 돌리고 입술을 깨물면서 중얼거렸다.

"우리 정부는 공사관에서 쓸 돈도 제대로 보내 주지 않았습니다. 공사는 서기 하나 고용할 돈이 없었고, 비서는 월급도 못 받고 근무할 정도였죠. 우리는 제대로 된 공사관 건물을 지을 땅 하나도 살 수 없었어요. 땅조차도 말입니다! 영사관도 여러 개 지어야 했습니다. 다른 나라는 다들 영사관이 있었지요. 그 나라들은 우리 정부가 인색하다고 손가락질했습니다. 큰 부자 나라 미합중국을 말이에요! 나는 먼저 인천에서 땅을 봐 두었지만 땅 살 돈이 오지를 않았어요. 이런 형편이니 다른 나라들이 비웃을 만하지 않습니까?"

그는 한숨을 쉬고 일어나서 발소리도 내지 않은 채 방안을 수도 없이 왔다갔다 했다.

"당신한테 이런 얘기를 하지 말 걸 그랬습니다. 이건 어디까지나 우리 미국의 국내 문제니까요. 그리고 나는 모두 다 견뎌 낼 수 있었어요. 하지만 당신네 국왕은 계속해서 나한테 압력을 넣으면서 미국인 고문관을 보내 달라고 간청했어요. 국왕은 백 가지 계획을 세우고 있지요. 하나같이 좋은 계획입니다. 당신네 국왕은 훌륭한 분이에요. 만약 절반의 기회만 있더라도, 다시 말해서 미국 정부가 제대로 알기만 하더라도, 자신들이 뭘 포기하고 있는지 깨닫기만 하더라도 국왕은 자신의 뜻을 이룰 수 있을 것입니다. 즉, 미국이 국왕을 도와 부강한 독립 국가 조선, 아시아의 보루를 건설할 수 있는 기회를 차 버리고 있다는 사실을 깨닫기만 하더라도, 국왕은 이 나라를 일으켜 세울 수 있을 것이란 말입니다."

"그러면 당신이 본국에 가서 직접 말하면 될 것 아니겠소?"

일한은 여러 가지 감정, 백성들에 대한 걱정, 미국인들이 정말 자신들을 도울 수 없는 것 아닌가 하는 좌절감, 그리고 국왕에 대한 안타까움 등으로 착잡한 심정이었다. 만약 우방의 손길이 미치지 못한다면 조선은 탐욕스러운 주변 강대국들의 시커먼 뱃속으로 굴러 떨어지고 말 것이다. 미국이 못 한다면 누가 조선을 구해 줄 수 있을 것인가?

"게다가 설상가상으로 공사의 지위가 강등됐어요. 이제는 특명전권 공사가 아니라 주재 공사 및 총영사가 된 겁니다. 물론 공사는 사직하고 말았지요."

일한은 더 이상 견딜 수가 없어서 소리 죽여 탄식했다.

"어리석고 어리석도다. 당신네 정부는 어찌 특명전권 공사를 보내 놓고는 강등시킬 수가 있단 말이오?"

"그분이 사임한 뒤 아무도 그 자리를 대신할 사람이 없었어요. 남은 사람은 저뿐입니다."

"슈펠트는?"

"슈펠트는 오지 않을 겁니다. 그게 뭘 뜻하는지 너무나 잘 아니까요. 계산이 빠른 사람이죠! 나도 그렇게 계산이 빨랐으면 좋겠어요!"

"공사와 당신네 정부 사이의 이런 갈등이 얼마나 오래전부터 시작된 거요?"

푸크가 탄식하고 다시 자리에 앉았다.

"아주 오래된 일이죠. 민영익 공이 목숨을 잃을 뻔한 만찬 이전부터 시작됐습니다."

"그런데도 당신은 나한테 말해주지 않았구려."

"부끄러웠습니다. 그리고 그때까지 워싱턴의 관리들을 설득할 수 있을 것이라는 희망이 있었구요."

"공사가 조선을 떠난 게 언젭니까?"

"그 만찬이 있은 지 일 년 뒤에요."

"그럼 당신은?"

"그 이래 줄곧 내가 일을 맡아보았지요. 아무런 직위나 도움도 없이 속수무책으로 말입니다. 하지만 이제 나도 손들었어요. 그 이유를 조선 사람이 한 명만이라도 알아주었으면 했습니다. 그런데 내가 믿을 수 있는 사람은 당신뿐이에요."

"제발 전부 다 말해 주시오. 혹시라도 내가 도울 일이…."

"희망이 없습니다. 하지만 만약 당신이 최악의 소식이라도 듣고자 한다면 말씀드리겠어요."

이 말과 더불어 그는 자신이 지금 같은 절망에 빠지게 된 과정을 손가락으로 하나하나 꼽아 나갔다. 혼자 남게 된 그는 국왕이 그리도 다급하게 간청하는 미국인 고문관을 파견해 주도록 다시 상관들을 조르기 시작했다.

"현재의 절박한 상황에서 조선에 가장 시급한 것은 군대를 훈련시킬 유능한 서양 교관이며, 그것도 아주 많은 숫자가 필요하다고 워싱턴을 설득했습니다. 그런데 어떻게 됐는 줄 아세요? 국무성이 교관 세 사람을 추천한 겁니다! 국왕은 그 사람들의 경비를 지불하겠다고 했지만, 국무성은 민간 자금이라는 조건이 아니면 보낼 수 없다고 하더군요. 그러니 내가 어디서 돈을 구할 수 있었겠습니까?"

일단 일한에게 속사정을 털어놓기 시작하자 푸크는 자제할 수가 없는 듯했다. 그는 분노에 사로잡혀 두 손을 비틀고 이를 갈았다.

"아까도 말씀드렸듯이 난 돈이 없었어요! 나는 대리공사 신분이었기 때문에 해군의 월급도 받을 수가 없는 입장이었습니다. 나는 공사 월급의 절반을 받기로 되어 있었지만 그 돈을 보내 주지 않는 거예요. 그런데 미국 고문관들이 오지 않는 바람에 묄렌도르프라는 독일인이 서울에서 세관장稅關長으로 임명됐어요. 그리고 그 사람은 조선에서 독일의 영향력을 확대하기 위해 독일 고문관을 데려오려고 쉴 새 없이 날 괴롭혔지요."

"설마 그 사람이 성공한 건 아닐 테지요?"

일한이 부르짖었다. 푸크는 마치 최후의 심판 시나리오를 낭송하는 것처럼 열띤 목소리로 말을 이었다. 일한은 머리를 움켜쥐고 탄식하면서 귀를 기울일 수밖에 없었다.

"맞습니다. 하지만 독일 고문관을 데려오는 데 실패한 그 사람은 노서아 고문관을 불러들였어요. 적어도 군사 교관만큼은 말입니다. 그러자마자 중국과 일본이 한 목소리로 국왕께 미국 고문관을 데려오도록 촉구하고 나섰습니다. 그들이 가장 두려워하는 나라가 노서아였으니까요. 미국 군사 교관은 이제 내년에 오기로 결정됐어요. 내가 어떻게 그분을 탓할 수 있겠습니까?"

이 대목에서 일한이 말을 하려고 입을 열었지만, 푸크의 말은 아직 끝난 것이 아니었다.

"내 봉급 청구서는 되돌아왔어요. 자금이 부족했습니다! 조선에서 쓸 예산이 완전히 바닥난 거예요! 그런데도 한양뿐만 아니라 제물포에서도 일을 처리해야 했어요. 제물포에 영사관이 없는 유일한 나라가 바로 우리나라인데 말입니다! 난 여섯 달 전에 사직했습니다!"

"허나 아직도 여기 있질 않소."

푸크는 쓴웃음을 지었다.

"내가 보내는 공문을 아무도 읽지 않아요. 그래서 날 대신할 후임자를 파견하지 않는 겁니다! 그런데도 당신네 국민들은…."

푸크는 여기서 말을 멈추고 낮은 책상에 팔꿈치를 괴고는 두 손으로 눈을 가렸다. 그의 목소리가 갈라졌다.

"당신네 착한 백성들은 아직도 나를 미국 대표로, 조선 독립의 유일한 희망으로 보고 있어요! 하지만 난 그들에게 털어놓아야 했습니다. 새 독립운동 단체의 지도자, 그 용감한 젊은이한테 말입니다. 그 사람 이름은 당신한테도 말할 수가 없군요. 난 그 젊은이한테, 미국 정부는 까마득한 옛날에 침몰한 제너럴 셔먼 호의 배상금을 받는 데만 관심이 있다고 얘기했습니다."

푸크의 목소리는 떨리고 있었다. 그는 말을 멈추고 입술을 꼭 깨물더니 갑자기 말을 계속했다.

"난 서기나 비서의 도움도 없이 혼자서 우리 정부와 우리나라 사람들을 대표하는 짐을 더 이상 질 수가 없습니다. 게다가 공사관 운영에 가장 기본적으로 드는 경비조차 치를 돈이 없어요. 이 모든 것 때문에 나는 병이 났어요. 건강을 잃었단 말입니다. 난… 이것 좀 보세요."

그가 손을 내밀었다. 일한은 형편없이 가는 그의 손목을 보았다. 커다란 배는 야위었고, 피부는 시들어 가는 근육을 간신히 덮고 있었다. 일한이 무슨 말을 할 수 있겠는가? 그는 다시 한번 친구의 손을 부여잡고 이마가 손등에 닿을 때까지 고개를 숙였다. 그의 눈에서 눈물이 넘쳐흘렀다. 푸크는 한동안 가만히 있다가 아무 말 없이 손을 살며시 빼낸 다음 집을 떠났다.

그 후 얼마의 시간이 흐른 뒤 순희가 문을 열었다. 밤이 얼마나 깊었는지 일한은 알지 못했다.

"이제 잠자리에 들지 그러세요?"

순희가 권했다. 조심스러운 목소리였다.

"아니오."

일한은 고개를 들지 않았다. 순희는 다시 방을 나가고, 그는 혼자 앉아 밤을 지새웠다.

알 수 없는 시간이 흘렀다. 자신이 육신 안에 있는지 아니면 육신을 빠져 나왔는지도 알 수 없었다. 일한은 미국인을 증오하는가? 그가 미국 땅에서 그들 사이를 돌아다녀 보지 않았더라면 그랬을 수도 있을 것이다. 그들은 생활에서 여러 가지 혜택을 누리고 있고, 그러한 즐거움과 만족감에서 친절을 베푸는 사람들이었다. 이제 생각하면 우정이 없는 친절함이었지만 말이다. 그들은 우정을 맺기에는 역사가 너무 일천했고, 인간과 인간을 묶는 깊은 연대감에 대해 알 수가 없었다. 친절하다는 것은 유쾌하기는 하지만 깊이가 없는 것이고, 애초에 그들의 그릇 이상의 깊이를 기대한다는 것이 무리였다.

남을 이해하려면 먼저 머리로 알고 다음에 가슴으로 느껴야 하는 법이다. 그러나 미국인들은 조선 민족의 길고 슬픈 역사를 알지 못했고, 우연히 강대국들 틈바구니에 놓이게 된 작은 나라의 공포를 느낄 수도 없었다. 국왕은 너무 많은 것을 기대했다. 왕과 그의 백성들, 심지어 일한까지도 미국인들에게 너무 많은 것을 원했다. 친절함에서 비롯된 가벼운 약속을 진정한 우정의 맹세로 착각한 것은 외국인들에 대한 그들 자신의 무지에 기인한 것이었다. 그렇다. 그들을 미워할 필요는 없는 일이다. 하지만 그들 없이는 조선 민족에 희망이 없다는 것을 일한은 알고 있었다.

그렇다면 이제 어찌해야 옳단 말인가? 마음 같아서는 어떤 대가를 치르더라도 당장 여기를 떠나 왕과 중전에게 가서 그들을 섬기고 싶었다. 그러나 일한은 이것이 사실을 알게 됨으로써 생긴 마음의 짐을 떨쳐 버리려는 욕구에 불과하다는 것을 알고 있었다.

국왕은 바보가 아니다. 미국이 기대를 저버린 이상 이제는 어느 나라도 믿고 의지할 수 없다는 사실을 국왕은 잘 알 것이다. 그리고 중전은 애초에 그들을 믿지 않았다. 조선은 닻이 날아가고 키는 부러지고 선장은 속수무책인 채 바다를 표류하는 배와 같은 신세였다. 그를 비롯한 모든 조선 사람은 배를 지키면서 폭풍을 견디고 운명에 몸을 맡기는 수밖에 없었다. 그는 용서하는 마음으로, 두 번 다시 오지 않을 기회를 놓쳐 버렸다는 사실을 친절한 미국인들이 모르고 지나가게 되기를 바랐다. 그리고 그들이 언젠가 그 대가를 치르게 되지 않기를 부처님께 빌었다.

"아버님!"

일한은 큰아이의 목소리를 듣고 마치 전에는 한 번도 들어보지 못한 것처럼 흠칫 놀랐다. 예전의 어린아이 목소리가 아니었던 것이다. 높이가 반 옥타브쯤은 떨어진, 갈라지고 쉰 목소리였다. 어른을 눈앞에 둔 소년의 목소리 말이다. 어찌 이토록 갑작스럽게 달라진단 말인가? 아니면 갑작스러운 게 아니던가? 평온한 은둔 생활에 너무 침잠한 나머지 자신이 눈치 채지 못했을 수도 있었을 것이다.

"들어오너라."

그는 방을 들어서는 아들을 바라보았다. 분명히 어제보다 오늘 더 커 보였다. 손도 더 커지고 뼈도 굵어졌다. 그리고 얼굴도 변했다. 청년처럼 윤곽이 강하고 뚜렷해졌다.

"왜 그렇게 쳐다보시는 거예요, 아버님?"

"부쩍 자라는구나."

"오래전부터 자라고 있었어요."

"그런데 내가 왜 못 봤지?"

"언제나 책만 보시니까 그렇죠. 저희를 가르치실 때두요."

"그래, 무슨 일이냐?"

"한양에 있는 학교에 다니고 싶어요."

"지금 무슨 말을 하는 게냐?"

일한은 책을 덮고 아들에게 맞은편 방석에 앉으라는 손짓을 했다.

"내가 좋은 선생이 못 되더냐?"

아들은 평소처럼 검고 대담한 눈으로 그를 마주보았다.

"아버님께서는 옛날 책만 가르쳐 주시잖아요. 저는 새 책을 배우고 싶어요."

일한은 날카롭게 대꾸하려다가 그만큼 날카롭게 어떤 기억을 떠올렸다. 젊은 시절 그는 지금과 똑같이 선친을 졸랐던 것이다. 아들의 목소리에서 그는 다시 한 번 자신의 목소리를 들었다. 그는 짐짓 태연한 척 말했다.

"한양에 그런 학교가 있다더냐?"

"네 아버님, 미국에서 온 선생님들도 있대요."

"야소교인들 아니냐!"

"일본인 교사가 가르치는 학교들도 있어요."

"일본 사람한테서 배우고 싶은 게냐?"

"그냥 배우고 싶을 뿐이에요."

아들이 대답했다. 무슨 말을 할 것인가? 일한은 아들이 자신을 더 이상 교사로 걸맞지 않다고 생각하는 것에 가슴 깊이 상처를 받았다.

그러나 감정적인 상처는 무시한 채 언쟁을 계속했다.

"신식 학문을 배우는 건 좋다. 하지만 그렇다고 해서 옛것이 중요하지 않다는 뜻은 아니야."

그 말에 아들이 버릇없이 대꾸했다.

"옛것은 신물나게 배웠다구요!"

순간 일한은 자제력을 잃었다. 그의 오른손이 본능적으로 올라가서 아들의 뺨을 때렸다. 아들의 얼굴이 붉게 물들고 커다란 눈이 이글거렸다. 그는 일어나서 절을 하고는 방을 나갔다.

일한은 깊은 한숨을 내쉬었다. 갑자기 현기증이 일고 심장이 두근거렸다. 떡 벌어진 어깨와 긴 다리로 방을 성큼성큼 걸어나가는 아들의 모습은 이미 어른이었다. 아들을 때리지 말았어야 했다! 이제 어찌하면 좋단 말인가? 아비가 아들에게 용서를 빌 수는 없는 법이다! 나이 든 세대는 젊은 세대에게 용서를 구하지 않는다. 그런데 만약 아들 말이 옳고 이 혼돈의 시대에 자신이 더 이상 걸맞는 선생이 아니라면 어찌할 것인가? 사실 이 초가집 밖의 세상에 대해서 지금 자신이 아는 게 무어란 말인가?

그는 시를 쓰던 종이를 옆으로 치웠다. 요즘 들어 그는 시 속에서 고단한 정신의 피난처를 구하곤 했다.

'오 천지신명이시여! 선친 또한 즐겨 시를 쓰지 않았습니까? 게다가 중전을 적으로부터 숨겨 주었던 초가집의 선비는 또 어떻습니까?'

하긴 시는 마약이오, 질병이오, 무능함을 감추는 은폐물이거나, 아니면 게으름의 소산일지도 모른다. 그는 오랫동안 생각에 잠긴 채 자신의 영혼을 들여다보며 스스로를 비난하고, 수치심에 몸을 떨었다. 자부심이 강한 일한으로서는 실로 견디기 어려운 일이었다.

그 뒤 며칠 동안 그는 아들과 말을 하지 않았다. 평소처럼 두 아들을 가르쳤지만 큰아이는 끼어들지도 않고 묻지도 않았으며, 아버지를 쳐다보지도 않았다. 그는 방에 들어와서 자리에 앉아 침묵을 지키기만 했다. 열흘이 지난 뒤 일한은 형에게 할 말이 있다면서 둘째를 내보내고 큰아이와 단둘이 남았다. 그는 처음으로 아들의 이름을 불렀다.

"연춘아, 한양의 학교에 다니고 싶다는 네 말을 생각해 보았다. 내가 집에서 귀양살이를 하는 것은 너도 알지 않느냐. 네가 내 아들이라는 것이 알려지면 한양에 있는 것이 위험하지 않겠느냐?"

"아닙니다, 아버님. 거기 친구들이 있어요."

일한은 깜짝 놀랐다.

"나한테도 친구가 없는데 어찌 너한테 친구들이 있단 말이냐?"

"친구들이 있어요."

연춘은 고집스럽게 되풀이했다.

둘은 서로 마주 보았다. 그러나 일한이 지고 말았다. 그렇다면 아들한테 자신이 모르는 친구들이 있단 말이지! 한 세대 전이라면 아버지는 아들의 친구가 누군지, 어떻게 사귀었는지 알아야겠다고 고집을 부렸을 것이다. 하지만 지금은 과거와는 전혀 다른 새로운 시대였다. 그는 묻지 않았고, 물을 수도 없었다. 만약 아들이 대답을 거절하면 어찌 한단 말인가? 무슨 힘이 있어서 아들로 하여금 아비의 말에 복종하도록 만든단 말인가?

그가 마침내 입을 열었다.

"좋다. 그렇다면 가려무나."

"친구들하고 같이 살 거예요."

연춘이 말했다. 일한이 다시 대답했다.

"좋다. 다만, 사는 집이 어떤지는 어머니한테 일러두거라. 그리고 돈이 필요할 게야."

그는 책상의 비밀 서랍을 열고 살림살이에 필요한 돈을 넣어두는 작은 가죽지갑을 꺼내 아들에게 주었다.

"더 필요하면 얘기하거라."

그는 머릿속에 떠오르는 말을 속으로 삼켰다. 그렇게도 독립심 강한 녀석이 돈은 나한테서 가져가는구나…. 그것을 생각하니 씁쓸하나마 위안이 되었다. 지금 그는 무엇보다도 위안이 필요했다.

아들이 방을 나가자 일한은 순희를 찾아나섰다. 그녀는 헛간의 저울 옆에 지켜 서서 집에서 먹을 쌀을 다는 것을 감독하고 있었다. 검은 머리는 하얀 쌀겨를 뒤집어썼다. 심지어 속눈썹까지 하얘졌다. 늙으면 저렇게 보일 것이라고 생각하니 일한은 잠시 서글픈 생각이 들었다. 그는 나지막한 목소리로 말했다.

"잠깐 이리 와 보겠소? 할 말이 있소."

그녀는 소작인이 쌀의 무게를 큰 소리로 말할 때까지 기다렸다가 일한을 따라 마당으로 나왔다. 그들은 대나무밭 그늘에 있는 돌 의자에 나란히 앉았다.

"큰애가 한양에 있는 학교에 다니고 싶어 하오."

그녀는 아무 말도 하지 않고 손수건으로 얼굴에 묻은 쌀겨를 훔치기만 했다.

"놀라지 않는 거요?"

"그래요. 그 애가 떠날 줄 알고 있었어요."

"그런데도 나한테 얘기하지 않았단 말이오?"

"그 애보고 일 년만 기다리라고 했어요. 집을 떠나도 될 만큼 나이가 들 때까지는 당신을 괴롭히지 말라고 했지요."

"그렇다면 이제 그런 나이가 됐다고 생각하는 게요?"

"오히려 집에 있기엔 너무 나이가 들었다고 생각해요."

그는 느릿느릿 말을 이었다.

"그러니까… 당신은 진작부터 다 알고 있었구먼! 그러면서도 나한테 그 사실을 숨긴 거요? 다른 비밀은 없소?"

그녀는 웃고 나서 다시 심각한 얼굴로 돌아갔다.

"제가 그렇게 한 이유는 단 한가지예요. 당신의 평화를 지켜드리는 것 말이에요. 제가 우리 아이들이 품고 있는 온갖 엉뚱한 생각과 기분, 열정을 일일이 다 말씀드린다면 당신은 아마 고뇌에 빠지실 거예요. 일도 하실 수 없을 거구요."

"일!"

그는 서글픈 어조로 되뇌고는 말을 이었다.

"나한테 일이 있는지 잘 모르겠구려. 직업이라고 할 만한 것으로 말이오!"

"일이에요."

그녀가 단호한 어조로 되풀이했다.

"언젠가는 당신이 쓰신 온갖 책이 모두 필요하게 될 거예요. 당신 아니면 누가 역사를 기록하겠어요?"

순희에게는 따뜻한 말을 하여 남편의 자존심을 부추겨 주는 수완이 있었다.

"당신 말대로 되기를 빌겠소. 그러면 어쨌든 우리는 아이를 보내야 하는 거요?"

"그래요. 말릴 수가 없으니까요."

그는 잠시 생각에 잠겼다.

"아이들이 우리들과는 다르게 어른들의 말을 듣지 않으니 어찌된 일이오?"

"주변의 온갖 혼란을 보고 자란 아이들이에요. 우리들이 실패했다는 걸 알고 있어요. 그래서 더 이상 우리들을 존경하지 않는 거죠."

그토록 충격적인 말을 너무도 담담하게 하는 바람에 일한은 아내가 무서울 지경이었다. 그는 자리에서 일어섰다.

"당신 말이 맞소. 그 아일 보내야겠소. 안 그러면 그 아인 영영 우리를 떠날 테니까."

말을 마치자 일한은 혼자 방으로 돌아가 머릿속에 떠오르는 시구를 써 내려 갔다. 요즘 시구가 머릿속으로 솟구치는 것을 보면 신기할 지경이었다. 개인적인 감정과 조국에 대한 절망감, 고독, 그 자신도 믿을 수 없는 미래에 대한 갈망 등을 농축시킨 시구들이었다. 이제는 그 어느 것도 일한이 예감하는 민족과 조국의 운명을 막을 수 없는 듯했다.

그는 큰아들이 없는 생활에 가족들이 너무도 쉽게 적응하는 것을 보고 놀랐다. 집안의 분위기는 늘 평온했다. 순희는 둘째 아들이 아무런 말썽도 피우지 않아서 때로는 그 평온이 지루하게 느껴진다고 했다.

그녀가 일한에게 털어놓았다.

"큰애의 못된 장난이 그리워요. 그 애가 가고 나니 이젠 아무 일도 없어요. 부서지는 것도 없고 밖에서 들짐승을 데리고 들어오는 일도 없고 방바닥에 흙먼지가 묻는 일도 없어요. 그리고 옷이 찢어지지도 않고 신발을 잃어버리지도 않아요. 반찬 투정을 듣는 일도 없구요. 전 이런 평화에 익숙하지가 못해요!"

"그 애가 한양에서 말썽이나 부리지 않았으면 좋겠소."

그러나 일한 또한 더러워진 빨래 보따리를 들고 주머니가 텅 빈 채로 한 달에 한두 번 집을 찾는 연춘을 보는 것이 내심 반가웠다.

"이젠 신식 학문으로 머리가 잔뜩 여물었구나."

일한은 특유의 냉정한 어조로 말했다.

"머리를 잘라야겠다."

순희는 활기차게 말하고 가위를 가지러 갔다. 큰애는 어머니 뒤에 대고 소리쳤다.

"저는 여기서 머리 자르지 않을래요. 사람들이 시골뜨기 같다고 할 거에요."

"내가 잘라 줄 거야!"

순희가 마주 소리쳤다. 그리고는 아들의 귀를 잡고 반은 화를 내고 반은 웃는 그의 머리를 겨드랑이 밑으로 고정시키고 진짜로 머리를 자르는 것이었다.

"절 계속 이렇게 취급하시면 다시는 절대로 집에 오지 않겠어요."

아들은 곤혹스런 표정으로 벽거울을 들여다보면서 소리쳤다.

"그러면 집에 올 때 머리를 자르고 오면 될 것 아니냐."

그녀의 말이었다.

순희는 큰애가 아버지에게는 돈을, 자신한테는 사랑을 구하러 집에 온다는 것을 너무도 잘 알고 있었다. 큰애는 아직도 어머니의 자애로운 꾸중과 성가신 애정 없이는 견디지 못했다. 그리고 어머니가 자신의 옷을 살펴보고, 떨어진 단추를 꿰매 주거나 양말이 왜 이렇게 더러우냐든지, 신발이 왜 이렇게 닳았느냐든지 하면서 소리쳐 대는 것을 좋아했다. 다시 말해서, 그는 아무리 멀리 떨어져 있더라도 그녀가 여전히 자신의 어머니라는 것을 확인하고 싶어 했다.

일한은 반쯤은 서글픈 마음으로 그런 모습을 지켜보면서, 아버지의 사랑과 모정의 차이점을 곰곰이 생각해 보았다. 아들의 정신과 품성에 대한 그의 관심과 온갖 가르침에도 불구하고 큰애는 아들의 육체적 건강에만 관심을 쏟는 어머니를 더 좋아했다. 육체적 사랑이 사랑 중에서 가장 깊은 것인지도 모른다. 어미로서, 그리고 아내로서의 사랑 말이다. 그러나 남자를 영원히 어린아이로 만드는 것이 바로 이런 사랑 아니던가? 그렇지만 일한 자신도 순희의 사랑이 없으면 어떻게 살아갈 수 있겠는가? 순희가 없으면 누가 그를 먹여 주고 깨끗하게 해 주고 보살펴 주고 근심없이 살게 해 주겠는가? 그는 아들에게서 다시 한 번 자신의 모습을 보았다. 그리고 그것이 싫지 않았다.

아들이 한양에 있는지라 일한은 자기 나름대로 시대의 변화에 조금 더 관심을 기울이기 시작했다. 그는 이따금 하인을 한양에 보냈다. 은밀히 동정을 살피는 것은 물론, 뭔가 새로운 것을 보고 거리나 주막, 집회 장소에서 오가는 이야기를 알아 오라는 것이었다. 그렇게 해서 일한은 동학당의 숫자가 늘어나고 있고, 국왕과 관군의 억압에도 불구하고 곳곳에서 봉기를 일으킬 뿐만 아니라, 봉기의 성공 횟수도 늘어 간다는 사실을 알게 됐다.

그러나 마침내는 동학 지도자가 체포되어 감옥에서 처형을 기다리는 처지가 됐고, 이로 인해 농민들은 새로이 분노와 절망에 사로잡혔다. 그들은 이제 정부에 아무런 믿음도 갖고 있지 않았다. 외국 열강이 왕을 마음대로 요리하는 것을 보았고, 서로에 대한 적개심에 사로잡힌 청나라와 일본이 조선에서 암투를 벌이면서 곧 전쟁을 일으키려 하는 가운데, 이 전쟁에서 청나라를 돕기 위해 중전이 어떤 계획을 꾸미는지도 알고 있었기 때문이다.

그해 양력 삼월의 초봄, 젊은 지도자가 여전히 투옥돼 있는 가운데 서울 부근에 운집한 동학당은 대표 마흔 명을 선출했다. 이 대표들은 왕과 마주 앉아 지도자를 석방하고 자신들의 무거운 짐을 덜어 줄 정책을 시행하도록 요구했다. 왕은 현명하게도, 이들을 정중하게 맞이하고 너그러운 약속을 했다. 그래서 그들은 평화롭게 집으로 돌아갔다. 그러나 왕에게는 새로운 고민이 생겼다. 공사를 한양에 파견해 그의 일거수일투족을 매처럼 감시하고 있는 외국 열강이 그가 동학당 대표를 접견한 것에 화를 냈기 때문이다. 그들의 요구 사항 중에 척외정책을 펼 것과 외국인을 모조리 추방하라는 항목이 들어 있었던 것이다. 왕은 백성과 외국 열강의 틈바구니에 끼여 난감한 처지였다.

몇 달이 흘러갔다. 동학당은 왕이 아무것도 하지 않는 것을 보고 그 어느 때보다도 큰 분노에 휩싸여 떨쳐 일어섰다. 2만 명이 종교 행사를 이유로 보은에 모여들었다. 그들은 양반의 탐학과 외국 열강의 핍박을 없애 주도록 요구했다. 나라 곳곳에서 동학의 함성이 울려퍼졌다. 그러나 어리석게도 전라북도 고부 군수인 조병갑은 모든 양반을 단연 능가하는 학정을 자행했다. 그는 논에 댈 물을 저장하는 커다란 저수지를 보수하는 데 농민들을 강제로 동원했다. 그리고는 농민들이 저수지 보수를 다 마치자 그들이 논에 대는 물에 엄청난 수세水稅를 매겨 그 돈을 자신이 착복했다. 이는 엄청난 저항을 불러일으켰다. 농민들은 자신들이 수리한 저수지를 무너뜨리고 관아로 몰려가 군수를 몰아내고 고을을 점령했다.

그러자 국왕과 대신들은 반군을 진압하기 위해 서울에서 군대를 파견했다. 하인에게서 이 소식을 들은 일한은 다른 하인에게 군대를 따라가서 일이 어떻게 되는지 끝까지 지켜보도록 했다. 여러 날 후에 돌아온 그 하인은 정부군이 참패했으며, 동학당이 다른 고을들을 점령하기 위해 진군하는 중이라고 일렀다. 낙담한 왕은 청나라에 도움을 청했고, 청나라가 군대를 파견하고서야 반군들이 퇴각했다.

일한에게 사정을 소상히 말한 뒤에 하인이 덧붙였다.

"그리고 나으리! 그 전쟁터에서 제가 누구를 봤는지 아십니까요?"

일한은 그 답을 알 것 같았으나 입이 떨어지지 않았다.

"도련님을 봤습니다요. 그런데 도련님께서는 오래전에 나으리 집에서 살았던 그 선생하고 함께 있던 걸입쇼!"

일한의 얼굴을 본 하인은 동정심에 혀를 차며 돌아섰다.

시국은 갈수록 악화됐다. 대포 여덟 대로 무장한 천오백이나 되는 청나라 군대가 아산만에 상륙해서 한양을 향해 진군했다. 이 소식을 들은 일본 왕은 청나라 군대를 상대하기 위해 5천 병력을 파견했다. 그리하여 조선의 수도 한양에서 일본군과 청국군이 전쟁을 벌였고, 조선의 독립을 천명한 온갖 조약은 휴지가 되어 버렸다. 전쟁은 결국 숫자가 많은 쪽이 이겼다. 일본군은 청국군을 몰아내고 동학당을 공격하여 진압했다. 그것만으로는 부족했던지 동학당 지도자를 감옥에서 끌어내 처형했고, 놀란 반군은 뿔뿔이 달아나 몸을 숨겼다.

일한은 염탐을 위해 정기적으로 내보내는 하인들에게 소식을 낱낱이 들었다. 그들은 더 이상 최성호 선생의 이야기를 꺼내지 않았고, 연춘은 평상시처럼 집에 와서는 아무런 얘기도 하지 않으며 일한 역시 아무 말 하지 않았다. 부자지간의 두려운 침묵 속에서 일한은 공포에 시달렸다. 동학당의 지도자가 죽은 이제, 일본이 확실하게 주도권을 잡았고, 국왕은 대궐 안에서 그들의 포로가 되어 있다는 사실을 일한은 알고 있었다. 그런데 중전은 어찌 되었을까? 그가 생각한 것은 중전이었다. 그녀는 청나라에 대한 집착을 절대로 버리지 않을 것이다. 게다가 작금의 혼란 사태를 증오하는 마음은 그녀로 하여금 더욱 더 청나라로 기울게 만들 것이다. 그녀는 굴복하거나 자신의 뜻을 굽히지 않을 터였다. 그녀의 자부심에 찬 오만한 마음은 고집스럽기 짝이 없었다. 순희도 중전 때문에 걱정되었던지, 어느 날 살림 치다꺼리를 하러 가는 길에 일한 옆에서 발을 멈추었다.

"중전마마 생각을 하시지 않기 바래요. 그분 스스로 일으킨 문제들이니 그분 스스로 해결하게 내버려 두세요."

일한은 재빨리 눈을 들어 그녀를 바라보았다.

"난 중전마마 생각을 하고 있는 게 아니오."

말은 그렇게 했지만 그게 거짓말이라는 것을 스스로도 알고 있었다. 사실 그가 중전을 생각할 이유가 뭐란 말인가? 그는 중전을 도울 수도 없고, 만약 은둔생활에서 벗어나 지금 그녀에게로 간다면 질책만 듣게 될 것이다. 자신이 갔다는 사실을 비밀로 할 수도 없었다. 중전이 있는 곳에는 비밀이란 없었다. 사람들은 그녀의 말 한마디, 표정 하나하나를 일일이 살펴보고 입방아를 찧었고, 첩자들이 그녀를 둘러싸고 있었다. 중전은 그런 것에 개의치 않고 하고 싶은 대로 했다. 하지만 일한은 일찍이 중전의 측근으로서 그녀를 모셨다는 사실이 알려져 있는 만큼, 그가 집을 나서면 한양의 뒷골목 어디에서, 또는 대궐의 복도에서 죽임을 당할 수도 있었고, 그래도 아무도 모를 일이었다. 용기가 없는 것은 아니었지만, 만약 죽어야 한다면 값진 목표를 위해, 그리고 죽은 뒤에도 길이 영향을 남길 목표를 위해 죽고 싶었다.

어쨌거나 일한은 앞으로 또 어떤 소식을 듣게 될까 하는 두려움 속에 살아갔다. 이제는 열한 명으로 늘어난 그의 염탐꾼들이 지금 벌어지고 있는 혼란상에 대한 자세한 소식을 가져왔기 때문이다. 조선과의 통상과 극동 지역의 중심에 위치한 조선의 지정학적 가치를 탐낸 청나라와 일본은 이 나라를 차지하기 위해 끊임없이 전쟁을 벌이고 있었다. 그리고 전쟁을 중국 본토까지 확대시킨 일본은 전투에서 승리할 때마다 새로운 영토를 차지했다. 일본은 또 이 전쟁을 핑계 삼아 보충 병력이라는 명목으로 조선에 대군을 파견했다. 그리고 일한은 그들이 조선 민족을 상대로 벌이는 갖가지 만행을 매일같이 들었다.

그해 한여름의 어느 무더운 날이었다. 일한은 하얀 적삼 차림으로 마당의 감나무 밑에 앉아 있었다. 작고 푸른 감이 너무 빽빽이 열린 나머지 그중 일부는 땅에 떨어졌다. 둘째 아들이 그 감을 주워 나뭇가지에 묶어 놓은 과녁을 향해 던지고 있었.

"일본이 너무 강해졌습니다요."

슬기롭고 나이 든 하인이 말했다. 일한은 하인의 말에 귀를 기울이면서 아들의 놀이를 지켜보고 있었다.

"나는 다른 어떤 나라가 그걸 깨닫도록 이제까지 기다려 왔네."

그러면서 그는 손뼉을 쳤다. 아들이 과녁 한복판을 명중시켰기 때문이다. 그는 말을 이었다.

"그 나라들 사이에 시기심을 일으키는 것이 우리나라에 도움이 될지도 모르네. 일본이 지나치게 강성해지는 것을 좋아할 나라는 하나도 없으니까."

"아하! 나으리께서도 과녁을 맞히셨습니다요."

하인은 가까이 다가와서 목소리를 낮추었다.

"오늘 노서아 황제가 조선 주재 노서아 공사를 통해서 일본 왕에게 새로 점령한 청나라 영토를 반환하라고 요구했다 합니다."

"그렇게 될까?"

일한이 물었다. 하인이 되물었다.

"일본이 노서아와 싸울 수 있을 만큼 강하겠습니까요? 언젠가는 그렇게 되겠지만 아직은 아닙니다요. 거리와 시장에서 소인이 들은 소문으로는 그렇다던 걸입쇼. 일본은 지금 굴복하지 않으면 안 되지만 그 때문에 더욱 청나라를 증오할테고, 따라서 전쟁이 계속될 거라구요. 노서아로 말할 것 같으면… 아마 10년 안에 전쟁이 일어날 거라고들 하더군요."

그는 주인의 대꾸를 기다렸다. 그때 일한이 갑작스런 통증에 비명을 질렀다. 거리 조절을 잘못한 아들이 딱딱한 감으로 일한의 왼쪽 눈 바로 밑을 맞추었던 것이다. 일한은 손으로 눈을 꽉 눌렀다. 죄책감에 사로잡힌 아이는 어쩔 줄 모르고 울음을 터뜨렸다. 울음소리를 듣고 순희가 달려오자, 일한은 자기가 장님이 된 것도 아니고, 별일 아니라고 얼른 설명했다. 아이를 달래고 아내를 안심시키는 동안에 그는 아까 막 하려던 말을 도로 삼켰다. 소동이 끝나고 하인이 물러가자 일한은 자신을 그토록 괴롭히는 그 이야기를 하지 않는 것을 다행으로 생각했다. 그는 이제 중전이 곧 파멸하리라는 것을 알고 있었다.

그 해 추석을 이틀 앞둔 어느 날, 염탐꾼들은 일한에게 중전이 기거하는 궁궐의 경비병들이 교체되고 있다는 소문이 거리에 파다하다고 전했다. 겉으로는 평상시와 다름없지만 중전의 오랜 측근인 궁궐 시종들 얘기로는, 일본군이 다른 데 필요하다는 핑계로 궁궐의 무기와 군장을 빼돌리고 있으며, 그 대신 쓰지도 못할 무기들을 갖다 놓는다는 것이었다. 왕의 궁궐 역시 그렇게 무력화되고 있었다. 그것도 왕에 대한 군사적 보호가 가장 필요한 이때에 말이다. 추석 후 이레째 되는 날 오후, 중전 처소의 대문과 방문까지 열려 있고, 지키는 군졸도 없는 듯 한 것을 발견한 염탐꾼이 돌아와서 그 소식을 전했다.

"이 이야기를 누구한테 했는가?"

"어떻게 얘기할 수 있겠습니까요? 다른 사람들도 봤지만 감히 위험하다고 입 밖에 내는 사람은 아무도 없었습니다요."

"말에 안장을 채우게."

일한은 그 말과 더불어 하인을 물리쳤다. 무슨 일이 일어나고 있는지 직접 가서 알아볼 참이었다. 일한은 아내에게 말을 할 것인가 말 것인가 곰곰이 생각했다. 해서는 안 된다는 결론이었다. 그는 도둑처럼 살금살금 자기 방으로 가서 순희가 가난한 사람들을 주려고 따로 치워둔 낡은 옷으로 갈아입었다. 그는 즐겨 입는 옷이 따로 있었고, 따라서 옷을 남에게 주기 전에 항상 자기가 살펴볼 수 있도록 하라고 당부해 놓았었다. 좋아하는 옷이 그 속에 있으면 다시 꺼내 입기 위해서였다. 옷을 갈아입는 도중에 일한은 나는 듯이 달려오는 아내의 발소리를 들었다. 그리고 문이 열렸다.

아내가 소리쳤다.

"그러니까… 집에서 몰래 빠져 나갈 작정이셨군요! 그런데 거지들이나 입으면 딱 맞을 그런 누더기는 왜 끄집어내신 거죠?"

일한은 반은 겸연쩍고 반은 웃는 표정으로 아내를 바라보며 말했다.

"당신은 내가 들고나는 것을 어찌 그리 잘 알아낸단 말이오? 내가 마당에 나가서… 나무를 심거나… 한다면 어찌하려고…."

그녀는 방안에 완전히 들어서면서 말했다.

"저를 속일 생각일랑 마세요. 당신은 나무를 심는 법이 없어요. 그런데 지금 새삼스럽게 심을 이유가 없잖아요?"

그는 거짓이 안 통한다는 것을 깨닫고 실토했다.

"여보, 중전마마께서 위험하시오."

순희는 일한을 향해 다가섰다.

"그분이 당신의 영원한 걱정거리인가요?"

"그분은 우리의 걱정거리요. 그분은 우리 모든 조선 사람의 걱정거리란 말이오."

일한이 애원하듯 말했다. 그녀의 뺨이 달아오르고 검은 눈에는 불이 이글거렸다.

"그런데 왜 당신만이 그분을 구할 수 있다고 생각하시는 거죠?"

그녀가 소리를 질렀다.

"적어도 내 눈으로 직접…."

"그럼 가서 직접 만나 보세요. 자신밖에 모르는 양반 같으니라구!"

"순희!"

그녀가 소리쳤다.

"어떻게 감히 제 이름을 부르는 거예요? 전 중전이 아니에요. 당신은 가족인 우리보다 그분이 더 걱정된다는 얘긴가요? 마누라인 저한테는 신경을 안 쓴다 치더라도 당신한테는 아들이 둘이나 있는데 당신이 중전에 연연하는 바람에 그 아이들이 목숨을 잃어야 하나요? 아이들은 잡혀서 죽임을 당할 거예요. 그렇지만 당신한테는 그건 아무 문제도 안 되겠죠? 나는 더 이상 아들을 못 볼 것이 분명한 데도 말이에요. 게다가 그것조차 당신한테는 아무 문제도 안 될 걸요!"

그녀는 제정신이 아니었다. 이번에는 일한이 분노에 사로잡혔다. 그는 아내가 악담을 퍼붓도록 내버려 둔 채 차가운 침묵 속에서 낡은 옷을 걸쳐 입고는 다 떨어진 갓을 푹 눌러 썼다.

일한이 나서자 순희는 문간에 달려가서 그를 가로막았다. 그는 아내를 마치 어린애처럼 들어올려 한옆에 내려놓고는 앞만 쳐다보고 길을 재촉했다.

그가 성문에 도착한 것은 늦은 시각이었다. 그러나 문은 마치 달아날 사람들을 위해 미리 준비해 둔 것처럼 열려 있고 지키는 군졸도 없었다. 그는 누구의 눈에도 띄지 않고 문을 지나 큰길의 끝에 있는 대궐을 향해 북쪽으로 말을 달렸다. 이 길은 폭이 90미터에 길이가 5백 미터쯤 되는 반듯한 길이었다. 양쪽에는 조정의 각부 건물이 서 있었다. 그 건물 가운데 일부는 새로 지은 것이었다. 그리고 일본 군사들이 행진하며 들락거리는 막사 역시 새 건물이었다. 대궐은 열두 자 높이의 벽으로 둘러싸여 있었고, 궐문은 하인의 말대로 수비병도 없이 열려 있었다.

일한은 말에서 내려 휘어진 나무에 말을 묶었다. 그리고 나서 서쪽 벽에 있는 궐문을 들어가 작은 연못에 당도했다. 그곳에는 서양식으로 지은 국왕의 별채가 있었는데, 일한도 이따금 거기 묵은 적이 있었다. 왕이 평소 기거하는 곳은 거기서 가까웠고, 중전의 처소도 동쪽으로 붙어 있었다.

왼쪽으로는 왕실 호위대의 막사가 있었다. 호위병은 전혀 안 보였지만 아주 무더운 날이어서 궐 안에서 낮잠을 자고 있는지도 모른다고 생각했다. 그 모든 것을 지나면 6천 평에 달하는 소나무

숲이 있었다. 일한은 이 소나무 숲속으로 들어가 허리가 굽은 커다란 소나무 뒤의 바위에 앉아서 기다렸다. 아무 일도 일어나지 않으면 모습을 드러내지 않고 다시 집으로 돌아갈 작정이었다. 그러나 만약 불행한 사태가 일어나면 있는 힘껏 달려가서 중전을 구할 생각이었다. 국왕은 살해당하지 않으리라는 것을 알고 있었다. 국왕이 죽으면 왕위 계승이 어려워질 테고, 따라서 나라 전체가 순식간에 혁명의 불길에 휩싸이게 될 것이기 때문이었다.

그날 밤, 어둠이 깊어지고 밤짐승들이 울어대며 돌아다니는 동안 그는 내내 귀를 곤두세우고 앉아서 기다렸다. 그는 군대가 행진하는 소리를 들었다. 아니, 들었다고 생각했다. 그러나 일본 수비병들을 떠올리고는 그들이 정상적인 임무를 수행하는 것이라고 생각했다. 어둠 속에서 시간이 흘러가고 있었다. 새벽이 멀지 않은 것을 짐작한 그는 사람들이 길거리에 너무 많이 나와 돌아다니기 전에 자신의 말이 있는 곳으로 가서 집으로 돌아가야 하지 않을까 생각하고 있었다. 바로 그때 고함소리가 들려왔다. 그리고는 비명과 아우성 소리가 뒤따랐다. 바람 부는 쪽으로 귀를 기울여 본 그는 궁궐이 기습당했다는 것을 즉시 알아차렸다. 그는 어둠 속을 전속력으로 달려갔지만 나무뿌리에 발이 걸려 넘어지고 말았다. 엉덩이를 삐끗했으나 그는 다시 몸을 일으켜 절뚝거리며 뛰어갔다. 이제 잠을 깬 호위병들이 왕궁을 향해 달려가며 소리치고 있었다. 그는 호위병들과 함께 달려갔다. 그들이 발을 멈추었을 때 일한은 여전히 어둠 속에 몸을 숨기고 있었다. 호위병들은 어리둥절한 채 무슨 일이 일어났느냐고 물었지만, 기습 같은 것은 없었으며 고함소리는 서쪽 벽 가까이에 있는 일본군들의 행군 구령소리였다는 답만 돌아왔다.

이 말에 호위대는 다시 막사로 돌아갔다. 그러나 일한은 소나무 숲으로 돌아가지 않고 암석岩石정원의 사당 뒤에 몸을 숨겼다. 오래 기다릴 필요도 없었다. 소란통에 잠을 깬 호위대의 참령 한 명이 일본군 병사들의 소요를 의심하고 궁궐로 향하고 있었던 것이다. 참령이 궁의 입구에 도착하자 일본군 병사들이 그를 에워쌌다. 바위 뒤에 숨어서 지켜 본 일한은 그들이 든 횃불 속에서 자신이 우려했던 엄청난 사태가 이제 막 벌어지려 한다는 사실을 깨달았다. 여덟 발의 총성이 울리고 참령이 쓰러졌다. 일본 병사들은 칼로 참령의 시체를 갈기갈기 토막낸 뒤 근처에 있는 작은 연못에 던져 버렸다.

일한은 중전의 목숨을 구하려면 그녀를 빨리 찾아내지 않으면 안 된다는 것을 깨달았다. 그는 숨어 있던 곳에서 빠져 나와 뻐끗한 엉덩이 때문에 절뚝거리며 궁궐로 이어진 문 쪽으로 향했다. 그러나 속력을 낼 수가 없었다. 일본군 병사들이 고함을 질러대며 한 덩어리로 물 밀 듯이 앞으로 달려나가고 있었다. 그들의 단검은 떼지어 나오는 궁중 나인과 시종들을 정면으로 겨누고 있었다. 왕실 호위대는 다시 잠에서 깨어나 허겁지겁 총을 쏘아 댔으나 겨우 일본 병사 일고여덟 명을 죽인 뒤에 앞으로 달려가는 다른 군중들에 휩쓸려 길이 막히고 말았다. 그런 와중에 일본 병사들은 중전의 처소로 일제히 몰려들었다. 약탈에 눈이 어두운 거지와 불한당들이 그 뒤를 따랐다. 일한은 그 속에 숨어, 중전께 제일 먼저 도착하기 위해서 수단 방법을 가리지 않고 틈을 비집고 나아갔다. 비록 지금 중전을 구하기 위해서 무엇을 할 수 있을지 알지는 못했지만 말이다.

폭도들이 궐 안을 메웠고, 거친 병사들은 여자만 보면 머리채를 휘어잡으며 중전이 아니냐고 물었다. 그리고 상대방에게서 어떤 대답이 나오건 무조건 목을 베어 머리를 옆으로 걷어차 버리거나 창밖으로 집어던졌다. 폭도들은 계속 밀고 들어가 마침내 마지막 방에 도착했다. 그때 일한에게 두 발의 총성이 들려왔다. 그리고서 낮은 비명 소리가 뒤따랐다. 일한은 그것이 중전의 비명이라는 것을 알았다. 비명은 긴 신음 소리와 함께 사라졌다. 그는 고개를 떨구고 피가 나도록 입술을 깨물었지만 이제 아무것도 할 수 없었다. 중전은 죽은 것이다.

폭도들은 걸음을 멈추고 서로 얼굴을 마주 보았다. 그리고 나서 약탈꾼들은 약탈하기 위해, 폭거에 가담한 사람들은 누가 범인인지 알 수 없도록 달아나기 위해 뿔뿔이 흩어졌다. 일한은 모두 사라지고 자기만 남게 되자 중전 혼자 쓰려져 있는 방으로 가서, 그가 너무도 잘 아는 아름다운 얼굴을 내려다보았다. 그가 뵙지 못한 기나긴 세월 동안 나이가 들긴 했지만 그래도 예전의 그 아름다운 얼굴이었다. 그는 옆에 쪼그리고 앉아서 아직도 따뜻한 중전의 손을 부여잡았다. 그녀의 왼쪽 가슴과 부드러운 목에서 피가 흘렀다. 그는 중전의 풍성한 비단 치맛자락을 들어올려 상처를 받쳤다. 진홍색 비단이라 더 짙게 물든 것 말고는 핏자국이 드러나지 않았다.

그는 텅 빈 궁전에 동이 트고 아침이 밝을 때까지 그렇게 앉아 있었다. 드디어 아홉시 무렵에 정원지기가 나타났다. 그는 맨발이어서 발자국 소리도 나지 않았다. 방 안을 들여다 본 정원지기의 눈에 일한의 모습이 들어왔다. 모르는 얼굴이었다. 일한은 궁에서 너무도 오랫동안 떠나 있었던 것이다.

"당신 누구요?"

그가 물었다.

"중전마마의 시종이오."

일한이 대꾸했다. 정원지기는 가까이 다가와서 죽은 중전의 창백한 얼굴을 내려다보았다. 한참만에 그가 입을 열었다.

"마마는 하얀 연꽃을 좋아하셨지요. 그리고 지금은 그 어떤 연꽃보다도 더 하얗군요. 마마를 어떻게 해야 되겠소? 달구지 있소?"

일한이 물었다.

"소달구지는 있소만."

"제일 가까운 문으로 소달구지를 갖다 놓고 나와 함께 마마를 실읍시다."

정원지기는 밖으로 나갔다가 곧 다시 돌아왔다. 그들은 함께 중전을 들어올렸다. 너무 날씬해서 두 남자에게는 별로 무겁지가 않았다. 그들은 중전을 소달구지로 옮겨 그 안에 눕혔다. 정원지기는 달구지에 실려 있던 짚단으로 시신을 덮었다. 그리고 나서 달구지에 올라 소를 몰았다. 일한은 뒤에서 천천히 따라갔다. 엉덩이가 부어올라 그 통증으로 눈물이 나왔기 때문이다.

그러나 일은 그것으로 끝나지 않았다. 소달구지가 미처 궐문에 이르기 전에 일본군 병사와 낭인들에게 중전의 시신을 들킨 것이다. 그들은 시신을 짚단 밑에서 끌어내 칼로 토막을 낸 다음 모두 불살랐다.

일한은 가슴이 찢어지는 듯했다. 그는 갓으로 얼굴을 가리고 절뚝거리며 그 자리를 벗어나 거리로 나섰다. 말은 온데간데없었지만 아까 그 소달구지가 있길래 올라타고 정원지기에게 집에 데려다 달라고 부탁했다.

그 아름다운 중전의 몸에서 남은 것이라고는 오른손의 새끼손가락 뿐이라는 얘기를 그는 나중에야 들었다. 이 손가락만 불길을 모면했다가 일한의 부탁으로 뒷날 현장을 다시 찾아간 정원지기에 의해 발견된 것이다. 일한이 그를 다시 보낸 것은 혹시 뼈라도 남아 있으면 모아 두었다가 제사를 올리기 위해서였다. 뼈는 없었다. 개들이 궐 안 곳곳을 제멋대로 돌아다니기 때문이었다. 그러나 어느 돌 밑에 그 새끼손가락이 묻혀 있었다. 정원지기는 그것을 살며시 들어올려 연못에서 딴 연잎으로 쌌다. 그리고는 그것을 왕궁으로 가지고 가서 상감께 배알을 청했다.

"전 왕궁으로 가지고 갔지요."

그는 일이 다 끝난 뒤에 일한에게 와서 털어놓았다. 일한이 자기 집에 와서 이야기를 소상히 들려주면 사례를 하겠다고 했기 때문이었다.

"알현실에 들어갔더니 전하께서는 대신들에게 둘러싸인 채 옥좌에 앉아 계시더군요. 그리고 전하의 오른쪽에 연로한 대원군이 다시 앉아 계셨구요. 전하는 내 이야기를 듣고는 손으로 눈을 가리시며 연잎을 받으려고 하지 않으셨지요. 그 대신 어느 대신더러 그것을 받아서 황금 상자에 보관하라 하시고, 중전마마의 장례식을 성대히 거행하고 능을 만들라 하시더군요."

그가 이런 이야기를 하는 동안 순희도 같이 옆에 앉아서 끝까지 들었다. 그가 가고 나자 순희는 따뜻한 손으로 일한의 손을 잡고 한마디도 하지 않은 채 그의 옆에 말없이 앉아 있기만 했다.

둘은 그렇게 한참 동안 앉아 있었다. 이윽고 일한이 깊은 한숨을 쉬고는 그녀를 바라보며 말했다.

"여보, 당신은 도량이 바다처럼 넓은 아내요."

그리고 나서 아내의 손을 내려놓고 다시 책에 눈길을 돌렸다.

지관들이 중전의 무덤 자리 정하는 것에 의견일치를 본 것은 2년이 지난 뒤였다. 그들이 고른 곳은 성벽 너머 몇 백만 평에 이르는 땅이었다. 어명에 따라 그 중 백이십만 평을 지정해 그 안에 있는 집을 모두 이주시켰다. 그 땅에는 산과 언덕, 개울과 논밭뿐만 아니라 마을도 여럿 있었던 것이다. 어명에 따라 수천, 수만 그루의 묘목을 심고 많은 돈을 들여 중전이 생전에 사랑했던 것과 같은 아름다운 정원을 꾸몄다. 중전의 묘는 가장 높은 곳에 세워졌다. 조각한 대리석 난간을 무덤 둘레에 세운 묘였다. 묘 앞에는 유리처럼 광택을 낸 하얀 대리석으로 만든 상석을 놓았다. 중전의 혼령에게 제물을 바칠 때 쓰는 것이었다. 상석 옆에는 놀랄 만큼 정교하게 조각된 석등이 몇 개 놓였고, 대리석 석상들이 흠모 어린 표정으로 우아하게 서 있었다.

모든 일이 흡족하게 마무리되자 국왕은 장례일을 선포했다. 밝고 화창한 날씨였다. 사방에서 사람들이 몰려들었다. 그녀의 온갖 변덕과 고집에도 불구하고 사람들은 그 아름다움과 쾌활함, 용기와 명석한 두뇌, 심지어는 그 억센 의지까지도 사랑했다. 중전이 죽은 이제, 사람들에게 그녀는 두 번 다시 돌이킬 수 없는 조국의 옛 모습을 영원히 상징하는 존재였다. 이미 전쟁에서 승리한 정복자 일본이 조선의 옛 전통과 언어, 생활 방식을 말살하는 일에 착수한 것이다.

일한은 혼자 멀찌감치 서서 그 장엄한 광경을 지켜보았다. 중전이 가고 난 지금, 조국은 살아남을 수 있을 것인가? 일한은 그 질문의 답을 알지 못했다. 어쩌면 순희가 자신보다 더 잘 알지도 모른다. 그러나 설령 그녀가 안다 하더라도 일한은 물어보지 않을 것이다. 명을 다하고 다시는 살아날 수 없는, 모든 것이 갇힌 무덤 속에 그 비밀도 같이 묻을 생각이었다. 그는 부활을 믿지 않았다.

제 2 부

살아있는 갈대의 투쟁

1

 때는 단기 4243년(서기 1910년). 겨울도 막바지 고비에 이른 음력 정월 10일이었다.
 일한은 한밤중에 번쩍 눈을 떴다. 그가 이렇게 자정 무렵에 눈을 뜨는 것은 이미 습관이 되어 버린 지 오래였다. 그는 아내가 잠에서 깨지 않도록 이불 속에서 살그머니 나왔다. 온돌 바닥은 싸늘하게 식어 있었다. 밤새 불을 지피기에는 땔감이 태부족이었으므로 구들의 온기라곤 저녁을 지어먹으면서 마른 짚단을 땐 흔적뿐이었다. 그는 버선발로 조용히 옆방으로 건너가서 탁자 위에 놓여 있는 대야에 찬물을 붓고 세수를 했다. 그리고 머리를 풀어 기름을 발라 빗고 상투를 다시 단정히 틀어 올렸다. 미국에 다녀온 후로는 여자들이 총각으로 오해하면 어쩌려고 그러느냐는 아내의 잔소리에도 불구하고 머리를 줄곧 짧게 깎았었다. 그러나 일제가 들어오고서부터는 머리가 멋대로 자라도록 내버려 두었는데, 여기에 일제에 대한 저항의 뜻이 담겨 있었다. 그들의 주장인즉, 조선인들이 상투를 잘라 버리기 전에는 이 땅에 어떠한 개혁도 무의미하며, 조선 민족의 상징인 그 완고하기 짝이 없는 상투는 조선이 일본 제국의 식민지가 된 이상 이제 완전히 사라져야 한다는 것이었다. 그들은 또 조선의 국왕이 자신도 상투를 자르고 신하들에게도 단발을 명령했다고 발표했다. 그러나 상감 스스로 원해서가 아니라 일본놈들의 등쌀에 못 이겨 단발을 했다며 처음에는 상투 자르기를 거부하는 백성들이 많았다. 결국 일한을 포함한 많은 사람들은 단발을 거부하면서 끝내 긴 머리를 고집하고 있었던 것이다.

일한은 대문을 살며시 열고 어둠 속을 응시했다. 옅은 안개비가 내리는 가운데 밤은 깊을 대로 깊어 있었다. 그는 대문 옆의 석등에 불을 붙여 놓고 누군가를 기다리고 있었다. 그러자 웬 사나이가 스무 명 정도의 아이를 데리고 어둠 속에서 나타났다. 아이들의 나이는 제각각이었으나 모두 사내아이였고, 한결같이 입을 꾹 다물고 있었다. 인솔자가 좌우를 살펴보더니 나직한 목소리로 일한에게 말했다.

"멀리서 웬 불빛이 보이던뎁쇼."

"어느 쪽이더냐?"

일한 역시 나직한 목소리로 물었다.

"움직이기는 하는데 하나뿐이던뎁쇼. 정탐이야 한 사람이래도 충분할 테니까요."

"알겠네. 동틀 때까지 아이들을 집에 데리고 있다가 따로따로 보내도록 하지."

사나이가 고개를 끄덕이더니 다시 안개비 속으로 사라졌다. 일한은 아이들을 집안으로 들여보내면서 얼굴을 하나하나 살펴보았다.

침묵에 익숙한 아이들은 조심스럽게 그의 옆을 지나 방으로 들어갔다.

아이들이 다 들어갔음을 확인한 일한은 석등의 불을 끄고 대문에 빗장을 지른 다음 자신도 안으로 들어갔다. 아이들은 이미 방바닥에 자리를 잡고 있었다. 아이들 앞의 방석에 앉은 일한이 책을 펴더니 여전히 나직한 목소리로 입을 열었다.

"너희들, 내가 어젯밤에 들려준 세종대왕 이야기를 기억하겠지? 대왕은 참으로 훌륭한 어른이셨다. 그리고 대왕의 선정으로 이 나라는 크게 발전했단다."

그는 한 30분 동안 역사 이야기를 계속했다. 그리곤 책을 덮고 시조 공부로 들어갔다. 그는 오늘밤을 위해 특별히 고려 말의 시조 하나를 골라 놓고 있었다. 그는 어린 제자들에게 이렇게 설명했다.

"고려 말기에도 요즈음처럼 세월이 하수상했단다. 그래서 문인들은 예전의 그 기나긴 경기체가를 지을 여유가 없었지. 시조란 이런 사정에서 생긴 특수한 형식의 글이란다. 다시 말해서, 문인들이 자신의 가슴속에 어려 있는 복잡한 감회를 아주 간결한 형식으로 응축시켜 놓은 것이 바로 시조인 게야. 지금까지 전해 내려오는 유명한 시조는 한 열 개쯤 되는데, 오늘은 그중에서도 고려 말의 충신이었단 정몽주의 시조를 골랐느니라. 자 그럼, 내가 한번 읊어볼 테니 너희들도 잘 듣고 한 줄 한 줄 따라해라."

그는 눈을 감고 팔짱을 끼더니 시조를 읊기 시작했다.

이 몸이 죽고 죽고 일백 번 고쳐 죽어
백골이 진토되어 넋이라도 있고 없고
님 향한 일편단심이야 가실 줄이 있으랴.

그가 눈을 뜨고 다시 한 줄 한 줄 읊어 가자, 아이들도 가냘픈 목소리로 따라 읊었다. 그런데 아이들의 목소리는 두려움 때문에 기어들어 가고 있었다. 그도 그럴 것이, 이런 교육은 금지되어 있었다. 새 주인으로 들어앉은 일제는 교육 제도를 개혁한다며 학교에서도 한국어 대신에 일본어를 사용하게 했고 교과서도 전부 일본어로 고쳐 버렸다.

일한 같은 지사들이 밤중에 이렇게 은밀히 아이들을 가르치지 않으면 그들은 제 나라말도, 제 나라 역사도 모르는 채 자라나 결국에는 조선인의 얼을 잃어버리게 될 터였다.

금지된 것이라면 더욱 열성적으로 덤벼드는 것이 아이들의 심리인지라 이들의 암기는 아주 빨랐고, 일한은 그 시조의 뜻을 설명하면서 지금의 국왕이 비록 협박을 받는 이름뿐인 국왕이라 할지라도 우리 모두 옛날의 충신들처럼 국왕에 대한 충성을 게을리해서는 안 된다고 덧붙였다.

"상감의 마음은 아직도 우리를 향하고 있어. 우리 군대를 해산할 때 상감께서 취한 태도가 바로 그 증거야. 너희들도 아다시피 일제는 치욕스러운 방식으로 우리 군대의 해산을 명령했어. 강제에 못 이기신 상감께서는 해산명령서에 옥새를 찍지 않을 수 없었단다. 그러나 며칠 후 일본인들이 주최한 대관식에 나오실 때는 해산된 우리 군대의 제복을 입으셨어. 그리고 해산당한 우리 군인들은 민족의 치욕을 갚을 날이 언젠가 반드시 올 것이라고 하며 여기저기를 떠돌고 있단다."

일한이 이야기를 계속했다.

"너희들, 적지는 말고 이 사실을 꼭 기억하기 바란다. 4년 전 7천 명의 우리 군대가 침략자들의 손에 해산을 당했어. 군졸 한 사람당 10원씩을 주면서 고향으로 돌아가라고 했지. 그러나 대부분이 외국으로 나가서 조국의 광복을 기다리고 있단다. 드넓은 만주 벌판으로 건너간 사람만 해도 수천 명이나 돼."

일한 같은 많은 지사들은 이런 식으로 선조들의 위대함과 현재의 치욕, 그리고 또 그들이 어떻게 해야 이 나라를 강점한 섬나라 침략자들에게 끈질기게 대항할 수 있는가를 자라나는 청소년들의 마음속에 끊임없이 심어 주었다.

일한이 말을 계속했다.

"좀스러운 일본놈들보다는 우리가 월등히 뛰어나지. 그들이 지금은 우리를 마치 하인이나 노예처럼 대하고 있으나, 우리는 그들이 주장하듯 그런 열등 민족이 아냐. 그렇다고 일본인 모두가 조선에 나와 있는 놈들처럼 전부 소인배라고 생각하는 것도 옳지 않아. 저희나라 조차도 훌륭하게 다스릴 만한 인물이 없는 그들이니까 조선 통치를 위해 제1급의 인재들을 내보낼 수도 없겠지. 지금 조선에 나와 있는 일본인들은 무식하고 탐욕스러운 놈들이 대부분이야. 지금은 이런 수모를 참고 견딜 수밖에 없지만, 언젠가는 그놈들을 몰아낼 날이 반드시 올 거야."

"어떻게 몰아낸다는 말이죠?" 한 아이가 물었다.

"그 방법은 너희들이 찾아내야 해."

"일본놈들이 무엇 때문에 여기에 와서 우리나라를 뺐었나요?"

또 다른 소년이 물었다. 그 아이는 천성적인 반항아였다. 그러나 일한은 올바른 스승으로서 어떠한 질문에도 답변을 회피하지 않았다. 그는 진실의 이면까지도 일러주기로 마음먹었다.

"모든 사물에는 늘 이면이 있는 법이지. 너희들이 일본에서 태어났다고 상상해 보렴. 그러면 조선은 일본의 심장을 노리는 단도와 같은 위험한 나라인지라 일본은 조선을 정복해야 한다고 배웠을 거야. 러시아 역시도 조선을 탐내고 있어. 러시아가 예로부터 조선에 눈독을 들여왔다는 것은 너희들도 잘 알고 있겠지? 그러나 너희들이 일본인으로 태어났다면 너희 선생은 틀림없이 '우리는 조선 바로 옆에 있는 러시아를 좌시할 수 없어서 러시아와 전쟁을 했다. 그리고 우리 일본은 그 싸움에서 이김으로써 전 세계를 깜짝 놀라게 해 주었다. 러시아와의 전쟁 때문에 우리 군대가 조선 땅을 거쳐 가는 것은 불가피했다'고 설명했을 거야."

"전쟁은 끝났어요. 그런데도 왜 군대를 철수하지 않죠?"

한 소년이 일한의 말을 막으며 물었다. 일한이 한 손을 치켜들며 설명했다.

"자, 잠시 우리가 일본인이라고 가정해 보자. 일본인 선생은 이렇게 말할 것이다. '우리가 조선에서 군대를 철수한다면 러시아 군대가 몰래 다시 들어올 것이다. 그래선 안 되지. 우리는 조선을 계속 우리의 요새로 이용해야 한다. 뿐만 아니라 우리는 인구 증가로 더 많은 땅이 필요하고 새로운 시장도 필요하다'고 말이야."

그는 이야기를 중단하고 깊은 한숨을 쉰 다음 다시 말을 이었다.

"그러나 우리가 이런 상상만 하고 있을 수는 없어. 우리는 조선의 애국자들이니까."

"우리는 왜 일본과 싸우지 않았나요?"

한 녀석이 대담한 질문을 던졌다.

"아아, 당쟁 때문이지. 그게 우리의 죄야. 어떻게 해야 적을 물리치고 자유를 지킬 수 있는지, 우리는 그 방법을 가지고 이러쿵저러쿵 시간만 허비했어. 수세기에 걸친 당쟁이 우리나라를 분열시켜 왔어. 분열되었기 때문에 나라가 망한 거야. 우리 자신의 부패를 뿌리 뽑기 위해 노력한 이들이 없었던 것은 아니지만, 이제는 모든 것이 끝났어. 이씨, 민씨, 박씨, 김씨, 최씨 같은 명문가도 사라졌고 실학파, 동학당 등도 다 쓰러졌어. 다행히 지금은 상하 귀천 없이 온 백성이 잃어버린 독립을 되찾는 갈망으로 뭉쳐 있다. 이제는 우리들끼리 서로 증오하는 것이 아니라 오로지 일본놈들만을 미워하게 되었으니 아마 일이 좀 더 쉽게 풀리겠지."

이렇게 시간이 흘러갔다. 혹시 수상한 발자국 소리가 나지 않나 연신 문 쪽에 신경을 쓰면서, 아침이 산과 언덕을 넘어 살그머니 다가와 해가 솟아오를 때까지 일한은 아이들에게 조선말과 조선글을 가르쳤다. 아이들을 조금이라도 재워야지 하고 생각했었는데, 아침이 너무 빨리 온 것이다.

순희도 자리에서 일어나 부엌에서 아침식사 준비를 서둘렀고, 이제 그 집에 남아 있는 두 늙은 하인 가운데 한 명이 문틈으로 머리를 들이밀며 일한에게 해가 떴음을 알려 주었다. 아이들을 가르치는 데 열중해 있던 일한이 놀라며 말했다.

"이런, 너희들을 꼬박 밤샘시켰구나. 오늘 학교 공부는 내가 망친 셈이군. 오늘 밤에는 이리로 오지 말고 집에서 자도록 해라. 그리고 내일 밤에 다시 만나자꾸나. 자 그럼, 한 사람 한 사람 사이를 두고 가도록 해라. 몰려다니는 것처럼 보이지 않도록 조심들 하구."

그는 문간으로 나가 아이들을 각기 다른 방향으로 가도록 했다. 그가 은밀히 아이들을 가르쳤다는 것을 아무도 알아차리지 못하도록 하기 위해서였다. 마지막 아이까지 떠나갔을 때에는 해가 완전히 떠올라 있었다. 일한은 갑자기 피로가 엄습해 옴을 느꼈다. 바로 이때 순희가 단정한 옷차림으로 활기차게 방 안으로 들어와 남편을 안쓰럽다는 듯이 바라보며 말했다.

"이 올빼미 훈장 노릇을 얼마나 더 하실 생각이지요? 영락없이 할아버지 모습을 하구서."

"아닌 게 아니라 나도 이젠 늙었나 보오. 아주 늙은 할아버지가 된 기분이니."

"아직 쉰 넷밖에 안 된 나이에 늙었다는 말씀은 하지 마세요. 나까지 늙은이 만들지 말고. 자, 이 인삼탕 좀 드세요. 지난밤에는 왜 밤새도록 아이들을 데리고 계셨어요?"

일한이 잔을 들고 입으로 후후 불며 들이마셨다.

"웬 수상쩍은 불빛이 움직이는 걸 봤다고 해서,"

"왜 제게 물어보지 않으셨어요? 작은애였어요. 초롱불을 들고 뒷문으로 들어왔대요."

그녀가 좀 뾰로퉁해서 말했다.

"아니, 그럼 그게 연환이었단 말이오? 왜 내게 들여보내지 않았소?"

"어젯밤엔 거북스럽다고 하더군요."

순희는 남편과 이야기를 하면서도 아이들이 떨어뜨린 종이 조각도 줍고 방석도 정리하고 탁자의 먼지도 털면서 방을 치웠다.

"거북스럽다니?"

"당신, 내가 한 말을 되풀이하는 버릇이 생기셨어요? 그래요. 어젯밤에 아이들 때문에 당신을 뵙기가 거북스럽다고 그랬어요."

일한은 부드러운 눈초리로 아내를 바라보았다. 하수상한 세월, 끊임없는 불안, 남편의 비밀 야학, 갈수록 빈곤해지는 생활… 이 모든 것이 아내를 점점 피곤에 찌든 신경질적인 여자로 바꿔 놓고 있었다. 그는 불현듯 애틋한 동정심과 함께 아내에 대한 새로운 사랑이 샘솟는 것을 느꼈다. 순희에게는 일한이 지니고 있는 정신적 피난처가 없었다. 그녀는 시나 음악이 주는 평화 속으로 은둔할 줄을 몰랐다. 순희가 방에서 나가기 위해 자기 옆을 스쳤을 때 일한은 손을 뻗어 그녀의 치맛자락을 잡았다.

"내가 믿는 사람은 당신밖에 없다오."

그가 중얼거렸다. 그녀의 눈에 눈물이 고였지만 흘러내리지는 않았다.

"아 참, 내 정신 좀 봐. 조반을 드셔야지요."

그녀는 이렇게 소리치고 방문을 열다가 걸음을 멈추었다.

"연환이 보고 지금 들어오라고 할까요?"

"그래 주오."

일한이 대답했다.

아내가 다시 오기 전에 작은아들이 들어왔다. 연환이라는 이름은 그가 학교에 입학할 때 지어 준 이름이었다. '봄의 기쁨'이라는 뜻으로 발음도 그렇고 의미도 그렇고 작은애한테 꼭 들어맞는 것 같았다. 금년에 스물아홉 살이 된 연환은 크지도 작지도 않은 중키에 호리호리하면서도 탄탄한 몸매의 청년으로, 미남은 아니지만 둥그스름한 얼굴이 훤한 편이었다. 그는 일제 치하가 된 후로 많은 청년들처럼 양복 차림이었는데, 목이 트인 푸른 셔츠에 회색의 윗도리와 바지, 그리고 코트를 걸치고 가죽 구두를 신었다. 그 옷차림은 어느 나라 식이라고도 말할 수 없는 이상야릇한 것이었다. 일한은 내놓고 말하지는 않았으나, 아들의 그런 복장이 늘 못마땅했다. 이놈이 조선인 행색을 기피하는 걸까? 아니면 이렇게 모호하게 입음으로써 쓸데없는 시비에 끼어들지 않겠다는 속셈일까? 그러면서도 일한은 이런 사사로운 문제에 대하여는 그 자신도 아무런 결론을 내리지 않았다.

"아버님."

연환이 절부터 했다. 일한이 고개를 숙여 응답하면서 말했다.

"앉거라. 아침은 먹었느냐?"

"아직 못 먹었습니다. 학교로 돌아가야 하기 때문에 이렇게 일찍 인사드립니다."

일한은 아무 대꾸도 하지 않았다. 연환은 학교 선생이었는데, 요즘 학교가 모두 그렇듯이, 그가 나가는 학교에서도 수업이 일본어로 진행되었고, 교과 과정도 일제의 학무국에서 짠 것이었다. 연환이 그 학교의 선생으로 취직했다고 처음 말했을 때 일한은 전에 없이 노발대발했었다.

"네 이놈, 침략자들한테 몸을 팔 셈이냐!"

그는 버럭 언성을 높였다. 그때 아들의 대답은 참으로 침착했다. 일한은 아들의 그때 이야기를 아직껏 잊지 않고 있었다.

"아버님, 저의 처지, 저희 세대의 처지를 한번 생각해 주십시오. 도대체 어른들께서는 저희에게 남겨준 것이 무엇입니까? 부패할 대로 부패한 조정, 양반들에게 수탈당하는 백성, 사사건건 걷어가면서도 백성들을 위해서는 한 푼도 쓰여지지 않는 혈세血稅! 백성들이 늘 소란을 피우는 것은 지극히 당연한 일 아닙니까? 어느 지방이건 한시라도 태평한 날이 있었습니까? 또 누대에 걸친 당파 싸움은 어떻습니까? 도대체 이런 와중에서 저희가 어찌 절망하지 않을 수 있겠습니까? 예, 솔직히 말씀드리죠. 저는 일진회一進會 회원이었습니다. 우리를 노리는 적이 여럿 있지만 그나마 일본이 제일 낫다고 생각했기 때문입니다. 적어도 그들은 우리의 구태舊態를 탈각시켜 새로운 질서를 세우려 노력하니까요. 아버님께서도 잘 아시다시피 우리의 가장 큰 골칫거리는 그 문란한 국가 재정 문제입니다. 지금 일본인 2백 명이 전국에 파견되어 새로운 통계 자료를 수집하고 있어요. 제가 새로운 통계 자료라고 말하는 이유는, 지금까지 이렇다 할 통계 자료가 없었기 때문입니다. 세금이 얼만큼 걷혀서 어떻게 쓰이는지 아는 사람이 아무도 없었지 않습니까? 우리 집안만 해도 그래요. 저희 집안이 양반이라는 것, 그리고 아버님께서 조정에 큰 영향력을 행사했었다는 것은 잘 압니다. 그러나 우리 집안의 땅이 어떻게 불어났는지는 잘 모르겠습니다."

여기서 일한이 아들의 말을 막았다.

"아니, 지금 너는 네 아비가 부패한 사람이라고 말하고 싶은 게로구나."

연환은 다시 말을 이었다.

"그 부패는 아버님 대보다 훨씬 이전에 시작된 것입니다. 아버님이나 할아버님이 태어나시기 훨씬 전에 말입니다. 그때는 왕실의 재산과 조정의 재산, 또는 나라의 재산과 개인 재산이 구분되지 않았지요. 아버님, 제가 왜 이런 말씀을 드리는지 아십니까? 아버님께서도 잘 아시다시피 고을 수령들이 닥치는 대로 백성의 고혈을 빨아서 자기들 멋대로 탕진해 버렸기 때문입니다. 그러면서도 우리 양반들은 언제 세금 낸 적이 있습니까?"

"너도 네 형하고 똑같은 소리를 하는구나."

말문이 막힌 일한은 이렇게 한마디 내뱉을 뿐이었다.

큰아들 이야기가 나오자 부자父子 사이에는 한참 동안 침묵이 흘렀다. 요즘 이 집안에서 큰아들 문제는 슬픔의 뿌리였다. 큰아들은 종적이 묘연했다. 일본인들이 침입해 왔을 때 수많은 젊은이들이 그랬던 것처럼 혹시 그들에게 살해된 것은 아닐까? 설사 지금 죽어 가고 있더라도 망명생활에서 돌아올 수 없을 것이다. 침략자들은 자신들에게 반대하는 사람들의 이름을 낱낱이 알고 있었기 때문이다. 청나라와 전쟁을 하면서 조선을 통로로 삼겠다는 명분으로 일본군이 조선 땅에 들어왔고, 일본이 승리하자 러시아도 일본의 조선 점령을 방관할 수 없다며 경쟁적으로 군대를 파견했다. 이에 맞서 일본은 병력을 세 배로 증강하여 러시아에 선전포고를 했다. 이 전쟁에서도 일본이 이기자 서양 열강은 감탄을 금치 못했다. 특히 미국인들은 거인 러시아에 과감하게 대적한 용맹스러운 소국 일본에 대해 칭찬을 아끼지 않았다. 이렇게 일본이 대국을 상대로 해서 거둔 두 차례의 승리에 넋을 잃은 나머지, 미국은 조선의 자유를 약속한 수호통상 조약도 잊어버리고 말았다. 이 조약에서, 미국은 제3국이 조선을 부당하게 압박할 경우 '우호적인 중재'에 나서겠다고 약속했던 것이다.

당시 일한은 그런 흐리멍덩한 문구로는 무의미하다고 상감에게 여쭈었고, 결국 일한의 판단이 옳았다. 일제가 침략해 오자 당황한 고종은 미국인들에게 호소를 했고, 당시 한양의 한 관립학교 교장이었던 미국인 호머 헐버트는 조선인들의 호소를 전달하기 위해 직접 워싱턴으로 달려갔다. 그는 외국인임에도 불구하고 조선을 몹시 사랑하는 사람이었다. 그러나 미국의 시어도어 루스벨트 대통령은 그를 만나주지 않았고, 다만 국무장관을 통해 '미국은 조선 문제에 개입하지 않을 것'이라는 의사를 전했을 뿐이었다. 그리고 시어도어 루스벨트 대통령은 후에 "조선은 완전히 일본의 소유다"라고 선언하기까지 했다.

그러나 조미朝美 조약에는 조선이 독립을 유지해야 한다고 엄연히 명시되어 있었다. 그러나 애석하게도 조선은 힘이 없었고, 일본은 끝내 그 조약을 무시하고 조선의 합병을 공식 선포했다. 그리고 조선을 통치하러 온 일본 총독은 그 조약 문서를 발기발기 찢어버렸던 것이다.

그러면서도 총독은 "일본은 문명국이오"라고 말하며, 그 증거를 보여 주겠다는 듯이 왕과 왕세자의 목을 베지는 않았다. 그 대신 그들에게 연금을 주면서 궁궐에서 계속 살도록 했다.

회상에 잠겨 있던 일한은 아직 대답하지 못한 아들의 질문을 다시 떠올리며 조금 놀라는 투로 말했다.

"그러지 않아도 어제 왜놈 세무서원들이 집으로 찾아왔단다. 세금을 내라고 말이다. 어때, 이제 분이 풀리니?"

젊은 아들의 얼굴에 근심이 서렸다.

"돈이 없으셨을 텐데요?"

"그래, 요즘 내게 돈이 있을 턱이 있나."

일한이 나직이 대답했다.

"그래서 어떻게 하셨어요?"

"마을 북쪽에 있는 밭문서를 주었단다."

연환의 표정이 심각해졌다.

"땅이든 돈이든 세금이야 내야지요. 그렇게 거두어진 세금이 잘 쓰이고 있다는 것은 인정해야 할 겁니다. 아버님께서는 요사이 문 밖 출입이 없으셔서 잘 모르시겠지만, 도회지의 도로가 아주 좋아졌습니다. 비가와도 진흙탕에 빠질 염려도 없고, 지방에서도 마을과 마을을 이어 주는 신작로 공사가 한창이랍니다. 길 양쪽에는 가로수가 심어지고 말입니다.

일한이 대답했다.

"나는 바깥을 나돌아 다닐 생각이 없어. 그러니 도로를 닦는 비용을 낼 이유가 없지. 거듭 말하지만 요즘 내게는 한 푼도 없어."

"아무튼 돈 가치가 더 오를 거예요. 화폐개혁까지 하면…"

연환이 열을 올렸다. 일한은 차갑게 말했다.

"무슨 개혁, 무슨 개혁… 제발 이 아비에게는 그놈의 개혁 소리는 그만 해라. 요즘 왜놈들은 우리 백성들한테서 땅을 도둑질하고 있어. 그놈들의 압제 아래서 숨을 죽이며 지내느니 나는 진흙탕 길, 세금 착복 등 차라리 구악舊惡을 택하겠다."

"꼭 도둑질해 가는 것은 아니잖아요?"

연환이 항변했다.

"강압에 의해 내 땅을 내놓게 되었으니, 그것이 도둑질이 아니고 무엇이란 말이냐."

"돈을 좀 빌리시지 그랬어요?"

연환이 말을 돌렸다. 일한이 머리를 저으며 말했다.

"아냐, 그런 함정에 빠져서는 안 되지. 너도 우리 백성들이 어떻게 하는지 잘 알고 있겠지. 사람들은 늘 돈을 꾸려고 들어. 당장 필요하지 않아도 누가 꾸어 주겠다고만 하면 얼씨구나 좋다고 덤벼들지. 어떻게 갚을지 생각도 않고 말이다. 그러다가 결국은 땅을 빼앗기고 말지."

연환이 따지고 들었다.

"양반들이 땅을 불리던 오랜 수법이 바로 그런 것 아니었습니까? 우리 선조들께서도 아마 그런 식으로 땅을 불리셨겠지요. 아버님께서도 부정하실 수 없을 겁니다. 그렇지 않고서야 어떻게 그리 많은 전답을 자손들에게 물려줄 수 있었겠습니까?"

아들의 말은 정곡을 찌른 것이었다. 말문이 막힌 일한은 버럭 화를 냈다.

"아무튼 우리 조상은 뼈대 있는 고상한 양반이란다. 저 왜놈들과는 다르지."

"제발 그만 하세요."

연환은 이렇게 외치더니 좌우를 살피고 몸을 앞으로 내밀며 말했다.

"아버님께서는 저를 반역자로 여기시는데, 저는 결코 반역자가 아닙니다. 저는, 우리는, 제 친구들과 저는, 지금의 지배자들이 조선에 필요한 개혁을 다 마치고 나면 언제고 이 나라를 꼭 다시 찾을 겁니다. 지금은 그들을 이용해야지요. 그들을 통해 근대 국가를 운영하는 방법을 배우고 나서…."

부자가 아무 말 없이 서로의 눈을 노려보고 있는데, 순희가 김이 무럭무럭 나는 밥 두 그릇을 쟁반에 받쳐 들고 방으로 들어와 그것을 두 사람 사이에 있는 상 위에 내려놓았다.

"아버님께 말씀드렸니?"

그녀가 연환에게 물었다.

"아뇨, 딴 얘기를 하던 참이었어요."

"딴 얘기라니, 무슨 얘기 말이냐?"

그녀는 다시 묻고 몸을 일으키며 행주치마에 손을 문질렀다. 그리고 남편에게 말했다.

"여보, 연환이가 장가를 들겠대요. 글쎄, 우리 아들이 드디어 장가를 가겠다는군요."

순희는 이즈음의 결혼 풍조가 늘 불만이었다.

일제는 조선인들의 인습적인 조혼早婚을 금지시키며 더 성숙한 후에 혼인할 것을 명령했다. 조혼을 하면 유약한 자녀가 생긴다는 것이었다. 연환이 고집스럽게 혼인을 늦추어 온 것은 그 주장을 받아들였기 때문이다.

아들이 혼인을 천천히 하겠다는 생각을 처음 밝혔을 때 순희는 목청을 높였다.

"그게 무슨 소리냐! 아니 그럼, 우리는 손자도 보지 말라는 거냐? 이 어미가 집안 살림하는 걸 도와줄 며느리도 보지 말라는 거냐구? 그리고 너도 그렇지, 네가 늙으면 누가 너를 돌봐 준다더냐?"

연환은 늘 그랬듯이 참을성 있게 대답했다.

"어머니, 제가 나이가 더 든 다음에 장가가서 아이를 낳으면 어머니도 더 튼튼하고 똑똑한 손자를 보시게 될 거예요."

"요즘 젊은 아이들은 왜 그 모양이냐. 어른들 말에 꼬박꼬박 대꾸를 하니."

그때, 화가 난 목소리로 꾸짖었던 순희가 지금은 약간 들떠서 이렇게 말했다.
"얘가 글쎄, 드디어 장가를 들겠다는군요."
그러더니 이내 푸념을 늘어놓았다.
"하지만 원, 이런 노총각을 누가 받아 줄는지. 벌써 스물 하고도 아홉이 아니냐? 네가 고집을 부리지 않았으면 어미는 벌써 10년 전에 손자를 보았을 거야. 아니, 지금쯤은 증손자 볼 생각을 하고 있을 걸?"
부자는 아무 말 없이 눈길만 교환했다. 남자끼리니까 서로를 이해한다는 눈치였다. 여자들은 왜 자꾸 아이 낳을 생각만 할까? 순희까지도! 그것만이 여자들의 유일한 창조적 역할이란 말인가.
순희가 방석을 끌어당겨 앉으며 말했다.
"자, 어서 아버지하고 아침을 들거라. 그동안 이 어미가 이야기를 하마. 그런데 누구를 며느리로 들이지? 내 생각에는…."
연환이 젓가락을 들었다가 다시 놓았다.
"어머님께서 신경 쓰지 않으셔도 돼요. 제 아내감은 제가 벌써 골라 두었어요."
순희가 어처구니없다는 듯이 외쳤다.
"아니, 네가! 부모를 제쳐두고 감히…."
연환이 쾌활하게 대답했다.
"어머님, 저라고 색싯감 하나 고르지 못 하란 법 있나요? 어머님께서도 보시면 마음에 드실 겁니다. 그 처자도 학교 선생이에요."
순희가 잘라 말했다.
"나는 그런 여자 좋아하지 않아. 학교 선생! 내가 원하는 며느릿감은 집안일을 거들 얌전한 규수야. 둘 다 직장 때문에 도시 생활을 해야 할 텐데, 그러면 내가 손주를 돌볼 수 없잖니?"

연환이 웃으며 말했다.

"성미도 급하시긴… 아직 제가 장가든 것도 아닌데. 그리고 제 청혼을 거절할지도 몰라요. 아직 이야기를 꺼내지 않았거든요."

이 말에 순희는 더욱 화가 나서 소리를 버럭 질렀다.

"아니, 뭐라고! 내 아들을 감히! 그래 어디에 사는 처자냐? 이름은 뭐고? 내가 한번 만나봐야겠구나."

"경성에 살아요. 성은 최씨, 이름은…."

순희가 도중에 말을 잘랐다.

"됐다! 이름까지는 필요 없다, 며느리가 되려면 아직 멀었으니."

연환이 어머니한테 졌다는 듯이 웃음을 머금으며 다시 젓가락을 집어들었다. 그는 서둘지 않으면 학교에 늦겠다며 김치에다 밥을 부지런히 먹어치우고는 부모에게 작별 인사를 했다.

그는 빠른 걸음으로 시골길을 따라 유쾌하게 경성으로 향했다. 어수선한 세태에도 불구하고 마음이 홀가분했다. 아내감을 자신이 골라 놓았다고 솔직히 다 털어놓았으니, 이제 큰 짐을 벗어던진 듯한 기분이었다. 사실 이렇게 부모에게 말씀드리기 전까지는 제아무리 연환이라 할지라도 인습을 깨고 편한 마음으로 인덕에게 접근하기가 어려웠다.

그는 인덕과 처음부터 단둘이 만난 것은 아니었다. 교사들 모임에서 이야기를 나누다 그녀가 기독교 집안사람임을 알았고, 그 후 일요일 날 몇 차례 경성 시내에 있는 예배당으로 찾아갔었다. 좌석은 남녀가 따로 배치되어 있었다. 그러나 최씨댁 여인네들이 늘 앞에서부터 두 번째 줄에 앉는다는 사실을 발견한 그는 일찌감치 가서 될 수 있는 대로 인덕 가까이에 자리를 잡으려 애썼다. 그래 봤자 연환의 눈에 보이는 것은 대개 그녀의 보드라운 목덜미와 검은 댕기뿐이었다. 그러나 인덕이 찬송가를 부를 때면 가끔 그녀의 옆모습, 작고 오똑한 코, 열렸다 닫혔다 하는 귀여운 입술, 눈처럼 희고 둥근 턱을 볼 수 있었다. 그녀는 여자 키로는 큰 편이었다. 그리고 호리호리한 몸매에 늘 한복을 입고 있었다. 지난 일요일에도 연환은 교회 문 앞에서 그녀를 지켜보면서 서성거리고 있었다. 그러다 그만 미국인 목사에게 들키고 말았다. 머리털이며 눈썹이며 턱수염까지 자주색인 이 건장한 목사가 그의 손을 덥석 잡더니 굵은 목소리로 말했다.

"친구여, 당신이 여러 차례 오신 걸 보았습니다. 정말 환영합니다. 예수님에 대해 알고 싶습니까?"

연환은 당황하여 대답도 못하고 그저 웃고 있을 수밖에 없었다. 그때 마침 문 밖으로 나오던 인덕이 사태를 알아차리고 그들에게 다가와서 연환을 목사에게 소개했다.

"메클레인 박사님, 이 분은 김연환 선생입니다. 남학교에서 교편을 잡고 있어요."

목사가 다시 굵은 목소리로 물었다.

"신자가 되고 싶답니까?"

인덕은 미소를 지으면서 대답했다.

"제가 알아보지요."

그녀는 생기 있는 새까만 눈으로 연환의 눈을 쳐다보았다. 목사도 "좋아요, 좋습니다" 하며 흐뭇하다는 듯이 대꾸했다. 그의 파란 눈은 이미 다른 사람들 쪽으로 옮겨지고 있었다. 그는 연환의 손을 놓으며 황급히 자리를 떴다.

이때부터 두 사람의 관계는 급속도로 발전했다. 하루는 인덕이 집에 돌아가려고 복도를 걸어 나오는데 연환이 찾아왔다.

"최 선생!"

그녀는 자기를 부르는 소리에 뒤를 돌아보며 걸음을 멈췄다.

"저한테는 전도를 안 하시렵니까?"

연환이 장난스럽게 물으며 그녀의 환한 얼굴을 마주 보았다.

"선생님, 정말 교인이 되고 싶으세요?"

인덕의 질문에 연환은 이렇게 반문했다.

"최 선생 생각에는 제가 교인이 되면 사람이 좀 나아질 것 같습니까?"

연환의 말을 그녀가 능청스럽게 받았다.

"글쎄요, 지금은 어느 정도 좋으신 분인지 그것부터 알아야 할 것 같군요."

연환은 인덕의 그 솔직함과 유머를 좋아했다. 두 사람은 함께 걸으면서 서로의 사고가 다 신식이라고 느꼈다. 남녀 간의 전통적 장벽은 결코 무너뜨리기 쉬운 것이 아니었다. 연환은 인덕의 하얀 살결, 윤기 나는 검은 머리카락, 예쁘장한 머리 옆에 달린 사랑스러운 작은 귀, 자기와 발맞추어 우아하게 움직이는 나긋나긋한 몸매, 향긋한 체취, 달콤한 숨결… 이 모든 것에 정신이 아찔해져 그녀를 한 여인으로서 의식하고 있었다. 그녀의 모든 것이 아주 포근하고 강렬하게 여성을 느끼도록 했던 것이다.

두 남녀는 어느 빈 교실 문 앞에서 문득 걸음을 멈추고 교실 안으로 들어가 뒤편에 자리 잡았다. 누가 제의한 것도 아니고 그저 충동적으로 이루어진 일이었다. 문은 열려 있었지만, 누가 지나가더라도 그들을 보기는 어려웠을 것이다. 이렇게 함께 있는 것은 퍽 위험한 일이었으나, 처음으로 경험하는 이 황홀경 속에서 두 젊은이는 차마 떨어질 수 없었다. 몇 분 안 되는 이 밀회 중에 그들이 나눈 이야기는 극히 간단하고 사소한 것이었으나, 그 후에도 연환은 그때의 한마디 한마디를 또렷이 기억할 수 있었다.

"어때요, 여학생들 가르치기가 재미있습니까?"

연환은 묻는 그 순간에 아차 어리석은 질문을 했구나 하는 생각이 들었다. 여선생이 여학생을 안 가르치면 누구를 가르친단 말인가?

"저는 아이들 가르치는 것을 좋아해요."

그녀가 대답했다.

"저하고 똑같군요."

그리고는 한동안 대화가 끊어졌다. 다시 말을 꺼낸 것은 여자 쪽이었다.

"교인이 되지 않으셔도 괜찮아요. 마음이 없으시면 일부러 그러지 마세요. 사람은 자기 마음을 좇아서 살아야지요."

그가 물었다.

"교인이 되면 무엇이 좋은가요?"

그녀는 잠시 망설이다가 이렇게 대답했다.

"어려운 질문이군요. 제 경우는 기독교 집안이라 어렸을 적부터 교인으로 자랐어요. 저희는 하느님을 믿고 거기서 위안을 받지요. 교회에 가서 같은 교인들끼리 교류하고요."

"교리에 대해 좀 설명해 주시겠습니까?"

"글쎄요, 몇 분 동안 설명하기는 어렵겠죠. 김 선생님은 신약성서를 읽어 보셨어요?"

"아닙니다. 기독교에 대해서는 전혀 아는 바가 없어요. 제가 아는 것은 단지 기독교가 외래 종교라는 사실뿐입니다."

"하느님 이야기는 결코 외래적인 것이라 할 수 없어요. 내일 제가 보는 신약성서를 선생님 학교로 보내 드릴 테니 한번 읽어 보세요. 토론은 읽어 보신 후로 미루시고요. 자, 이제 그만 일어서시죠."

그녀가 먼저 일어서니 연환도 따라서 일어설 수밖에 없었다. 아쉽지만 두 사람은 학교 앞에서 헤어졌다. 그는 꿈에 취한 사람처럼 어슬렁어슬렁 걷기 시작했다. 그러나 마음은 그녀를 다시 만날 기대에 부풀어 있었다. 이튿날 그의 책상 위에는 웬 소포가 배달되어 있었다. 인덕이 보낸 신약성서였다. 소포 속엔 아무런 편지도 들어 있지 않았다. 그는 바로 그날 저녁부터 읽기 시작했는데, 이제는 거의 끝나 가는 중이었다.

그는 성문을 들어서면서 '그래, 하룻밤만 더 참자' 하고 스스로를 타일렀다. 그리고 오늘 밤 다 읽고 나서 내일은 꼭 그녀를 찾아가야지 하고 속으로 다짐했다.

아들을 떠나보낸 후, 순희가 방으로 들어와 일한에게 말했다.

"당신이 한번 경성을 다녀오셔야 될 것 같군요. 아무래도 당신이 직접 그 최씨댁 집안을 살펴보셔야 되지 않겠어요? 어디에 살며 집은 어떤 모양이고 이웃들 평판은 어떠하며 본관은 어디인지 한번 알아보셔야지요. 그리고 최씨는 북인이라고 알고 있는데, 우리 남인이 북인을 며느리로 맞아들여도 좋을는지요."

순희가 방으로 들어오기 전 일한은 아들이 한 말 때문에 몹시 심란했다. 그 온순한 아들이 자기 아버지 세대에 퍼부은 비난이 계속 머릿속에서 사라지지 않았다. 그는 어떻게든지 그러한 과오를 바로잡을 일을 해야겠다는 생각이 간절했다.

일한이 아내에게 말했다.

"여보, 당신 말대로 곧 경성에 가서 그 집을 한번 알아보고 오겠소. 이웃 사람들 말도 들어보고, 그리고 이제는 북인이니 남인이니 따질 때가 아니오. 북이건 남이건 우리 모두 같은 피를 나눈 조선인이라는 사실을 잊지 맙시다."

순희는 본래 한번 주장을 세우면 끝내 관철하고야 마는 성격이었다. 일한은 아내의 바가지를 핑계 삼아 그로부터 사흘 후 정말 오래간만에 경성 나들이에 나섰다. 연환이 말한 대로였다. 깨끗이 새로 단장된 도로도 그렇고, 변한 것이 한두 가지가 아니었다. 경성 도처에 일본 상인들이 점포를 열어 물건을 팔고 있었다. 사실 그는 경성뿐만 아니라 도시와 시골을 막론하고 전국 방방곡곡이 다 그러하다는 것을 이미 듣고 있었다. 그러나 일한이 문득 깨달은 것은, 같은 경성이라 할지라도 일본인들이 사는 곳이 가장 번화하며, 그곳은 단순한 주택가가 아니라 도심 속의 도심으로 발전해 있다는 사실이었다. 그리고 지나가는 행인들에게 물어보니, 옛날 일본 영사관이 지금은 통감 관저가 되었다는 것이다. 통감 관저 옆을 지나가면서 그 안을 들여다보니 정원도 확장되고 미화 작업에 꽤나 공을 들인 듯했으나 일본 경비병이 엄중히 경계하고 있는 모습이 눈에 거슬렸다.

그가 통감 관저 앞에서 서성거리자 경비병들이 호통을 쳤다.

"영감, 빨리 지나가시오. 이 앞에서 멈춰 서는 것은 금지되어 있소."

그는 발길을 재촉했다. 새로 지은 이 관저 맞은편 얕은 언덕배기에서 못 보던 건물들이 들어서 있었다. 그는 여기서 또다시 걸음을 멈추고 경비병에게 물었다.

"이 새 건물들은 뭐요?"

경비병이 대답했다.

"여기는 통감 데라우치寺 백작의 관청이오. 통감부도 모르는 것을 보니 영감은 아주 시골뜨기군 그래."

일한은 대꾸하지 않았다. 이 통감부 자리가 과거 조선에 들어온 일본 침략군들이 쓰던 성터였다는 사실을 모르고 있다니, 진짜로 무식한 것은 바로 이 경비병이었다. 임진왜란 당시 히데요시秀吉의 가장 뛰어난 장수였던 가토 기요마사加藤淸正가 이곳에 성을 하나 쌓은 적이 있었다. 침략군이 축출될 때 그 성도 함께 파괴되었으나 조선에 다시 침입해 들어온 그들이 바로 그 자리에 조선 민족을 지배하기 위한 청사를 지은 것이다. (통감부는 남산에 있었는데, 경술국치 후 총독부가 되었다가 1926년 경복궁 자리로 옮겼다.)

우연일까, 아니면 운명의 장난일까?

"어떻게 그렇게 볼 것이 없으셨어요?"

그가 돌아왔을 때 순희가 물었다. 그녀의 눈은 분노의 빛을 발했다.

"경성에 가서 몇 시간을 보내고 오신 분 말씀이, 아니 그래 겨우 그 처자 집도 다른 집들과 비슷하다는 거예요? 그 집안에 대한 동네 평판이 좋더라고 하시지만, 이왕 가셨으면 최씨네가 본래 어떤 집안인지는 알아보고 오셨어야죠."

일한이 대답했다.

"그 최씨댁이 지금 집에서 6대나 살았다고 하지 않았소?"

그는 몹시 고단하였으나 아내의 계속되는 질문에 다 답하지 않고서는 쉴 수 없으리라는 것을 잘 알고 있었다. 그녀가 다음 질문을 던졌다.

"그 집안사람을 아무도 못 보셨어요?"

"당신이 말했지 않소? 그저 둘러만 보라고."

"문 안을 들여다볼 수는 있잖아요?"

"들여다보았지. 하인 두 사람이 보이고 웬 젊은 여자가 꽃밭을 돌보고 있더군."

순희가 열띤 목소리로 외쳤다.

"그 젊은 처자가 그 아이였겠군요."

그가 고개를 끄덕였다.

"예쁩디까?"

그가 안타깝다는 듯이 말했다.

"아니 여보, 그렇게 물으면 내가 어떻게 대답해야 하오? 만약 내가 예쁘다고 대답하면 당신은 내 눈이 잘못되었다고 투정할 것이고, 예쁘지 않다고 대답하면 도대체 자식 며느릿감을 어떻게 보았느냐고 따질 것 아니오. 그저 쾌활하고 건강해 보이더라고만 말해두겠소."

"얼굴이 둥근 편인가요, 긴 편인가요?"

"대답하기가 어렵구려. 글쎄… 이목구비가 잘 정돈된 얼굴이라고나 할까…."

"어휴, 그저 이목구비만 제대로 달리면 며느리 자격이 있다는 듯한 말투군요."

순희가 한숨을 쉬면서 투덜댔다.

피곤과 짜증이 겹친 일한은 투정 섞인 끈질긴 질문에 그만 너털웃음을 터뜨렸다. 순희는 남편의 갑작스러운 웃음에 깜짝 놀랐다.

"경성에서 약주라도 한잔 하신 게로군요?"

그녀가 캐물었다. 그는 웃음 끝에 나오는 눈물을 닦아 내면서 대답했다.

"아니오, 당신 질문이 하도 우스워서 그러는 거요."

"저를 비웃으시는 거예요?"

"도대체 여자들이란…. 그러니 남자들이 어찌 조소하지 않을 수 있겠소. 아마 영원히 조소해도 모자랄 거요."

순희는 다시 한숨을 쉬면서 말했다.

"한평생을 당신과 살았는데, 그래도 저는 당신을 통 이해하지 못하겠어요."

그녀는 남편을 빤히 쳐다보았다. 마치 남편의 가치를 가늠해 보는 듯한 표정이었다. 그리고는 그녀도 웃기 시작했다.

"당신은 왜 웃소?"

그가 놀란 눈초리로 물었다.

"당신 모습을 보고 웃어요. 왜? 저라고 웃지 말란 법이라도 있나요?"

"천만에, 마음껏 웃어 보구려. 당신이라고 왜 웃지 못하겠소."

한바탕 웃음을 터뜨렸는데도 일한은 왠지 마음이 개운치가 못했다. 그는 책을 집어들었다. 그것은 아내한테 이만 나가보라는 뜻이었다. 순희는 늘 그러하듯이 남편의 뜻에 묵묵히 순종했다. 그러면서도 그녀의 눈가에는 여전히 짓궂은 웃음기가 어려 있었다.

초봄도 지나고 이제는 봄이 한창이었다. 매화꽃이 떨어지고 벚나무, 배나무, 사과나무, 석류나무가 연이어 꽃을 피웠다. 그리고 연환의 사랑도 봄의 꿈속에서 무르익어 갔다. 이제 그는 인덕을 만나도 우연을 가장하지 않았고, 그녀도 수줍어하지 않았다. 다른 사람들이 옆에 있으면 눈길만 주고받았으나, 단둘이 있을 때면 흉금을 털어놓고 이야기를 나누었다. 이제 그들 사이에는 달콤한 사랑의 밀어 따위는 필요 없었다. 두 사람 다 한 가지 문제에만 골몰했는데, 그것은 바로 두 사람의 결혼이었다.

서양에서는 남자가 여자에게 청혼하는 것이 관습이라고 연환은 들었다. 하지만 그런 서양식은 그에게나 그녀에게나 너무 어색했다. 적어도 연환은 그렇게 생각했다. 너무 노골적으로 덤벼들다가는 얌전한 인덕의 기분을 상하게 하지 않을까 하는 걱정도 있었다. 그의 머릿속은 밤이나 낮이나 늘 무슨 말로 그녀에게 사랑을 표현할 수 있을까 하는 생각으로 꽉 차 있었다. 신식은 너무 쑥스럽고 구식은 또 너무 공개적이라 달갑지 않았다. 중매쟁이들은 대개 거칠고 무식한 노인이었다. 그렇다고 부모를 내세워 최씨네 집안에 청혼하기도 마땅치 않았다. 까다로운 어머니, 격식만 따지는 아버지는 이미 구세대의 인물이었다. 그리고 교인인 인덕은 기독교식 예식을 고집할지도 모른다. 이즈음의 세태에서는 기독교 신자와 결혼한다는 것 자체가 상당한 위험을 무릅쓴 모험이었다. 일본 관헌은 외국 선교사나 기독교를 좋아하지 않았다. 선교사들이 조선인들에게 동정적일 뿐 아니라 기독교 자체가 혁명성을 띠고 있다는 것이 그들의 판단이었다.

어느 날 그녀에게 청혼할 한 가지 묘안이 그의 머릿속에 불현듯 떠올랐다. 그날도 일요일 오후였는데, 양력으로 유월 초하루였다. 그날 그들은 약속대로 시내의 한 공원에서 만나 수양버들이 축 늘어진 조그만 연못가를 걷고 있었다. 그는 코트를 벗어 벤치 위에 깔고 그녀를 앉게 했다. 그리고 수련 사이를 잽싸게 오가는 금붕어를 함께 구경하고 있었다. 지금, 지금이 바로 기회야! 이렇게 판단한 연환은 그녀의 손목을 덥석 잡아 볼까 어쩔까 망설이면서 간신히 말을 꺼냈다.

"인덕씨, 한 가지 청이 있는데…"

"뭔데요?"

그녀가 고개도 돌리지 않고 물었다.

연못 저편 버드나무 그늘 아래에는 이름 모를 꽃이 피어 있고, 연환은 그 붉은 꽃잎이 물위로 떨어지는 것을 보고 있었다. 금붕어들이 그 꽃잎을 물려고 뛰어올랐다가는 다시 달아나곤 했는데, 그는 두 뺨이 화끈 달아오르는 것을 느끼면서 어렵사리 입을 열었다.

"우리 사주쟁이한테 한번 가봅시다."

기어들어 가는 듯한 목소리였다. 그래서 자신의 목소리가 혹시 연못 저편 끝에 있는 작은 폭포의 낙수 소리에 잦아들지나 않을까 걱정될 정도였다. 그러나 인덕은 알아들은 모양이었다.

"사주쟁이의 말을 믿으세요?"
그녀가 면박하듯이 물었다.
"우리 궁합을 한번 봐야 하지 않겠소?"
인덕도 그 뜻을 알아차렸다. 그녀의 몸이 흠칫 굳어지는 것이 그것을 증명하고 있었다. 그녀는 아무런 말이 없고 몸을 꼼짝하지도 않았다. 옆모습을 보니 그녀의 보드라운 목덜미부터 두 뺨까지 분홍빛으로 달아올라 있었다. 부끄러움 탓이리라! 평소에는 그렇게도 침착하고 야무지고 자신감 있는 그녀였건만 연환의 이 갑작스런 제의 앞에서는 아무래도 부끄러움이 솟구쳤던 모양이다. 그녀가 수줍어하는 모습을 보자 연환은 자신의 스스럼이 가셔지는 듯했다. 그는 벌떡 일어나 손을 내밀었다.
"자, 지금 갑시다."
이제 연환의 목소리에는 힘이 들어가 있었다. 인덕이 그를 올려다보며 머뭇머뭇 물었다.
"우리 둘이서만요? 그럼 사주쟁이가 이상한 눈으로 보지 않겠어요."
"무슨 걱정이 그리도 많소."
그가 용기 있게 재촉했다.
연환은 미소를 머금고 그녀의 눈동자를 내려다보았다. 인덕은 마치 그 눈길을 통해 연환의 대담성을 전달받기라도 한 듯이 그의 손을 잡으며 벌떡 자리에서 일어났다. 두 젊은 남녀는 손을 맞잡고 이제는 땅거미가 진 호젓한 공원을 빠져나왔다. 서리로 나서니 길 한 모퉁이에 손님을 기다리고 있는 늙은 사주쟁이 모습이 보였다. 사주쟁이는 포장을 늘어뜨린 채 심하게 흔들리는 어둠침침한 초롱불 아래 앉아 있었다. 그 앞에는 작은 탁자가 하나 있고 그 위에 장사 도구들이 놓여 있었다. 그는 뿔테 안경 너머로 연환과 인덕을 바라보았다.

"무슨 일이우?"

오랜 세월 그 자리에 쪼그리고 앉아 비바람을 맞으며 추위와 더위를 견뎌온 탓에 갈라질 대로 갈라진 목소리였다.

"저희 두 사람 궁합 좀 봐 주십시오."

연환이 이렇게 부탁하며 두 사람의 생년월일을 알려주었다.

사주쟁이가 무언가 중얼중얼하면서 손가락을 꼽으며 너덜너덜한 사주 책자를 뒤적였다. 연환과 인덕은 상 밑으로 서로 손을 꼭 잡고 기다렸다. 드디어 사주쟁이가 눈을 들고 안경을 벗었다.

"토괘土卦올시다. 두 분 다 토괘로군요. 이것까지는 좋은데 띠가 어떨는지, 에헴."

여기서 사주쟁이는 말라빠진 입술을 오므리더니 다시 사주 책자를 뒤적이며 중얼거리기 시작했다.

"띠는 얼굴만 보아도 대충 짐작할 수 있지요. 사람은 대개 자기가 타고난 띠의 동물과 비슷하니까요. 이분은 돼지띠도 뱀띠도 쥐띠도 아니고…."

새까맣게 때가 낀 길쭉한 손끝으로 사주 책자를 더듬어 내려가는 동안 그는 아까와는 달리 입을 꾹 다물었다. 그러더니 잠시 후 "어허!" 하고 소리치며 말을 이었다.

"자, 이제는 안심하세요. 남자 분은 용띠고 여자 분은 범띠군요. 용이 범보다 강하지요, 젊은 양반. 허나 범도 꽤 강한 편이니 여자가 싸움을 걸 때도 있겠소. 그러나 용은 늘 구름 위에 있으니 범이 이길 수는 없습니다."

연환이나 인덕이 사주팔자를 믿지 않는다고는 해도 두 사람은 사주쟁이의 말에 한결 마음이 놓였다. 인습이란 역시 강한 것이었다. 그래서 여자 쪽 띠가 남자보다 세면 아직도 혼인을 하려 들지 않앉다. 띠가 센 여자는 남자를 휘어잡으려 든다는 생각 때문이었다. 그러나 두 사람은 자신의 편안해진 마음을 상대에게 내색하기가 부끄러웠다.

"제가 당신에게 대들게 되나 보군요."

인덕이 웃으며 말했다.

"그래 봤자 본전도 못 찾는다는 영감님 말씀을 명심하시오."

연환이 짓궂게 받아넘겼다. 그녀가 약이 오른다는 듯이 한숨을 쉬자 연환이 빙그레 웃었다. 그때 연환에게 문득 떠오르는 의문이 있었다.

"영감님, 저희 젊은 사람들끼리만 와서 사주를 봐 달라고 부탁해서 놀라지 않으셨어요?"

사주쟁이가 흰 턱수염을 쓰다듬으며 말했다.

"천만의 말씀, 요즈음에는 젊은 남녀들끼리 자주 와요."

그들은 내심 놀랐으나 아무 대꾸도 하지 않고 묵묵히 자리에서 일어났다. 그러나 가슴은 기쁨으로 뿌듯했다.

헤어질 때 연환은 어느 집 담장 밑에서 한참 동안이나 그녀의 두 손을 꼭 잡고 놓지 않았다.

"우리 같은 남녀가 많다지요?"

연환은 한참 있다 이렇게 중얼거리며 그녀의 손을 놓아 주었다.

일한은 혼사에 관한 일은 부인네들의 몫이거니 하여 이번 일에 별로 관심을 나타내지 않았다. 그런데 막상 닥치고 보니 이 혼인으로 집안에 평지풍파가 일어날지도 모를 일이었다. 그가 이렇게 생각하는 데는 그럴 만한 이유가 있었다. 연환이 결혼하기로 마음먹은 그 젊은 처자가 참으로 당돌하게도 어느 날 나이 든 하녀 한 명만 데리고 자신의 시어머니가 될 순희를 만나러 왔던 것이다.

이것은 관습을 무시하는 행동이 아닐 수 없었다. 게다가 집안 구경이나 하자는 것이 아니라 앞으로 시아버지가 될 일한 자신까지 보자고 하여 그를 깜짝 놀라게 했다. 아내가 숨을 헐떡이며 사랑방으로 달려와 그 해괴망측한 이야기를 전해 주었을 때 일한은 가슴이 털썩 내려앉는 듯했다.

"그 색시가 우리 집을 찾아왔어요."

아내가 큰 소리로 외쳤다.

"그 색시라니?"

일한이 물었다.

"그 처자 말이에요. 연환이 색싯감…."

순희는 숨이 막혀 말을 제대로 잇지 못했다. 아직 정혼도 하지 않은데다 아들의 친구라고 하기도 언짢아서, 그녀는 "인덕이라는 처자 말이에요" 하고 겨우 말을 끝맺었다.

"그래서?"

일한이 물었다.

"그 색시가 글쎄, 우리 내외를 다 만나보고 싶다는군요."

"나는 지금 바빠서 만날 수가 없다고 전하시오."

일한이 쌀쌀하게 대꾸했다. 순희가 난처해했다.

"당신이 만나 주지 않으면 그 색시가 무안을 당했다고 생각하지 않을까요? 그것 참, 그렇다고 당신이 그 색시를 만나 주면 동네 사람들이 흉볼 것이고…."

그때 마침 연환이 집에 와 부모가 나누는 이야기를 듣게 되었다. 그는 사립문을 닫으며 마당으로 들어섰다. 달음박질로 온 아들이 숨을 헐떡이며 말했다.

"아버님…그리고 어머님…시대가 바뀌었습니다. 저는 남학교에 있고 그 처자는 여학교에 있지만, 우리는 종종 만나요. 제가 청혼을 했더니 그 처자가 승낙을 했습니다. 그 처자는 신식 결혼식을 원합니다."

"어떻게 하는 게 신식이냐?"

순희가 꾸짖듯이 물었다.

"그러니까 말이죠… 그 울긋불긋한 족두리 같은 것은 쓰고 싶지 않다는 거예요. 결혼식 날 반지 하나만 끼워 주면 된대요."

순희가 따지고 들었다.

"아니, 반지 하나로 충분하다니! 붉은 의복은 행복한 혼인에 없어서는 안 될 열정을 상징하는 것이고, 푸른 의복은 두 젊은 내외가 함께 성장해 나가는 것을 의미하는 게야. 어째서 그런 것들이 필요 없다는 게냐?"

연환은 난처했다. 그는 부모님에게 요즘 젊은이들이 그런 관습을 어떻게 생각하는지 차마 말씀드릴 수 없었다. 순희는 자식의 그런 태도를 매섭게 노려보다가 이야기를 계속했다.

"그 색시가 꼭 신식 결혼식을 고집하는 것은 아니겠지. 아무튼 이 혼인이 좋은 것인지 어쩐지는 아직 모르겠다. 사주쟁이를 불러야겠다. 양쪽 사주도 안 맞추어 보고 어찌 두 사람의 궁합을 알겠느냐?"

연환은 빙그레 웃으며 사립문 쪽으로 가서 섰다. 여름 작약이 한창인지라 붉은 꽃, 흰 꽃이 산록을 배경으로 더욱 선명하게 드러났다. 연못 속에서 개구리 한 마리가 개골거렸다.

연환이 말했다.

"장난삼아 저희들이 사주쟁이한테 가 봤어요. 우리 둘 다 토土해에 태어났고 그 색시는 범띠, 저는 용띠에요."

이 말에는 순희도 반가워하지 않을 수 없었다.

"어쩜, 둘 다 토해생이라고? 그렇다면 모든 나뭇가지에 꽃이 피듯이 너희들 자손이 번창하겠구나."

그녀는 갑자기 희색이 만면해지며 남편을 향해 말했다.

"우리 내외가 이제 늘그막에 며느리 재미를 보게 되었구려."

"사주 같은 것을 믿을 수 있나."

일한은 멋쩍은 듯이 대답했다. 그래도 순희는 기가 죽지 않았다.

"사주팔자를 무시하면 안 돼요. 조상 대대로 지켜 온 것 아닌가요? 우리가 조상보다 무엇이 그리 낫다고."

부자는 잠자코 있었으나, 두 사람의 머리에는 각기 다른 생각이 맴돌고 있었다. 연환은 어머니가 궁합이 맞는다고 좋아하시니 자기에게나 인덕에게 천만다행이라는 생각이었고, 일한은 이제 와서 아내의 믿음과 희망을 혼란스럽게 만들지 않겠다는 생각이었다. 두 사나이는 순희가 신이 나서 빠른 속도로 이야기하는 동안 묵묵히 듣고만 있었다.

"사주쟁이한테 다시 돈 줄 일 없으니 정말 다행이군요. 남은 것은 혼례식 문제인데, 식은 멋지게 올려야지요. 신랑이 입을 사모관대도 장만해야겠고, 사흘 동안 처가에서 해야 할 일이 다 끝나면 새 아기를 시집으로 태워 올 가마도 손질해야겠고. 그리고 참, 천막이 아주 너덜너덜해졌어요."

"어머님, 새아기가 도시 출신이라는 것을 잊지 마세요. 저도 사실 구식 결혼은 딱 질색이라구요. 그 어릿광대 노릇을 저까지 해야 한단 말입니까?"

연환은 이때 아주 당돌하게 말했는데, 일한은 그 조용한 성격의 아들이 때로 제 형과 아주 흡사하게 행동한다는 것을 깨닫고 묘한 감회에 사로잡혔다. 그러나 순희는 자식의 말을 그대로 따를 수 없었다. 그녀가 열을 올렸다.

"남 보기에 우습지 않을 만큼의 식은 올려야지. 지금 우리가 남들처럼 가난하다는 것은 사실이야. 그렇지만 자식들 혼례식을 제대로 치르지 못할 만큼 그렇게 가난한 것은 아냐. 그래, 네 형은 혼인 같은 건 하지 않겠다고 버티더니만, 돌봐 줄 여자 하나 없이 지금은 어디서 어떻게 지내는지… 아무튼 종적이 묘연하잖니. 그러니 네 혼례식만이라도 법도에 따라 훌륭히 치러야 한다."

연환은 어머니에게 신신당부했다.

"어머님, 제발 제가 원하는 대로 해 주세요."

사태가 이쯤 되니 일한도 이제는 나 몰라라 하고 가만히 있을 수 없었다.

"여보, 당신도 좀 더 신중히 생각해 보오. 시대가 변한 것은 사실이고, 그 변화를 꼭 나쁘다고만 할 수도 없소. 옛날 우리가 치렀던 혼례식 때의 일을 생각하면 나는 지금도 마음이 편치 않소. 당신 집으로 가려고 이 집을 떠날 때 신랑 몸에다 온통 재를 뿌리고, 말을 타고 가는 신랑 뒤를 일가친척들이 우르르 따라가고. 가마꾼이 사람들을 웃기려고 얼굴에 숯칠을 하고… 그 모두가 도대체 어리석은 짓 아니오? 당신도 반죽을 입힌 듯이 하얗게 분칠한 얼굴에 울긋불긋한 옷을 입고, 내가 들어가니까 가족들까지 고개를 숙여 인사하지 않았소. 혼인잔치가 끝날 때까지 사람들이 신랑 신부를 가지고 어찌나 극성인지… 나는 당신이 혹시 눈물이라도 흘려 그 분단장한 얼굴이 망가지지나 않을까 걱정할 정도였소. 어디 그것뿐이오… 신랑의 두 다리를 묶어 대들보에 매달아 놓고 발바닥을 때리며 술상을 자꾸 내오라고 할 때는 정말이지 죽을 지경이더군. 친구들은 괴롭히고 동네 사람들은 문틈으로 엿보고, 처가에서 사흘 동안 새신랑 노릇하기가, 이건 즐거움이 아니라 오히려 고통의 연속이었으니, 원!"

순희는 남편의 이야기를 들으면서 눈이 동그래졌다.

"아니, 여태껏 그런 말씀을 한 번도 하지 않으시더니 오늘은 어쩐 일이세요?"

일한이 웃으며 대답했다.

"지금까지는 꾹 참고 있었지. 오늘은 자식이 당할 일이 안쓰러워 털어놓는 거요."

두 남자와 한 여자의 대결이니 순희는 씁쓸하지만 결국 양보하는 수밖에 없었다. 그녀가 두 부자를 바라보기만 할 뿐 잠자코 있자, 일한이 연환에게 고개를 끄덕였다. 그러자 연환이 밖으로 나가 고운 살결, 생기발랄한 검은 눈에 아주 건강해 보이는 늘씬한 처자를 데리고 들어왔다.

그녀는 당돌한 행동을 삼가고 침착하게 처신했다. 일한에게 절을 하고는 그가 입을 열 때까지 조용히 기다렸던 것이다. 일한은 거북테 안경을 쓴 채 잠자코 색시를 바라보더니 고개를 끄덕이며 말했다.

"잘 오셨소. 우리 관습으로는 좀 놀라운 일이기는 하지만, 지금은 새 시대니까."

그리고 안경을 벗으며 말했다.

"이해하시오. 안경을 쓰는 것이 실례인 줄은 알지만 시력이 전과 같지 않으니…."

이 말은 사실이었다. 밤중에 아이들을 가르치다 보니 가물거리는 촛불 때문에 눈이 침침해진 것이다. 그녀가 말했다.

"아닙니다. 필요한 것을 쓰는데 실례라뇨."

더 할 말이 없었다. 그래서 처자는 곧 방으로 들어올 때와 같이 아주 얌전하게 나가다가 방문에서 걸음을 멈추고 순희를 돌아보며 명랑한 목소리로 말했다.

"괜찮으시면 저와 같이 가시지요."

순희는 그녀가 내미는 손을 잡았다. 그 고운 목소리에 간청하는 눈망울을 차마 뿌리칠 수 없었던 것이다. 두 여인은 손을 맞잡고 바깥으로 나왔다.

　연환은 부친과 단둘이 남게 되자 이때야말로 인덕이 기독교인이라는 사실을 고백할 기회라고 생각했다. 아버지가 이 사실을 알고서도 결혼을 허락할지 어떨지는 알 수 없었다. 그러나 인덕을 되도록 받아들이려고 애쓰는 아버지였다. 사실 연환과 인덕은 바로 어제 연환의 부모님께 이것저것 미리 말씀드리는 것이 좋을지 어쩔지 하는 문제를 놓고 한동안 상의했다. 그는 인덕에게 이렇게 말을 꺼냈다.

　"어머님께 우리 결혼식을 기독교식으로 하겠다는 이야기를 어떻게 말씀드려야 할지 정말 걱정이오. 잘 알다시피 부녀자들은 구식 결혼을 좋아하니까 말이오."

　그러자 인덕은 이렇게 제의했다.

　"당신 어머님은 제게 맡기고 당신 아버님한테나 잘 말씀드리세요. 지혜롭게 잘 말씀드리면 우리의 작전이 성공할 겁니다. 어쩌면 두 분이 우리를 위해 서로를 설득하려고 할지도 몰라요."

　연환의 아내가 될 인덕은 조용하면서도 자신감이 있는 젊은 여성이었다. 그래서 연환은 가끔 그녀에 대해 일종의 경외심 같은 것을 느꼈다. 그녀는 이런 지혜를 어디서 얻었을까? 어쩌면 그녀가 믿는 종교에서 나로서는 알 수 없는 큰 힘을 얻는 것은 아닐까? 그녀는 결코 종교를 들먹이지 않았다. 그녀는 연환에게 자기가 보낸 신약성서를 읽었는지도 묻지 않았고, 교인이 될 생각이 있는지도 묻지 않았다. 그러나 연환은 인덕이 그 미지의 신에게 기도를 드리고 일요일이면 빠짐없이 교회에 간다는 사실을 잘 알고 있었다. 종교와 관련하여 인덕이 어쩌다 하는 이야기는 주로 그 교회 목사에 대해서였는데, 그녀는 그 외국인 목사에 대해 재미있어 하면서도 늘 존경심을 잃지 않았다.

"목사님은 정직하고 청렴하세요. 게다가 조선인들을 위해 일하며 자신을 희생하고 있어요."

그녀는 자기 부모님들이 혼례를 기독교식으로 올리고 싶어 한다는 것 이외에는 별다른 말을 하지 않았다. 기독교식은 그녀도 원하는 바였다. 그러나 어제는 시간이 모자라 더 이상 상의할 수 없었다. 이러저러한 옛 관습이 그들의 만남을 늘 방해했던 것이다. 만일 단둘이서만 있다가 발각되면 학생들에게 나쁜 영향을 줄 수 있다는 구실로 학교에서 쫓겨날지도 몰랐다. 연환이 인덕에게 결혼을 서두르자고 재촉한 것도 바로 이러한 사정 때문이었다.

연환이 마침내 말했다.

"아버님, 아버님의 조언이 필요합니다."

"아니 웬 일이냐? 이 아비의 조언을 듣겠다니. 그래, 좋다. 나도 어디 한번 쓸모 있는 사람이 되어 보자꾸나."

일한이 쓴웃음을 지으며 대답했다. 연환은 노인네들이 종종 즐기는 이런 어깃장 놓는 소리를 짐짓 무시하면서 말했다.

"아버님, 제가 드리는 말씀이 그리 충격적인 이야기는 아닐 겁니다. 아버님께서는 요즘 세상이 어떻게 돌아가는지를 잘 아실 테니까요. 하지만 어머님이 문제입니다."

여기서 그는 한참 동안이나 말을 중단했다. 답답해진 일한이 성급한 목소리로 재촉했다.

"자, 자. 어서 말해 보렴."

연환은 힘을 내어 말했다.

"아버님 그 처자는 기독교 집안사람입니다. 그래서 기독교식 결혼을 원합니다."

하기 힘든 말을 털어놓고 나니 아무튼 가슴이 후련했다. 그러나 '인덕 씨'라는 표현은 끝내 삼갔다. 방석 위에 앉아 고개를 숙이고 꼼짝도 하지 않던 그가 용기를 내어 고개를 들었다. 그리고 낮은 책상 너머로 아버지의 얼굴을 응시했다. 그러나 아버지의 표정을 보니 마음이 편치 못했다. 아버지는 얼굴을 잔뜩 찌푸린 채 매서운 눈초리를 하고 있었다. 아버지가 길고 야윈 손으로 반백이 된 수염을 쓰다듬으며 물었다.

"왜 진작에 말하지 않았느냐?"

"아버님, 일찍 말씀드렸다고 해서 일이 달라졌을까요?"

일한이 손을 툭 떨구며 말했다.

"그러니까 지금 네 이야기는, 어떤 반대가 있더라도 그 처자와 결혼할 것이란 말이구나."

"그렇습니다, 아버님."

아버지와 아들의 시선이 맞부딪쳤다. 일한은 결국 큰아들 이야기를 꺼내고 말았다.

"너희 두 놈, 너나 네 형이나 뱃속은 다 비슷하구나. 둘 다 고집쟁이에다 제멋대로야. 큰놈은 기질이 드세고 말도 거칠지. 네 경우는 공자님을 받들어 말씨는 공손하다만, 겉으로 성깔을 드러내지 않는 네가 더 지독한 놈이야. 네놈은 늘 나를 속여 왔어."

"죄송합니다, 아버님!"

"죄송해? 그렇다면 네 마음을 돌리겠다는 뜻이로군."

"그런 것은 아닙니다, 아버님."

"네 이놈, 너도 기독교인이 되려는 심보지?"

"아직은 저도 잘 모르겠습니다."

일한은 두 눈을 감았다. 그는 소매에서 검은 부채를 꺼내 한동안 부채질을 했다. 그가 두 눈을 그대로 감은 채 부채질을 계속하다

마침내 말했다.

"미국인들이 우리를 배반했다는 사실을 알고 있겠지. 그들이 우리와 맺었던 조약을 헌신짝처럼 내동댕이쳤다는 사실을 잊지 않았겠지. 우리가 침략당하는 모습을 빤히 보면서도 그들은 침략자 편을 들었다. 지금도 그렇지. 그들이 우리의 압제자들에게 반대를 하더냐? 아니지, 그들은 오히려 자기들 종교를 통해 우리에게 복종을 배워야 한다고 설교하는 거야. 그들 스스로 이야기하지 않더냐. 자기들은 결코 반일反日이 아니라고 말이야. 그들은 우리의 압제자들에게도 우리가 잘 대해야 된다는 주장까지 하더군, 그들은 또 우리에게 일본 제국의 가장 노출된 부분임을 기억하라고 하지 않더냐? 명심해라. 일본 제국은 결코 우리나라가 아냐. 미국인들의 수작을 유심히 보아야 한다. 그들은 또 러시아인의 기지인 블라디보스토크는 조선과 아주 가깝고 만주와도 인접해 있으며 기선으로 가면 중국의 체후항에서 단 몇 시간밖에 걸리지 않는다고 떠드는데… 그래서 그 사람들 결론이 뭐더냐? 결국 일본의 조선 통치는 용납되어야 한다는 것 아니더냐?"

연환이 아버지의 말에 끼어들었다.

"일본은 러시아와 싸워서 승리했습니다. 그리고…"

일한이 다시 아들의 말을 막았다.

"일본과 러시아의 전쟁 요인은 아직도 그대로 있어. 러시아가 태평양 연안에 부동항을 갖고 있지 않기 때문이지."

연환은 애원했다.

"아버님, 제 결혼 문제를 의논하던 중이 아니었습니까? 지금 왜 정치 문제를 가지고 다퉈야 합니까?"

일한이 반박했다.

"요즘 같은 시절에는 개인 문제라 하더라도 개인 사이의 관계에서만 좌우되는 것이 아냐. 만일 네가 기독교인과 결혼한다면 너는 그들의 짐까지 져야 한다. 조선을 방문한 일본 수상을 암살하려고 한 21명의 조선인 가운데 18명이 기독교인이었다는 사실을 잊지 마라."

여기서 일한은 잠시 말을 끊었다가 집게손가락으로 아들을 가리켜 말했다.

"그 결과가 무엇이었느냐? 그 사람 대신 데라우치 백작이 왔고 무단 통치가 시작됐어. 가장 악착스런 조선인들은 기독교인들 사이에 숨어 있다는 것이 데라우치의 생각이니까. 그는 무장 경관과 군대로 자신을 보호하고 있어. 한적한 시골 마을을 지나갈 때도 말이지. 나는 내 눈으로 똑똑히 보았단다. 바로 며칠 전에 그가 어디를 가는지 우리 마을을 지나가는데, 군인들이 그를 벌떼처럼 뒤따르고 있더구나. 네 어머니는 그때 정말 섧게 울었단다. 혹시 나를 붙잡으러 온 것은 아닌가 생각했던 모양이야. 그래서 내가 설명해 주었지. 당신 남편은 그렇게 중요한 인물이 못 되니 안심하라고 말이야."

연환이 다시 아버지의 말에 끼어들었다.

"아버님, 더 이상 논쟁을 벌일 생각은 없습니다. 다만 한 가지만 여쭙겠습니다. 아버님께서 제 결혼식에 참석하실런지요?"

일한이 다시 한 번 눈썹을 치켜세웠다.

"이번 결혼을 꼭 고집할 생각이냐?"

"그렇습니다, 아버님."

연환이 아주 단호하게 대답했다. 일한도 단호히 선언했다.

"그렇다면 나는 참석하지 않겠다. 그리고 네 어머니의 참석도 허락하지 않을 것이다."

아버지와 아들은 한참 동안 서로를 노려보았다.

"죄송합니다, 아버님."

이것이 부자가 나눈 마지막 대화였다. 그는 아버지께 큰절을 올리고 방문을 나섰다.

이튿날 연환은 인덕을 만났다. 이날은 음력 4월 17일, 양력으로는 6월 6일 권농일로 공휴일이었다. 못자리의 벼를 논에다 옮겨 심는 권농일은 농사꾼들한테만 뜻이 있을 것 같지만, 쌀은 생명의 양식이므로 도시인들도 이날을 함께 경축했다.

경성 생활에 익숙해진 두 남녀는 밀회 장소로 어디가 좋은지를 잘 알고 있었다. 그래서 오늘은 성문 밖으로 나가 호젓한 시골길을 걷기로 했다. 아직까지도 그들의 밀회는 짤막할 수밖에 없었고, 남의 시선을 피하기 위해 늘 신경을 쓰지 않으면 안 되었다. 그러나 오늘은 아는 사람들의 시선에서 멀리 벗어나 마음 편히 즐길 생각이었다. 그들은 서대문 근처에서 만나 점심 요기를 위해 연환이 가게에서 빵 두 덩어리를 샀다. 그리고는 시가지를 빠져 나와 벌판길을 지나 산으로 향했다. 그들이 민둥산의 그늘 없는 능선에 올랐을 때는 햇살이 벌써 뜨거운 열기를 내뿜고 있었다.

연환이 말했다.

"드디어 저기 쉴 만한 곳이 보이는군."

그들은 좁은 오솔길을 따라가다가 집채만 한 바위 밑에서 걸음을 멈췄다. 따가운 햇살을 피하기 위해서였다. 연환은 작은 돌들을 골라낸 다음 바위 위에 덮인 이끼를 떼어내 바닥에 깔고 인덕을 앉혔다. 두 사람은 나란히 앉았다. 그렇다고 살을 맞대고 앉은 것은 아니었다. 그들은 둘만이 만끽할 수 있는 이 새로운 호젓함 속에서, 정적이 내려앉은 산의 엄숙함 속에서, 푸르디푸른 열정적인 하늘 아래에서, 오히려 부끄러움을 느꼈던 것이다.

인덕이 말없이 광주리에서 차병을 꺼냈다. 그녀는 먼저 연환에게 한 잔 따라 주고 자기 것도 한 잔 따랐다. 차는 시원하고 신선했다. 그들은 차를 마시면서 시가지 쪽을 내려다보았다. 눈앞에 보이는 풍경은 정말 장관이었다. 마치 경성이라는 보석을 보호하기 위해 높은 바위산들이 푸른 담장을 둘러친 것 같았다. 그리고 시가지 지붕 위에서 반짝이는 햇살이 가난한 오막살이들과 북적대는 거리를 감춰 주고 있었다.

"아, 시장하군."

연환이 말했다. 두 사람은 빵 하나를 반으로 잘라 나누어먹었다. 연환은 예전에는 결코 맛보지 못한 행복감을 느꼈다. 그는 손만 뻗으면 그녀를 어루만질 수 있었다. 그러나 그렇게 서두를 필요가 없었다. 앞으로 평생을 함께 하기로 약속한 사이가 아니던가. 두 사람은 이러한 침묵 속에서도 장래를 위한 초석을 굳게 다지고 있었다. 그는 바위 쪽에 몸을 기대며 포만감에 젖어들었다.

인덕이 먼저 말을 꺼냈다.

"제가 당신 어머님께 우리 집이 기독교 집안이라고 말씀드렸을 때 어머님께서 뭐라고 하신 줄 아세요?"

"그래, 뭐라고 하셨소?"

연환이 그녀의 고요한 얼굴을 쳐다보며 느긋하게 되물었다.

"처음엔 믿지 못하시겠다는 듯이 깜짝 놀라시더군요. 그러다 당황한 목소리로 기독교인이 어떤 사람들이냐고 물으셨어요. 며느리가 기독교인이면 시어머니가 손주도 보지 못하느냐고도 물으셨어요. 그래서 제가 절대로 그렇지 않다고 약속드렸지요. 우리 아이들이 절에 가서 부처님께 절하지 않고 그 대신 교회에 가서 예수님 말씀을 배울 것이라는 점 말고는 조금도 다를 것이 없다고요. 그랬더니 '예수님이라니, 그 사람이 누군데?' 하고 물으시더군요. 제가 예수님에 대해 설명하자 당신 어머님께서는 아주 못마땅한 목소리로

'그러니까 그 사람 외국인이군 그래' 하고 외치시더군요."

내 아이들이 기독교인이 된다고? 이것은 연환도 미처 생각하지 못한 사실이었다. 그리고 별로 달갑게 느껴지지 않았다.

"아이들 문제는 나도 미처 생각해 보지 못했소."

저 멀리 푸른 하늘에서 독수리 한 마리가 태양을 향해 날아오르고 있었다.

"왜, 싫으세요? 우리 아이들이 기독교인으로 자라는 게?"

그녀가 따지듯이 물었다.

"글쎄, 아직도 난 기독교에 대해 까막눈이라서…."

"기독교는 제가 믿는 종교예요."

"그러니까 나 역시도 기독교를 믿어야 된다는 말이오?"

그녀는 어떻게 대답해야 좋을지를 생각하며 연환의 얼굴을 뚫어지게 바라보았다.

"지난번 그 신약성서, 다 읽으셨어요?"

"그저 대충 대충."

"소감이 어땠어요?"

그는 마치 꿈속을 헤매는 듯이 나직한 목소리로 말했다.

"참 이상한 책이더군. 읽다 보니까, 그래 맨 마지막 부분에 무슨 묵시록이라는 게 나오더군. 이름은 기억나지 않지만 누군가 작은 책자 하나를 먹었다고 쓰여 있었소. 온통 시구로만 쓰여 있어 천국의 계시인지 지옥의 계시인지는 잘 알 수 없으나, 아무튼 그 사람이 책을 삼켰다는 거요. 그리고 처음에 혀를 댔을 때는 향기가 진동했는데, 입속으로 넣으니 달콤한 향내는 온데간데없이 사라지고 쓴맛만 남았다는 거요. 내 경우가 꼭 그것과 비슷하더군. 당신의 그 책을 처음 읽을 땐 정말이지 달콤하기 그지없었소. 그런데 지금 생각하면 왠지 입맛이 쓰다는 느낌이오."

그녀가 안타까운 목소리로 물었다.

"저런, 왜 그럴까요?"

"글쎄, 아무튼 막연하지만 그런 느낌이오. 이 오래된 나라에서 새로운 종교를 믿는다는 것 자체가 위험한 일 아니겠소? 폭발물이라고나 할까."

연환은 처음으로 맛보는 이 호젓한 날에 어제 아버지한테서 들은 이야기를 전해 주고 싶지 않았다. 한참을 생각에 골몰하던 그녀가 다시 입을 열었다.

"혹시 제가 기독교인이 아니기를 바라세요?"

그가 대답했다.

"아니오, 내가 좋아하는 것은 지금의 당신이오. 당신이 지금 어떠하든 나는 지금의 당신을 원한단 말이오."

"당신이 정녕 원치 않는다면 제가 포기할 수도 있어요. 저는 절대로 당신과 헤어질 수 없어요."

그녀의 이 느닷없는 말에 연환의 마음이 사랑으로 소용돌이쳤다. 내가 잘못 들은 것은 아닐까? 나를 위해서라면 자신의 종교까지 포기하겠다니. 물론 그녀가 그렇게 하도록 할 생각은 전혀 없었다. 그러나 연환은 혈관 속까지 짜릿해지는 것을 느꼈다.

그가 힘차게 말했다.

"그 무엇도 우리를 떼어놓을 수 없소. 그 무엇도! 약속하지요. 내가 그 목사님과 이야기를 나누어 보겠소. 그래서 당신이 믿는 하느님에 대해서 더 많은 것을 배워 보겠소. 그리고 당신처럼 믿음을 갖게 되면 절대로 주저하지 않겠소."

"하지만 우선 당장이 문제에요. 당신 정말 혼례를 기독교식으로 치러도 괜찮으시겠어요?"

"물론이오. 지금의 나로서는 고집할 것이 없으니까. 낡아빠진 관습은 나 역시 질색이오. 도대체 그놈의 관습이 우리에게 도움이 된 적이 있소? 이제는 이미 제 역할이 끝나 쓸모가 없어진 낡은 관습들… 어차피 청산할 것은 한시 바삐 청산해야지. 자, 그 문제는 더 이상 거론하지 말기로 합시다. 우리 두 사람이 서로 사랑하기만 한다면 시간이 모든 걸 해결해 줄 것이오."

연환은 말을 마치고 갑자기 그녀의 손을 덥석 잡았다. 두 남녀는 부끄러움을 느꼈다. 그러면서도 서로를 갈구했다. 그러나 낡은 전통이 그들을 억누르고 있었다. 남녀의 정분은 손바닥을 통해 전달되므로 남녀가 손을 잡아서는 안 된다고 그들은 배웠다. 아닌 게 아니라 남녀의 사랑은 손을 마주 잡는 데서 시작되는 것 같았다. 두 사람으로서도 이것은 처음으로 맛보는 짜릿한 경험이었다.

인덕의 손을 그렇게 꼭 쥐고 있던 그는 불현 듯 몸이 뜨거워지는 것을 느꼈다. 연환은 이래서는 안 되지 하고 자신을 타이르면서 그녀에게 단호하게 말했다.

"자, 일어납시다. 돌아가야 할 시간이오."

결혼식 날짜가 하지로 잡혔다. 이번 하지는 음력으로는 초사흘, 양력으로는 21일이었다. 연환은 부모님들께 소식을 보냈다. 결혼식을 올리는 교회 이름도 알려 주었지만 인편으로나 우편으로나 답장이 없으니 부모님들이 참석하실지는 알 수 없었다. 이즈음에는 일본인들이 개혁한 우편 제도가 시행되고 있었다. 그나 인덕이나 연환의 부모님들에 대한 이야기를 삼갔지만 결혼식 날짜가 임박해 오면서 두 사람 다 속이 탈 지경이었다. 시골집에 내려가면 어머니는 필시 그가 인덕을 데리고 내려와 살아야 한다고 주장할 터였다. 그러나 인덕은 작으나마 자기 집을 갖고 싶어 했다. 그래서 연환은 마음속으로 아버지에게 땅을 좀 떼어 달래야겠다고 작정했다. 집 한 채 지을 돈 정도는 저축해 놓았으나 땅까지 살 형편은 아니었고, 일본인들이 어디서나 땅을 마구잡이로 사들이는 판이었기 때문에 땅값이 매우 비쌌다. 조선인으로서는 자기를 도와 줄 후원자가 없이는 땅을 사는 것 자체가 어려운 시절이었다.

결혼식 날 새벽에는 안개가 끼었다. 소서小暑를 앞둔 이즈음에는 날이 꽤 더웠다. 먼 동녘에 솟아오른 태양이 꼭 은쟁반 같았다.

"나는 한복을 입어야겠지요?"

그가 인덕에게 이렇게 묻자 그녀는 망설이다가 대답했었다.

"저는 당신이 양복을 입은 모습만 보아 왔지요. 그러나 좋아요. 결혼식 때는 한복을 입은 조선 사람을 남편으로 맞이하겠어요."

그래서 연환은 한복을 입었다. 수학 선생으로 있는 이성만이라는 아주 가까운 친구가 거들어주었다. 그 친구는 비밀혁명단원이었지만 쾌활한 성격의 총각이었다. 그래도 그는 연환이 흰 한복을 입고, 일제 고무로 만든 보트 모양의 신발을 신고, 가운데가 높고 테가 좁은 사모를 쓰는 것을 도와주면서 연신 농담을 던졌다. 준비가 끝나자, 성만이 늘씬한 자기 친구를 올려다보았다. 그 자신은 땅딸막한 체구에 미남도 아니고 몸놀림이 둔중했다.

"아니 이 사람, 자네가 연환인가?"

성만이 놀랐다는 듯이 외쳤다.

"이거 원, 나 역시도 아주 어색하군. 내가 꼭 우리 할아버지 같다는 느낌이야."

연환도 맞장구를 쳤다.

그래도 그는 이 옷차림으로 어색함을 무릅쓰고 교회로 들어섰다. 그의 옆에서는 성만이 두어 걸음 떨어져 따라 들어왔다. 벤치는 이미 한편엔 남자, 다른 한편엔 여자로 가득 차 있었다. 제단에서는 검은 예복을 입은 목사가 서서 기다리고 있었고, 어느 나라 노래인지 연환으로서는 전혀 들어보지 못한 낯선 음악이 들려 왔다. 그는 중앙 통로로 좌우를 살피지 않고 제단 앞으로 걸어갔고 성만이 그 뒤를 따랐다. 목사는 그들에게 제단 앞 왼쪽에 서 있으라고 손짓했다. 그들이 기다리고 있는데, 잔잔하게 흐르던 음악이 갑자기 크고 경쾌한 음악으로 바뀌더니 인덕이 자기 부친을 따라 중앙 통로로 입장하기 시작했다. 그리고 앞에서는 그녀의 두 조카가 꽃을 뿌리며 걸어오고, 뒤에는 그녀의 어머니와 언니가 따라 들어왔다. 그러나 연환의 눈에 들어오는 것은 인덕이었다. 그녀는 화려한 무늬로 치장된 분홍색의 긴 공단 치마에 짧은 저고리를 입었고, 얼굴은 흰 비단 면사포로 반쯤 가리워져 있었다. 인덕이 서서히 다가오는 동안 연환은 그녀에게 시선을 보내지 않으려고 애쓰면서도 그녀가 자기 바로 옆에 자리 잡을 때까지 시종 그녀에게서 눈길을 뗄 수 없었다.

이 생소한 결혼식에서 그는 다음과 같은 말 외에는 아무 말도 기억나지 않았다. 목사가 "그대는 인덕을 아내로 맞이하겠는가?" 하고 물었을 때 그는 "네, 그래서 여기에 왔습니다."라고 큰 소리로 대답했고, 여자 하객 몇 사람이 킥킥거리는 소리에 깜짝 놀라 '아이쿠, 뭔가 실수를 한 모양이로군' 하고 생각했던 것이다. 아무튼 그가 한동안 정신을 못 차리고 있는 사이에 목사가 그들이 부부가 되었음을 선언하는 소리가 들렸다. 그리고 다음 순서가 어떻게 되는지를 몰라 쩔쩔매는데, 인덕이 팔짱을 끼고 그를 서서히 인도했다. 그가 제정신이 든 것은 그녀와 나란히 팔짱을 끼고 중앙 통로를 걸어 나올 때였다.

그는 이 와중에서 부모에 대해서는 거의 잊고 있었다. 그러나 행진이 다 끝나갈 무렵 그는 아버지가 맨 뒤쪽 벤치 가장자리에 서 있는 것을 발견했고, 어깨를 스칠 정도로 아버지 옆을 지나갔다. 아버지와 아들은 한 사람은 근엄한 표정으로, 또 한 사람은 감사의 눈으로 서로를 바라보았다.

행진이 끝나고 두 사람은 예배당 바깥으로 나왔다. 연환은 이제 어른이 된 것이다.

"아니, 집을 짓겠다니? 조상 대대로 물려 온 이 집에 아이가 하나도 없지 않니? 우리가 죽고 나면 너희들 집이 아니냐?"

순희가 추궁하듯이 물었다. 연환과 인덕의 표정이 확 달라졌다. 시대가 변하고 세대가 다르다는 것을 어머니에게 어떻게 납득시킬 것인가? 순희도 새색시였을 때 시댁에 왔고, 그때 이 집은 시부모님의 집이었다. 아니, 도대체 새색시가 시댁을 놓아두고 어디로 갈 수 있단 말인가? 순희는 인덕에게 계속 따지듯이 물었다.

"이 어미가 기독교인은 이 집안에 들여놓지 않겠다고 할까봐 그러느냐?"

연환이 급히 나섰다.

"아니, 어머니, 무슨 말씀을…."

그러나 인덕이 침착하게 자신의 의견을 밝혔다.

"어머님 말씀은 옳으시기도 하고 그렇지 않기도 합니다. 기독교 신자인 저는 확실히 다른 젊은 여인네들과 다릅니다. 어머님이 좋으신 분이라는 것은 잘 압니다. 그러나 제가 이 집에 있으면 못마땅한 점이 한두 가지가 아닐 겁니다."

"다르다니, 대체 어떻게 다르다는 말이냐?"

순희가 무슨 소리인지 모르겠다는 듯이, 그러면서도 여전히 자신의 생각을 밀고 나갈 심산으로 물었다. 인덕이 연환을 보며 물었다.

"어떻게 다른 것 같죠?"

그는 머리를 긁적이며 대답했다.

"글쎄, 그런 문제는 생각해 보지 않았는데… 그래도 아무튼 당신은 다르지."

일순 말문이 막힌 순희가 일한에게 불평을 터뜨렸다.

"새아기는 제 남편만 위할 생각이구려. 그게 좋은 며느리인가요? 제 남편을 이 세상에 낳은 사람이 누군데. 이 어미가 아니면…"

그러자 일한이 "당신은 잊고 사는 모양인데, 나도…" 하고 말을 꺼내려니까 순희가 남편을 제지하며 큰 소리로 말했다.

"오, 남정네들이란! 그래요, 그렇고 말구요. 아이를 낳으려면 남자도 필요하지요. 그래서 여자들은 평생을 남편 뒤치다꺼리에 바쁘지요. 그렇지만 아이를 뱃속에서 정말로 만든 것은 여자들이라구요. 남정네들이란 꽃에다 물 몇 방울 떨어뜨릴 뿐이죠."

일한이 근엄하게 말했다.

"부인, 진정하시오. 새아기 앞에서 점잖지 못하게끔. 그래, 원하는 것이 무엇이오. 어디 한번 들어나 봅시다. 그러나 이 아이들이 우리와 함께 꼭 이 초가집에서 살아야 한다고, 그렇게 강요하지는 마시오. 지금은 신시대요. 나 역시도 기독교인 며느리와 같은 지붕 아래서 살아야 할지 어쩔지를 잘 모르겠소."

결국 부자 사이에 본가本家 바로 옆에 새로 집을 짓되 대문은 따로 내기로 타협이 되었다. 연환은 여름 한철 인덕과 달콤한 신혼 생활을 보내면서 새집을 짓기 시작했다. 그는 하인 한 명의 도움을 받아 산에서 주춧돌도 가져오고 지붕을 받칠 서까래 나무도 베어 왔다. 그러나 연환은 지붕을 초가 대신에 기와로 하기 위해 일본인 업자를 고용했다가 아버지의 노여움을 크게 샀다.

어느 날 일한이 여느 때처럼 새집 짓는 구경을 하려고 마당에 들어섰다가 와락 고함을 질렀다.

"네 이놈, 우리 논에서 나는 좋은 짚이 지천인데 어찌 왜놈 기와를 샀느냐?"

창문을 만들던 연환이 일손을 멈추지 않고 대답했다.

"아버님, 초가지붕은 삼사 년에 한 번씩은 개초를 해야 하지만, 이 붉은 기와는 한 백 년 간답니다."

일한이 되받아쳤다.

"그래, 너는 희망이 철철 넘치는구나. 단 몇 년 앞을 내다보기가 힘든 요즘 세상인데, 우리 중에 누가 한 백 년을 살겠다구."

"아버님도 희망을 가지십시오."

연환이 쾌활하게 대꾸했다.

추수가 끝나면 학교가 개학하므로 집 짓는 일은 여름 동안만 했다. 그는 학교에 나가 교사 생활을 계속해야 했고, 인덕도 아이를 가질 때까지는 마찬가지였다. 올여름 그와 인덕은 본가 한 귀퉁이에서 살았고, 그들이 동포들의 곤궁한 생활을 이해하기 시작한 것도 바로 이때였다. 어느 날 밤 연환은 근처 마을에서 한 여인이 도움을 청하며 울부짖는 소리를 들었다.

그는 늦게까지 혼자서 일을 하고 있었다. 모기가 귓전에서 하도 앵앵거리기에 잠시 일손을 놓고 있는데, 여인의 울음소리가 밤바람을 타고 애처롭게 들려왔다. 그는 연장을 내려놓고 울음소리가 나는 쪽으로 귀를 기울였다.

정신을 가만히 집중해 보니 "오마니, 오마니, 저 좀 구해 주세요."라고 되풀이하는 웬 소녀의 음성이었다. 연환은 우선 인덕부터 찾았다. 인덕은 부엌 바깥 툇마루에서 반들반들한 다듬잇돌 위에 옷을 놓고 방망이질을 하고 있었다. 그녀 옆에는 숯불을 피워 놓은 화로가 있고, 그 화로 안에는 손잡이가 긴 인두가 놓여 있었다. 그는 잠시 걸음을 멈추고 툇마루 초롱불빛 밑에서 바람에 머리카락을 나부끼며 다듬이질을 하는 아내의 모습을 물끄러미 바라보았다. 아내가 집안일을 하고 있으니 그녀 역시 아주 소박한 여인네처럼 보였다. 여인네들이 옷을 다듬잇돌 위에 포개 놓고 방망이질을 하는 소리는 조선의 농촌 어디에서나 들을 수 있는 정겨운 리듬이었다.

인덕이 남편이 온 줄도 모르고 화로에서 막 인두를 꺼내는데, 연환이 말했다.

"마을에서 웬 여자가 울고 있소. 무슨 곡절이 있는 모양이오."

그러자 인덕은 인두를 한쪽으로 치우며 외쳤다.

"그래요? 그럼 어서 가봐야지요."

그러니까 이런 것이 그녀의 다른 점이었다. 보통 여자들 같으면 공연히 남의 일에 끼어들었다가 자기 집에 해라도 입으면 어쩌나 하고 생각했을 터이나, 인덕은 어서 가서 도와주자는 식이었다.

그들은 별다른 말을 나누지 않고 걸음을 재촉했다. 아까의 울부짖음은 이제 낮은 흐느낌으로 잦아들었고, 소리 나는 곳은 마을의 한 술집이었다. 마을은 작은데 술집이 셋이나 있었다. 왜놈들이 오기 전에는 술집 하나 없던 마을이었다. 이 술집들은 남자들이 술과 여자를 찾으러 오는 곳이었다. 너무나 가난에 허덕인 나머지 딸들을 이런 색주가에 파는 경우도 적지 않았고, 팔려오는 소녀들은 가족들을 굶주림에서 건지기 위해 자신의 처지를 어쩔 수 없는 현실로 받아들이곤 했다.

이 술집에 도착하자 인덕이 말했다.

"제가 안에 혼자 들어가도록 해 주세요."

"이런 곳엘 혼자 들어가겠다니, 당치도 않은 소리 마시오."

연환이 소리쳤다. 결국 두 사람이 같이 들어가는데, 포주처럼 보이는 노파가 그들 앞에 나타났다. 인덕이 찾아온 이유를 설명했다.

"이웃 사람입니다. 누군가 통곡하는 소리가 들리기에 저희가 도와드릴 일이 없는가 해서요."

노파는 눈을 가늘게 뜨고 그들을 쏘아보더니 아무런 대꾸도 하지 않았다. 그래서 인덕이 막 앞으로 나아가려 하는데, 어린 소녀 하나가 집안에서 달려나왔다. 소녀의 옷은 여기저기 찢어지고 머리는 흐트러져 있었으며 얼굴을 할퀸 자국에서는 피가 흐르고 있었다. 또 웬 사내가 소녀를 뒤쫓아 나왔다. 인덕이 소녀를 두 팔로 감싸 안고, 연환이 소녀와 사내 사이를 가로막았다.

이 사내는 처음엔 연환을 알아보지 못했다. 연환이 오랫동안 경성에 나가 살았기 때문이다. 사내는 옷소매를 걷어붙이며 연환에게 대들 기세였다. 연환이 사내에게 나직이 말했다.

"조심하시오. 나는 저 사람 남편이오."

사내는 이 말에 주춤 물러서며 두 사람을 노려보았다.

"그런데 여기는 무슨 볼일이란 말이우?"

사내가 추궁했다. 인덕이 소녀 앞으로 나서며 대신 대답했다.

"도움을 청하는 울음소리를 들었어요."

사내가 인덕을 거만한 눈초리로 쏘아보며 말했다.

"당신 예수쟁이군 그래."

"그래요, 기독교 신잡니다."

인덕이 침착하게 대답했다. 사내는 이빨을 개처럼 드러내며 비웃었다.

"흥, 재수 없는 예수쟁이 같으니라구. 두고 보시오, 그렇게 사사건건 남의 일에 간섭이나 하다가는 정말 큰코다칠 테니까."

연환이 나섰다.

"아니, 당신은 조선인이면서 어찌 일본인처럼 말을 하오?"

사내가 연환에게 퉁명스럽게 말했다.

"이 여자는 내가 돈을 주고 샀소. 내 소유란 말이우."

그러자 소녀가 대들었다.

"저는 누구의 소유도 아니에요. 저는 속았어요. 당신이 부엌일만 하면 된다고 했잖아요? 에이, 이 더러운 놈!"

소녀가 욕설과 함께 사내 얼굴에 침을 뱉자, 사내도 소녀에게 욕설을 퍼부으며 덤벼들었다. 그러나 연환이 사내를 옆으로 밀쳐 버리는 바람에 사내가 땅바닥에 나뒹굴었다. 그는 씨근대면서 말했다.

"이거, 사람 무시하지 마. 우리 집에서는 나도 귀한 자식이라구."

사내가 먼지 구덩이에서 엉금엉금 일어나 뒤로 물러서면서 중얼거렸다.

"두고 보자구! 그래, 두고 보자구…."

사내는 흙먼지를 털면서 돌아섰고, 연환은 문 밖으로 나와 말없이 집으로 향했다. 그는 신중한 사람인지라 이 소녀를 어떻게 해야 하나 하는 생각에 잠겼다. 분명 농부의 딸일 텐데, 어쩌면 자작농의 딸일지도 모르지, 하고 생각했다. 연환은 이번 일 때문에 자기에게 어떤 화가 미칠지도 모른다는 것을 잘 알고 있었다. 연환의 집안은 너무나 유명해서 무슨 일이든 금세 소문이 퍼졌다. 사실 그들이 그동안 안전했던 것은 아버지가 조용히 경성을 떠나 오랫동안 국왕을 멀리했기 때문이었다. 그러나 연환이 기독교 신자와 결혼한 지금, 이 사실이 일본 관헌에게 알려지지 않으리라고 장담할 수 없었다. 요즈음에는 전국 방방곡곡 어느 마을, 어느 집안의 일까지도 샅샅이 꿰뚫고 있는 그들이었다.

그 술집 사내도 관헌의 돈을 받는 끄나풀일지도 모른다. 조선인들 중에서도 돈이라면 무슨 짓이든 가리지 않는 자들이 있었기 때문이다.

집에 돌아오자 인덕은 그 소녀를 목욕시키고 머리를 빗겨 주었다. 소녀가 걱정스럽게 말했다.

"이제 어쩌면 좋죠?"

인덕이 소녀를 달래며 말했다.

"일단 부엌에서 기다려 줘."

부부는 부엌 옆의 자기들 방으로 가서 앞으로의 일을 의논했다. 두 사람 다 어찌할 바를 모르기는 마찬가지였다. 연환이 먼저 신중하게 입을 열었다.

"결국 어느 쪽이든 선택을 해야 할 때가 온 것 같소. 내가 기독교 신자가 될 것인지 말 것인지 이제는 결정을 내려야 하겠소. 당신의 종교로 인해 생길지 모를 고난을 어차피 받아들여야 한다면 나 역시 당신의 종교를 믿으면 그만이오. 결국은 그렇게 되리라 믿소만, 우리가 심문을 받을 때 당신은 기독교 신자고 나는 기독교 신자가 아니라고 할 필요가 무어 있겠소. 그들은 내게 왜 당신이 남의 생활에 간섭하는 것을 방치하냐고 물을 거요. 난 알 수 있소. 당신이 앞으로도 그렇게 행동하리라는 것을."

인덕의 눈에서 눈물이 흘렀다.

"그래요, 약자의 짐을 함께 지라는 것이 바로 그리스도의 명령이니까요."

연환이 단호하게 말했다.

"그렇다면 그 짐을 함께 집시다. 그렇지 않으면 우리 두 사람은 결국 헤어지게 될 거요. 당신이 양심에 따라 움직이는데, 내 어찌 몸조심이나 하고 있겠소. 그러면 당신은 결국 나를 미워하겠지. 아니, 내가 당신을 미워할지도 모르오. 기독교인과 결혼하는 것이 어떤 것인 줄을 이제야 알 것 같소. 당신이 신자이니 피할 수가 없구려."

인덕이 고집했다.

"내가 기독교인이라고 해서 당신까지 기독교인이 될 필요는 없어요."

살아있는 갈대의 투쟁

연환이 대꾸했다.

"아니오, 나 역시 당연히 기독교를 받아들여야 하오. 나는 당신 남편이니까. 그렇지 않으면 우리 두 사람은 갈 길이 달라질 거요. 나는 그런 사태를 받아들일 수 없소."

인덕이 눈물을 방울방울 떨어뜨리면서 말했다.

"나를 아예 괴물로 만드시는군요."

연환은 인덕의 손을 잡고 그 손바닥에다 입술을 대면서 말했다.

"괴물이라니, 단지 기독교인일 뿐이오."

그는 인덕을 끌어안았다.

"당신의 종교에 맹목적으로 끌려 들어가지는 않겠소. 더욱 연구해서 이해하도록 하겠소. 확신이 설 때까지 말이오. 자, 눈물을 거두시오. 내 꼭 당신을 행복하게 하리다."

인덕이 그의 품속에서 속삭였다.

"제 소망은 당신의 훌륭한 아내가 되는 거예요. 당신을 위험에 빠뜨릴 바에야 차라리 죽고 말겠어요."

연환은 한동안 입을 다물고 아내의 검은 머리를 쓰다듬었다. 두 사람 다 그녀의 말뜻을 잘 알고 있었다. 며칠 전 그들은 기독교인들에 대한 일본 관헌의 탄압이 심해지고 있다는 새로운 소식을 들었던 것이다. 일제의 사악한 행동에 대해 기독교인들이 반발할 때마다 일본인 통치자들은 그것을 정부 당국에 대한 반역이라고 몰아붙였다. 그리고 이제는 전국 방방곡곡에서 무고한 기독교인들이 반역죄 혐의로 체포되고 있었다. 그러나 그들에게 죄가 있다면 악을 거부했다는 것뿐이었다. 그리고 어떠한 정부의 행동이든 간에 사악한 행동에 대해서는 저항해야 한다는 것이 그들의 계명이었다. 연환이 다시금 말했다.

"위험은 함께 나누어야지. 그래야 부부가 아니겠소?"

이때 문 쪽에서 소리가 났다. 그것은 기다리다 지친 소녀의 목소리였다. 소녀는 다리를 크게 벌리고 두 팔을 축 늘어뜨린 채 문 밖에서 서 있었다. 그녀의 머리는 곱게 손질되어 있었고, 햇볕에 그을린 구릿빛 얼굴은 너무 문질러 대서 빨갛게 되어 있었다. 소녀가 물었다.

"마님, 이젠 뭘 하죠?"

두 사람은 화들짝 놀라 포옹을 풀고, 연환이 재빨리 등을 돌려 소녀의 눈길을 막았다. 인덕이 되물었다.

"널 어떻게 할까? 우리가 네 부모님께 돌려보내면 안 될까?"

그러자 소녀가 심한 사투리로 말했다.

"저를 집으로 돌려보내시면 술집 주인이 저를 다시 데려갈 기야요. 그 작자가 내 몸값을 치렀으니끼니, 일본 경찰의 허가증까지 있는 작자라요. 그 작자를 저희 힘으로 어떻게 피하갔시오? 마님께서 저를 멕여만 주신다면 마님 댁에서 힘껏 일하겠시오."

인덕은 어려운 입장이었다. 한 소녀를 일단 구출하기는 했는데 인덕은 이제 자신이 구출한 생명을 책임지지 않을 수 없었다.

"이름이 뭐지?"

인덕이 물었다.

"곱단이야요."

소녀가 대답했다. 소녀는 툭 튀어나온 광대뼈 위의 작은 눈에 애원의 빛을 띤 채 그 큰 입을 멍하니 벌리고 있었다.

소녀를 자기 집에 거두는 것 말고 무슨 도리가 있겠는가. 달리 방도가 없었던 연환과 인덕은 소녀를 식구로 받아들였고, 소녀는 밤이면 부엌 한구석에서 자면서 낮에는 한시도 쉬지 않고 열심히 일했다.

여름이 끝나 가는 어느 날 아침, 연환은 목사를 찾아갔다.

"목사님은 기독교의 교리를 사랑의 복음이라 하시는데, 말이야 부드럽지만 참으로 가혹한 교리 같군요."

그는 경성 교회의 부속실에서 목사와 마주하고 앉아 있었다. 두 사람 사이에는 높은 테이블이 하나 놓여 있고 연환의 앞에는 성경이 펼쳐져 있었다. 연환은 속으로 이렇게 험상궂고 모양새 사나운 얼굴이 있다니, 하고 생각했다. 그러나 외모와 달리 정신은 지극히 고매하다는 느낌이었다. 붉은 눈썹 아래 푹 꺼진 푸른 눈, 흰 살결, 콧대가 중간쯤 무너져 앉은 듯한 높은 코, 넓은 입에 큰 이, 얼굴 생김새는 무시하고 더욱이 손과 목에까지 털이 나 있었다. 옷 속의 전신도 붉은 털로 뒤덮여 있지 않을까?

목사가 물었다.

"기독교가 가혹하다니요?"

연환이 대답했다.

"저로서는 그 사랑의 교리까지도 가혹하다고 생각됩니다. 원수에게 뺨을 맞으면 오른뺨도 들이밀라니… 그보다 더 가혹하고 잔인한 명령이 또 있겠습니까?"

목사가 되물었다.

"그것이 어찌 가혹하다는 말씀이오?"

테이블을 사이에 두고 동양과 서양이 마주 보았다.

"목사님도 생각해 보십시오. 이쪽 뺨을 맞았는데…."

연환이 자신의 오른쪽 뺨에 그 선비 같은 길쭉한 손을 갖다 대면서 진지하게 말하고는 다시 고개를 돌리면서 말했다.

"또 이쪽 뺨까지 들이대면 나를 때린 사람에게 내가 어떻게 하고 있는 겁니까? 나는 너보다 정신적으로 훨씬 더 우월하다고 무언중에 시위하는 것 아니겠습니까? 그러니까 너 자신을 알라, 스스로를 반성해 보라, 그렇게 강요하는 것 아닙니까? 너는 이미 너의 나쁜 기질에 굴복했다. 자, 이쪽도 때려 봐라, 네가 얼마나 나쁜 놈인지를 다시 한번 증명해 봐라, 그런 시위가 아니겠습니까? 그가 어쩌겠어요? 그는 스스로 부끄러워 슬금슬금 물러나겠지요. 그 사람에게도 양심은 있을 테니까요. 이 얼마나 잔인한 짓입니까? 이래도 가혹한 일이 아닐까요? 저는 그렇게 생각합니다."

목사가 고개를 끄덕였다.

"당신 덕분에 예전에 미처 모르던 것을 깨닫게 되었소."

그는 잠시 입을 다물었다가 성경을 집어들더니 사도 바울의 말을 큰 소리로 읽었다. 연환은 잠자코 듣고 있다가 얼마 후 손을 들어 목사의 낭독을 중단시켰다. 그는 방금 들은 대목을 되뇌었다.

"너희 중 어느 누가 이웃과 다툴 일이 있을 적에 성자를 찾아가지 않고 올바르지 못한 무리에게 가서 법에 호소하겠느냐… 바로 이 대목이 조선의 순진무구한 교인들에게 무거운 짐을 지우고 있다는 것을 목사님은 모르십니까?"

"무거운 짐이라뇨?"

이번엔 목사가 반문했다.

"이 대목이 그들을 죽음의 위험으로 몰아넣고 있습니다."

연환이 퉁명스럽게 말했다.

"죽음이라뇨?"

"우리 동포들이 자기들 대신 목사님을 찾아가는 것을 통치자들이 좋아하겠습니까?"

목사가 대답했다.

"일본에도 기독교인이 많이 있습니다."

"그러나 그곳 교회는 일본인 기독교인들에 의해 다스려집니다. 그 가운데 몇몇은 신분이 아주 높지요. 이곳 교회는 조선인들로 구성되어 있습니다. 목사님은 그 수가 얼마나 된다고 하셨죠? 25만이라고 하셨던가요? 꽤 많은 수죠. 그러나 일본인들이 이곳 교회를 다스리는 것은 아닙니다. 그리고 우리 동포들은 기독교인이 되면 아주 헌신적으로 움직입니다. 현세에서는 별로 기대할 것이 없으니까요. 제 경우도 충족과 믿음과 어떤 영감 같은 것을 갈구하고 있습니다. 앞날에 대한 희망이 보이지 않으니까요. 우리 동포 중 일부는… 예컨대, 저희 아버님 같은 분은 시작詩作과 고전 공부에서 피난처를 발견합니다. 하지만 그런 학식이나 재능이 없는 사람들은 어떡합니까? 그들은 교회와 목사님처럼 힘 있는 서양인들에게 기대를 걸고 있습니다. 교회와 서양인들을 통해 일제 침략자들이 차단하고 있는 저 외부 세계, 새롭고 현대적인 문화에 접하고자 합니다."

목사는 그 푸른 눈으로 연환의 얼굴을 주시하며 열성과 이해를 가지고 듣고 있었다. 연환이 말을 멈추자 그가 재촉했다.

"말씀을 계속하십시오."

"조선의 고을이 어떠한지 한번 살펴보죠. 예컨대 선천宣川 같은 고을에는 인구가 약 팔, 구천 명이라고 합니다. 그런데 주민의 반이 기독교 집안이라지요. 그곳 교회와 미션 스쿨은 고을에서 가장 클 뿐만 아니라 제일 좋은 건물입니다. 일, 이천 명 정도가 교회에 나가 설교를 듣거나 목사님들이 이끄는 여타 모임에 참가합니다. 그 인근 고을에도 신자들이 많습니다. 자기들은 참여하지 않는 기독교인들의 이런 대집회를 바라볼 때 일제 통치자들은 어떻게 생각하겠습니까? 그들은 반란과 혁명의 냄새를 느낍니다. 그래서 밀정을 잠입시켜 보고하도록 만듭니다. 또 찬송가는 어떱니까? '그리스도의 군사들이여, 전장에 나가듯이 진군합시다.' 이런 가사가 아닙니까? 밀정들은 이런 것을 다 보고하겠죠. 또 목사님께서 오늘 아침 신자에게 부르게 한 찬송가는 '십자가 군병들아, 주 위해 일어나라'는 것이었습니다. 그리고 미국인 십자가 군병이신 목사님의 오늘 설교 내용은 무엇이었습니까? 다윗이란 젊은이 이야기가 아니었습니까? 다윗은 조그만 팔매줄 하나와 자갈 몇 개를 가지고 거인 골리앗을 죽였습니다. 다윗이 어떻게 그 힘이 센 악당을 죽일 수 있었으며 그의 힘은 어디서 나왔느냐? 목사님은 다윗이 비록 약하고 어리지만 그 마음이 순결하고 그 뜻이 정의롭기 때문에 하느님의 도움을 받을 수 있었다고 하셨습니다. 목사님의 가르침은 바로 거기에 있습니다. 우리 동포는 지금 절망 상태에서 길을 잃고 헤매고 있습니다. 이렇게 과거는 쓸모가 없어졌고 미래는 희망이 없으니, 우리가 목사님 말씀을 믿지 않고 달리 무엇을 믿겠습니까?"

연환은 여기서 자신의 말에 스스로 격동되어 말을 중단했다. 그는 고개를 떨군 채 솟구치는 눈물을 참아내느라 애를 썼다. 이윽고 스스로를 진정시킨 그는 다시 고개를 들고 테이블 맞은편에서 자기를 주시하고 있는 목사를 바라보았다. 신비스러운 그의 푸른 눈이 무엇인가를 요구하는 듯이 활활 불타고 있었다.

목사가 드디어 입을 열었다.

"앞으로 우리와 함께 하시겠군요?"

"네, 이제부터는 저도 기독교 신자입니다."

그날 순희는 밤중에 잠이 깼다. 누군가 좁은 툇마루에 기어올라 방문고리를 더듬는 것 같았다. 그녀는 바짝 긴장해서 귀를 기울였다. 분명 사람의 기척이었다. 그녀는 남편을 깨워야 한다고 생각하면서도 자꾸 망설였다. 남편은 요즘 여러 날 밤잠을 설치고 있었다. 일본 헌병이 느닷없이 찾아와, 그가 왜 한밤중에 야학을 열었는지 그 이유를 캐지나 않을까 염려되었기 때문이다. 그는 곱단이를 통해 마을에 그런 소문이 떠돈다는 이야기를 듣고 있었다.

곱단이는 이렇게 속삭였다.

"술집 사내가 작은 어른께서 저를 보호해 주기 때문에 단단히 벼르고 있대요. 어제 저잣거리에 나갔더니 그 사내가 저를 보고 '김가 놈들을 감옥에 처넣으면 네년도 되돌아오게 될 걸' 하고 호통을 쳤어요."

그때 일한은 걱정하는 기색을 내비치지 않았다. 그리고 야학도 그대로 계속했다. 그러나 이틀 전에는 헌병들이 마을로 들어와 그 술집에서 여자들을 희롱하며 만취해서 갔다고 했다. 일한은 어쩔 수 없이 아이들의 부모에게 비밀리에 전갈하여, 다시 부를 때까지 아이들을 보내지 말라고 일렀다. 그러나 아무리 책에 열중하려 해도 불안감이 가시지 않고 밤에도 잠이 오지 않았다.

순희는 달빛 속에서 남편의 얼굴을 바라보았다. 남편의 얼굴은 창백하고 볼은 핼쑥했다. 아니지, 그냥 주무시게 내버려 둬야지. 그녀는 바깥의 인기척이 누구인지 자신이 나가서 알아보고자 했다. 혹시 이웃집 개일지도 몰라. 그녀는 이부자리에서 살며시 나와 맨발로 살금살금 방문 앞으로 바싹 다가갔다. 그리고 방문에 쳐진 발을 살짝 젖히며 그 틈으로 바깥을 살폈다. 큰 키에 깡마른 남자가 남루한 옷을 입고 서 있었다.

"도, 도둑! 네 이놈, 게서 무엇을 하느냐?"

그녀가 발을 더 걷어올리며 소리쳤다.

"오마니!"

남자가 그녀를 향해 착 가라앉은 목소리로 나직하게 말했다.

아이들이 큰 다음에는 '오마니'라는 호칭을 들어보지 못했던 그녀였다.

"너, 너는…."

그녀가 발을 활짝 열어젖혔다. 그리고 울음을 터뜨리며 말했다.

"아니, 이 밤중에 연춘이 네가…."

"쉬잇!"

아들이 속삭였다. 그는 문에 드리워진 발을 올려 옆으로 고정시키고 어머니를 두 팔로 얼싸안았다. 그녀는 흐느끼면서 말했다.

"키는 이렇게 꺼부정하게 커 가지고 뼈와 가죽만 남았구나. 그리고 이 누더기 차림이라니…."

순희는 아들을 안으로 끌어들이면서 숨이 턱에 차도록 울음 반 말 반으로 물었다.

"그동안 도대체 어디에… 아니 이럴 게 아니지. 잠자코 기다려. 아버지를 깨울 테니까. 우선 따뜻한 차부터 마셔라. 그래, 아직도 뜨뜻하군. 아냐, 온기가 식었어. 음식을 데워야겠다."

아들이 그녀의 어깨를 잡아 흔들며 말했다

"제 이야기 잘 들으세요. 시간이 없어요. 날이 밝기 전에 떠나야 합니다. 저는 이번에 위험한 임무를 띠고 고국에 파견되었어요. 일이 조금이라도 잘못되면 저와 어머니, 아버지 다 위험해져요. 이유는 밝힐 수 없습니다. 또 어디에 있게 될지도 말할 수 없어요. 어쩌면 다시는 집에 못 올지도 몰라요. 일이 어떻게 될지 아무도 모르니까요."

마음을 가라앉힌 그녀가 물었다.

"얘야, 편지라도 보내지 않구?"

"편지 같은 건 엄두도 못 냈어요."

"그래, 그 오랫동안 어디에 있었느냐?"

"중국에서 지냈습니다."

중국! 순희는 그 불쾌한 나라의 이름을 되뇌었다. 민비가 살해된 이후 순희는 그 나라의 이름을 좀체 들어볼 수 없었다.

"아무리 급해도 아버지를 만나뵈어야 한다."

그녀는 단호하게 말하면서 남편이 자고 있는 방으로 아들의 손을 끌었다. 모처럼 곤한 잠에 빠져 있는 남편을 깨우기가 무척이나 안쓰러웠으나, 그렇다고 깨우지 않는다면 남편은 틀림없이 노발대발할 것이었다. 그녀는 남편의 이마와 볼을 살며시 만졌다. 일한이 몸을 뒤척이다가 눈을 떴다.

"여보, 우리 큰아들이, 우리 큰아들이…."

그녀가 남편의 귀에 대고 속삭였다. 영문을 모르고 잠에 취해 있던 그의 얼굴에 의식이 돌아오는 기색이 역력했다. 그가 이부자리 위에 곤추앉으며 외쳤다.

"뭐라구? 어디에, 어디…."

"아버님, 접니다."

연춘이 아버지 옆에 무릎을 꿇고 앉아 대답했다. 일한이 아들의 얼굴을 뚫어지게 들여다보았다.

"어디에 있었느냐?"

그도 순희가 했던 질문을 반복했다.

"중국에서 지냈습니다. 혁명가들과 함께…."

일한이 손을 눈으로 비비고 아들을 다시금 응시하더니 무겁게 입을 열었다.

"서태후의 죽음은 어찌 된 것이냐? 서태후도 우리 중전처럼 살해되었느냐? 설마 하니 너희들과는 관계가 없겠지?"

"서태후는 제 명대로 다 살고 죽었습니다."

"그 혁명당 놈들이 옥좌를 무너뜨리지 않았느냐?"

"아버님, 당연히 무너질 것이 무너졌을 뿐입니다. 청나라는 이미 죽어 있었습니다. 관리들은 썩어 문드러졌고 서태후 같은 여자가 제국을 손에 넣고 주물럭거렸으니까요."

"그래, 지금은 누가 다스리느냐?"

"혁명가들이 미국과 같은 공화국을 세울 것입니다. 그러니까 통치자는 백성들이 선출할 겁니다."

그 말에 일한이 버럭 화를 냈다.

"어리석은 놈! 무지한 백성들이 어떻게 통치자를 선출할 수 있단 말이냐? 나는 미국을 직접 내 눈으로 구경한 적이 있어. 너하고는 다르지. 그 나라 백성들은 어떻게 선출하는지를 알더군. 그래, 그들은 투표라는 것을 하지."

순희가 끼어들었다.

"부자가 똑같군요. 지금 얼마 만에 만났는데 정치 문제를 가지고 다투다니… 여보! 이 애는 시간이 별로 없어요. 바로 떠나야 한대요."

"어딜 가겠다는 말이냐?"

일한이 추궁하듯 물었다.

"죄송합니다, 아버님. 지금은 말씀드릴 수 없습니다."

"밀정 노릇을 하는 거냐?"

"중대한 밀명이 있습니다."

"그러니까 밀정이 틀림없다는 소리군!"

"아버님께서 부르고 싶은 대로 부르세요. 아무튼 저는 조국을 위해 일하니까요."

일한이 이부자리에서 일어나 의관을 단정히 하면서 말했다.

"체포되면 사형이야. 요즘은 술집마다 염탐꾼이 득실거리지. 너는 네가 그 불한당 놈들보다 더 똑똑하다고 생각하느냐? 너는 이미 죽은 몸이나 마찬가지인 게야."

"아버님, 저는 오랫동안 살아남았습니다."

순희가 다시 끼어들었다.

"어떻게 그동안 살아남았는지 모르겠구나. 며칠은 굶은 것처럼 보인다."

그녀는 급히 상을 차리려고 부엌으로 나갔다.

"저쪽 방으로 가자."

일한이 아들을 서재로 데리고 가더니 여느 때처럼 낮은 책상 뒤편에 놓인 방석 위에 앉았다. 일한이 다시 아들에게 호령했다.

"자, 네가 하겠다는 일을 이 아비에게 다 털어놓거라."

연춘은 반대편 방석에 무릎을 꿇고 앉았는데, 그의 헤어진 옷 틈으로 무릎이 드러나 있었다.

"죄송합니다, 아버님. 더 이상 한마디도 말씀드릴 수 없습니다. 모르고 계시는 편이 아버님께도 좋을 겁니다. 앞으로 언젠가 제가 아버님의 아들이냐는 질문을 받으셔도 저 같은 사람은 전혀 모른다고 대답하십시오."

그는 나직하면서도 빠른 음성으로 이렇게 대답했는데, 이제는 그런 목소리가 습관이 되어 있는 것 같았다.

"네, 이놈, 그게 어디 말이나 되는 소리냐!"

일한이 눈을 크게 뜨며 질책했다. 초췌했던 아들의 얼굴에 일순 생기가 돌았다. 잠시나마 연춘의 얼굴이 어릴 적 모습으로 되돌아간 듯했다. 그러면서도 그는 여전히 나직한 목소리로 말했다.

"아버님과 제가 대나무밭을 거닐곤 했던 일을 기억하시나요? 제가 아주 어렸을 땐데, 아버님이 제 손을 잡아 주셨지요."

"물론 기억하지."

일한이 고통을 삼키면서 대답했다. 천진난만하던 아들의 얼굴이 저런 몰골로 변하다니⋯ 일한은 목소리를 가다듬느라 애를 쓰면서 말을 이었다.

"아주 옛날 일이어서 너는 잘 기억할 수 없을 텐데…."
"저는 기억합니다. 동생이 태어나던 날이었지요. 제가 죽순을 꺾어 놓으니까, 아버님께서 말씀하셨습니다. 그렇게 꺾인 죽순은 다시는 돋아나지 않는다고 말입니다. 아버님 말씀은 백 번 옳았습니다. 아버님은 그때 제게 그 대나무들을 속이 빈 갈대라고 일러주셨습니다. 저는 제가 한 짓 때문에 가슴이 터질 듯했습니다. 그러나 그때 아버님께서 또 말씀하셨습니다. 갈대는 꺾여도 꺾여도 되살아난다고 말입니다. 그래서 봄마다 저는 아버님의 말씀이 사실인가 알아보려고 그 대나무밭으로 갔습니다. 그 말씀은 언제나 사실이었습니다."

연춘이 일어섰다. 일한도 일어섰다. 두 사람의 시선이 같은 높이에서 마주쳤다. 아버지가 물었다.

"무슨 이야기를 하려는 게냐?"

아들이 대답했다.

"제 이야기는… 아버님께서 제 얼굴을 영영 보지 못하시게 되면… 제 이름을 영영 들으실 수 없게 되면… 이 아들 역시 하나의 갈대였다고 생각해 주십시오. 제가… 갈대 하나가 꺾였다 할지라도 그 자리에는 다시 수백 개의 갈대가 무성해질 것 아닙니까? 살아 있는 갈대들 말입니다."

그는 아버지를 바라보며 무엇인가를 더 말할 듯 말 듯 망설이는 눈치였다. 그러다 갑자기 일한에게 다가와서 귀에 대고 속삭였다.

"어쩌면 다시는 뵙지 못할 겁니다. 아마 영원히 뵙지 못하겠죠. 그러나 어쩌다 한번 씩 아침에 나오시다가 문 밑에서 인쇄물을 발견할 것입니다. 읽자마자 바로 태워 버리세요."

그는 불안한 눈초리로 주위를 살피더니 혼잣말로 중얼거렸다.

"해가 돋고 있어. 그래, 어서 떠나야 해."

흙담 너머로 아침 햇살이 비치고 있었다. 연춘은 곧바로 사라졌다. 순희가 곧 눈물을 흘리며 들어왔다.

"기껏 상을 차렸더니만 그대로 가 버리다니. 오, 부처님! 저를 왜 이런 몹쓸 세상에 태어나게 하셔서 자식을 굶겨 보내는 어미로 만드시나요."

아내의 넋두리가 일한의 가슴을 쳤다. 그는 묵묵히 아내를 옆에 앉히고 손을 꼭 잡아 주었다. 일한과 순희는 나란히 앉아 사라져 간 아들 생각에 가슴이 메었다. 두 사람은 한 치 앞을 알 수 없는 세계에서 그들만이 남아 있다는 느낌이었다.

장마철이 지나고 무더운 여름이 계속되더니 가을이 성큼 다가왔다. 산에는 초목이 우거지고, 시골 사람들은 그것을 낫으로 베어 겨울철 땔감으로 쓰기 위해 다발로 묶어 두었다. 산기슭의 포플라는 마치 황금빛 촛불처럼 불타고 있었다. 일한과 순희는 그들의 초가에서 옛날의 선조들처럼 하루하루를 보냈고, 밤이 되면 일한이 학동들을 가르쳤다. 작은아들은 좀체로 보기 힘들었다. 학기 중에는 연환과 인덕이 경성에 나가 생활했기 때문이다.

순희가 남편에게 물었다.

"여보, 작은아이한테 제 형이 왔었다는 이야기를 하지 않는 편이 좋겠죠?"

이것은 일한이 이미 자문해 보았던 문제라 대답이 준비되어 있었다.

"며늘아기가 아무래도 마음에 걸리오. 기독교 신자라니, 마치 외국인을 대하는 느낌이오. 그래, 큰아이가 살아 있다는 것을 아무도 모르는 편이 낫겠소. 큰아이 일은 우리만 알고 다른 사람들한테는 일절 잊혀지도록 합시다. 아무래도 그 편이 안전하겠지."

그래서 일한과 순희는 침묵을 지키며 살았다. 연환이 자식 된 도리를 하기 위해 집으로 찾아오면 그들이 점잖게 묻는 것은 건강이 어떠하며 새 학기 생활은 재미가 어떠하냐는 정도였다. 이들 쪽에서 일한 내외의 건강을 염려할 때에는 그저 좋은 편이라고 대답했고, 즐겁게 지내시느냐는 질문에는 요즘 같은 시절에 그 누가 즐겁게 지낼 수 있겠느냐고 반문했다.

음력 8월, 그러니까 양력으로는 10월, 한로寒露 이틀 후 충격적인 사건이 일어났다. 당시 조선의 북부 지방을 여행하던 데라우치 총독(경술국치 전 통감이었던 데라우치는 국치 후 초대 총독이 되었다)이 선천역에서 한 조선인의 손에 암살될 뻔 하다가 간신히 죽음을 모면한 사건이었다. 이 소식이 삽시에 전국으로 퍼지자, 조선인들은 숨을 죽이지 않을 수 없었다. 사람들은 조선이 일본 제국에 공식적으로 합병되기 전 이토 초대 통감이 살해된 사건을 상기했다. 이토 공작은 일본인들의 존경을 받는 사람이었고, 가급적 온건한 통치를 하려고 했으나 만주 하얼빈 역에서 조선의 한 망명객 손에 암살되었던 것이다. 일제는 이에 대한 보복으로 무단 통치를 시작했다. 그래서 이즈음 총독이 어디를 가든 무시무시한 호위병들이 뒤따랐다.

그러나 경비가 그렇게 철통같았음에도 불구하고 암살 모의가 거의 성공할 뻔했다. 총독이 선천역에 도착하자 그를 맞이하기 위해 조선인과 일본인이 다수 운집해 있었는데, 이때 기독교 학교와 공립학교의 학생들이 플랫폼에 정렬해 있었다. 조선인의 경우, 누구를 막론하고 플랫폼에 들어가기 전에 무기를 숨겨 가지고 들어가지 못하도록 경찰의 수색을 받았다. 그러나 이런 세심한 주의에도 불구하고 권총을 몸에 숨기고 들어간 사람이 있었다. 아니면 경찰의 수색을 받은 후 누군가에게 권총을 건네받았는지도 모를 일이다.

총독은 학생들이 정렬해 있는 곳을 왔다갔다 하며 학교 교장들과 악수를 나눴다. 그들 중에는 목사가 두어 명 있었고, 그 중 한명은 미국인이었다. 총독이 그가 타고 온 특별 열차에 막 오르려고 하는데, 웬 호리호리한 사나이가 오른손에 권총을 치켜들고 기독교인들 사이에서 갑자기 뛰쳐나왔다. 총성이 진동했다. 그러나 탄환은 목표보다 너무 위쪽으로 빗나갔다. 경비병들이 우르르 학생들에게 몰려들며 허둥지둥 그들을 밀쳐냈다. 그러나 암살자가 누구인지, 그가 학생복을 입고 있었는지 아무도 정확하게 보지 못했다. 학생이든 일반인이든 그 부근에 있던 사람은 모두 체포되었다. 근거는 없지만 무슨 수를 써서든 자백을 받아내겠다는 경찰의 심보였다. 죄가 있든 없든 그들은 감옥에 처넣어져 재판을 기다려야 했다.

일한은 어느 날 아침, 문 앞에 떨어진 작은 인쇄물을 통해 이 소식을 알았다. 연춘이 집을 떠난 후 일한은 문 아래 그런 인쇄물이 떨어져 있나 하고 아내가 자는 동안 동이 트기도 전에 일어났다. 그러던 어느 날 아침, 그는 마침내 싸구려 종이에 조악하게 인쇄된 소식지를 발견했던 것이다. 그 암살자가 누구일까? 혹시 연춘은 아닐까? 그가 조국에 돌아온 것이 이 일을 위해서란 말인가? 깊은 의혹이 일한의 가슴을 벌떡벌떡 뛰게 했으나 확실한 해답은 나오지 않았다. 그는 마음이 몹시 답답했지만, 아내에게 공연히 이야기해서 쓸데없는 고통을 줄 필요는 없다고 판단했다. 아내는 김장도 담그고 겨울옷도 손보고, 그저 살림이나 잘하면 그만이지. 그리고 만약 큰아이가 겨울 내내 차디찬 감옥에 갇혀 있자면 어쨌든 그것은 적어도 생명을 안전하게 부지하고 있는 것이 아닌가. 아니, 안전이라니! 내가 지금 그 무슨 어리석은 생각에 빠져 있단 말인가. 자백을 하지 않을 경우 큰아이는 온갖 매질과 고문을 당할 텐데 말이다.

이제 일한은 갈대의 교훈을 이해하게 되었다. 갈대 하나가 죽어도 그 자리에는 또 다른 갈대가 자라난다. 그 갈대가 꼭 죽어야 할 운명이라면 말이다.

일한은 겨울 내내 침묵을 지켰다. 그는 야위어 갔고, 순희는 걱정이었다. 일한이 낮에는 잘 먹으려 하지 않고 밤에는 잠을 잘 이루지 못했기 때문이다. 그는 몸을 씻을 때나 속옷을 갈아입을 때 되도록 아내의 눈을 피하려 했다. 아내가 자신의 수척한 몸을 볼 때마다 소리를 질러 댔기 때문이다.

순희가 이렇게 한탄하곤 했다.

"아니, 여보! 당신 몰골이 말이 아니에요. 첫날밤 그 건장하시던 몸을 생각하면…"

"여보! 조용히 하오."

그가 아내의 말문을 막았다. 그리고 아내의 얼굴을 보며 억지웃음을 지어 보였다.

"내 모습이 마음에 들지 않으면 다른 곳을 보구려."

이것이, 머리카락은 반백이 되고 얼굴은 주름살로 깊이 팬 두 늙은 부부가 주고받는 슬픈 농담이었다. 그들은 자신들의 조국에서 망명자 아닌 망명자로서 외로이 살아가고 있었다. 그리고 일한은 여전히 아내에게나 작은아들에게 자신의 걱정거리를 털어놓지 않고 있었다.

겨울은 느릿느릿 지나갔다. 학동들이 어두운 밤, 눈과 얼음을 마다않고 찾아왔으나, 이제는 매일 가르칠 수 없었다. 이번 총독 암살 기도 사건으로 일제는 미친 듯이 날뛰었다. 곳곳에 더 많은 밀정이 파견되어 그들의 손실이 미치지 않는 마을이 하나도 없었고, 그들의 눈길을 피할 수 있는 호젓한 시골길도 이제는 찾아볼 수 없게 되었다. 부녀자들까지도 체포, 심문, 처벌되었는데, 이것은 그들이 기독교 신자라는 이유 때문이었다.

여기에는 까닭이 있었다. 기독교 여학생들이 다른 학생보다 더욱 용감했기 때문이다. 일한이 다음의 이야기를 알게 된 것은 날짜와 장소가 명시되지 않은 그 소식지를 통해서였다.

어느 도시에 있는 기독교 학교의 여학생들이 학교 밖으로 뛰쳐나갔다. 그래서 그 학교의 미국인 여교장이 난처한 입장에 놓이게 되었다. 그러나 학생들은 그들이 사랑하는 교장이 그들의 행동 때문에 처벌받지는 않을 것이라고 웃으며 말했다. 그날 저녁, 경찰서장이 그 교장을 소환했다. 그녀가 서둘러 경찰서에 가자 서장은 그녀를 큰 거리로 데리고 나갔다. 거기서 여학생들은 자기들이 만든 깃발을 흔들며 총독 암살 기도 혐의로 무고하게 갇힌 양민들을 석방하라고 요구하고 있었다. 그 소녀들은 시민들을 분기시켰고, 남자들도 이에 합세하여 경찰서장에게 항의하기 시작했다.

일본인이라고 해서 다 잔인한 것은 아니었다. 궁지에 몰린 서장이 외쳤다.

"다 체포하지는 않겠소. 감옥은 이미 초만원이니까."

교장이 나서서 학생들에게 귀가를 호소했다. 그러나 그들은 교장에게 몰려들어 박수로 환영하면서도 말을 들으려 하지 않았다. 교장이 서장에게 말했다.

"할 수 없군요. 나를 체포하세요. 내가 학생들 대신 처벌을 받지요."

그러나 서장은 마음씨가 좋은 사람이었다. 그는 교장이 고령에다 여자라는 점을 내세워 체포하려 하지 않았다. 교장의 머리는 백발이었고 주름살 잡힌 얼굴은 창백했다. 그러나 그녀의 푸른 눈은 용기 있게 빛나고 있었다.

교장이 서장에게 다부지게 말했다.

"학생들에게 귀가하지 않으면 서장이 나를 체포할 것이라고 말하겠소. 그래도 학생들이 복종하지 않으면 나를 체포하시오."

교장이 겨울바람에 흰 머리카락을 휘날리며 학생들 앞에 섰을 때, 그들은 입을 다물고 서로를 쳐다보았다.

"남자 여러분, 여러분들이 계속 싸우시오! 여학생들이 이렇게 싸우는데 여러분들은 부끄럽지도 않소?"

교장은 이렇게 외치며 여학생들을 귀가시켰다.

일한은 새벽에 이 이야기를 읽었는데, 이것을 읽느라 방문 닫는 것을 깜박 잊고 있었다. 매서운 바람이 그의 얇은 옷을 뚫고 뼛속까지 파고들었다. 그는 소식지를 부엌 아궁이에 집어넣고 성냥불을 켰다. 그리고 그 불에 언 손을 잠시나마 녹였다. 일한은 그날 내내 며느리에 대해 생각했다. 기독교 신자인 여학생들이 그렇게도 용감하다니…. 그는 자신도 모르는 사이에 작은아들에 대한 마음이 누그러지는 것을 느꼈다.

경찰이 여자를 다 그렇게 관대하게 다루는 것은 아니었다. 여러 도시의 학생들이 계속해서 들고 일어나자, 연약한 여학생들까지도 경찰의 군홧발에 채이게 되었다. 이제 일한의 집 대문 앞에는 거의 매일같이 소식지가 놓여 있었.

한 여학생은 이렇게 말했다.

"세 차례나 심문을 받았어요. 한 경관은 내가 신고 있는 짚신을 가지고 시비를 걸데요. 그래서 대답했지요. 아버지께서 감옥에 계신데, 그것이 내겐 마치 아버지가 돌아가신 것 같아 조의의 뜻으로 짚신을 신고 있노라구요. 그러자 그는 '거짓말을 잘도 꾸며대는군' 하며 두 손으로 내 입을 피가 나도록 찢었어요. 그는 또 내게 저고리를 벗어 젖가슴을 보이라고 강요했어요. 그러면서 내가 기절할 때까지 따귀를 갈기고 몽둥이로 머리를 쳤어요. 그리고 '외국놈들이 너희들에게 반항하라고 가르치더냐?' 하고 묻더군요. 나는 교장 선생님 말고는 외국 사람을 아무도 모른다고 대답했지요. 그는 또 나한테 '너 임신했지?' 하고 소리치더군요. 결혼을 하지 않은 내가 그럴 리 없다고 대답하니까, 그는 내게 옷을 다 벗으라고 명령했어요. 그는 자기도 성경을 안다며 '죄가 없는 사람은 옷을 벗고서도 어디든 다닐 수 있지 않으냐'고 억지를 부렸어요. '아담과 이브도 에덴동산에서 나체로 살지 않았느냐?' '그들이 알몸을 감추게 된 것은 죄를 지은 후부터가 아니냐?' 그는 갖은 소리를 늘어놓으며 내 옷을 벗기려 했고, 나는 끝까지 저항했어요. 그가 이런 추잡한 말을 할 때는 조선인 통역도 난처한 얼굴을 하고서 통역을 하지 않더군요. 그러니까 그 경관은 엉터리 조선말로 지껄였어요. 그리고는 화를 벌컥 내면서 그 조선인 통역에게 나를 때리라고 명령했어요. 그러나 그 통역은 '여자를 어떻게 때리느냐'며 '그러느니 차라리 자기 손을 물어뜯겠다'고 했어요. 그러자 그 경관이 직접 자기 주먹으로 나를 갈겼어요."

일한은 이 이야기를 읽고 가슴속에 묻어 두었다. 그러나 그는 지금 동포들 사이에 서서히 폭풍이 일어나고 있다는 것을 분명히 알 수 있었다. 깊은 불행의 구렁텅이 속에서 폭풍이 일고 있었다. 그 살벌한 분위기 속에서 많은 조선인이 투옥되었고, 기독교인들은 누구나 의심을 받았다. 부녀자들은 음탕한 욕을 들었고, 특히 젊은 여자들은 교묘한 수법으로 욕을 보았다. 일한은 이 모든 사실을 문 앞에 놓여 있는 소식지를 통해 알 수 있었다. 그러나 순희와 연환에게는 아직도 입을 꾹 다물고 있었다.

양력 4월 봄이 되자 총독 암살 기도 사건의 혐의자들을 재판한다는 발표가 있었다. 재판 개정 일자는 양력 6월 28일. 일한은 재판을 방청할 준비를 했다.

그날 아침에는 유난히 붉은 해가 떠올랐다. 순희가 그에게 잔소리를 했다.

"하필이면 오늘같이 더운 날에 경성 나들이랍니까? 사람이 들끓고 먼지투성이에 꽤나 시끄러울 텐데. 이제 당신 나이도 좀 생각하시구려."

그는 남편이 측은해 눈물마저 보이며 잔소리를 해대는 아내의 속마음을 이해했다. 그러나 아내가 그를 위해 백설같이 빨래해 놓은 나들이옷을 입혀 주는 동안에도 계속 입을 다물었다. 순희는 남편의 갓끈까지 매어 주고 나서 점심으로 준비한 도시락과 차를 담은 물통을 건네주었다. 그리고는 문간에 서서 남편과 하인 한 사람이 걸어가는 모습을 바라보았다. 옛 선비의 걸음걸이로 걷는 일한의 두루마기 자락이 한 발 한 발 옮길 적마다 좌우로 펄럭였다. 남편을 배웅하는 그녀는 마음이 몹시 아파 조용히 눈물을 흘렸다. 인생이란 이렇게도 견디기 힘든 짐을 지고 가는 것일까? 그러나 그 짐은 지지 않으면 안 된다. 그녀가 죽으면 남편은 어찌 될 것인가? 남편을 사랑함에도 불구하고 그녀는 자주 짜증을 부렸고, 왜 자신이 그런 냉정한 말을 하게 되는지 도무지 알 수 없었다.

그녀는 멀리 사라져 가는 남편의 모습을 바라보며 중얼거렸다.

"저는 부덕한 아내예요. 그러나 한 가지 잘못만은 한사코 피하지요. 당신보다 먼저 죽지는 않겠어요. 약속하지요. 약속하구 말구요."

일한이 재판소에 도착했을 때는 해가 하늘 높이 떠올라 있었다. 법정 출입문은 활짝 열려 있었으나 헌병들이 문 앞을 지키고 있었다. 일한이 정문으로 들어가려고 하는데 한 헌병이 제지했다.

"영감님! 방청권을 보여 주십시오. 총독 이외에는 방청권을 제시해야 합니다."

방청권이라니, 일한은 금시초문이었다. 그는 자세를 바로 하며 그 헌병에게 눈을 찌푸렸다. 그가 아주 위엄 있게 말했다.

"나는 성은 김, 이름은 일한이라는 사람이오."

헌병은 잠시 주저하더니 일한의 풍채로 미루어 꽤 높은 신분이라 생각하고 들어가는 것을 허락했다. 법정에 들어온 일한은 앞에 양쪽으로 수갑을 찬 피고들이 나뉘어 앉아있는 것을 보았다. 한쪽에 검사들과 서기의 자리가 있고, 맨 위쪽은 판사들의 자리였다. 그리고 뒤쪽은 방청석이었다. 피고석과 판사석, 그리고 피고석과 방청석은 가로대로 분리되어 있었다. 일한은 피고인들의 얼굴을 살펴볼 작정으로 피고인 뒤쪽으로 최대한 파고들었다. 그는 그 얼굴들을 하나하나 살폈으나 시력이 나빠 가운데에 있는 피고의 얼굴은 잘 알아볼 수 없었다. 연춘도 여기에 있을까? 그는 안절부절못하며 재판이 시작되는 것을 기다릴 수밖에 없었다.

아침 시간은 법정 정리로 어수선하게 지나갔다. 그러다 한참 후에 판사들이 자리를 잡았고, 그 옆에 일본인 통역 한 사람, 조선인 통역 한 사람이 앉았다. 피고들의 이름이 호명되는 동안 일한은 몹시 초조했다. 그는 김연춘이라는 소리는 듣지 못했다. 설사 아들이 여기 있다 할지라도 그는 가명을 사용했을 것이다. 한 시간에 걸쳐서 공소장이 낭독되었고, 그 일본어 공소장을 조선어로 통역하는 데 또 한 시간이 지나갔다.

점심시간이 되자 한 시간 동안 휴정이 선언되었다. 일한은 서둘러 점심을 먹고 차를 마셨다. 그리고 일찌감치 법정으로 돌아와서 피고석 바로 뒤에 자리를 잡았다. 그러나 오전과는 반대편에 있는 자리였다. 피고인들은 먹지도 마시지도 못한 채 재판 속행을 기다리고 있었다.

일한이 손을 뻗으면 닿을 것 같은 자리에 한 피고인이 고개를 숙인 채 그에게 등을 보이고 앉아 있었다. 머리는 다른 죄수들처럼 삭발을 했는데, 그 앙상한 목은 대나무처럼 뼈마디가 튀어나와 있었다. 그리고 헤어진 윗도리 구멍으로 보이는 그의 어깨는 날개처럼 얄팍했고, 그가 입은 더러운 옷은 실내의 열기로 땀에 젖어 있었다. 이 피고는 답답한 공기 속에서 숨을 헉헉거렸다. 일한의 하인은 바로 옆에서 그냥 바닥에 쪼그리고 앉아 있었다. 일한은 불쌍한 생각에, 반쯤 남아 있는 물통을 하인에게서 넘겨받아 자리에서 일어나 그에게 내밀었다. 갈고리 같은 그의 오른손이 물통을 잡았다. 그 순간 일한은 퍼뜩 알아차렸다. 그것은 아들의 손이었다. 분명 큰아들 연춘의 손이었다.

그는 갑자기 현기증을 느끼며 자리에 털썩 주저앉았다. 그의 머릿속이 온갖 상념으로 어지러워졌다. 어떻게 해야 하나? 어째야 좋을까? 그는 불쑥 "이 사람은 내 아들이오! 내 아들을 석방하시오!"라고 외치고 싶은 충동을 느꼈다. 그러나 그는 충동을 가라앉혔다. 아들은 물통을 준 사람이 누군지 보지 못했다. 연춘이 벌컥벌컥 차를 마시는데 한 간수가 쫓아와서 물통을 낚아챘다.

"누가 이 물통을 주었지?"
"모르오. 누가 손에 쥐어주길래 그저 잡았을뿐이오."
연춘이 사실대로 대답했다.

간수는 근처의 방청객들을 노려보며 눈을 부라리다가 가장 가까운 곳에 앉아 있는 일한을 노려보았다.

"영감, 당신이 주었지?"

일한은 아직도 넋이 나간 채로 입을 열지 못했다. 그가 정신을 차리기 전에 하인이 대신 간수에게 말했다.

"이 영감님은 귀가 절벽이에요, 나리의 말씀을 듣지 못해요."

간수는 두려움에 떨고 있는 아들에게서 신통한 대답을 얻지 못하자 그 화풀이로 연춘의 오른쪽 어깨를 후려쳤다. 아주 호되게 맞은

살아있는 갈대의 투쟁 367

연춘의 어깨에서 피가 땀과 뒤범벅이 되어 흘러나왔다. 그래도 연춘은 고개를 숙인 채 꼼짝도 하지 않았다.

판사들이 입정하자 재판이 속개되었다. 일한은 정신을 바짝 곤두세우고 귀를 기울였다. 제일 먼저 호명되는 피고는 기독교 학교의 교사였다. 몸매가 호리호리한 그 젊은 교사는 재판에 앞서 미국인 목사인 교장의 요구에 따라 암살 현장에 나갔다고 진술한 모양이다. 이제 그는 어제의 자백을 부인했다. 그는 또 자신이 신민회 회원이었다는 어제의 진술도 부인했다. 그러자 재판장은 화를 내며 다그쳤다.

"바로 어제 자백한 사실을 오늘 부인하겠다는 말인가?"

과거 조선군 하사관을 지내다가 현재는 기독교 학교에서 체육 교사를 한다는 그 피고가 이렇게 대답했다.

"어제는 고문 때문에 거짓 진술을 했소."

재판장이 더욱 화를 냈다.

"무엇이 어째! 선생이라는 자가 고문 때문에 허위 자백을 해?"

그 피고는 도저히 견딜 수 없어 허위 자백을 할 수밖에 없었다고 답변했다. 그러면서 추궁을 계속 부인했다.

"아니오, 나는 절대로 주모자를 만난 적이 없소. 모의라니? 아니오, 나는 전혀 모르는 소리요. 아니오, 그런 이야기를 교장 선생님에게 한 적이 없소. 그날 선천역에 권총을 휴대한 행동대원들이 있었다니요? 아니오, 나는 전혀 몰랐던 일이오. 아니오, 나는 총독이 선천을 지나가는지조차 몰랐소. 암살 주모자가 학생들에게 접근하다니요? 아니오, 나는 전혀 모르는 일이오. 아니, 그 사람이나 학생들이나 어찌 권총을 휴대할 수 있었단 말이오? 플랫폼에 들어가기 전에 모두 수색하지 않았소?"

그 체육 교사를 앞에 세워 놓고 이런 질문과 대답이 계속되었고,

재판장의 목청은 더욱더 높아갔다. 그는 플랫폼에서 발견된 큰 상자를 가리켰다.

"이 상자는 본래 당신네 학교에 있었던 거야. 권총이 그 속에 숨겨져 있었다는 것을 당신이 몰라?"

"나는 우리 학교에서 체육 선생일 뿐이오. 그 외에는 아무것도 모르오."

재판장이 더 이상 참지 못하고 소리쳤다.

"다음 피고!"

38세의 농부인 다음 피고 역시 앞의 피고처럼 모든 추궁을 부인했다. 신민회에 대해서도, 그 기독교 학교들의 모임에 대해서도, 권총의 구입에 대해서도, 암살에 대해서도 모두 다 아는 바가 없다고 부인했다. 그는 권총 구입을 위해 돈을 준 바 없으며 반일 연설도 들어본 바 없다고 부인했다. 그는 다윗과 골리앗 이야기가 무엇인지, 그중 누가 더 용감한 사람인지도 모르며, 목사가 다윗과 골리앗 이야기를 했느니 어쨌는지는 더욱 모른다고 답변했다. 물론 그도 이런 것들을 다 안다고 자백했었다. 그러나 그때의 자백은 고문을 이기지 못한 허위 진술이라는 것이었다.

재판장은 무서운 얼굴로 변해 있었다. 그는 이 피고를 자리에 앉히고 다음 피고를 나오게 했다. 일한은 정신을 바짝 차리고 열심히 귀를 기울였다. 재판의 진행 상황이 분명해지고 있었다. 피고 모두가 연춘의 지시에 따라 앞서의 자백은 지독한 고문에 못 이긴 허위 진술일 뿐이라며, 모든 혐의 내용을 부인하고 있었다. 일한은 자기 아들 연춘이 아니라면 누가 그런 계책을 세울 수 있겠는가 싶어 내심 흐뭇했다. 재판부도 이 사태를 알아차렸다. 아무튼 재판은 이 불길한 고요 속에서 저녁때까지 진행되었다. 그리고 재판장은 다음날 오전에 재판을 속개하겠다고 선언했다.

일한이 하인에게 일렀다.

"여관방부터 정해 놓고 마님께 전하게. 재판이 끝날 때까지 집으로 돌아가지 않고 거기서 유숙한다고."

하인이 분부대로 했다. 일한은 여관에서 저녁을 잘 먹은 다음, 세 명의 보부상들과 함께 쓰는 방에서 요 위에 드러누웠다. 이불을 목까지 끌어 덮은 일한은 그날 일을 되새기면서, 아들 연춘의 지혜에 다시 한 번 감탄했다. 그는 수염 아래까지 웃는 얼굴로 깊은 잠에 빠져들었다. 마치 며칠 밤을 지새운 사람처럼.

이튿째 공판도 일한이 늦잠을 자서 피고석 가까이에 자리잡지 못했다는 점 이외에는 첫날 공판과 조금도 다름없이 진행되었다. 일한은 연춘이 어디에 있는지 알 수가 없었다. 그래서 그는 자기 아들이 재판장 앞에 불려나오기만을 기다리는 수밖에 없었다. 일한은 피고마다 어제와 다름없이, 지난번 진술은 혹심한 고문에 못 이긴 허위 자백이라고 주장하는 천편일률적인 재판 과정을 지켜보면서 온종일 아들을 기다렸다. 피고는 대부분 기독교 학교에 나가는 젊은 선생 아니면 학생들이었다. 이들의 진술을 들으면서 일한은 작은아들까지 기독교 신자가 되면 어쩌나 하는 불안에 휩싸였다.

이 2차 공판에서는 14명이 심문을 받았다. 이날도 역시 골리앗과 다윗이 거론되었는데 단 한 명, 좀 약지 못한 젊은이가 다윗이 더 용감한 사람이라고 생각한다고 대답했을 뿐, 나머지 피고는 모두 그 두 사람에 대해 잘 모른다고 대답했다. 2차 공판은 그렇게 끝이 났다. 일한이 의기 백배하여 여관으로 돌아오니, 하인이 웬 김치통을 들고 기다리고 있었다. 여관 김치는 입에 맞지 않을 것이라며 순희가 보내주었다는 설명이었다.

3차 공판도 1, 2차 공판 때와 다름이 없었다. 달라진 것이 있다면 앞서의 질문에 한두 가지 새로운 심문이 추가되었을 뿐이다.

"미국인 교장이 학생들에게 더 용감하게 움직이라고 촉구했는가?"

"피고는 총독이 플랫폼으로 걸어나올 때 미국인 목사들이 학생들에게 신호하는 것을 보지 못했는가?"

"피고는 하얼빈 역에서 이토 공을 살해한 암살자가 표명한, 바로 그런 사상을 기독교 학교 학생들에게 고취시켰는가?"

"피고는 권총을 받은 사람들의 이름을 기억하지 못하는가?"

"누군가 총독이 오는 것을 신민회 회원들에게 알리기 위해 평양에서 선천으로 왔다는데, 피고는 이 사실에 대해 아는 바가 없는가?"

이런 심문들에 대한 답변도 모두 '아니오'였다. 지난번 자백 내용은 고문에 의해 강요된 허위 진술이라는 한결같은 답변이었다. 공판은 이런 식으로 8일 동안이나 계속되었다. 피고들 모두가 학생은 아니었다. 그 가운데는 목사도 있고 상인도 있었다. 그러나 모두가 자신은 그 암살 사건에 가담하지 않았다고 주장했다.

8일째 되던 날 저녁, 일한은 드디어 연춘이 진술하는 것을 보았다. 누더기 옷 그대로였지만 머리엔 삭발한 것을 감추려고 수건을 두르고 있었다. 일한은 연춘의 한마디 한마디에 온 신경을 집중시켰다. 이날도 일한은 그토록 기다리던 아들을 오늘은 보겠지 하고 새벽같이 나왔기에 방청석 맨 앞자리를 잡을 수 있었다. 첫 심문이 시작되었을 때 일한은 가슴이 마구 울렁거리고 목이 꽉 메었다.

"이름은?"

"'살아있는 갈대'라고 불리오."

"2년 전 8월, 피고는 제1차로 총독을 찬연관에서 암살하기로 결의하고 신민회 지방 회원들에게 총독의 도착을 알리기 위해 곽산에 간 적이 있다고 했는데, 사실인가?"

"고문 때문에 그렇다고 했으나 사실이 아니오."

"피고는 오휘원이란 상인이 준 돈으로 만주에서 권총을 구입했다는데, 사실인가?"

"고문 때문에 그렇다고 했으나 사실이 아니오."

"총독을 암살하기 위해 다른 사람과 함께 의주역에도 갔다던데?"

"고문 때문에 그렇다고 했으나 사실이 아니오. 의주역 플랫폼은 아주 좁소, 금방 들키고 말았을 것이오"

"1909년 봄 이토 공이 조선 황제와 함께 시찰 여행을 떠났을 때, 피고는 찬연관에서 이토 공을 살해할 모의를 하지 않았는가? 그런데 황제의 열차가 그곳에 서지 않자 피고가 다음 열차로 이토 공을 뒤쫓아 갔다는데, 사실인가?"

"고문 때문에 그렇다고 했으나 사실이 아니오."

"피고는 신민회의 목표가 군사 학교를 세우고 고위 관리를 암살하면서 일본이 미국이나 중국과 전쟁을 하면 항일전을 벌여 조선을 독립시키려는 데 있다는 사실을 알고 있는가?"

"그런 것 전혀 모르오. 고문 때문에 의식이 오락가락해서 그렇다고 했을지는 모르나, 사실이 아니오."

여기서 일본군 고위 장성인 재판장은 이성을 잃었다. 그는 화가 머리끝까지 치밀어 올라 두 주먹으로 앞에 있는 탁자를 꽝 내리쳤다.

"고문, 고문! 말끝마다 고문이라니! 그래, 고문을 어떻게 받았나?"

연춘은 지금까지와 다름없이 차분한 목소리로 대답했다.

"두 팔을 등 뒤에서 명주줄로 묶었는데, 명주줄이 살을 후벼 팠소. 두 다리 사이에는 막대기 두 개를 끼워 무릎과 발목을 한데 묶고 경관 두 사람이 이것을 마구 비틀어댔소. 또 세모난 대나무

조각을 손가락 사이에 끼워 어찌나 꽉 묶었던지 살점이 떨어져 나갔소. 날이면 날마다 마룻바닥에 엎어놓고 갈라진 대나무로 등에다 매질을 했소. 살점이 너덜너덜해질 때까지. 밤이면 그 음습한 지하 감방으로 내던져졌고, 아침이면 다시 끌려나가 고문을 받았소. 그 다음날도, 또 그 다음날도 고문은 계속되었소. 얼마 동안이나 그랬는지는 잘 모르겠소. 그때는 의식이 혼미했으니까."

침착하면서도 또렷한 한마디 한마디. 죽음보다도 더한 폭력을 담담히 진술하는, 그 단순하면서도 강렬한 한마디 한마디가 법정 안의 모든 사람을 전율케 했다. 진술을 마친 연춘이 고개를 돌려 아버지를 힐끗 쳐다보았다. 하지만 그의 표정은 변하지 않았다. 그랬다. 아버지와 자식, 두 사람은 그렇게 상봉했다.

그때 재판장의 신경질적인 고함 소리가 들렸다.

"다음 피고!"

연춘이 자리로 내려오자 일한은 조용히 일어나 법정을 나와 버렸다. 이제 볼 것을 다 보았고 알아야 할 것도 다 들었다. 그는 시골 초가집으로 발길을 돌렸다. 뒤에서는 하인이 묵묵히 따랐다. 두 사람은 땅거미가 지는 가운데 무거운 걸음걸이로 느릿느릿 걸어갔다. 저녁 공기는 고요하면서도 무더웠다. 그날따라 집까지의 거리가 더욱 멀게 느껴졌다. 일한이 마침내 집에 당도하자 문간으로 달려나온 순희가 남편의 축 늘어진 모습에 놀라 소리쳤다.

"아유, 산귀신 같구려! 뭐 나쁜 일이라도 있었어요?"

"아무것도 묻지 마오. 당신은 모르는 게 약이야."

그는 순희가 아무리 애원하며 캐물어도 입을 꾹 다물었다.

"당신은 모르는 게 약이야."

그는 다시 한번 이렇게 말할 뿐이었다.

암살 기도 사건 공판은 끝났다. 많은 피고인이 종신형이나 장기

징역 선고를 받았고, 몇몇은 사형 선고까지 받았다. 연춘이 이 사형수 가운데 끼었는지 일한은 알 도리가 없었다. 연환의 도움을 받지 않고서는 그것을 알 수 없었다. 그러나 그는 작은아들을 통해 그것을 알아보려 하지도 않았다. 기독교 신자와 결혼한 연환도 이제 위험하기는 마찬가지일 것이라는 생각 때문이었다. 일한은 냉가슴을 앓으면서도 지금까지 그 비밀을 혼자서 간직해 왔으니 앞으로도 계속 그렇게 하기로 마음먹었다.

또 여름이 지나갔다. 연환의 집도 거의 완성되어 갔다. 곱단이는 돌을 나르고 회반죽을 개고 온돌 놓을 땅까지 파는 등, 사내 못지않게 일을 했다. 개학이 되어 연환은 다시 학교에 나가야 했다. 인덕은 올해 교편생활을 그만둘 작정이었다. 임신을 한데다가 연환도 이제는 아내가 아담한 새 보금자리에 남아 있기를 바랬기 때문이다. 그는 이번 학기에는 경성에 혼자 나가 있다가 휴일에나 집에 오기로 했다. 시부모 곁이지만 아내는 곱단이와 둘이서 독립적인 살림을 해 나갈 수도 있을 것이었다. 이제 남은 문제는 부모에게 곧 손주를 보게 될 것이라는 소식, 그리고 며느리가 곱단이와 함께 부모님 곁에 머물 것이라는 계획을 알리는 일뿐이었다. 그러나 연환은 그 무엇보다도 중요한 이야기를 털어놓아야 했다. 자신이 이미 기독교 신자가 되기로 결심했으며, 곧 세례를 받고 경성의 한 기독교 학교의 교장직을 맡기로 했다는 사실을 부모님께 말씀드려야 할 것이었다. 그가 기독교 신자가 될 생각이라고 인덕에게 말했을 때, 아내는 그러면 기독교 학교로 옮겨 보라고 간청했던 것이다.

"그러면 제발 그 일본인 학교를 그만두고 교인들과 함께 지내세요. 그들하고 있으면 안전할 테니까요. 생각해 보세요. 그 일본 사람들 틈에서 혼자만 신자 노릇을 하며 예수를 믿는다면 당신은 사사건건 수색과 심문을 받고 감시를 당하게 될 거예요."

그녀가 벌써 목사님에게 알아봤더니 목사님 말씀이, 지금 교장이 폐결핵에 걸려 한동안 요양을 해야 하니 연환이 그 자리를 맡아주면 좋겠다고 제안했던 것이다. 그래서 일본인 학교에 사직서를 우송했고, 학무국의 출두 명령을 받자 그 자리에서 자신의 전근 사유를 솔직하게 밝혔다.

국장은 동경에 있는 대학에서 조교수를 지낸 젊은 사람이었다. 그가 조선으로 온 이유는 여기 봉급이 동경의 세 배나 되었는데, 노부모를 봉양해야 할 처지였던 그로서는 이 급여 조건을 뿌리칠 수 없었기 때문이다. 국장은 장식이 없는 사무실에서 서양식의 높은 책상 앞에 앉아 있었다. 그는 양복을 입고 머리는 짧게 깎았으며 두꺼운 렌즈의 금테 안경을 끼고 있었다. 연환이 안으로 들어서자 그는 정중하게 앉기를 권했다. 그리고 책상 위의 서류를 펼쳐보고 물었다.

"공립중학교의 교사직을 사임했는데, 무슨 불만이라도 있소?"

"불만은 없습니다."

이렇게 대답한 연환은 잠시 망설이다가 온화한 얼굴에 가벼운 미소를 띠우면서 이렇게 덧붙였다.

"심경에 변화가 생겨 일자리도 바꾸기로 했습니다. 기독교인이 되기로 결심했기 때문입니다."

"그래, 세례를 받았소?"

국장이 서류를 계속 검토하면서 물었다.

"아직은 안 받았지만 다음 달 초하루에 받을 겁니다."

"그래요? 침수侵水세례요, 살수撒水세례요?"

그 젊은 국장이 여전히 눈을 서류에 준 채 물었다.

"그 둘 사이에 무슨 차이가 있습니까?"

연환이 깜짝 놀라면서 되물었다.

"차이가 있지요."

"혹시 국장님께서도 기독교 신자이십니까?"

연환이 용기를 내어 물어보았다.

"대학에 들어가기 전에 기독교 학교를 다녔지요."

그는 여기서 서류를 옆으로 밀치고 고개를 들어 연환을 쳐다보았다.

"당신도 잘 알겠지만, 우리 일본인들이 원칙적으로 기독교 정신에 반대하는 것은 아니오. 그러나 난동 분자들이 기독교도로 위장하고 있을 땐 우리도 혹독하지 않을 수 없소. 내 말 알아듣겠소?"

"알겠습니다."

연환은 조용히 대답했다.

"보아 하니 당신은 현명한 사람 같군. 전근을 허가하겠소."

그는 서류를 다시 끌어당겨 위에다 만년필로 뭔가를 적었다. 그리고 서류를 접어 봉투 속으로 넣으면서 말했다.

"교인들 틈에서 난동 분자를 발견할 경우, 당신은 물론 내게 알려주리라 믿소. 비밀과 안전은 내가 보장하겠소."

느닷없는 이 소리에 연환은 무어라고 대답할까 궁리하다가 결국 입을 꾹 다물기로 마음먹었다. 법정에 가본 적은 없지만 연환도 최근 기독교인들이 중형을 선고받았다는 사실을 알고 있었다. 그는 손을 밀어 봉투를 받은 후 국장에게 목례를 하고 물러나왔다.

다음 일요일, 그는 세례를 받았다. 구름이 잔뜩 끼고 쌀쌀한 날이었다. 늦가을 바람에 낙엽이 휘날리고 홍시도 떨어졌다. 남루한 옷차림의 아이들이 달려가서 홍시를 주워 가지고는 처마 밑에서 그 단물을 빨며 냉기에 떨고 서 있었다. 갓 담근 김치 냄새가 도시와 농촌에서 온통 진동했다.

연환이 거리를 지나 교회로 가는 도중 인덕은 얌전히 그의 뒤를 따랐다. 이날 아침 연환에게는 모든 사물이 새로운 모습으로 다가왔다. 자신이 전과는 전혀 다르게 소생하는 듯했고, 일체의 과거로부터 절연된 느낌이었다. 먼지투성이의 신작로, 슬픈 표정의 시민들, 추위와 배고픔 속에서도, 또 도처에 무서운 일본인 경관들이 있어도 즐겁게 뛰노는 아이들, 그리고 와글거리는 시가지 저편 잿빛 하늘을 배경으로 우뚝 솟아 있는, 메말랐지만 그래도 아름다운 산들… 이 모든 것이 그의 마음속에 강렬하게 아로새겨졌다. 예배당에 들어서면서 그는 자신이 이 문을 다시 나올 때면 여태까지와는 다른 사람이 되리라는 것을 깨달았다. 이제 더 이상 그는 군중들 틈에서 서성이는 고독한 사람이 아닐 것이었다. 이제 더 이상 그는 외톨이 조선인이 아닐 것이었다. 이제 곧 그는 조선인 기독교도가 될 것이었다. 조선인과 기독교인… 그는 이 둘 가운데 어느 것이 더 자신의 진면목인지 알 수 없었다. 아니, 아마도 그 두 부분은 그의 내부에서 따로따로 존재하는 것이 아니라 하나로 합쳐져 존재할 것이었다. 조선인 기독교도… 그렇다. 앞으로 그는 새로운 종교 기독교에 귀의한 조선인으로서 존재할 것이었다.

연환과 인덕은 묵묵히, 연환은 남자 좌석으로 인덕은 여자 좌석으로 걸어갔다. 그는 스스로를 낯설게 느끼며 그 남자 신도들 틈에 앉았다. 그는 지금 미지의 신에게 자신을 내맡기고 있었다. 그리고 지금까지 한 번도 맛보지 못한 어떤 헌신감 같은 것을 느꼈다. 예배는 늘 그러하듯이 찬송가로 시작되었다. 한 남자가 작은 서양 오르간으로 반주를 했다. 연환도 다른 사람들 못지않게 음악을 좋아하는 편이라, 그는 곧 다른 교인들처럼 찬송 노래에 마음이 움직이기 시작했다. 그 찬송가 소리는 교인들의 영혼 속으로 스며들어 갔다. 이 새로운 종교의 또 하나의 매력은 예배 사이사이 엄숙한 오르간 음악에 따라 합창되는 찬송가라 해도 과언이 아니었다. 이미 적지 않은 찬송가를 알고 있었던 연환은 지금 반주되고 있는 것이 '하느님의 어린 양, 날 위해 피 흘렸으니 나 이제 주 앞으로 나갑니다' 라는 찬송가임을 바로 알 수 있었다.

'참 신비로운 가사군, 지금의 내 심경을 그대로 그리다니.'

연환은 속으로 이렇게 감탄했다.

목사가 마침내 부속실에서 나왔다. 그의 붉은 머리가 기다랗고 검은 법복 위로 불타는 왕관처럼 빛을 발했다. 목사는 창문 아래의 금십자가 앞에서 조용히 기도를 드렸다. 연환은 아직 기도할 줄을 몰랐다. 자기 혼자서 하느님과의 영적 교감을 위해 시험삼아 기도를 드려 보지 않은 것은 아니었으나, 그래도 그는 아직 기도 방법을 알 수 없었다. 아무도 그에게 가르쳐 주지 않았던 것이다.

자신이 제대로 기도했는지를 물어보았을 때 목사는 이렇게 대답했다.

"어떤 응답 소리가 들리기를 기대하지 마십시오. 우선은 기도하는 습관이 중요합니다. 계속 기도를 드리다 보면 마음의 평안과 앞으로의 삶의 방향을 느끼게 될 것이오. 주님을 기다리십시오."

"부처님의 가르침과도 꼭 같군요."

연환이 전에 아버지에게 들은 금강산 스님들 이야기를 상기하며 말했다. 그러자 놀랍게도 목사가 화를 내며 반박했다.

"꼭 같다니요? 하느님은 단 한 분이시고, 그분의 이름은 부처가 아니라 여호와이십니다."

만약 세상의 근원이 되는 존재가 단 한 분뿐이라면 그분의 이름이 부처인지 여호와인지, 그 문제는 참으로 중요하지 않을 수 없었다. 그래서 연환은 곰곰 생각해 보았다. 그러나 천성적으로 온순한 연환은 목사에게 묻지 않고 줄곧 혼자서만 자문자답을 해왔다.

목사가 이제 교인들 쪽으로 몸을 돌렸다. 예배당은 이미 만원이 되어 벽에 기대고 서 있는 남자 교인들도 있었다. 여자들은 바싹 조여 앉았는데, 대부분 아기를 품에 안고 있었다. 이들이 교회를 찾은 것은 고달픈 인생살이에서 평안과 격려를 구하기 위해서가 아닐까?

목사가 교인들을 쭉 둘러보았다. 목사의 얼굴은 험상궂었지만 자세히 보면 부드러운 표정이 어려 있었다.

"찬송가를 부릅시다. 주님을 찬양합시다."

예배당은 찬송가 소리로 가득 찼다. 조선 사람들은 노래를 잘 부른다고 연환은 알고 있었다. 그는 그 힘찬 합창에 귀를 기울였다. 별안간 눈물이 핑 돌았다. 가난에 찌들리고 외세의 침략으로 억압당하는 이 조선인 남녀들이 노래를 부르다니! 그들은 화음과 장단을 맞춰 마음으로 노래하고 있었다. 어둠 속에서 미지의 하나님을 향해 천진스럽게 노래하는 이들은 정녕 타고난 노래꾼이요, 음악 애호가들이 아닌가! 연환은 자기도 모르는 사이에 심장에서 터져 나오는 외마디 울부짖음을 목에서 삼켰다.

"오, 하느님! 당신 이름이 무엇이든 상관없습니다. 제가 우리 조선인들을 위해 살아갈 수 있도록 도와주십시오. 저는 이들을 정말 사랑합니다."

무슨 목소리 같은 것을 들은 것은 아니었다. 그러나 그의 마음속에서는 '하느님이 세상을 이처럼 사랑하시니' 하는 낱말 하나하나가 똑똑히 울려 퍼졌다.

이제 그도 찬송가를 따라 부르기 시작했다. 그는 커다란 목소리로 멜로디를 이끌어 나갔다. 찬송가를 후련하게 부르고 나니 심신이 다 평안해지는 것을 느꼈다. 목사가 평소 때처럼 간단한 조선말로 설교를 시작했다. 그는 자신의 서툰 외국어 속에 위대한 사상을 담으려고 애를 썼다. 교인들은 목사의 설교를 열심히 경청했다. 이 긴장된 고요가 깨지는 것은 이따금 한 아기가 울면서 보챌 때뿐이었다. 이렇게 마음이 충만해지고 평온해지는 것은 무엇 때문일까? 처음으로 연환은 기독교에 귀의하기를 잘 했다고 확신했다. 기독교도가 된다는 것이 무엇인지 그 전체적인 의미는 잘 알 수 없었으나, 이제 연환은 자신도 배우면서 성장해 나갈 수 있다고 믿었다. 그는 전에 없이 겸손한 마음이 들었다. 교회에는 양반이 아닌 무지하고 가난한 사람들이 많았다. 처음엔 자랑스러운 가문 출신인 자신이 이들과 뒤섞여 이들을 형제라고 불러야 하다니, 하고 주저하던 연환이었다. 그러나 이제 그는 양반의 오만을 말끔히 씻어 버렸다. 그것은 너무나도 순식간에 사라져버려, 그는 이전의 그 오만이 사라졌다는 것 이외에는 그것이 어떻게 없어졌는지도 알 수 없을 지경이었다. 그는 이제 여기 이 교회의 사람이었고, 여기 이 교회의 사람들이야말로 그의 진정한 형제들이었다.

예배는 그렇게 진행되었다. 그러다 그는 '세례 받을 사람은 앞으로 나오시오' 하는 목사의 목소리에 반쯤은 멍한 상태에서 주춤주춤 일어나 한 10여 명의 남녀와 함께 앞으로 나갔다. 목사가 기도를 시작하자 그는 고개를 숙였는데, 가슴이 두방망이질을 쳤다. 그야말로 미지의 미래에 자신을 송두리째 내맡기는 순간이 아닐 수 없었다.

목사가 말했다.

"그대는 박해를 받을지도 모르오. 우리 주 그리스도가 십자가에 못 박혀 죽은 것과 같이 그대도 죽음의 부름을 받을지도 모르오."

그것은 사실이었다. 일본 헌병들이 십자가형까지 집행했다. 북부 지방의 한 마을에서 세 명의 교인이 십자가에 못 박혀 죽은 일이 있었던 것이다.

목사가 말했다.

"성부 성자와 성신의 이름으로 세례를 주노라."

이마에 찬물이 흐르는 것 같았다. 그 물은 양 볼을 타고 내려 그의 코트로 떨어졌다. 그러나 연환은 그것을 닦지 않았다.

"예수께서 빵을 들고 기도한 다음 그것을 쪼개 사도들에게 주면서 '이것이 내 몸이니라' 하고 말씀하셨고, 또 예수께서 잔을 들어 축복을 한 후 사도들에게 주면서 '이것은 내 피이니라' 하고 말씀하셨느니라."

목사는 목소리에 가락을 넣어 이렇게 말하고 있었다. 연환은 맨 빵의 메마른 맛과 붉은 포도주의 신맛을 보았다. 세례는 끝났다. 오래전 김씨 집안의 자손으로 태어날 때 고고의 소리를 울려야 했던 것과 꼭 마찬가지로, 이제 그는 이 낯설고 신비스러운 의식을 거쳐 기독교 신자로 새로이 태어난 것이다.

2

 연환은 총독 암살 기도 사건의 재판과 짐짓 거리를 두고 있었는데, 이것은 인덕의 간청 때문이었다. 그가 아내의 간청을 받아들인 것은 자기 한 몸만을 위해서가 아니었다. 그녀의 말마따나, 그가 어쩌다 법정에서 기독교인으로 비쳐지는 날에는 그녀의 부모형제까지 다 위험에 처할 것이기 때문이었다. 인덕은 선을 위해 행동해야 한다고 판단했을 때는 그렇게도 용감했지만, 경찰이나 군인 또는 관리들을 어린애처럼 무서워했다. 그녀는 총을 보기만 해도 움츠렸으며 제복을 입은 사람을 보면 가던 길도 아예 멀리 피해 갈 정도였다. 그래도 연환은 신문에 보도되는 재판 기사를 매일 읽었고, 이따금 길을 가다가 눈에 띄는 벽서壁書도 열심히 읽었다. 이즈음에는 벽에 써 놓은 글이 신문 기사보다도 더 읽을 만했기 때문이다. 경찰의 삼엄한 감시에도 불구하고 야음을 이용해 일반이 모르는 사실을 벽에다 써 놓는 투사들이 있었고, 연환이 일찍 출근하는 날이면 그 글을 경찰이 지우기 전에 읽을 수 있었던 것이다. 그래서 연환은 재판의 진행 상황, 즉 피고들이 혐의 내용을 하루는 시인했다가 그 다음날에는 한결같이 고문에 견디지 못해 거짓 자백을 하지 않을 수 없었다고 부인한 것을 잘 알고 있었다. 그가 세례를 받은 다음날, 연환은 일명 '살아있는 갈대'에 대한 글을 읽었다.

'살아있는 갈대를 주목하라'

그 은밀한 글에는 이렇게 씌어 있었다.

일제의 검열을 받는 신문에서 그는 제12차 공판 때 무슨 일이 있었는지를 소상하게 읽었다. 그 기사에 의하면, 그날 양반 출신의 '윤'이라는 조선인 남작이 법정에 출두해서 자신이 신민회 회장이라고 시인했다는 것이다.

연환은 그 노귀족을 잘 알고 있었다. 과거 친구 사이였던 아버지와 그 노귀족은 종종 한양의 제일 좋은 찻집에서 만나곤 했다. 연환은 열두세 살 되었을 때 점잖은 선비들을 만나러 찻집으로 가는 아버지를 따라갔던 것을 잘 기억하고 있었다. 특히 윤 남작에 대한 기억은 뇌리에 선명하게 남아 있었는데, 그가 권하기 전에 아버지는 자리에 앉지도 않았다. 빼빼 마른 체구에 얼굴은 늘 창백했으나, 어디를 가든 근엄하게 행동했다. 노령에 접어든 그가 이제 일생일대의 시련을 맞고 있었다. 그는 유창한 일본어로 자신을 변호했다. 젊었을 때 그는 일본 유학을 다녀왔고, 상해에 가서는 중국어를, 미국에 가서는 영어를 익히기도 한 사람이었다. 또 그는 러시아에도 다녀왔다. 귀국 후 그는 고위 공직을 두루 역임했는데, 특히 러일 전쟁 당시에는 외무협판까지 지냈다. 그리고 일제가 침략해 들어오자 기독교인이 되었고, 관직에서 퇴임한 후에는 기독교 학교에서 교편을 잡았다.

연환이 재판 기사를 읽은 것은 아침 식사 때였다. 가장인 그는 독상을 받아 놓고 있었다. 재판부의 심문과 윤 남작의 답변이 실린 신문 기사에 정신이 팔려 그는 학교 수업 시간까지도 까맣게 잊고 있었다.

"관직에서 퇴임했을 때 피고의 소감은?"

"참으로 비통했소."

"피고가 신민회 회장이라는데, 사실대로 말해 보시오."

"사실이오. 본인이 신민회 회장이오. 그러나 폭력 행위에는 반대한다는 점을 회원들에게 분명히 밝힌 바 있소."

"피고는 아직도 일본의 조선 합병에 분개하고 있군."

"그때 본인에게 일본의 조선 지배를 막을 힘이 있었다면 본인은 이 법정에 나올 필요도 없었을 거요."

"그건 그렇고… 피고가 현상 타파를 기도했다니, 어찌 그렇게도 현실 감각이 없소?"

"이제 너무 나이가 들어 더 이상 일을 꾸미지 못하는 게 한이오. 지금도 조선의 현실을 생각하면 울분을 삭일 수 없소."

연환은 이 대담한 진술을 읽으며 하얀 두루마기를 입고 있는 당당한 노신사, 가슴팍까지 흘러내리는 흰 수염, 손에 쥔 지팡이, 주름살이 깊이 팬 얼굴, 의지에 불타는 검은 눈동자를 눈앞에 그려보았다. 그러면서 그는 가슴속에 싱싱한 용기, 신선한 희망, 새로운 믿음이 뜨겁게 솟구치는 것을 느꼈다. 우리 백성들이 젊은이든 늙은이든 다 이렇게 대담할진대, 내 어찌 겁에 떨고 있단 말인가? 바로 이때 인덕이 방으로 들어오며 말했다.

"수업은 어쩌시려구 이렇게 늑장을 부리세요?"

"알아요, 알아. 그러나 그보다는 아버님부터 뵈어야겠소."

"왜, 무슨 일이 있나요? 뭔가 잘못된 일이라도?"

인덕이 놀라 두 손을 볼에 대며 물었다.

"윤 남작이 어제 재판을 받았소. 지금 감옥에 계신데, 아버님과는 죽마고우시지. 또 이제 밝힐 때가 되었소. 내가 기독교인이 되었다는 사실을 말이오. 한꺼번에 말씀드려도 되겠지."

아버지는 동쪽 마당에 심은 어린 사과나무에 물을 주고 있었다. 어머니는 옆에서, 뿌리가 수분을 쉬 빨아들이도록 굳은 땅에 괭이질을 하고 있었다.

"원 참, 두 분도. 그래, 이 어린 나무에서 열매를 바라세요?"

연환이 문안 인사를 드리며 말했다.

"너희들 때에 열릴 게다. 너나 네 자식 때 말이다. 그래, 너 참 잘 왔다. 마침 너하고 상의할 문제가 있었는데."

아버지가 말했다. 일한은 바가지를 놓더니 아들을 사랑방으로 인도했다. 그리곤 어떻게 말문을 열어야 좋을지 몰라 머뭇거리는 기색이었다.

"말씀하세요."

두 사람이 자리에 앉자 연환이 재촉했다.

"네 말부터 듣자꾸나. 내 이야기도 너와 관계가 있을지 모르니까."

연환이 호흡을 가다듬으며 말했다.

"제가 기독교인이 됐습니다."

비가 내리기 시작했다. 구질구질한 가을비였다. 처마를 넘쳐 섬돌로 떨어지는 빗방울이 마당에서 선을 이루어 졸졸 흘러갔다. 순희는 부엌으로 달려가 머리에 수건을 둘렀다. 연환은 이때 아버지의 역정을 각오하고 있었다. 그가 이렇게 마음을 단단히 먹고 아버지의 불호령을 기다리는데, 천만 뜻밖에도 아버지의 입에서 노여운 목소리가 아니라 인자한 목소리가 흘러나왔다.

"네가 조금 일찍 그런 소리를 했다면 집안 망칠 놈이라고 화를 냈을 게다. 그러나 이젠 아비도 달라졌다. 그 감격적인 광경, 그 감격스런 이야기를 나도 직접 보고 들었으니까."

그리고 일한은 기독교인들이 재판을 받는 이야기, 그들의 지혜와 용기에 대해 칭찬을 하기 시작했다. 연환이 아버지의 말씀 도중에 끼어들었다.

"그 고귀한 분들의 명단에 한 분이 더 들어가야 합니다. 윤 남작 말입니다."

일한의 입이 벌어졌다.

"설마 나의 옛 친구를 말하는 건 아니겠지.

"그분이십니다."

일한은 여전히 연환에게 제 형 이야기를 꺼낼까 말까 망설이고 있었다. 연환은 아버지의 마음을 훤히 들여다보고 있다는 듯이 말했다.

"그 사람 말입니다, 사람들이 '살아있는 갈대'라고 부른다는…."

"그가 어쨌다는 말이냐?"

일한이 미동도 하지 않고 되물었다.

"그 사람이 누군지 짐작도 되지 않으세요?"

"저야 법정에 간 적이 없으니까 얼굴도 보지 못했지만요."

아, 이 애는 모르고 있구나! 그래, 모르게 그냥 놔두어야지. 모르는 게 차라리 안전할 것이다.

"네가 모르는데, 낸들 어찌 알겠느냐?"

일한은 짐짓 이렇게 시치미를 떼더니 일부러 귀찮다는 표정을 지으며 말했다.

"그리고 네 신앙 문제 말인데, 네가 정 기독교 신자가 되고 싶으면 그렇게 하려무나."

작은아들에 대한 그의 노여움은 그렇게 해서 완전히 사그라졌다.

이번 겨울도 이제 막바지, 엄동설한에 접어들었다. 겨울이니 춥지 않을리 없겠지만, 올 추위는 동사자凍死者들이 속출할 정도로 참으로 혹독했다. 아침이면 일본 헌병들은 간밤에 얼어 죽은 남녀노소의 시신을 한데 모아 트럭에 실어가 버렸다. 땅이 너무 꽁꽁 얼어붙어 파묻을 수도 없어서 그 시신들을 봄이 올 때까지 담요로 덮어 빈 창고에 처박아 놓았다. 좀 살 만한 사람들에게도 이번 추위가 혹독하기는 마찬가지였다. 가을철 가뭄이 오래 계속되어 산이 말랐으므로 땔감이 별로 없는 데다, 일제가 예전처럼 푸른 산을 계속 유지하기 위해서는 나무를 베어서는 절대로 안 된다며 벌목을 허용하지 않았기 때문이다.

누구든 밤중에 나무를 베다가 잡히는 날이면 흠씬 매질을 당하고 감옥에 처넣어졌다. 그래서 아침저녁으로 밥을 지으면서 잠깐씩 불을 땔 때를 제외하고는 집집마다 방이 항상 냉랭했다. 여느 겨울 같으면 온돌이 따뜻해서 간단히 요나 깔고 지내면 되었지만, 이번 겨울에는 두꺼운 이불까지 덮어쓰지 않으면 살을 에는 추위를 견디기 어려웠다.

긴긴 겨울이 지나고 아직도 추위가 채 가시지 않은 초봄이 찾아왔다. 그리고 인덕이 아이를 낳을 산월産月이 되었다. 인덕의 어머니는 사위에게 딸이 친정에서 해산할 수 있게 해달라고 부탁했다. 연환은 어떻게 대답해야 좋을지 망설였다. 거절하면 장모가 상심하겠고 응낙하자니 어머니가 달갑게 여기지 않으실 것이었다. 그렇지 않아도 어느 날 연환이 학교에 가려고 집을 나서는데, 사돈집의 부탁을 눈치 챈 어머니가 그를 붙잡고 불평을 터뜨리는 것이었다.

"아니, 너는 이 어미가 손주 하나 받아내지 못할 거라고 생각하니? 왜, 내가 교인이 아니라서?"

"어머님, 제발 좀. 그 문제야 어디 제가 정할 문제인가요? 그 사람이 하고픈대로 놔두죠."

연환도 짜증스럽게 대답했다. 인덕이 창문을 통해 모자지간의 대화를 듣고 달려나왔다. 그녀는 좋은 말로 시어머니의 비위를 맞추려고 했다.

"어머님, 해산이야 백일잔치만큼 중요한 게 아니잖아요. 아기 백일잔치는 꼭 어머님, 아버님 모시구 이 집에서 할 테니까요."

화를 냈던 순희도 이 말에 마음이 누그러졌고, 그래서 장모 말대로 하기로 결정되었다. 초봄 비바람이 거세게 몰아치던 어느 날 밤, 인덕은 친정어머니와 언니들이 옆에서 지켜보는 가운데 진통을 시작했다. 안방 밖에서 연환은 첫애가 딸이면 좋겠다던 아내의 말을 생각하면서 초조함과 기쁨이 뒤섞인 기분으로 인덕의 출산을 기다리고 있었다.

어느 날 밤 부부가 이부자리에 나란히 누워 있을 때 인덕이 연환에게 말했었다.

"저는 하느님께 딸을 주십사고 기도하고 있어요."

"허허, 이거 야단이군. 나는 아들을 주십사고 기도하는데."

그가 너털웃음을 터뜨렸다. 말문이 막힌 그녀가 처음엔 뾰로통하더니 좋은 수가 생각난 듯 빙긋 웃으며 말했다.

"그럼, 우리 둘 다 기도를 중단하고 하느님의 뜻을 따르기로 해요."

인덕의 초산은 순산이 아니었다. 진통이 밤새 계속되었다. 해가 동산 위에 떠오르도록 소식이 없자 연환은 근심이 되기 시작했는데, 그때 막 장모가 문을 열며 방으로 들어오라는 손짓을 했다.

그가 즉시 장모에게 다가가자 연환 부부의 엇갈린 기도 이야기를 이미 인덕으로부터 들었던 장모가 장난기 섞인 표정을 지으며 말했다.

"자네가 이겼네. 하느님께서 아들을 보내셨어."

그는 아내 곁으로 다가가서 엄마 품에 안겨 있는 아기의 모습을 바라보았다. 요놈이 내 아들인가! 그는 가슴이 뿌듯해 오는 것과 함께 어떤 성취감과 삶의 의욕, 그리고 미래에 대한 희망이 솟구치는 것을 느꼈다.

그가 인덕을 바라보며 말했다.

"내 기도가 더 강한 모양이니까 다음번엔 당신 소원대로 딸을 주시라고 기도하지."

인덕은 지칠 대로 지쳐 있었지만 남편의 말에 미소로 대답했다.

연환은 처음엔 아기를 그저 자기 아들, 자신의 분신, 아내와의 세 번째 식구 정도로 생각했다. 그러나 시간이 흘러감에 따라 아주 이상한 예감이 그의 마음을 사로잡았다. 갓난아기에게도 어떤 주체적인 자아가 있음을 깨달은 것이다. 그 주체적인 자아라는 것이 꼭 무엇이라고 잘라 말할 수는 없었지만, 아들의 행동을 관찰하면서 그는 전혀 갓난아기 같지 않은 이지, 인내, 이해 같은 것을 감지할 수 있었다.

우선 그 아이는 배가 좀 고프다고 해서 다른 아기들처럼 칭얼대며 보채지 않았다. 아이의 그윽한 시선을 보면 보채기는커녕 사정을 다 이해한다는 모습이었다. 또 그들 부부가 이야기를 나눌 때면 그 생명력 넘치는 고요한 시선은 마치 부모의 대화를 알아듣고 있다는 듯이 엄마 쪽에서 아빠 쪽으로, 그리고 다시 아빠 쪽에서 엄마 쪽으로 왔다 갔다 했다. 연환의 아들은 몸집도 크고 손힘도 좋고 건강한 데다 기품 같은 것까지 느껴졌다. 아이를 바라보면서 연환은 '아가' 하고 불렀지만, 그러면서도 그는 아이한테 어떤 경외감 같은 것을 느끼며 그렇게 부르는 것이 주저되었다.

어느 날 저녁, 연환이 인덕에게 말했다.

"여보, 이 아이를 보면 말이오, 불교식으로 표현해서 전생에 아주 위대했던 인물이 환생한 것 같은 느낌이야."

그날은 가족이 다 모인 가운데 인덕이 다음날 있을 아이의 백일잔치 준비를 하고 있었다. 그녀는 솥에서 떡이 익는 동안 작은 상에 내일 아이가 쥘 물건들을 차려놓았다. 조선 풍습에는 아이가 무엇을 쥐는가에 따라 그 아이의 앞날을 알 수 있다는 믿음이 있었던 것이다.

인덕은 남편의 느닷없는 말에 잠시 일손을 멈추며 조용히 말했다.

"저 역시 그런 느낌이에요. 왜 그런지 꼬집어 말할 수는 없지만요. 이 애가 앞장을 서고 우리가 뒤따라야 할 것 같은 생각이 들어요. 우리가 부모라고 해서 아이의 앞길을 강요해서는 안 될 것 같아요. 틀림없이 자기의 길을 자기가 알아서 개척해 나갈 거예요. 그러니 아이의 장래에 대해서는 아이가 스스로 결정할 때가지 기다리기로 해요."

그녀가 남편 곁으로 왔다. 두 부부는 아기 담요 위에 누워 있는 아이 옆에 무릎을 꿇고 앉았다. 아이는 여느 아기들처럼 손짓 발짓을 하며 제 목소리에 놀라 까르르 웃고 있었다. 아이가 이제 제 부모 쪽으로 고개를 돌렸다. 아이의 시선과 부모의 시선이 부딪쳤다. 그러자 아이의 표정이 더욱 환해졌다.

"어이구, 우리 아가."

인덕이 활짝 웃으며 말했다. 아이도 반갑다는 듯이 방긋 웃었다.

"쉿, 조용."

일한이 말했다.

연환과 인덕의 두 집안이 아이의 백일잔치를 위해 일한의 집으로 모였다. 일한과 순희 부부가 기독교 집안 사람들을 자기 집에서 만나는 것은 이번이 처음이었다. 일한이 법정에서 기독교인들의 그 꿋꿋한 모습을 직접 보지 않았더라면 아마 그들이 이렇게 만나기가 어려웠을 것이다. 오늘 그는 사돈댁 내외를 정중히 맞이하여 상석에 앉혔다. 인덕 아버지는 하얀 두루마기를 입었고, 갸름하고 수수한 얼굴의 인덕 어머니는 회색 공단 옷을 입고 있었다. 인덕의 언니들과 남동생도 윗목에 앉아 있었고, 순희의 자매들까지 참석했다. 일한의 아버지 장례 이래 이 집이 이렇게 사람들로 북적거린 적이 없었다.

모두의 시선이 아이에게 집중되었다. 아이는 인덕이 오늘을 위해 미리 만들어 둔 빨간 비단옷을 입고 방석에 기대 누워 누구든 자기에게 이야기를 할라치면 방실거렸다.

"쉿, 조용."

일한이 다시 주의를 주었다.

모두 입을 다물고 아이를 주시했다. 아이 앞의 상 위에는 못, 칼, 돈, 실 꾸러미 등 일상적인 물건들이 놓여 있었다. 아이가 의아스럽다는 듯이 엄마를 바라보았다. 그녀가 고개를 끄덕이며 미소를 짓자, 아이가 마치 자기가 뭘 해야 하는지를 알겠다는 듯이 그 물건들을 조심 살펴보더니 오른손을 내밀어 실 꾸러미를 잡았다. 그러자 흐뭇한 탄성이 터져 나왔다. 실 꾸러미는 장수長壽의 상징이었던 것이다.

이 절차가 끝나자 손님들은 인덕이 미리 마련한 떡과 차를 들면서 즐거운 이야기꽃을 피웠다. 그리고 돌아갈 때는 아이에게 선물을 주었다. 누구는 비단으로 만든 예쁜 색동옷을, 누구는 돈을, 누구는 부富의 상징인 쌀을 수북이 담은 주발을 선사했다. 아이의 조부모인 일한 내외도 실 다발, 놋주발, 은수저 등을 선물했다. 아이의 선물 받는 모습이 어찌나 의젓했든지 모두들 칭찬이었다. 손님들이 모두 돌아가자 순희는 아이를 품에 안고 와서 연환에게 말했다.

"애가 실을 잡아서 기쁘구나. 그러지 않았더라면 근심했을 거야. 애가 정말 영리해."

"요즘 같은 시절엔 무엇보다도 영리할 필요가 있어요."

그가 어머니에게 말했다. 이때 일한이 말을 꺼냈다.

"내가 요 녀석 이름을 지었다. 한자로 양陽이라고 말이다. 우선 이렇게 부르다가 나중에 자기 마음에 드는 이름을 다시 지으면 되지. 볕양자니까, 태양의 빛, 지혜의 빛이란 뜻이다. 너희들 생각은 어떠냐?"

연환 내외는 곰곰 생각하며 서로의 얼굴도 쳐다보고 아이의 얼굴도 쳐다보았다. 연환이 말했다.

"예, 좋은 이름입니다."

순희도 고개를 끄덕였다.

"크게 출세할 만한 좋은 이름이군요."

그러자 인덕이 시어머니 품에서 아이를 안아 가며 말했다.

"아직 갓난애예요. 이런 갓난애를 가지고 벌써 어른 이야기하듯 하시네요. 조급들도 하시지."

그리곤 아이를 자기 품에 꼬옥 안았다.

연환의 조국, 조선이 이렇게 절망 속에 있는 동안 저편 유럽에서도 일대 혼란이 벌어지고 있었다. 그토록 오랫동안 평화를 누리던 유럽에서 전쟁이 터진 것이다. 조선 사람들로서는 그 이름조차 모르는 어느 황태자 암살 사건으로 그렇게 큰 전쟁이 시작되다니…. 처음엔 그것을 아무도 이해할 수 없었다. 그 한 사람의 죽음은 삽시에 요원의 불길처럼 사방으로 번져 나가 유럽을 전쟁의 소용돌이에 빠뜨리며 무수한 인명을 앗아갔다. 이 느닷없는 사태에서 제일 먼저 전쟁을 일으킨 나라는 일본이 가장 존경하는 나라로서, 일본 왕이 많은 일본인을 보내 군사 교육을 받게 하던 독일이었다. 한 팔이 부실한 오만한 통치자의 명령에 따라 독일군은 신속하게 인접국들을 쳐들어갔다.

"조선은 어찌 될까요?"

인덕이 근심스레 물었다.

"우리야 아무 힘도 없잖소."

연환이 씁쓸하게 대답했다.

"이 전쟁에서 일본은 어느 편에 가담할까요?"

"일본놈들이야 자기들 이해관계에 따라 유리한 쪽을 택하겠지."

연환이 심드렁하게 대꾸했다.

그는 아내와 함께 그냥 집에 있고 싶었지만 학교 일 때문에 출근을 하지 않을 수 없었다. 그러나 학교에서도 통 수업이 되지 않았다. 학생들이 안절부절못하며, 한편으로는 불안해하고 또 한편으로는 흥분하고 있었다. 그것은 새로 발발한 전쟁으로 무슨 나쁜 일이나 생기지 않을까, 또는 이런 혼란을 틈타 조선이 독립할 수 있는 길은 없을까 하는 우려와 희망 때문이었다.

연환은 학생들에게 말했다.

"이 시점에서 성급한 희망은 금물. 아직 시기상조야."

그러자 한 학생이 따지고 들었다.

"기독교인이시면서 어떻게 희망을 갖지 말라고 말씀하실 수 있습니까?"

연환은 말문이 막혔다. 그는 얼굴이 화끈 달아오르는 것을 느꼈지만 학생들에게 엄한 목소리로 지시했다.

"자, 이제 책을 펴도록!"

그러나 젊은 학생들 눈에 책이 들어올 리 없었다. 그들은 들뜬 상태에서 반항적이 되어 갔다. 학교 규율을 무시하고 심지어 선생들까지 비난하는 학생이 생겼다. 일본이 대독對獨 선전포고를 했을 때 대다수가 깜짝 놀랐지만, 연환은 이 선전포고가 무엇을 의미하는지 잘 알고 있었다.

조선은 작지만 막강한 저 섬나라가 아시아 대륙으로 진출하기 위해서 딛고 가지 않으면 안 되는 징검다리에 불과했다. 독일은 중국 땅 일부를 차지하고 있었는데, 일본은 이번 전쟁의 전리품으로 독일이 차지하고 있는 땅을 요구할 것이 분명했다.

연환은 어느 일요일에 예배가 끝나자 인덕에게 교회 묘지의 나무 아래에서 기다리라고 하더니 목사님의 조언을 듣기 위해 교회 부속실로 들어갔다. 가을이라 선선한데도 이 혈색 좋은 성직자는 계절이 어떻든 늘 더워하는 듯했다. 그가 검은 예복을 벗을 때 구슬땀이 그의 두 뺨을 타고 희끗희끗한 턱수염으로 줄줄 흘러내렸다.

"들어오시오, 형제. 그래, 그동안 어떻게 지냈소?"

목사가 연환을 반겼다.

"의논드릴 문제가 있어서 왔습니다."

연환이 창백한 얼굴로 들어서며 나직한 목소리로 대답했다. 그리고는 이 미국인 목사에게 자기의 걱정거리를 털어놓기 시작했다.

"일본이 유럽까지 가서 전쟁을 할 것으로 생각하는 사람은 아무도 없습니다. 그들은 중국이나 독일 영토를 차지하자는 속셈이겠죠. 그리고 중국이 다시 제국으로 성장하지 못하도록 그 뿌리를 짓밟으려 들 겁니다. 우리 조선 땅에 들어올 때도 그들이 무어라 했는지 아십니까? 청국과의 전쟁을 위해 잠시 지나가야겠다는 것이었습니다. 그들이 내세운 구실은 중국이나 러시아하고 싸우기 위해 병사들을 주둔시킬 땅이 필요하다는 것이었습니다. 우리 조선과 싸우겠다는 말은 단 한 번도 없었단 말입니다. 당시엔 윌슨 대통령은 지금 일본의 의도를 어떻게 생각하고 있을까요?"

"하느님을 믿으시오!"

목사는 말했다.

"하느님이 알고 계실까요?"

연환이 냉소적인 목소리로 대꾸했다. 목사가 말했다.

"그분은 전지전능하십니다."

연환은 별 신통한 조언을 듣지 못하고 밖으로 나왔다. 그는 함께 이야기를 나누고 토론도 하고 또 때로는 자기를 일깨워 줄 상대가 아쉬웠다. 이런 생각에 젖어 있는데, 전에 그가 다니던 학교에서 교편을 잡고 있는 이성만 선생이 생각났다. 연환이 그 일본인 학교를 떠난 후 두 사람은 통 만나지 못하고 있었다. 연환은 두 번 다시 그 학교에 가고 싶지 않았던 것이다. 연환은 뒷골목 싸구려 식당에서 성만과 가끔 점심을 먹던 생각이 떠올랐다. 그는 다음날 점심 무렵에 그곳을 찾아갔다. 성만은 과연 여느 때처럼 털털한 모습으로 의자에 걸터앉아 허겁지겁 우동 국수를 먹고 있었다. 머리는 텁수룩했고, 양복은 다리미질을 하지 않아 쭈글쭈글하고 때에 절어 있었다. 연환이 합석을 하자 성만이 쳐다보았다.

"아니, 자네가! 정말 오래간만이네. 이런, 더 여위었군 그래. 자네가 세례를 받고 기독교 신자가 되었다는 소식은 들었네. 나도 그럴까 하는 생각이 있네만, 안 되지 안 돼. 그러다 밥줄 잃고 말지. 자넨 참 행운아야. 할머니, 여기 우동 하나 더 주세요, 우동!"

그는 손뼉을 쳐서 일하는 노파를 불렀다. 노파가 연환에게 작은 화로를 가져왔다. 화로 위에는 뜨거운 국물이 든 놋그릇이 놓여 있었다.

소소한 얘기, 이런저런 친구들 안부 얘기, 많은 이야기가 두 사람 사이에 오고 갔다. 그러는 동안 점심 손님들이 하나둘 자리를 떴다.

"오후에 수업 있나?"

연환이 성만에게 물었다. 성만은 고개를 흔들고는 그 큰 놋대접에 남아 있는 우동 국물을 벌컥벌컥 비워 버렸다. 그는 놋대접을 내려놓고 윤기 있는 입술을 소매로 쓱 문지르더니 팔짱을 끼고 상반신을 연환 쪽으로 기울였다.

"자네, 우드로 윌슨이란 미국 대통령 알지?"

연환이 나직이 물었다.

"그 사람을 모르는 사람이 어디 있나? 이 세계에서 외로이 평화를 외치는 우리의 희망, 평화의 사도가 아닌가? 게다가 힘까지 있구 말일세. 그가 전쟁을 중단시킬 수만 있다면 우리 모두가 살아날 텐데!"

성만은 이렇게 대답했다. 연환이 다음 질문을 던졌다.

"자네, 윌슨에 대한 책을 갖고 있나?"

"내 방으로 가세."

성만이 연환의 팔을 끌었다. 연환은 학교 안에 있는 성만의 방으로 따라갔다. 성만은 싸구려 종이에 인쇄된 작고 두툼한 책자를 연환에게 건넸다. 제목은 딱 한 단어 '윌슨'이었다.

"읽어 보게. 그러나 남의 눈에 띄면 절대 안 되네. 그리고 우리 사람이 되게."

우리 사람! 연환은 그 말의 의미를 굳이 캐묻지 않았다. 그는 소매 속에 책을 감추고 집으로 돌아와 밤새도록 읽었다. 그는 잉크가 번져 있는 조악한 책자를 통해 한 위대한 사람, 고독하고 용감한 인물, 때로는 지나치게 자신을 믿지만 정의를 위해 늘 노력하는 사람을 대면하기 시작했다. 이 어수선한 시기에 그런 인물이 어디에 또 있을까? 오직 윌슨 한 사람이 있을 뿐이었다.

일한 역시 자신의 초가집에서 윌슨을 접하고 있었다. 소식지는 여전히 대문 밑으로 넣어지고 있었다. 이따금 배포자가 투옥되었거나 살해되었는지 중단되는 적도 있었지만, 그래도 또 며칠 가지 않아 다시 그 자리에 놓이기 시작했다. 이제 그 소식지는 우드로 윌슨에 대해, 우드로 윌슨과 전쟁에 대해, 우드로 윌슨과 미국 국민에 대해, 우드로 윌슨과 세계 약소민족에 대해 이야기하고 있었다.

일한은 소식지를 읽고 또 읽으며 그 의미를 곰곰 생각해 보았다. 한때 그렇게도 또렷하고 따뜻했던 미국에 대한 그의 기억이 차갑게 식어 버린 것은 세계 속에서의 조선의 중요성을 전혀 이해하지 못한 저 시어도어 루스벨트 대통령에 대한 깊은 경멸감 때문이었다.

주옥같은 바위와 땅이 있는 이 나라 조선, 산줄기에는 귀중한 광물이 풍부히 매장되어 있고 강줄기에서는 금빛 강물이 출렁이고 백성들의 뜨거운 마음이 바다에까지 뻗쳐 있는 이 금수강산의 나라, 이 예의범절의 나라는 틀림없이 지구상에서 보석 같은 나라 가운데 하나였다. 하필 그 지정학적 위치, 그 전략적 중요성 때문에 각국의 소용돌이의 중심이 된 나라가 조선 말고 또 얼마나 있을까? 작은 나라이지만 각국의 회전축 역할을 하기 때문에 조선은 강대국들의 각축장이 되었고, 급기야는 일본의 먹이가 되고 말았다. 시어도어 루스벨트는 그러한 조선의 중요성을 이해하지 못했다. 다시 말해서 그는 대국 러시아를 이긴 소국 일본의 용기에 현혹된 나머지,

일본이 승리할 수 있었던 이유가 바로 조선이 전략적 요충지였기 때문이라는 사실을 까맣게 잊었던 것이다. 그렇다면 우드로 윌슨은 어떨까? 그는 시어도어 루스벨트보다 현명할까?

일한은 윌슨의 한마디 한마디를 곰곰이 생각하고 또 흐릿한 윌슨의 사진을 뚫어지게 바라보면서 인간 윌슨을 머릿속에 그려보았다. 윌슨은 학자 출신이었는데, 이 점이 일한의 마음에 들었다. 학자들이란 세계어디에서든지 서로 통하는 데가 있는 법이었다. 이에 비해 시어도어 루스벨트는 한낱 카우보이, 맹수 사냥꾼, 폭력 예찬론자에 지나지 않았다. 그가 임기를 마치고 아프리카로 맹수 사냥을 떠났다는 소식을 들었을 때 순희조차 이렇게 소리친 적이 있었다.

"그 사람 아내는 참 가련하기도 하지. 대통령직에 남편을 빼앗기더니, 이젠 맹수들한테 빼앗기는군요. 하지만 당신은 달라요. 적어도 중전마마가 돌아가신 후에는 이 초가집에 은퇴하셨으니, 제 진짜 생활은 그렇게 시작됐어요."

예전 같으면 이런 소리를 들어도 그저 아낙네들의 투정이거니 생각하던 일한이었다. 그러나 오늘은 아내의 말이 아주 절실하게 들렸다. 더구나 윌슨은 학자 이상이었다. 그는 국가를 이끄는 지도자일 뿐만 아니라 아내와 자녀를 깊이 사랑하는 가장이기도 했다. 일찍이 공자님께서도 치국治國이전에 제가齊家라고 하지 않았던가? 일한은 여러 면에서 유교도儒敎徒 같은 데가 있는 우드로 윌슨을 잘 이해할 수 있을 것 같았다. 윌슨은 이상주의자이자 신념이 굳은 사람이었으며 평화주의자였다. 일한이 이렇게 결론을 내린 것은 어디 선가에서 윌슨이 한 말을 읽었기 때문이었다. 전쟁이 한창 치열했던 어느 날, 윌슨은 평화를 위한 기도의 날을 선포하면서 이렇게 선언했던 것이다.

"나 우드로 윌슨은 미합중국의 대통령으로서 다가오는 10월 4

일 일요일을 기도와 묵상의 날로 엄숙히 선포합니다. 이날 하느님을 두려워하는 이들은 모두 자신의 예배 장소로 가 전능하신 하느님에게 한 목소리로 '당신의 자녀들에게 평화를 주시어 서로 적대하는 사람들과 나라들이 화합하도록 다시 한번 허용해 주십시오'라고 기도해 주시기 바랍니다."

윌슨은 또 이렇게 말했다.

"미국은 전 세계에 대해 특별한 본보기가 되지 않으면 안 됩니다. 이 말은 미국이 전쟁을 하지 않으니까 평화의 본보기라는 의미에서만이 아닙니다. 이것은 평화야말로 세계를 치유하고 고양시키는 위대한 힘을 지니고 있으나 전쟁은 그렇지 못하다는 의미에서도 미국은 평화의 본보기가 되어야 한다는 말입니다. 여러분, 늘 정도正道를 걸음으로써 타국에 대해 폭력을 사용하지 않아도 만국萬國의 본보기로 인정할 수 있는 그런 나라도 있다는 것을 이 세상에 보여 줍시다. 여러분, 남과 다투기에는 너무나 자부심이 강한 그런 사람도 있다는 것을 이 세상에 보여 줍시다."

일한은 이 훌륭한 글을 읽으면서 붓으로 밑줄을 그어 놓았다. 그가 이 말의 의미를 금방 완전히 이해한 것은 아니었다. 일한은 그날 밤새도록 생각하고 또 생각했다. 평화를 수호하는 무기가 될 만큼 그처럼 힘 있는 말을 구사할 수 있는 이 윌슨이란 사람은 도대체 어떤 인물일까? 칼끝처럼 날카롭고, 대담하고도 명쾌한 그의 한 마디 한마디가, 평화를 사랑하는 일한의 가슴에 파고들었다. 그 한 마디 한마디가, 군자君子는 폭력이나 난폭한 행동에 의해서가 아니라 어진 지혜로 백성을 다스린다는 공자의 고전적인 가르침에 익숙해 있는 일한의 뇌를 파고들었던 것이다.

이렇게 생각을 거듭하는 동안 전쟁과 악이 들끓는 세상에서 조용하면서도 확고한 신념과 높은 정의감을 지니고 평화를 지키면서 서

양의 대국을 이끌어 가는 한 인물의 형상이 어느새 일한의 마음 한가운데에 새겨졌다. 처음에는 이 미국인을 그저 신뢰하는 정도였으나, 점점 우상처럼 받들기 시작했다.

연환의 둘째 아기는 딸이었다. 태양이 언 땅을 채 녹이기 전, 앙상한 매화나무 가지 위에 꽃이 하나둘 피기 시작하는 초봄에 태어난 딸이었다. 그러나 계절은 봄이었건만 시절이 하수상하니 전혀 봄 기분이 나지 않았다. 왜냐하면 마침 그때 '위대한' 우드로 윌슨이 이끄는 미국도 결국 제1차 세계대전에 참전했기 때문이다. 1917년 양력 4월의 일이었다. 그리고 조선에서는 일제 지배자들에 의해 이미 음력의 사용이 금지되어 있었다.

당시의 신문들은 윌슨의 말을 크게 보도했다. 그래서 윌슨의 말을 읽은 조선인들은 그를 점점 성자이자 구세주, 전쟁 따위는 절대 하지 않을 사람으로 생각하게 되었다. 연환도 수개월 동안 미국인들의 동향에 대한 것이라면 구할 수 있는 것은 모두 찾아 읽었고, 종종 아버지를 만나 그 말이 무엇을 의미하는지, 그리고 미국도 결국 세계대전에 참전해야 되는지에 대한 의견을 나눴다. 이즈음 일한은 자신의 당초 신뢰와 기대가 어긋나기는 하지만, 또 평화가 삶의 본연의 모습이기는 하지만, 지금은 미국 참전의 필요한 때인지도 모른다고 생각하고 있었다. 저 멀리 유럽에서 제국을 다스리고 있는 사나이가, 한쪽 팔을 못 쓰고 걸핏하면 병에 걸리는 유약한 몸으로 태어난 사나이가 조만간에 다른 사람들, 예컨대 지금 이곳 조선의 통치자들 같은 사람들과 힘을 합쳐 전 세계를 암흑 속으로 몰아넣을 위험한 불장난을 일으키지 못하도록 하기 위해서라도 미국의 참전은 불가피할지도 모른다고 생각하게 되었던 것이다.

그러나 연환은 아버지와 달리 그 필요성을 수긍하려 들지 않았다.

"그동안 그렇게도 평화를 외치던 윌슨이 이제 와서 어떻게 자기 국민들에게 참전을 설득할 수 있겠습니까?"

일한은 고개를 가로젓더니 희끗희끗한 수염을 쓰다듬으며 말했다.

"너는 저 독일 사람들이 평화를 주창하는 윌슨의 말을 자기들에 대한 공포 때문이라고 오해하고 있다는 것을 모르겠느냐? 윌슨의 평화주의에 대해 저들이 어떻게 나오더냐? 윌슨이 평화를 부르짖는 동안 저들은 해상에서 무제한적인 전쟁을 벌이겠다고 선언하지 않더냐? 그래도 미국이 참아야 하겠니?"

연환이 아버지를 물끄러미 바라보면서 말했다.

"이렇게 한적한 시골집에 계시는 아버님께서 저 멀리 지구 반대편에서 일어나는 일에 왜 그리 관심이 많으십니까?"

일한이 대답했다.

"초가지붕 밑에 산다고 해서 바깥세상을 볼 수 없는 것은 아니란다. 하긴 나도 요 몇 년 동안에 그것을 알게 되었지만 말이다. 우리는 바다에 사는 게와는 달라. 사람에게는 게처럼 움츠리고 들어가 안주할 수 있는 껍데기가 없어. 하긴 우리 선조들이 그런 껍데기를 얻으려고 미친 듯이 다투며 세월을 허송한 적도 있었지. 그러나 그게 다 헛수고 아니었더냐! 왜놈들은 먹이를 찾아다녔어. 그러다 마침내 발견한 먹이가 우리 조선이었지. 우리 스스로 세계의 일부가 되지 못하면 껍데기도 없고 희망도 없는 게야. 하긴 우리도 모르는 사이에 지금은 이미 세계의 일부가 되어 있지만 말이다. 우리가 안전하려면 세계도 안전해야 돼. 안전한 세계, 말하자면 그런 것이 필요한 게야. 그 누가 우리를 왜놈의 굴레에서 벗어나게 해 줄 수 있겠느냐? 그건 우리도 아니고 우리의 우방도 아니고 우방의 적국도 아냐. 세계의 대세가 그래야지, 어떤 일부의 힘으로는 도저히 가능성이 없단 말이다. 미국의 경우도 그렇다는 걸 정말 제대로 깨닫고 있는 사람이 바로 우드로 윌슨이란 사람이야. 그러니 우리는 그의 뒤를 따라가야 해. 이 전쟁에서 이기면 윌슨은 자기 소신을 펼쳐 나갈 것이고, 우리는 조국의 독립을 찾게 될 게야. 그리고 그의 지도력 밑에서 우리는 그토록 갈구하던, 지금껏 한 번도 누려 보지 못한 참된 자유를 얻게 될 게다. 그땐 모든 민족이 자유를 누리게 되겠지."

연환의 아버지는 마치 예언자처럼 말하고 있었다. 아닌 게 아니라, 그는 예언자처럼 보였다. 저 옛날의 예언자들에 대해서는 연환도 성경책에서 읽은 적이 있었다. 연환은 아버지 앞에서 더 이상 아무 말도 못하고 그저 존경의 눈초리로 바라볼 수밖에 없었다. 그러나 당시 조선에서 이런 대화를 나누던 사람은 비단 일한과 연환 두 부자만이 아니었다. 도시든 시골이든 조선 방방곡곡에서 윌슨에 대한 관심이 높았다. 이들은 모두 윌슨을 그들의 희망이자 구원자로 바라보았다. 이 세상에 그런 말을 할 수 있는 사람은 윌슨밖에 없었다.

자기 나라에 대해 열심히 떠드는 사람은 많았다. 그러나 윌슨은 세계의 모든 민족에 대해 말하고 있었고, 그래서 조선 사람들은 윌슨을 믿었다. 여기저기에서 사람들이 희망과 열정을 가지고 교회로 모여들었다. 그들은 하느님이 윌슨의 기도를 들어주시어 결국 그에게 승리를 선사할 것이며, 윌슨이 승리하면 그들도 자유를 되찾게 될 것이라고 믿어 의심치 않았다. 사실 윌슨에 대한 신뢰 때문에 교회에 나가는 조선인들이 많았고, 윌슨 때문에 기독교 신자가 된 사람이 수천 명이나 되었다.

그해 5월 16일, 윌슨 대통령은 미국 국민들에게 담화를 발표하겠다고 선언했다. 이때는 이미 윌슨이 미국 국민들에게 고하는 말은 사실상 전 세계 모든 민족에게 고하는 말이나 다름이 없었다. 그의 영향력은 이렇게 커져 있었다. 그러나 이날이 오기까지에는 유럽의 저 오만한 적이 미국의 군함을 세 척이나 침몰시킨 사건이 있었다.

연환은 이들 미국 군함의 비보를 듣고 즉시 아버지의 시골집으로 달려갔다. 아버지는 속으로 '자, 이제 내 생각대로 되어 가는군' 하는 듯이 의기양양해 있었다. 아직도 빛을 발하는 일한의 눈동자가 흥분을 감추지 못한 채 반짝였다.

일한은 오른손에 펴들고 있던 신문을 왼손으로 탁 치면서 아들에게 말했다.

"자. 이젠 윌슨도 참전을 결심하지 않을 수 없게 되었다."

연환이 소리쳤다.

"아버님! 전 아버님께서 평화를 원하시는지 어쩐지를 알 수 없군요! 아니면 약주라도 드셨나요?"

"술이라니, 무슨 말을 하는 게냐. 내가 이걸 읽을 테니 너도 좀 들어 보아라!"

아들의 팔을 덥석 붙잡은 일한은 윌슨의 말을 큰 소리로 읽으면서 내내 그 팔을 놓아 주지 않았다. 그의 신문 낭독은 그렇지, 그래 하며 동감을 나타내느라 이따금씩 중단되곤 했다.

"그렇지! 윌슨이 독일 사람들에게 총부리를 자신들의 폭군에게 돌리라고 호소하는군. 그래, 마치 우리 조선인들한테 하는 소리 같단 말이야. 자, 그럼, 윌슨이 말하기를… 윌슨이 말하기를…."

여기서 일한이 집게손가락으로 그 대목을 찾느라고 읽는 것이 또 중단되었다.

"그렇지 여기 있군. 윌슨이 말하기를, '우리는 독일 국민과 싸우는 것이 아닙니다. 우리는 그들에게 나쁜 감정이 없으며, 있다면 동정과 우정이라는 감정뿐입니다. 독일 정부가 전쟁을 일으킨 것은 독일 국민이 원해서가 아닙니다. 이 전쟁은 자국의 국민을 볼모와 도구로 이용하는 데 길들여진 왕조의 이익을 위해 시작된 것입니다…."

여기서 일한이 또 낭독을 중지하고 아들에게 물었다.

"우리 조선 백성도 꼭 마찬가지 아니냐? 우리 백성도 그렇게 볼모와 도구로 이용당하고 있지 않으냐 말이다. 내 얘기는 윌슨이 바로 우리들에게 말하고 있다는 게야. 아니, 가만 여기 독일 국민들에게 고하는 이야기가 더 있군 그래. '우리는 여하한 배상금이나 물질적 보상도 바라지 않습니다. 우리는 또한 정복이나 점령도 바라지 않습니다. 우리의 참전에는 추호의 이기적 목적도 없습니다.' … 하늘 아래 이런 사람이 또 있을까? 없지! 아무렴, 절대로 없지. 자, 더 들어보아라. 윌슨이 말하기를, '모든 민족이 다 참여하는, 그리하여 모든 민족이 자신들이 당하고 있는 불의를 고발할 수 있는 가칭 국제연맹 같은 국제 조직이 절대적으로 필요합니다' … 애야, 네가 꼭 가야 할 곳이 있다. 나도 함께 가마. 전쟁이 연합군의 승리로 끝나면 우리 같이 국제연맹을 찾아가자꾸나. 거기서 우리의 대의를 밝히자꾸나."

연환은 몹시 놀랐다. 그는 몇 번이나 물 흐르듯 쏟아져 나오는 아버지의 연설을 제지하려 했으나 소용이 없었다. 아버지의 두 뺨에서는 눈물이 방울방울 흘러내렸다. 아버지의 몸과 입술은 바르르 떨고 있었다. 아버지는 웃음 반 울음 반으로 크게 격동하고 있었다.

"아버님, 아직 연합군이 승리한 게 아니라는 것을 기억하세요. 독일군이 지금 승승장구하고 있지 않습니까? 결국 미국의 참전이 마지막 희망인 셈인데요. 아무튼 지금은 결과를 알 수 없지 않습니까?"

일한이 큰 소리로 말했다.

"나는 알 수 있어. 우리를 위해서라도 윌슨은 틀림없이 이긴다. 그 사람 말을 읽으면 나는 가슴이 마구 뛴단다. 온몸에 힘이 솟구치고 젊음이 되살아나서 나도 전쟁에 나가 싸울 수 있다는 기분이 든단다."

"아버님, 윌슨의 말이 힘차고 훌륭하다는 것은 저도 인정합니다. 하지만 말만 가지고 전쟁에서 이길 수 있는 것은 아니지 않습니까?"

일한은 마치 어린아이처럼 실망을 감추지 못하며 아들을 윽박질렀다.

"네놈은 너무 냉정해! 그래, 이 냉정한 놈아! 우드로 윌슨 같은 사람이 네놈 성에 차지 않는다면, 그래 네가 믿는 하느님은, 기독교의 그 하느님은 어디 계시는 거냐? 그 하느님은 윌슨의 하느님이기도 하지 않으냐?"

아버지의 말이 연환의 가슴을 후벼 왔다.

"맞습니다. 다 같은 하느님이지요."

연환은 이 말을 남기고 아버지의 집을 나섰다.

연환이 자기 집으로 왔을 때 곱단이가 문 밖에 나와 있었다. 곱단이의 둥근 얼굴은 동상으로 얼룩져 있었지만, 그녀는 환한 미소를 잃지 않고 말했다.

"나으리, 따님이 집에서 기다리고 있답니다."

아내 인덕이 두 번째로 임신했을 때 두 사람 모두 그 사실을 달갑게 여기시 않았나. 아이들이 사라기에는 너무 어려운 시절인시라, 그들은 아들 하나면 족하다고 생각했었다. 양은 나이에 비해 숙성했다. 몸집도 크고 성격도 온화하고 침착했으며 표정까지 밝았다. 양은 8개월 만에 걷더니만 돌이 되기 전에 말을 시작했다. 그래서인지 연환은 가끔 아이의 나이도 생각지 않고 마치 어른을 대하듯

살아있는 갈대의 투쟁　405

아들에게 말할 때가 있었다. 아들은 아버지를 몹시 따랐고 아버지가 옆에 있으면 아주 좋아했다. 그리고 아버지가 외출했을 때도 집 안에 있는 아무 물건이나 가지고 혼자서 잘 놀았다.

그러나 아이는 무엇보다도 할아버지를 좋아했다. 일한도 손주하고 노는 재미가 이렇게 좋을 줄은 미처 몰랐다. 일한이 한번은 연환에게 이렇게 말했다.

"손자놈하고 있으면 마음의 상처가 싹 씻겨 나가는 기분이란다."

그는 또 근엄한 목소리로 이렇게도 말했다.

"양이 무슨 짓을 하든 절대로 혼내지 말거라. 우리가 알 수 없는 어떤 목적이나 생각이 있어서 하는 것이니까."

그런 아이니만큼 연환과 인덕이 자식 하나면 족하다고 생각한 것도 결코 무리가 아니었다. 아들이 성장해 감에 따라 연환 부부는 어떻게 해야 훌륭한 부모 노릇을 할지 자문해 볼 때가 한두 번이 아니었다. 그래서 연환은 아내의 배가 불러 가는 것을 보면서도 아이가 또 있어야 할까 하는 생각을 몇 번이나 했었다.

꼭 더 낳아야 할까 하던 그의 생각은 이미 태어난 딸의 작고 주름진 얼굴을 들여다보면서도 변함이 없었다. 연환은 묵묵히 아내가 누워있는 이부자리 곁으로 가서 앉았다. 아내는 슬픔과 애원이 뒤섞인 미묘한 표정으로 남편을 바라보았다. 그녀의 갸름한 얼굴은 상아처럼 창백하고, 두 눈은 생기가 없었다. 그러나 입은 부드럽고 높은 이마는 시원스러웠다. 결국 그녀의 아름다움은 입과 이마에 있는 셈이었다.

"어쩌자고 우리가 아이를, 그것도 딸을 낳았죠?"

아내의 나직한 목소리는 슬픔에 젖어 있었다. 연환은 아내가 하는 말의 의미를 잘 알고 있었다. 그것은 이처럼 어려운 때에, 굶주림과 절망은 가득하고 자유는 빼앗겨 버린 이런 어려운 때에, 어떻게 딸을 보호할 수 있겠냐는 뜻이었다. 연환은 자기가 태어났을 때의 세상, 전쟁의 위협 속에 있으면서도 파벌 싸움이 끊어지지 않았던 세상은 퍽이나 불행했다고 생각하고 있었다. 그러나 그때만 해도 조선은 적어도 조선인 나라였다. 그러나 지금은 어떠한가? 조선인은 이제 노예나 다름이 없었다. 노예가 아닌 조선인이 있다면 그들은 침략자들에게 자신을 팔아먹은 매국노들이었다. 이런 암울한 상황이었지만 그래도 기독교인들은 그들이 오로지 믿고 있는 하느님께서 언젠가는 침략자의 마수로부터 그들을 해방시켜 주리라는 희망 속에 서로 결속하고 있었다.

연환이 무겁게 입을 열었다.

"우리 딸아이가 아주 행복하게 자라도록 모든 힘을 쏟읍시다. 적어도 이 딸아이에게 어린 시절의 즐거운 추억거리는 우리가 만들어 줄 수 있지 않겠소?"

인덕은 잠자코 있었다. 연환은 집안일로 거칠어진 아내의 갸름한 손을 잡아 자신의 체온으로 녹여 주면서, 두 사람의 손이 얼마나 다른가를 새삼 깨달았다. 그의 손은 억세고 네모졌지만 균형이 잘 잡혀 있었다. 그것이 조선인의 손이었다. 연환은 아내의 손을 이불 위에 가만히 내려놓고 딸아이의 고사리 주먹을 자신의 손바닥 위에 올려놓았다.

"이 애가 자라서 어른이 되면 그때는 세상이 많이 나아져 있겠지. 우리 조선도 자유를 되찾을 것이고 말이오. 희망을 가집시다. 희망이 없다면 우리가 어찌 하루인들 살 수 있겠소?"

어느새 봄이 지나고 여름으로 접어들었다. 태평양 저쪽 미국에서는 젊은이들이 전쟁터로 징집되고 있다는 소식이 전해졌다. 일본의 조간신문에서는 다음과 같은 미국 정부의 공고문을 게재했다.

공고문

모든 청년은 6월 5일 화요일을 기해 등록하라.

21세에서 31세 사이의 모든 장정은 시민권 소지자든 아니든 간에 6월 5일 화요일을 기하여 자신의 거주지에서 가장 가까이 있는 투표소에 등록해야 한다. 미국의 시민이 아니거나 제1급 시민증을 취득하지 않은 자는 등록은 해도 병역의 의무는 없다.

미국 대통령의 담화문도 일본의 각 신문에 게재되었다.

전투소환

그러므로 미국 대통령인 본인 우드로 윌슨도 지금 모든 적령 장정이 이 영예의 명단에 올라 있음을 국민 여러분에게 공포하는 바입니다.

윌슨의 이 선언은 삽시간에 전 세계에 울려퍼졌고, 이것은 바로 자유를 빼앗기고 노예 생활에 시달리는 사람들에게, 연환과 같은 조선인에게 그 영예의 명단에 이름이 올라 있는 미국의 젊은이들이 독일의 위협에서 미국인들을 보호해 줄 뿐만 아니라, 외세의 침탈로 고통을 당하고 있는 모든 피압박 민족을 구해 줄 것이라는 통고가 아닐 수 없었다.

교회에서는 미국인 목사가 그 털복숭이 팔을 높이 쳐들고, 미국과 미국 대통령에게 하느님의 축복이 내리기를 기도했다. 그러자 함께 기도하던 수많은 조선인 교인들의 입에서 우레와 같은 '아멘' 소리가 터져 나왔다.

이렇게 그들은 밤중에 교회에서 만나고 있었다. 시가지의 불빛도 사그라들고 일제 지배자들도 잠들어 버린 그런 밤중에, 교인들은 살금살금 교회로 모여들어 어둠 속에 앉아 연환의 낭독에 귀를 기울였다. 연환의 옆에서는 촛불 하나가 타고 있었다. 연환이 읽어 주는 것은 지구 반대쪽에서 벌어지고 있는 전쟁에 대한 뉴스였다. 일본은 이미 중국 여기저기를 장악하고 있었다. 그렇다, 군함들이 바다 밑으로 가라앉고, 젊은이들이 수천 명씩, 아니 나중에는 수백만 명씩 죽어 가고 있었다. 영국만 해도 500만 명의 젊은이가 전사했다. 이러한 때 우드로 윌슨의 말을 듣기 위해 교회로 모여들었던 것이다.

연환이 윌슨의 연설문을 낭독했다.

"오스트리아— 헝가리 제국을 삼켜 버린 독일의 군국주의자들은 저 약소국가들을 그들의 세계 정복을 위한 발판으로 이용하고 있습니다."

교회에 모인 사람들의 입에서 나직한 신음 소리가 흘러나왔다.

"우리 조선도 그렇습니다."

연환의 낭독이 계속되었다.

"독일의 왕자들을 발칸 제국의 왕으로 앉히며 선동과 모반을 조장하고 있는 독일 지배자들의 궁극적 목표는 발칸 반도의 저 자유분방한 슬라브 민족들을 저들의 수족으로 삼으려는 것입니다."

교인들의 입에서 다시 나직한 신음 소리가 터져나왔다.

"우리 조선인들도 그렇습니다."

연환이 머리를 쳐들었다. 희망에 떨리는 그의 목소리가 교회 안을 울렸다.

"자, 우드로 윌슨의 연설을 더 들어보십시오! 우리는 발칸의 여러 민족과 터키 왕국의 국민들이 외세의 침략에서 그들 스스로의 생명을 보호할 수 있는 권리와 기회를 확보하기를 바랍니다."

교인들의 입에서 또다시 신음 소리가 터져나왔다.

"윌슨 대통령, 우리의 생존권도 보호해 주시오! 우리나라도 외세의 침략에서 구해 주시오!"

윌슨의 한마디 한마디는 저 마법의 무선 전파를 타고 전 세계로 보내지고 있었다. 윌슨의 메시지는 그날그날의 전황을 알리는 뉴스를 통해 남미의 산악지대에서 조선의 산골에 이르기까지 스물네 시간 이내에 전 세계로 퍼져나갔다. 광대한 중국 대륙에 있는 300개나 되는 신문사들은 이 뉴스를 받아 그것을 다시 그 주변국들에 있는 더 많은 수의 신문사들에 전달해 주었다. 이렇게 우드로 윌슨의 목소리는 세계 도처에 알려졌고, 사람들은 그의 한마디 한마디를 신봉했던 것이다.

추위가 절정에 이른 한겨울 어느 날이었다. 전쟁은 끝나 가고 있었다. 거리에는 눈이 두 자 깊이나 쌓여 얼어 죽은 사람들을 가려 주었다. 학교에서 퇴근한 연환이 집에 돌아오자 어머니가 기다리고 있었다.

"아버지한테 건너가 보아라. 어린애처럼 울고 계시는데, 내 힘으론 도무지 말릴 수가 없구나. 왜 우시는지 말씀도 통 없으시고."

연환이 곧바로 마당을 가로질러 아버지 서재로 갔다. 아버지는 두 손으로 움켜쥔 신문을 품에 안고 방안을 왔다갔다 하며 흐느끼고 있었다. 연환이 아버지의 두 팔을 붙잡으며 물었다.

"아버님, 왜 이렇게 울고 계십니까?"

아들의 두 손을 뿌리치느라 신문을 놓친 일한이 외쳤다.

"이걸 좀 봐라, 14개 조항, 윌슨의 14개 조항 말이다…."

일한은 구겨진 신문을 집어들었다. 그러나 손을 부들부들 떨며

회에서 거리로 나오는 계단에는 거지들이 기다리고 있었다. 교인들의 마음이 다른 날보다도 일요일에 더 너그럽다는 것을 거지들은 잘 알고 있었던 것이다.

연환이 계단을 내려와 거리로 나서는데 걸인 한 사람이 쫓아 내려와 연환의 외투를 잡았다. 연환은 걸인의 얼굴은 쳐다보지도 않고 호주머니에서 동전 하나를 꺼내 걸인의 손에 떨어뜨려 주었다. 그리곤 다시 발길을 재촉했다. 그런데 발자국 소리가 계속 따라와 고개를 돌렸다. 아까 그 거지였다. 연환은 자기 뒤를 쫓는 이유를 물어보려고 걸음을 멈추고 그가 다가오기를 기다렸다. 그러나 거지가 다가왔을 때 연환은 왠지 낯익은 그 눈동자를 보고 말없이 생각에 잠겼다. 분명히 낯익은 눈동잔데… 누구더라?

"나를 몰라보는군."

거지가 말했다.

"글쎄요…."

이렇게 대답하다가 연환은 갑자기 '지금 이 목소리는 교회 앞 거지들의 목소리가 아닌데' 하는 생각이 떠올랐다. 거지가 말했다.

"그냥 계속 걸어. 내가 손을 내밀고 동냥하는 것처럼 뒤따를 테니까."

연환은 무척 놀라면서도 거지의 말을 그대로 따랐다. 거지가 나직하면서도 힘이 들어간 목소리로 말을 이었다.

"그래, 오랜 세월이 지났구나. 네가 이 형을 알아보지 못하는 것도 무리가 아니지."

연환이 거의 무의식적으로 몸을 돌려 형의 이름을 막 외치려 하는데, 바로 그때 연춘의 동냥 소리가 그의 목소리를 막았다.

"한 푼 줍쇼, 나으리. 한 푼만 적선합쇼, 나으리. 그래야 천당에 가신답니다."

신문을 다시 놓쳤다.

"나는 못 읽겠다. 네가 읽어 보아라. 아니, 제3조는 내가 읽지."

일한은 큰 목소리로 읽기 시작했다.

"모든 민족의 열망은 존중되어야 한다. 피지배 상태는 그 민족의 동의가 있을 때만 가능하다. 민족자결이란 말은 한낱 어구에 지나는 것이 아니라 행동의 지상 원리인 것이다…."

일한이 신문을 접어 다시 자기 품에 꼭 끌어안으며 말했다.

"얘야, 윌슨의 이 말은 바로 우리 조선 민족에게 하는 이야기야. 그는 다 알고 있어, 다 알고 있단 말이다!"

노인네들이란 어린아이들처럼 눈물이 잦은 법이다. 연환은 아버지의 눈물이 오랫동안 감추고 감추었던 벅찬 희망이 분출되면서 터져 나온 것임을 알고 있었다. 일한은 겉으로 우드로 윌슨에 대한 깊은 신뢰감을 나타내면서도 마음 한구석에서는 늘 미국 대통령을 또다시 믿어서는 안 된다는 깊은 의구심을 지워 버릴 수 없었다. 그러나 이제는 그를 정말 믿을 수 있을 것 같았다. 민족자결, 이것은 바로 독립과 같은 말이 아닌가!

연환이 말했다.

"아버님, 앉으세요. 마음 좀 가라앉히시구요."

윌슨의 14개 조항 뉴스에 열광한 사람은 일한만이 아니었다. 조선 곳곳에서 이 희소식을 은밀히 나누는 사람들이 많았고, 기독교인들은 교회에 나가 하느님께 감사 기도를 드렸다. 다음 일요일, 연환의 교회에서도 그러한 감사 예배가 있었다. 그날 아침 연환은 교회에 혼자서 갔다. 말썽 많고 병치레 잘하는 딸아이 치다꺼리 때문에 아내 인덕은 외출이 어려웠던 것이다. 날씨가 아주 맑아 짙푸른 하늘 저쪽으로 산봉우리들의 윤곽이 유난히도 또렷했다. 연환은 교회에서 나오면서 새로운 희열 같은 것을 느꼈다. 여느 때처럼 교

그리고는 연춘이 소곤거렸다.

"어서 내 손에다 돈을 놓아."

연환은 그대로 따랐다.

"이런, 나으리. 동전이 찌그러졌습니다요."

연환이 허리를 굽혀 거지 손에 있는 동전을 살펴보려고 하는데, 연춘이 소곤댔다.

"오늘 밤 대문을 잠그지 말거라. 그리고 자지 말고 기다려."

두 사람은 거기서 헤어졌다. 걸인은 백배 사례하는 시늉을 했고, 연환은 머리가 어지러웠지만 애써 태연을 가장했다. 연춘! 그 거지는 틀림없이 형 연춘이었다.

집으로 달려간 연환은 아내에게 그 이야기를 하면서 아들의 얼굴을 내려다보았다. 그럴 리야 없겠지만 아들 양은 마치 모든 것을 다 알아듣고 있다는 듯이 아버지의 말에 귀를 기울이고 있었다. 너무 조급한 나머지 숨을 헐떡이며 말을 마친 그가 다시 입을 꾹 다물었다.

자정은 넘었으나 아직 새벽이 되기 전, 그러니까 아주 한밤중에 연환은 대문이 삐거덕 하고 열리는 소리를 들었다. 대문은 겨우 한 사람 몸뚱이가 들어올 만큼밖에 열리지 않은 듯했다. 연환은 마당으로 나가 어둠 속에서 형의 어깨를 두 손으로 잡았다. 그가 다시 형의 손을 잡고 마당을 가로질러 광 쪽으로 이끌었다. 두 사람이 하도 조심조심 걸었기 때문에 발자국 소리가 전혀 들리지 않을 정도였다. 광에는 창문이 하나도 달려 있지 않았고 씰가마니들만 벽 쪽에 쌓여 있었다. 아내 인덕이 방석과 초를 가지고 왔다. 두 형제는 광 속에 앉아 속삭이듯 이야기를 나누었다.

연춘이 입을 열었다.

"난 이틀 전에 탈옥했다."

"감옥에서요?"

연환에게는 참으로 뜻밖의 일이었다. 촛불 빛이 연춘의 높은 광대뼈 위에서 어른거리며 깊숙한 눈두덩에 그림자를 던졌다.

"재판을 받고 쭉 감옥에 있었지."

연환이 한편으로 깜짝 놀라면서도 또 한편으로는 짐짓 짐작하고 있었다는 듯이 말했다.

"아, 그 살아있는 갈대!"

"그래, 맞아!"

연춘은 우선 두 형제가 헤어진 이후의 일을 간략하게 이야기해 주었다. 그리고 탈출 경위에 대해 설명하기 시작했다.

"그러나 내가 어떻게 감옥을 탈출했는지는 아마 너도 믿지 못할 거야. 그날 밤 어떤 일본인이 내 감방으로 왔지. 나는 이제 마지막이라고 생각했어. 그래서 어차피 이렇게 된 것, 말이나 제대로 하고 죽자는 심정으로 우리 조선의 독립이 바로 내 꿈이라고 한바탕 열변을 토했지. 그 일본인은 잠자코 내 얘기를 들어주더군. 그리고 그냥 가 버렸어. 그런데 그가 사라진 후에 보니까 감방 문이 슬며시 열려 있는 거야."

연환이 물었다.

"그 일본인 이름을 아세요?"

연춘의 대답을 듣고, 연환은 그 일본인이 바로 자신의 전근을 허락해 준, 동경에서 기독교 학교를 다녔다던 그 젊은 학무국장이었음을 알았다. 이것이 바로 기적, 기독교인들이 말하는 기적이 아니고 무엇이겠는가?

이제 연춘이 이것저것 묻기 시작했다.

"아버님, 어머님은 다 안녕하시냐? 집안은 별고 없고? 연환아, 어서 대답해 봐라. 날이 새기 전에 멀리 떠나야 하니까."

연환은 부모님 안부며, 자신의 결혼 얘기며, 자식 둘을 낳은 애기를 서둘러 했다. 형의 거친 얼굴이 일순 부드러운 표정으로 변했다.

　"네 아들을 한번 보고 싶구나. 나야 지금 목숨이 왔다갔다 하는 몸이니, 조선의 독립 전쟁에 뛰어들 사람이 이젠 우리 집안에서 네 아들밖에 없을지도 모르지."

　형제의 대화를 옆에서 잠자코 듣고 있던 인덕이 벌떡 일어나 안방으로 갔다. 양은 쌔근쌔근 잠들어 있었다. 그녀는 아들을 안고 연춘이 있는 광으로 돌아왔다. 아이는 막 잠이 깬 상태였으나 천성이 다정다감해서 그런지, 처음 보는 삼촌인데도 별로 낯을 가리지 않고 웃었다. 그러다 갑자기 무슨 이유인지 웃음을 거두고는 엄마 품에 안겼다. 그리곤 삼촌의 눈동자를 뚫어지게 쳐다보다가 환성을 지르더니 다시 삼촌에게 팔을 벌리며 몸을 기울였다. 연춘이 재빨리 붙잡지 않았더라면 아이가 넘어졌을 것이다. 아이는 삼촌 품에 꼭 안겨서 두 팔로 삼촌의 목을 안고 자기의 볼을 삼촌의 볼에 비벼 댔다. 그리고 다시 고개를 들더니 삼촌을 바라보며 큰 소리로 웃었다. 아이는 이런 행동을 되풀이했는데 연환과 인덕은 너무도 뜻밖이라 그저 멍하니 바라보고만 있었다.

　인덕이 소리쳤다.

　"웬일이죠? 애가 삼촌을 알아보네요! 우리한테도 이렇게까지 정답게 군 적이 없었는데!"

　"애가 형님을 알아보는 품이 전생에 인연이 있었던 모양이죠?"

　연환은 이렇게 말하면서도 심정이 착잡했다. 웬일인지 양은 아주 흥분해 있었는데, 웃는 것인지 우는 것인지조차 분간하기 어려운 어떤 격정 상태에서 삼촌에게 무어라 말하려 애쓰면서도 자기 마음을 제대로 전달하지 못하는 모습이었다. 연춘도 그러한 조카를 진정시키지 못하고 그저 힘껏 안아줄 수밖에 없었다. 이렇게 몇 분이 지났다. 연춘은 아이를 인덕에게 넘겨주고 광을 나섰다.

깜깜한 마당에서 두 형제는 손을 꼭 잡고 이별의 말을 몇 마디 속삭였다.

"언제 또 만나게 될까요?"

연환이 입을 열었다.

"아마 다시 만나기 어렵겠지. 하지만 혹시 아니? 생각보다도 훨씬 빨리 만날 수 있을지…. 아무튼 나는 중국으로 돌아가야 해!"

"중국이요? 거기는 왜요?"

"중국에서는 지금 인류 역사상 가장 위대한 혁명이 일어나려 하고 있어. 거기서 많은 것을 배워야 해. 언젠가 조국에 다시 돌아오면 거기서 배운 것들을 실천해야지. 돈 좀 있니?"

연환은 그동안 모아둔 은전 한 꾸러미를 연춘에게 건네주었다. 두 사람은 헤어졌다. 그런데 연춘이 몇 발자국 내딛더니 갑자기 돌아서 말했다.

"연환아, 아까 양이 왜 그랬는지 모르겠구나. 그러나 이 점은 분명해. 그 아이가 태어날 때 어떤 위대한 인물의 영혼이 들어간 거야. 나는 불교도가 아냐. 아니, 종교란 걸 아예 안 믿지. 그러나 양이 평범한 아이가 아니라는 것만은 나도 알 수 있어. 그 아이를 소중하게 키워라. 양은 어떤 운명을 타고난 아이다."

연춘은 이 마지막 말을 남기고 어둠 속으로 사라졌다. 집으로 돌아온 연환은 형이 남기고 간 말 때문에 마음이 무거웠다. 방 안으로 들어오자 양은 쌔근쌔근 잠들어 있었다. 아내 인덕은 그 옆에서 잠옷 바람으로 자기의 긴 머리를 다듬고 있었다.

"애가 다시 제정신이 든 모양이지?"

연환이 물었다.

"네. 그런데 말이죠, 애가 무섭게 달라질 것 같아요. 예수님의 어머니 마리아 심정을 이제 저도 이해할 것 같아요. 언젠가 이 아이도 무정하게 '여인이여, 내가 당신과 무슨 상관이 있소?' 라고 말하겠지요?"

연환이 아내를 위로했다.

"여보, 우린 지금 신경이 너무 날카로워져 있어. 쟤는 아직 어린아이일 뿐이야."

그러나 인덕은 여전히 마음이 가라앉지 않는 모양이었다. 그녀가 우울하게 말했다.

"앞날이 두려워요. 어떤 두려운 미래가 우리를 기다리고 있는 것 같아요."

"그렇다고 우리가 그 미래를 서둘러 만나볼 필요는 없겠지."

연환은 이렇게 대답했다. 그러나 아까 형한테서 들은 이야기는 입 밖에도 꺼내지 않았다.

연환은 아주 신중하고 끈기와 인내력이 강한 사람이었다. 조선이 만약 일제의 침략을 당하지 않았더라면, 그 역시 다른 시골 양반들처럼 논밭은 소작인에게 맡기고 아이들은 집안에 독선생을 두어 가르쳤을 것이다. 그리고 아내에게 집안일을 돌보도록 하면서 자신은 선비 노릇이나 하고 살았을 것이다. 그의 본능은 평안平安을 희구하고 있었다. 따라서 기독교 신자가 된 것은 그에게 하나의 혁명이었다. 연환이 기독교에 끌린 것은 전쟁과 폭력과 잔혹이 난무하는 이 시대에 기독교가 민족과 민족의 평화, 그리고 개인과 개인의 화목을 옹호하기 때문이었다. 그러나 그해 어느 봄날 연환에게 일어난 사건이 아니었더라면 연환은 기독교인이 되는 것 이상의 혁명은 결코 감행하지 않았을지도 모른다.

딸아이가 겨우 두 살이 되었을 때였다. 딸아이는 영리했고 좀처럼 엄마와 떨어지려 하지 않았다. 그래서 인덕이 어디를 가든 치맛자락이나 손가락을 붙잡고 따라다녔다. 집안이나 마당에서 인덕이 좀 쉬고 있으면 딸아이는 엄마 무릎 위에 앉아 아버지는 거들떠보지도 않았다. 그래서 연환은 까다로운 딸보다 아들을 더 가까이했다. 물론 연환과 인덕이 그렇게 의식하고 있었던 것은 아니지만, 엄마를 찾는 딸과 아버지를 따르는 아들… 두 아이의 이러한 차이 때문에 자연히 부모 사이에도 어떤 거리감이 생겼다.

 연환은 학교에서 퇴근하여 집에 오면 딸의 투정과 그것을 달래는 아내를 피해 서재로 들어갔고 그러면 아들이 뒤따라왔다. 그리고 그동안 모녀는 안방에서 지내는 식이었다. 딸아이는 엄마가 옆에 없으면 자려고도 하지 않았다. 그래서 인덕은 딸아이가 잠들 때까지 옆에 있어야 했다. 그러다 피곤한 인덕도 그대로 잠들어 버리곤 했다.

 연환은 아들과 친구가 되려는 생각에서 양을 아주 어른스럽게 대해 주었다. 그는 양에게 자기의 생각과 지식을 들려주었고, 두 사람은 매일 저녁, 나라 안에서 일어난 일들을 토론하기도 했다. 소년은 우드로 윌슨을 마치 자기 할아버지 대하듯 이야기했다. 양은 자기가 한 번도 본 적이 없는 저 먼 나라를 열광적으로 좋아하기 시작했다. 소년은 신문에서 미국에 관한 사진을 발견하면 모두 오려서 상자 안에 보관해 두었다. 그러다 양은 그 나라에 가본 적이 있는 할아버지를 찾아가기 시작했다.

 "할아버지, 미국이 어떤 나라에요? 좀 이야기해 주세요."

 소년은 할아버지에게 이렇게 조르곤 했다. 이렇게 손자가 졸라대면 일한은 옛날 기억을 더듬어, 친절한 국민, 고층 건물, 대농장, 대도시들에 대해 이야기해 주었다. 이리하여 일한이 미국에 대해 기억하는 모든 것이 기억력 좋은 손자의 머릿속에 차곡차곡 쌓여 갔다. 소년은 지혜를 타고난 사람들이 으레 그렇듯이 진리와 선을 사랑했으며, 기회가 있을 때마다 그것을 체질화했다. 양은 이렇게 내면으로부터 계몽되었다.

소년은 우드로 윌슨의 위대함을 믿었다. 소년의 마음속에서 윌슨은 위대하면서도 다정다감한 사람이었다. 윌슨은 소년이 어머니와 목사님에게서 들은, 음악과 광채와 정의와 희망과 덕행으로 둘러싸인 하느님과도 같은 모습이었다. 소년은 시인과 같은 마음으로 윌슨이 언젠가는 저 천상의 구름 속에서 나와 인류에게 자유와 행복을 가져다 줄 것이라고 믿었다. 소년은 꽃과 과일을 한아름 안고 윌슨을 만나러 가는 꿈도 꾸었다. 소년은 어느새 무엇이든지 제일 좋은 것은 윌슨을 위해서 간직해 두기 시작했다. 예컨대 가을철에 유난히 커다란 감을 보았다던가, 유난히 노랗게 잘 익은 귤을 보았다던가, 유난히 맛있게 보이는 사과를 보았다던가, 유난히 붉은 석류를 보았다던가 하면 소년은 먹고 싶은 생각이 간절함에도 불구하고 그것을 윌슨을 위해 간직해 두었다.

그렇게 썩어 가는 과일을 발견한 인덕이 소년의 낭비를 나무라며 밖에 내다버릴 때도 종종 있었다. 그러나 소년은 자기가 왜 그 과일들을 간직해 두었는지 어머니한테 끝내 이유를 밝히지 않았다.

인덕은 아들이 늘 남편과 함께 있기 때문에 딸에 비해 아들에게 너그럽지 못한 것인지도 모른다. 그리고 무엇이든지 잘 먹는 아들은 자기도 모르는 사이에 무럭무럭 자라서 걸핏하면 잔병지레를 하는 딸과 달리 나이에 비해 키도 크고 힘도 셀 뿐만 아니라 배우고 이해하는 것도 빨랐다. 하지만 남편과 거리가 생긴 데 대해 아들을 탓할 수는 없는 것이, 그녀가 딸의 뜻을 너무 받아주는 것이야말로 그들 부부 사이가 서먹해진 진짜 이유였기 때문이다. 인덕은 그것을 잘 알고 있었다.

그래서 인덕은 가을에 또 임신하게 되었을 때 몹시 기뻐했다. 셋째가 생기면 자기에게서 떨어지지 않으려는 딸에게 해방되고 남편과의 거리도 없어지겠지 하는 마음 때문이었다. 인덕이 임신한지 거의 석 달이 되어가던 어느 날, 그녀는 점심 반찬을 위해 생선을 사러 마을 시장으로 나갔다. 이때 곱단이는 동네 빨래터에 나가 있었다. 딸은 항상 그런 것처럼 엄마의 치맛자락을 꼭 붙잡고 천천히 따라갔다. 그런데 길 어구에 닿기도 전에 딸아이가 칭얼대자 인덕은 딸아이를 등에 업고 느릿느릿 시장으로 가고 있었다.

그 바로 전날 경성에서 소요 사건이 있었다. 그러나 이즈음에는 그런 일이 종종 있었기 때문에 인덕은 남편한테 그 이야기를 전해 듣고도 별로 신경을 쓰지 않았다. 연환의 이야기로는 일본인 총독이 자기의 관저로 가기 위해 연환의 학교 문 앞을 지나가는데 몇몇 학생들이 만세를 부르다 잡혀갔다는 것이었다. 학생들의 외침은 조선의 독립을 바라는 절규였다. 만세 소리에 총독 호위병들이 학생들을 덮쳐 총독에 대한 불경죄로 투옥시켰다는 것이었다. 이런 사건은 조선의 어디에서나 일어날 수 있었다. 아니, 요즈음에는 거의 날마다 일어났고, 그래서 조선인들 사이에서는 점차 궐기의 조짐이 번져 갔다. 지금은 조용히 타들어 가고 있지만 때가 되면 맹렬히 폭발할 가능성이 있었다.

인덕이 시장에 들어섰을 때 오늘따라 군인들이 우글거리고 있었다. 이런 광경은 이 한적한 마을에서 흔한 일이 아니었다. 인덕은 갑자기 그만 집으로 돌아가야 하지 않을까 하는 생각이 들었다. 그러나 또 한편으로는 요즈음 한창 물이 좋은 생선을 먹고 싶다던 남편의 얼굴이 떠올랐다. 그래서 그녀는 계속 딸아이를 업은 채 시장 안으로 들어섰다.

그녀가 곱단이를 구해 낸 술집 앞을 지날 때였다. 술집 사내가 문 밖으로 나오더니 군인들에게 갔다. 아직 점심때도 안 되었건만 사내의 얼굴은 술기운으로 벌갰다. 사내는 역시 거나하게 취해 있는 군인들에게 무어라 이야기를 했다. 술을 마셨으면 좀 조용히 쉴 것이지, 그런데 이 침략자들은 어떻게 된 노릇인지 정신이 멀쩡할 때보다 더 상스럽게 행동했다.

술집 사내는 이제 복수할 기회가 왔다고 생각했다. 인덕이 딸아이를 등에 업고 술집 앞을 지나가는데, 사내가 손가락으로 그녀를 가리키며 소리쳤다.

"저기 예수쟁이가 지나가네요! 어제 지엄한 총독님을 앞에 두고 학생들이 만세를 외친 그 기독교 학교 선생의 여편네이외다. 저 여편네도 전에 만세를 불렀지요. 내가 분명 들었소!"

군인들이 이 소리를 듣고 순사를 부르자 일본인 순사들이 달려왔다. 이 순사와 군인들이 거리 한가운데서 인덕을 둘러쌌다. 그러자 겁에 질린 마을 사람들은 다들 집으로 들어가 문을 잠가 버렸다. 무슨 일이 일어나든 거기에 연루되지 않기 위해서였다. 이제 그 자리에는 조선인이라곤 딸아이를 등에 업은 인덕뿐이었다. 성난 얼굴들에 둘러싸인 딸아이가 울기 시작했다. 그러자 순사 하나가 딸아이를 인덕의 등에서 자갈길 한쪽으로 떼어놓았다. 다른 순사들이 인덕을 붙잡고 두 손을 등뒤로 비틀어 올렸다.

"네가 만세를 불렀단 말이지?"

군인들 가운데 몸집이 작은 장교가 캐물었다. 얼굴이 벌겋게 상기되어 있는 그 장교의 두 눈동자가 이글이글 빛났다. 짧고 새카만 머리칼은 머리 위에서 곤두서 있었다. 그는 총을 집어들더니 당장 개머리판으로 그녀를 내리칠 듯한 자세를 취했다. 소스라치게 놀란 인덕의 귀에 딸아이의 자지러지는 듯한 울음소리가 들려왔다. 인덕은 어찌할 바를 몰랐다. 그녀는 아무 말 없이 이 사람 저 사람을 둘러보았다. 그러다 마침내 술집 사내의 눈과 마주쳤다.

"여보세요, 댁이나 나나… 다 조선 사람 아닙니까? 제발…."

그녀가 더듬거리며 말했다. 술집 사내의 입에서 야비한 웃음소리가 터져나왔다.

"이젠 나한테 애원을 해? 언제는 그렇게 도도하더니만…."

장교가 명령했다.

"이 여자를 경찰서로 연행해서 심문하도록. 만세를 불렀는지 안 불렀는지 조사해야 하니까."

인덕은 심장의 고동이 거의 멈추는 듯했다. 경찰서로 끌려가면 무슨 일이 일어나도 아무도 모를 것이고 집에 연락할 길도 없을 것 아닌가. 그녀는 자신의 존재를 알리기 위해서라도 무슨 말로든 시간을 끌어야 했다.

그녀의 목소리가 더듬거렸다. 입술은 바싹 말라 말이 제대로 나오지 않았다.

"아마, 아주 오래전에… 그래요. 아마 아주 오래전에 제가 만세를 불렀을지도 모르지요, 하지만 맹세코…."

그것으로 충분했다. 군인들은 괴성을 지르며 손뼉을 쳤다. 순사들이 그녀를 양쪽에서 붙잡고 거리 저편 경찰서로 연행하려 했다. 순간 인덕의 모성애가 발동했다. 그녀는 죽을 힘을 다해 순사들을 뿌리치며 그들에게 발길질도 하고 얼굴을 손톱으로 할퀴기도 했다.

"아이고, 우리 아가! 이놈들아, 우리 아이를 저렇게 놔두고는 못 간다, 못 가!"

그녀가 헐떡거리며 악을 썼다. 딸아이가 찢어지는 듯한 소리로 엄마를 부르고 울어대며 끌려가는 그녀의 뒤를 따라왔다. 그러자 군인 하나가 어린애를 번쩍 들더니 길바닥에 내동댕이쳤다. 그리고 총칼로 어린애를 위협했다. 이것을 본 인덕은 거의 제정신이 아니었다. 이때 길가의 어떤 집 문이 홱 열리더니 한 부인네가 뛰쳐나와 아이를 안고 집으로 들어가 버렸다. 인덕은 안도의 한숨을 내쉬며 치마 한 귀퉁이로 눈물을 훔쳤다. 그리고 무어라 외치려 하는데 순사들이 다시 그녀를 붙잡았다. 그들은 인덕의 두 손을 헝겊 끈으로 등 뒤에 묶고는 걸음을 재촉했다. 그녀는 곧 순사들에게 둘러싸인 채 경찰서에 도착했다. 공포감이 전신을 엄습했다. 혈관 속의 피가 서서히 식고 시야가 흐려지며 가슴의 호흡이 정지되는 것 같았다.

인덕이 붉은 벽돌 건물 안으로 들어서자 군인인지 순사인지 그녀 뒤에 있던 한 녀석이 냅다 발길질을 했다. 채인 그녀가 앞으로 고꾸라지며 어떤 방 안으로 처넣어졌다. 그녀는 몸을 일으키려고 안간힘을 썼으나 손목이 등뒤로 묶여 있어 일어날 수가 없었다. 그녀가 간신히 고개를 들려 하는데, 순사 하나가 구둣발로 목을 누르며 몽둥이질을 시작했다. 그러더니 인덕을 잡아 일으켜 손목을 풀어주었다.

그녀가 숨을 돌리고 헝클어진 머리를 뒤로 넘기려는데, 바로 그때 이미 그곳에 들어와 있던 서장이 그녀에게 옷을 벗으라고 명령했다. 그녀는 매서운 눈초리로 서장을 노려보았다. 서에 잡혀 온 여자들이 이렇게 발가벗겨진다는 말은 이미 듣고 있었지만, 그 일이 막상 자신에게 닥치고 보니 몸이 얼어붙는 것 같았다. 그녀는 마치 아무 소리도 못 들었다는 듯이 서장을 노려보고만 있었다.

"옷을 벗으란 말이야."

서장이 다시 고함을 질렀다. 그녀가 더듬거리며 말했다.

"서장님, 저는 남편이 있는 몸입니다. 그것도 지체 있는 남편이…. 그리고 또 자식이 있는 엄마입니다. 제발 좀… 제발, 체면을 생각하셔서서…"

그러자 순사들이 괴성을 지르며 달려들어 그녀의 옷을 잡아 찢었다. 그녀는 속옷을 꼭 붙들고 버티려 했으나 그들은 속옷마저 찢어 버리고 말았다. 알몸을 감추기 위해서 바닥에 주저앉자 그들이 억지로 일으켜 세웠다. 방 안에 있는 뭇 사내의 시선을 피하기 위해 그녀가 이번에는 벽을 향해 돌아섰으나 그들이 강제로 돌려 세워놓았다. 그녀가 다시 두 손으로 몸을 가리려 하자 한 놈이 그녀의 팔을 등 뒤로 비틀어 올리고 다른 놈들은 주먹질과 발길질을 해댔다.

온몸에 피멍이 들어 바닥에 고꾸라지는데, 그래도 그들은 강제로 일으켜 세워놓고 구타를 계속했다. 마침내 그녀의 머리가 가슴 위로 축 늘어지며 완전히 고꾸라졌다. 그 이후는 기억이 없었다.

마을에는 이 사건의 소문이 확 퍼졌다. 겁에 질린 사람들은 집안에 꼭 틀어박혀 있고 격분한 사람들이 거리에 모여들었다. 열혈한들은 즉시 경찰서를 때려부수고 인덕을 구해내자고 했다. 신중파들은 그렇게 하면 그들 자신과 가족까지 화를 당할 것이라고 주장했다. 떠들썩한 의논 끝에 경찰서로 찾아가 여자들 옷을 벗기는 만행에 항의하기 위해 대표 두 명을 뽑았다.

이런 결정이 내려지기까지 여러 시간이 지나갔다. 나이 든 두 대표가 경찰서를 찾아갔으나 거기에 여자라곤 없었다. 아니, 인덕이 어디에 있든 그녀를 알아볼 수 없었다. 대신 경찰서장이 서장실 책상에 앉아 그들을 정중하게 맞이했다. 두 대표가 여자의 옷을 벗기다니, 그 무슨 불법무도한 짓이냐고 항의하자, 서장은 아주 냉담하게 대답했다.

"그건 모르시는 말씀이오. 절대 불법이 아니오. 범인들의 옷을 벗기는 것은 그들이 무슨 불온문서 같은 것을 몸에 숨기고 있지나 않을까 해서 그것을 살펴보기 위해서요."

두 대표 중 연장자가 용감하게 반박했다.

"그렇다면 참 이상하군요. 당신들은 젊은 여자들만 골라서 옷을 벗기니… 남자들은 벗기지 않고 말입니다."

이 말에 서장은 말문이 막혔다. 서장이 두루마기에 검은 갓을 쓰고 지팡이를 들고 있는 두 노인을 노려보았지만, 두 노인도 전혀 두려움 없는 기색으로 서장을 노려보았다. 이런 눈싸움이 한참 동안 계속되었다. 마침내 서장은 총검을 들고 서 있는 군인에게 명령했다.

"이 사람들을 내보내."

그 군인이 총을 내려놓더니 두 노인의 어깨를 잡고 밖으로 밀어냈다. 그러나 문 밖에는 격분한 군중이 몰려 있었다.

"그 분이 어디 있소?"

누군가가 외쳤다.

"그 부인을 석방하시오!"

또 누군가가 소리질렀다.

"우리를 다 가두든지, 그 부인을 석방하든지 하시오!"

사람들이 외쳐댔다. 바깥이 떠들썩하자 서장이 자리에서 일어나 문 밖으로 나왔다. 서장은 몸을 곧추세우고는 사람들을 위협하듯이 내려다보았다. 그러나 사람들은 조용해지기는커녕 더 큰 소리로 외쳐댔다. 일순 주저하던 서장이 소리를 버럭 질렀으나 그 소리는 군중들의 외침에 묻혀 들리지도 않았다. 서장은 머뭇거리다가 다시 안으로 들어갔다. 서장이 나직하게 명령했다.

"그 여자 석방시켜. 여자 하나 때문에 속 썩을 필요는 없으니까."

군중들이 맨 앞에 두 노인 대표를 나란히 세운 채 기다리고 있었다. 얼마 후 두 명의 군인이 인덕을 부축하고 나왔다. 그녀는 의식은 있었지만 말을 할 수가 없었다. 얼굴과 옷이 반쯤 벗겨진 몸에는 온통 핏자국이 말라붙어 있고, 군데군데에서는 아직도 피가 흘렀다. 군중들 사이에서 신음 소리가 터져나왔다. 한 건장한 청년이 나서서 그녀를 업고 경찰서를 떠났다. 군중들이 그 뒤를 따르면서 남자들은 신음 소리를 내고 여자들은 통곡했다. 인덕의 아이를 보호하고 있던 아낙이 아이를 데리고 왔다. 그들은 인덕과 아이를 집까지 데려다 주었다.

연환이 여느 때처럼 해질 무렵에 아들과 함께 집에 돌아오니 곱단이가 문 앞에서 기다리고 있다가 입술에 손가락을 갖다대며 조용히 하라고 신호했다.

연환이 물었다.

"아이 엄마는 어디 계시고?"

그가 돌아오면 으레 인덕이 문 앞으로 나와 그의 신발을 벗겨 주었던 것이다. 곱단이가 그를 부엌으로 끌고가더니 마늘 냄새를 풍기면서 속삭였다.

"마님이 맞으셨어요."

"맞다니?"

연환이 주춤 뒤로 물러서며 물었다. 곱단이가 그 경위를 설명하기 시작하자 연환은 자신의 귀를 의심하며 그 이야기를 들었다.

"문 밖에만 나가면 정숙한 아낙도 안전치 못하니 도대체 어쩌란 말인가."

그는 곱단이의 이야기가 채 끝나기도 전에 이렇게 중얼대며 인덕이 누워 있는 방으로 뛰어 들어갔다. 곱단이가 이미 인덕의 머리에 붕대를 감고 곳곳에 난 상처를 닦아 주었는데, 인덕은 입술이 부풀어 오르고 눈은 퉁퉁 부은 채 뻣뻣이 누워 있었다. 연환이 인덕 옆에 무릎을 꿇고 앉았다.

"아니, 여보! 그놈들이 도대체 어떻게 했기에…"

인덕의 퍼렇게 멍든 눈가에서 마치 고름과도 같은 눈물방울이 뚝뚝 흘러내렸다.

"아무한테도 말하지 마세요."

인덕이 속삭이듯 말했다.

"내가 어머니를 모시고 오지."

"아무도 안 돼요! 여자는 더군다나 안 돼요. 제 어머니일지라도 안 돼요."

인덕이 잦아들어 가는 목소리로 말했다.

"그렇다면 미국인 의사를 당장 데려와야겠군."

이렇게 말하며 그는 다시 시내로 나가려다가 문득 곱단이에게로 돌아서며 이 일을 그의 부모에게 알리지 말라고 일렀다.

"내가 나중에 이야기할 테니."

그는 이렇게 말하기가 무섭게 경성을 향해 바쁜 발걸음을 옮겼다. 그러나 그때 연환이나 곱단이나 아들 양이 이 이야기를 다 듣고 있었다는 것을 눈치 채지 못했다. 곱단이는 다시 부엌으로 가서 연환의 어린 딸에게 밥을 먹여 주었다. 이제 엄마가 자기를 돌볼 수 없게 되자 딸아이는 곱단이에게 매달렸던 것이다. 양은 아버지가 다시 나가자 어머니가 있는 방으로 갔다. 그는 문턱에서 어머니의 그 무시무시한 몰골을 바라보았다. 아니, 우리 엄마가 이 모양이라니! 그는 울컥 치솟는 울음을 막으려 두 손을 입에 깆다 댔다. 그리고는 집 밖에 있는 대나무밭으로 뛰어가 땅에 벌렁 드러누웠다.

연환은 먼저 목사부터 찾아가 인덕이 당한 일을 이야기했다. 두 사람은 함께 미국인 의사에게 가서 인덕이 얼마나 다쳤는지를 설명해 주었다. 두 미국인은 서로의 얼굴을 쳐다보았다. 의사가 분개하며 중얼거렸다.

"우리가 언제까지 침묵을 지켜야 한단 말이오? 이래서야 어찌 우리가 조선인들을 지켜줄 수 있단 말이오?"

그는 더 이상 아무 말 없이 즉시 의료 도구를 챙겨 넣더니 연환의 집으로 향했다. 미국인 의사는 능숙한 솜씨로 상처를 닦아낸 다음 인덕을 마취시켰다. 그리고는 바늘과 실을 꺼내 여기저기 찢어진 상처들을 꿰맸다.

그때 다시 집으로 돌아온 양은 방문 앞에 서서 이 광경을 지켜보았다. 처음에 그는 섬뜩 놀랐다. 그래서 비명을 지르지 않으려고 두 손으로 입을 막았다. 그는 어머니가 편안한 모습으로 잠드는 것을 보고서야 조용히 발꿈치를 들고 방으로 들어와 아버지 곁으로 갔다. 그리고 여전히 입을 꾹 다물고 아버지 손을 잡았다.

미국인 의사는 일을 다 끝마치고서야 소년을 발견했다. 그는 양에게 미소를 보냈다. 그러자 양이 용기를 내서 질문을 했다. 소년은 의사에게 가까이 다가가더니 그를 진지한 눈으로 바라보았다.

"우드로 윌슨에게 우리 어머니를 도와 달라고 말씀해 주시겠어요?"

연환은 어떻게 해서 아들이 미국 대통령을 우상시하게 되었는지 바삐 설명했다. 미국인 의사는 왕진 가방을 다시 챙겨 넣으면서 연환의 이야기를 들었다. 그는 이야기를 들으며 아직도 마취에서 깨어나지 않은 인덕을 향해 간간이 고개를 끄덕였다.

의사가 자리에서 일어나면서 연환에게 말했다.

"부인은 며칠 뒤면 회복하실 것입니다. 그러나 푹 쉬어야 합니다. 태아에는 이상이 없습니다. 참으로 다행입니다."

그리고 방문을 나서기 전에 꼿꼿이 서서 자기를 지켜보고 있는 양에게 다가서며 말했다.

"우상을 갖지 않는 것이 좋단다."

그의 입가에 서글픈 미소가 스쳐갔다.

저녁 시간이 꽤 늦었는데도 인덕은 아직 마취에서 깨어나지 않고 있었다. 곱단이가 두 아이에게 저녁을 먹이고 잠자리를 보아 주는 동안 연환은 아버지 집으로 건너갔다. 일한은 이미 잠옷을 입고 있었다. 일한이 촛불을 들고 문을 열었을 때, 깜박거리는 불빛 때문에 아버지의 그림자가 흔들렸다. 그리고 연환은 처음으로 세월이 얼마나 아버지를 주름지게 했는지 보았다. 그는 평생 아버지를 의지해서 살았다. 언쟁으로 두 사람 사이에 거리가 생겼을 때조차도 그것은 잠시 동안이었을 뿐, 그는 곧바로 아버지 곁으로 돌아오곤 했다. 지금 그는 문 앞에서 우물쭈물했다. 또 아버지한테 이 고민을 털어놓아야 할까? 저 무거워 보이는 아버지의 등 위에다 이 짐을 지워야 할까?

"들어오너라. 바람 때문에 촛불 꺼지겠다."

"제가 너무 늦었군요."

연환이 여전히 머뭇거렸다.

"아니다, 들어오너라."

일한이 거듭 재촉했다. 연환은 아버지의 권유를 마다할 수 없었다. 그가 문을 들어서자 아버지는 그를 서재로 데리고 갔다. 그리고 촛불을 책상 위에 놓았다.

"앉거라."

일한은 평상시와 같은 자리에 앉았으나 연환은 마음이 가라앉지 않아 그래도 서서 아버지를 내려다보며 어떻게 말을 꺼내야 아버지에게 충격을 주지 않을까 생각했다. 그러다 그는 별안간 울음이 솟구쳐 아무 말도 할 수 없었다. 그는 자신을 억제하려고 애썼으나 몸이 떨리고 얼굴이 일그러지는 것을 어쩔 수 없었다. 아버지는 늘 침착하고 냉정하던 아들의 느닷없는 모습에 놀랐다.

"어서 말해 보거라. 그렇지 않으면 네 몸이 터지고 말게다."

일한이 재촉했다. 지금도 아버지의 근엄한 음성은 어렸을 때나 마찬가지로 여전히 무게를 지니고 다가왔다. 그는 더듬더듬 인덕에게 일어난 일을 숨김없이 털어놓았다. 일한은 눈을 크게 뜨고 입을 꾹 다문 채 아들의 이야기를 귀담아들었다. 그리고 한 번도 말을 막지 않았다. 이야기를 다 끝내자 연환은 목젖에 걸려 있던 무슨 덩어리가 목구멍 속으로 녹아 내려가는 듯한 기분이었다. 그는 편안한 숨을 쉬며 자리에 앉았다. 그리고 하얀 명주 수건으로 얼굴을 훔쳤다.

"이제부터는 민중들과 함께 움직이겠습니다. 더 이상 방관할 수가 없습니다."

"그래, 이제 나도 털어놓을 때가 된 것 같구나."

일한은 이렇게 말하면서도 다시 한 번 작은아들에게 형 이야기를 해 주어야 하나 하고 망설였다. 그러다 마침내 마음을 굳게 먹었다.

"얘야, 네가 지난번에 '살아있는 갈대'라는 사람의 이야기를 한 적이 있지. 그 사람이… 바로 네 형이란다."

"알고 있습니다."

연환은 연춘이 밤중에 그를 찾아왔던 이야기를 했다. 그러자 일한도 재판을 두 눈으로 똑똑히 보았던 일을 연환에게 자세히 일러주었다. 그리고 왜 지금까지 순희에게는 알려주지 않았는지 그 이유를 들려주었다. 순희가 알게 되면 무슨 수를 써서라도 음식과 옷을 갖다 줄 궁리를 했을 것이고, 그렇게 되면 식구 모두가 위태롭게 될 수도 있었기 때문이라는 설명이었다.

밤은 깊어 새벽이 다가오고 있었다. 순희가 일찌감치 잠든 것은 두 부자에게는 정말 잘된 일이었다. 그렇지 않았더라면 순희는 부자가 자지 않고 무슨 이야기를 그리도 하느냐, 먹을 것과 마실 것은 필요하지 않느냐며 계속 들락거렸을 것이다. 다행히도 그녀가 편안히 잠을 자고 있어 그들은 이야기를 빠르게 진전시킬 수 있었다. 이야기는 점차 거창한 결정으로 다가가고 있었다. 그리고 이 결정은 일한이 별안간 두 손으로 앞에 있는 탁자를 치는 순간 완전히 굳어졌다.

"내가 미국엘 다시 가야겠다. 우드로 윌슨을 직접 만나 얼굴을 맞대고 우리 조선인들의 고통을 호소해야겠다. 그가 어쩌면 이 고통을 끝내 줄게다. 그에게는 방법이 있을 거야. 윌슨이야말로 지금 이 지구상에서 가장 힘 있는 사람이니까 말이다."

연환도 이제 아버지의 대담한 말에 그리 놀라지 않았다. 그는 잠시 생각에 잠기다가 갑자기 무엇인가 걱정이 되는 모양이었다.

"그런데 어쩌죠? 아버님은 영어를 못 하실 텐데. 세월이 너무 흘러 옛날에 아셨던 것까지 잊으셨을 텐데요."

그러나 일한은 조금도 기가 죽지 않았다.

"우드로 윌슨도 조선말을 못하니 피차일반이지! 아니지, 아냐. 양쪽 말을 다 하는 조선 젊은이를 찾아서 함께 가야지. 별로 힘들지 않을 게다. 말을 배우는 것보다 쉬운 일은 없단다. 나야 이제 다시 배울 시간이 없을 뿐이야. 당장 가야겠다. 그것은 이 조선 땅에 있는 동포들만을 위한 게 아냐. 세계 곳곳에서 조선의 망명객들이 해방의 날을 기다리고 있다. 2백만이 넘는 동포들이 남의 나라 땅에서 고국으로 돌아갈 날을 손꼽아 기다리고 있지. 1백만 명은 만주에, 80만 명은 시베리아에, 30만 명은 일본에, 그리고 또 그 수를 알 수 없는 동포들이 중국, 멕시코, 하와이, 미국에 있단 말이다. 나는 조선의 한 노인으로서, 조선의 아버지로서 미국에 가는 거야. 우드로 윌슨도 아마 내 하얀 머리를 존중할 게다."

"저도 같이 가겠어요."

아들이 나섰다.

"너는 안 된다."

아버지가 막았다.

"연로하신 아버님께서 그 먼 나라로 떠나시겠다면 어머님께서 가만있지 않으실 텐데요?"

일한이 근엄하게 말했다.

"나는 네 어머니에게 많은 자유를 주고 있어. 그러나 내가 해야 될 임무가 무엇인지 그것까지 결정할 권한은 주지 않았어. 만약 무슨 나쁜 일이 생겨 내가 이국 땅에서 죽게 되면 너라도 여기에 남아 가족과 민족을 위해 내 역할을 대신해야 되지 않겠느냐. 얘야, 이 아비의 말을 거역하지 말아라. 전쟁은 끝나 가고 있다. 미래를 위해 평화를 준비하지 않으면 안 돼. 그 일에 나도 한몫 거들어야지. 그렇지 않으면 내가 무슨 보람으로 살겠느냐?"

이렇게 해서 두 사람의 결정은 이루어졌다. 연환은 아직 해가 떠오르기 전에 자리에서 일어섰다. 하지만 그가 아버지에게 작별 인사를 했을 때는 하늘이 이미 우윳빛으로 밝아 오고 있었다. 두 사람의 계획대로 하자면 연환은 앞으로 1주일 이내로 아버지와 함께 갈 젊은이를 찾아내야 하고, 아버지는 또 그 사이에 여행 준비를 마쳐야 했다.

아들이 떠날 때 일한이 말했다.

"네 어머니한테는 내일 내가 이야기하마. 네 어머니가 그냥 있지 않겠지만 내 결심은 아무도 못 바꿔."

그 다음날, 어머니가 일찍이 볼 수 없었던 근심스런 표정으로 그의 집에 들어서는 것을 보고 연환은 아마 인덕에 관해 무슨 말을 들었구나 하고 눈치 챘다.
"어머님, 들어오세요."
연환이 문간에 서 있는 어머니에게 말했다.
"아이는 괜찮니?"
어머니가 물었다. 연환은 아마 딸아이 이야기려니 하고 대답했다.
"그 아이는 다치지 않은 것 같던데요. 지금 곱단이하고 있어요."
"그게 아니라 며늘아기 뱃속에 있는 아기 말이다."
"예, 다행히 괜찮아요."
연환은 이렇게 말하며 어머니를 인덕의 방으로 안내했다. 여지껏 며느리에게 다정하게 대해 본 적이 없는 시어머니였다. 그러나 지금 순희는 방바닥에 무릎을 꿇고 앉아 여윈 볼에 눈물을 흘리며 인덕의 얼굴을 다정스럽게 바라보았다. 그녀는 인덕의 부어오른 손을 부드럽게 쓰다듬으며 자꾸만 흐느꼈다.
순희가 인덕의 배를 어루만지며 물었다.
"여기는 어떠냐?"
인덕이 가냘픈 목소리로 대답했다.
"제가 몸을 이리 돌리고 저리 돌리고 기를 쓰고 막았어요."
순희가 한숨을 쉬었다.
"이럴 때도 아이를 배고 있어야 한다니… 여자들 팔자란 도무지…"
시어머니와 며느리는 몇 마디 더 나누었다. 두 사람은 입을 꾹 다물고 있었지만 그 어느 때보다도 더 가까워졌다는 것을 느꼈다. 잠시 후 순희는 삼계탕을 끓이고 있으니 다 되면 갖다 주겠다며 일어섰다.

"애야, 그럼 푹 자거라."

순희는 이렇게 말하고 돌아갔다. 인덕은 그만 잠이 들어 버렸다. 도무지 눈이 떠지지 않았기 때문이다. 졸음이 온 한 가지 이유는 휴식을 취해야 한다는 신체상의 필요에 의한 것이고, 또 다른 이유는 그 미국인 의사가 주고 간 수면제 때문이었다.

순희가 대문 쪽으로 걸어가자 연환이 그 뒤를 따랐다. 그들은 문간에 잠시 서서 몇 마디를 나누었다.

연환이 물었다.

"아버지께서 무슨 말씀 없으시던가요?"

"그래, 말씀이 있었단다."

순희가 대답했다.

"그래도 괜찮으시겠어요?"

연환이 다시 물었다.

"괜찮기는… 하지만 어쩌겠니, 참을 수밖에."

순희는 이 말을 남기고 발걸음을 옮겼다. 연환은 어머니가 걸어가는 모습을 지켜보면서 근래에 와서 어머니 몸이 마치 무거운 짐을 지고 있는 듯이 굽어졌고, 고개도 수그러지고 어깨도 축 처져 있다는 것을 깨달았다. 그는 늘 고개를 꼿꼿이 쳐들고 날씬하게 걸어가던 그 옛날 어머니의 모습을 기억 속에서 더듬어 보았다.

그러나 어머니가 돌아가자 그는 다시 당면한 문제에 골몰했다. 누구를 아버지와 함께 가도록 할까? 그는 자기가 아는 이 사람 저 사람을 생각하다가 그의 동료 교사였던 성만을 떠올렸다. 연환은 곧 성만에게 아버지의 하인을 보내 전에 만났던 적이 있는 찻집에서 만나자고 연락했다. 그 찻집이 과연 그토록 위험한 문제를 의논할 만큼 안전한 장소일까 하고 걱정하지 않은 것은 아니었으나, 경찰의 감시가 삼엄한 이 때에 무슨 일을 완전히 숨어서 한다는 것은 생각도 할 수 없는 상황이었다. 성만과 아무도 모르게 어디로 간다 할지라도 일본인 밀정이나 조선인 밀정이 으레 그들을 발견할 것이기 때문이다.

성만 쪽에서도 그 하인을 통해 다음날 저녁 그 찻집에서 만나겠다는 전갈을 보내 왔다. 이렇게 하여 두 사람은 만났다. 많은 사람들이 들락날락하며 와자지껄 떠들고 또 사환들이 차와 식사를 들고 이리저리 분주히 돌아다니는 속에서, 연환은 성만에게 자기 아버지를 따라 미국에 가지 않겠느냐고 물어보았다. 늘 먹는 일 외에는 어떤 일에도 무관심한 듯한 성만은 우동 한 그릇을 부지런히 입속으로 털어넣으며 연환의 이야기를 들었다. 성만은 여전히 그 무관심한 듯한 표정으로, 또 일부러 그러는 것인지 간간이 히죽히죽 웃어 가며 우동 국물 두어 모금을 마시더니 마치 농담을 던지듯이 '연환의 부탁인데 기꺼이 가겠노라'고 대답했다. 더욱이 그는 자기야 물론 월급밖에 모르고 사는 사람이지만 그래도 돈 나올 구석을 알고 있으니 돈까지 자기가 마련하겠다는 것이다.

"자네도 거기 회원이지?"

연환은 '신민회'라는 말을 꺼내기 싫어서 이렇게 모호한 질문을 던졌다. 그러자 성만은 고개를 끄덕이며 말했다.

"자네가 말한 그 나라에도 우리 사람들이 있어."

조선의 독립투사들이 미국에도 있다고? 연환은 이 반가운 소식에 놀라움과 민족감을 감출 수 없었다. 아버지가 동포들을 만나면 아버지를 안전하게 보살펴 줄 사람들이 있는 것 아닌가? 연환은 성만의 그 어리숙한 얼굴을 새삼스러운 존경심을 가지고 바라보았다. 저 기이한 행동 뒤에 얼마나 많은 비밀이 숨겨져 있을까.

"그렇다면 이제는 어떻게 떠나고 어떻게 들어갈 것인가 하는 것이 문제인데…."

연환이 걱정스럽게 말했다. 성만은 역시 머리 회전도 빨랐다.

"자네는 기독교인이 아닌가? 미국인 목사들을 통하면 될 것 아닌가?"

성만은 마치 농담을 주고받고 있는 듯이 너털웃음을 터뜨렸다. 그리고 빈 그릇을 번쩍 들어 탁자를 치며 사환에게 우동 한 그릇을 더 주문했다.

"곧장 미국으로 가는 것은 곤란합니다."

목사가 의사에게 말했다. 두 미국인은 연환과 함께 교회 부속실에 앉아 있었다. 연환은 그들이 도와주지 않으면 어쩌나 걱정했었다. 본국에 있는 그들의 상급자들이 조선의 내정에 휩쓸려 들지 말라고 명령해 놓은 것을 알고 있기 때문이다. 그러나 이 두 미국인은 아주 편안하게 앉아서 마치 사업 문제를 의논하듯이 이야기하고 있었다. 꾸밈없는 그들의 얼굴과 마음으로부터의 목소리에 그들이 천성적으로 선하다는 것을 감지하면서, 연환은 그들이 비록 인종과 나라는 달라도 자신의 친구이자 조선인들의 친구임을 알았다. 두 사람이 아버지와 성만을 유럽을 거쳐 은밀하게 미국으로 들어가게 하는 방법, 그리고 목적지에 도착한 후 그곳 기독교인들의 가정에서 지내도록 하는 방법에 대해 계획을 짜는 동안 연환은 계속 귀를 기울였다. 그들이 가는 곳마다 바로 기독교인들의 도움을 받을 수 있도록 모든 계획이 여기에서 짜여졌던 것이다.

"무어라 감사해야 좋을지요."

연환이 자리에서 일어나며 말했다. 목사가 연환의 등을 탁 치는 바람에 그는 깜짝 놀랐다. 남의 몸에 손을 대지 않는 조선의 풍습에 익숙한 연환으로서는 이런 친밀한 제스처를 전혀 경험한 적이 없었다.

"우리는 모두 기독교 형제입니다."

목사가 미소를 지으며 큰 소리로 말했다.

연환이 두 미국인에게서 커다란 감동을 받고 집으로 돌아와 보니, 아내 인덕이 일어나 앉아 있었다. 그녀는 온몸이 쑤시고 아파 아직 돌아다니지는 못했다. 그는 아내 옆에 무릎을 꿇고 앉아 곱단이를 바깥으로 내보낸 뒤 계획을 자세히 들려주었다. 그녀가 조용히 남편의 말을 듣다가 붕대 감은 손을 이불 밖으로 꺼내자 연환이 아내의 손을 잡았다.

인덕이 말했다.

"제가 그 고통을 당한 것도 하느님의 뜻이었군요. 전화위복이란 이런 경우를 말한 거예요."

아내의 말은 기독교 신앙에서 나온 것이었다. 그러나 연환은 다른 사람들을 구하기 위해서는 자신이 고통을 받아야 한다는 기독교 신앙에 대해서 아직도 미덥잖은 느낌이 들었다. 그렇다고 지금 자신의 의구심을 드러냄으로써 아내를 실망시키고 싶지는 않았다. 그는 아내의 마음을 편하게 해주자고 다짐하며 붕대 감은 그녀의 손을 다시 한 번 꼭 잡아 주었다.

성만이 일한에게 말했다.

"미국 대통령이 지금 이 곳에 있답니다. 우리가 운이 좋군요. 그는 내일 보스턴으로 떠납니다."

일한은 숨을 깊이 들이마셨다. 이틀 전 인도를 거쳐 파리에 도착한 그들은 아침 내내 싸구려 호텔의 좁은 방에서 기다리고 있었던 것이다. 그들은 서로 엇갈리는 두 가지 소식을 듣고 있었다. 윌슨은 이미 떠났다, 아니 아직 안 떠났다, 그의 평화 회담이 실패로 돌아가고 있다, 아니 그렇지 않다는 상반된 소식이었다. 14개 조항은 연합국들에 의해 수정이 거듭되었으나 그는 용감하게 분투하고 있었다. 아니, 사실을 말하자면 그는 용감하게 분투하는 것이 아니라 주위 사정으로 스스로 동요되고 있었다. 도대체 사태가 어떻게 돌아가고 있는지 아무도 종잡을 수가 없었다. 이곳 파리에 모여든 조선인 망명객들은 노심초사하면서 진실을 알아내고자 애쓰고 있었다.

일한은 전날 밤 그의 방에서 열린 회의에서 모든 이야기를 다 들을 때까지 잠자코 경청하면서 한마디도 하지 않았다. 그러다 마침내 나온 그의 발언은 조용하면서도 확고했다.

"미국의 윌슨 대통령이 어디에 있든 내일 내가 만나러 가겠소. 그래서 직접 얼굴을 맞대고…."

그때 대여섯 명의 망명객이 그의 이야기를 가로막았다.

"아니, 우리 조선인들만 이곳 파리에 온 줄 아십니까? 세계의 모든 약소민족이 윌슨에게 호소하기 위해 대표를 보냈습니다. 그들이 한 이야기와 다른 무슨 새로운 이야기가 어른께 있다는 말씀입니까?"

그러나 일한은 동요하지 않았다. 그는 아직도 시차 때문에 현기증을 느꼈다. 또한 가셔지지 않는 아내 생각에 가슴이 아팠다. 그러나 일한은 이런 향수병을 스스로 부끄럽게 생각하면서 자신의 의지를 채찍질했다. 그는 윌슨과 얼굴을 맞대고 이야기하지 않으면 안 되었다. 그에게 무어라 할 것인가?

이 이상야릇한 서양 침대는 방바닥에서 한참 높았기 때문에 자칫 잘못하면 밑으로 굴러 떨어질 염려가 있었다. 지난 밤 일한은 이렇게 불편한 침대 위에서 잠을 이루지 못하며 윌슨을 만나 무슨 이야기를 할 것인지 곰곰 생각했었다. 그는 조선인 망명객들에게 이렇게 대답했다.

"그와 얼굴을 맞대면 내가 무슨 말을 해야 할지 자연히 떠오를 겝니다. 가슴속에 오래도록 간직해 온 말들이니까 내 입에서 술술 나오게 될 거요."

그가 아주 지체 높은 양반으로 보였기 때문에 젊은 망명객들은 아무 대꾸도 하지 못했다. 성만은 늘 자기 역할을 제대로 했다.

"어른 말씀이 틀림없습니다. 어른께서는 윌슨과 같은 연배시니 윌슨이 우리를 아무리 급하게 만난다 해도 어른 말씀은 예의를 갖추고 경청할 겁니다."

그들은 다음날 아침 일찍 다시 만나 윌슨이 머무르고 있는 크릴롱 호텔 로비에서 그를 기다리기로 약속했다. 일한은 또다시 밤새 자지 못했다. 새벽녘에 성만이 일어나 침대 매트리스를 바닥에 깔고 물렁물렁한 베개 대신 시트 밑에다 책을 집어넣고서야 잠깐 눈을 붙일 수 있었다. 그러다 아침에 먼저 눈을 뜬 일한이 노인다운 조심성으로 성만에게 어서 일어나라고 재촉했다. 그래서 두 사람은 일찌감치 약속 장소로 가서 기다리고 있었다. 그들이 이렇게 서둘렀음에도 불구하고 그들보다도 먼저 와 있는 사람들이 있었다. 주홍색 수를 놓은 조악한 털옷에 높은 검은색 털모자를 쓴 한 무리의 폴란드 농민들이 이미 그곳에 있었던 것이다. 그들은 불어를 할 줄 아는 목사와 함께 왔다. 그 목사의 설명에 의하면, 그들이 사는 곳은 본래 폴란드 땅이었다. 전쟁 후 새로 그어진 국경선에 의해 그곳이 체코슬로바키아 땅으로 편입되었는데, 그들은 다시 폴란드 영토로 시정되기를 바란다는 것이었다. 그들도 지구 저쪽 미국에서 민족자결주의를 주창한 윌슨 대통령이 지금 파리에 와 있다는 것을 알고 있었다. 목사의 설명에 의하면, 그들은 길을 잃고 어느 폴란드 목자에게 갈 길을 물었는데, 마침 그 목자는 별을 보고 길을 찾을 줄 아는 사람이었다. 목자는 그들의 목적을 듣고 그들 자신도 자유를 희구하는 사람인지라 양떼를 버리고 그들과 합류하여 별들을 관찰하면서 길을 가르쳐 주었다. 그들이 바르샤바에 도착하자 폴란드 애국자가 돈을 주어 파리로 보냈고, 그래서 넓은 길을 따라 곧장 내려와 윌슨이 유숙하고 있는 이 호텔로 오게 되었다는 것이다.

일한과 조선인 망명객들은 이 폴란드인들과 함께 기다리고 있었다. 그러자 곧 아르메니아 피난민, 우크라이나인, 베싸라비아와 도부루쟈에서 온 유대인, 잃어버린 섬들을 되찾고자 하는 스웨덴인, 저 멀리 코카서스와 카르타피아 산맥에서 온 추장들, 이라크에서 온 아랍인, 알바니아와 헤자즈에서 온 부족민들… 이들 모두가 자기네 고유 복장을 하고서 속속 합류해 왔다. 나라와 정부와 언어를 잃어버린 이들 모두가 윌슨 대통령을 구세주로 여기고 자기들의 갖가지 고통을 호소하기 위해 이 호텔로 모여든 것이다.

마침내 꾸부정한 모습의 윌슨이 나타났다. 그의 얼굴에는 피로의 기색이 역력했다. 윌슨이 문을 열고 나타났을 때 적어도 일한의 첫 느낌은 그러했다. 그는 걸음을 멈추고 머뭇머뭇하더니 낮은 목소리로 수행원들에게 무언가 지시했다. 그들 사이에서 잠시 이야기가 오가더니 윌슨이 나왔던 문으로 다시 들어갔다. 한 젊은이가 내방객들에게 영어로 무어라 말하자, 성만이 그것을 일한에게 통역해 주었다.

"2층 대통령 객실로 올라오시랍니다."

일한이 말했다.

"걸어서 올라가지, 그 오르락내리락 하는 작은 상자는 싫으니까."

일한과 성만은 양탄자가 깔린 계단을 올라가서 커다란 방으로 들어갔다. 윌슨은 기다란 테이블 옆에 서서 그들을 기다리고 있었다. 일한은 몸을 앞으로 숙이면서 그의 왼손이 떨리고 있음을 보았다. 그의 창백한 얼굴은 무릎까지 내려오는 검은 코트와 잿빛 바지 때문에 더욱 눈에 두드러졌다. 머리도 거의 백발이고 얼굴에는 주름살이 패어 있었다. 그들은 모두 몸을 앞으로 숙였다. 폴란드 농민들은 그의 코트 자락에 키스한 다음 무릎을 꿇고 이마가 마루에 닿도록 머리를 조아렸다.

처음에 윌슨은 아무 말도 하지 않고, 다른 사람이 그를 대신해서 각 그룹은 영어 알파벳 순서에 따라 대표자를 통해 문제를 제출할 것과, 평화 회담장에서 대통령을 기다리고 있으니 가급적 빨리 이야기해 달라고 요청했다. 모두 그 사람의 말대로 하려고 노력했다. 마침내 일한의 차례가 돌아왔다. 일한은 자신이 작성하고 성만이 영어로 번역한 기다란 문서를 윌슨의 손에 쥐어 주면서 조선말로 이렇게 말했다.

"존경하는 각하, 우리는 조선에서 왔습니다. 우리 조선 민족은, 지금 침략자의 압제 하에서 죽어 가고 있습니다. 각하, 우리 조선은 반만 년 역사를 가지고 있으며, 지금까지 그 모든 침략에도 불구하고 주변국들에게 문명의 중심국으로서의 역할을 다해 왔습니다. 각하, 지금 이 세계에서, 그리고 다가오는 미래의 세계에서 오직 각하만이 우리의 희망입니다."

성만이 통역하는 동안 일한은 그 나이 든 이국인의 애잔한 푸른 눈을 들여다보았다. 그리고 또 그 굳은 입술이 파르르 미소 짓다가 다시 꾹 다물어지는 것을 보았다. 윌슨이 막 대답을 하려다 넘어질 듯이 비틀거리자 젊은 수행원이 그에게 다가가서 부축해 주었다.

그중 한 젊은이가 낮은 목소리로 윌슨에게 말했다.

"각하, 다시는 민족자결에 대해 말씀하지 않았으면 합니다. 그런 사상을 여러 민족의 마음속에 심어 주는 것은 위험한 일이라고 저는 확신합니다. 그들은 각하나 평화 회담에 실현 불가능한 일들을 요구할 것입니다. 민족자결이라는 말 속에는 다이너마이트가 장치되어 있습니다. 대통령 각하, 저로서는 각하께서 그런 말씀을 이미 하셨다는 것 자체가 유감입니다. 민족자결이란 말 때문에 많은 불행이 야기되지 않을까 걱정입니다."

성만이 일한을 한쪽으로 끌어내 이것을 통역해 주었다. 일한은 성만의 통역을 듣자 애간장을 후비는 듯한 비참함을 느꼈다. 그는 다시 고개를 돌려 윌슨이 무슨 말을 할까 기다렸다. 윌슨은 얼굴이 새파랗게 질린 채 갈라진 음성으로 더듬거렸다.

"대단히 미안합니다만, 몸이 너무 불편합니다. 이만 실례해야겠소. 젊은 수행원들이 그를 부축해서 데리고 나갔다. 윌슨이 그렇게 가 버리자 거기 모여 있던 사람들의 얼굴이 흙빛으로 변했다. 처음에 그들은 저마다 나라가 달라 서로를 아주 서먹서먹하게 대했다. 그러다 잠시 동안이나마 같은 목적을 가진 동지 관계가 되었다. 그들은 이제 또다시 이방인 관계로 되돌아갔다.

일한이 성만에게 말했다.

"자, 이제 집으로 돌아가세, 고국으로 돌아가자구."

아버지가 파리에 다녀온 이야기를 하는 동안, 연환은 아버지의 얼굴에 시선을 고정시킨 채 조용히 듣고 있었다. 그러나 연환이나 순희나 일한의 얼굴에 나타난 커다란 변화에 대해 감히 입 밖에 꺼내지 못했다. 일한은 떠날 때만 해도 나이에 비해 더 늙어 보이지도 젊어 보이지도 않았다. 당시 매국노가 아닌 사람들이 모두 그랬듯이, 마르기는 했지만 건강한 몸으로 집을 떠났던 것이다. 그러나 이젠 완전히 노인이 되어 돌아왔다. 그래도 그는 윌슨을 비난하는 사람들을 용납하려 하지 않았다.

"그는 자신의 시대를 앞서가는 현명한 사람이다. 그래, 그는 세상을 몰랐을 뿐이지. 그는 독재자들이 얼마나 잔인무도하게 통치하며 얼마나 많은 사람들이 자유를 희구하는지 모르고 있었다. 그래도 말이다, 우리들 세대가 지나고 아마 너희 자식들 세대가 되면 세계는 그의 꿈대로 이루어질 게다. 유감은 전혀 없다. 그의 얼굴을 들여다보았더니, 자신의 약속을 지키지 못했다는 양심의 가책 때문에 무척이나 괴로워하는 표정이더라."

인덕도 그 자리에 있었다. 인덕이 부드러운 목소리로 말했다.

"월슨도 십자가에 못 박힌 사람이군요."

인덕은 몸이 완쾌 되었으나 예전의 그 맑고 고운 모습은 이제 찾아볼 수 없었다. 일한은 목과 얼굴에 진홍빛 흉터가 남아 있는 며느리를 예전과 달리 아주 따뜻하게 대해 주었다.

일한이 말했다.

"그래, 좋은 교훈을 얻은 거다. 우리가 믿을 것은 바로 우리 자신들밖에 없다는, 그 누구도 우리를 도울 수 없다는 교훈 말이다."

인덕이 시아버지의 얼굴을 똑바로 쳐다보며 대담하게 말했다.

"아버님, 우리 모두 하느님을 믿기로 해요."

"나는 너의 하느님을 모른다."

자신의 대답이 너무 매정스럽게 들렸을 것이라고 생각했는지 일한은 다시 이렇게 덧붙였다.

"그에게 도움을 빌도록 해라. 네 마음이 그래야 평안해진다면 말이다."

아버지가 떠나 있는 동안 연환은 신민회 회원이 되겠다는 결심을 굳혔으나 아내에게는 말하지 않았다. 그녀는 원래부터 소심하고 섬세한 성격이었는데, 지난번 봉변 후로 더 심해졌다. 그녀는 더욱더 종교에 매달리며 많은 시간을 기도에 바쳤고, 또 그녀가 자란 친정을 찾기 시작했다. 시집간 딸자식이 친정에 들락거리는 것은 조선의 풍습이 아니었으나, 인덕이 요즘 그렇게 하는 것은 친정이 기독교 집안이라 그들과 함께 있으면 다른 어느 곳에서도 찾을 수 없는 위안과 힘을 얻을 수 있었기 때문이다. 그녀의 아버지는 오랜 교인으로 조그만 포목점을 하고 있었다. 그녀의 어머니는 양가집 출신이었으나, 기독교인이 되기까지는 글을 읽는 법조차 배우지 못했다. 그래서 그녀의 어머니는 성경을 읽기 위해 엄청난 노력을 들여야 했다. 인덕이 봉변을 당한 후 친정 식구들은 더욱 많은 시간을 기도에 바쳤다. 그들은 더욱더 독실한 신자가 되어 끝없는 기도를 통해 그들과 그들의 나라를 구원해 달라고 하느님께 간구했다. 연환이 신민회 같은 위험한 단체의 회원이 되었다는 것을 안다면 그들은 안절부절못할 것이므로 연환은 이 일을 비밀에 부치고 있었다.

신민회는 여러 나라에 퍼져 있어 곳곳에서 조선의 자유를 위해 일하는 사람들의 구심점 역할을 하고 있었다. 미국에서는 한 조선인 망명정부가 독립을 선포할 날을 준비하고 있었다. 당시 이 은밀한 소식은 인쇄물, 서신, 전갈 등을 통해 세계 곳곳에 퍼지고 있었다. 필라델피아에서는….

"필라델피아가 어디 있지요?"

연환이 아버지에게 물었다.

때는 서기 1919년 2월, 계절에 맞지 않게 포근한 어느 날 황혼이 깃든 저녁 무렵이었다. 눈이 나흘 전에 녹아 버렸고 매화나무에서는 싹이 터 오르고 있었다. 그러나 내일이면 다시 겨울 날씨가 될지도 모를 일이었다.

일한은 파리에 다녀온 이후 장죽에다 담배 피우기를 즐겼다. 그는 담뱃대 빨기를 잠시 멈추고 옛 기억을 더듬으며 아들에게 대답했다.

"필라델피아는 미국 동부에 있는 바다와 가깝기는 하나 바다에

접해 있지 않은 도시다. 상당히 큰 도시지. 그래, 거기 있는 아주 커다란 종이 기억나는 구나. 그곳 사람들은 그것을 '자유의 종'이라고 부른단다. 미국이 독립을 선포할 때 사용했던 종이라더군. 그 종은 '독립관'이라는 건물에 걸려 있는데, 우리도 한번 가보았지."

연환이 말했다.

"지금 미국에 있는 우리 동포들이 그곳에서 대집회를 계획하고 있답니다. 그 건물의 커다란 종 앞에서 발표할 독립선언문을 작성하고 있대요. 이곳 조선에서도 독립선언문을 작성했습니다. 저는 지 시대로 다 외우고 나서 그 종이를 찢어 버렸어요. 우리는 모두 선언문을 외우고 있습니다."

그는 눈을 감고 나직한 소리로 그 독립선언문을 암송하기 시작했다.

"오등五等은 자에 아我 조선의 독립국임과 조선인의 자주민임을 선언하노라. 차로서 세계만방에 고하야 인류 평등의 대의를 극명克明하며, 차로써 자손만대에 고하야 민족자존의 정권正權을 영유케 하노라. 반만 년 역사의 권위를 장仗하야 차를 선언함이며, 이천만 민중의 성충을 합하야 차를 포명함이며, 민족의 항구 여일한 자유 발전을 위하야 차를 주장함이며, 인류적 양심의 발로에 기인한 세계 개조의 대기운에 순응 병진하기 위하야 차를 제기함이니, 시是 천天의 명명明命이며 시대의 대세며, 전인류 공존 동생권의 정당한 발동이라, 천하 하물이던지 차를 저지 억제치 못할지니라.

구시대의 유물인 침략주의, 강권주의의 희생을 작作하야 유사 이래 누천년에 처음으로 이민족 겸제箝制의 통고를 상嘗한 지 금속에 십 년을 과한지라. 아我 생존권의 박상剝喪됨이 무릇 기하幾何며, 심령상 발전의 장애됨이 무릇 기하며, 민족적 존영의 훼손됨이 무릇 기하며, 신예와 독창으로써 세계 문화의 대조류에 기여 보비補裨

살아있는 갈대의 투쟁 **445**

할 기연機緣을 유심함이 무릇 기하뇨.

희噫라, 구래舊來의 억울을 선창宣暢하려 하면, 시하의 고통을 파탈擺脫하려 하면, 장래의 협위를 삼제하려 하면, 민족적 양심과 국가적 염의廉義의 압축 소잔銷殘을 흥분 신장하려 하면, 각개 인격의 정당한 발달을 수遂하려 하면, 가련可憐한 자제에게 고치적苦恥的 재산을 유여치 아니하려 하면, 자자손손의 영구 완전한 경복慶福을 도영導迎하려 하면, 최대 급무가 민족적 독립을 확실케 함이니, 이천만 각개各個가 인人마다 방촌方寸의 인刃을 회懷하고, 인류 통성과 시대 양심이 정의의 군軍과 인도의 간과干戈로써 호원護援하는 금일, 오인은 진進하여 취取함에 하강何强을 좌挫치 못하랴, 퇴退하야 작作함에 하지何志를 전展치 못하랴…"

일한은 고개를 숙이고 경청했다. 그의 머리와 가슴이 희열로 약동했다. 그 독립선언문에는 조선 민족의 대의가 장중한 문장으로 새겨져 있었던 것이다.

그로부터 며칠이 지나갔다. 연환은 이제 저녁나절에도 좀체 집에 들어오지 않았다. 그는 아내에게 그저 할 일이 새로 생겼다고만 말할 뿐, 그것이 무엇인지는 말해 주지 않았다. 인덕도 차라리 모르는 것이 낫다고 생각했는지 구태여 캐물으려 하지 않았다. 그래서 그녀는 혼자 성경을 읽고 기도를 드리면서 저녁나절을 보냈다.

두 아이는 그녀 곁에서 자고 뱃속의 아이는 아직 태어나지 않았다. 그녀는 보통 연환의 귀가를 생각해서 촛불을 그대로 켜 두었으나, 밤중까지도 돌아오지 않을 때는 남편이 일러준 대로 불을 끄고 먼저 잠자리에 들었다.

연환은 자기가 저녁때 어디서 무엇을 하며 보냈는지를 아내에게 밝힐 수 없었다. 그는 요즈음 같은 장소에 두 번 이상 있는 적이 없었다. 그와 그의 동지들은 야외의 나무 그늘 아래에서 만나거나, 산줄기 동굴에서, 으슥한 골짜기에서, 커다란 바위 뒤에서 만났다. 그는 캄캄한 밤길을 다니는 법과 발걸음으로 거리를 짐작하는 법을 배웠으며, 해가 넘어가면 동녘 하늘에 떠오르기 시작한 별을 따라 걷는 법을 배웠다. 그는 또 소리없이 다가오는 사람의 인기척을 알아차리는 방법을 배웠고, 대나무 바삭거리는 소리가 무엇을 뜻하는지 배웠으며, 꼬깃꼬깃 접힌 종이가 자신의 손바닥에 쥐어져도 일절 내색하지 않는 법을 배웠다. 그리고 다방 종업원이 찻잔에다 연락문을 전해 주거나 어떤 학생이 숙제 사이사이에 무슨 연락문을 써 놓았을 때도 전혀 내색하지 않는 법도 배웠다. 이제 그는 동포들이 하나의 커다란 꿈을 향해 그들의 역량을 결집시키고 있다는, 세계 곳곳에서 날아드는 연락문을 받고서도 전처럼 긴장하지 않고 태연하게 넘겼다.

그러나 독립이라는 하나의 목표를 가지고 있는 애국지사들 사이에서도 분열은 있었다. 어떤 지도자는 조선에서의 무장 봉기를 주장하면서 폭력의 사용을 옹호하는가 하면, 또 어떤 지도자는 그러한 봉기는 침략자들에게 폭동 진압을 위해서는 무력 사용이 불가피하다는 구실을 주어 그들의 탄압을 더욱 심하게 만들기 때문에 성공할 수 없다고 반대했다. 이 지도자는, 우리 조선 민족은 무기를 사용하지 않고 항거해야 한다, 그리고 이 거국적인 항거는 국가의 대사가 있는 날에 일으켜야 한다고 주장했다. 결국 이 지도자의 주장이 승리했고, 연환 또한 그의 편이었다. 나이에 비해 성격이 신중한 연환은 일제 지배자들에 대한 무장 투쟁은 패배를 낳을 뿐이라고 믿었던 것이다.

그렇다면 이 조선 땅에서 무슨 기회가 있을까? 총독은 공공장소에서의 집회를 일절 금지하고 있었다. 교회조차도 늘 밀정들이 출입하고 있었다. 그래서 연환도 기독교인 행세를 하던 관헌에게 불려 가서 누가 교인이고 누가 교인이 아닌지, 또 어떤 교인이 신민회 회원인지 문초를 받았다. 그는 이제 아무런 양심의 가책도 받지 않고 쉽사리 거짓말을 할 줄 알았다. 그래야 사람의 목숨을 구할 수 있었기 때문이다.

정말 우연히도 그들에게 거사 기회를 제공한 것은 바로 옛 조선의 왕 고종이었다. 세계대전 이후 조선인들이 독립을 요구할 것이라고 예견한 일제는, 조선인들이 일본 천황의 훌륭하고 친절한 통치에 감사하고 있으며, 따라서 조선인들의 자유의사에 따라 조선이 일본의 일부가 되기를 요청한다는 내용의 청원서를 작성하여 조선인들의 서명을 받으려 했다. 일제는 이 청원서를 이미 퇴위한 고종에게 건네면서 서명을 요구했다. 고종은 오랫동안 용기 있는 행동을 보여 주지 않았었다. 그래서 국민들도 그들의 국왕을 거의 잊어 가고 있었다.

그런데 이 가증스러운 종잇장을 접한 고종이 사력을 다해 서명을 거부하자, 국민들은 깜짝 놀라면서 처음으로 그에게 환호를 보냈다. 그런데 고종은 이로 인한 흥분으로 뇌졸중을 일으켜 세상을 떠났다. 그가 몸도 마르고 혈색이 좋지 않았다는 것을 모두 알고 있었기 때문에, 또한 그의 사망 사실이 이틀 후에야 발표되었기 때문에, 일부에서는 그가 독살당했다느니 아들이 일본의 황녀 나시모토와 결혼하는 것을 허락하느니 차라리 자결을 택했다느니 하는 소문이 떠돌았다. 원인이야 어쨌든 고종이 서거했기 때문에 연환과 그의 동료들은 고종의 장례일을 이용하여 조선의 독립을 선포하기로 했다. 그들은 유혈 폭동을 일으킬 것인가, 평화적인 시위, 즉 만세운동을 벌일 것인가를 놓고 격렬하게 논쟁했다. 기독교인들은 유혈 폭동 대신 평화적 시위를 주장했고, 그중에서도 연환이 그 지도자였다. 평화적 시위 쪽을 옹호한 것은 비단 기독교인들만이 아니었다. '최고의 정신'으로서의 신을 믿는 천도교파, 즉 기독교의 형제애와 유교의 윤리와 불교의 철학을 결합시키고 있는 교파가 기독교인들의 주장에 합세했다. 독립선언문은 이들이 함께 작성한 것이었다. 연환은 동지들과 함께 절간에서 스님들의 도움을 받아 가며 손으로 새긴 목판으로 수천 장의 독립선언문을 인쇄하느라 여러 날 밤을 새워야 했다. 이 선언문은 전국 방방곡곡의 도시와 시골, 농가와 공장으로 보내졌고, 전 세계의 조선인 망명객들에게 보내졌다. 전 세계의 자유 애호가들도 이 선언문을 받아보고 귀중하게 보관해 두었다.

연환 등이 이렇게 움직이는 동안 15명의 기독교인을 포함한 민족대표 33명은 그 거사일을 위해 은밀히 준비하고 있었다. 시군마다 지방위원회가 결성되고, 각 위원회는 그 하부 위원회를 결성해 갔다. 이 일은 밀정들이 곳곳에 퍼져 있음에도 불구하고 빈틈없이 진행되었다. 조선의 지도자들은 또 한편으로 고종의 장례식을 국장國葬으로 거행할 수 있도록 허가해 달라고 국민의 이름으로 당국에 탄원했다. 일제는 극히 못마땅하게 여기면서도 민심을 생각해서 이 탄원을 수락할 수밖에 없었다. 국장 날짜가 3월 1일로 잡혀지자, 모든 애국지사들은 이날의 거사를 위해 일로매진했다. 거사 계획은 전국 각 시군에서 군중들이 집결하여 독립선언문을 낭독한 후 태극시를 흔들고 만세를 부르며 거리를 행진한다는 것이었다. 그리고 산마다 봉화를 이용하여 그 사실을 주위에 알려 만세 운동을 전국적으로 확산시켜 나간다는 것이었다.

비밀은 잘 유지되었다. 3월 1일 토요일 오후 2시에 일제히 거리로 집결하자는 통보문이 떡 속, 상투 속, 모자 속, 아낙네의 긴 소맷자락 속을 통해 전달되었다. 이 거사 계획을 전혀 눈치 채지 못한 일제 지배자들은 그래도 무슨 일이 일어나지 않을까 걱정해서 전국에 걸쳐 수백 명에 달하는 조선인 애국지사들에게 경찰을 붙였고, 또 수백 명의 밀정을 추가로 투입시켰다.

독립선언문에 서명한 33인은 이날 정오 경성에 있는 태화관으로 모였다. 명목은 점심식사를 함께 한다는 것이었다. 그들은 독립선언문 낭독을 마치자 자리에서 일어나 자발적으로 경찰서에 갔고, 이 모든 일이 아무런 폭력 없이 평화적으로 진행되었다. 이때 연환은 제일 앞장서서 걸었다. 그의 발걸음은 정연하고 표정은 침착했다. 경찰은 그들이 제 발로 경찰서로 들어오자 처음에는 어리둥절해 했다. 그들은 이 주모자들을 체포해야 할지 말아야 할지를 몰라 망설였다. 경찰 간부들은 망설이면서도 이들을 한 방에 수감했다. 그리고 상부의 지시를 받으러 자리를 떠나며 경찰 두 사람만 배치해놓았다. 경찰 간부들이 자리를 뜰 때 연환이 말했다.

"지키는 사람은 필요 없소. 우리는 조금도 도주할 생각이 없으니 말이오. 우리가 여기 온 것은 형무소로 가기 위해서니까."

경찰 간부들은 연환의 이야기에 더욱 당황했다. 그들은 무슨 술수가 있는 것이 아닌가 생각하여 고개를 저으면서 나갔다. 한편 전국의 군중들은 지시한 대로 움직여 주었고, 이리하여 전국 방방곡곡의 거리가 태극기를 흔들며 만세를 외치는 군중들로 물결쳤다. 그러나 그때 33인의 대표는 경찰서 안에서 두 경찰관과 함께 일제의 결정을 기다리고 있었다.

그날 늦도록 경찰 간부들은 돌아오지 않았다. 창가로 가던 연환은 창문 밖에서 무엇인가가 움직이는 기척을 느꼈다. 소리가 없어도 조그만 신호까지 알아차리는 연환이었다. 유리창이 하도 먼지투성이라 바깥이 내다보이지는 않았으나, 잘 살펴보니 유리창이 둥그렇게 닦여지고 있었다. 누군가 손가락에 침을 발라 그 더러운 유리창에다 한쪽 눈을 갖다 대고 연환더러 자기 쪽으로 오라고 필사적으로 손가락질을 해댔다. 경비원들은 이때 긴장을 풀고 꾸벅거리고 있었다. 살금살금 문 쪽으로 걸어간 연환은 마침 문이 잠겨 있지 않다는 것을 알았다. 그는 살며시 밖으로 빠져 나왔다. 때는 황혼녘이었다. 그런데 이상하게도 동쪽 하늘이 환하게 빛났다.

동쪽이라? 그럼, 해가 지는 것은 아닐 텐데.

곱단이가 숨을 헐떡이며 그의 귀에다 속삭였다.

"불이에요. 놈들이 교회당에다 불을 질렀어요. 따님이 거기 있어요. 마님도 거기에…."

그는 더 이상 기다리지 않았다. 거리는 아직도 군중들로 메워져 있었다. 그리고 곳곳에서 경찰과 군인들이 고함을 지르고 곤봉을 휘두르며 군중들을 해산시키고 있었다. 연환은 그들 사이를 빠져나가면서 달리고 또 달렸다. 그는 이제야 경찰 두 명만 남겨 둔 채 떠난 경찰 간부들이 그토록 오래 돌아오지 않았던 이유를 알 수 있었다. 온 장안이 아수라장이 되어 있었다. 수백 명의 남녀노소가 곤봉이나 총탄에 맞아 피를 흘리며 길가에 쓰러져 있었다. 그러나 연환은 그들에게 관심을 보일 여유가 없었다. 그가 달리고 또 달려 교회당에 도착했을 때는 교회당에서 불길이 치솟고 있었다. 그는 층계를 뛰어 올라가서 이 문 저 문을 열려고 기를 썼다. 그러나 문들이 다 자물쇠로 잠겨 있고, 교회당 안에서는 탄식과 통곡 소리가 흘러나오고 있었다. 그러나 또 다른 소리가 그의 귓속을 파고들어왔다. 그것은 불길을 비집고 나오는 교인들의 찬송가 소리였다.

"내 주를 가까이 하려 함은…."

"인덕, 인덕!"

그가 아내의 이름을 외쳐 댔다. 그 순간 연환은 부속실의 작은 문을 통하면 교회당 안으로 들어갈 수 있다는 사실을 생각해냈다. 어쩌면 그 문은 채워져 있지 않을지도 모른다. 불길이 치솟고 있는 곳은 지붕뿐이었다. 아내는 아직 살아 있을지도 모르고, 그러면 아내를 불길에서 끄집어낼 수 있을 것이다. 그는 환했다 어두워졌다 하는 연기 속을 뚫고 교회당 뒤편으로 달려갔다. 부속실로 들어선 그는 숨이 막히고 기침이 나왔으나 교회당으로 들어가는 문을 찾으려 더듬거렸다. 손잡이가 만져지고 문이 열렸다. 그는 거친 불길이 번쩍이는 그림자 속으로 뛰어들었다. 그와 동시에 대들보가 우지끈 떨어져 내리는 소리, 그리고 사람들이 고통 속에서 몸부림치는 소리를 들었다. 불길이 치솟던 지붕이 와르르 주저앉아 버린 것이었다. 연환이 목격한 것은 여기까지였다. 그리고는 더 이상 아무도 알 수 없었다.

한편 밖에서 기다리던 곱단이는 이 끔찍한 광경에 두 손으로 귀를 막고 눈을 감았다. 그녀는 밤길을 달리기 시작했다. 그녀는 조금이라도 더 빨리 가기 위해 마치 마라톤 선수처럼 두 팔을 날개 짓하며 잠시도 멈추지 않고 달리고 또 달렸다. 남대문에는 경비병의 모습이 전혀 보이지 않았다. 곱단이는 완전히 방치되어 있는 도성문을 지나 시골길을 달리고 달려 일한의 집에 다다랐다. 그녀는 공포에 질린 얼굴을 하고서 집안에 들어서서도 달음박질을 멈추지 않았다. 방안에서는 일한과 순희가 나란히 앉아 지켜보는 가운데 양이 종이 상자를 뜯어서 만든 수레를 갖고 놀고 있었다. 수레 밑에 달아준 바퀴 하나가 떨어져 나갔는지, 아이는 그것을 매만지고 있었다.

이때 곱단이가 뛰어 들어왔다. 머리카락은 엉망으로 헝클어지고 얼굴은 일그러진 채 입을 딱 벌리고 눈은 튀어나올 듯한 모습이었다. 그녀가 떨리는 손으로 양을 가리켰다. 그리고 설움에 겨워 울먹이는 목소리로 더듬더듬 말했다.

"저 아이, 아… 이제 저 아이밖에 남지 않았어요."

그리고는 의식을 잃고 방바닥에 쓰러졌다.

모두가, 모두가 사라져 버렸다. 그날 밤, 일한은 수천 명의 시위 참가자들이 거리에 쓰러져 죽어 가고 있다는 것을 알았다. 모든 도시와 읍과 마을의 거리에 쓰러져 죽어 가는 사람들이 있었다. 또 며칠이 지나자 일한은 여러 마을이 밤중에 불타고 기독교인들이 예배당 안에 갇힌 채 불태워졌다는 것을 알았다. 경성 거리 이곳저곳에서는 사람의 살이 타는 무서운 악취가 풍기고 있었다.

한편 경찰에 끌려간 사람들은 계속 구타를 당했다. 연환 부부가 다니던 그 교회의 미국인 목사는 비극적 사태를 막기 위해 하얀 유령처럼 이 거리 저 거리를 뛰어다녔다. 당시 일제 고문으로 있던 한 미국인은 공포심을 억제할 수가 없었다. 그는 당시 익명의 글을 미국인들에게 보냈다. 그의 글은 미국에서 인쇄되었고, 그것이 또다시 소식지에 실려 일한의 방문 앞으로 배달되었다.

'내 근무처에서 불과 몇 백 미터 떨어진 곳에서는 매일 구타가 계속 되고 있다. 체포된 사람들은 벌거벗긴 채 형틀에 묶여 실신할 때까지 몽둥이로 얻어맞는다. 그러면 찬물을 끼얹어 정신을 차리게 한 뒤 다시 구타가 시작된다. 이런 과정이 수차례 되풀이된다. 남녀노소 할 것 없이 많은 사람들이 사살을 당하고 총검에 찔렸다. 특히 분노의 대상으로 지목되는 것이 교회들이다. 기독교인들은 더욱 혹독한 취급을 당하고 있다.'

일한은 이 글을 읽었다. 또 하인이 갖다 주는 글들도 읽고 집 앞을 지나가는 사람들의 이야기를 들었다 이제 그의 심장은 차디차게 식어 있었다.

　정신은 아직 살아 있으나 마음은 이미 얼어붙어 그는 더 이상 아무것도 느낄 수 없었다. 순희 역시 말을 하지도 않고 또 울지도 않았다. 집안 여기저기를 느릿느릿 왔다갔다 하는 그녀의 걸음걸이는 보고 듣고 느끼는 능력을 상실해 버린 아주 고령의 할머니 모습이었다. 그녀는 오로지 손자 양만을 생각하며 밤낮으로 아이 옆을 떠나지 않았다. 일한 부부의 부탁이나 허락도 없었지만 곱단이는 이제 일한의 집으로 건너와 살면서 집안과 정원 일을 돌보았고, 그들도 그런 곱단이를 그대로 내버려두었다.

　손자에게 무어라 설명해 주어야 한다고 생각하면서도 일한은 적당한 방법을 찾지 못하고 있었다. 처음 며칠 동안은 아무 말도 하지 않았다. 그러다 그가 순희에게 물었다.

　"손주놈한테 어떻게 설명을 해야 좋겠소?"

　"먹이고 입히는 것은 제가 다 알아서 할 테니 나머지 문제는 당신이 알아서 하세요."

　그녀가 멍한 눈으로 남편에게 대답했다. 그러나 문제가 그렇게 지나갈 수는 없었다. 양이 캐묻기 시작했던 것이다.

　"아빠는 어디 있어? 난 왜 우리 집으로 가지 않고 여기서 사는 거야?"

　양이 밥을 먹다 말고 젓가락을 느슨히 쥔 채 물었다. 그리고 "내가 집에 가면…" 하고 뭔가 이야기를 하려다가 또다시 "난 언제 우리 집으로 가?" 하고 물었다.

　일한은 곤혹스러웠다. 그러다 좋은 생각이 떠올랐다. 기독교에는 착한 사람은 천당에 간다는 말이 있지, 이젠 됐어.

　일한이 손자에게 설명했다.

　"네 엄마와 아빠, 그리고 동생은 천당에 간 거야."

"천당이 여기서 멀어?"

천당 얘기를 들은 적이 있는 양이 정색을 하고 물었다.

"아니, 잠깐이면 가는 곳이란다."

일한이 대답했다.

"그런데 우리는 왜 안 가?"

양이 물었다.

"거기서 불러야 가는 거야. 아직 부르지 않았거든. 거기서 데리러 오면 그때 가자."

일한이 대답했다.

"할아버지, 할머니하고 곱단이랑 함께 가는 거야?"

양이 물었다.

"그래, 그래. 우리 다 같이 가자꾸나."

그는 기독교의 천당 이야기가 모두 거짓이라고 생각했었다. 그러나 생각해 볼수록 점점 더 알쏭달쏭해졌다. 죽음의 지평선 너머 무엇이 있을지 누가 알겠는가?

일한이 양에게 말했다.

"그때까지는 이 집에서 할아버지, 할머니와 함께 사는 거야."

일한에게는 그래도 아직 한 가지 커다란 위안이 남아 있었다. '살아있는 갈대가 탈옥했다'는 소문이 은밀히 나돌기 시작했던 것이다. '살아있는 갈대'가 그렇게 오랫동안 갇혀 있던 감방은 관짝 하나가 들어가면 꽉 찰 만큼 좁은 벽돌 방이었다. 어느 날 간수가 보니 그 감방이 텅 비어 있었다. 텅 비어 있다니? 아니지, 아냐. 벽돌 틈새에서 파란 죽순이 돋아나고 있었으니까.

이런 소문이 밤의 어둠을 뚫고 퍼지는 아침 햇살과 같이 사람들 사이에 퍼져 나갔다. 그리고 이 소문이 그 어디에서보다도 더 광채를 발하고 있는 곳은 바로 일한의 가슴속이었다. 아직 그에게는 살아 있는 아들이 있었던 것이다.

제 3부

끝나지 않은 갈등

1

"왜 자꾸 따라다니는 거요?"

연춘이 귀찮다는 듯이 물었다.

그는 조그만 고물 인쇄기 위로 몸을 굽혔다. 그것은 오하이오주에 있는 어느 지방 신문사에서 쓰다가 수년 전에 폐기처분해 버린, 아주 낡은 인쇄기였다. 그러나 그것마저 없다면 조선의 「독립신문」은 발간이 불가능할 터였다. 사정이 이러하니 신문이 제때 나오지 못하는 수가 많았다. 그래도 제1차 세계대전 후에 일어난 만세 운동이 진압된 이래 연춘은 한 주일에 한 번꼴로 신문을 꾸준히 발간하고 있었다. 혁명 활동이 지하화된 지금, 이곳저곳 옮겨 다니며 신문을 발간해야 하는 연춘으로서는 인쇄기가 작은 것이 오히려 다행이었다. 미국을 제외하고는 조선인들이 일제에 대해 드러내놓고 항거할 수 있는 곳이 없었던 것이다.

연춘과 그 동지들은 쓰디쓴 실망과 분노 속에서 더욱 결의를 다지고 있었다. 새벽녘에 연환의 집을 떠난 연춘은 중국에 가려던 뜻을 이루지 못했다. 어디서 누가 배신했는지 거리에 나서기 무섭게 우악스런 사내들이 그를 덮쳤던 것이다. 그 사내들의 얼굴은 보지 못했지만, 그들의 서투른 조선말 솜씨로 보아 일본인들이 틀림없었다. 그들은 연춘이 정신을 잃을 때까지 개머리판으로 마구 쳤다. 그가 정신을 차렸을 때는 또다시 어떤 오래된 감방 안이었다. 그는 자기가 어떻게 여전히 살아 있는지, 그들이 왜 자기를 죽이지 않았는지 알 수 없었다.

하루에 한 번 간수가 한 사발의 조밥과 한 바가지의 물을 가져다 줄 때를 제외하고는 사람의 그림자도 얼씬거리지 않는 감방이었다. 간수의 경우도 식사 때 철문 구멍으로 빠끔히 들이미는 손밖에 볼 수 없었다. 몸의 회복이 더디어서 연춘이 다시 삶을 생각하고 또 탈출을 생각할 수 있게 된 것은 한참이 지나고 나서였다. 그러나 전국적인 만세 운동이 없었으면 탈출이 끝내 불가능했을지도 모른다. 또한 음식을 갖다 주던 간수가 어느 날 조용히 쇠줄을 밀어 넣어주지 않았더라면 탈출이 불가능했을 것이다.

간수가 건네주는 쇠줄을 말없이 받아 놓은 연춘은 이제 그 험한 음식을 열심히 먹으며 원기를 되찾아 갔다. 그는 생각할 시간이 필요했다. 이 쇠줄이 혹시 그의 탈출을 유도하려는 속임수는 아닐까? 바로 창밖에 살인자들이 기다리고 있지 않을까?

그렇게 망설이고 있는데, 먼 바다의 파도 소리와도 같은 함성이 들려왔다. 연춘의 망설임은 이것으로 끝났다. 그는 어떻게든 이 기회를 이용해 탈출하지 않으면 안 된다고 결심했다. 연춘은 햇빛과 공기가 들어오도록 벽에 내놓은 창문의 쇠창살을 하루 종일 쇠줄로 잘라냈다. 창문이 너무 작아 사람의 몸통이 빠져나갈 수 있을 것 같지 않았으나, 마를 대로 말라 피골이 상접해 있으니, 하고 그는 혼자 쓴웃음을 지었다. 날이 어두워지자 그는 마침내 어깨와 엉덩이가 긁히면서 철창을 빠져나왔다. 그는 즉시 수많은 군중 사이에 끼어 있다가 도성 밖에 있는 허물어져 가는 절간에 몸을 숨겼다. 그는 여기서 이가 다 빠진 늙은 스님들의 정성어린 보호를 받으며 그 작은 신문을 발간했다.

배포는 이 절에서 스님으로 가장하고 있던 한 젊은 활동가가 도와주었다. 그는 낮에는 자고 밤이면 나가 경성 내외에 그 소식지를 배포했다. 다른 스님들은 연춘의 연락꾼 노릇을 하면서 정보를 수집해 왔다.

그날도 해가 거의 저물어 갈 무렵, 연춘은 일을 마치기 위해 서두르고 있었다. 그는 지금 조선의 애국지사들을 향해 국제연맹을 주창하는 우드로 윌슨에게 의지해서는 안 된다고 경고하고 있었다.

"한 나라도 믿을 수 없는 판국에 어떻게 스무 개의 나라를 믿을 수 있단 말인가?"

그가 막 이 대목을 조판하는데, 한 젊은 처녀가 문 앞에 나타났다. 그가 이 처녀를 처음 만난 것은 어느 비밀 모임에서였다. 그녀는 그때 저고리에 남자 바지를 입고 있었는데, 날씬하면서도 탄탄한 몸매였다. 고분고분하고 말수가 적은 그녀는 연춘이 어디에 있든 나타나 끈덕지게 도움을 주려 했다. 연춘은 그녀가 자신이 시키는 대로 민첩하게 움직일 때를 빼고는 그녀의 존재조차 의식하지 못했다. 그런 그녀가 지금 바지가 아니라 남빛 치마를 입고 온 것이다. 연춘이 고개를 들어 그녀를 바라보았음에도 그녀는 그냥 문간에 서서 아무 말도 하지 않았음을 생각했다. 그는 상반신을 일으키며 엉켜 내린 머리를 뒤로 넘겼다. 그의 이마에는 검은 잉크가 얼룩져 있었다.

"무슨 일이오?"

그가 짜증스러운 듯이 다시 물었다. 그녀가 안으로 들어와 팔장을 끼고 벽에 기대서며 말했다.

"도와줄 사람이 필요하다면서요?"

"당신은 안 돼오. 여자는 곤란하오."

"남자는 되고 여자는 안 되다니요? 지금 이런 상황에서 남녀를 구별해야 하나요?"

"좌우간 당신은 곤란하오."

"여자로 태어난 걸 전들 어쩌란 말예요?"

"아무튼 날 쫓아다니지 마시오."

이 말에 그녀는 검고 커다란 눈을 둥그렇게 떴다. 그리고 잘라 말했다.

"당신은 제가 선택한 사람인 걸요."

"선택받고 싶지 않소. 나는 할 일이 많은 사람이오. 에이, 빌어먹을!"

그는 이야기를 하면서도 일을 계속 했는데, 갑자기 인쇄기가 멈추면서 검은 잉크가 종이 위에 줄줄 흘렀다. 그는 종이를 찢어 바닥에 내동댕이치더니 활판을 다시 바로잡았다.

그녀가 말했다.

"저도 조판을 할 줄 알아요."

연춘은 그녀의 말에 아랑곳하지 않고 일에 열중했다. 마음도 바빴다.

이제 그는 먼 앞날을 생각하며 움직이지 않을 수 없었다. 혁명이 다시 실패해서는 안 되었다. 쓸데없는 일에 시간을 낭비해서도 안 되었다. 연춘과 그의 동지들은 각국의 혁명가들과 합세해야 했다. 여기 조선에서 단독으로 침략자들에 대항해서 이길 수 있다고 생각했던 것은 오산이었고, 그렇게 해서는 이길 수 없다는 것을 이제 확실히 깨달았다. 혁명은 전 세계적이지 않으면 안 되는 것이었다. 가장 시급한 곳이 어디이든 간에 민족 하나하나가 해방될 때까지 모두가 일제히 공격을 하지 않으면 안 되었다. 세력이 분열되면 그 혁명은 더 힘이 센 적에게 항상 분쇄될 것이었다. 조선에서는 이제 거사 자체가 힘들었다.

연춘은 그동안 조선 각지에 "앙갚음으로라도 절대로 일본인들에게 대들지 말라"고 충고해 왔다. 이 충고는 잘 이행되었다. 지금은 공세를 취할 시기가 아니라고 그는 누누이 강조했다. 동료 애국지사들이 고문을 당하고 또 더러는 죽어 가는 것까지 보고 있었지만, 그는 반격의 손을 치켜들지 않았다. 이런 상태가 얼마나 더 지속될는지도 알 수 없었다. 일본에서 6천 명의 군대가 새로이 파견되었다. 그러나 연춘은 만세 운동이 있은 후 두 달이 채 지나기 전에 자신의 소식지를 통해 각도各道의 대표를 소집하여 또다시 임시정부를 결성했다. 그들은 성이 이씨인 한 젊은이를 대통령으로 선출했다. 중국과 시베리아에서도 이 임시정부를 지원하기 위해 여러 차례 모임이 있었다. 당시 이 대통령은 조선인 동포들을 만나기 위해 미국으로 건너가 있었다. 그러나 우드로 윌슨은 그에게 여권을 발급해 주지 말라고 국무성에 지시했다. 그런 사람에게 여권을 발급해 주면 일본인들이 자극을 받을 것이고, 일본의 힘을 기반으로 하여 아시아의 평화를 구축하고자 하는 이 마당에 그런 일은 바람직하지 못하다는 이유에서였다.

연춘은 이 소식을 듣고 쓴웃음을 지었다.

"평화? 일본의 힘을 기반으로 평화를 구축하겠다고? 전쟁이 터질걸, 또 한 차례의 세계대전이! 지난번처럼 독일에서부터 시작되겠지. 그러나 이번엔 일본이 미국을 공격할 거야."

이때 그녀가 연춘의 어깨에 손을 얹었다. 그러나 그는 일을 계속했다. 마침내 인쇄물이 나오기 시작했다.

"중국에 가실 때 저도 데리고 가 주세요, 네?"

"난 러시아로 갈 거요."

"그럼 저도 러시아로 따라가겠어요."

"중국으로 갈지도 모르오."

"그럼 중국으로요."

연춘이 그녀의 손을 떼어놓고 인쇄를 멈추었다. 그리고 무뚝뚝하게 말했다.

"내가 어딜 가든 따라오면 안 되오."

그녀가 다시 캐물었다.

"정말 어디로 가실 작정이죠?"

"여기저기, 여러 군데요."

"어디가 제일 먼저죠?"

"동만주 길림. 여자가 따라올 만한 곳이 못 되오."

그녀도 길림이란 곳을 잘 알고 있었다. 10여 년 전 조선의 군대가 일제에 의해 해산되었을 때 수천 명이나 길림으로 갔었다. 그들은 거기서 군과 학교를 세워 유격대를 양성했다. 그 후 그들은 한 명 또는 몇 명씩 조선으로 돌아와서 산악 지대와 도시의 뒷골목에서 일제와 싸웠다. 만주로 건너간 것은 군인들만이 아니었다. 농민도 1백만 명 이상이 만주로 건너가서 그 군인들을 도왔다. 또 만주 왕조가 멸망했을 때 중국으로 들어간 사람들도 많았다. 연춘은 세계 모든 나라에 조선인 망명객이 적어도 몇 사람씩은 있을 것이라고 생각했다.

그녀가 말했다.

"당신이 남자이듯, 나는 여자예요."

연춘은 이 말을 무시했다. 그녀는 늘 이렇게 자기는 여자이고 그는 남자라는 것을 강조했다.

"길림에서부터는 남중국까지 걸어서 갈 작정이오. 남중국은 지금 혁명의 중심지가 되고 있소."

"저도 걸을 수 있어요."

그녀가 고집스럽게 말했다.

"민중을 훈련시키는 새로운 방법을 배우기 위해 러시아로 갈는지도 모르오."

"어머, 잘 됐네요. 러시아 가기가 소원이었는데."

그는 기가 막혀서 소리를 질렀다.

"한녀! 내가 절대로 결혼하지 않기로 맹세했다는 걸 당신도 잘 알잖소? 난 여자와 결혼 생활을 할 그런 여유가 없소."

"제가 언제 결혼하자고 했나요?"

"그렇다면 당신은 사랑을 말하는 모양인데, 그런 사랑이야 늘 싸움과 미움으로 끝나고 말지. 나에겐 여자들을 위해 쓸 시간이 없소."

"전 단지 한 여자예요."

그녀가 고집스럽게 대꾸했다.

"제발 좀 그만두시오, 난 애정 문제 같은 것 때문에 마음이 약해지거나 시간을 뺏길 수 없단 말이오!"

연춘이 버럭 소리를 질렀다.

"당신도 남자예요. 욕망도 있을 테고…."

"그렇소, 나도 남자요. 하지만 동물은 아니오! 욕망을 억제할 수 있으니까."

그가 한녀를 노려보며 말을 이었다.

"당신은 대체 어떻게 된 여자이기에 남자를 꺾으려 드는 거요?"

그녀도 연춘을 쏘아보며 대들었다.

"저는 요즘 당신네 남자들이 만들어 낸 그런 여자예요. 우리 여자들도 독립 투쟁에 나서야 한다고 그러지들 않으셨나요? 우리 여자들도 나약하게 애나 보면서 집안에서 편안히 살아서는 안 된다고 그러지들 않으셨나요? 그러나 저는 여전히 여자예요."

"그게 나를 쫓아다니는 이유요?"

"당신이 저를 쫓아다니지 않으니 제가 그럴 수밖에요."

"왜 그리 답답하오. 난 여자를 사랑할 생각이 없는 사람이라고 누누이 이야기하지 않았소? 여자를 사랑하게 되면 결혼을 하든 안 하는 자유를 잃게 된단 말이오."

"절 사랑할 수 없으시다면…."

"사랑하지 않겠다고 했지, 사랑할 수 없다는 말은 하지 않았소."

연춘이 다시 하던 일을 계속하자 한녀는 묵묵히 그를 지켜보앗다.

"언제 떠나시죠?"

그녀는 한참 만에 물었다. 그는 기계의 소음을 핑계 삼아 못 들은 척 했다. 그러나 한녀가 그것을 모를 리 없었다. 그녀가 연춘에게 다가가 다시 물었다.

"떠나신다면 언제 출발하시죠?"

"되도록 빨리."

"내일요?"

"어쩌면."

그녀는 다시 잠자코 연춘을 바라보았다. 그의 몸, 곧은 어깨, 구릿빛 팔, 강인한 목덜미, 짧게 깎은 검은 머리, 단단한 허벅다리와 말아올린 바지 밑에 드러난 구릿빛 두 다리, 구두를 신은 두 발을 정신없이 바라보았다. 저 두 발로 얼마나 많이 걸었을까. 그녀는 연춘의 발까지도 사랑했다. 그래서 그 두 발을 가슴에 안아 주고 싶었다. 한녀는 그의 육체가 풍기는 야릇하고 감미로운 매력에 빨려들어 갔다. 그녀는 전에 산에서 암호랑이가 수놈에게 덤벼드는 것을 보았을 때처럼 그를 억지로라도 갖고 싶은 욕망이 간절했으나, 감히 그렇게는 못했다. 연춘은 성격이 워낙 불같아서 그녀를 내동댕이쳐 짓밟고도 남을 위인이었다. 그녀는 땅이 꺼지게 한숨을 쉬면서 나가 버렸다.

그는 한녀가 가는 것을 알았으나 계속 일에 매달렸다. 인쇄가 끝나자 그는 인쇄물을 다발로 묶어 한구석에 감추어 두었다. 그리고 거기에 자신이 떠난다는 쪽지를 남겨 놓았다. 그는 배낭을 꺼내 등에 걸머졌다. 그리고 어둠 속에서 시베리아를 향해 북으로 북으로 걸어가기 시작했다.

연춘은 전에 러시아에 가본 적이 있지만 그곳이 완전히 이방인의 땅은 아니었다. 일제가 조선을 점령하자 북쪽 지방에 살던 많은 조선인들이 가족과 함께 두만강을 넘어 시베리아로 들어갔다. 그들은 환영을 받았고 배정받은 땅에 정착했다. 또 교육을 받은 사람들은 모스크바나 레닌그라드로 갔다. 조선인들은 러시아의 10월 혁명과 내전에 참여하여 그 실상을 경험한 바 있었다. 레닌 자신도 조선인들이 중국인들보다 혁명의 방법을 배울 필요성을 더 잘 이해하고 있다며 조선인들의 대일 투쟁을 격려했다. 그러나 연춘이 시베리아와 러시아에 가기로 작정한 것은 이번이 처음이었다. 그는 우선 공산주의라는 새로운 사상이 무엇이고 또 어떻게 성공을 거두고 있는지 본고장에서 직접 알아보자고 생각했다. 그는 혁명의 방법을 배우고 그 논리를 완전히 이해할 심산이었다. 그의 배낭에는 칼 마르크스의 「자본론」과 「공산당 선언」, 그리고 레닌의 「국가와 혁명」이 들어 있었다. 그것은 모두 조선어로 번역된 것이었다. 이것은 그가 러시아나 러시아인들을 좋아해서가 아니라 다만 일본을 적으로 하고 있는 지금은 러시아를 우방국으로 삼을 시기라고 판단했기 때문이었다. 오래전 대원군도 일본과 러시아를 다 싫어하면서도 같은 수법을 쓴 적이 있었다. 연춘은 밤낮으로 역사를 반추하고 또 반추했다. 연춘이 태어난 이후에만 해도 일본과 러시아는 두 번이나 비밀 접촉을 통해 조선을 38선에서 나누어먹으려 했으나 그때마다 미국과 영국이 두려워 결국 포기하고 말았던 것이다.

연춘은 밤에 걷고 낮에 자면서 높은 산맥에 당도했다. 이제 일본의 군인이나 밀정들을 만날 위험성이 적어지자 연춘은 새벽부터 밤이 이슥해지도록 걷고 한밤중이면 바위 밑에서 잠깐씩 눈을 붙였다. 조선은 산이 많아 전체 면적의 8할이 고지대였는데, 연춘은 그런 고지대를 좋아했다. 은빛 하늘에 우뚝 솟은 검은 산봉우리 위로 투명한 햇살이 나타나기 시작할 때 일어나 골짜기에서 불어오는 안개를 들이마시고 폭포수 떨어지는 소리와 새들이 지저귀는 소리를 들으면 마음이 개운하고 정신이 맑아졌다. 그러나 음식을 사먹기 위해 마을에 들를 때면 불현듯 한녀의 얼굴이 떠오르는 것을 어찌할 수 없었다. 그녀의 손조차 잡아보지 않았지만, 두 사람 사이에 어떤 끈끈한 인연이 있다는 사실만은 부인할 수 없었다. 자기에게 사랑을 고백한 여자인데 어찌 인연이 없다 하겠는가. 하지만 그는 마음을 다져먹고 상대하지 않겠다는 결심이었다. 물론 그에게도 여자에 대한 강한 욕구가 있었고, 그 점은 연춘 자신도 인정했다. 하지만 그런 욕망에 굴복할 수는 없었다.

그는 동료 투사들의 숱한 희롱과 음담에도 불구하고 여전히 총각으로 지내고 있었다. 그들은 어딜 가나 여자를 사귀고, 떠날 때는 두고 갔다. 예를 들어 연춘과 형제처럼 지내는 세진은 가끔 그에게 여자를 얻으라고 종용했다.

"총각으로 있는 것은 위험해."

세진이 말했다. 그는 바닷가 출신으로 키가 후리후리한 청년이었다. 그는 어떤 바다도 겁내지 않고 헤엄칠 수 있었고, 전복을 따는 해녀보다 더 깊이 잠수할 수 있었다.

"자네 같은 성인군자는 한마디로 무방비 상태야. 자네는 사랑을 두려워하고 있어. 하나의 큰 사랑을 막을 수 있는 방패는 여자, 바로 여자야! 여자가 많이 있으면 한 여자가 힘을 못 쓰거든. 여자가 하나면 폭군 노릇을 하려고 해. 그러나 여자가 많으면 그 여자들이 모두 종이 되고 경쟁자가 돼서 서로 남자의 비위 맞추기에 바쁘지."

연춘이 대답했다.

"그렇지 않아. 한 여자를 사랑한다는 것은 비극일는지 몰라도, 날마다 조금씩 허물어져 가는 그런 파멸하고는 거리가 멀지."

세진이 반박했다.

"원, 순진도 하지. 결혼은 물론 나도 반대야. 혁명을 해야 할 우리들에게 결혼은 곤란해. 하지만 허물어지는 건 우리가 아니고 사랑이야. 나도 어쩌면 한 여자를 사랑하게 되어 시나 쓰면서 여자에 얽매여 살수도 있겠지. 자네도 주의를 하지 않으면 마찬가지일 테고. 많은 여자를 생각하면 한 여자와 가정을 꾸린다는 생각이 없어져. 그렇게 해서 내 자유를 지켜 나가는 거지. 자네는 아직도 꿈을 꾸고 있어. 그리고 그 꿈의 노예가 된 것이고."

연춘은 세진의 이야기를 귀담아늘었지만 그의 말에 마음이 동요되지는 않았다. 그리고 자기에게 모든 여성 — 한녀까지도 거절할 수 있는 힘을 준 것은 톨스토이라고 생각했다. 그는 톨스토이에게서 깊은 영향을 받았다. 그는 톨스토이가 위대한 소설들을 썼던 것은 여자에게 시간과 정력을 빼앗기지 않았을 때였다는 것을 알고

끝나지 않은 갈등

애당초 여자를 멀리하기로 결심했었다. 짧은 시간이라도 어찌 낭비할 수 있단 말인가?

그러한 결심에도 불구하고 정직한 그로서는 자신의 내부에 여전히 여자에 대한 호기심이 도사리고 있다는 것을 부정할 수 없었다. 미래의 사회에서는 여자들도 가사家事와 보육에만 매달리면서 지낼 수는 없을 것이었다. 시대적 과제가 산적해 있는데, 여성들은 자질구레한 집안일에만 얽매여 있고, 그 모든 부담을 남성이 떠맡아야 한단 말인가? 그는 여자 생각을 일절 하지 않으려 했다. 조국을 위해 모든 것을 희생하기로 결심한 그는 여자에 대한 욕망도 희생시키고자 했다.

그는 산맥을 따라 북으로 북으로 걸어서 안동安東으로 향했다. 안동은 압록강 어귀의 만주 땅에 있는 도시였다. 여기서 그는 서북쪽으로의 머나먼 여행을 떠나기에 앞서 잠시 쉬면서 러시아의 상황을 알아볼 생각이었다. 안동은 여행객들이 많이 모이는 곳이라 정보 수집이 용이할 터였다.

그가 안동에 도착한 것은 초여름이었다. 그는 거기에서 많은 한국인을 만났다. 조그만 장사를 하며 가정을 꾸리고 있는 조선인도 없지는 않았으나 대부분은 그와 같은 독신으로 조국을 해방시킬 방도를 끊임없이 모색하고 있었다. 그들은 한결같이 연춘의 러시아행을 말리며 이렇게 말했다.

"중국으로 가시오. 러시아에선 이미 혁명이 끝났고, 중국에서는 이제 막 시작이오. 중국 지도자 쑨원은 서구 열강에게서 원조 요청을 거부당하자 자기를 도와 달라고 러시아인들을 불렀소. 이제 이 중국 땅에서도 러시아인들의 전술을 볼 수 있을 거요. 또 러시아인들보다는 중국인들이 우리 조선 사람과 더 비슷하오."

그는 이 충고를 따랐다. 안동에서 알고 싶은 것을 다 알게 된 그는 다시 짐을 꾸려 만주 깊숙이 들어갔다. 만주에서 그는 조선군 출신들과 같이 지냈는데, 그들은 만세 운동이 실패로 돌아갔음에도 조금도 실망하지 않는 눈치였다. 그들은 오히려 다음번 세계대전이 일어날 때를 대비하고 있었다. 일본이 점점 혼란스러워지는 중국에 군침을 삼키고 있기 때문에 세계대전이 반드시 다시 일어나리라는 것이었다. 그리고 새로운 대혁명이 중국 남부로부터 마치 뭉게구름처럼 피어오르고 있다는 것이었다.

그들은 연춘에게 말했다.

"쑨원은 군대가 필요합니다. 그래서 러시아인들이 중국 군인들을 훈련시켜 주고 있지요. 만반의 준비가 갖추어지면 그들은 두 번째의 공격을 감행할 것입니다. 양자강을 따라 남경으로 진군하여 그곳에서 새로운 정부를 세울 것이오."

연춘은 이런저런 이야기를 듣고, 어디로 간다는 말도 남기지 않고 다시 남쪽으로 방향을 잡아 중국 본토로 향했다.

그가 북경에 도착했을 때는 이미 초겨울이었다. 그는 심한 폭풍으로 그곳에서 발길이 묶였다. 싸늘한 사막에서 불어오는 바람이 눈을 몰고 와서 시골길을 온통 눈밭으로 만들었던 것이다. 추위 속에서 돈조차 떨어졌지만 당분간 어쩔 수 없이 그 도시에 머무를 수밖에 없었던 연춘은 그곳으로 피신해 온 안면 있는 조선인들을 찾아 나섰다. 대부분은 떠나 버렸고 더러는 남중국으로 가서 죽었으나, 마침내 안면 있는 사람을 한 명 만나게 되었다. 그는 강화도 전등사로 출가했다가 탁발승이 되어 금강산 유점사로 갔던 승려였다.

그 승려도 김씨였다. 그러나 안동 김씨는 아니었다. 그는 고국에서 함께 일한 적이 있는 연춘을 기억했다. 연춘이 김씨와 그의 동료들이 사는 초라한 집 문 앞에 나타났을 때 그들은 너무나도 반가워 환성을 올렸다. 그들은 도시의 중국인 거리에 살고 있었다.

"어서 들어오시오, 어서!"

김씨가 소리쳤다. 그는 연춘과 함께 들어오는 눈보라를 막기 위해 급히 문을 닫고 말을 이었다.

"이야기는 나중에 하기로 하고, 우선 젖은 옷부터 벗으시오. 보아하니 온종일 아무것도 못 드신 것 같은데."

"뱃속이 텅 비었지요. 한 푼 없는 비렁뱅이 신세가 됐습니다."

연춘이 실토했다.

마른 옷으로 갈아입은 연춘은 김씨가 차려 준 뜨거운 국수를 먹으면서 서로 정보와 포부를 교환했다. 만세 운동이 있던 해 이 젊은 승려는 3,4백 명의 회원을 거느린 승려독립운동단의 일원이었고, 그들도 당시 독립선언문을 인쇄했다는 것이다. 그는 승복을 입고 여러 마을을 거쳐 경성으로 올라왔는데, 막상 경성에 도착했을 때는 만세 운동이 끝나버렸다. 경성에 있으면서 그는 러시아 책을 탐독하는 젊은 남녀들과 사귀게 되었다. 그래서 칼 마르크스도 읽었는데, 마르크스를 읽는 데는 헤겔이 도움이 되었다.

작년에 그는 동료 스님 일곱 명과 함께 혁명에 대해 더 배우려고 이곳 북경으로 왔다. 그러나 몇 달 후 다섯 스님은 혁명가들 틈에서 지내느니 차라리 절간 생활이 더 순수하고 안전하다며 되돌아가고 말았다.

"이제 어쩌면 좋겠소?"

김씨가 물었다.

"잡지를 발간해야 합니다."

연춘은 자신이 갖고 있던 인쇄기를 생각하고 대답했다.

"「폐허」란 잡지가 있었지요."

"시 같은 것은 싣지 않을 것입니다. 제목을 '혁명'이라고 할 생각이오."
 연춘이 퉁명스럽게 말했다.
 밤이 이슥하도록 이야기를 나누느라 그들은 밤참까지 먹고 난 뒤 잠자리에 들었다. 그러나 연춘은 잠이 들기 전에 적어도 당분간은 이곳 북경에서 동료들과 같이 지내면서 그가 참으로 하고 싶어 하는 일, 즉 혁명을 위한 새로운 잡지를 창간하기로 결심했다. 배낭 속에 밥사발과 백일날 할아버지가 준 은수저가 있으니까 여기서 더 필요한 것은 이부자리뿐이었다. 그는 동료들 속에서 행복감과 안정감을 느끼며 자신이 선택한 일에 착수했다.

"장님 되려구 작정했군요!"
 한녀의 목소리가 그의 머리를 후려쳤다. 철필을 든 그의 손이 줄판 위 허공에서 멈추었다. 그는 고개를 돌리지 않았다. 그러나 그녀가 다가오고 있음을 알았다. 한녀는 연춘 옆으로 와 그의 손에서 철필을 홱 낚아채면서 외쳤다.
 "사람들 이야기가, 당신 참 어리석은 짓을 하고 있다더군요. 당신이 뭐 신이라도 되나요? 기적을 이루겠다는 거예요, 뭐예요?"
 "철필 이리 줘!"
 그가 나직이 중얼거리며 철필을 빼앗으려고 손을 내밀었으나 그녀가 등 뒤로 감추었다. 그녀가 여전히 흥분한 목소리로 말했다.
 "처음엔 저도 믿지 않으려고 했어요. 그런데 사람들 말이 '잡지에 실을 글을 모조리 자기가 쓰고 등사지를 혼자 긁고 있으니, 저러다 눈이라도 멀면 어쩌려구' 하는 거예요."
 "여기서 인쇄기를 구할 수 없으니 등사판이라도 이용하는 수밖에. 지금 내 사정이 그렇소."
 "아니, 이 북경 천지에 인쇄기가 없다니요? 그러니까 당신은 눈

멀 거란 말예요."

그녀는 이렇게 빈정대며 철필을 바닥에 내던지고는 페인트도 칠하지 않은 투박한 테이블에서 잡지 한 권을 집어들었다.

"이런, 서른 두 페이지나 되네! 그것도 한 달에 두 번씩! 몇 부씩 찍죠?"

"처음엔 8백 부 정도 찍었는데, 지금은 3천 부가 넘소. 조선으로도 가고 만주, 미국, 하와이, 시베리아로도 가야 되니까…."

"아, 그만!"

그녀는 이렇게 외치더니 허리를 굽혀 철필을 집어들었다. 그리고 문간으로 걸어가 그것을 거리에 힘껏 던져 버렸다. 너무나도 느닷없는 그녀의 행동에 연춘으로서는 미처 제지할 틈조차 없었다. 그는 한녀를 밀치고 밖으로 나가려 했으나, 그녀가 막무가내로 매달리며 놓아 주지 않았다. 아무리 뿌리쳐도 몸을 빼날 도리가 없었다. 두 팔로는 목을 끌어안고 두 다리로는 허벅다리를 휘어감으며 찰거머리처럼 들러붙어 있으니 어떻게 할 수가 없었다. 두 사람의 승강이는 그렇게 한참이나 계속되었다. 두 사람 다 숨소리가 거칠어지고 얼굴이 벌개졌다. 그리고 서로 살기등등한 눈길로 쏘아보았다.

연춘은 그녀의 억센 힘에 놀라지 않을 수 없었다. 평소에 여자는 항상 수동적이고 부정적이며 기껏해야 연약한 존재일 뿐이라고 생각해 왔는데, 그는 지금 이 여자와 마치 남자를 상대하듯이 싸워야 했다. 그가 잠시 숨을 돌리려고 힘을 풀자, 그 틈에 한녀가 두 팔을 어깨 밑으로 넣어 그를 껴안으며 목을 깨물었다.

"이 범 같은 계집, 네가 감히!"

그가 헐떡거리며 내뱉었다.

그때 연춘은 방금 전 물린 곳에서 그녀의 입술이 부드럽게 움직이는 것을 느꼈다. 그는 얼떨떨한 상태에서 한녀가 더 이상 그와 싸우고 있지 않다는 것을 불현 듯 깨달았다. 그녀는 힘을 풀고 얼굴을 연춘의 어깨에 기댔다. 그리고는 부드러운 손길로 그를 천천히 주저앉혔다. 연춘은 머리가 아찔했다. 한녀는 손을 뻗쳐 엄지손가락과 가운뎃손가락으로 그가 일하기 위해 켜 놓은 촛불 심지를 살짝 잡았다 놓았다. 방이 캄캄해졌다. 어둠 속에서 한녀는 그를 바닥에 쓰러뜨렸다. 그녀의 몸은 이제 연춘의 아래에 있었다. 그의 전신이 뜨겁게 요동쳤다. 연춘의 의지는 눈 녹듯 사라져 버리고, 그의 존재 자체가 그녀에 대한 욕망으로 부풀어올랐다.

이것이 그들의 사랑 이야기였다. 연춘은 한녀에게 무릎을 꿇었다. 그러면서도 그녀와 싸웠다. 그녀가 잡지 발행을 중단해야 한다고 주장했을 때, 천성적으로 작가 기질이 있는 자기는 글을 쓸 때가 가장 행복해서, 혁명이 작가를 필요로 한다는 사실에 감사한다고 대답했다. 연춘은 그녀에게 결코 굴복하지 않을 것이라고 말했지만 번번이 그녀의 고집에 밀렸다. 그러다 어느 날 마침내 아이가 생겼다는 한녀의 이야기에 그는 절망적인 심정이 되어 남중국으로 떠날 결심을 했다.

연춘은 그녀의 동행을 뿌리쳤다.

"전쟁이 일어날 거야. 당신에겐 아주 위험해. 그리고 나는 임신한 여자 때문에 신경을 써서는 안 돼. 전투를 생각해야지 당신이나 걱정해서는 곤란하니까."

두 사람은 북경, 북승국, 만주를 떠돌며 1년 이상 함께 살아왔다. 그러나 연춘은 끊임없이 자신이 혼자였으면 좋겠다고 생각했고, 또 적당한 기회가 오면 그것을 솔직하게 밝힐 생각이었다. 임신 사실을 알릴 때 한녀의 검은 눈은 기쁨으로 충만했고, 온몸은 마치 광채를 발하는 듯했다. 연춘은 미움과 사랑이 뒤섞인 묘한 감정 속에서 그녀에게 새로운 분노를 느꼈다. 그는 한녀의 기쁨을 묵살하면서 이렇게 외쳤다.

"아이를 가지면 안 된다고 했잖아! 당신은 그런 거짓말로 내 발목을 묶어 놓으려고 하지. 당신과 그 가여운 아이한테 나를 붙잡아 매겠다는 거지. 당신은 그런 식으로 나를 분열시키고 있어."

그녀는 이 말에 눈이 동그래져 마치 연춘을 처음 보는 듯이 쳐다보았다. 그리고 떨리는 목소리로 말했다.

"당신은 남자가 아니군요. 당신이 그런 남자는 아니라고 믿고 싶었는데… 하지만 이제 알았어요. 당신은 남자가 아녜요. 당신이 남자이고 마음속으로는 절 사랑한다고 믿었는데…"

그녀는 연춘의 성난 얼굴을 구석구석 살펴보았다. 그리고 아직도 믿지 못하겠다는 듯이 말했다.

"내가 당신을 얼마나 사랑했는데…"

이것이 그녀의 마지막 말이었다. 그리고는 연춘이 멍하니 서 있는 가운데 짧은 동안이나마 그들의 보금자리였던 방에서 나가 버렸다. 연춘은 23일 동안 그녀를 기다렸다. 그녀가 다시 돌아오지 않으리라고는 믿을 수가 없었다. 낮이 지나 밤이 되고 다시 새벽이 되기를 23일이나 반복하고 나서야 연춘은 그녀가 다시 돌아오지 않으리라는 것을 깨닫기 시작했다. 그리고는 자신과의 싸움이 시작되었다. 그녀가 보고 싶었다. 그녀를 찾아 나서고 싶었다. 연춘은 그녀를 고국의 아버지 집으로 데리고 가서, 적어도 아이가 태어날 때까지라도 함께 있고 싶었다. 집안과 식구들 이야기는 그녀에게 이미 들려주었다. 사랑을 나누고 나서 나란히 누워 있을 때 그녀가 가끔 연춘의 어릴 적 이야기를 들려 달라고 했던 것이다. 그녀는 마치 그 집에 살았던 사람처럼 이러저러한 일들을 꼬치꼬치 묻곤 했다.

"당신은 부엌 옆방에서 주무셨어요, 아니면 아버님 옆방에서 주무셨어요?"

그가 설명했다.

"우리는 아무 방이나 원하는 방에서 잤어. 하지만 아버지 방에서 자 본 적이 없지. 동생과 나는 유모가 더 이상 필요 없게 되고부터는 독선생과 함께 잤어. 동생은 착한 아이였지만 나는 그렇지 못했지."

그러자 한녀가 웃으며 말했다.

"당신은 지금도 착하지 못해요."

그가 대꾸했다.

"하지만 살아남은 건 나야. 동생은 불쌍하게도 벌써 죽었어."

조선인 모두가 알고 있었듯이, 연춘은 동생 부부와 그 딸이 어떠한 최후를 맞이했는지 알고 있었다. 그날도 딸아이가 엄마에게서 떨어지지 않으려 하자 인덕이 교회로 데리고 갔던 것이다.

연춘이 다시 한녀에게 상기시켰다.

"놈들 손에 죽은 동생은 성격이 신중하고 조심성이 많았어. 사람도 아주 착했구. 내가 왜 남자는 처자식을 가지면 안 된다고 하는지 알겠지?"

"그만 두세요."

이것은 연춘이 듣기 싫은 소리를 하면 으레 나오는 그녀의 대답이었다.

연준은 한녀를 사랑한다는 말을 한 번도 입 밖에 낸 적은 없지만 그녀가 자신의 사랑을 잘 알고 있으리라 믿었다. 그래서 두 사람 사이의 사랑싸움에서 그는 곧잘 자신의 진지한 생각을 장난처럼 말하기 일쑤였고, 한녀의 간청과 그의 거절이 반복되곤 했던 것이다.

"절 사랑한다고 말해 줘요. 제가 기억할 수 있도록 단 한 번만이라도 그렇게 말해 줘요!"

이것이 그녀의 애원이었다. 그러나 연춘은 항상 이렇게 대답했다.

"안 돼. 만약 내가 그런 소리를 하면 내겐 당신에 대한 방어 수단이 남지 않아. 당신이 내 마음속에 너무나 깊숙이 들어오면, 나는 결코 당신을 뿌리째 뽑아낼 수 없을 거야. 말이란 단단한 나무에 쇠못을 박는 것과도 같아."

"당신, 절 사랑하지요?"

그녀가 대답을 유도하듯 말했다.

"당신은 어떻다고 생각해?"

연춘은 그녀를 사랑한다고 말하고 싶은 것을 꾹 참으면서 되물었다. 그녀가 여전히 부드러운 목소리로 대답했다.

"저를 사랑한다고 생각해요. 그런데 당신은 왜 그렇다고 말하지 않죠?"

"하하, 당신이 이번엔 나를 거의 잡을 뻔했군. 하지만 안 넘어가. 나는 아주 영리한 사람이니까."

그는 이렇게 한녀를 사랑한다는 말을 결코 한 적이 없었고, 그녀가 가 버린 지금은 아무리 말하고 싶어도 말할 수 없게 되었다. 연춘은 그리움으로 잠을 이루지 못하고 피가 그녀의 존재를 갈망하는 가운데 1주일을 더 기다렸다. 그러나 그는 자신의 욕구에 굴복하지 않을 결심이었다. 그녀를 찾아 나선다면 다시는 자유스럽지 못할 것으로 생각한 것이다.

피로와 그리움에 지쳐 있던 그는 어느 날 한밤중에 벌떡 일어나 급히 짐을 꾸렸다. 그리고는 외로이 남쪽으로 발걸음을 옮기기 시작했다.

그는 걷기도 하고 말을 타기도 하며 근 5천 킬로미터를 여행했는데, 중국 남부의 광동에 도착하기까지는 수개월이 걸렸다. 그는 광동으로 오는 도중에 이곳저곳을 지나면서 사람들이 어떻게 살고 있으며 혁명에 정당한 이유가 있는지 살펴보았다. 천성이 곧은 그로서는 사람들이 혁명에 강제로 동원되어서는 안 된다고 믿었고, 또 조선의 자유를 얻기 위한 일환으로 중국 농민들을 이용해서도 안 된다고 생각했기 때문이다.

시골길을 걷거나 시골 마을을 지날 때, 또는 조그만 여관에서 잠을 청하면서도 연춘은 판단이 서지 않았다. 혁명가들이 왕조를 파멸시켜 버린 지금, 비록 사람들이 북경에 통치자가 없는 것을 슬퍼하며 시국을 강경히 비난하고는 있었지만, 그들은 어려움을 잘 참고 비우호적인 사람들에게는 엄격하게 대할 줄도 알았다. 다시 말해, 명랑하면서도 줏대가 있는, 그러니까 고통을 느끼기에는 천성이 너무나도 낙천적인 사람들이었던 것이다.

사람들은 그에게 이렇게 말했다.

"아, 우리가 다시 옛 부처님을 모실 수 있었으면…. 그분은 우리의 아버지이자 어머니였소. 그분이 살아 있었을 때는 우린 안전하다고 생각했지요. 지금은 앞으로 무슨 일이 일어날지 누가 알겠소?"

그들은 서태후 이야기를 하는 것이었다. 서태후는 여러 해 전에 죽었지만 그들의 정신과 마음에 미친 그녀의 영향은 너무나도 커서, 그녀의 사망 소식을 채 듣지 못한 마을에 와서 그 사실을 알려주면 그들은 아주 걱정을 하는 기색이다. 연춘이 생각하기에 중국인과 조선인의 차이는, 그들은 아직도 자유롭다는 점이었다. 쑨원과 그의 추종자들은 그 크고 오래된 나라에 새로운 정부를 세우지 못하고 있었는데, 지금처럼 정부를 갖고 있지 못할 때도 그들은 적어도 가문의 전통이나 풍습에 따라 스스로를 자유롭게 다스려

나갔고, 그래서 나라는 그런대로 평화를 유지할 수 있었다. 물론 지배권을 놓고 쟁투를 벌이는 군벌들과 불만에 가득 찬 젊은 혁명가들의 경우는 예외였지만 말이다.

아무튼 세상이 어떻게 돌아가든 농민은 땅을 경작했고, 바닷가 어민은 고기를 잡았고, 선상 생활을 하는 사람들은 운하와 강줄기에서 북적거리며 살았다. 그는 이 방대한 대륙과 수많은 민중이 자발적으로 혁명에 동원될 수 있을지, 혹은 그들이 진정 동원되어야만 하는지에 대해 커다란 의구심을 품었다. 생활은 풍습과 전통 속에서 그런대로 안정되어 굶주리지 않았고, 어쩌다 욕심 많은 지주를 빼고는 그들을 억압하는 사람이 아무도 없었다. 사람들이 모여 있는 찻집에서 그는 웃음소리와 재치 있는 농담을 들을 수 있었다. 아이들은 통통하게 살이 쪘고 아낙네들은 분주하기만 했다. 그렇다면 그들이 누구를 적으로 하여 봉기한단 말인가? 그들의 요구는 단지 자기들을 내버려 두라는 것이었다. 늙은이든 젊은이든 그에게 수차례 해 준 말이 있었는데, 국민을 다스린다는 것은 조그만 생선을 요리하는 것과 같으니, 되도록 손을 대지 않는 것이 좋다는 노자의 가르침이었다.

여행을 계속하면서 연춘은 한 나라가 어쩌면 그렇게 거대하고 어쩌면 그렇게 다양한 풍경과 사람들을 지닐 수 있는가 하고 감탄했다. 북서부에는 사막과 비옥한 평야가 펼쳐져 있었는데, 이곳의 너른 들판에서는 농부들이 밀과 밭작물을 경작했다. 밀가루 빵과 기장으로 생활하는 그들은 키가 크고 살결이 아름다웠으며 마늘 냄새를 풍겼다. 발효시키지 않은 밀가루 반죽에 마늘 줄기를 넣어 만든 빵을 즐겨 먹었기 때문이다. 북부의 도시들은 온갖 상점과 물건이 많은 시장과 넓은 거리로 번화했다. 사람들은 면직물로 만든 옷을 입었고 겨울에는 그 속에 솜을 넣어 입었다. 그리고 비단 옷을 입은 사람도 면으로 된 겉옷을 걸쳤다.

길이가 1만 리에 달하고 바다처럼 넓은 양자강 위아래로는 여러 나라의 기선들이 왕래하였고 외국 군함들이 무역항을 지키고 있었다. 그리고 그 양자강 중부에는 산악 지형이 펼쳐져 있었는데, 조선과는 딴판이었다. 이곳 산들은 푸르고 둥글었으며 골짜기 사이로는 비옥한 평야가 펼쳐져 있었다. 이곳 사람들도 키가 컸으나 북부 사람들만큼 크지는 않았고, 상점들로 북적대는 많은 도시가 있었다. 주민들 역시 북부 사람들만큼 소박하지는 않았으며, 종종 교활하고 세속적이고 영악했다. 그러나 명랑하게 농담과 웃음을 주고받으며 생활했고, 바깥출입을 하지 않는 부잣집 처녀들을 제외하고는 여자들도 생기 있고 자유롭게 생활했다.

겨울 한철을 그는 쭉 상해에서 보냈었다. 상해에 조선인이 3천 명이나 살고 있다는 사실을 알게 되었고, 곧「신조선」이라는 잡지를 발행하는 사람들 사이에 자리를 잡았기 때문이다. 그러나 연춘은 여기서도 동포들이 두 개의 주요 집단으로 분열되어 있음을 발견했다. 한 집단은 아직도 미국을 좋아하는 사람들(이들은 대부분 기독교인으로서 미국에서 교육받았으며 비폭력 혁명을 신봉했다)이었다. 그리고 또 한 집단은 러시아의 혁명 방식에 찬성하면서, 지금 조선을 지배하고 있는 일본인들을 직접 공격해야 한다고 믿는 사람들이었다. 두 집단 모두 국내의 애국자와 각지의 망명객들에게 비밀리에 자금을 지원받고 있었다.

연춘은 처음에 친미 성향의 사람들 속에서 지내면서 그들에게 자신이 모르고 있던 사실을 많이 듣게 되었다. 그 요점은, 미국인 선교사들이 조선을 도와주는 행위를 하는 데 반해 미국 정치가들은 조선을 배반하는 행위를 한다는 것이었다. 그런 미국인들의 배반을 증오했다.

그러나 미국에서 오랫동안 지낸 조선의 지도자를 통해 미국인에 관한 이런저런 이야기를 들으면서 자신의 증오심을 누그러뜨리게 된 것은 미국인들의 역사나 본성 때문이 아니라 그들의 노래 때문이었다. 이 지도자는 미국에서 학교를 다닐 때 많은 노래, 특히 흑인 노예들의 노래를 많이 배웠고, 조선에 돌아와서는 학생들에게 그 노래들을 가르쳐 주었다. 이제 이 크고 삭막한 도시 상해에 망명한 그는 동료 망명객들에게 그 노래들을 가르치고 있었다. 저녁이 되어 그들이 회합 장소로 빌린 초라한 방에 모이면 조선인들은 미국에서 사는 아프리카 노예들의 노래를 불렀던 것이다.

연춘은 처음에 노래 부르기를 거절했다. 그 노래들을 모른다는 이유도 있었지만, 노래로 인해 마음이 약해져 고통을 느낄 것이 두려웠기 때문이다. 그러나 이러한 결심에도 불구하고 슬픔에 잠긴 흑인 노래를 부르는 동료 망명객들의 노랫소리를 듣고 있노라면 마음이 부드러워졌다. 그의 머릿속에는 어느새 '올드 블랙 조', '내 고향으로 날 보내 주', '주님은 차가운 땅에'와 같은 노래 곡조들이 들락거렸다. 우울한 가락에 비극적인 가사였지만 그들의 슬픈 마음은 위안을 받았고, 어느 날 연춘도 그 노래들을 부르며 자신도 모르게 눈물을 흘렸다.

그는 자신의 눈물에 화들짝 놀랐다. 그는 아버지 집에서 살았던 어린 시절 이후 울어 본 적이 없었다. 그는 너무나도 많은 고문과 위험, 죽음을 경험했기에 자신이 다시는 울 수 없으리라고 오랫동안 믿어 왔다. 그는 음악이 조선인들이 마음을 약하게 만들 수 있다는 것을 알고, 자기는 음악을 멀리하지 않으면 안 된다고 결심했다. 그래서 그는 이 친미적 집단을 떠나 폭력혁명론자들과 함께 지냈다. 상해에 있는 그 작은 비밀 단체는 암살과 폭파에 전념하고 있었다.

연춘이 그들과 함께 있는 것은 이번이 처음이 아니었다. 어린 시절 그에게 공자의 비폭력과 석가의 자비심을 가르쳐 주었던 점잖은 독선생은 동학에 가담하면서 아주 무모한 폭력혁명가가 되었다. 다정다감했던 그 젊은 선생은 자기 한 몸을 희생하기로 마음먹고 번번이 가장 무모한 행동을 도맡아 하려는 것처럼 보였다. 시베리아로 건너간 그는 '붉은 깃발'이라는 폭력혁명단을 조직했고, 또 이토 공작의 암살에 가담하려고 만주로 간 후 체포되어 죽음을 당했다.

　이제 상해에서 연춘은 두 번째로 '의열단'이라는 폭력혁명단에 접근했다. 연춘은 그들과 함께 지냈으나 단원은 아니었다. 그는 아직 암살과 폭파만을 혁명의 유일한 무기로 삼을 수 없었다. 게다가 이 순진한 젊은이들도 자체 내에서 분열되어 있다는 것을 알았을 때는 더더욱 그러했다. 1924년 겨울, '의열단'은 민족주의자 집단, 무정부주의자 집단, 공산주의자 집단으로 삼분되어 있었던 것이다. 그는 이 분열 과정을 점점 냉소적인 눈으로 관찰했다. 더군다나 폭력혁명론자들의 가장 폭력적인 모습은 인간적 부패에 있었다. 그들은 양복을 차려입고 머리에 기름을 바르며 자신의 존재를 과시했다. 그리고 대부분이 키 크고 잘생긴 젊은이들이었기 때문에 여자들이 잘 따랐다. 그들을 가장 열렬히 쫓아다닌 여자들은 시베리아 망명객들의 딸로서, 조선인과 러시아인의 혼혈 여인들이었다.

　초봄 어느 날 밤, 연춘은 망명객들이 살고 있는 불란서 조계의 공원을 거닐고 있었다. 그때 '의열단' 청년들이 그곳에서 여자들을 어떻게 만나며 얼마나 대담한 육체적 행위를 나누는지, 그리고 그들의 교제가 얼마나 거칠고 문란하며 또 얼마나 빨리 잊혀지는지를 목격했다. 연춘도 자극을 받아 자신의 육체 속에서 불길이 타올랐다. 그는 날마다 죽음을 직면해야 하는 저 필사적인 젊은이들이 왜 그 순간적인 열정 속에서 위안을 구하는지 이해할 수 있었다. 그의 두 눈은 조선의 독립이라는 목표와 인생에 대한 현명하고 지각 있는 계획을 애타게 찾고 있었다. 그렇다. 이제 또다시 떠나야 할 때가 온 것이다. 봄이 무르익기 전 그는 상해를 떠나 다시 남쪽으로 내려갔다.

그가 광동에 도착한 것은 그해 가을 추수기 때였다. 들판은 수확자들의 즐거워하는 얼굴로 꽉 차 있었다. 농사가 잘 되어 그해 겨울에는 식량이 충분할 것이었다. 그는 또다시 외부로부터 전쟁이 일어나지 않는 한, 다시 말해서 일본군이 다시 제국의 꿈을 꾸지 않는 한 중국인들이 봉기에 동원될 수 있을지 심히 의심스러웠다. 그리고 자신이 여기에 온 것은 그보다도 더 큰 목적을 위해서라는 것을 상기했다. 그가 이곳 광동에 온 것은 조선의 광복을 도와줄 사람들을 찾아보기 위해서였던 것이다.

"드디어 도착했군. 그런데 혼잔가?"

이것이 김씨의 인사 겸 질문이었다. 연춘이 한녀의 고집 때문에 잡지 발간을 포기하고 심한 몸살을 앓고 났을 때, 김씨는 한녀가 연춘의 혁명가로의 길을 망쳐 버렸다며 북경을 떠났었다. 그는 지금 광동에서 몇몇 동료들과 함께 상아공象牙工들이 사는 좁고 꾸불꾸불한 뒷골목 거리에다 방 두 개를 빌려 놓고 있었다. 상아는 버마와 말레이시아의 정글에서 통째로 와서 이곳 기술자들에게 팔렸다. 그러면 이들이 그것을 가지고 남신男神과 여신女神, 남녀 조각상, 보석함 등등의 여러 가지 아름다운 물건을 만들었다. 조선 망명객들이 이 상아공 거리에서 남의 눈에 띄지 않게 중국식 복장을 하고서 들락거리고 있었다.

"혼자 왔네."

연춘이 대답했다.

그는 배낭을 털썩 내려놓고 너덜너덜한 신을 벗어 버렸다. 신은 바닥이 숭숭 뚫리고 왼쪽 발등이 돌에 찢겨 있었다. 그가 털썩 주저앉아 손으로 발을 매만지고 있는 동안 김씨가 그 모습을 지켜보았다.

"그 여자가 자네를 떠났나, 아니면 자네가 그 여자를 떠났나?"

"여자가 나를 떠났네. 나도 그 여자를 찾아 나서지 않았구."

"굶주린 모습이군."

"굶주리지 않았네, 오는 도중 잘 먹었으니까. 특히 상해에서 말일세."

연춘이 다시 짧게 대답했다. 그러자 김씨가 웃으면서 말했다.

"그렇다면 동지, 또 다른 굶주림도 쉽게 만족시킬 수 있었겠구먼. 그런데 어떻게 그 좋은 도시를 떠날 수 있었나? 물론 여기에도 동지들이 많이 있긴 하지만."

"자네가 중이었다는 것을 누가 믿을까?"

아픈 발을 매만지던 연춘이 휑하니 비어 있는 방을 둘러본 후 말했다.

"저 벤치를 두 개 이어놓고 그 위에다 널빤지 몇 장 깔아 침대를 하나 만들 수 있겠나?"

"자네가 오리라 생각하고 자네 자리를 남겨 놓았지. 어떤 여자도 자네를 언제까지나 만족시켜 줄 수는 없을 테니까. 기다리고 있으면 자네가 꼭 찾아오리라 생각하고 있었네."

"광동에는 조선인이 얼마나 살고 있나?"

연춘이 물었다.

"한 60명 정도. 다 의열단 소속이지."

"여기도 의열단인가! 상해에서 막 의열단을 떠나 왔는데."

"러시아 교관들이 새롭게 교육시키고 있네. 때가 되면 조선에서도 그 성과가 나타나겠지."

연춘이 반박했다.

"난 이제 폭력혁명론자들을 믿지 않아. 그들은 폭력을 즐기고 있어. 그래서 그들이 떠난 자리에는 분노가 남게 되네."

"우린 그들을 이용할 수 있네."

김씨는 이렇게 말하면서 자기 침대를 방 한쪽으로 옮기고 침대 하나를 더 놓을 자리를 정리했다. 연춘이 물었다.

"자네, 그 공산주의자들에 가담했나?"

"그러네! 혁명가가 되려면 철저한 혁명가가 돼야지! 자넨 어떤가?"

"내 생각은 달라. 그것이 독립을 얻기 위한 가장 좋은 방안인지부터 생각해야 되겠지."

"자신이 직접 공산주의자가 되기 전에는 알 수 없을 것이네. 먼저 이념을 가져야 확신을 할 수 있게 되지."

"그 점이 자네와 나의 차이야. 자넨 이념을 가져야 하네. 난 아닐세! 나는 무슨 주의도 믿지 않고 또 어떤 사람도 믿지 않아. 그리고 일본이 조그만 조선 땅으로 결코 만족하지 않으리라 확신하네. 히데요시가 조선은 단지 아시아로 나가는 통로라고 그랬던가. 이 말은 그들에게 지금도 여전히 사실일세. 그 비옥한 토지, 그 큰 도시, 그 갖가지 기술, 이제 내 눈으로 직접 중국을 둘러보고 나니 정말 확신할 수 있네. 중국을 손에 넣으면 아시아를 손에 넣는 거야. 아니, 언젠가는 세계를 손엔 넣을지도 모르지."

연춘이 이렇게 열변을 토하자 김씨는 조용히 들은 후 기뻐하며 말했다.

"자넨 글을 쓸 것이 아니라 연설가로 나서야겠네!"

그러나 아직 이야기가 끝나지 않은 연춘은 김씨의 칭찬에 아랑곳 하지 않고 이글거리는 눈으로 말을 계속했다.

"누가 이 섬나라의 꿈을 막을 수 있지? 우리 이외에 그 누가 일본의 침략을 막을 수 있겠어? 우리 이외에 그 누가 문제의 심각성을 깊이 느끼겠나? 중국은 단지 집 지키는 개에 지나지 않네. 일본을 막기 위해 그동안 중국이 무엇을 했단 말인가? 또 다른 강대국들은 도대체 무엇을 했단 말인가?"

김씨가 말했다.

"여보게, 자네도 폭력혁명가가 되어야 하네. 자넨 아주 훌륭한 혁명가가 될 수 있을 거야."

김씨는 자리에서 일어나 문간으로 갔다. 그리고 더욱 어두워져 가는 바깥을 내다보았다. 연춘은 아무 말 없이 그대로 앉아 있었다. 그러다 갑자기 피로가 엄습하는지 침대에 몸을 던졌다.

"진짜 전쟁은 지금 우리들 사이에서 벌어지고 있어."

연춘이 김씨에게 불평했다.

연춘이 불과 몇 달 안 되어 발견한 바에 의하면, 조선의 혁명가들은 국내에서뿐만 아니라 이곳 중국에서도 반목을 계속하고 있었다. 폭력을 신봉하는 사람들은 비폭력을 신봉하는 사람들과 대립했다. 공산주의를 받아들인 사람들은 이데올로기는 단지 장애물일 뿐이라고 주장했다. 만주에 있던 사람들은 조선에서 갓 나온 사람들과 자신들을 차별화했고, 또 이 두 집단은 모두 시베리아에서 온 사람들과 대립했다. 동포들 사이의 이러한 내부 분열 이외에도, 연춘은 이들 분파와 중국인 집단들 사이에도 불화가 있음을 발견했다. 특히 중국 공산당은 러시아 고문들의 지도에 따라, 자신들이 모두를 통제해야 한다고 생각하고 자기들을 따르지 않는 사람들에게 잔인하게 행동했다.

연춘이 다시 나직이 되뇌었다.

"우린 스스로를 파괴시키고 있어."

그들은 하루 종일 각자의 일을 열심히 했다. 연춘은 또다시 글을 쓰고 인쇄를 했다. 그러나 밤이 되면 두 사람은 회합 장소로 빌려 놓은 크고 낡은 찻집에서 다른 많은 사람들과 만났다. 망명객 수는 나날이 증가하여, 이제는 수백 명이 중국 혁명 전선에 가세하게 되었다. 몇 달이 지나자 조선인만 해도 8백 명이나 되었던 것이다. 그들 가운데 4백여 명은 만주의 독립군 출신이었고, 시베리아에서도 백여 명이 왔으며, 나머지는 국내에서 온 사람들이었다. 그들은 모두 40세 미만의 젊은이들이었고, 14~15세의 소년들까지 있었다. 이들 중에 약산이라는 소년이 연춘을 잘 따라 두 사람은 친하게 지냈다. 이 소년은 집에서 지어 준 이름 대신에 경성에서 사이토라는 일본 총독을 암살하려고 했던 저 유명한 테러리스트 김약산의 이름을 쓰고 있었다.

소문에 의하면, 그 테러리스트는 우체부 일을 하는 추종자의 제복과 우편 가방을 빌려 그 가방 속에다 폭탄 일곱 개를 숨겼다. 그는 어느 날 총독이 집무실에서 다른 고위 관리들과 만난다는 것을 알고 그 곳에 들어가 폭탄을 던졌다. 관리자들은 이미 떠난 후였으나, 건물이 크게 파괴되었고 다른 일본인들이 죽었다. 사건 후 경찰이 방방곡곡을 뒤져 그를 잡으려 했으나 그는 다시 어부로 변장해서 안동을 거쳐 만주로 달아났다.

연춘의 성姓을 알게 된 약산이 그에게 달려와서 진지하게 물었다.

"선생님도 김약산과 같은 김씨인가요?"

"아니, 나는 안동 김씨야. 테러리스트도 아니구."

소년은 고개를 떨구었다. 그럼에도 불구하고 그는 연춘을 계속 따랐다. 연춘에게 소년은 어릴 적의 동생처럼 생각되었고, 소년에게는 연춘이 형이자 아버지 같은 존재였다. 소년은 자기 아버지가 조선 북부의 한 도시에서 경찰한테 살해당했다고 했다. 외톨이가 된 소년은 만주로 도주하는 사람들을 따라가 그곳에서 김약산의 이야기를 들었다. 그리고 김약산을 만나 그와 함께 상해까지 왔다가 거기서 영문도 모르게 헤어졌다는 것이었다.

소년이 씩씩한 목소리로 말했다.

"그는 저를 좋아하지 않았어요. 저한테 자기를 따라오지 말라고 했어요. 제가 따라갈 수밖에 없다고 말했는데도 그는 상해의 다른 곳으로 사라져 버렸어요. 며칠을 찾다가 결국 포기하고 말았죠."

연춘이 소년을 위로했다.

"그 사람은 누구도 사랑할 수 없었을 거야. 누군가를 사랑하게 되면 살인하기가 어려워질 테니까."

소년은 잠시 생각에 잠겼다가 이렇게 말했다.

"선생님은 어떠세요? 제가 따라다녀도 괜찮나요?"

"물론 괜찮지."

연춘이 대답했다.

소년은 지금 찻집에서 연춘과 나란히 앉아 사람들의 이야기를 경청하고 있었다. 연춘이 주장했다.

"우리들은 단결해야 합니다. 적어도 핵심 집단만이라도요. 우리는 단결해야 한다고 믿는 사람들을 모아 핵심을 만들어야 합니다."

그러자 김씨가 반박했다.

"그럼으로써 또 하나의 파벌을 만들자, 그런 말인가?"

그곳에서 의열단을 지도하는 동지가 말했다.

"테러리스트가 되는 것은 아주 간단하오."

연춘이 다시 나섰다.

"모두를 죽인다면 무엇이 남겠소? 그 다음에는 테러리스트들끼리 서로 죽이게 될 것이오!"

의열단 지도자가 다시 말했다.

"그럼에도 불구하고 우리야말로 가장 단결이 잘 돼 있는 단체요. 필요하다면 모든 적을 하나씩 죽여 나간다는 것이 우리의 입장이오. 집을 불태우고 궁정을 파괴하고 정부를 뒤엎고 군대를 무찌를 것이오."

그들은 여느 때처럼 밤이 깊도록 이야기를 나누었다. 사실 연춘으로서는 토론 자체가 자기들의 본업이 아닌가 생각될 때도 있을 지경이었다. 그러나 돌로 어떤 형상을 조각해 가듯이 지루한 토론 과정을 통해 모종의 통일이 이루어지고 있음을 느낄 수 있었다.

이로부터 1년 후, 여전히 의구심이 남아 있었지만 연춘은 마침내 이 테러리스트 집단을 단결의 구심체로 받아들였다. 그들이 하나의 행동 원칙에 동의하는 유일한 집단이었기 때문이다. 그렇다. 새로운 건설을 위해서는 파괴가 불가피할지 모른다. 그러나 연춘은 그들에게 한 가지 요구를 했다. '의열단'이라는 이름을 포기하고 '조선독립당'이라는 이름을 쓰자는 것이었다.

연춘은 해방의 날을 대비해서, 이 구심체를 통해 여러 나라에서 활동하고 있는 다른 모든 조선인 독립 단체들과 연락을 유지하고자 했다. 해방의 날이 세계대전을 거쳐야만 올 수 있다는 점에 대해서는 이제 그들 사이에 이견이 전혀 없었다. 그리고 그 세계대전의 조짐은 이미 시간의 지평선 위에 나타나고 있었다.

요 몇 년 동안 약산이나 이 단체에서 함께 일하는 한 부부가 없었더라면 연춘의 마음은 돌처럼 굳어졌을지도 모른다. 소년은 연춘의 이야기를 경청하며 그의 뜻에 복종했다. 그리고 날씨가 무더울 때는 그의 식사까지 세심하게 보살피며 마치 충직한 하인처럼 잘 따라 주었다. 누구에게도 마음을 주어서는 안 된다고 생각하던 연춘이었지만, 이 외로운 고아 소년의 정성에는 마음이 움직이지 않을 수 없었다. 그러면서 또다시 부모 형제가 그리워지고 한녀가 낳은 아이가 아들일까 궁금해지는 것이었다. 지금쯤이면 아이는 갓난애 티를 벗고 네 살짜리 귀염둥이가 되어 있을 것이었다. 한녀는 아이에게 누가 네 아버지이고 누가 네 할아버지라고 설명해 주었을까? 그녀가 북경에서 그렇게 떠나 버린 후 연춘은 그녀 소식을 전혀 듣지 못했다. 편지 한 통도 받지 못했으니 거처조차도 알 수 없었다. 그 단체에 최씨 부부가 없었더라면 그는 한녀 생각을 못했을지도 모른다. 그는 최씨 부부를 보면서 자기도 모르는 사이에 남녀 간에 어떤 사랑이 존재할 수 있는가를 깨달았던 것이다.

두 사람 다 조선인이었는데, 부인은 만세 운동 때 늙은 장사꾼 남편이 살해당한 젊은 과부였고, 최씨는 지주의 아들이었다. 최씨는 거리에서 만세 시위를 하다가 죽은 남편의 시신을 운반하려는 젊은 부인을 만났던 것이다. 두 사람은 힘을 합해 시신을 옮겼다. 나중에 최씨는 묘지까지 마련해 주었다. 장례가 끝나자 최씨는 그 젊은 과부에게 남편을 정말 사랑했느냐고 물었다. 그녀는 사랑하지는 않았지만 남편에 대한 의무를 다하고 싶다고 대답했다. 그러자 최씨가 다시 그 의무라는 것이 계속 과부로 지내야 하는 것이냐고 물었고, 그녀는 누군가를 진실로 사랑하고 싶다고 대답했다. 너욱이 죽은 남편은 부모가 다 돌아가신 외아들이었기 때문에 시가 쪽에는 식구가 아무도 남아 있지 않았다. 또 그녀에게는 아이도 없었고 친정 식구들은 시베리아로 이주해 버렸다. 그때 그녀가 남편한테 시베리아로 함께 이주하자고 애원했으나, 남편이 자기는 장사꾼일 뿐이라며 장사도 잘 되는데 반도로 오해받을 리가 없다며 거절했다는 것이다. 그러나 남편은 시위 군중들이 어디로 가는지 알아보려고 거리에 나왔다가 반도로 오해받아 일본 헌병이 쏜 총에 머리를 맞았다.

최씨는 이 모든 이야기를 깊은 관심을 가지고 들었다. 그리고 그녀의 이야기가 다 끝났을 때, 사랑할 만한 남자로서 자기가 어떻겠냐고 물었다. 그녀는 최씨의 늘씬한 체격과 잘생긴 얼굴과 반짝거리는 눈을 바라보았다. 그리고는 그를 사랑할 수 있을 것 같다고 대답했다. 최씨는 그녀의 손을 덥석 잡았다. 두 사람은 새로운 법령에 따라 혼인 신고를 했고 그 후 아주 행복하게 살았다. 처음에는 시베리아와 만주에서 살았지만 지금은 중국인들을 돕기 위해 남쪽으로 내려와 있었다.

이 부부가 늘 함께 있는 것을 보면서 연춘은 결혼에 대해 새로운 생각을 갖게 되었다. 그리고 한녀를 그리워하는 자신을 용납했다. 그는 한녀와 함께 지낼 때도 자유롭고 싶다는 욕망 때문에 그녀의 신상에 대해 이것저것 물어보지도 않았다. 연춘이 한녀에 대해 아는 것은 두 사람이 가진 얼마 안 되는 평화의 시간 동안 그녀에게 들은 몇 가지 사실뿐이었다. 그녀는 사랑의 행위가 끝나고 나면 등을 돌리고 이따금 추억의 단편들을 조용히 들려주었다.

"옛날 고향집 뒷산에 올라갔을 때도 지금과 같은 평화를 느꼈어요. 오르고 또 올라 산꼭대기에 서서 더 이상 올라갈 수 없음을 알았을 때의 기분… 그게 평화 아니겠어요? 바위에 누워 하늘을 바라보면 하늘은 정말 푸르렀지요."

그는 귀를 기울였으나 나른한 기분에 이야기가 잘 들어오지 않았다.

"우리 아버진 총살당했어요."

어느 날 그녀는 이렇게 말했다. 그녀는 떡을 찌고 있었다. 그런 떡은 북경에서 살 수 없었다. 그러나 이제는 그때의 정경을 사랑스러운 감정으로 기억할 수 있었다. 찹쌀을 사 와서 가루로 빻아 시루에 찐 다음, 그것을 다시 둥그렇게 잘라 그 속에 단팥을 넣고 겉에는 참기름을 바르고…. 그녀가 명절날 연춘에게 먹이려고 떡을 가져오면 그는 불평을 했다. 그러나 그녀는 아주 즐거워하며 떡을 권했다.

"드세요. 좀 잡숴 보세요."

그러면 연춘은 이렇게 대꾸했다.

"내 의지보다는 위장이 강하군. 그래서 당신은 즐거운 모양이지만, 나는 그렇지가 못해."

그는 이런 게 다 자신을 가정에 묶어 두려는 그녀의 또 다른 계략이라 생각하고 속으로 그녀를 탓했다. 얼마 후 연춘은 그녀의 아버지가 총살당했다는 이야기가 생각났다. 어떻게 해서 그런 일이 일어났는지 알고 싶었지만 묻지 않았다. 그녀가 혹시 동정심을 유발시켜 자기를 자꾸 묶어 두려고 하지 않을까 걱정되었기 때문이다. 그녀의 아버지는 대원군이 섭정할 때 관리를 지냈다. 그녀가 아버지의 도장을 갖고 있었기 때문에 알았는데, 그 도장에는 그녀 아버지의 이름과 직위가 한문으로 새겨져 있었다. 한녀는 옥으로 된 그 도장을 작은 비단 보자기에 싸서 간직하고 있었다. 연춘은 또 그녀에게 남동생이 둘 있다는 것도 알았다. 가끔 그녀는 넓은 마당에서 그들 셋이 함께 놀았는데, 누나의 힘이 더 세서 남동생들이 짜증을 냈다는 이야기를 했던 것이다.

"난 키가 커서 탈이에요."

그녀가 한숨을 쉬었다. 연춘이 아무 대꾸도 하지 않자 한녀는 그 아름다운 눈으로 흘겨 보았다.

그녀가 다시 물어 왔다.

"내 키가 너무 크다고 생각하지 않으세요."

그는 거짓말을 할 수 없어서 사실대로 대답했다.

"그런 건 한 번도 생각해 보지 않았어."

한녀는 이제 본 적도 오래되었고 어디 있는지도 몰랐다. 연춘은 그때 사실을 말해 줄 걸 하고 생각했다. 그녀는 그리 크지 않았다. 연춘보다 작았으니까.

이렇게 한녀를 그리워하던 어느 날, 그는 최씨에게 결혼이 장애가 되지는 않는지 물어보았다. 그는 내심 최씨에게서 장애가 된다는 대답을 듣고 싶었다. 그래서 이렇게 덧붙였다.

"여자 때문에 시간을 뺏기는 것도 그렇고, 남자의 행동에 이러쿵저러쿵 간섭하는 것도 그렇고…. 그러다가 조국에 대한 헌신과 아내에 대한 헌신 사이에서 갈팡질팡하게 되는 것 아닌가?"

최씨는 웃으며 대답했다.

"정작 여자 문제에 시간을 더 쓰는 사람은 내가 아니라 자넬세. 여보게, 정말 자기 여자가 있으면 여자 문제는 더 이상 생각하지 않아도 되네. 아내는 말일세, 생각조차 하지 않게 되지. 자기 내부에 자기와 함께 있는 자기 자신이니까. 아내는 남자를 자유롭게 만들어 주지. 게다가 제대로 된 여자라면 일까지 함께 해 주지. 그뿐인가… 옷도 빨아 주지, 밥도 차려 주지, 헛되게 쓰지 않도록 돈까지 관리해 주지…. 좋은 아내가 있으면 그래서 더 잘살게 되는 거야."

연춘은 최씨의 이야기를 가슴에 새겨들었다. 그리고 그의 마음은 서서히 변해 갔다. 그래서 이제는 한녀에 대한 생각을 억누르지 않았다. 그는 언젠가 다시 북부로 가게 되면 그녀와 아이를 찾을지도 모른다고 꿈꾸듯 생각했다. 그러나 아직은 아니었다. 그가 아무리 한녀와 아이를 갈망한다 해도, 그와 그의 동료들이 북경으로 승리의 입성을 할 때까지는 혁명 사업에 열중하지 않으면 안 되었기 때문이다. 마침내 승리하게 되면 그가 지금 돕고 있는 중국인 동지들의 도움을 받아 조국으로 돌아갈 것이었다. 그리고 중국인 동지들의 도움이 있으면 그의 조선 민족도 해방될 수 있을 것이었다.

그는 약산 소년이 건장하고, 용감하고, 또 때로는 잔인하기까지 한 청년으로 성장하는 것을 지켜보았다. 젊은이들은 늘 잔인했다. 연춘은 소년에게서 자기 자신의 모습을 보는 느낌이었다. 소년은 열다섯 살 때 우경린이라는 새로운 영웅을 얻었다. 테러리스트인 우경린은 일본의 다나카 장군이 중국에 대한 요구서를 작성한 후 자신의 제국 건설 계획을 계속 추진하기 위해 상해에 왔을 때 그를 암살하려고 했다. 다나카가 일본에서 타고 온 배에서 내렸을 때 그들은 세 방향에서 공격할 계획이었다. 우는 권총으로 그를 쏠 계획이었다. 그것이 실패할 경우에는 김약산이 폭탄을 던지고, 폭탄으로도 죽이지 못할 경우에는 제3의 테러리스트인 허춘암이 나서서 칼로 찌를 계획이었다. 그러나 배에서 내려오는 다나카 앞에 어떤 미국인 여자 승객이 있었다. 우가 총을 쏘자 총소리에 놀란 그녀가 다나카를 붙잡았다. 무슨 일인지 눈치 챈 다나카는 죽은 척 넘어졌다. 암살에 성공했다고 믿은 우는 도주하기 시작했다. 그는 택시를 잡아탔으나 운전사가 운전을 거부했다. 우는 그 운전사를 거리로 밀어내고 자기가 운전을 하려 했다. 그러나 운전을 할 줄 모르는 그는 멀리 가지도 못하고 영국 경찰에 체포되었다. 거주지가 프랑스 조계였기 때문에 그는 프랑스측에 넘겨졌는데, 프랑스 경찰은 그를 다시 일본측에 넘겨주었다. 그는 몇몇 일본인과 함께 탑 속에 감금되었다. 그 일본인들 가운데 한 사람은 무정부주의자였다. 그런데 우를 불쌍히 여긴 한 일본인 하녀가 그에게 강철로 된 칼을 갖다 주었다. 우는 그것으로 자물통을 잘라내고 그 일본인 무정부주의자와 함께 미국인 친구 집으로 도망쳐 숨어 있다가 광동으로 오게 된 것이었다.

약산 소년은 우경린의 심복이 되었다. 우경린 때문만이 아니라 소년의 영웅인 김약산도 그 암살 계획에 가담했기 때문이다. 우경린은 소년에게 친절히 대했다. 그는 연춘에게 알리지 않고 약산 소년에게 폭력주의의 정당성을 역설했다. 그래서 약산 소년의 마음은 연춘과 우경린 사이에서 갈팡질팡하게 되었다.

그 다음 해(1925년) 중국 혁명의 지도자인 쑨원이 북경에서 서거했다. 모든 혁명가들이 깊은 비탄에 잠겼다. 그러나 이미 계획한 것을 끝까지 해내지 못한다면 그들이 무엇을 할 수 있겠는가? 장개석이라는 젊은 장군이 러시아 고문들과 함께 군대를 편성했다. 그는 일본과 러시아에서 군사 교육을 받고 돌아온 사람이었다.

두 번째 혁명을 준비 중에 있었다. 군대는 북쪽으로 양자강까지 가서 양자강을 따라 남경으로 내려오도록 되어 있었다. 그리고 그 옛 도시 한복판에 새로운 정부를 수립할 계획이었다. 일본어로 된 마르크스의 책들을 번역하는 임무를 맡고 있던 연춘은 그 넓은 대륙 국가를 장악하겠다는 꿈을 품고 있는 중국 혁명가들이 그들 앞에 놓여 있는 어려움을 제대로 이해하고 있는지 점점 더 의심스러워졌다.

중국 민중은 여전히 옛날식 사고방식에 젖어 있었다. 그들의 불만은 아직 반란을 일으킬 정도는 아니었고, 가족적 전통이 정부를 대신하고 있었다. 그들은 가난했으나, 그 사실을 깨닫지 못했다. 지주들이 그들을 억압했지만 절망할 정도는 아니었다. 참으로 상황이 절망적인 곳에서는 모두들 칼과 갈퀴를 들고 일어나 지주들을 죽여 버렸다. 연춘은 오히려 조선인들이 중국 혁명가들보다도 개혁을 훨씬 더 잘 이해하고 있다고 생각했다. 조선에서는 일제의 오랜 압제가 계속되고 있기 때문이다. 그리고 일본에서 교육을 받은 많은 조선 젊은이들이 무정부주의와 칼 마르크스를 알고 있었기 때문이다.

이른 봄, 제2의 중국 혁명이 북쪽으로 번져 가기 시작했고, 여전히 낙천적이고 인간에 대한 믿음을 가지고 있는 승려 출신 김씨는 그 혁명 대열에 끼어들었다.

"중국인 형제들을 돕기로 했네. 다음번엔 그들이 우리를 돕겠지."

그가 배낭을 꾸리면서 연춘에게 말했다. 연춘은 그저 미소를 지을 수밖에 없었다. 중국에 대한 그의 신뢰는 어두웠다. 아니, 혁명에 대해서조차 그는 더 이상 낙관주의자가 아니었다. 동료들이 광동을 떠나던 그 전날 밤, 그는 환송식에 참석하지 않았다. 그 대신 세 사람의 외국인을 만나러 갔다. 한 사람은 영국인 노동운동가 토마스 만 — 독일 작가 토마스 만과는 관계가 없는 — 이라는 사람이었다. 그는 노인이었으나 명랑했고, 모든 혁명가들과 소속을 따지지 않고 친하게 지내며 고적한 만년을 보내고 있었다. 연춘을 본 그는 팔을 잡고 조그만 방으로 데리고 갔다. 그 작은 방 하나가 그의 집이었다.

"자, 차부터 한잔 합시다, 훌륭한 영국산 차에 설탕과 우유를 넣어서. 영국산 헌틀리 비스킷도 있다오."

연춘은 무쇠로 된 석탄 난로 옆에 있는 의자에 앉았다. 영국산 차를 마시노라니 만주에서 마셨던 티벳식 버터차가 생각났다. 노인은 영국이 국왕 치하에서 어떻게 자치권을 확립했는지, 이런저런 얘기를 한 시간 가량 늘어놓았다.

노인은 싱긋이 웃으며 이렇게 말했다.

"꼭 필요할 때만 왕을 죽였다오. 좀 묘한 영국 특유의 방식이랄까. 우리는 오히려 왕들을 좋아하오. 어쨌든 우리의 통치자였으니까. 우리는 국왕 제도를 민주화시켰을 뿐이오. 쉬운 일은 아니었지만…. 과자 좀 더 드시오."

학교에서 미국인에게 영어를 배운 연춘은 강한 영국의 억양에 당황했으나 알아들을 수는 있었다. 그리고 그 선량한 노인을 신뢰하게 되었다. 노인의 지성은 몰라도 적어도 노인의 착한 마음씨는 믿을 수 있을 것 같았다. 노인은 고령에도 불구하고 희망에 넘쳐 있었다.

다음으로 찾아간 미국인 얼 브라우더는 그렇지가 못했다. 연춘은 그가 미국의 제국주의를 비난하는 연설을 들은 적이 있었다. 그의 연설은 분명하고 이해하기 쉬웠으며, 많은 박수갈채를 받았다. 그러나 연춘은 본능적으로 그에게서 인간적인 불신감 같은 것을 느꼈다. 외국에 나와 여러 나라 사람들 앞에서 자국 정부를 비방하기 때문이었다. 그는 호텔 방에 함께 앉아 브라우더를 이리저리 뜯어 보았다. 외모는 학자다웠다. 그러나 그가 학자건 아니건 간에 연춘은 미국인을 다시는 믿지 않겠다고 다짐했다.

마지막으로 방문한 브로딘은 땅딸막한 중년의 러시아인으로, 말투가 느린 실질적인 사람이었다. 그는 자신이 지도하는 열정적이고 순진한 젊은이들에게 아버지와도 같은 치밀한 조직가였다. 그러나 겉모습은 열렬한 혁명가라기보다는 오히려 성공한 사업가처럼 보였다. 중국 젊은이들은 이 러시아인을 믿었다. 그러나 연춘으로서는 어떤 러시아인이든 믿을 수가 없었다. 러시아인들이 조선 땅에 들어온 지는 꽤 되었는데, 그들은 조선을 손아귀에 넣기 위해 너무나도 많은 음모를 꾸며 왔다. 그렇다. 제정 시대의 황제 짜르는 죽었다. 그러나 통치자가 바뀌었다고 해서 그 민족성까지 바뀌었겠는가?

숙소로 돌아왔더니 약산 소년이 연춘의 배낭을 대신 꾸려 놓고 자고 있었다.

연춘은 언젠가 한녀를 찾아내어 그녀와 함께 고국으로 돌아간다는 끊임없는 희망을 품고 있지 않았다면 자기가 어떻게 되었을까 종종 생각해 보았다. 그는 자신의 장래 모습을 이리저리 그려 보면서, 전투에 앞서 야영을 할 때 가끔 그 꿈을 약산 소년에게 들려 주었다.

"이 지루한 싸움이 모두 끝나고 우리의 뜻이 이루어지면 우리도 고국으로 돌아가겠지. 너는 나랑 우리 아버지 집으로 가자. 가다가 내 아내와 아들을 찾아서 모두 함께 가는 거야. 귀국해서 한 달을 쉰 후 다시 싸우자. 이번엔 조선에서, 그리고 우리 조선을 위해서 말이야."

이렇게 요즈음은 '집'이란 말이 연춘의 입에 붙어 버렸다. 하지만 낮 동안의 치열한 전투가 끝나기 전에는 집 생각을 삼갔다. 그해에는 내내 전투가 계속되었다. 그는 조선인들이 자랑스러웠다. 그들은 불굴의 투지로 용감하게 싸웠다. 그들은 또한 웅변에도 능해 그들이 지나가는 농촌과 도시에서 사람들을 잘 설복시켰기 때문에, 중국의 장군들은 곳곳에서 중국어를 할 줄 아는 조선인들을 선발대에 편입시켜 먼저 보냈다. 이 새로운 혁명군은 승리에 승리를 거듭하며 중국 정부가 있는 양자강까지 북진을 계속하여 의기양양하게 남경으로 행군했다.

그러나 거기서 그들은 배신을 당하고 말았다. 그들의 지도지는 2인자에게 지휘를 맡기고 비밀리에 반혁명 정부를 세우기 위해 그의 군대를 이끌고 상해로 갔다. 사흘간의 포위 공격 후 성문을 뚫고 남경을 점령한 바로 그 승리의 순간, 그 소식이 전해졌던 것이다.

참으로 믿을 수 없는 일이었다. 그들은 서로의 얼굴을 물끄러미 쳐다보았다. 그들은 여기저기의 건물에 몰려들어 사실을 확인하려 했다. 그것이 틀림없는 사실임을 확인한 혁명군은 강을 끼고 무한武漢까지 후퇴해 거기서 그들 자신의 정부를 세웠고, 전투에서 사망한 사람들을 제외하고는 모든 조선인 망명객들이 그들과 행동을 함께 했다. 그러나 연춘은 혁명에서 멀어지기 시작했다. 그는 조만간에 그 중국인들을 떠나야 한다는 것을 알고 있었다. 그 이유는 그들의 잔인성 때문이었다. 아무리 산전수전 다 겪은 그라도 도저히 그처럼 잔인하게 행동할 수 없었다. 그는 중국인이 중국인을 죽이는 것을 보았다. 그들은 그것을 '숙청'이라고 했다. 그러나 숙청이란 그가 볼 때 살인에 불과했다. 우파는 젊은 남녀들을 좌익분자라고 해서 처단하고, 좌파는 지주와 상인들을 우익분자라고 해서 처단했다. 그러던 어느 날 그는 드디어 단안을 내렸다.

그날은 아주 무덥고 짜증스러운 날이어서 사람들은 한여름의 성난 벌처럼 공연히 화를 냈다. 대도시인 장사長沙 공격을 앞두고 대대적인 전투가 예상되고 있었다. 전투가 다가옴에 따라 모두들 시무룩하고 불안해했다. 러시아 고문관들이 전투를 지도하고 있었지만, 남경에서의 분열 이래 승리를 거둔 적이 없는 혁명군이었다. 더욱이 대다수가 농민이라, 진정한 의미의 프롤레타리아 계급이 없는 중국에서는 러시아의 전술이 별 쓸모가 없다는 입장을 밝혀, 중국 공산당에서 축출된 젊은 혁명가 모택동은 다시금 농민의 도움이 없이는 어떤 싸움에서도 이길 수 없다고 주장했다. 그는 중국 역사에 의하면, 지식인과 농민이 힘을 합칠 경우 왕조를 무너뜨릴 수 있었으나 그렇지 못할 때는 작은 전쟁에서조차 이길 수 없었다고 강조했다. 그는 장사에서의 패배를 예언했는데, 모택동의 이 예측에 혁명가들은 불안해하고 러시아인들은 분통을 터뜨렸다.

불행하게도 이 예언은 들어맞았다. 그들은 용감히 싸웠으나 지방

각지에서 몰려드는 농민들을 이겨낼 수 없었다. 농민들이 해방군을 자처한 혁명파를 편들지 않고 정부 편에 섰기 때문이다. 혁명파 다수가 전사했고 그중에는 조선인도 적지 않게 끼어 있었다. 그러나 연춘의 마음이 달라진 것은 이러한 패배 때문만이 아니었다. 서북쪽으로 후퇴하면서 분노와 절망으로 포악해진 혁명군이 농민들을 보기만 하면 습격했던 것이다.

연춘은 어느 농가에서 가족 전체가 처참하게 학살당하는 모습을 두 눈으로 목격했다. 순진하게도 그네들은 조심을 하느라 문을 걸어 잠그고 집안에 있었다. 후퇴하던 혁명군은 쉴 곳을 찾았다. 그 농가가 부근에서는 제일 커 보였다. 혁명군이 문을 두드리자 그네들은 집안에서 빗장을 열까 말까 망설이며 뜸을 들였다. 그러자 혁명군은 문을 부수고 들어가 집안을 모조리 부숴 버렸다. 그들은 노부모를 대들보에 매달고 주인 내외는 총살했다. 그리고 어린 딸들은 강간을 당한 후 피를 흘리며 죽었고, 아들들은 야만적으로 난도질당했다. 연춘은 이 광란 속에서 어린아이 하나만 구해 낼 수 있었다.

처음에 연춘은 이성에 호소해서 혁명군의 행동을 제지하려 했으나 살기등등한 병사들은 들은 척도 하지 않았다. 그는 자신의 무력함을 뼈저리게 느꼈다. 그러나 연춘은 끝까지 그 자리를 지켰다. 자신이 운명을 같이 하려고 했던 사람들이 과연 어떤 사람들인지 지켜보자는 심산에서였다. 권력을 장악한 후에도 그들이 지금과 같은 못된 짓을 반복할 지도 모르기 때문이었다. 그 광란의 행동을 보고 있노라니 미래에 대한 공포감이 엄습했다. 그들의 핏속에는 잔인성이 숨어 있었다. 물론 고통 때문이었는지도 모른다. 그러나 이유야 어쨌든 그들은 참으로 잔인했고, 연춘은 그것을 보면서 마음을 바꾸었다. 아니, 도대체 믿을 수가 없는 사람들이었다. 이제 연춘은 민중을 해방시키겠다는 그들의 말을 절대 믿지 않기로 했다. 어떤 정부든 오직 그 정부를 운영해 나가는 사람들의 질에 의해서 측정되기 마련인데, 이들은 도저히 좋은 통치자가 될 수 없는 사람들이었다.

약산 소년은 이때 소동에는 가담하지 않고 연춘의 옆에 서서 두 눈을 반짝이며 그 모든 것을 지켜보고 있었다. 그들이 그만 돌아서라는데 웬 아이가 그들의 발치에 던져졌다. 아이는 벌거벗은 몸으로 피를 흘리고 있었다. 어떤 병사가 총검으로 내리쳤던 것이다. 연춘이 급히 아이를 안고 뛰자 그 뒤를 약산 소년이 따랐다. 그 소란스러운 광란 속에서 다행히도 그들을 본 사람은 없었다.

"아이를 어쩌지?"

연춘이 약산 소년에게 외쳤다.

"농가에 맡겨야지요."

약산 소년이 대답했다.

그들은 그날 저녁 그렇게 했다. 전투 지역에서 벗어난 그들은 아담하고 조용한 작은 마을을 찾아냈다. 서늘한 황혼빛이었다. 마을사람들은 마을 타작마당에 나와 앉아 있었다. 그들은 마을사람들에게 그날 밤 잠자리를 부탁한 후 어린아이 이야기를 해 주었다. 그리고 그 어린아이를 맡아 줄 사람이 없느냐고 물었다. 한 젊은 아낙이 나섰다. 그녀는 자신의 가슴을 가리키며 말했다.

"저 좀 보세요. 우리 애가 열흘 동안 열병을 앓다가 이틀 전에 죽었어요. 젖을 빨리지 못해 이렇게 젖이 줄줄 흘러요."

아낙의 저고리는 퉁퉁 불은 젖가슴에서 흐르는 젖으로 흠뻑 젖어 있었다. 그녀는 어린아이를 받아 젖을 빨리기 시작했다.

몇 해 동안 감옥 아닌 감옥 생활을 해야만 했다. 감옥의 담벼락처럼 산으로 둘러싸여 있고 패전한 그들은 죄수 신세와 다를 바 없었다. 처음에 연춘은 깊은 절망감 속에서 마음이 뻥 뚫려 있었다. 이 험난한 곳에서 어찌해야 한단 말인가. 그는 혁명의 흐름에서 단절되어 있었다. 아니, 목숨을 부지하는 것 자체가 보통 일이 아니었다. 자주는 아니었지만 그래도 그동안은 비밀 연락원을 통해 연락이 유지되고 있었는데 이제는 그마저도 끊겨 버린 상태였다. 연춘만이 절망스러웠던 것이 아니었다. 북쪽으로의 오랜 행군 끝에 혁명군 대열에서 낙오된 그들은 신체적 피로 이상으로 정신적인 절망 상태에 빠져 있었다. 날이 가고 달이 갔다. 매서운 겨울 추위 속에서 그들은 마을을 찾아다니며 식량과 땔감을 구걸했다. 그들은 버려진 절간에서도 지냈고, 짚과 나무와 양철을 주워다가 움막을 지어 살기도 했다. 때로는 동굴에서도 지냈다. 그들은 꺼져가는 기력을 아끼기 위해 밤낮을 잠으로 보내기도 했다.

마침내 봄이 왔다. 그들은 서로 초점 없는 눈으로 바라보다가 움직이기 시작했다. 그들은 밖에서 풀을 뜯어다가 기장과 섞어 먹었다. 연춘이 제일 먼저 정신을 차렸다. 다행히 그는 중국인 농가에다 거처를 마련했다. 아주 가난한 농가로서 황소 한 마리, 돼지 두 마리, 닭 몇 마리와 함께 쓰다시피 하는 조그만 방이 두 개 있었다. 농부 가족은 가난했지만 외국인인 연춘에게 깊은 관심을 보여 주었다. 연춘은 기나긴 밤 눈이라도 펑펑 쏟아질 때면 그들이 전혀 모르는 조선 이야기를 해 주었다. 신문이 없으니 연춘의 조선 이야기는 그들에게 신기할 수밖에 없었다. 또 설령 신문이 있었다 할지라도 그들은 문맹이라 읽을 수도 없었다.

하지만 연춘은 그들의 기지에 놀랐고, 그들이 무지한 상태에 있다는 것이 너무나도 부당하게 느껴졌다. 그래서 그들에게 글을 가르칠 생각을 했다. 그 결과 인민학교가 하나 생기게 되었다. 처음 농부 가족에게 글을 가르쳤더니 다른 사람들까지 남녀노소 할 것 없이 몰려들어 얼마 후에는 그가 교장 선생님이 되어 버렸던 것이다. 책도 없이 타작마당에서 땅바닥에 써서 가르치는 초라한 학교였지만, 다들 너무도 열성적이라 대부분이 곧 간단한 낱말 정도는 읽을 수 있게 되었다. 연춘은 그들이 읽을 만한 책이 없다는 것을 깨닫고 작은 책자를 하나 만들기로 했다. 그리고 그 작은 책자를 통해 어떻게 해야 잘살 수 있으며 어떻게 해야 혁명의 대의에 충실할 수 있는지를 가르쳤다.

그들은 어느 정도 읽고 쓸 수 있게 되자 몹시 기뻐했다. 연춘과 그의 동료들은 그 기뻐하는 모습을 보며 새로운 영감을 얻었다. 민중과 그들의 협력에 기초한 새로운 정책과 계획이 세워졌고, 민중은 기꺼운 마음으로 열심히 동참해 주었다.

마을 장로가 말했다.

"당신 덕분에 우리가 눈을 떴소이다. 전에는 봉사와 다름이 없었지만 지금은 눈을 떴어요. 책에 있는 지식도 이제는 우리의 재산입니다."

이렇게 해서 마을은 굳게 단결했다. 혁명 지도자들은 어떻게 해야 민중이 그들 편이 되어 그들을 지원하게 되는지를 배웠다.

한 열성적인 농부가 외쳤다.

"여러분들을 우리가 돕겠소. 우리를 도와준 것은 당신들이 처음이오. 우리가 당신들을 돕겠소."

그리고 그는 과거의 통치자들을 욕하며 경멸의 표시로 침을 뱉었다. 연춘으로서는 세월이 그렇게 빨리 지나갈 수가 없었다. 한 해가 가고 또 한 해가 흘러갔다. 그러던 어느 날 그는 귀국할 방도를 찾아야겠다고 생각했다.

그는 약산 소년에게 말했다.

"우리끼리만 떠나야 돼."

그날 밤 두 사람은 정든 마을을 떠났다. 그 다음날도 그들은 북경으로 가는 기차역을 향해 걷기도 하고 말을 타기도 하면서 발걸음을 재촉했다.

8월의 태양 아래 짙은 솔내음이 향냄새와 어우러지는 절간 방에서 연춘은 책상머리에 앉아 글을 쓰고 있었다. 한여름 매미 소리가 절정으로 치달았다가 제풀에 지쳐 잦아들었다. 좀 떨어진 데에서 들려오는 낭랑한 염불 소리가 연춘이 기록으로 정리하고 있는 수치들과는 사뭇 다른 안온한 분위기를 드리웠다. 뒤에 남은 조선인 망명자들은 여기서 세월을 견뎌내며 고국으로 돌아갈 날을 고대하고 있었다. 연춘은 이 방에 기거하며 작업을 했다. 약산 소년은 다른 세 청년과 한방을 썼지만, 연춘은 연장자 대우를 받아 독방을 썼다. 그의 방은 산자락으로 이어지는 아담한 곳에 자리잡고 있었다. 소나무 너머로는 산들이 평원까지 굽이쳐 내리고 멀리 북경의 성곽이 눈에 들어왔다.

그는 다시 사망자 수, 성명, 조선에서의 출생지 등을 조사하기 시작했다. 일본인들이 조선에 들어온 이래 기나긴 독립 투쟁을 하다 중국에서 사망한 사람들뿐만 아니라 해외로 망명한 많은 인사들이 그의 조사 범위에 들었다. 1907년에는 해산된 조선군 7천 명이 해외로 망명했다. 1910년에는 백만 명 이상의 조선인이 압록강을 넘어 시베리아 — 만주 — 중국 등지를 헤매야 했고, 유럽과 미주를 떠돌고 있는 사람도 수없이 많았다. 조선 국내에서도 만세 운동이 벌어진 1919년에 5만 명이 감옥에 가고 7천 명이 피살되었다. 일본에서는 1923년의 대지진 이후 천여 명의 학생을 포함하여 5천 명의 조선인이 학살당했다. 누군가 그 지진을, 일본인들이 조선에서 자행한 죄악의 응보라고 한 데 대한 보복이었다. 1920년 만주에서는 6천 명이 넘는 조선인 망명자가 그곳 일본군에게 살해되었고, 상해에서는 조선인 테러리스트 3백 명이 일제의 손에 죽었다. 광동 코뮌에 가담했던 조선인 청년 8백 명은 거의 모두 죽었는데, 광동에서만도 2백 명이 죽었다. 1928년 조선에서는 일제가 조선 청년 천 명을 공산주의자로 몰아 죽였지만 실제 공산주의자는 그 반도 채 안 되었다. 하지만 일본 본토에서, 짜르 치하의 시베리아에서, 군벌들이 지배하는 중국에서 죽어간 망명자들은, 그리고 상해에서 프랑스인이나 영국인들 손에 죽은 망명자들은 대체 무슨 수로 헤아린단 말인가! 또 얼마나 많은 이들이 감옥에서 고문으로 죽어갔는지 누가 알 수 있단 말인가! 그리고 무수한 젊은 인재들을 잃은 조선의 손실은 또 어떻게 헤아릴 것인가? 그들에게 죄가 있다면 자기 나라를 자기들에게 돌려달라고 했던 것뿐이었다.

연춘은 펜을 놓았다. 약산 소년이 쌀밥에 채소를 곁들인 점심을 차려 온 것이다. 절에서는 고기를 먹을 수 없었다.

"급한 소식이 있어요."

접시를 탁자에 놓으면서 약산이 말했다. 그리고는 몸을 숙여 나직이 속삭이는 것이었다.

"만주가 열흘 안에 놈들 수중에 떨어진답니다!"

연춘이 들었던 젓가락을 놓았다.

"내일 여길 떠나야겠다."

그가 불쑥 던진 말이었다.

"우린 만주가 놈들에게 넘어가기 전에 만주에서 벗어나야 해. 이 사태가 조선에는 어떤 영향을 미칠지 알아야겠어. 정말 그렇게 된다면…."

연춘은 자리에서 일어나 문으로 가서 굽이치는 산과 평원을 내려다보았다.

"선생님, 음식이 식습니다."

좀 시간이 지나자 약산이 일깨워 주었다. 연춘이 그대로 밖을 향한 채 말했다.

"내가거라. 먹고 싶은 생각이 없어. 오래잖아 전 세계가 전쟁에 휘말릴 거야. 네 말이 사실이라면 말야."

연춘은 자기 일을 맡길 사람부터 찾았다. 그는 환속한 승려로서 오랫동안 그의 곁에 있었던 김씨에게 자기가 맡고 있던 일을 모두 인계했다. 그가 떠날 준비를 하고 있을 때 아직 남아 있던 몇몇 조선인들이 모여들었다. 고국에 대한 그리움이 사무치는 사람들인지라 그와 함께 가고 싶은 마음이 간절했지만 그럴 수가 없었다.

"아직 전쟁이 끝나지 않았는데 우리 모두가 중국인 동지들을 저버린다면 도리가 아니지."

김씨가 말했다.

"북경으로 승리의 입성을 할 때까지 행동을 같이 하겠다고 맹세한 사실을 잊으면 안 돼. 아, 그 승리를 위해서는 일본이 세계대전에서 패망해야 할 텐데…."

연춘이 말했다.

"내 먼저 돌아가 있겠네. 자네들이 언제 귀국해야 좋을지는 내가 알려 드리겠네. 국내 사정을 파악해 둬야 전쟁이 났을 때 우리가 뭘 해야 할지 가닥을 잡을 수 있지 않겠나?"

이것이 연춘의 작별 인사였다. 그는 약산 소년과 함께 배낭을 챙겨 산 아래로 내려갔다.

열차는 모두 일제의 수중에 있었으므로, 기나긴 북행길에서 그들은 걷거나 말을 타지 않으면 안 되었다. 연춘은 여행을 하면서 공산주의자들과 함께 살았던 지난 몇 년의 세월을 되돌아보았다. 그는 공산주의자들을 잘 알았고, 그 목적의 순수성과 그들의 헌신성을 믿었으며, 그중 많은 사람은 지금도 친구로 생각하고 있었다. 그는 중국 공산당을 떠난 데 대해 후회하지는 않았지만, 이제 중국 공산당과 중국인을 구분하고 싶었다. 그는 중국인들이 얼마나 잔인해질 수 있는지 보았고, 그들을 떠난 것도 그 때문이었다. 하지만 공산주의자들까지 잔인해져야만 하는가? 다가오는 세계대전에서 일본과 러시아는 과거보다 훨씬 더 격렬한 적이 될 것이고, 만약 일본이 패하게 되면 승리한 공산주의자들이 자연히 조선에서도 힘을 얻을 것이다.

그는 아무도 믿지 않았다. 그렇다고 공산주의자들까지 불신해야 하는가? 그들 가운데도 악인은 있었지만 그런 자들은 비행이 드러나면 곧 처벌을 받고 쫓겨났다. 때로는 죽음을 당하기까지 했다. 광동에서 그는 부정이나 잔인한 짓을 저질러 당을 배신한 당원들을 심리하기 위해 여러 차례 인민재판에 참석했다. 그는 손을 들어 사형에 동의한 적이 여러 번 있었고, 직접 총살에 가담하진 않았지만 집행을 참관하기도 했다. 탐욕스런 지주와 사악한 관리, 그리고 교활한 세리들을 재판하는 자리에도 기꺼이 참석했다. 이들 역시 죽어 마땅하다고 판결했고, 사형이 집행될 때면 묵묵히 지켜보았다. 또 '농민에게 토지를!', '빈민과 노동자에게 식량을!', '군인에게 평화를' 같은 당의 구호도 외쳤다. 그리고 노동자, 농민의 민주적 독재 정권을 수립하자는 코민테른 6차 대회의 결의 사항을 작성하는 데도 참여했다.

그는 약산 소년과 나란히 걷고 있었다. 몸에 밴 빠른 걸음걸이였다. 주변 풍경은 평화로웠다. 추수가 끝난 들판은 한결같이 적막한 모습으로 겨울을 기다리고 있었고, 그 적막을 깨뜨리는 것은 수천 년 동안 이어져 내려온 농가 마을의 낮은 초가지붕뿐이었다. 중국과 만주에 펼쳐져 있는 광활한 땅은 이들 농민의 것이었다. 지주들 역시 값을 얼마나 주고 구입했든 마음속으로는 이 땅이 본래 자기들 것이 아님을 알고 있었다. 농민들은 경우에 따라 잔인해질 수 있었다. 공산주의자들이 이들을 온화하게 만들지 못하면 그들은 또다시 잔인해질 것이다.

연춘이 약산에게 말했다.

"평화스런 정경이군. 하지만 평화는 없어. 나는 군벌들 사이의 전투가 아니라 몇 세기를 이어온 전쟁을 말하는 것이야. 해로현海路縣에서 죽은 젊은이, 기억나나? 내가 구해 보려고 했던 사람 말이야."

약산이 대답했다.

"생각나요. 저하고 동갑이었어요."

그들은 더 이상 말이 없었다. 오랫동안 위험 속에 살면서 침묵이 몸에 밴 탓이었다. 연춘은 당시의 일을 잊을 수 없었다. 그때 그곳 농민들은 준수하게 생긴 젊은이 한 명을 인민재판장에 끌고 나왔다. 그는 가난이 밴 누더기 옷을 걸치고 있는데도 농민들은 그가 변장을 했다고 주장했다.

"이 자는 우리와 다릅니다!"

그들이 소리쳤다.

"이 피부를 좀 봐요. 마치 여자 살결 같잖아요? 양놈들처럼 이렇게 하얀 색깔이니 적이 틀림없어요."

연춘은 그날 재판정에 앉아 있었는데 젊은이가 안돼 보였다. 얼굴에 악행의 내력이 그대로 드러나 있는 노인의 사형 집행 장면을 지켜보는 것은 그리 어렵지 않았고, 그는 이미 그런 장면을 냉담한 얼굴로 묵묵히 지켜보는 데 이골이 나 있었다. 하지만 이 경우는 이지적인 젊은이인지라, 어쩌면 혁명에 끌어들일 수도 있을 것 같아 보였다. 그러나 농민들은 자기들 주장을 굽히려 들지 않았다.

"이놈은 우리의 원숩니다."

그들은 한사코 우겼다.

"이 사람 이름을 아십니까?"

연춘이 캐물었다.

"이름은 알아서 뭐합니까?"

그들이 대꾸했다.

"이 자는 우리 계급의 원수란 말입니다."

그리고는 어서 죽이라고 아우성이었다. 도저히 목숨을 부지하기 힘든 상황이었다. 이때 역시 차림새가 초라한 두 여인이 군중들 사이에서 나왔다. 그 여인들은 이곳 농민이 아니라는 것을 쉽게 알 수 있었다. 두 여인은 오른쪽과 왼쪽에서 젊은이의 손을 하나씩 붙잡고서 나란히 처형대로 가서 모두 총살되었다. 연춘은 그렇게 죽어간 남녀를 숱하게 보았지만, 선량하고 지적이며 순수해 보였던 이들 세 사람의 얼굴만은 잊을 수가 없었다. 그 기억이 생생하게 떠오르는 지금, 그는 혁명가들이 공산주의 방식을 따른 것이 과연 현명했을까 회의하지 않을 수 없었다. 사태를 바로잡기에 중국은 이미 때가 너무 늦었지만, 조선은 시간이 있었다.

김씨가 대장정에 대해 들려준 이야기들이 생각났다. 김씨를 포함한 몇몇 조선인들은 중국 공산당을 따라 서북으로 행군하다 연춘이 북경에 머물고 있다는 소식을 듣고는 그 길로 중국인들과 헤어져 절로 모여들었던 것이다. 그들은 며칠 동안 밤낮을 가리지 않고 그간의 일을 소상히 들려주었다.

홍군은 굶주림과 병고에 시달리면서도 용감하게 싸웠지만, 압도적으로 수가 많은 국민당 군대를 당해낼 수 없었다. 농민들이 음식과 옷가지, 신발 등을 지원하고 나섰을 때에야 그들은 계속되는 패배에서 벗어날 수 있었다. 애당초 홍군의 큰 실수는 처음부터 적과 맞붙어 싸운 것이었다. 정면으로 싸웠으니 패배가 있을 뿐이었다.

그들은 낮에는 위험과 굶주림에 시달리고, 밤이면 강이나 시냇가에서 부상자들의 상처를 닦아 주고 죽은 동지들을 파묻어야 했다. 지도부에서는 농민들에게 식량을 빼앗지 못하도록 했으나, 빼앗지 않으면 굶어죽거나 구걸을 할 수밖에 없었다. 그들은 굽거나 국으로 끓인 고구마를 질리도록 먹었고, 찌는 듯한 더위에 수풀을 헤치며 행군할 때면 모기들에게 피를 빨렸다. 그러다 말라리아에라도 걸리면 속수무책으로 몇 달 동안은 오한과 땀에 시달려야 했다. 또 적의 눈에 띄지 않기 위해 하얀 여름옷을 벗어 버리고 포복을 해야 했으며, 지나던 적이라도 들을까봐 기침 한번 맘 놓고 할 수 없었다. 낮에는 기고 밤에는 걸었으며, 걸으면서 자는 법까지 터득했다. 어느 마을에 숨어 들어가 이름도 모르는 농민의 집에서 쓰러져 자다가 다시 걷기 시작했다는 것밖에 생각나지 않는 시기도 있었다. 때로는 조선인 동지들을 만났다가 중국인들 틈새에서 곧 뿔뿔이 헤어질 때도 있었다. 많은 경우 그들을 다시는 만나지 못했으며, 필경은 죽었으리라고 생각할 수밖에 없었다.

좌중의 한 사람이 말했다.

"난 김 동지가 죽은 줄만 알았소. 그런데 어느 도시를 지나갈 때 김 동지가 내 손을 잡는 것이 아니겠소? 얼굴은 몰라보겠는데 손을 잡으니 느낌으로 알겠습디다."

이때 김씨가 끼어들었다.

"난 논에 숨어서 목숨을 부지했소. 물 속에 몸을 숨긴 채 코만 내놓고서 말이오. 여러 날을 그렇게 숨어 지냈지."

대장정도 끝이 나 이제 중국 공산당은 북서쪽 오지에 자리를 잡았고, 국민당은 남경에 있었다. 하지만 연춘의 마음에 이런 일들은 이제 중요치 않았다. 이 모든 일을 뒤로하고 떠난 몸이 아니던가? 지금은 조국으로 가는 중이었다. 조국! 참으로 오랜만에 뇌어 본 이 말에 다시 한녀가 생각났다. 이젠 한녀와 아이를 찾아 함께 조국으로 가야 했다. 그럼에도 불구하고 헌신적인 그의 성격 때문에 길이 늦어졌다. 그는 귀국 도중에 여기저기 인민학교를 세웠다. 그의 방식은 문자를 해독할 수 있거나, 그러지 못하더라도 머리가 좋은 어른이나 소년을 찾아서 교수법을 가르쳐 주는 것이었다. 학교는 그렇게 시작되었다.

연춘은 농민들에게 이렇게 말했다.

"이분이 여러분의 선생님입니다. 하지만 이분이 여러분을 가르치려면 거처가 있어야겠지요? 여름옷하고 겨울옷도 한 벌씩 필요하고요."

그들은 기꺼이 연춘의 말을 따랐고, 그렇게 해서 연춘이 가는 곳마다 희망과 계몽의 중심지가 생겨났다. 비록 조그마했지만 그 하나하나가 무지의 어둠을 밝혀 줄 등불이었다. 그의 여행은 예정보다 몇 년이 더 길어졌다. 그래서 혼자 있는 밤이면 이렇게 지체하고 있는 자신을 질책했다. 하지만 그토록 열성적이고 선량한 중국 농민들을 매정하게 뿌리칠 수 없었다. 백여 년을 그 누구의 관심이나 도움도 받아보지 못한 그들이 아닌가? 그는 이렇게 미적대고 있었지만 내심으로는 줄곧 어서 떠나야 하고 조바심을 냈다.

그의 조바심이 조국애와 동족에 대한 그리움 때문만은 아니었다. 그는 더 이상 젊은이가 아니었다. 외로운 밤이면 한녀와 자식이 눈앞에 어른거렸다. 연춘은 가는 곳마다 그녀에 대한 소식을 물었다. 하지만 그녀를 기억하는 사람은 거의 없었다. 그들이 함께 살았던 북경에서조차 그녀의 종적을 찾지 못했다. 그러다가 그와 한녀가 몇 달을 함께 보낸 만주의 어느 먼지 자욱한 마을에 이르렀을 때에야 비로소 그녀의 소식을 들을 수 있었다. 여기서 그와 약산은 김씨가 승려일 때 알고 지내던 한 조선인의 집으로 갔다. 연춘은 몸을 씻고 휴식을 취한 다음 거리든 시장이든 자신과 한녀를 기억하는 사람이 있을 성싶은데는 모두 뒤지고 다녔다. 이제 얼굴들은 낯이 설었고 모두 머리를 저을 뿐이었다. 엿새를 그러고 나자 어쩌면 그녀가 죽었을지도 모른다는 생각이 고개를 들었다.

그런데 이제 날이 새면 다시 길을 떠나기로 했던 날 밤에 한 노파가 연춘을 찾아왔다.

"동냥하는 노파인데 선생을 안다는군요. 글쎄, 뭐 좀 얻어 보자는 수작 아니겠어요?"

주인이 말했다. 그러나 연춘은 자리에서 일어나 밖으로 나갔다. 그는 노파가 한녀에게 김칫거리를 팔던 여인인 것을 알고는 깜짝 놀랐다. 건강하고 쾌활하던 촌부가 세월이 흘러 쭈글쭈글한 노파가 된 것이었다. 그녀는 말라빠진 손을 내밀어 연춘의 소매를 잡았다.

"부인을 찾으신다면서요?"

노파가 쉰 목소리로 나직이 물었다. 이가 거의 다 빠져 버린 잇몸 사이로 침이 튀겼다. 연춘이 주춤 물러서며 물었다.

"무슨 소식이라도 들으셨나요?"

"부인은 선생과 헤어지고 나서 나와 함께 지냈다오. 시베리아로 가는 길이라면서 한 보름 묵었을 게요. 내가 부성귀를 싼값에 넘겨 주면 부인이 그걸 시장에 내다팔아 가지고 북쪽으로 갈 여비를 마련했소."

"정말입니까?"

연춘이 물었다. 믿어지지 않으면서도, 믿고 싶은 마음이 꿈틀대는 건 어쩔 수 없었다.

"부인이 이걸 줍디다."

노파가 말했다. 그리고는 앙상한 가슴팍에서 지저분한 끈을 꺼내는데, 그 끝에 조그마한 은부처 호부護符가 달려 있었다. 연춘은 그것이 한녀가 옥귀걸이, 가느다란 은팔찌, 골무, 그리고 놋비녀와 함께 상자 속에 간직하고 있던, 어머니에게 물려받은 패물인 것을 그제야 알아보았다.

"이젠 믿겠수?"

노파가 물었다. 그가 대답했다.

"믿다마다요. 그 사람, 대체 어디로 간 겁니까?"

"시베리아에 있는 오라버니한테 간답니다."

노파가 대답했다.

"오라버니는 없어요."

연춘이 단언했다. 노파가 흉측하게 부러진 이를 내보이며 끌끌 댔다.

"그게 바로 선생의 불행이라오."

노파가 주름진 손을 내밀었다. 연춘은 자신도 쪼들리긴 했지만 노파의 메마른 손바닥에 동전 한 닢을 얹어 주었다.

그들은 다시 북으로 향했다. 연춘은 도중에 조선인을 만나면 아무나 붙들고 한녀 소식을 물었다. 그러나 한녀를 아는 사람은 아무도 없었다. 그녀는 누구에게도 흔적을 남기지 않은 채 그렇게 혼자 걸어간 것 같았다. 충분히 그럴 수 있는 여자였다. 목단강에 이르기 전에 그와 약산은 중국인 복장으로 갈아입었다. 회색 무명 외투를 걸친 것이 마치 도시를 찾은 학자 같아 보였다. 그들은 소매 속에 두 손을 집어넣고 학자들이 하는 식으로 몸을 구부렸다. 일본 경찰은 그들을 북경 사람인 줄 알고 통과시켜 주었다. 조선인은 모두 체포했다. 만주에 조선인 망명자들이 많고, 그들은 매국노가 아닌 한 모두 일본에 항거하는 반역자일 터이기 때문이다.

그러나 연춘이 감쪽같이 만주를 통과한다는 것은 결코 쉬운 일이 아니었다. 이때까지 백만 명이 넘는 조선 농민이 만주로 이주하여 이곳의 부유한 지주들 밑에서 농사일을 하고 있었다. 연춘은 약산과 함께 발걸음을 멈추고 그들이 처한 상황을 파악하기로 했다. 조선 농민들의 처지는 역시 안 좋았다. 연춘은 비밀리에 중국인 농민 지도자들을 만났다. 그들은 마치 도적들처럼 키 큰 수수밭에 몸을 숨긴 채 모임을 가졌다. 연춘은 그들과 함께 중국인 농민과 조선인 농민을 결속시켰다. 그리고 중국인 농민들이 단결되어 있지 않았기 때문에 조선인들이 지도자가 되었다. 새 단체는 '조중농민협회'라 칭했다. 조선 출신의 젊은 지식인들은 따로 '조선청년동맹'이라는 비밀 조직이 있었다. 그 지도자는 공산주의자였다. 이들 조선인 공산주의자들은 가난하고 굶주렸으며, 많은 수가 병들어 있었다. 그들은 집도 없어서 나무 밑이나 구덩이 혹은 산속의 동굴 등 아무 데서나 잠을 잤는데, 여름에는 물론이고 겨울에까지 북부의 그 혹한 속에서도 그렇게들 지냈다. 연춘은 이번에는 공산주의자들에 대한 반대 입장을 분명히 했다. 그의 조국이 일제의 압제 대신 공산주의의 압제 하에 놓여서는 곤란하다는 우려 때문이었다. 그들은 동정하기도 하고 한편으론 그 용기를 가상히 여기지 않는바 아니었지만, 그는 젊은 공산주의자들로부터 거리를 두었다.

그러므로 어느 날 약산이 그 청년들과 함께 만주에 남겠다고 했을 때 연춘은 깜짝 놀라지 않을 수 없었다.

"나를 버리겠다구?"

연춘이 탄식했다.

"이 친구들과 함께 있도록 허락해 주십시오."

약산이 다시 청했다.

"나는 자네를 우리 집에 데려가겠다고 약속했어."

연춘이 언성을 높였다.

"저는 고아입니다. 그게 운명인 걸요. 전 부모님 원수를 갚아야 합니다."

약산이 대답했다.

"복수를 하겠다고? 어떻게?"

연춘이 캐물었다.

약산은 연춘의 눈길을 외면하며 맨발을 길바닥에 문질러 댈 뿐이었다. 그들은 소다를 넣지 않은 마른 빵이라도 먹으려고 고욤나무 아래에서 쉬고 있었다. 약산이 마침내 입을 열었다.

"선생님, 이런 말씀 달가워하지 않으시리란 건 저도 압니다. 하지만 공산주의자들이 저를 도와줄 겁니다."

연춘은 되도록 화를 내지 않으려 노력했다.

"그 사람들을 믿나?"

"그 사람들 방식을 믿어요. 어떤 신념을 가졌든, 무엇에 반대하고, 무엇에 찬성하든 상관없어요. 저는 그들의 방식이 좋은 거예요. 적을 만나면 그 사람들은…."

그는 손가락으로 목을 그어 보였다.

"그렇게만 하면 모든 것이 해결될 것 같은가?"

연춘이 다그쳤다. 약산은 여전히 느릿느릿한 목소리로 말했다.

"원수가 두 놈 있어요. 한 놈은 제 아버지를 죽였고 다른 한 놈은 어머니를 죽였습니다. 아버지는 개머리판에 맞아 돌아가셨어요. 전 어떤 놈이 그랬는지 알고 있습니다. 이름도 알고 얼굴도 알아요. 그놈은 지금도 버젓이 살아 있습니다. 어머니는 배에 대검을 맞고 돌아가셨습니다. 그때 임신 중이었어요. 제 동생요. 만삭이었죠. 저는 어느 놈이 어머닐 죽였는지, 이 세상에 나와 보지도 못한 제 동생이 어느 놈의 손에 죽었는지 알고 있습니다. 그놈들, 꼭 죽일 거예요."

이런 그에게 무슨 말을 할 수 있을까? 십 년 전이었다면 연춘은 자리를 박차고 일어나 그놈들을 함께 찾아가자고 소리쳤을 것이다. 지금은 그저 누군가를 죽인다고 해서 그런 사악한 일이 끝나지 않는다는 것을 잘 알고 있었다. 죽이는 것만으로는 해결책이 되지 못했다.

"너는 복수의 쾌감을 얻으려 하고 있어."

연춘이 말했다.

"그리 말씀하셔도 어쩔 수 없습니다."

약산이 대답했다.

조선과 만주의 국경 지대에 위치한 안동에서 약산은 그를 떠나갔다. 두 사람 사이는 아주 냉랭해져 있었다. 그러나 막상 헤어지는 순간에는 서로를 노려보다가 와락 껴안고 말았다. 그들은 이렇게 헤어진 후 각자의 길을 갔다.

안동에 도착한 연춘은 더 이상 지체하지 않고 고향집으로 달려가고 싶었다. 젊어서는 고향집을 그리워해 본 적이 없었지만, 지금은 달랐다. 옛 집의 안온한 분위기가 그리웠다. 이젠 거기에도 그런 안온함이 없다는 것을 알면서도 어쩔 수가 없었다. 잃어버린 어린 시절도 그리웠고 어머니가 해 주시던 음식까지도 그리웠다. 옛 선생이 생각났다. 함께 걷던 들길, 그가 들려주거나 읽어 준 많은 이야기, 그가 읊어 주던 아름다운 옛 시들…. 시를 낭송하는 선생의 목소리는 듣기 좋았다. 그리 굵지도 가늘지도 않은 목소리였지만 나라 사랑하는 마음이 따스하게 배어 있는 목소리여서, 비록 철없는 어린아이였지만 선선한 밤 그의 곁에 앉아 시를 듣노라면 문득 마음이 촉촉해지곤 했던 것이다. 그 평화로웠던 시절에, 누가 그 젊은 시인이 테러리스트가 되리라고 생각이나 했겠는가? 항거 수단으로서의 살인이라는 생각에 회의가 들었던 것은 심성이 고왔던 선생이 일변하여 퉁소 대신 비수를 쥔 때부터였다. 죽는 것은 칼 맞는 쪽만이 아니기 때문이다. 그는 거기까지 생각이 미치자 한숨을 쉬고는 고향 생각을 떨쳐 버렸다. 안 된다. 시베리아를 향해 북쪽으로 계속 가야 한다. 한녀가 살아 있는 한 그녀를 찾고 아이도 찾아야 한다. 마음을 다잡고 다시 시작해야지.

그는 여관에서 사흘 동안 쉬면서 시베리아의 드넓은 평원과 원시림, 지평선 너머 사방으로 끝 간 데 없이 펼쳐진 전나무와 자작나무의 원시림을 뚫고 길고 외로운 여행을 시작하리라 다짐했다. 그러면서도 그는 아직껏 조선 사람만 만나면 한녀를 보았는지, 그녀 소식을 들었는지 탐문했다. 어떤 이들은 웃음을 터뜨리며 그렇게나 오래도록 못 만난 여인네를 그리 애타게 찾을 게 뭐냐고 놀려댔다. "그녀가 내 아이와 함께 있다. 아마 아들일 것이다"라고 간단히 대답하면 그들은 다시 "아들을 낳아 줄 젊고 예쁜 여자는 사방에 널려 있다"고 되받는 것이었다. 그러면 그는 쓸쓸히 웃고 말았다. 왜 그토록 애타게 한녀와 자식을 찾으려 하는지 알아줄 이가 하나도 없음을 잘 알기 때문이었다. 하지만 그만한 세월이 흘렀으니 두 사람 모두 그와는 이미 남남이 된 것은 아닐까? 그는 다시 결심이 흔들려 고향집에 돌아가고픈 열망과 가족을 찾고 싶은 희망 사이에서 마음을 정하지 못한 채 한참을 더 여관에서 시간만 보내고 있었다. 자신에게 화가 나기도 했다. 사사로이 가족에 대한 그리움에나 사로잡혀 있을 때가 아님을 잘 알기 때문이었다.

그렇게 시간을 허비하며 꾸물거리는 동안 전쟁의 요인들은 해마다, 달마다, 그리고 마침내는 날마다 발화점을 향해 다가들고 있었으며, 이번에도 문제는 독일이라는 것을 알게 되었다. 오랜 악령이 그 요인들을 현재의 불만과 결합시켜 하나의 혼합물로 만들어 냈으며, 그 혼합물은 오로지 폭력과 권력만을 바라고 달려드는 파도로 변해 어느 한 사람의 일성―聲이 터져 나오기만을 기다리고 있었다. 이제 바로 그 사람이 나타났으며, 유럽에서는 예의 혼란이 다시 시작되었다. 돌진과 정지, 항의와 변명, 평화가 불가능하게 되었음에도 목소리를 높이는 평화에의 약속… 이 모든 사정을 감안할 때 세계대전이 다시 가까이 와 있다. 따라서 시베리아로 가기에는 너무 늦었고 더 이상 꾸물거려서는 안 되었다.

그럼에도 연춘은 안동 주변 농촌 지역에 학교를 몇 군데 개설해야 한다는 구실로 여전히 미적대고 있었다. 이곳 농민들은 중국의 여느 농민들과 다를 바 없이 무지하면서도 선량하고 열성적이었는데, 지금 가르치지 않으면 영원히 문맹으로 남아 있게 되리라는 것이었다. 그는 이 고장 마을들에 차례로 학교를 세워 나갔다.

어느 봄날 그는 마을 학교에 들렀다가 시내로 돌아오고 있었다. 부드러운 봄기운이 그의 몸 구석구석에 스며들었다. 상쾌하면서도 나른한 북부 특유의 봄이었다. 압록강은 눈이 녹아내린 물로 불어 나고, 과일 나무는 꽃을 피우고 길가의 풀은 푸른빛을 더해 갔다. 시골 아낙과 아이들은 쑥을 캐러 동구 밖으로 몰려 나갔다. 그가 이렇게 시골길을 거닐고 있는데, 숫기 좋은 아주머니가 나물을 캐다 말고 그의 순수한 용모를 쳐다보더니 한마디 했다.

"난 저런 남정네가 좋더라. 풋내도 안 나고 아직 늙지도 않았잖아?"

그녀가 넉살을 떨었다. 그리고는 납작한 코끝에 거의 닿도록 혀를 날름거렸다. 아낙의 짓궂은 두 눈이 주위를 향해 반짝이자 여인네들은 야릇한 웃음을 터뜨렸다.

연춘은 미소를 지었다.

"아주머니, 호의는 고맙지만 마누라가 있는 몸인 걸 어쩝니까? 실은 아내를 찾고 있는 중입니다… 아들도 있지요."

역시 여자들은 그런 이야기를 좋아했다. 아낙들은 쪼그려 앉은 몸을 젖히면서 이것저것 질문을 해댔다.

"어디서 잃어버렸는데요?", "젊은가요?", "이쁘나요?", "얼마나 됐수? 왜 붙들지 못했수?"

그는 반은 건성으로 반은 농담으로 대답해 주었다. 한편으로는 그네들을 즐겁게 해주기 위해, 그리고 한편으로는 자신의 허전한 마음을 달래기 위해 자초지종을 낭만적으로 윤색해서 들려준 것이다. 동자들에게는 그녀를 찾는다는 말 외에 다른 말을 할 수가 없었다. 하지만 이 아낙들에게는 그런 눈치를 볼 필요가 없었다.

"아주 오래전 일이오. 맞아요, 그 여자는 젊고 예뻤지요. 거기다 내 아들까지 임신하고 있었소. 틀림없이 아들이었소. 아내와 아들을 잃은 것은 내가 그 여자를 사랑한다는 사실을 몰랐기 때문이구요. 해야 할 일이 따로 있다고 생각한 거지요. 어느 날 그 여자가 떠나 버렸는데 나는 찾으려고도 안 했지요. 왜냐고요? 정말로 나를 사랑한다면 반드시 돌아오리라고 생각했기 때문이오."

나이 든 아낙이 말했다.

"아하! 그것이 잘못이었구먼. 진심으로 사랑하면서도 사랑을 받지 못할 때 여자는 떠날 수밖에 없다오. 안 그러면 날마다 조금씩 심장이 쪼개지는 걸. 차라리 그 사람을 떠나 한꺼번에 깨끗이 부서지는 게 낫지."

여기서 몸집이 작은 주름투성이 노파가 끼어들었다. 조금 전까지 나물 캐는 손길만 바삐 놀리던 할멈이었다.

"잃어버린 사람을 찾아다니는 사람이 많기도 하구먼. 여인은 남정네를 찾고, 아들은 아버지를 찾고, 딸은 또 언니와 어미를 찾고…. 요새는 많이도 잃고 많이도 찾아다녀. 여긴 두 나라 사이에 있는 국경 지방이니 특히나 더하지."

"남편 찾는 여인네 이야기는 못 들으셨습니까?"

연춘이 물었다. 노파는 날카로운 눈초리로 그를 한번 쏘아보고는 다시 시선을 거두었다.

"댁 같은 사람을 찾지는 않는 것 같던데."

노파는 몸을 젖혀 그를 빤히 쳐다보다가 다시 말했다.

"해마다 겨울이면 여기 왔다가 여름에 다시 북쪽으로 돌아가는 젊은이가 있어. 아주 젊어. 중간에 우리 마을이 있어서 올 때나 갈 때나 여길 거쳐 가."

"나이는요?"

연춘이 물었다. 노파는 쭈글쭈글한 입술을 오물거렸다.

"열여덟쯤… 아니면 조금 더 먹었든지."

연춘은 자신에게 무슨 행운이 따르랴 싶으면서도 내처 물어보았다.

"이미 북쪽으로 돌아가진 않았습니까?"

"아직 돌아가는 것을 보지 못했어."

노파가 계속 빤히 쳐다보면서 천천히 말했다.

"하지만 그 총각은 댁을 닮은 구석이 없던데?"

연춘은 주머니에서 동전을 한 닢 꺼냈다.

"시내로 들어가는 성문 왼쪽에 첫 번째 골목 있죠? 저는 그 모퉁이의 여관에 묵고 있습니다. 그 청년 보시면 제게 데려오세요. 이 돈의 두 배를 드리겠습니다."

그는 자기가 하는 짓이 못마땅하면서도 노파에게 돈을 주었다.

그 돈은 이런 데 쓸 것이 아니었다. 그것은 조선인 동지들이 어렵사리 마련해서 간간이 보내오는 귀한 자금이었다.

돈을 건네면서 그들은 이렇게 말했었다.

"받으시오. 대의를 위해 쓰시오."

그는 뒷날 전쟁이 승리로 끝났을 때 두 배로 갚으리라 마음먹었었다.

연춘은 여전히 그 청년이 자기 아들일지도 모른다는 실낱같은 희망을 버리지 않고 여관으로 돌아왔다. 하지만 많은 사람이 잃어버린 사람을 찾고 있는 것은 사실이었고, 안동이 상봉의 땅인 것도 사실이었다. 많은 사람이 연춘과 마찬가지로 막연한 희망을 간직한 채 그곳에 머물고 있었다. 그는 귀국길이 급하다며 한 가닥 기대를 떨쳐 버리려 했으나, 그러면서도 한녀와 아들을 데려갈 수 있을지도 모른다는 꿈에 계속 매달렸다. 아들을 생각할 때면 종종 조카의 모습이 떠올랐다. 그의 품에 뛰어들어 마치 오랫동안 찾던 사람을 만나기라도 한 듯 꼭 껴안던, 비할 데 없이 사랑스럽던 사내아이… 지금은 어엿한 청년이 되었을 것이다. 국내에 들어갔던 연락원이 연환이 죽었다는 소식을 전했을 때도 연춘은 조카의 안부부터 물었다.

"그 아이는 어찌 되었소?"

그가 소리쳤다.

"할아버지, 할머니와 안전하게 있습니다. 지금 그분들이 데리고 계십니다."

연락원이 말했다.

그 아인 이제 기품 있고 건장하게 자랐을 터였다. 그 아인 그럴 만한 아이였다. 이렇게 며칠만 더, 며칠만 더 하며 기다린 것이 몇 주가 훌쩍 지나가 버렸다.

그러던 한여름의 어느 날 드디어 서양에서 전쟁이 터졌다. 연춘은 그제서야 아들을 못 데리고 가더라도 하루빨리 귀국해야겠다고 마음먹고서 자기가 하던 일을 서둘러 다른 사람들에게 인계했다. 연춘은 그 노파를 한 번 더 찾아봐야 할지 잠깐 생각해 보았다. 그는 적어도 매달 두 번은 노파를 만나 무슨 소식이라도 있는가 묻고는 그녀가 머리를 저으며 딱딱 손마디를 꺾으면 동전 한 닢을 들려주었다.

그런 사정이었으니, 떠날 날을 며칠 앞두고 부스스한 머리에 비쩍 마른 키 큰 청년의 소매를 붙들고 노파가 문 앞에 나타났을 때 연춘은 자신의 눈을 의심하지 않을 수 없었다. 젊은이는 뺨까지 덮은 치렁치렁한 검은 머리, 헐렁한 바지, 굽 높은 부츠를 신고 허리에는 혁대를 맨 러시아식 복장을 하고 있었다.

노파가 부러진 이 사이로 웅얼웅얼 말을 뱉었다.

"이 총각이야. 올해는 우리 마을에 늦게 왔대. 이 사람 찾아다니느라 며칠을 일도 못했어. 성문지기한테 젊은이가 지나가면 알려달라고 부탁했으니까 그 사람한테도 사례를 해야 돼. 그 성문지기 말이야!"

노파가 들어왔을 때 연춘은 깍지 긴 손을 베개 삼아 침대에 누워 있었다. 마냥 시간을 보내며 여기서 기다릴 것이 아니라 한녀를 찾아 시베리아로 갔어야 했지 않나 후회하던 참이었다. 여러 차례 가려고 했지만 그때마다 조선인 동지들이 그가 공산당 입당을 거부했던 사람이라는 건 다 알려신 사실이니 러시아 땅을 밟으면 틀림없이 위험할 것이라며 말리는 바람에 주저앉곤 했던 것이다.

"죽어 버리면 부인을 영원히 못 찾을 것 아니겠소?"

그들은 이렇게 연춘을 설득했다.

"먼저 조국부터 생각하셔야죠."

또 다른 사람들은 이렇게 주장했다. 그래서 연춘은 본래의 계획과는 달리 시베리아로 향하지 못했다. 대신 이 지역 곳곳을 다니며 소식지를 인쇄해 그것으로 망명자들을 결집시켰다. 이렇게 오직 그만이 다른 사람들에게 일본이 중국에 승리했으며, 한 달 전에는 광동에서 7천 명의 조선인 징집병이 들고 일어나 일본군 장교들을 죽였다는 소식을 전할 수 있었다.

그는 노파를 보자 침대에서 일어나 청년 쪽으로 다가갔다. 청년의 엉뚱한 얼굴 어디에도 연춘 자신이나 한녀를 닮은 구석이 없었다, 그는 엉뚱한 청년을 자식으로 오인해서는 안 된다고 속으로 다짐했다.

"사람을 찾고 있는가?"

연춘이 물었다.

"이 할머니가 어른께서 제 아버지라면서 저를 여기까지 끌고 온 겁니다. 하지만 어머니가 말씀하신 것과는 전혀 다르시군요."

청년이 활력 있는 목소리로 대답했다. 그들은 서로 경계를 늦추지 않은 채 마주 보았다.

"젊은이도 내 비록 본 적은 없지만 내 아들 같은 구석이 하나도 없구만."

연춘이 말을 받았다. 노파가 이 말을 듣고 소란을 피웠다.

"그럼 내 수고비는?"

노파는 이렇게 소리치면서 연춘의 면전에 지저분한 손을 들이댔다. 그는 이 청년이 아들이 아니니까 줄 이유가 없다고 말하려다가 노파와 약속할 때 그런 조건을 단 적이 없었다는 데 생각이 미쳤다. 연춘은 그때 '청년을 찾기만 하면 데려와라. 시간은 얼마가 걸려도 좋다'고 약속했던 것이다. 이제 그 청년을 데려오지 않았는가? 연춘은 호주머니에서 동전 두 닢을 꺼내 노파의 주름진 손바닥에 놓았다. 노파는 그래도 시큰둥한 기색이었다.

노파가 말했다.

"이것 봐. 봄부터 지금까지 시내로 들어오는 성문에서 이 총각을 기다리느라 일을 못한 날이 얼마나 되는데! 게다가 올해는 이 사람이 늦게 오는 바람에 여름 내내 지키고 있었다고!"

그러자 청년이 벌컥 화를 내며 소리쳤다.

"이봐요, 도대체 나를 여기 왜 데려왔소. 갈 길도 못 가게 하면서 말이야. 이분은 내 아버지가 아니야. 아버진 젊은 분이고 키도 나보다 크다고, 아주 잘 생기고 피부가 우윳빛처럼 하얗다고 우리 어머니가 그러셨소."

청년은 그렇게 소리치면서 노파의 양 어깨를 붙들어 문 밖으로 휙 밀쳐 버렸다. 그리고는 문을 닫고서 빗장을 걸었다.

"농사꾼들이라니! 너무 욕심이 많고 하나같이 무식해! 힘으로 눌러줘야만 된다니깐!"

그가 투덜거렸다. 연춘이 다시 물었다.

"모친께서, 아버지가 젊고 잘생긴 데다 피부도 하얗다고 하셨는가? 그 말씀을 하신 게 몇 년이나 됐지?"

"오래 전이에요. 어머닌 돌아가셨어요."

청년이 대답했다. 그는 아랫입술을 깨물며 웅얼거렸다.

"아니, 살해되셨어요."

"살해?"

연춘은 입술이 바싹 탔다. 그는 침내에 걸터앉았다.

"어떻게 돌아가셨나?"

청년도 그 옆에 걸터앉았다.

"우린 어떤 러시아 농부 땅에 오두막을 짓고 살았어요. 그 사람 땅은 아니고 어느 귀족의 땅이었어요. 우린 그저 그 사람 농사일을 거든 겁니다. 오래전 일이죠, 아주 오래전이요. 지금은 모든 게 변했습니다. 하지만 그 시절엔 겨울이 끝도 없었고 우린 봄이 올 때까지 늘 굶주려야 했어요. 열매나 버섯 같은 것을 말려서 먹기는 했지만 그런 것 가지고는 얼마 버티지를 못했죠. 그러니까… 제가 너무 많이 먹은 겁니다. 저는 너무 어려서 어머니가 전부 저만 먹이신 줄을 몰랐어요. 어머닌 일찍 나온 버섯이나 풀뿌리를 좀 캐려고 귀족 소유의 숲에 몰래 들어가셨어요. 따뜻한 햇빛이 비치고 바람도 들지 않는 우묵한 데를 아신댔어요. 저도 거기까지 따라갔지요. 어머니가 나무 사이에 숨으라고 하시길래 말씀대로 숨었어요. 어머니를 볼 수 있는 곳이었죠. 거기는 새도 거의 없는 조용한 곳이었어요. 별안간 발자국 소리와 함께 땅위에 널렸던 나뭇가지들이 바삭거리는 소리가 들렸습니다. 굽 높은 가죽 장화에 가죽 바지며 허리띠 달린 헐렁한 저고리를 멋지게 차려 입은 몸집 큰 남자가 보였어요. 턱수염을 길렀는데, 손엔 채찍을 들고 있었어요. 그 사람이 어머니를 보고 도둑년이라고 소리치자 어머닌 달아나려 했어요. 하지만 결국 붙잡혀서는… 붙잡혀서는…."

청년은 말을 더듬다가 입술을 깨물더니 다시 이야기를 이었다.

"그 자는 욕심을 채우고 나자 어머니를 두들겨팼고, 어머닌 다시 일어나지 못했어요. 어머니는 무성한 소나무 숲 눈구덩이 속에 쓰러져 있었습니다. 내가 부르는데도 꿈쩍을 않는 거예요. 대답도 없으시고요. 눈은 뜨고 계셨지만 초점을 잃었어요. 저는 그만 겁이 나서 달아났습니다. 저는 어머닐 거기 버려두고 다시는 가보지 않았어요. 어머니 이야기를 누구에게도 해본 적이 없습니다. 제가 왜 지금 어른께 이 이야길 하는지 저도 모르겠군요. 해봤자 아무 소용도 없는데요."

"어머니 성함은 어떻게 되시나?"

연춘이 물었다.

"모릅니다."

청년은 이렇게 말하고 이마를 찌푸렸다.

"거짓말이라고 생각하실지 모르지만, 전 그냥 어머니라고만 불렀어요. 러시아 농민들 빼고는 아는 사람도 달리 없었고요. 그 사람들은 어머니를 그냥 아주머니라고 불렀습니다."

연춘은 다음 질문이 혀끝에서 맴돌았다. 아버지 성함은 말씀하시지 않던가? 하지만 부질없다 싶어 입 밖에 내진 않았다. 이때 청년이 머리를 뒤로 젖히자 두 귀가 드러났다. 연춘이 그 귀를 쳐다보았다. 왼쪽 귓불이 온전하지 못했다. 동생 연환도 날 때부터 저런 귀였지 않은가?

"젊은이 이름은 뭔가?"

연춘이 중얼거리듯 물었다. 목소리가 목에 걸려 잘 나오지 않고 가슴은 또 어찌나 뛰는지 안색이 다 하얗게 변할 지경이었다.

"사샤예요."

청년이 말했다.

"사샤!"

연춘이 큰 소리로 되뇌었다.

"하지만 그것은 러시아 이름 아닌가."

"러시아에서 태어난 걸요."

연춘은 얼른 확신이 서지 않는 표정으로 그를 바라보았다. 청년이 일어서며 말했다.

"이젠 가봐야겠습니다."

"무슨 바쁜 일이라도 있는가?"

연춘이 시간을 끌어 보려고 물었다.

"전 장사꾼입니다. 여기 안동에 모피와 양모를 가져와 팔고 구리나 은 제품을 가져가죠. 가끔은 조선에서 자기 접시나 옷궤를 구해다 달라는 부자도 있어요."

청년이 가기로 마음을 굳힌 것 같아 연춘으로서는 사실을 밝히는 것밖에 그를 붙들 방도가 없었다.

"젊은이가… 어쩌면… 내 아들일 것 같네."

연춘은 말을 더듬었다. 사샤가 나가다 말고 멈칫하며 캐물었다.

"어떻게 아시죠?"

연춘이 대답했다.

"젊은이 몸엔 우리 가족이라는 표시가 있어. 내 동생 귀도 자네 귀와 똑같았지. 두 사람 귀가 똑같다는 것은 우연일 수가 없어."

그는 사샤에게 다가가서 머리를 들추고 다시 한 번 귀를 확인했다.

"똑같아."

그가 말했다. 그러나 사샤는 그에게서 몸을 빼며 퉁명스럽게 물었다.

"이 빌어먹을 귀가요?"

"빌어먹다니, 복귀를 가지고서?"

연춘이 나무랐다. 그러나 사샤는 소리쳤다.

"복이라고요? 재앙이죠. 이 귀 때문에 내가 얼마나 놀림을 받았는지 아세요? 러시아 곰이 물어뜯었느냐, 어떤 얼빠진 여자가 너 같은 놈을 사랑하겠느냐 등등… 다들 그런식이에요. 젠장할!"

연춘은 기대 반 우려 반의 심정이 되어 애써 웃으려고 했지만, 사샤는 심각한 표정으로 그를 바라볼 뿐이었다.

"이제 헤어져야 하는가?"

마침내 연춘이 입을 열었다. 사샤가 대답을 않자 그는 한 걸음 후퇴했다.

"젊은이 말이 맞을지도 몰라. 귓불만 갖고는 확실히 알 수 없지. 세상에는 똑같은 결함을 가진 사람들이 많을 테니까."

그러자 이번에는 사샤의 마음이 움직였다.

"어머니는 옥 같은 걸 애지중지하셨어요. 굶어죽을 지경인데도 그것만은 내다팔지 않았어요. 그게 뭐죠?"

연춘은 곧바로 대답했다.

"그것 옛날에 네 외할아버지가 살해당하기 전에 사용하시던 옥도장이야!"

사샤는 놀라움을 감추지 못했다. 그는 말없이 저고리 속에 손을 넣어 옥도장을 꺼냈다. 연춘이 그것을 자세히 들여다보더니 고개를 끄덕이며 천천히 말했다.

"맞아, 네 어머니가 간직하던 옥도장이구나."

연춘의 눈에 별안간 눈물이 솟구쳤다. 그는 아들을 향해 팔을 벌렸다.

"드디어 찾았구나. 이젠…이젠… 고향으로 가는 거야."

그가 말했다.

청년은, 그러니까 연춘의 아들은 말수가 적었다. 이리저리 달래고 조르지 않으면 몇 시간이고 아무 말도 않을 것 같았다. 하지만 연춘의 마음은 그칠 줄 모르고 따뜻하게 흐르는 대화 속으로 녹아들었다. 아들을 찾은 게 그만큼 감격스러웠던 것이다. 연춘은 처음 며칠 동안 사샤에게 모든 것을 가르쳐주었다. 그는 아들을 자신의 생활, 김씨 가문의 생활로 끌어들였다. 사샤가 조국과 민족에 대해 아무것도 모르고 있는 걸 알자 그는 조선의 옛 역사를 들려주었고, 조선인들이 러시아 땅에서 덩굴에 매달린 포도송이같이 불쑥 튀어나온, 좁고 기다란 산지(山地)에서 살게 된 내력을 일러주었다. 그는 자기네 민족이 독립을 지키기 위해 오랜 세월 어떻게 싸웠는지, 그리고 어떻게 주변국들이 서로 견제하도록 만들었는지 설명했다.

"들어보거라, 사샤."

어느 날 나란히 걸으며 그가 진지하게 말을 꺼냈다. 그러다가 이름을 불러놓고는 잠깐 말을 멈추었다.

"사샤?"

그가 이름을 되뇌었다.

"이름이 이래가지고서야 너희 할아버지께 어떻게 데려갈 수 있겠니? 다른 이름을 지어 주마."

아들은 긍정도 부정도 하지 않았지만, 며칠 지켜보면서 연춘은 아들이 새 이름을 지을 생각이 없음을 알았다. 사샤라고 부르지 않으면 대답을 않는 것이었다. 여행을 하던 처음 며칠 동안 연춘은 새 이름을 짓도록 고집할 것인가를 두고 곰곰 생각하다가 그러지 않기로 작정했다. 아직은 때가 일렀다. 날 때부터 당연히 맺었어야 할 부자 관계를, 아들이 갓 태어난 것처럼 — 어느 면에서는 사실이기도 했다 — 이제부터 조심스럽게 만들어 나가야 하는 것이었다. 그는 다시 러시아식 이름을 불렀지만, 사샤는 여전히 좋다 싫다 말이 없었다. 쉽게 마음을 안 줄 것 같은 잘생긴 얼굴이며, 높은 이마, 그리고 넓은 광대뼈, 날아갈 듯한 검은 눈썹 아래 자리한 조그맣고 까만 눈, 두툼하고 완강한 입을 찬찬히 살펴볼 때면, 연춘은 아들을 어떻게 이해해야 할지 난감해졌다. 세상에 대해 폐쇄적이고, 비밀스러우며, 늘 깊은 생각에 잠겨 있고, 그러면서도 때로는 충동적이고… 어떻게 해야 속내를 드러내게 할 수 있을까? 그는 사샤에게 모든 것을 말했지만 사샤는 아무것도 말하지 않았다.

"너나 네 어머니에 대해 말해 주지 않으련?"

어느 날 마침내 연춘이 물었다.

그들은 지금 조선 땅에 완전히 들어와 높은 산맥을 지나며 바위 사이로 들락날락하는 좁다란 낭떠러지 길을 걷고 있는 중이었다.

사샤가 말했다.

"드릴 말씀이 없는 걸요. 매일같이 들에서 일만 했어요. 밤이면 정치 집회에 나갔고요. 그뿐이에요."

"네 어머니가 죽은 뒤에는 어떻게 됐니?"

"사람들이 저를 고아원에 보냈어요."

"그 다음엔?"

"없어요."

"학교에는 보내주지 않던?"

"보내줬죠. 아이들은 모두 학교에 가요."

"네게 잘해 주든?"

"잘해 주더냐고요? 배불리 먹고 편히 잤어요."

"하지만 누군가 있었을 게 아니냐? 네 어머니 구실을 해준 사람 말이다."

"없었어요… 그럴 필요가 없었는 걸요."

"어머니가 보고 싶진 않던? 아주 어렸을 땐데."

"기억나지 않아요."

"그럼 너… 사랑은 해보았니?"

"사랑요? 아뇨!"

"어쩌다가 장사를 하게 된 거냐?"

언춘은 나쁜 뜻 없이 물었는데 사샤가 경계의 눈초리를 던지는 걸 보고는 깜짝 놀랐다.

"그건 왜 물으시죠?"

"왜라니? 넌 내 아들이 아니냐?"

사샤가 좀 사이를 두었다가 대답했다.

"저는 한군데 가만히 있질 못 해요. 돌아다니길 좋아하죠. 조선인이기 때문에 제약을 받지 않습니다. 다시 말해서 자유로운 거죠. 어머니가 될 수 있으면 아버지를 찾으라고 하신 것도 한 가지 이유예요. 특히 안동에 가서 찾아보라고 하셨지요. 아버지가 조선에 돌아간다면 그곳을 지나실 거라는 거였어요."

"내가 돌아올 거라고 그러던?"

"예."

"그게 전부니?"

"예."

"아니야, 더 있을 게다."

연춘이 재촉했다.

"네 꿈이 무어냐? 네 희망은 어디에 있어? 젊은이라면 누구나 꿈과 희망이 있는 법이지."

"전 아니에요."

사샤가 시선을 길 앞쪽에 둔 채 고집스럽게 말했다.

"말하면 안 된다고 협박하는 사람이라도 있더냐?"

연춘이 질문을 계속했다.

"말씀드려서는 안 되는 일이 몇 가지 있습니다."

사샤가 말했다.

연춘은 그런 아이를 데리고 고향에 가는 것이 여간 망설여지지 않았다. 어떻게든 아들의 마음을 열고나서 고향 땅을 밟고 싶었다. 아버지인 자신도 사랑하지 않는다면 조부모는 어떻게 사랑할 것이며, 나아가 조국은 또 어떻게 사랑할 수 있단 말인가? 게다가 서둘러 갈 이유도 없었다. 어딜 가나 일제의 지배가 강력한 상황에서 거사를 도모하는 것도 아직 일렀다. 그렇다면… 하고 연춘은 자문해 보았다. 그렇다면 중국과 만주, 그리고 안동 부근에서 하던 대로 이곳 마을들에 인민학교의 씨앗을 뿌리면서 시간을 보내는 것도 좋지 않을까? 일제의 눈 때문에 쉬운 일은 아니겠지만 지혜를 짜 보면 방법이 있을 것이다. 낮에는 일어를 가르치고 밤에만 조선말을 가르치면 되지 않을까?

그는 사샤에게 계획을 말하고 도움을 청했다. 사샤는 담담하게 듣기만 하더니 말했다.

"정부에서 할 일이잖아요?"

"우리 정부가 아니니까 그렇지."

연춘이 말을 받았다.

사샤는 어깨를 한번 으쓱하고는 더 이상 말이 없었다. 이후 사샤는 아버지가 신식 학문을 한 사람과 전통 학문을 한 사람들, 그리고 젊은 학생 한 명에게 농민들을 교육시키는 법을 열심히 가르칠 때면 옆에서 지켜보고 앉아 있었다.

"얘야, 나 좀 도와주지 그러니?"

연춘이 어느 날 사샤에게 부탁했다.

"저는 러시아어밖에 못 읽는 걸요."

사샤는 건성으로 대답했다.

연춘의 입이 딱 벌어졌다. 사샤가 조선어로, 그의 선조의 언어로 말은 할 줄 알지만 읽고 쓸 줄은 모른다는 생각을 한 번도 해본 적이 없었던 것이다.

"왜 여태 그 이야길 안 했니?"

그가 물었다. 이번에도 사샤는 어깨를 으쓱했다.

"저는 책하고는 거리가 멀어요."

"그래도 난 너를 가르쳐야겠다."

연춘이 잘라 말했다.

그는 당장 그날부터 가르치기 시작했다. 자는 곳이 어디든 연춘은 밤마다 아들을 가르쳤다. 때로는 낮에도 인적 없는 한적한 곳에 이르기만 하면 발길을 멈추고 사샤를 지도했다.

사샤는 글을 제법 잘 배우기는 했지만, 기꺼운 내색도 않고 싫은 내색도 없이 늘 그렇듯 무덤덤하기만 했다. 학교를 세우면서 천천히 남쪽으로 내려가는 가운데 시간은 자꾸 흘러 거의 두 해가 지나고 있었다. 연춘은 처음에는 마음이 상했으나 사샤를 있는 그대로 받아들일 수 있게 되었다.

이런 젊은이가 바로 그가 찾은 아들이었다. 호리호리한 몸매에 말수가 적고 제 아버지에게도 자신을 감추는 냉담한 젊은이. 재촉하고 설득해 봐야 오히려 보이지 않는 외투로 더욱 단단히 자신을 감쌀 뿐이었다. 어떻게든 마음을 사되 억지로는 될 일이 아니었다. 이후 연춘은 사랑과 자랑스런 마음을 가지고 생각할 수 있는 모든 수단을 다 써보았다. 그 자신은 이미 아들을 사랑하고 있었다. 그토록 오랫동안 억눌러 왔던 인간적 감정들이 이제 그의 강한 본성 깊은 곳에서 용솟음쳐 나와 사샤에게 집중되고 있었던 것이다. 걷기도 하고 지나가는 농부의 우마차를 얻어 타기도 하며 그날 하루의 여행을 마치고 잠자리에서 쉬는 밤이면 그는 종종 잘생긴 아들의 따스한 갈색 피부를 어루만져 보고 싶은 충동을 느꼈다. 그는 꼭 한번 만져보고 다시는 그런 갈망에 넘어가지 않았다. 그때 사샤는 처음엔 가만있더니 곧 몸을 뺐고, 연춘도 손을 떼고 말았다. 그랬다. 설령 아들의 마음을 움직일 수 있다 해도, 그것은 가벼운 접촉이나 그럴싸한 말로는 될 일이 아니었다. 연춘은 마음이 상했지만 한숨을 쉬면서, 자신의 젊은 시절을 되돌아보지 않을 수 없었다. 연춘 역시 아버지의 손길을 싫어했던 것이다. 이제 아들을 만나고 나서야 아버지가 자기 때문에 얼마나 자주 마음이 상했을지 이해되기 시작했다. 어느 날 사샤와 함께 산지에서 벗어나 아래쪽

기슭으로 내려가면서, 연춘은 이같은 심적인 고통이 상기되어 이런 말을 했다.

"우리가 집에 갔을 때 네 할아버님이 살아계시면 좋겠구나. 너무 오랫동안 뵙지 못하고, 혹 해가 될까봐 편지도 못 드렸어. 지금 너와 함께 걷고 있자니까 아버님 생각이 나는구나. 내가 너무 냉담하게 굴고, 또 너무 당돌한 말씀을 드려서 상심하신 적이 한두 번이 아니셨겠지. 당신께선 한 번도 그런 내색 안 하시고, 나는 또 너무 어려놔서 그땐 몰랐어."

사샤는 아무 대꾸도 없었다. 그는 신발 끈이 끊어져 걸음을 멈추었고, 그가 다시 매만지는 동안 연춘은 옆에 서서 기다렸다.

어느 날 연춘은 또 이런 말을 했다.

"젊은 시절 한때는 오로지 우리 민족이 겪는 고통에만 몰입해 있었지. 한 민족으로서 우리의 자유, 우리의 독립만을 생각하고, 내가 우리 가족의 일원이라는 사실, 아니 과거로부터 오는 그 어떤 요구에도 눈을 감아 버렸어."

그는 이 말을 하고 나서 사샤가 저 역시 그런 감정을 가졌었노라고 말해 주길 기다렸지만 사샤는 입을 열지 않았다. 사샤는 그 말이 무슨 뜻인지 모르겠다는 듯, 무슨 외국어라도 듣고 있는 것처럼, 아니면 망령난 늙은이의 말을 듣고 있기나 한 것처럼 아버지를 쳐다보았다.

그러고는 연춘도 말이 없어졌다. 두 사람은 간간이 자질구레한 일상사에 대한 말만 몇 마디씩 주고받을 뿐 묵묵히 발길을 재촉했다. 식량이며 물이며 밤에 잘 곳에 대한 대화가 두 사람 사이에 오간 이야기의 전부였다. 그러면서도 그들은 날마다 나란히 걸었고, 혹 길이 좁아 한 사람이 다른 사람 뒤를 따르는 경우에도 함께 걷기는 마찬가지였다. 그들 눈앞에 펼쳐지는 풍경 역시 같은 것이었다. 푸른 하늘과 바다, 잿빛 바위와 초록색 들판, 그리고 큰 키에 잘생기고 기품 있는 동포들의 모습이 어우러져 빚어내는 변함없는 아름다움의 마술. 가난한 사람들, 심지어 거지들까지도 아름다움을 지니고 있었다. 연춘은 자기 민족을 새로운 눈으로 보게 되었다. 그는 오랫동안 키가 작고 까무잡잡한 중국 남부 사람들 틈에서 살아왔기 때문에 동포들이 체격과 피부색은 물론, 검지 않은 갈색 눈과 뻣뻣하지 않고 부드러운 검은 머리칼 등, 여러 면에서 중국인들과 뚜렷한 대조를 이루고 있음을 잊고 있었다. 아들에게 조선 민족이 자랑해도 좋을 민족이며, 그 모든 시련 속에서도 대단히 쾌활하고, 말할 때는 재치가 뛰어나며, 명랑한 노래를 즐겨 부르고, 부지런하고 검소하며 용감한 사람들이라고 말해 주고 싶은 마음이 간절했지만, 연춘은 그런 말들을 목에서 삼켜 버렸다.

이런 점들 역시 아들 스스로 발견해야 할 것이었다.

그러고 나서 얼마 안 된 어느 날, 정말 기쁘게도 사샤가 묻지도 않았는데 스스로 말을 건네는 것이었다.

"어려서부터 서리사의 단조로운 평원에 길들여져 있어서 산이 이렇게 근사한지 몰랐어요. 바다만 해도 그래요. 직접 보니, 듣고 상상했던 것보다 배나 좋아 보여요."

그들의 시야에서 산이 사라진 적은 한 번도 없었고, 바다 역시 좀처럼 사라지지 않았다. 그들은 동해보다 서해 쪽에 치우쳐 걷고 있었는데, 바다가 보이지 않는다 싶으면 어느새 불쑥 나타나곤 했다. 서해안은 만이 많아 드남이 심한 지형이기 때문이었다. 이 만들은 가파른 절벽 사이로 급격히 만입되어 있어서 늘 파고가 높았다.

사샤의 말에서 연춘은 아들의 존재 밑바닥 어딘가에 아직 따뜻한 마음이 살아 있음을 느낄 수 있었다. 아들은 아름다움을 느낄 수 있었고, 무심하게 그저 걸음만 떼고 있는 것이 아니라 눈에 보이는 것을 관찰하고 있었던 것이다. 자연스런 부정父情에 의해 사샤의 마음을 얻을 수 없다면, 조국의 빼어난 아름다움을 통해 얻을 수 있을지도 모를 일이었다. 어쩌면 조국에 대한 사랑을 통해 다른 사랑도 되살릴 수 있을지 모른다. 사랑하는 능력은 타고나는 것이긴 해도 다 자라기 전에 질식당할 수도 있는 법인데, 사샤는 그런 사랑을 배울 기회가 있지 않은가? 어머니를 일찍 여의고 고아원 아이들 틈에서 자라면서 지금까지 아버지의 얼굴도 모르고 지낸 아들이다. 여자에 대해서도 남성적 충동의 폭발 이상의 것을 알아야 했다. 사샤는 사랑하는 법은 물론 자신에게 사랑이 필요하다는 것조차 모르고 있는데, 인간을 사랑할 수 있는 능력은 오직 그런 것들을 알게 되었을 때만 싹틀 수 있는 것이다.

그런 이유로, 여관이나 농가에서 밤을 보낼 때면 연춘은 일부러 밤늦도록 자지 않았다. 대신 그곳 사람들과 어울리면서 사샤도 그 자리에 끌어넣었다. 이렇게 해서 사샤는 자기 민족에 대해 사업 관계를 통해서는 알 수 없는 것들을 배울 수 있었다. 연춘 자신도 이런 자리를 통해 지하에서 일어나는 일들까지 알 수 있었다. 조선은 물론 여러 나라의 소식이 거기 있었다. 그리하여 그는 테러리스트 김약산이 아직 중국에 살아 있을 뿐만 아니라 중국 중심부에서 조선인들을 모아 의용군을 조직했다는 사실을 알았다. 중국 국민당은 이들을 혁명가 집단이라고 백안시하여 대일 전선으로 보내 버렸다. 하지만 많은 조선인 학도병들이 일본군에서 탈출하여 중국을 도왔다. 국민당 지도자들의 도피처이기도 한 중국의 심장부 중경에서 조선인들은 여러 정파를 하나의 독립운동 단체로 결집해 일본과 싸우고 있다는 소식도 들었다. 마침내 국민당도 이들을 인정함으로써 광복군이 구성되었다는 것이다.

조선 내에서는, 일제가 조선인들을 이른바 '황국신민'으로 바꿔 놓기 위해 갖은 수단을 다 동원하고 있었다. 그가 신문에서 직접 읽은 바로는, 군 고위 장성인 새 총독이 "일본인과 조선인은 혼연 일체가 되어야 한다."고 강변했다.

"그건 불가능해."

연춘이 사샤더러 들으라고 큰 소리로 말했다. 연춘은 읽고 있던 신문을 내던졌다. 그러자 사샤의 까만 두 눈엔 정체 모를 이상한 기색이 감돌았다.

"왜 불가능하다는 거죠?"

사샤가 물었다. 연춘이 버럭 소리를 질렀다.

"한번 생각해 봐라! 그게 가능하다면 일본이 뭣하러 2만이나 되는 정규 경찰을 우리나라에 풀어놨겠니? 20만 보조요원은 또 뭐고? 또 조선인 노동자들 임금은 왜 일인들 반밖에 안 되는 거지? 그리고 조선인들이 압록강을 건너가 일본군을 공격하는 이유는 또 뭐냔 말이다."

사샤가 어깨를 으쓱했다.

"너무 흥분하셨어요."

흥분이 가라앉자 연춘은 갑자기 한기를 느꼈다.

"넌 왜 나를 한 번도 아버지라 부르지 않는 거냐?"

그가 낮은 소리로 말했다. 사샤가 아무 말도 하지 않자 연춘은 상심을 감추고 이렇게 말했다.

"내 말, 마음에 두지 마라. 솔직한 게 좋아. 그럴 때가 있겠지. 난 기다릴 수 있다."

매일 남쪽으로 걸음을 재촉하면서 연춘은 아들을 명승지며 능과 절, 그리고 옛 성벽들로 데리고 다니다 보면 언젠가 마음이 통할 날이 있겠지 하는 희망을 가져 보곤 했다. 그리하여 서해안을 따라 여행하는 동안 연춘은 종종 여정에서 벗어나서 옛 무덤들을 둘러보았고, 북부 지방에서는 사샤에게 고인돌을 보여 주었다. 커다란 평석平石을 자연석 기둥 위에 얹어 놓은 것이 꼭 거인들의 탁자처럼 보였다. 실제로는 그것들 역시 무덤으로서 내부에 묘실을 갖추고 있었다. 그런 귀중한 유산들을 보여 주면서 연춘은 거기 묻힌 첫 위인들에 대해, 그들의 위대한 행적과 높은 이상에 대해 들려주었다. 그 위인들 역시 목숨을 바쳐 가며 조국의 독립을 지키고, 민족을 노예로 삼고 그 재산을 앗아가려는 세력에 대항해 투쟁했다는 사실도 빼놓지 않았다.

사샤는 애초에 절에는 가려고도 하지 않았지만, 어쩌다 가더라도 문턱을 넘어서려 하지 않았다. 문간에 있는 사천왕은 그에게 조롱거리일 뿐이었다.

"귀신같은 건 없어."

그는 이렇게 잘라 말하고는 절에서 승려라도 나오면 무례하게 소리 질렀다.

"댁은 남자지요? 그런데 왜 여자들 옷을 입은 거요?"

이런 일이 있은 후로 연춘은 절이라곤 아무 데도 들르지 않고 지나쳐 버렸다. 그는 이내 사샤가 관심을 갖는 곳이 성벽이라는 것을 알았다. 만주 유목 민족의 침입을 막기 위해 돌로 쌓은 성벽이나, 커다란 고성古城의 벽, 고궁의 담… 이 모든 것들에 대해 사샤는 호기심을 보이며 살펴보았고, 전쟁과 승리에 대해 많은 것을 물었으며, 혹 패배한 이야기라도 들으면 얼굴을 찌푸리면서 현재의 침략자들을 몰아낸 후에는 결코 다시 침략자들이 발붙이지 못하게 해야 한다고 결연히 말하는 것이었다.

"하지만 어떻게 해야죠? 어떻게 해야 이놈의 침략자들을 몰아낼 수 있는 거죠?"

어느 날 저녁, 밤을 보내려고 마을 여관에 들었을 때 사샤가 물었다.

그는 이제 아버지와 스스럼없이 이야기했다. 하지만 자신이나 과거에 대해서는 한마디도 않고, 항상 현재에 대해서만, 그들의 조국에 대해서만 말했다. 조국이 그의 마음을 사로잡고 있었다. 그가 이제 자기 조국으로 받아들인 아름다운 나라…. 그는 아직도 이곳 사람들과 어울리는 걸 어려워했으나, 땅과 바다와 하늘만큼은 뜨겁게 사랑했다. 그렇다, 그것은 사랑이라고밖에 부를 수 없었다. 연춘은 뛸 듯이 기뻤지만 짐짓 태연을 가장하며 대답했다.

"지금의 세계대전에서 일본은 패망할 것이야. 한 세대면 돼. 우리는 그 기회를 붙들어야 한다. 저들이 항복하는 순간, 떨쳐 일어나 국권을 되찾고 주권국임을 선포하는 거야. 아직 미국이 거드름을 피우며 빠져 있긴 하지만 서양 여러 나라가 우리를 위해 싸우고 있고, 전쟁에서 우리의 몫을 다할 수야 없겠지만 우리의 적은 공동의 적이니까 승리했을 때 우리의 몫을 주장할 권리는 있다. 우리가 요구하는 것은 전리품도 아니고 다른 나라 땅도 아니야. 우린 다만 우리나라를 되돌려 달라는 것뿐이지, 독립 말이다."

그는 이렇게 말하면서 사샤의 얼굴을 찬찬히 살폈다. 그리고 처음으로 보고자 했던 것을 보고, 듣기를 바라 마지않던 것을 들었다. 아들 사샤는 얼굴을 환히 빛내며 손을 내밀고 전에 없이 열정적인 목소리로 말했다.

"그 순간에 저도 거기 있겠어요… 함께요…."

그는 잠시 말을 멈추었다가 연춘이 그렇게도 오랫동안 기다리던 그 한마디 말을 했다.

"아버지…."

어물거리는 말투였다. 목소리는 작았고, 아직도 망설이는 빛이 역력했다.

연춘은 대답을 할 수가 없었다. 그는 감정이 북받쳐 오르는 것을 어쩌지 못하고 손을 뻗어 아들의 손을 움켜잡았다. 그 순간 두 사람의 마음은 이미 하나였다.

그 사흘 뒤 놀라운 소식이 조선 전역의 어느 마을, 어느 샛길 하나 빠뜨리지 않고 흘러들었다. 일본이 미국을 공격했다는 것이다. 연춘과 사샤는 경성에서 50리쯤 떨어져 있었다. 그들은 그해 12월 7일 저녁 무렵 어느 소읍에 이르렀는데, 연춘은 그곳에서 하룻밤을 보내기로 했다. 곧바로 고향집에 가고 싶지 않았던 것이다. 그와 사샤는 여행에 지쳐 있었고 의복마저 더러웠다. 게다가 따로 떼어 두었던 돈으로 사샤에게 지금 입고 있는 러시아 옷 대신 다른 의복을 사주고도 싶었다. 그래야 김씨 가문에 어울리는 체면을 갖추고 사람들 앞에 나타날 수 있을 것이기 때문이었다.

그들은 여관에 들자마자 바로 그날, 기독교인들이 교회에서 예배를 보고 있을 아침 시간에, 일본 비행기들이 호놀룰루 상공에 새까맣게 몰려가서는 부두에 있던 미국 군함들을 폭격했다는 소식을 들었다. 입에 손을 갖다 대고 속삭이는 여관 주인의 두 눈은 기쁨으로 빛나고 있었다.

"들으셨겠지요…."

연춘이 사샤를 향해 소리쳤다.

"믿어지지가 않아! 아무리 기고만장한 일본이기로서니 미국을 이길 수 있으리라고 꿈이나 꿀 수 있단 말이냐?"

사샤는 한입 가득 맛있는 떡을 집어넣고 있었다. 두 사람은 작은 방에 탁자를 마주하고 앉았다.

"믿지 않을 수 있나요? 분명히 일어난 일인 걸요."

연춘은 듣고 있지 않았다. 새로운 희망으로 마음이 바빴다. 이제 미국은 전력을 기울여 전쟁을 할 것이다. 이제 미국의 강력한 산업이 일본을 공격하기 위해 가동될 것이고, 일본이 불리하면 조선은 유리해진다. 다시 희망을 가져 보는 것이 얼마 만인지 몰랐다. 미국이 이긴다면 일본은 패망할 것이고, 그렇게 되면 조선은 자유다. 이겨라… 이겨라!

그는 다시 젊은이라도 된 것처럼 자리에서 벌떡 일어나 소리쳤다.

"가자, 애야! 이제 단 한순간도 지체할 수 없어! 곧장 고향으로 가지 않으면 안 돼. 독립을 준비해야 해."

사샤가 입에 음식을 하나 가득 넣은 채 그를 빤히 쳐다보았다.

"하지만… 하지만 저더러 내일 새 옷을 사 입어야 한다고 그러셨잖아요?"

연춘이 갑자기 조바심을 내며 재촉했다.

"네 사촌한테 옷이 좀 있을 게다. 어서 가자… 어서!"

그는 이렇게 말하고 곧장 주인에게 가서 숙박비를 치렀다. 주인은 어리둥절해서 왜 그렇게 서둘러 떠나느냐, 뭐 불편한 점이라도 있었느냐, 말씀만 해라, 금방 시정하겠다, 등등의 말을 늘어놓았다. 연춘은 여관도 음식도 다 좋았다며 그를 안심시키고는, 단지 아까 들은 소식 때문에 바빠졌을 뿐이라고 말했다. 반시간 후, 그와 사샤는 고향길에 다시 올라 있었다.

2

 연춘이 사샤를 데리고 기억도 생생한 대문 앞에 섰을 때는 자정이 넘어 있었다. 달도 없는 캄캄한 밤, 그는 발밑을 더듬어 돌을 하나 찾아 들고는 빗장 걸린 대문을 두드렸다. 한참 후 하인의 졸린 듯한 쉰 목소리가 들렸다.
 "이 시간에 뉘시오?"
 "나요, 이 집 아들."
 연춘이 대답했다.
 하인은 그렇게 술술 나오는 대답이 미덥지 않던지 문을 열려고 하지 않았다. 그는 연신 구시렁거리면서 등불을 밝히더니 쪽문을 열고 내다보았다. 연춘이 열린 문에 얼굴을 바싹 갖다대며 웃음지었다.
 "나요. 세월이 흘러 많이 늙긴 했지만 그래도 이 집안 장남이라오."

하인은 외마디 소리를 하고는 대문을 열였다. 지금은 늙었지만 연춘이 어렸을 적엔 청년이었던 하인이었다.

그가 큰 소리로 말했다.

"들어오십시오, 서방님. 잘 오셨습니다요, 서방님! 하지만 아버님은 천천히 깨우겠습니다요. 너무 기뻐서 돌아가실지 모르니까요."

집안으로 들어서면서 연춘이 말했다.

"깨우지 마세요. 아침까지 그대로 주무시도록 하세요. 두 분 다 안녕하시지요?"

"그럼요. 연로하셔서 가끔 편찮으시지만… 우리같이 늙으면 누구나 다 그러는 걸요."

하인이 대답했다.

"그런데 이 젊은이는 누굽니까요, 서방님?"

"아들이요."

연춘이 자랑스럽게 말했다.

"서방님 아드님?"

하인이 그의 말을 받아 외고는 등불을 들어 사샤의 거무스름하게 잘생긴 얼굴을 비추었다. 하인은 한참을 그렇게 뚫어지게 들여다보고 나서 등불을 내렸다.

"집안에 이제 두 분이 되었군요."

그가 중얼거렸다.

"둘이라니요?"

연춘이 물었다.

하인이 대답을 찾고 있는데 대문이 열리더니 한 젊은이가 서 있는 게 보였다. 겨울밤인 데다 눈발까지 조금씩 날리고 있는데도 불구하고 허리에 수건 한 장만 걸친 호리호리한 청년이었다.

"거기 누구요?"

그 청년이 큰 소리로 말했다. 하인이 소리쳤다.

"맙소사! 눈까지 오는데 목욕하시다 그대로 나오십니까요?"

"잠깐만요."

젊은이는 이렇게 외치더니 금방 누비옷으로 몸을 감싸고 다시 나타났다. 하인이 오른손에 등불을 높이 든 채, 왼손으로 그 청년을 손짓해 불렀다. 젊은이가 등불 있는 쪽으로 다가오자 하인이 연춘을 돌아보았다.

"보세요, 조카분입니다요."

연춘에게 한 말이었다. 그리고는 젊은이를 보고 말했다.

"영영 못 뵐 줄 알았던 큰아버님입니다요. 그분이 돌아오신 거예요. 이분은 아드님이시고. 이제 젊은 도련님이 두 분이 되신 겁니다요."

연춘은 젊은이에게서 눈을 뗄 수가 없었다. 그랬다. 이 아이는 양이었다. 연춘은 그를 알고 있었다. 그 눈부시게 잘생겼던 아이가 청년이 된 것이다. 눈부시게 잘생겼다? 그랬다. 그때와 다름없이 크고 광채가 나며 온화한 두 눈 하며, 웃음기 머금은 입, 그리고 꼿꼿이 쳐든 기품 있는 머리….

"나를 알아보겠느냐?"

연춘이 물었다.

양이 찬찬히 바라보고 있는 사이, 연춘은 저도 모르게 심장 박동이 빨라지는 것을 느꼈다.

"알아보고말고요."

양이 대답했다. 목소리가 깊고 다감했다.

"설마 기억할라고? 그때 얼마나 어렸는데."

연춘이 말했다.

"기억하진 못해도 알아는 보겠습니다."

양이 말했다. 그는 침착하지만 자신 있는 태도로 말했다. 이해하고 또 이해를 바라는 넓은 도량을 짐작케 하는 태도였다. 연춘은 옛날 그 아이를 품에 안았을 때 느꼈던 경외감을 이번에도 똑같이 느꼈다. 하인 말마따나 거기 두 사람이 있었다. 이 새로운 세대의 두 사람, 죽은이와 늙은이들의 자리를 대신할 두 젊은이, 앞으로 투쟁하고 승리를 쟁취해 내야 할 두 사람.

연춘은 아들의 오른손과 조카의 오른손을 함께 잡고 자신의 손으로 감싸며 말했다.

"너희 둘은 사촌 이상이 되어야 한다. 형제가 되어야 해."

그는 둘을 남겨두고 혼자서 집안으로 들어갔다. 하인이 등불을 들고 길을 안내했다. 그는 안문에 서 있는 나이 든 여자에게 연춘이 누군지 일러주었다. 그녀는 무릎을 꿇고 연춘의 해진 가죽신을 벗긴 다음 가벼운 신발을 신겼다.

"큰 서방님, 쇤네 곱단이라고 합니다요. 작은 서방님 내외분을 모셨어요."

신발 시중을 마치자 그녀가 말했다. 그녀는 잠시 망설이다가 자랑스럽게 덧붙였다.

"도련님도 제가 돌봤습지요."

연춘은 머리를 숙이며 말했다.

"어떻게 치하해야 할지 모르겠소."

그는 이제 더는 말이 없이 어릴 적 자던 방에 들었다. 곱단이가 대청에서 요를 꺼내다가 방바닥에 깔고 그 위에 이불을 폈다. 그녀가 나가자 연춘은 옷을 벗고 쉴 준비를 했다. 몹시 피곤했지만 잠시 창문으로 대청을 내다보았다. 두 젊은이가 탁자를 사이에 두고 마주 앉아 있는 게 보였다. 둘 사이에 촛불이 나풀거렸다. 그들은 이런저런 이야기로 시간 가는 줄 모르고 있었다. 그는 짊어지고 있던 짐이라도 버려 버린 듯 크게 숨을 내쉬고는 잠자리에 몸을 뉘었다.

다음날 아침 곱단이가 세숫물과 새 옷을 들고 와 그를 깨웠다.

"어른께서 이것들을 보내셨어요. 먼 길 오신 뒤니 서둘지 말라는 당부셨어요. 지금까지 오래 기다렸는데, 씻고 식사할 때까지 기다리는 건 아무것도 아니라시면서요."

그녀는 고개 숙여 절을 하고 방을 나갔다. 그는 잠시 그대로 누워 깊은 잠으로부터 정신을 추스르다가 자신이 옛 방에서 자고 있음을 깨달았다. 모든 게 그대로였다. 변한 건 자신뿐! 그는 어렵사리 몸을 일으켜 대강 씻은 다음 새 옷을 입었다. 곱단이가 쟁반에 차와 과자를 준비해 돌아왔다. 그녀는 쟁반을 작은 상에 놓았다.

"좀 드세요. 마실 것도 좀 드시고요."

그녀가 달래듯이 말했다.

연춘이 차와 과자를 맛보는 동안 그녀는 요와 비단 누비이불을 개서 벽장에 넣고, 그가 다과를 마치자 손을 닦으라고 더운 물에 넣었다가 짠 수건을 건넨 다음, 절을 하고는 쟁반을 챙겨서 나갔다.

그는 잠시 서서 마음을 가다듬고 안방으로 건너갔다. 늙으신 양친이 나란히 서서 그를 기다리고 있고, 두 사람 뒤에는 양과 사샤가 서 있었다. 그가 들어서자 두 분 양친이 그를 향해 팔을 뻗었다. 연춘이 무릎을 꿇고 절을 올리자 양진은 눈물을 흘리며 아들을 일으켜 세워 얼싸안았다. 연춘은 아버지와 어머니를 차례로 포옹했다. 그들의 몸이 어떻게나 빈약하고 작던지… 뼈만 앙상하게 남아 있는 것이 그저 애처롭기만 했다.

"드시는 게 부실했나 보지요?"

그는 이렇게 말하고는 사이를 두지 않고 말을 이었다.

"부실하지 않았을리가 없지요! 제가 헤매고 다니는 동안 어머님, 아버님 너무나 마르셨어요…. 이제 다시는 두 분 곁을 떠나지 않겠습니다!"

그들은 소리내어 웃으려고 했지만, 어머니가 끝내 흐느껴 울고 말았다. 아버지가 아들의 손을 잡으며 말했다.

"늙어서 그런 것뿐이다. 이제 죽을 때가 됐는데 네가 돌아오길 기다리느라 죽지 못한 거야."

"네 덕에 이렇게 잘생긴 손주까지 얻었구나."

순희가 흐느끼며 한쪽에 서 있는 사샤를 가리켰다.

"천지신명께 감사하자꾸나. 축하하려면 다 함께 뭣 좀 먹어야지. 내 따로 준비해 둔 게 있다. 곱단이 어디 갔지, 곱단이 말이다."

그녀는 비척거리며 서둘러 나갔다. 두 청년이 무엇이 급한지 대뜸 앞으로 나서더니 양이 말했다.

"할아버님. 사샤하고 지금 곧 시내 좀 다녀와야겠습니다. 무슨 소식이 더 있을 겁니다."

일한이 머리를 들었다.

"꼭 가야겠느냐? 경찰놈들이 어제 일로 기고만장해 가지고 오늘은 더 사납게 굴 텐데. 놈들이 네 큰아버지가 돌아온 걸 눈치 채기라도 하면 '살아있는 갈대'가 무사하겠어?"

이 말을 들은 순희가 노인 걸음이지만 필사적으로 달려와 통곡을 하듯 소리쳤다.

"둘 다는 안 된다! 하나는 여기 있어야 해. 만에 하나… 한 아일 잃기라도 하면…."

일한이 그녀의 행동에 대해 변명했다.

"딱한 사람 같으니. 식구들 다치는 걸 여럿 봐 놔서…."

두 청년이 동시에 말했다.

"내가 가겠어!"

"내가 가야 해!"

"둘이 가면 더 안전할 텐데…."

연춘이 말했다.

"가거라. 여긴 내가 있으마. 내 걱정은 할 필요 없다. 해야 할 일이라면 해야지."

그렇게 말하는 사이 연춘은 사샤의 복장이 달라진 것을 알았다. 한복을 입고 있었던 것이다. 틀림없이 양이 빌려주었을 터였다. 이상하게도 한복은 그에게 어울리지 않았다. 가무잡잡한 얼굴에 까만 두 눈과 검은 머리, 뚜렷한 윤곽과 오만한 태도가 긴 흰옷을 입고 있으면 어쩐지 이국적인 인상을 자아내는 데다, 양의 몸집이 더 컸기 때문에 옷이 헐렁하기도 했던 것이다.

그가 다시 말했다.

"가거라. 그리고 시간이 있거든 네가 알아서 옷을 사 입어라. 그 옷만 입고 다닐 순 없지 않느냐? 돈은 이거면 충분할 것이야."

두 젊은이가 시내로 떠나자, 연춘은 양친에게 그동안 있었던 일을 — 한녀 이야기며 사샤가 태어난 내력까지 — 소상히 말했다. 그리고는 이 초가집에서 양친이 겪은 긴 이야기를 들었다. 그들은 곱단이가 쟁반에 차려 내온 음식을 먹었지만, 순희는 남자들이 있는 자리라 음식에 손을 대지 않았다. 그녀는 한 번도 남자들과 같이 음식을 먹어 본 적이 없었고, 요새 여자들이 곧잘 하는 일들도 하지 않았다. 그녀는 곱단이에게 두 남자가 이야기를 나눌 수 있도록 쟁반을 한쪽으로 치우라고 시켰다. 그런 그녀였지만 이번 이야기는 귀 기울여 듣고 때때로 끼어들기도 했다. 연춘은 두 아이가 돌아오길 기다리는 동안 양친과 번갈아 가며 이야기하는 가운데 전에는 몰랐던, 자기 민족에게 일어났고 또 지금 일어나고 있는 일들을 많이 알게 되었다.

"그리고 이제는 미국이 전쟁에서 이길 때까지 기다리는 일만 남았다. 그땐 우리도 승리의 물결을 타겠지."

일한은 이렇게 이야기를 마무리했다. 그러자 연춘이 갑자기 언성을 높였다.

"아버님, 지금 진정으로 하시는 말씀이세요? 어떤 물결도 그리 쉽게 타진 못할 겁니다. 우리는 정부를 접수해서 현대적이고 효율적으로 관리할 기구를 준비해야만 합니다. 지체없이 서양 정부를 연구해서 우리 민족에게 가장 적합한 요소들을 추려내 받아들여야 해요. 대통령이 내각을 구성해서 공산주의 체제에 뒤지지 않는 온전한 체제를…."

그는 아버지가 몸을 앞으로 굽히고 경청하기는 하지만 시선을 자신의 얼굴에 고정하고 있는 것이, 그저 듣기만 할 뿐 이해는 못하고 있음을 알았다.

"제가 쓸데없는 이야기를 했지요, 아버님?"

그는 애정과 연민이 교차하는 심정으로 이렇게 말했다.

"아버님께선 아버님 몫을 훌륭히 하셨어요. 양이 이야기나 해주시지요."

양과 관련해서는 양친도 자세히 모르는 대목이 있어서, 아버지가 이야기를 하되 잊어버린 부분은 어머니가 보충했다.

"불은 교회를 다 태우고 꺼졌는데 가족을 잃은 사람들은 모두들 유물이나 유골이라도 찾아 장사 지내려고 거기 갔지. 우리는 며늘아기와 손주딸의 흔적도 찾지 못했다. 뜨거운 재 속에 뒤섞여 있는 뼈 가운데서 어떻게 그 아이들 것을 분간할 수 있었겠니?"

여기서 순희가 끼어들었다.

"나는 그 파란색 천 조각이 꼭 며늘아기의 치마인것만 같아. 곱단이가 그러는데, 그 앤 그날 파란색 치마를 입었다는구나…."

일한이 사이를 두지 않고 말을 이었다.

"네 동생 시신은 타지 않았어… 다 타지는 않았다는 말이다. 내가 할 수…."

이 대목에서 흰 수염이 난 일한의 턱이 바르르 떨렸다. 연춘이 이야기를 말리려는데 일한이 손을 들어 제지했다.

"아니다, 아니야. 네게는 이야기를 해야겠다. 너도 알아야 되지 않니? 우리가 유골을 찾을 때 경찰이 지켜보고 있었는데, 막지는 않더구나. 우리는 행랑아범하고 나 말이다. 가져간 관에다가 시신 조각들을 어렵사리 모아서… 들보가 그 애 등판에 떨어졌지만 얼굴은… 얼굴은 그 애였다. 내가… 몰라볼 리 없지. 분명히, 그 애였다. 그래 우리… 우리는 장례를 치르고…."

순희가 소리 죽여 흐느꼈다.

"우린 그 앨 할아버지 곁에 묻어 주었단다. 비가 많이도 오는 날이었다. 억수같이 오더구나. 점쟁이는 그날이 길일이라면서 노란 개구리가 무덤에서 뛰어나왔다고 했지. 옛날 네 독선생이 들려준 황금 개구리 이야기가 생각나더구나. 기억하지, 너도?"

"기억합니다."

연춘이 대답했다.

"한데 그 사람 부인은 어찌 되었을까?"

노인네들이 으레 그렇듯, 순희는 금방 옆실로 빠졌다.

"하긴 온전한 부인이랄 수도 없지. 그 독선생이 결혼 전날 어디론가 떠나 버리고서는 다시 돌아오질 않았으니까 말이다. 그 집 사람들이 먼 친척을 여기까지 보냈더라만, 우린들 그 사람 간 곳을 어떻게 알겠니? 그 사람은 우리한테서도 떠났는데 말이야. 남편도 없는 그 가엾은 처자는 절개가 굳어 재가는 꿈도 못 꾸고 그냥 절로 들어가 버렸지 뭐냐?"

일한은 아내 말이 어서 끝났으면 하고 조바심을 내다가 더는 못 기다리고 말허리를 잘랐다.

"양이 이야기를 하던 참이었지? 경찰이 교회에 불을 지른 날, 신이 그 아일 보살피셨다. 그 아인…."

순희가 끼어들었다.

"신이 아니고 개 어미지요. 며늘아기가 양이 할아버질 따르는 줄 알고서 우리한테 보낸 거예요."

"그래요, 그래. 그 아이만큼은 우리 곁에 있었지. 그 점에 대해서는 동감이오. 그날 이래로 그 아이라도 여기 있었으니까 희망을 갖고 살 수 있었지. 얼마나 위안이 되던지! 너마저 죽은 게 아닐까 걱정하고 있었으니까."

일한이 말했다. 연춘이 공감을 표했다.

"죽은 거나 다를 바 없었지요. 아버님께 편지를 올릴 엄두가 나지 않았습니다. 만세 사건 후 탈옥한 날부터 제게 현상금이 붙어 다녀서…."

순희가 끼어들었다.

"네가 달아난 다음에 감방 돌 틈으로 죽순이 솟았다는데, 사실이니?"

연춘이 웃으며 물었다.

"그런 전설이 다 있어요?"

아버지가 반박했다.

"전설이 아니다. 그걸 본 사람이 많은 걸! 사람들이 그걸 보려고 순례라도 하듯 감옥에 몰려들었는데, 경찰도 이유를 알고서 그 대나무를 뿌리째 뽑아 버렸어."

연춘이 깊은 생각에 잠기며 말했다.

"그런 일이 있었군요? 푸른 대가 그렇게 뽑히고 말았군요… 뿌리째로!"

"하지만 저들은 뿌리까지 완전히 없애지는 못했어. 다른 구석에서 푸른 죽순이 솟아났으니까! 사람들이 그걸 보고 기뻐하니까 경찰은 바닥에다 시멘트를 부어 버렸지 뭐냐?"

일한이 말을 이었다.

"대나무는 어디에고 다 있어요."

순희가 말했다. 연춘이 그녀를 돌아보며 말했다.

"맞는 말씀이세요, 어머니. 그러니 양이 이야기나 계속하지요."

일한은 등에 방석을 대고 기댔다. 손주 이야기를 하는 기쁨을 또 한 번 맛볼 자세를 갖춘 것이다.

"손주 녀석은 세 살도 되기 전에 글 읽는 것을 깨치고, 다섯 살 적에는 쓰기도 제법 하더구나. 일곱 살이 되니까 경서 외에는 내가 가르칠 것이 없어 미국인들 학교에 보냈지. 물론 집에서 내가 따로 가르치긴 했다. 그 아인 영어도 잘하고 영어로 된 책도 읽는다. 불란서말, 독일말도 하고, 의학을 배우기 위해 나전어도 공부했어."

"의학이라니요?"

"내과 의사가 되려고 서양 의학뿐 아니라 한의학까지 공부하고 있지. 이미 외과 의사가 되었는데도 어린 시절에는 한 가지만 가지고는 안 된다는구나."

"하지만 왜 의사가 되려는 거지요?"

연춘이 물었다.

"그 아이 말로는, 최소한 사람들 몸은 치료할 수 있지 않느냐는 거지. 저한테는 그런 일이 위안이 된다는구나."

일한이 대답했다.

"그 앤 기독교 신자인가요?"

연춘이 물었다.

"아니다, 하지만 그렇기도 하지."

"안 그렇기도 하고 그렇기도 하다니요? 분명 그 아인 기독교 신자가 아니에요."

순희가 따지고 들었다. 조금 전 한쪽에 앉아 있던 그녀가 어느새 그들과 한자리에 있었다. 주름진 얼굴이지만 눈만은 여전히 생기가 돌았다. 일한이 지고 말았다.

"기독교 신자가 아닌 건 사실이지만 행동거지가 신자나 다름없다는 말이오. 불교 신자도 아니지만 불교 신자처럼 행동하기도 하잖소? 유교만 해도 그렇지, 양이는 경서를 읽고서 의義를 깨치고 있소."

"아버님께서 잘 가르친 덕이지요."

연춘이 말했다.

"난 가르친 게 아무것도 없어. 그 아인 누가 가르쳐 주지 않아도 스스로 배우거든."

"그런데 양이 사샤를 좋아할지 모르겠군요."

연춘이 생각에 잠기는 표정으로 말했다.

"사샤…사샤… 무슨 이름이 그러냐?"

순희가 물었다.

"그 아이 어미가 그리 지었답니다."

연춘이 짤막하게 대답했다. 그는 아버지 얼굴에서 피곤한 기색을 읽고 몸을 일으켰다.

"이제 좀 쉬십시오, 아버님. 저 때문에 많이 피곤하신가 봅니다."

"네가 있으니 이렇게 좋을 수가 없는 걸."

일한이 말했다. 그의 눈길이 방을 나서는 아들의 뒷모습을 좇

앉다.

"모스크바 보다 좋은데?"

사샤가 말했다. 그는 도시 위쪽의 낮은 언덕에서 궁궐이며 공원과 대로, 그리고 커다란 대학 건물과 신식 백화점들을 내려다보고서 있었다. 시내에 들어서기 전에 한번 보라고 양이 거기에 데려간 것이다.

"모스크바 가본 적 있어?"

"한 번. 학교에서 졸업여행을 간 거야. 모스크바도 참 좋은 곳이지. 하지만…"

그가 오른손을 들어 한 번 휘저었다.

"돌아가야 할지 여기 있어야 할지 아직 모르겠어."

양이 말했다.

"여기서 지내. 최소한 우리를 잘 알게 될 때까지만이라도 말이야."

하늘은 밤사이 서풍이 씻어 놓아 말끔했다. 맑은 햇빛 속에 환히 핀 양의 온화한 얼굴은 내면의 빛을 드러내고 있었다. 사샤로서는 인정하고 싶지 않았지만 찬탄이 절로 나오는 걸 어쩔 수 없었다.

"일이 굉장히 바쁜 모양이군."

양이 대답했다.

"좀 바쁜 편이지. 미국인 병원에서 인턴 과정을 밟고 있는데 여름이면 끝나. 그래도 비번일 때는 시간 여유가 있지."

"기독교 병원?"

"그래, 선교 병원이야."

"양도 기독교 신자야?"

질문이 좀 무뚝뚝했다. 하지만 양의 목소리는 다정스러웠다.

"아니, 난 기독교인이 아냐."

그러자 사샤가 잘라 말했다.

"종교란 어느 것 없이 다 나빠. 인민의 아편이라고."

양이 침착하게 말했다.

"나는 신을 믿어. 자연계에서처럼 법칙이 있는 곳엔 어디고 그 법칙을 부여한 존재가 있을 수밖에 없으니까. 그렇다고 기독교인들처럼 하느님을 수동적으로 받아들이기만 하면 구원받을 수 있다고는 생각하지 않아. 우리는 신의 모범을 따라 살아감으로써 우리 스스로를 구해야 해. 우리 역시 신처럼 되는 거야."

사샤가 어깃장을 놓았다.

"무슨 말인지 통 모르겠어. 무엇이 신인지 어떻게 안단 말이야? 신이 있다는 걸 어떻게 알아? 신은 없어."

양은 바로 대답하지 않았다. 다시 입을 열었을 때 그의 목소리에는 온화하면서도 확고한 권위가 실려 있었다.

"사샤, 시초에 우리 민족은 태양 숭배자들이었어. 역사에 그렇게 나오는데, 그럴듯해. 우리 선조들은 춥고 바람 많은 중앙아시아에서 왔으니까. 겨울은 길고, 높은 산 사이에 끼어 있는 깊은 계곡에서는 해가 단 몇 시간밖에 비치지 않았겠지. 우리 선조들은 해를 좋아했으니 해를 찾아 동쪽으로 간 것도 당연해. 이렇게 해서 우리나라까지 이른 거야. 하지만 따뜻하고 밝은 것을 바라는 선조들의 열망은⋯ 그러니까 하늘을 향한 선조들의 동경은 여전했어. 선조들은 자애로우면서도 강한 후원자를 꿈꾸었던 거지. 자신들의 힘으로는 가 닿을 수도 없는 먼 곳에 계시는 아버지 같은 존재 말이야. 자신들이 가 닿을 수 없으니까 그 후원자가 자신들에게 온다는 꿈을 꾸게 된 거지. 그가 아들을 보내 인간이 되게 했다는 거야. 세계 어디고 이런 꿈은 있어. 기독교인들이 그런 이야기를 우리나라에 들여오긴 했지만, 우리 민족에겐 진작부터 있었던 이야기지. 사실, 아들의 탄생 방식은 다양해. 기독교인들은 기적을 통해 동정녀에게서 태어났다고 말하지. 우리 민족에게는 그 아들이 곰과 호랑이 사이에서 태어났다는 전설이 있어…."

"곰과 호랑이라고?"

바위 위에 남아 있는 눈을 쓸어 내고 앉아 있던 사샤가 벌떡 일어서며 하는 말이었다.

"그래. 그 때문에 우리 조선 사람들은 산 호랑이를 민족의 상징으로 삼고 있어."

"곰은 러시아의 상징이야."

사샤가 목소리를 높였다. 양이 웃었다.

"상징 이야기를 너무 확대 해석하지 마! 우리 병원에 오는 어떤 환자들은, 호랑이는 신과 아무 관계도 없는데 우리나라 지도가 앉아 있는 호랑이처럼 보이기 때문에 우리 민족의 동물이 된 거라고들 하더군. 또 어떤 사람들은 우리를 건드리지 말고 굴속에 가만히 내버려 두라는 뜻에서 생긴 이야기라고도 해. 호랑이는 공격받지 않는 한 먼저 공격하지 않는 것처럼, 우리 민족이 다른 민족을 괴롭히는 일은 없기 때문이지."

사샤는 대꾸하지 않았다. 그는 손깍지를 껴 머리 뒤에 받치고 차가운 바위에 드러누워 자줏빛 하늘을 응시했다. 너무 많은 일이 일어나고 있었다. 그것도 아주 빠르게. 그는 조선인이었기에 러시아인들 사이에 있으면 이방인처럼 느껴졌다. 그런데 이곳에 와 있는 지금, 그는 이방인이라는 느낌이 그 어느 때보다 강하게 들었다. 그렇지만 여기 있는 사람들은 그의 가족이었다. 사촌, 아버지, 그리고 구식 옷을 입은 한 쌍의 옛날 인형 같은 할아버지, 할머니까지, 너무나 준수한 이 사촌은 보기만 해도 시샘이 일었다. 그러나 성인 같고, 시인 같고, 학자 같은 그의 태도는 모두가 막연하고 비현실적으로 비쳤다.

"어머니를 더 잘 기억하고 있으면 좋으련만!"

사샤가 불쑥 말했다.

"그분 이야기 좀 해줘."

양이 말했다. 사샤는 하늘을 빤히 쳐다보며 다시 말했다.

"더 잘 기억하고 있어야 하는 건데…. 하지만 어머닌 우리 두 사람 먹을 것을 얻으려고 밤낮 일만 하시고, 이야기를 많이 하지 않으셨어. 게다가 나는 그때 너무 어려서 지금이라면 묻고 싶은 그런 질문들을 하지 못했어. 어머니는 아마 농민 출신이셨을 거야. 책 읽으시는 걸 못 봤거든. 그런 분이 옥도장은 어떻게 얻으셨는지…. 하지만 난 여기 선비 집안에는 어울리지 않는 느낌이야."

양이 몸을 일으키며 말했다.

"이제까지는 어울리지 않겠다는 말이겠지. 이제 그만 가, 옷을 사야 하니까. 몇 시간 늦겠다고 해 두었지만 곧 병원에 돌아가 봐야 돼. 너도 함께 가자, 옷을 사 입은 뒤에!"

그러더니 양은 느닷없이 소년처럼 언덕을 뛰어내렸고, 사샤도 그 뒤를 따랐다.

"닥터 블레인! 제 사촌동생이에요, 사샤라고."

미국인이 멈춰섰다. 새로 지은 큰 병원의 복도였다.

"사촌이 있는 줄은 몰랐군요."

그가 손을 내밀었다. 사샤가 보고만 있자 양이 웃었다.

"동생이 미국인을 만나는 게 처음입니다. 사샤, 너도 손을 내밀어, 이렇게!"

사샤가 손을 내밀어 따뜻하고 힘 있는 외국인의 손을 잡았다. 미국인이 양에게 물었다.

"김 선생, 어제 가래침 배양 검사는 했습니까? 그 여자 환자 오늘 아침에 열이 심해졌어요."

"네, 검사 기록은 선생님 책상에 두었습니다."

"알았어요."

그가 서둘러 자리를 뜨자 두 청년도 걸음을 옮겼다. 사샤는 병원이라는 곳에 와 보기는 생전 처음이었지만 사실대로 말하기에는 너무나 자존심이 강했다. 청소년 병동에 다다를 때까지 그는 모든 것을 처음 보면서도 그런 것쯤은 다 안다는 듯한 태도를 취했다.

양이 말했다.

"내가 있는 특별 병동이야. 난 이 사람들을 담당하고 있어. 모두가 공장이나 정치 투쟁에서 다친 사람들이야."

"투쟁!"

사샤가 소리쳤다. 양이 말했다.

"많이 일어나고 있어. 우리는 지하 전쟁을 치르고 있어. 이 환자를 예로 들면…."

그는 열 일고여덟 정도 되어 보이는 수척한 소년이 누워 있는 침대 곁에서 발길을 멈추었다.

"넌 어쩌다 다쳤지, 유신이?"

"전 학생이에요, 선생님. 우리 학교는 공장 노동자들과 동맹 파업에 들어갔죠. 그 사람들은 일본인 노동자들이 받는 임금의 반밖에 받지 못하고 있습니다. 우리가 시위를 하자 저들은 총검으로 우릴 공격했어요. 우리가 가진 것이라곤 총 대신 어깨에 둘러멘 몽둥이뿐이었죠. 우리에게 총은 금지되어 있으니까요."

"이 애는 머리가 깨지고 오른팔이 부러졌어. 갈비뼈도 세 대나 부러지고 오른쪽 엉덩이에서는 살점이 떨어져 나갔지."

침대를 돌면서 양이 한 사람, 한 사람 입원한 경위를 이야기해 주었다. 한 침대에 누워 있던 남자가 위급한 상황에 빠지자 양은 간호사를 시켜 피하 주사를 놓게 하고 윗사람을 불렀다. 하지만 시간이 너무 늦었다. 남자는 곧 숨을 거두었고, 양은 시트로 그를 덮어 주었다.

"저 사람 정체는 아는 사람이 없어."

다시 밖으로 나왔을 때 그가 사샤에게 말했다.

"지하 운동하는 사람인데, 자기 이름이든 다른 사람 이름이든 아무 이름도 대지 않는 거야."

"그 사람 동료들은 그가 죽은 걸 어떻게 알지?"

사샤가 물었다.

"이미 알고 있을 거야. 그가 맡았던 일은 지금쯤 다른 사람이 하고 있을 거야."

연춘은 고향집에 돌아온 몇 달 동안 하는 일 없이 시간만 보내고 있는 것처럼 보였다. 그것은 한편으로는 일경의 눈을 속이기 위함이었고, 또 한편으로는 앞으로 할 일을 결정할 시간을 벌기 위함이었다. 또 오랜 세월 위험과 시련 속에서 지낸 뒤라 지쳐 있는 것도 사실이었다.

그는 사샤와 함께 남쪽으로 걸어 내려오는 동안 관절통에 시달렸지만 그런 이야기는 입 밖에 내지 않았다. 감시당하고 있다는 걸 알기 때문이었다. 그는 이제 전쟁이 연합국 쪽의 승리로 끝나기를 기다리면서 다시 집필에 전념하기로 마음을 정했다. 미국이 그 거대한 국가 조직을 동원하고 있으므로 승리는 틀림없을 것이기 때문이었다. 오래 전 러일 전쟁이 끝나자, 일본은 자기네 구미에 맞지 않는 조선 신문들을 금한 바 있었다. 저들이 조선을 병합한 1910년에는 모든 조선 신문이 폐간되었다. 그때 지하 신문만이 살아남았는데, 만세 운동 기간에 연춘은 그 지하 신문에 간여했었다. 합병 19년 후에는 정치 문제를 다루지 않는다는 조건으로 세 개의 신문이 허용되었다. 하지만 진주만 폭격이 있기 전 해에 이 신문들마저 폐간되었다. 그러니까 현재 조선에는 일인들 것 말고는 아무런 신문도 없는 셈이었다. 그는 서둘러 발간 준비를 했지만 이번에는 신문이 아니라 잡지였다. 이 잡지는 교묘하게 법망을 피해 나갈 것이므로 멍청한 일인들이야 수상한 기미조차 눈치 채지 못하겠지만 조선인 식자라면 정보를 얻을 수 있을 것이었다. 그것은 상인이나 공인工人, 농어민들이 보는 잡지가 아니라 지식인으로 사상가, 그리고 앞일을 계획하는 사람들이 볼 잡지였다. 그는 시간을 두고 구상하고 준비할 생각이었다. 조심스레 동지를 선택할 생각이었지만, 가족은 아무도 끌어들이지 않을 작정이었다.

연춘은 지금 낙향한 선비의 생활을 가장하고 있었다. 공직이나 정치적인 자리에서 물러난 옛 사람들이 살던 바로 그런 삶이었다. 그는 양복과 중국식 바지저고리를 치워 버리고 조선의 양반이 입는 흰 두루마기를 입었다. 갓을 쓰고 턱수염을 길렀으며, 좀체 바깥출입을 하지 않았다.

일한은 그저 기쁠 따름이었다. 그는 방 둘을 연춘이 쓰도록 내주면서 집안사람들에게 아들을 방해하지 말라고 분부해 두었다. 그러나 순희만은 번번이 지시를 어기고 아들에게 식사와 차를 내갔다. 이즈음은 형편이 어려워 순희로서는 아들에게 해주고 싶은 맛난 음식을 준비하기가 힘들었지만, 곱단이는 수완이 좋아서 시장에 갈 때마다 가져간 돈에 비해 훨씬 많은 음식물을 챙겨 왔다. 그럴 때면 순희는 아무것도 묻지 않았다. 이 시절엔 도둑질도 권리였고 거짓말은 필수였다. 집안은 새로 온 두 사람을 중심으로 돌아갔는데, 그들이 애써 정치에 무관심한 척하고 있었으므로 밖에서 볼 때는 모든 일이 순조로워 보였다. 일한으로서야 이런 상태가 편했다. 나이가 나이인지라 그는 이제 과거 속에서 살고 있었던 것이다. 그는 전형적인 조선인으로서 타협적이고 온건했으며 쉽게 체념했다. 말로 나타낼 수 없는 일이 있으면 옛말을 인용해 해결하는 경우가 나날이 늘어갔다.

그는 '웃는 얼굴에 침 뱉으랴?' 같은 속담이나 '복수는 하룻밤을 넘기지 못한다' 같은 격언을 들먹였다. 게으른 하인이나 빈둥거리는 소작인들을 꾸중한댔자 몇 마디 부드러운 말뿐이었다. 그저 "감나무 아래서 감 떨어지기만 기다리는 사람은 아무리 오래 기다려도 먹을 걸 얻지 못한다"는 말이 고작이었다. 그는 하루 대부분의 시간을 잠으로 보냈다. 금방 잠들었다가 금방 깨는 노인네 특유의 선잠이었다. 순희만은 자지도 쉬지도 않았다. 그녀는 늙어 가면서 아주 깡말랐지만 워낙 균형 잡힌 골격이라 얼굴과 몸놀림에서 힘을 느낄 수 있었다. 그리고 목소리만은 변함이 없었다. 누굴 꾸짖을 때나 인자하게 대할 때나 늘 밝고 힘찬 것이 그녀를 보지 않고 목소리만 듣는다면 젊은 여인네로 착각할 정도였다.

젊은이들도 이 세 어른 밑에서 자기 나름의 삶을 살고 있었다. 연춘은 두 젊은이의 차이가 의사소통 능력에 있다고 생각했다. 사샤는 다른 사람에게 자신을 설명하지 못했고 다른 사람이 하는 이야기도 그저 말 그대로밖에는 이해하지 못했다. 하지만 양은 완전히 이해했다. 그의 내부에는 천재가 있었고, 그것이 그와 모든 사람들 사이에 빛의 통로를 만들었다. 그는 구태여 말을 할 필요가 없어 보였다. 그가 다른 사람의 감정과 사상, 아니 존재 그 자체를 온전히 이해하므로 상대방 역시 그에게 신뢰를 보내기 때문이었다. 그것은 불가에서 말하는 깨달음이었으니, 양이 만약 불제자였다면 고승이 되었을 게 틀림없고, 만약 티벳 사람이었다면 환생한 달라이 라마라 할 것이었다. 양과 사샤는 이런 차이로 말미암아, 양은 마치 태어날 때부터 이미 자신의 산을 올라 버린 것처럼 평화 속에서, 그리고 유별나게 고투하는 기색 없이 살아가는 데 반해 사샤는 자기 내부에 갇혀 자신을 속박하는 완고한 기질에 맞서 싸우면서도 자기 자신을 넘어서지 못했다.

그러나 연춘은 아쉬웠다. 어린 시절 양이 자신을 알아보던 때의 그 즐거움이 되살아나질 않는 것이었다. 양은 그에게 마음을 열어 놓고 있었고 늘 대화를 나누거나 도와줄 자세가 되어 있었다. 하지만 그때의 그 특별한 순간은 다시 오지 않았고, 연춘은 마치 승천이나 기다리는 듯 그 순간을 기다렸다.

조상 대대로 살아온 집의 아늑한 방에서 연춘은 이제 국내뿐만 아니라 해외까지 닿을 수 있는 연락망을 짜기 시작했다. 그의 목적은 두 가지였다. 첫째는 조선인들로 하여금 승전에 대비하게 하여 일본이 쫓겨 가면 곧바로 기능을 수행할 정부를 갖추게 하려는 것이고, 둘째는 다른 나라, 특히 미국에 있는 동포들을 분발시킴으로써 승리를 촉진하려는 것이었다. 러시아는 수백 년 동안 조선의 해안과, 산지에 감추어진 귀중한 광물들, 어장들, 그리고 유속 빠른 강과 좋은 항만 조건 등을 탐내 왔다. 그는 혁명이 일어났다 해서 러시아의 본질까지 변했다고는 생각하지 않았다. 그 나라의 야욕은 굶주린 이들의 새 정권에 의해 오히려 날카로워지고 강화되었을지도 모를 일이었다. 그들의 조상은 아사지경의 농민늘이었다. 이세 그들이 살찌고 부유해질 차례가 왔다는 것이었다.

연춘이 자신의 원대한 목표를 달성하려면 어찌 해야 하는가? 그는 이 문제를 놓고 오랫동안 고심했다. 그는 너무나 잘 알려져 있었기에 지하의 핵심 인물들이 그가 집에 돌아왔음을 알고서 선이 닿기만을 기다리고 있는 것이 확실했다. 연춘이 돌아왔다는 것을 그들이 알고 있다는, 작지만 중요한 징표들이 많이 있었다. 벽과 대문에 그려진 투박한 대나무 그림이 눈에 띄었고, 또 일상 생활용품 가운데 어떤 것들은 '대나무'라는 이름을 얻었다. 그리고 봄과 성장을 노래한 시들이 거리에 나붙었는데, 그의 이름을 직접 언급한 시는 하나도 없었지만 어떤 것들은 '살아있는'과 '갈대'라는 낱말을 사용하고 있었다. 하지만 그는 계속 침묵을 지켰다. 일제 관헌이 그런 상징을 파악하고 있으며 그가 어디 있는지 알고서 감시하고 있다는 것을 잘 아는 까닭이었다.

몇 달이 지나면서 그는 누군가의 도움을 받아야 한다는 결론을 내릴 수밖에 없었다. 그러나 섣불리 일을 처리하여 목숨을 위태롭게 하거나 자신의 목적에 대한 희망을 잃는다는 것은 어리석은 짓일 것이었다. 그래서 생각하는 시간을 더 가진 후, 결국 썩 내키진 않지만 양과 상의하기로 결심했다. 하지만 망설이지 않을 수 없었다. 양을 이 일에 연루시켜 만에 하나 일이 잘못되기라도 하면, 자신의 목숨이 늘 위험에 처해 있는 상황에서 곧 가문을 이끌어야만 될 조카까지 위험에 빠뜨릴지 모를 일이었기 때문이다. 그런데 그가 아는 한 양은 정치에는 관심이 없었다. 그는 병원과 환자들에게 푹 빠져 있는 것처럼 보였다. 그는 동포들에게 하듯 일인들에게도 거리낌없이 인사하고 유창한 일본어로 이야기하면서 자유로이 내왕했다. 일인 환자들 가운데는 조선인 의사를 신뢰하지 않으면서도 양만은 믿는 이들이 많았다. 그는 경성에 있는 일본인 대학을 우수한 성적으로 졸업했지만 일본에는 한 번도 가지 않았으며, 초청이라도 오면 '무척 바빠서 지금은 안 되고 인턴 과정을 마쳤을 때나 한번 가겠노라'고 답하는 것이었다. 미국인 의사와는 완벽한 영어를 구사하면서 따뜻한 애정을 갖고 함께 일하는 모습이 꼭 부자간

같았다.

연춘은 그의 이러한 격의 없는 태도를 보고서 몇 주 동안이나 양에게 다가가기를 주저했다. 모든 사람의 사랑을 받는 아이를 진정으로 신뢰할 수 있는가? 그 속마음을 누가 알겠는가? 연춘은 밤이면 갖은 의문에 싸였지만, 아침에 다시 양의 가식없는 얼굴과, 밝고 믿음직스런 목소리, 특히 그의 웃음소리를 듣고 나면 그를 다시 믿게 되는 것이었다. 마침내 도움이 필요한 어쩔 수 없는 상황에서, 그는 말을 하지 않으면 안 되겠다고 결심했다. 그는 적절한 기회를 기다렸다.

그 기회가 찾아온 것은 미국이 참전하고 2년째 되는 겨울 어느 날 밤이었다. 연로한 부모는 감기 기운이 있어 일찍 잠자리에 들었고 사샤는 하루 종일 시내에 나갔다가 아직 돌아오지 않고 있었다. 마음의 안정을 찾지 못하고 밖에서 지내는 일이 종종 있었으므로 아마 오늘도 돌아오지 않을 것이었다. 양은 그날 밤 비번이었다. 연춘은 이 모든 사정을 감안하여 저녁 식사가 끝나는 대로 속마음을 털어놓기로 마음먹었다.

"조언이 필요하다."

곱단이가 상을 물린 다음 찻잔을 다시 채우고 나가자 연춘이 말했다. 그 말을 듣고 양이 웃으며 말했다.

"큰아버님도, 무슨 그런 말씀을!"

"아니다. 내 너무 오래 고국을 떠나 있어서 더는 빈둥거리고 있을 수 없구나."

연춘은 생각하고 있던 두 가지 계획을 간략히 설명하고 나서 말을 이었다.

"내가 해외의 우리 동포들과 연락을 갖기는 그리 어려운 일이 아니다. 그곳 지도자들은 모두 알고 있으니까. 그중에서도 가장 중요한 인사들은 미국에 있고, 그 다음은 중국이야. 미국에 있는 사람들은 미국 내 여론을 형성하고, 미국 정부를 설득하여 우리가 독립할 권리를 인정하게 하고, 우리들이 자치 능력이 있음을 인식시켜야 한다. 우리 임시정부는 지금도 건재하고 그 지도자들은 지금 미국에 있어. 우리는 그분들을 통해 활동해야 해. 여기 있는 우리들이 할 일은 두 나라에 있는 그분들에게 무슨 일이 벌어지고 있는지 알리는 것이야. 또 그분들도 우리에게 계속 연락을 취하여 함께 나아감으로써 미국이 승전하여 우리나라 해안에 상륙하는 순간 우리가 조국을 되찾을 수 있게 대비를 하도록 도와야 해."

놀랍게도 양은 완전히 딴사람이 되어 있었다. 그 순간이 되돌아온 것이었다. 갓난아기 적에 연춘을 알아보던 그 순간이. 얼굴은 환하고, 두 눈은 빛났으며, 내부에서 전기 같은 힘이 뻗쳐 나왔다. 그는 손을 내밀어 연춘의 손을 움켜잡으며 소리쳤다.

"전 큰아버님이 돌아오셨을 때부터 기다리고 있었습니다. 말씀하시지 않을까봐 걱정했지만 언젠가는 하시리라는 걸 알고 있었습니다. 그러시지 않으면 안 되니까요."

연춘은 한편 놀랍고 매우 기뻤으나 조금은 두렵기도 했다. 이것이야말로 그가 고대해왔던 것이고, 그에게 필요한 것이었다.

두 사람은 오래도록 이야기를 나누었다. 양은 자신에 차 있으면서도 겸손했고, 이해가 빠르며 명석했다. 그는 중국에서 자신의 생활에 대해 이제야 털어놓는 큰아버지의 긴 이야기를 귀 기울여 들었다. 연춘은 그곳 혁명가들과 어깨를 나란히 하고 마음을 다해 싸웠던 일, 전략전술을 익히던 일, 집필 활동과 인쇄를 계속하던 일, 그리고 그 뒤 잔인함과 새로운 폭군들에 대한 두려움에 떠밀려 그 나라를 떠난 일들을 들려주었다.

연춘이 결론을 내렸다.

"그저 한 나라에 새로운 권력이 등장한다고 해서 자유가 보장되는 건 아니다. 우리는 그런 세력에 대비할 필요가 있어. 아직은 우리의 오랜 적국들에 대한 의심을 버릴 때가 아니야. 하지만 내가 미국을 믿고 있는 건 사실이다. 지금으로서는 우리의 우방이 될 수 있는 유일한 나라로 볼 수밖에 없다. 저들도 우리를 배신했었지…. 맞다. 하지만 그것은 모르고 한 일이지 탐욕의 소치는 아니었어. 아마 지금은 알고 있을 게다. 모르고 있다면 우리가 일깨워 줘야지. 바로 이것이 우리 동포들이 해야 할 일이다. 저들을 일깨워서, 전쟁에서 이겼을 때 자신들이 어떻게 해야 하는지를 알게 해야 한다는 말이다. 과거는 잊자꾸나. 모든 나라 가운데 미국만이 우리 땅을 강점하지 않았고 우리를 지배하려 들지도 않았다는 사실만 기억하자. 나는 그 나라 선교사들을 잊지 않고 있다. 나는 기독교인이 아니고 종교에 대해서는 회의적이다마는, 그 사람들은 병원과 학교를 세웠고, 우리의 친구가 되어 주었어. 선교사들 말이다. 선교사들은 우리를 대변해 주었지. 그것이 받아들여지지 않은 것은 그 사람들 잘못이 아니야. 각국 정부가 귀 먹고 눈 먼 거지. 그런 점에서 나는 미국인들을 인정한다! 그들이 우리의 유일한 희망이야. 옛날 네 할아버지께서 바로 이런 말씀을 하셨을 적엔 심하게 반발했었지. 지금은 그렇지 않아. 실망했을 뿐이야. 전후에 우리가 당면할 세상에도 똑같은 적이, 똑같은 지배욕이 존재하리란 것을 깨달았기 때문이야. 우리에겐 친구가 필요해…. 우리의 유일한 희망은 미국이다. 무엇보다 우린 미국에 갈 사람을 찾아야 한다. 그것도 곧."

양은 그의 이야기를 조용히 듣고 있었고, 연춘은 다시 한 번 그가 완벽하게 이해했다는 느낌에서 오는 즐거움을 맛보았다. 그 느낌이 너무 강렬해서 그는 말할 필요도 없었던 듯한 착각을 일으킬 지경이었다. 그것은 기이한 느낌, 분석할 수도, 다른 것과 비교할 수도 없지만 그의 내부에 속속들이 배어든 그런 느낌이었다.

양이 말했다.

"우릴 도와줄 수 있는 사람이 있습니다. 여자입니다."

그는 여기서 잠시 멈추었다가, 큰아버지의 찻잔을 채우고 자기 잔도 채운 다음 다시 말을 이었다.

"몇 달 전이었다면 그 여자를 큰아버님께 주저하지 않고 데려왔을 겁니다. 지금은… 망설여져요!"

연춘이 조심스레 이야기를 끌어나갔다.

"젊은 여성이냐?"

"매우 젊죠."

"예쁘니?"

"아주 예뻐요."

"친구냐? 아니면 그 이상?"

"저와의 관계는 묻지 말아 주십시오. 그 처자가 어떤 사람인지만 이야기하기로 하죠."

"그럼, 어떤 사람인가?"

연춘은 등을 기대 편한 자세를 취하고서 시선을 양의 얼굴에 고정시켰다. 그때 양의 얼굴에서 언뜻 어두운 그림자를 본 것 같았다.

"이름난 무용수입니다."

"무용수!"

연춘이 소리쳤다. 목소리에 그의 생각이 묻어나고 있었다. 무용수라? 그런 여자를 어떻게 믿을 수 있단 말인가? 무엇보다도, 양이 다른 사내들과 다를 바 없다는 게 있을 수 있는 일인가? 평온하고 아름다운 이 아이의 얼굴은 단지 우연히 타고난 것에 불과하다는 말인가?

양이 미소지었다.

"큰아버님께서 무슨 생각을 하고 계신지 압니다. 그 여자가 아니라면 저도 같은 생각일 거예요. 하지만 그 처자는 단순한 무용수가 아닙니다. 대단한 여성이지요."

"어떻게 해서 알게 됐느냐?"

연춘이 물었다.

"2년 전에 우리 병원에 왔어요. 북경에서 왔대요. 그 처자는 한쪽 부모가 일본인이었기 때문에 중국인들이 스파이 혐의로 체포해 고문을 했답니다."

"일본인의 자식이라구?"

"또 한쪽 부모는 영국인이고요. 그 여자의 할아버지는 중국에 나와 있던 영국 외교관이었는데, 아름다운 만주 처녀와 사랑에 빠졌더랍니다. 그 처녀는 어느 왕자의 딸이었대요. 두 사람은 목숨을 부지하기 위해 중국을 탈출했지요. 두 사람은 영국에서도 받아주지 않자 파리로 갔는데, 거기서 마리코 어머니가 태어났어요."

"일본인이라는 건 무슨 이야기냐?"

연춘이 캐물었다. 양이 대답했다.

"그 처자 아버지죠. 그분은 베를린 주재 일본 대사였는데, 어느 휴일 파리에서 그 여자 어머니를 만났답니다. 두 사람은 결혼해서 일본으로 갔고, 마리코는 열두 살 때 부친이 일본 왕의 특사로 파견될 때까지 거기서 자랐어요. 마리코는 5개 국어를 똑같이 잘하지만 무엇보다도 예술가예요."

여자가 아니라 예술가라? 연춘이 다음 질문을 던졌다.

"그런데 조선엔 왜 온 거지?"

"일본인 극장에서 춤을 추고 있어요."

"어떻게 해서 그 처자가 우리에게 도움이 된다는 것이냐?"
"마리코는 공연차 미국에 갈 예정이에요."
"그 처잘 믿니?"
"제 자신만큼요."

연춘은 깊은 한숨을 내쉬었다. 그가 이제까지 아는 무용수라고는 중국과 만주의 농민들을 상대로 한 공산당 선전극에서 춤추던 소박한 아가씨들뿐이었다. 자신이 냉소적인 데가 없지 않아 있지만 여자에 대해서는 아는 것이 없었고, 조선 사람이라면 다 그리 생각하듯 그 역시 무용수는 저속한 여자라고 생각했다. 양의 마음을 상하게 할까봐 이런 생각은 입 밖에 내지 않았는데도 양은 마치 그런 이야기를 들은 것처럼 대답했다.

"큰아버님은 우리의 대의에 너무나 열중하고 계셔서 세상이 변하는 걸 느낄 겨를이 없으셨겠지요. 분명히 말씀드리지만, 마리코는 아름다울 뿐 아니라 기품까지 갖춘 여성이에요. 많은 남자들이 그 처자를 쫓아다니는 건 사실이지만, 믿을 만한 사람인 것도 분명합니다."

"그 처자에 대해서는 네 말을 믿을 수밖에 없구나. 나로서는 판단을 내릴 수 있을 것 같질 않아."

양이 대꾸했다.

"많은 사람의 신임을 받고 있기도 해요. 그 여자라면 수상이며 왕들도 믿고 일을 맡길 정도예요. 귀 기울여 들을 줄 알고 비밀을 지키지만, 그렇다고 누굴 편드는 건 아니에요."

"그런 훌륭한 처자라면 나도 한번 만나보고 싶구나."

연춘이 무뚝뚝하게 말했다. 양이 처음으로 망설이는 빛을 보이다가 천천히 말했다.

"그건 별로 어렵지 않을 겁니다. 그 처자도 큰아버님을 뵙고 싶어 하니까요. 마리코도 다른 사람들처럼 어디서 큰아버님 말씀을 들었는지 벌써 여러 번 여기 데려와 달라고 청하더군요. 이건 비밀로 해야 합니다. 그 처자는 총독의 신임도 얻고 있으니까요."

연춘은 가슴이 서늘했다. 그런 여자를 어떻게 믿으란 말인가? 그때 양이 말했다.

"곤란한 일이 한 가지 있어요. 사샤가 그 여자를 사랑하고 있어요."

연춘이 소리쳤다.

"사샤가? 여자 쪽에서는?"

양이 신중하게 대답했다.

"사랑하지 않는다고는 하지만, 태도를 보면 꼭 그렇지만도 않은 것 같아요. 아마 어중간한 감정이겠죠. 그건 결코 사랑은 아닐 겁니다. 사샤는 충동적이고… 끈질기죠. 대단히 잘 생겼고…"

충동적이고 끈질기다!

"나는 그 아일 잘 몰라."

연춘이 나직이 말했다. 두 사람 사이에 침묵이 드리웠다. 양 역시 그녀를 좋아하는지 몹시 궁금했지만 다시 물을 수는 없었다. 양은 여유 있고 너그러우면서도 타고난 위엄을 지니고 있어 손윗사람이라도 세대 간의 미묘한 장벽을 넘어설 수가 없었다.

"아무래도 다른 사람을 찾아봐야 할 것 같구나. 그 처자는 너무 복잡한 것 같아."

양이 웃으며 말했다.

"우리가 사는 시대 자체가 복잡한 걸요. 그 여자도 간단하지 않지만, 간단한 건 아무것도 없어요. 제가 아는 사람은 그 여자밖에 없으니까 어떻게든 만나시게 해 드리겠습니다."

그는 이렇게 말하면서 자리에서 일어났다. 내심이야 어떻든 겉보기에는 여느 때와 다름없는 온화한 모습이었다. 달라진 것은 잠시뿐이었고 곧 원래의 모습을 회복한 것이다. 양은 목례를 하고 방을 나갔다. 바로 그때 대문 쪽에서 시끄러운 소리가 들려왔다. 곱단이가 사샤를 나무라는 소리였다.

"도련님… 도련님, 너무 늦으셨어요! 그리고 외투에 진흙이 묻었잖아요?"

"넘어졌어요."

사샤의 목소리는 탁했다.

"술 드셨군요?"

곱단이가 다시 나무랐다.

"참견 말아요!"

사샤가 소리쳤다. 양이 문 쪽으로 갔다. 사샤는 걸음을 옮기지 못하고 곱단이의 어깨에 기대어 있었다.

양이 말했다.

"내게 맡기세요. 문단속 잘하세요. 큰아버님 자리만 봐 드리고, 가서 자요."

그는 사샤의 팔을 목에 두르고 거의 업다시피 해서 사샤가 쓰는 방으로 데려갔다. 곱단이가 방을 치우고 요를 깐 다음 머리맡 소반 위에 호롱불을 밝혔다. 그리고는 찻주전자와 잔을 가져왔다. 양은 사촌을 이부자리에 뉘고 찻잔에 반 정도 차를 따랐다.

"이걸 마셔. 좀 나아질 거야."

사샤는 시키는 대로 고분고분 따랐다. 양이 옷을 벗길 때도 역시 고분고분했다. 그리고는 그대로 쓰러져 잠들자 양이 이불을 덮어 주었다.

양은 극장에서 네 번째 줄 가운데쯤, 그가 늘 앉는 자리에 앉았다. 뒤쪽 어둠 속 어딘가에서 사샤 역시 공연을 지켜보고 있다는 걸 그는 알고 있었다. 양은 들어오다가 매표구 앞에 서 있는 사샤를 보았지만, 관객이 워낙 많아 사샤는 자신을 보지 못했을 것 같았다. 그는 지금 무대 위에서 하고 있는, 나는 동작을 넋을 놓고 응시하고 있었다. 종막의 마리코였다. 그녀의 긴 소맷자락이 날개처럼 굽이치다가 그녀가 몸을 돌리자 따라서 소용돌이쳤다. 느릿하던 리듬은 클라이맥스로 다가감에 따라 빨라졌다. 대단한 기교를 필요로 하는 이 고전 춤은 종교적이기도 하고 엄숙해 보이기도 했으나, 그 섬세하고 우아한 외양 아래 꿈틀대는 인간의 온갖 어두운 정열! 마리코야말로 이를 누구보다 잘 이해하고 있었다. 양은 그녀를 만난 지 2년이 되었지만 아직도 그녀의 심중을 헤아리지 못했다. 그녀는 여러 인종의 자식이자 혼합 문화의 상징으로서, 내면에 옛 선조의 적대적 충동과 영리하면서도 고집이 세고 무례하면서도 상냥한 여러 성격을 동시에 지니고 있었다. 그래서 다음에 어떤 감정과 충동을 드러내고 무슨 행동을 할지 아무도 짐작할 수 없었다. 그렇지만 어느 편에도 속하지 않았으므로 오히려 깊이 신뢰할 수 있는 여자였다. 그런 여자가 마리코였다. 그녀는 양이 확신해 마지않는 대의를 위해서는 아무것도 하지 않을 것이지만, 양 자신을 위해서라면 무엇이든 할 사람이었다.

그녀는 춤을 마무리하고 있었다. 그러나 넓은 소매의 비단 날개가 가라앉더니 조용히 움직임을 멈추었다. 그녀의 두 눈, 그 놀란 듯한 눈, 빛나는 검은 눈이 그를 보았다. 그녀의 눈빛은 그를 부르고 있었다. 분장실은 아니었다….

"절대 분장실에는 오지 마세요."

처음 만났을 때 그녀가 말했었다.

"거기는 누구나 오는 곳이에요. 당신 올 곳이 아니에요!"

그는 마리코의 솔직성을 어떻게 받아들여야 할지 몰랐다. 대담하다고 하기에는 우아한 수줍음과 천진스러움을 보여 주고 있었다. 그는 뭐라도 답해야 좋을지 몰라 아무런 말도 하지 않았다.

양의 놀란 표정을 보고 그녀가 말했다.

"우린 시간이 없어요. 당신과 저 말이에요. 저는 20일 후면 경성을 떠나야 하는데, 우리는 오늘 처음 만났잖아요? 20일밖에 시간이 없어요. 그 뒤엔 뉴욕, 런던, 파리로 날아다녀야 해요. 다시는 못 돌아올지도 몰라요…. 누가 알겠어요? 북경에 있을 때는 거기 중국인 대부님도 계시고 해서 가장 안전하다고 생각했지만, 일본인들이 쳐들어오자 중국인들이 절더러 첩자라 하더군요. 또 동경에서는 중국어를 너무 잘한다고 해서 ― 저는 어딜 가든 중국어를 쓰거든요 ― 옥살이를 할 뻔하기도 했고요. 하지만 전 첩자 같은 건 아니에요. 무용을 하죠. 전 예술가예요. 그 밖에 제가 하는 일이 있다면 그건 인간을 위한 것이죠… 나라를 위한 것이 아니고요. 나는 그 어느 나라에도 속하지 않지만 모든 나라가 내 조국이기도 하지요."

그녀는 공연 의상을 벗으면서 이 모든 말을 부드럽고 빠른 어조로 단숨에 쏟아냈다. 그녀가 머리 위로 서양 옷을 당겨 벗는 사이 어깨에 걸친, 몸에 붙는 속옷이 드러났다. 양이 거기에 있든 없든, 그가 남자든 여자든 개의치 않는 성싶었다. 하지만 시선이 마주치는 순간 둘은, 한 사람은 여자고 한 사람은 남자라는 사실을 깨달았다.

그들은 그때 이래 자주 만나지는 않았다. 양은 그녀에게 한 발짝도 더 다가가지 못했고, 그녀 역시 마찬가지였다. 하지만 처음으로 그녀의 집에 단둘이 있게 되었을 때, 두 사람은 누가 먼저 청한 것도 아니었건만 망설임 하나 없이 포옹을 했다. 하지만 아무 말도 하지 않았다. 그들은 사랑이라는 말은 입에 올리지 않았지만 이미 서로 사랑하고 있었다. 사랑을 말로 표현한다는 것은 그것을 가두고 위축시키고 규정하는 행위에 불과했을 것이다.

그는 언젠가 강화도의 한 절을 방문했을 때 주지를 만나 깊은 대화를 나눈 적이 있었다. 주지가 불교의 신비를 설명할 때 그는 귀 기울여 들었다. 거기에 대해서는 할아버지 서재에 있는 책을 통해 배워 모르는 처지는 아니었다. 수많은 종교 가운데서도 불교에 가장 이끌렸지만 불제자가 될 생각은 없었다. 거기서도 그는 규정되는 걸 거부했다.

어느 하나에 속한다는 것은 모두에 속할 수 있는 권리를 포기하는 것을 의미했다.

주지의 말이 끝나자 그가 입을 열었다.

"그것 말고 또 있습니다. 열반이 곤란하다는 점입니다… 최소한 제게는 곤란합니다. 스님께선 열반이 인간 정신 — 원하신다면 영혼이라 해도 좋습니다만 — 의 궁극적인 목표라고 말씀하셨습니다. 하지만 열반은 비존재非存在인데, 저는 비존재이고 싶은 생각은 없습니다. 반대로 저는 전존재全存在이고 싶어요."

주지가 말을 받았다.

"선생은 열반의 의미를 잘못 알고 계시는군요. 열반은 비존재가 아닙니다. 사실은 고통의 부재, 죄업의 부재, 정욕의 부재, 그리고 미혹의 부재까지를 의미하는 것이지, 비존재라 해서 열반이라 할 수 있는 것은 아닙니다. 전혀 그렇지 않아요! 정반대로 열반은 선생이 말하는 바로 그 선존재이시요. 그것은 완전한 깨달음, 완진한 인식, 완전한 이해를 의미합니다. 말이 없이도 마음이 통하는 상태 말이지요. 말이 없어도 우리는 그냥 압니다. 우리가 존재하기 때문입니다. 열반에 든 정신과 영혼한테 갖출 수 있는 것은 아무것도 없어요. 괴로움, 고통, 정욕, 미혹 자체의 부재는 이미 알고 있음의 결과, 즉 우리가 시간이라 부르는 이 영원 속에 존재하는 모든 것에 대한 이해, 깨달음의 결과이지요."

주지의 말을 듣고 양은 위안과 해방감을 느꼈다. 정신뿐만 아니라 몸 구석구석에까지 가득 찬 완전한 평화였다. 근육, 심장, 내장… 그 모든 것들이 조화를, 평화를 향해 움직였다. 얼마간 시간이 지나자 그는 이 평화와 하나가 됨을 느꼈다. 그러고 나자 다시 자신의 생활로 돌아갈 수 있는 마음가짐이 갖추어졌다.

그가 주지승에게 말했다.

"감사합니다. 스님, 스님 말씀이 옳습니다. 마음 깊이 느낄 수 있어요. 이제야 열반이 무엇을 뜻하는지 알겠습니다. 가르쳐 주신 대로 알고 있겠습니다. 하지만… 이런 말씀 드리면 서운하실지 모르겠습니다만… 전 신자가 될 생각은 없어요."

주지승이 응수했다.

"왜 신자가 되어야 합니까? 열반에는 불자도 없고 다른 어떤 구분도 없어요. 완전한 깨달음, 완전한 이해의 상태에 도달하면 이런 구분은 필요가 없어지지요. 안녕히 가십시오."

이렇게 주지는 양을 축복해 주었고, 그는 산에서 내려와 그 길로 집으로 돌아갔다. 마리코를 처음 보았을 때 주지승의 말이 되살아났다. 일본의 폭탄이 진주만에 떨어진 날 밤이었다. 그날은 극장에 갈 생각이 없었다. 그날 저녁 그는 대학을 나온 자기 또래의 젊은 이들과 함께 보냈다. 그들은 폭격 소식을 검토하고 또 검토하면서, 그 사태가 조선에 미칠 영향에 대해 토론했다. 날이 어두워지자 그는 병원 자기 방으로 돌아갈 참이었는데, 도중에 극장 앞을 그냥 지나칠 수가 없었다. 쓸쓸한 방으로 돌아가기 싫고 공부할 마음도 내키지 않는다는 것 말고는 자신도 그 까닭을 알 수가 없었다. 늘 평온하던 마음이 그때는 어수선했다. 진주만 습격은 전혀 예상치 못한 사태였고, 친구들이 내린 결론도 마땅치 않았다. 그렇다고 자기 나름의 결론에 도달한 것도 아니어서 마음의 안정을 잃고 걷다가 이렇게 극장 앞에 멈춰 있었던 것이다. 그는 자기 병원에서 치료받은 아름다운 무용수가 공연하는 것을 알고는 표를 사서 안으로 들어갔다.

자리는 반쯤 비어 있었다. 사람들은 집안에 들어앉아 앞날을 헤아려 보고 의견도 교환하고 있을 것이었다. 그는 첫 번째 줄 가운데쯤에 자리를 잡았다. 춤추는 마리코의 옷자락에서 풍기는 향내까지 맡을 수 있는, 충분히 그녀의 사랑스러운 얼굴을 볼 수 있는 가까운 거리였다. 몸집은 작고, 얼굴은 계란형으로 희었으며, 커다란 두 눈은 춤에 열중한 흥분과 기쁨으로 빛났다. 몸놀림은 새처럼 가벼워, 어깨 동작 하나하나가 그대로 고상하고 섬세한 춤사위였다. 그 우아함은 몸놀림뿐만 아니라 내적 존재의 우아함이기도 했다. 그녀는 우아하게 표현되는 자신만의 리듬이 있었고, 고수를 따라가기 보다는 오히려 이끌었다. 움직이는 동안에는 조용히 서 있는 듯 보였고, 조용히 서 있을 때는 내적 흥분에 싸여 움직이고 있는 것 같았다. 그날 밤 공연은 '선녀춤'이었는데, 한 선녀가 호수에서 목욕을 하고 있는 사이 나무꾼이 옷을 감추어 버리는 바람에 선녀가 어쩔 수 없이 나무꾼과 결혼해 지상에서 살았다는 이야기를 춤으로 꾸민 것이었다. 양은 그렇게 예술적인 선녀춤은 본 적이 없다. 그녀의 얇은 비단 옷이 안개처럼 그녀 주위를 감도는 모습을 보면서 그는 잠시나마 그날의 비극적인 사태를 잊었다. 잠시 후 양은 전에 없는 행동을 했다. 무엇에 홀린 듯이 자기도 모르게 무대 뒤로 간 것이었다. 여느 날 같았으면 분장실 문 앞은 그녀를 만나려는 사람들로 붐볐을 테지만 그날 밤엔 아무도 없었고, 그녀가 아직 무대 의상 차림인 채로 직접 문을 열어 주었다.

두 사람은 서로를 바라보며 서 있었다. 곧 그녀가 말했다.

"들어오세요. 앞줄에서 당신을 보았어요. 당신을 보고 난 뒤에 춘 춤은 당신을 위한 것이었어요."

양이 안으로 들어서자 그녀가 문을 닫았다.

"당신이 날 봤는지 몰랐습니다."

마침내 그가 입을 열었다.

"당신은 알고 있었어요."

그녀가 간단히 말했다.

"이제 알겠소."

그는 이렇게 대답하며 주지승이 한 말을 떠올렸다. 완전한 깨달음, 완전한 이해! 첫 대면의 순간 마리코와 양이 바로 그러했던 것이다.

이제 그녀가 무대를 떠나고 있었고, 양은 자리에서 일어나 관객들이 통로를 메우기 전에 얼른 복도로 빠져 나왔다. 거기서 그는 사샤가 무대 문 쪽으로 가고 있는 것을 보았지만, 사샤는 이번에도 그를 보지 못했다. 그는 극장을 나와 반도호텔을 지나 서쪽으로 한참을 걸어 그녀의 집 문에 다다랐다. 하인이 그를 들여보내 주었고, 그는 밤 날씨가 차가운데도 달빛 어린 정원에 앉아 그녀가 돌아오길 기다리고 있었다. 그녀가 집에 오기까지는 안으로 들어가고 싶지 않았던 것이다. 그녀의 애인이라는 풍문이 나돌 것을 염려해서였다.

"선생님, 차를 이리로 내다 드릴까요?"

하인이 물었다.

"좋도록 하세요."

양이 정중히 대답했다.

자신이 여기 온 걸 두 하인이 어떻게 생각하는지 그는 알지 못했고 관심도 두지 않았다. 그는 빈틈없는 사람이어서 그녀가 도착한 한 시간 안에 어김없이 떠나곤 했다. 둘이 함께 하는 일은 늘 똑같았다. 마리코는 그날 기분에 따라 일본 옷이나 중국옷으로 갈아입고서 — 중국옷을 더 좋아했다 — 그의 의향에 따라 혼자 혹은 함께 간단한 식사를 했다. 그들은 하룻밤도 함께 지내지 않았지만, 두 사람 모두 언젠가는 그것이 불가피하리라는 것을 알고 있었다. 꼭 한번 결혼에 대해 이야기하면서 그 문제를 두고 의논한 적이 있었지만 결론은 내리지 못했다. 마리코에게 과거에는 애인이 있었으리라는 게 그의 짐작이었지만, 자신이 현재 도달해 있는 완전한 깨달음의 경지에서 볼 때 지금은 애인이 없다고 확신하고 있었다.

그녀의 롤스로이스 차가 대문 앞에 서는 소리가 들렸다. 그녀가 대문 안으로 들어서자 양은 찻잔을 놓고 일어섰다. 그녀는 아직 무대 의상 차림이었지만 러시아식 담비 코트를 몸에 두르고 있었다. 그녀는 양을 보자 다가와서 두 손으로 그의 손을 감쌌다.

"늦었어요. 관객들이 다 돌아갔는데도 사샤가 저를 놓아주지 않는 바람에…."

"사샤가?"

양이 소리쳤다. 마리코는 그의 손을 떨구고 힘없이 살짝 웃었다.

"오늘 밤 정원이 좀 춥죠?"

그녀가 느닷없이 영어로 말했다. 양은 그녀가 두려워하고 있다는 걸 알았다.

"사샤가 따라오겠다며 귀찮게 했군요?"

그가 말했다.

"예."

마리코는 자기 손으로 양의 손을 깍지 끼워서 집안으로 이끌었다.

현관에서 하녀가 무릎을 꿇고 그들의 신발을 벗겨 주었다.

"오면 안 된다고 했겠죠?"

"물론이죠. 손님이 계신다고 했어요."

"사샤는 손님이 나냐고 물었고요?"

"맞아요. 하지만 거짓말을 했어요. 쓰시마 남작이라고요."

그녀는 아이들처럼 쉽게 거짓말을 하고 숨이 바뀌기도 전에 털어놓을 수 있는 여자였다. 양은 거짓말을 못하는 성미라 당황했지만, 쫓아다니는 남자가 끊이지 않는 복잡한 생활을 하는 그녀로서는 어쩔 수 없이 거짓말도 해야 하리라는 것을 이해했다. 그는 마리코의 말에 대꾸하지 않았다. 그들은 거실로 들어갔다. 장지문이 닫히고 커튼이 드리워졌다. 낮은 탁자 위에 놓인 음식 쟁반에서는 김이 올라오고 있었다.

그녀가 말했다.

"잠깐 실례하겠어요. 그 동안 좀 앉아 계세요."

그녀가 미끄러지듯 우아하게 방에서 나가는 모습이 마치 걷고 있지 않는 것처럼 보였다. 그는 기다렸다. 하녀가 기다란 일본식 겉옷을 가져와 그의 외투를 벗기고 대신 걸쳐 주었다. 그는 내내 앉아 있다가 잠시 후 마리코가 돌아왔을 때에야 몸을 일으켰다. 그녀는 부드러운 프랑스풍의 녹색 시폰 실내복을 입고 있었는데 긴 치맛자락이 그녀를 감쌌다.

그녀가 미소지으며 말했다.

"아, 지나친 격식 아닌가요? 저를 맞으러 일어나기까지 하시다니요. 그런 예절을 고집하는 사람은 당신 말곤 없어요."

"내 식대로 하는 게 편해요."

그가 대꾸했다.

그들은 서로 마주 보고 방석에 앉았다. 단둘뿐이었다. 처음 순간은 늘 똑같았다. 두 사람은 서로의 얼굴을 살핀다. 그녀 말로는, 상대가 무엇을 생각하고 있는지, 못 만난 사이에 무슨 일이 있었는지 알아보려는 것이었다. 그리고는 마리코가 손바닥을 위로 해서 두 손을 내밀면 양은 그 손을 꼭 쥐고 양 손바닥에 입을 맞춘다. 다음에는 그가 손을 내밀고 마리코가 그 손을 하나씩 잡아 손바닥에 입술을 누르는 것이다.

이 의식이 끝나자 그녀는 손을 거두면서 부드럽게 웃음지으며 말했다.

"별일 없으시군요. 저도 모든 게 순조로워요. 같이 식사해요. 전 배가 고프군요. 오늘 밤 공연은 힘들었어요. 사람들이 너무 많은 것 같았어요. 사람들이 무대 위로 몰려들었어요. 저는 그렇게 못하게 하지만 소용없어요. 그 바람에 앞뒤 군중들 틈에 꼼짝없이 붙들린 느낌이었어요."

"그 사람들은 당신을 사랑해요."

양이 말했다. 그녀가 빠르게 대답했다.

"그래요, 그 사람들은 나를 사랑하죠. 하지만 그건 제게 아무런 의미가 없어요. 너무 많은 사랑을 받죠… 이름 모를 사람들에게서요. 앞으로도 그들을 알게 될 일은 없을 거고요."

뜨거운 수프가 담긴 작은 은그릇이 그들 앞에 하나씩 놓여 있었다. 양은 마리코의 그릇을 들어 은잔에다 따르고 나서, 자기 그릇을 들어 자기 잔에 따랐다.

"미워하는 것보다 낫잖아요?"

그가 말했다. 그녀가 이의를 달았다.

"미움을 받기도 했는걸요. 북경에 있을 땐데, 극장에 가득 찬 사람들이 별안간 저를 미워하기 시작했어요. 그 사람들이 내 뒤에 대고 하나같이 일본년이라고 소리치는 거예요. 저는 목숨을 부지하기 위해 달아날 수밖에 없었지요. 당신은 제 몸 안에 일본인 피가 흐르고 있다는 게 싫지 않으세요?"

"당신 안에 있는 어떤 것도 싫지 않아요. 당신 안에 있는 모든 걸 사랑합니다."

그가 진지하게 말했다. 두 사람 사이에 잠시 침묵의 시간이 흘렀다. 빛나는 침묵의 순간. 썩 내키진 않았지만 그가 먼저 침묵을 깼다.

"수프, 따뜻할 때 드세요. 미안한 이야기지만 오늘 밤 여기 온 이유가 따로 있어요. 당신과 관계된 약속을 했어요. 당신이 꼭 지킬 필요는 없지만."

이 말에 마리코가 그 섬세한 눈썹을 치켜올렸다. 그가 말을 이었다.

"다음 주 미국에 갈 때 편지를 좀 전해 주셨으면 해요."

"예?"

"두 가지입니다. 우리 할아버님께 미국인 친구가 몇 사람 있어요. 우리가 아는 선교사들도 친지와 친구들이 있고요. 우리 망명 정부가 거기 있어요. 당신이 그분들께 편지를 전해 주었으면 합니다."

"제가요?"

마리코는 여전히 그 섬세한 눈썹을 치켜올린 채 두 손으로 은그릇을 감싸쥐고 손을 덥히고 있었다. 그녀의 두 눈이 크기며 모양이며 깊이가 조화를 이루고 있는 것이 어찌나 고혹스럽던지 그는 숨이 막혀 그만 질식해 버릴 것 같았다. 그가 낮은 목소리로 말했다.

"제발… 제발 내 이야기가 끝날 때까지 그런 눈으로 쳐다보지 말아요."

그녀가 갑자기 해맑은 웃음을 터뜨리더니 표정을 바꾸었다. 아, 그녀의 얼굴… 너무나 섬세하고, 너무나 표정이 풍부하고 생기발랄

한 저 얼굴…. 그는 외면을 하고 말을 계속했다.

"편지를 전하는 목적은 미국인들이 올 때를 대비해서 여기 국내에서 만반의 준비를 하려는 것이고… 또 미국인들에게도 그때를 대비하게 하려는 겁니다."

그녀가 잔을 내려놓았다.

"미국인들요?"

"그들은 옵니다. 틀림없이. 그 편지로 해서 당신한테 어떤 화라도 미칠 것 같으면 다른 데 가 계십시오…. 미국이든지 프랑스로 가서 전쟁이 승리로 끝나 우리가 조국을 되찾을 때까지 기다리세요. 그러면 나는 당신을 여왕처럼 맞을 준비를 하겠습니다. 우리 할아버지는 옛날에 한 왕비를 사랑해서 할머님께서 질투를 하셨더랬어요. 하지만 내게 나만의 왕비가 있다는 건 아무도 모르지요."

그는 여기까지 말하고 마리코를 쳐다보았다. 두 사람은 좁은 탁자 위로 몸을 굽혀 입을 맞추었다. 그녀가 전에 가르쳐준 식의 키스였다.

"제 입술에 키스해 봐요."

어느 날 밤, 오늘처럼 탁자를 사이에 두고 둘이 앉아 있는데 그녀가 불쑥 이렇게 말했다. 그는 멀뚱하니 그녀를 쳐다보고만 있었다.

"이렇게요."

그러면서 그녀가 양의 손을 잡아다 입을 맞추었다.

"하지만 당신 입술에 어떻게?"

그가 물었다.

"당신 입술로요."

그녀가 속삭이며 입술을 꽃봉오리처럼 오므렸다. 물론 서양 영화에서 키스하는 걸 보긴 했지만, 그저 이상한 서양 풍습 정도로 생각하고 말았었다. 그런데도 마리코의 말이 있자 양은 자신의 입술이 그녀의 입술에 닿을 때까지 몸을 앞으로 기울여 짧은 순간 그대로 대고 있었다. 그리고는 다시 물러앉았다.

"좋아요?"

그녀가 장난스레 물었다.

"처음이오."

그가 생각에 잠긴 채 말했다.

"정말로 처음이오, 이런 느낌…."

"좋다는 생각은 안 들고요?"

그녀가 캐고 들었다.

"잘 모르겠어요."

그는 좀 당황했지만 솔직히 말했다.

"다시 한 번 해봐요, 우리."

그녀의 잔잔한 목소리에 이끌려 그는 다시 해보았다. 그리고는 결론을 내렸다.

"아주 좋아요!"

마리코는 그의 말에 큰 소리로 웃었다. 그 이후 두 사람은 그때 일이 화제에 오를 때마다 웃음을 터뜨리곤 했다. 하지만 그는 하룻밤에 키스를 여러 번 하진 않았고, 오늘 밤은 임무가 끝날 때까지 하지 않을 생각이었다. 그는 마리코를 몸 파는 여자처럼 다루고 싶지 않았다. 이제까지 그런 취급을 받아 왔을지 모른다고 생각했지만, 그런 이야기는 한 번도 묻지 않았다. 혹 그녀의 마음을 상하게 할까봐 알려고 들지 않았던 것이다. 과거의 일은 돌이킬 수가 없다. 그에게는 지금의 모습이 중요했고, 그녀를 완전히 신뢰했다. 양은 그녀에게 아무런 불결함도 없다는 것을 본능적으로 알고 있었다.

"사샤를 끝까지 거부할 수는 없을 것 같아요."

그녀가 불쑥 말했다. 그는 순간적으로 불안한 생각이 들었지만 그녀의 말이 계속되길 기다렸다. 그녀가 닭고기를 집더니 은젓가락으로 연한 고깃점을 골라 그의 그릇에 놓아 주었다. 그가 말이 없자 마리코가 말을 계속했다.

"당신 사촌에게 뭐라고 하죠? 그 사람은 거칠어요, 당신과 달리…."

그녀가 말을 중단했다. 그는 이제까지 한 번도 느껴 보지 않은 두려움을 느끼며 입을 열었다.

"당신 마음을 모르는데 내가 어떻게 대답을 할 수 있겠소?"

"전 그 사람이 두려워요."

그녀가 낮은 목소리로 말했다.

"왜죠?"

그녀는 머리를 저었다.

"그 사람 내부에는 어떤 힘이 있어요."

"당신을 지배하는?"

그가 물었다.

그녀가 눈을 내리깐 채 닭고기를 한 조각 한 조각 우아하게 먹는 동안 긴 침묵이 흘렀다. 이윽고 그녀가 은젓가락을 내려놓았다. 그리고는 솔직히 털어놓았다.

"그 사람의 존재를 강하게 느껴요. 그리고 두려워요."

"사샤가?"

"내 자신도요."

그는 마리코의 애원하는 듯한 눈길을 침울하게 받았다.

"아직 내 임무 이야기를 마치지 못했어요. 사샤 이야기를 할까요, 내 임무 이야기를 계속할까요?"

그녀는 물러앉더니 두 손을 맞잡고 말했다.

"임무 이야기를 계속하세요."

전혀 내키지 않았지만 그는 이야기를 계속했다.

"편지를 몇 통 가져가서 몇 사람에게 전해 주면 됩니다. 이름과 주소는 나중에 알려드리겠어요. 그 편지는 다른 사람 누구한테도 맡기지 말고 당신이 직접 그분들 손에 전해야 합니다."

"그 사람들은 미국인인가요, 조선인인가요?"

"대다수는 조선인이겠지만 미국인도 몇 사람 있을 거예요. 우리에게 임무를 수행할 준비를 갖춘 정부가 있다는 것과, 미국이 진주했을 때 그 사람들 손에서 우리나라를 인수할 사람은 우리지 일제가 아니라는 것을 워싱턴의 요인들이 반드시 알아야만 합니다."

그녀는 양이 말을 마칠 때까지 교태든 우아한 몸짓이든 산만한 몸놀림은 일절 않은 채 귀 기울여 듣고 있었다.

"제가 이런 걸 전부 알아야 하나요?"

그녀가 물었다.

"모르는 게 좋겠어요?"

"저로서는 모르고 있는 게 더 안전해요. 아무것도 모른 채 그냥 편지만 전하는 걸로 해주세요."

그는 이제 진실에 직면해야 했다. 그는 지금 마리코의 생명을 위험에 몰아넣고 있는 것이다. 그가 부탁한 일에 대해 추호라도 의심을 받는 날엔 그녀는 체포될 수도 있고, 무대에 오를 때나 극장을 떠날 때, 혹은 그녀의 집 정원에 있을 때, 아니면 어느 나라 어느 도시, 세계 어느 곳에서도 총을 맞을 수 있었다. 물론 후자의 가능성이 더 컸다.

그들은 그런 죽음에 익숙했다. 알려지지 않은 암살, 범인이 밝혀지지 않은 살인 사건은 재판이란 것이 무의미함을 의미했다. 더구나 많은 남자들이 사랑한 아름다운 여인이 살해당하는 것이야 지극히 흔한 일이 아니던가!

그가 큰 소리로 투덜거렸다.

"이런 기막힌 선택의 기로에 처한 남자가 또 있었던가…. 사랑이냐, 조국이냐!"

그녀는 미소를 짓고는 금방 한 여인으로 돌아가, 깍지 낀 손을 턱에 괸 채 부드럽게 말했다.

"아세요? 당신이 고민하는 것, 처음 봐요. 지금 괴로워하시는군요… 나를 위해서! 당신이 날 사랑한다는 걸 알겠어요. 나는 무사할 거예요. 왠줄 아세요? 아주 조심할 거거든요… 아주, 아주요. 살아서 무사히 당신께 돌아와야 하니까요. 운에 맡기진 않겠어요. 편지, 제가 가지고 갈게요. 전하기만 하고 내용은 알려고 하지 않겠어요. 묻지도 않고요. 편지가 접수된 사실만 확인하겠어요. 별로 어렵지 않을 거예요. 내게는 미국인 친구가 많아요. 몇 사람은 이름도 있고 영향력도 있죠. 모두 나를 도와줄 거예요. 더 이상 말씀 마세요… 아무 말도! 떠나기 직전, 그러니까 앞으로 여섯 밤을 새고 제 공연이 끝난 뒤 한 시에 편지를 제게 주세요. 비행장엔 혼자 가겠어요. 많은 사람이 나를 배웅하러 나오겠지만 당신은 오시면 안 돼요. 이제 그 이야긴 그만 해요."

그녀가 곁눈으로 그를 보았다.

"오늘 밤도 아직 때가 아니라면, 그럼 이제 돌아가시는 게 좋겠어요."

그녀는 매일 밤 짐짓 냉담한 척, 그러나 온 마음으로 양을 유혹했지만, 양은 그때마다 가 버렸다. 언젠가는 머물 날이 있겠지만 아직 때가 아니었고, 그러니 오늘 밤도 아니었다. 그는 예지력豫智力이란 것을 믿었고, 자신이 그 예지력을 갖고 있음을 알았지만 그것을 설명할 길은 없었다. 그는 어딘가 먼 곳에, 그러나 여전히 자기 존재의 영역 안에, 오랜 기억이라고 믿어지는 직관을 간직하고 있었다. 그는 그것을 알기보다는 느꼈다. 그는 무슨 목소리가 들리는 것도 아니건만 느낌을 통해 인도되었다. 오랜 옛날 아주 어렸을 적에 할아버지 집에서 알게 된 사실이지만, 이 느낌을 거부하면 슬퍼지고 거기 순응하면 자기 자신과 조화를 이루며 살 수 있었다. 그는 그것을 선과 악으로 구분하지 않고 조화와 부조화로 구분했다. 지금 그의 강하고 정열적인 본능은 오늘 밤 이곳에 머물겠다고 말하고 싶어 했으나 그는 말하지 않았다. 진정 아직은 때가 아님을 알고 있었기 때문이다.

두 사람은 자리에서 함께 일어섰다. 그는 마리코 곁으로 다가갔지만 키스를 해도 좋을지 몰라 머뭇거렸다. 대신 그는 마리코의 손을 잡고서 따스하고 부드러운 손바닥에 입술을 눌렀다. 그녀의 손에서는 그녀의 몸 전체에서 늘 풍기는 계화 향내가 났다. 좀체 사라지지 않는 향기를 제외하면 아름다운 구석이란 없는 작고 하얀 꽃이 계화였다.

그는 미끄러지듯 대문을 벗어나 조용한 거리로 나섰다. 늦은 시간이어서 야경꾼이라도 만나면 심문을 받을 것이었다. 그럴 위험은 항상 있었다. 그가 정신을 가다듬고 왼쪽 모퉁이를 도는데 한 사내가 구름에 가려 어슴푸레한 달빛을 헤치고 그에게 걸어왔다. 사내는 야경꾼이 아니라 망토 비슷한 외투를 걸친 신사였다. 그들은 서로 마주 보고 걸음을 멈추었다. 얀은 노려보고 선 사샤의 창백한 얼굴을 보았다.

"무슨 일이지, 사샤?"

그는 짐짓 태연한 첫 평상시의 목소리를 내려고 애쓰면서 웅얼거렸다.

"형을 따라왔어. 몇 시간을 기다렸지."
"왜? 대문을 두드리고 들어오잖고."
사샤가 여전히 웅얼거렸다.
"형 때문이야. 형 때문에 그 여자가 날 못 오게 한 거야! 쓰시마 남작? 형이 무슨 남작이야? 형하고 그 여자가… 형하고 그 여자가…."
양이 그의 말을 막았다.
"사샤, 네가 생각하고 있는 건 사실이 아니야. 우린 연인 사이가 아니란 말이야."
"그럼 왜 한밤중에 그 여자랑 함께 있는 거지?"
사샤가 물었다. 양은 한참 동안 대답을 찾고 있었다. 그때 해야 할 말이 확연히 떠올랐다. 그는 사샤의 팔을 잡았다.
"자, 함께 가자!"
말이 없는 가운데 두 사람은 어둑한 거리를 걸었다. 음식 찌꺼기나 쉴 곳을 찾아 밤새도록 어슬렁대는 거지들 말고는 인적이 없었다. 그들은 수가 많았지만 두 청년이 좋은 옷을 입은 데다 힘이 세어 보였기 때문에 감히 수작을 부리진 못했다. 구걸은 불법이었으므로 그들이 길거리를 배회할 수 있는 건 밤 시간뿐이었다. 거지들은 그 시간이면 일본인 순사들은 자고 야경 도는 사람은 조선인들이라는 것을 알고 있었다. 두 사람은 양의 방이 있는 병원까지 줄곧 걸었다. 벌써 여러 번 사샤는 양의 방에서 자기도 하고 이야기도 나누었다. 그들은 사촌 간이었지만 항상 가까운 것은 아니었다. 사샤의 내면에는 색다른 어떤 것, 특이한 어떤 것이 있었다. 그것이 북부 출신인 어머니 쪽 조상 탓인지, 제멋대로 큰 성장 과정 탓인지, 그도 아니면 가혹한 시베리아의 기후 탓인지 양은 알지 못했다. 그는 특유의 천재를 통해 사샤를 이해했지만, 자신과 같은 부류로 이해한 건 아니었다.

"앉아."

문을 닫고서 양이 말했다. 병원은 신식 건물이었고, 바닥이 나무로 되어 있는 그의 방에는 탁자 하나와 의자 둘, 그리고 환자용 침대 두 개가 있었다.

사샤는 코트를 팽개쳤다. 다른 조선 청년들과 마찬가지로 그는 이제 양복을 입었다. 그는 침대에 걸터앉아 구두끈을 풀기 시작했다.

"춤추는 여자와 밤을 지새다시피 해놓고 그냥 이야기만 했다면 누가 믿을 것 같아?"

부루퉁한 목소리에 얼굴은 어두웠다. 그는 구두를 벗어던지고는 침대에 벌렁 드러누웠다. 양이 조용히 말했다.

"믿든 안 믿든 그건 사실이야. 그리고 나랑 이야기한 사람은 무용수일 뿐만 아니라 유명한 예술가이기도 해. 어쩌다 나와 친한 사이가 됐을 뿐이야."

사샤가 여전히 심사가 안 좋은 목소리로 고집을 부렸다.

"무용수야. 그 여자가 무용 외에 무슨 짓을 하고 다니는지 듣지 못했다면 형은 바보야. 하지만 내가 알기로 형은 바보가 아니지. 오늘 저녁 그 여자가 내게 뭐라 했는지 말해 줄까? 그래, 우리는 이야기를 나눴어. 그 여자하고 나 말이야."

그는 자리에서 일어나 두 눈을 번득이며 양을 응시했다.

"나는 매일 밤 무대로 통하는 문에서 그 여잘 기다리지. 어쩔 땐 함께 그 여자 집에 가기도 하고."

자신의 말이 어떤 효과를 냈는지 보려고 양의 표정을 살폈다. 양은 탁자 옆의 의자에 앉아 있었다. 양의 표정에는 아무런 변화도 없었다.

"그 여자가 뭐랬는지 묻지 않는 거야?"

사샤가 목소리를 높였다.

"듣고 싶지 않아."

그는 뭔가 더 말하려다가 그만두었다. 그녀는 사샤가 두렵다고 했었다. 남자에 대한 여자의 두려움은 경애의 시작이고 경애는 사랑의 끝일지도 모른다. 그는 왜 사샤에게 — 그리고 그녀에게까지도 — 화가 나지 않는지 의아했다. 그가 타고난 천품이 때로는 무거운 짐이 되었다. 언제나 다른 사람을 이해할 수 있는 능력 말이다. 상처를 받고도 결코 화가 나지 않았지만, 그는 때때로 다른 사람들처럼 격분을 느껴 보고 싶기도 했다. 실은 지금도, 사샤에게 강하게 한 방 먹인 후 안고 뒹굴며, 마리코는 너의 욕망이나 의심 같은 것 때문에 더러워질 여자가 아니라고 소리치는 자신을 상상하고 있었다.

"네가 두렵대."

그는 불쑥 이렇게 말해 놓고 자신도 깜짝 놀랐다. 그런 사실을 발설할 생각이 전연 없었던 것이다.

낯선, 알 수 없는 표정이 사샤의 얼굴에 스쳤다. 그는 눈을 가늘게 뜨고 미소를 지었다.

"그 여자가 그래?"

"응."

"그 정도면 됐어… 시작으론 말이야."

사샤는 두 손을 머리 뒤에 받치고 다시 드러누웠다. 마치 머릿속을 들여다보는 것처럼, 양은 그 안에서 무슨 일이 벌어지고 있는지 환히 알았다. 무자비한 욕망의 단단하고 단순한 덩어리가 한 가지 계획으로 형태를 갖추어 가고 있었다. 두려워하는 여자는 강제로 소유할 수 있다고 사샤는 생각하고 있었다. 애원은 이제 그만. 무대문 앞에서의 기다림도 이제 그만! 그녀의 집안으로 들어가는 것이다. 거기 있으면 그녀가 집에 돌아와 자신을 발견하게 될 것이다. 완력으로 집에 들어가는 거다.

이런 장면을 양은 눈앞에 벌어지고 있는 사건처럼 생생하게 보고 있었다. 그는 내부에서 갑작스레 힘이 치솟는 걸 느꼈다. 드디어 화가 난 것인가? 남자들이 다른 남자를 때리려 들 때의 느낌이 이런 것일까? 그는 벌떡 일어났다. 주먹이 쥐어지는 것을 느낄 수 있었다. 사샤도 그를 상대하러 벌떡 일어섰다. 둘은 서로의 눈을 노려보았다. 그러나 충동은 치솟을 때와 마찬가지로 갑자기 몸속으로 사라져 버렸다. 그가 말했다.

"그렇게는 안 될 거야, 사샤. 마리코는 집안에 경호원을 두고 있으니까 다른 방법을 찾아야 할 걸."

그는 다시 자리에 앉았다. 숲속 나무 아래서 어머니의 죽음을 지켜 본 아이, 러시아의 차가운 고아원에서 자란 외로운 소년, 생계를 위해 여기저기 떠돌아 다니다가 결코 만날 수 없으리라고 생각하던 아버지를 찾은 젊은이, 아버지나 친구 혹은 연인의 사랑이 무엇인지 모르는 사내… 이런 동생을 때려서 무슨 소용이 있단 말인가? 때리는 것만으로는 그를 바꾸어 놓지 못한다.

그는 이것을 마치 사샤의 피부 속에, 그의 혈관을 흐르는 피 속에 들어가 있는 것처럼 분명히 느끼고서, 자신도 이해할 도리가 없는 본능에 의해 사샤에게 마리코가 지금 극히 위험한 일에 발을 들여놓았다는 사실을 말해 줘야 한다는 것을 깨달았다.

"오늘 밤 내가 마리코 아라키를 만난 이유는 비밀이지만 너한테는 말해 줘야겠다. 너는 조선인이고, 안동 김씨야. 너는 다른 그 무엇이기 이전에 먼저 안동 김씨 가문의 조선인이란 말이야. 우리에게는 우국지사들의 피가 흐르고 있어. 이러한 때 우리 자신만 생각하고 있을 수 없어. 우리 민족, 우리 조국을 생각해야 해. 할아버님은 평생 조국을 위해 일하셨어. 그분은 죽음의 위험에 처한 왕비를 구하셨고, 끝까지 왕비를 지키지 못한 것을 내내 애석해 하고 계셔. 우리 아버님도 애국지사셨기 때문에 돌아가셨고, 어머님까지 고초를 겪고 돌아가신 거야. 네 아버님도 젊은 시절부터 망명 생활을 하셨고, 이제 당신 생애에서 가장 위험한 일을 시작하려 하고 계셔. 우리는, 김씨 집안 말이야. 승리가 선언되고 미국인들이 우리나라에 들어오는 그 순간에 모든 것을 걸고 있어. 우리는 그때에 대비하고 있어야 해. 우리 조선인들은 이제까지처럼 그렇게 갈라져서 서로 싸워서는 안 돼. 전에는 드러내놓고 싸우고, 지금은 또 은밀하게 싸우고들 있잖아? 우리는 하나의 통일된 정부를 통해, 패배한 일인들에게 우리 조국을 인수할 준비를 해야 해. 미국인들에게 우리가 준비를 갖추었음을 알려야 해. 내가 마리코에게 간 건 그 때문이었어. 마리코가 미국에 편지를 가져갈 거야."

사샤는 두 손을 늘어뜨리고 입을 조금 벌린 채 서서 듣고 있다가 물었다.

"왜 미국이지? 미국인들이 우릴 위해 해 준 게 뭐가 있다고."

양이 대답했다.

"그 사람들은 한 번도 우리 땅을 빼앗지 않았어. 그 사람들은 결코 제국을 꿈꿔 본 적이 없어. 무엇을 해주었든 안 해주었든 간에, 미국은 우리가 꿈만 꾸어 오던 이상을 선언해 준 유일한 나라야. 우리가 아직 구원받지 못한 건 사실이지만, 미국의 우드로 윌슨은 민족자결을 선언했잖아?"

"그 이름은 처음 듣는데?"

사샤가 툭 쏘았다. 양이 부드럽게 대답했다.

"고인이 됐지. 내 생각엔, 자신이 약속한 것이 너무나 커서 도저히 지킬 수 없다는 것을 알고서 죽은 것 같아. 그분은 고인이 되긴 했지만 지금도 살아 있어."

사샤가 외면한 채 말했다.

"형은 너무 종교적이야."

그는 침대에 몸을 던지고는 하품을 했다.

'민족은 개인과 마찬가지로, 직접적인 경험을 통해서만 배울 수 있습니다.'

연춘은 글을 쓰던 손길을 멈추었다. 정원에는 소복소복 함박눈이 내리고 있었다. 불과 몇 분 전부터 내리기 시작한 눈이지만, 이대로 계속된다면 저녁까지 한 자는 족히 쌓일 것이다. 혼자 있는 집 안은 조용하기만 했다. 그는 이제 연환의 집에 기거하고 있었다. 아버지의 집에 속박되어 있는 것 같기도 하고, 어머니가 아들이 추운지 배고픈지 열이 있는지, 혹은 작업을 너무 오래 하고 있지는 않은지 살피느라고 수시로 들락거리는 것도 부담스럽고 해서, 일한에게 이 집을 내달라고 청했던 것이다. 사샤도 그 집에 함께 있었다. 사샤는 몇 달을 하는 일 없이 빈둥거리더니 놀랍게도 영어 공부를 해서 미국엘 가겠다며 기독교 학교에 보내 달라는 것이었다. 사샤는 때로 밤에 들어왔고, 어떤 때는 아예 들어오지 않았다. 어젯밤엔 책을 몇 권 들고 일찍 들어오더니, 식사를 마치고는 제 방으로 물러갔다. 그는 대체로 나아지고 있었지만, 최근 들어 갑자기 양에 대해 적대감을 보이고 있었다. 양은 그 사실을 모르는 눈치였다. 연춘은 한숨을 내쉬고는 단호하게 생각을 돌렸다. 그가 지금 아들에 대해 느끼는 걱정은 과거 한녀에 대해 품었던 그리움보다 더 깊은 것이었다. 한녀는 타인이었지만 사샤는 자신의 일부였다. 그러나 아들 역시 얼마나 자주 타인이 되는지….

그는 다시 펜을 들었다.

'우리는 다른 나라의 지배를 받는 동안은 현대 국가로서 스스로를 다스리는 법을 배우지 못합니다. 하지만 우리는 승리의 순간에 우리 스스로를 지킬 수 있어야 합니다. 무방비 상태로 있다가는 새로운 침략을 불러들이게 될 것이기 때문입니다. 우리는 가난을 무릅쓰고서라도 우리 해안을 지킬 해군을 건설해야 합니다. 북쪽에는 예부터 있어 온 러시아의 위협에 대비하기 위해 요새와 보루를 건설하고 엄중한 방비를 유지해야 합니다. 우리나라에 들어오게 될 미군에게는 대한민국 임시정부를 즉각 승인하도록 요구해야 합니다. 우리의 바람은, 지금 중국에 있는 우리의 용감한 전사들이 미군을 도와 공동의 적인 일본과 싸우는 것입니다. 우리는 그렇게 함으로써 많은 미군의 생명을 구할 것입니다. 이러한 희망이 받아들여지지 않는다면 우리는 크게 실망할 것입니다.'

노크 소리에 고개를 들어보니 양이 문 앞에 서 있었다. 옆에는 검은색 담비 코트로 몸을 감싼, 작고 날씬한 처자가 서 있었다. 그녀의 검은 머리에 닿은 눈송이들이 반짝이며 사그러들었다. 두 사람이 고개 숙여 인사를 했다.

"저희가 방해를 한 거군요, 큰아버님."

양이 말했다.

"아니다… 아니야, 이제 막 논설을 다 썼다."

연춘이 말을 받았다.

"큰아버님, 이쪽은 마리코 아라키 양입니다."

양이 말했다.

연춘은 한 번 가볍게 고개만 숙였고, 마리코는 여러 번 몸을 굽혔다. 양이 그녀의 코트를 벗겨 주었다. 속에는 조선옷을 입고 있었다.

오른쪽 가슴에 고름을 맨, 수놓인 연한 황금색 공단 저고리와 기다란 진홍색 치마였다. 연춘은 치맛자락 밑으로 황금색 작은 신발이 오뚝하니 치켜든 코를 보고서는 주저하는 기색 없이 머리에서 발끝까지 훑어보았다. 그 무용수구나!
　연춘이 말했다.
　"들어와요, 좀 앉아요. 서양식 의자를 몇 개 갖다 뒀어요. 나는 바닥에 앉아 있다가 가끔 의자에 앉아서 다리에 혈액순환을 시키죠."
　그 말을 듣고 마리코가 웃으며 말했다.
　"저는 춤으로 풉니다!"
　"아, 그것도 한 가지 방법이긴 하지만, 내게 맞는 방식은 아니오."
　그녀가 의자에 앉자 양도 따라 앉았다. 연춘은 잠시 망설이다 낮은 탁자 옆의 방석으로 다시 내려앉았다.
　"이거 큰아버님보다 높이 앉게 됐군요. 하지만 이렇게 서양 옷을 입고 있으면 불편한 점이 많으니 용서하십시오."
　양이 언제나 그런 것처럼 부드러운 태도로 말했다. 그는 양복을 입고 있어서 더 늘씬하고 커 보였다.
　"미국인들이 들어오면 우린 늘 의자에 앉게 될 것이야."
　연춘이 대꾸했다.
　양과 마리코는 서로 눈빛을 교환했다. 이번에도 양이 먼저 입을 열었다.
　"큰아버님, 마리코 양이 오늘 밤 미국으로 떠납니다. 떠나기 전에 큰아버님을 뵙게 해주겠다고 약속했어요. 그런데 차일피일 미루다가 오늘에야 오게 된 겁니다. 아마 제가 마리코 양을… 전 마리코 양이 염려스러워요. 하지만 마리코 양은 아주 용감해요. 우릴 도와줄 겁니다."

마리코가 끼어들었다.

"전 별로 용감하지 못해요. 전 아무것도 알고 싶지 않아요. 질문에 대답하고 싶지도 않고요. 다만 선생님께서 제게 주시는 것을 받을 사람들 손에 전해 드리기는 하겠습니다. 그게 전부예요."

연춘은 마리코의 말을 들으면서 그녀를 가늠해 보았다. 연춘으로서는 그런 류의 평가는 많이 해 본 바였다. 생사가 걸린 메시지를 전할 만한 사람을 찾기란 얼마나 힘들던지! 이 매력 있는 얼굴에서는 믿음직스런 점들을 볼 수 있어 적이 만족스러웠다. 솔직한 얼굴이었고 장난기도 있어 보였지만, 그것은 간교하지 않고 어린아이처럼 천진한 장난기였다.

"어떻게 이 일을 해줄 생각을 다 하셨소?"

그가 물었다. 마리코는 주저없이 말했다.

"제가 사랑하는 사람을 위해 하는 겁니다. 그이가 조선 사람이라서 저도 조선을 위해 일하는 셈이 된 것이지요."

그녀는 양을 돌아보지 않았다. 그 사람이 양인가? 연춘은 자문해 보았다. 사샤? 양도 속으로 묻고 있었다.

마리코가 말을 이었다.

"다시 말씀드려, 전 한낱 여자에 불과해요. 전 여자이기 때문에 한 남자를 위해 뭔가를 하려는 거예요. 그이의 나라가 아니라면 어느 나라를 위해서도 일하지 않아요."

연춘은 여전히 그 사내가 누군지 들을 수 있을까 하여 기다렸지만 마리코의 이야기는 그것으로 끝이었다. 그녀는 한손을 다른 손 위에 포개며 자세를 가다듬었다. 그는 책상 서랍을 열고 은색 열쇠를 꺼냈다. 연춘은 그 열쇠로 서랍 뒤에 감춰져 있는 칸을 열고 거기서 세 통의 편지를 꺼냈다.

"미리 써 뒀지요."

그가 말했다. 낮지만 엄숙한 목소리였다.

"받을 사람들은…."

그는 읽어 보라고 양에게 편지를 내밀었다. 양이 고개를 끄덕이자 그가 말을 계속했다.

"대통령께 가는 서신이 전달되지 않을 경우에는 이 친구가…."

그러면서 연춘이 두 번째 편지를 가리켰다.

"직접 워싱턴에 가게 될 것이야. 이 친군 대통령을 만나볼 수 있지. 이건 극히 중요한 내용이야. 대통령이 우리 역사를 모르고 있기 때문이지. 알고 있었다면 2년 전 조선을 중국과 미국, 그리고 그 외 한두 나라가 참여하는 국제신탁 통치하에 두자고 제의할 수는 없었을 게야. 우리는 4천 년의 역사를 간직한 민족이야! 그중 한 나라가 러시아라면 어떻게 되겠니? 그분께 올리는 편지에서 러시아의 위협에 잘못 대처했다가는 어떤 파멸을 부르게 되는지 설명했다."

여기서 연춘은 숨을 돌리지 않으면 안 되겠다고 느꼈다. 너무 흥분해 있었던 것이다. 그는 입을 다물고 헛기침을 한 다음 깊은 한숨을 토해 내고 나서 말을 계속했다.

"두 사람은 나보다 더 오래 살 테니까 다시 한번 말해 두지만, 우리가 일제 강점기를 돌아보고 그때가 좋은 시절이었다고 말할 때가 있을지도 모른다. 최소한 이제까진 일본이 러시아를 막고 있지 않느냐? 일본놈들의 고문을 받으면서 살이 뒤틀리고 뼈가 부서지는 고통을 겪은 나지만, 이렇게 말하지 않을 수 없구나."

그들은 말없는 가운데 존경심과 경외감을 표하면서 꼼짝 않고 그의 말에 귀 기울이고 있었다. 그들은 연춘이 자랑스러웠다. '살아 있는 갈대'라는 전설적 인물이 되어 있어서 자랑스러웠고, 지금은 고초를 겪어 수척해 있지만 영웅적이고 이기심이 없으며 키가 큰 힘센 남자여서 믿음직스러웠다. 얼굴은 귀티 나고 선이 굵었지만 고생을 많이 해 좀 일찍 주름이 잡히고, 굵은 머리는 벌써 하얗게 새었다. 양이 불쑥 말을 꺼냈다.

"큰아버님, 사샤에게 마리코 양이 편지를 가지고 미국에 간다는 사실을 이야기했습니다. 잘못한 일입니까?"

"잘못했지 않고!"

연춘이 목소리를 높였다. 그는 그제서야 자기가 한 말을 깨닫고는 마리코를 돌아보며 말했다.

"내 아들은 나쁜 아이가 아니에요. 정말이지 나쁜 아인 아니오. 그 아인 남의 나라에서 살다가 여기 온 지 얼마 안 돼 갈피를 못 잡고 있는 것뿐이오. 잘 달래서 우리 가족으로 받아들여야지요. 양아, 널 나무랄 순 없지만…."

이때 오른쪽 문이 열리더니 사샤가 들어왔다. 자기 이름을 들은 성싶었다. 그는 양복을 입은 채, 오른손에 모자를 들고 팔에 코트를 걸치고 있었다. 그는 세 사람을 보고 깜짝 놀랐다. 아니면 놀란 척하는 걸까? 양은 결론을 내리지 못했다. 연춘이 곧장 빠른 어조로 말했다.

"들어오너라, 얘야. 양한테서 들었지? 그 편지를 전하는 중이다. 간단하지만 분명히 아주 분명히 썼다. 대통령께는… 이게 사본인데, 보관용으로 따로 준비해 둔 거다. 너도 아니까… 너도 알고 있어서 기쁘구나… 양아, 생각이 달라졌다. 사샤한테 이야기한 건 잘한 일이야. 사샤도 우리랑 함께 했으면 좋겠다…."

연춘은 서랍의 서류들을 뒤적거렸다.

"그래, 이거다. 맞아! 대통령께 보내는 편지는 어떤 내용이냐 하면…,"

연춘은 편지를 꺼내 크고 맑은 소리로 읽기 시작했다.

"우리 조선인들은 지난 2년 동안 대단히 당혹스러웠습니다. 각하와 영국 수상, 그리고 중국 국민정부의 장개석 주석, 세 분이서 합의하신 몇 마디 말씀 때문에 우리는 밤낮으로 노심초사하고 있습니다. 우리로서는 결코 잊을 수 없는 대목을 행여 각하께서 잊으셨을지도 몰라 다시 적어봅니다. '위에 말한 강대국들은, 조선의 노예 상태를 유의하여, 적당한 때가 되면 해방과 독립을 부여할 것을 결정한다.' 각하, 이 구절은 우리들 가슴에 아로새겨져 피를 흘리고 있습니다. '적당한 때가 되면' 이라니요. 이 세 낱말로 된 짧은 구절 속에 조선의 운명이 달려 있습니다."

이 말을 들었을 때 양은 또 한 번 예지豫知의 순간을 맞았다. 그는 예언자적 중압감을 설명할 수가 없었다. 그것을 떨쳐 버리고 회피하려 했다. 자리에서 일어나 방안을 거닐었지만, 그래도 떨쳐버릴 수가 없었다. 운명! 그 무거운 낱말이 꼭 커다란 베이스 드럼을 힘껏 친 소리를 가까이서 들은 것처럼 귓전에 윙윙거렸으며, 그 반향이 미래에까지 울려퍼지는 듯했다. 뒤쪽에서 사샤의 목소리가 들려왔다.

"시내에 가는 길입니다. 마리코 양, 문 앞에 탈것을 대기시켜 놨어요. 함께 가시죠."

양이 돌아섰다. 마리코는 내키지 않은 태도로 자리에서 일어나 난감한 듯 두 사람을 번갈아 보았다. 그녀의 묻고 있는 시선이 양의 얼굴에 머물렀다. 그는 마리코가 묻기라도 한 듯이 고개를 끄덕였고, 그녀는 연춘에게 고개를 숙여 인사를 하고는 사샤를 따라 방을 나섰다.

"이 편지들을 가져가야지요."

연춘이 소리쳤다. 그러자 양이 말했다.

"제가 오늘 밤에 갖다 주겠습니다. 아직은 마리코 양이 가지고 있지 않는 게 좋습니다."

그날 저녁 양이 찾아갔을 때 그녀는 여행길에 가져갈 옷가지를 챙기느라고 집에 있으면서 이것저것 지시하고 있었다. 일본 기모노, 대담하게 다리 옆을 튼 중국 옷, 프랑스제 이브닝드레스, 영국 나사 양복, 러시아 모피 옷들이 돗자리가 깔린 마루 위에 쌓여 있었다. 하녀 셋에서 마리코의 지시에 따라 조용한 가운데 쉴 새 없이 일하고 있었다. 그녀는 너무 빨리 내려 버린 결정들이 못마땅해서 양미간을 잔뜩 찌푸린 채 의자에 깊이 파묻혀 있었다. 양이 들어서자 자리에서 일어나 다른 방으로 가 장지문을 닫았다. 그리고 둘만 남았을 때 그녀가 큰 소리로 말했다.

"이제 결국…. 어디 다녀오셨어요? 당신도 못 보고 떠나는 줄 알았잖아요?"

"말을 타고 왔어요. 눈이 한 자나 되게 와 놔서…. 비행기가 뜨는지 공항에 알아봤는데 예정대로 뜬답니다."

"오늘 밤 극장에 오실 건가요?"

"예, 하지만 당신 방에 가지 않겠어요. 공항에도. 당신이 돌아오기 전에는 못 만날 겁니다."

그녀는 사슴처럼 미동도 않고 서 있다가 갑자기 두려움에 싸여 말했다.

"사샤는 무슨 돈이 그리 많죠? 새 옷들은 또 어디서 나고요?"

"나도 모르겠소."

"당신도 사샤가 두렵죠?"

"아니오, 나는 아무도 두렵지 않아요."

"왜… 왜 당신은 사샤가 날 데려가도록 내버려 두었죠?"

"지금은 사샤와 다툴 때가 아닙니다. 그리고 당신은 두려워하면 안 돼요. 당신은 예술가예요. 당신이 두려움 때문에 스스로를 망치지 않는 한 아무도 당신을 해치지 못해요."

그녀가 잘라 말했다.

"사샤 이야긴 이제 하지 말아요. 편지, 가져오셨어요?"

"예."

그는 호주머니에서 편지를 꺼내 마리코의 기모노 앞섶에 밀어넣었다.

"사샤더러 극장에 오지 말라고 전해주세요."

"보면"

두 사람은 갑자기 말을 잊은 채 서로 바라보고만 있었다. 이별이라는 심연이 벌써 둘 사이에 자리잡고 있었던 것이다.

"당신이 돌아올 때쯤엔…"

그녀가 말을 받았다.

"제가 돌아올 때쯤엔…제가 돌아올 때쯤엔…그땐…그땐…."

"전쟁이 끝나 있을 거요. 그럼 우린…."

"우린?"

그 말은 그대로 연연戀戀한 한숨이었다. 양이 손을 내밀자 그녀가 자신의 두 손으로 감싸다가 놓으면서 그대로 그에게 안겨 버렸다. 그는 머리를 숙이고 뜨겁게 키스했다. 두 사람은 하녀가 장지문 뒤에서 부를 때까지 오랫동안 함께 서 있었다.

"아가씨, 황금색 드레스는 파리로 가는 짐에 넣을까요, 뉴욕으로 가는 짐에 넣을까요?"

그녀는 양에게서 몸을 떼고 애원하는 듯한 눈길을 남기고는 방을 나갔다. 양은 다시는 그녀와 단둘이 만나지 못할 것을 알았다.

사샤가 공항에 나갔는지 안 나갔는지 양은 알지 못했다. 그는 극장에서 사촌을 보지 못하고 병원으로 돌아갔다. 다음날 그는 미국인 의사가 지켜보는 가운데 새로 개발된 어려운 수술을 혼자 했다. 혼자 하기는 처음이었다. 어떻게든 시간을 보내야 했는데 마침 정신을 집중해야 할 일이 생겨 다행이었다. 양은 정오가 되어서야 수술을 끝마쳤다. 환자는 생명이 붙어 있었고 살 수 있어 보였다.

미국인 의사가 감탄했다.

"훌륭한 솜씨였어요. 나는 잠시 당신이 동맥을 놓칠까봐 걱정했습니다. 양 선생은 타고난 외과 의사요. 그 수술을 그렇게 훌륭히 해내는 의사는 본 적이 없어요."

환자는 칼에 찔린 젊은 사내였는데, 폐에 관통상을 입고 심장에도 손상을 입었다. 양은 사고 경위를 알고 있었다. 양은 사내가 새로 조직된 폭력혁명단체의 지도자라는 것을 알아보았다. 이제 살아났으니 다시 사람들을 죽일 것이다.

양은 고무장갑을 벗으며 말했다.

"감사합니다, 선생님. 모두가 선생님께서 지도해 주신 덕분입니다."

미국인 의사가 다정하게 말했다.

"당신을 존스 홉킨스에 보내고 싶어요. 거기가 아니더라도 어쨌든 그 정도 수준의 병원이 몇 있어요. 심장 동맥 수술은 나날이 발전하고 있습니다. 하지만, 나는 그렇게 얽힌 동맥은 처음 보았어요."

흰 가운을 벗으며 양이 대답했다.

"조선식 매듭이죠. 빨리 만들 수 있고 한 번에 풀 수도 있습니다… 기술만 있으면요."

"당신은 기술이 있어요."

미국인 의사가 양의 어깨를 치자, 그는 미소를 지으며 자신의 사무실로 갔다.

지금쯤이면 마리코는 뉴욕까지 거의 절반은 갔을 것이다. 첫 편지는 곧 안전하게 그녀의 손을 떠날 것이다. 그렇게 나긋나긋하고 우아하던, 춤출 때의 그 작은 손! 그 마지막 날 저녁, 그녀는 조선 전통 민속춤으로 고별 공연을 가졌다. 그날 밤의 클라이맥스는 단연 칼춤이었다. 그녀가 양손으로 칼을 다루는 쌍칼춤의 달인이었던 고대 신라의 유명한 소년 무용수 이야기를 선택한 것이 우연이 아니라는 것쯤은 누구나 다 알고 있었다. 소년의 명성은 반도 전역에 퍼져 나가 신라의 적국 백제의 왕 앞에까지 불려가기에 이르렀다. 그는 왕 앞에서 춤을 추었는데 그 춤이 어찌나 훌륭했던지 구경하던 사람들은 어쩔 줄 모르며 환호했고, 왕도 자리에서 일어섰다. 그 순간 소년은 앞으로 뛰어나가 왕의 가슴에 칼을 꽂았다. 물론 소년은 죽음을 당했지만 그의 용기 있는 행동은 신라 백성들의 사기를 드높였고, 신라인들은 그를 기념하여 칼춤을 보존해 왔다. 마리코는 전통 양식을 살려, 소년 얼굴의 가면까지 쓰고, 손에는 손잡이에 술이 달린 칼을 들고서, 두 발을 나는 듯이 율동적으로 놀렸다. 춤이 끝나자 관객들은 환호성을 올리며 자리에서 일어섰다. 그녀는 가면을 잡아채 벗어 버리고 사랑스런 얼굴을 드러내고서, 몇 번이고 머리를 숙였다. 양은 그녀의 두 눈이 자신을 응시하고 있음을 알았다. 그녀는 인사를 한 다음 폭이 넓은 황금색 띠 자락을 뒤로 날리며 뛰어들어가 버렸고, 더 이상 그녀를 볼 수 없었다.

다시 만날 때까지는 무한의 시간! 생에 처음으로, 심장의 명의名醫인 그가 가슴이 옥죄어 옴을 느꼈다. 부처님은 '집착은 고통의 근원'이라 했다. 양은 그 말을 곰곰 새겨 보고, 그날 밤 자기 방에서 글로 옮겨 한 편의 시를 썼다.

부처님 말씀은 옳지만 그르지.
집착은 크나큰 고통일지나
이제 나의 가장 심오한 성취
나의 내면의 노래…
평생 갈 노래!

양은 그것을 정성껏 베껴서 서명을 생략한 채 봉투에 넣은 다음 주소를 적어 뉴욕의 마리코에게 보냈다. 그들은 서로에게 편지를 쓰는 것은 위험하니 쓰지 말자고 약속한 바 있었다. 하지만 아무리 일본인 검열관이라 해도 시를 가지고 어쩌겠는가!

미국 대통령이 어느 봄날 졸지에 서거했다. 그 소식은 전 세계에 울려퍼지고 조선 땅 방방곡곡에도 흘러들었다. 양은 병원에서 그 소식을 듣고서 할아버지와 큰아버지께 알리기 위해 서둘러 집으로 갔다.

연춘이 그를 가까이 앉혔다.

"편지는 어찌 되었다던?"

"아무 연락도 못 받았습니다."

양이 대답했다.

"후임 대통령이 우리 편지를 받아볼지는 전연 알 길이 없구나."

실의에 찬 연춘의 말이었다. 양이 동감을 표했다.

"아무것도 알 수 없게 되었어요. 기다릴 수밖에요."

봄이 가고 여름이 되었다. 양은 밤낮으로 병원에서 일했으므로 그 학년이 끝날 때까지 사샤가 어떻게 지내는지 거의 모르고 있었다. 이 나라에는 침묵만이 가득했다. 그것은 긴장된 기다림이었다. 전쟁의 끝이 가까워지고 있었고, 전 세계가 그것을 알고 있었지만,

전쟁을 종식시킬 방도는 아직 나오지 않고 있었다. 경성에서는 경찰의 강압이 나날이 더 심해져 갔고, 이 나라 전역을 짓누르고 있는 갖가지 통제는 한층 엄해졌다. 감옥은 어디나 만원이었고 학교는 감시를 받았다. 독일이 항복하자 긴장은 더해 갔다. 조선인들은 누구나 일본이 항복해야 하리라는 것을 알고 있었기에 항복의 조짐이 보이지 않자 조바심이 났다.

"일본인들, 눈먼 고집통이야!"

연춘이 내뱉은 말이었다.

"국민들은 군부의 장막 뒤에서 무슨 일이 벌어지고 있는지 전혀 모르고 있습니다."

양이 말을 받았다.

때는 한여름이어서 그들은 더위를 피하느라 정원에 나와 있었다. 사샤는 강아지를 금붕어 연못에 집어넣어 지분대고 있었는데, 양은 그 작은 짐승이 겁에 질려 떠는 꼴을 참고 볼 수가 없었다. 그는 냅다 연못으로 달려가서 몸을 떨고 있는 강아지를 두 팔로 꺼내 안았고, 사샤는 고기들을 놀래 주려고 자갈을 물에 던졌다.

"파리에 가렵니다."

양이 심증을 밝혔다. 다른 사람들은 묵묵히 듣고 있었다. 잠시 후 일한이 입을 열었다.

"나도 파리에 간 적이 있다. 우드로 윌슨을 만나러 갔지. 많은 나라에서 여러 사람이 왔더구나. 윌슨은 우리가 자기에게 몰려들어 저마다 도와 달라고 애원하는 것을 보고는 놀랐었지. 지금 생각해 보면 그 사람, 두려워하고 있었어."

"할아버지네를요?"

사샤가 심드렁하니 물었다.

"그 자신을."

일한이 말했다.

북쪽 산줄기에서 천둥이 으르렁거리더니 시퍼런 번개가 어슴푸레한 하늘을 갈랐다.

"안으로들 들어와요!"

순희가 문에서 그들을 향해 소리쳤다.

그들은 천천히 안으로 들어갔다. 서늘한 데를 두고 방으로 들어가기가 못내 아쉬운 것이었다. 사샤만이 혼자 문간에서 서성거렸다. 그러다가 돌연 수풀 속에서 강아지를 발견하고는 끌어내어 연못에 던져버렸다.

여름이 지나가고 있었다. 무덥고 길기만 한 날들이었다. 마리코에게서는 아직도 아무런 연락이 없었고, 모든 전선에서 패하고 있음에도 불구하고 일본이 항복했다는 소식은 들리지 않았다. 사람들은 기다림에 지쳐 있었다. 그렇다 해도 그들로서는 기다리는 수밖에 도리가 없었다.

어느 날 밤, 다리에 총상을 입은 남자가 응급실에 실려왔는데, 양이 이 환자를 맡았다. 상처를 닦고 붕대를 감는데 그 남자가 네모로 작게 접은 종이를 그의 손에 쥐어 주었다. 그런 식의 전언에는 익숙한지라 양은 아무 말 없이 뒤로 돌아서서 쪽지를 폈다. 종이에는 미국이 일본에 보내는 최후통첩으로, 항복 조건과 항복하지 않을 경우 열한 개 도시를 폭격하겠다는 경고를 담고 있었다.

그는 다시 환자 쪽으로 몸을 돌려 침대에 걸터앉아 몸을 굽히고 그의 베개를 고쳐 베어 주는 척 하면서 물었다.

"그 도시들, 폭격당했소?"

"여섯 도시오."

"여기서는 그런 소식 전혀 못 들었는데."

"항복은?"

"아직 안 했소. 일본 정부는 지금 분열되어 있소. 온건파가 러시아더러 중재해 달라고 청했답디다. 미국의 경고는 안중에 없어요… 비웃는 거죠."

"다른 도시들은?"

"그 도시들도 파괴될 거요. 2차 경고로 전단이 수백만 장 뿌려졌소."

"국민들은?"

"넋 놓고 기다리고만 있어요."

"다음번엔 뭐죠?"

"미국은 가공할 신무기를 가지고 있소. 다음번엔 그거요…. 러시아가 움직이지 않는다면 말이오."

"러시아가 움직일…."

"아니오."

간호사가 다가오자 양은 자리를 떴다. 그는 서둘러 자기 방으로 가서 양복을 벗어 버리고 한복을 입었다. 그렇게 변복을 하고서 병원과 도시를 벗어나 할아버지 댁으로 갔다.

한편, 집안에는 벌써 술렁거림이 있었다. 연춘이 북쪽에서 온 과일장수에게 은밀한 소문을 들었던 것이다. 그 남자는 사과며 복숭아들 사이에 분명히 러시아제인 어떤 물건들을 숨기고 있었는데, 정원에 있던 연춘은 그 남자가 흥정을 하는 사이 그 물건들을 알아보았던 것이다. 연춘이 몇 마디 묻자 그는 야릇하게 고개를 끄덕이더니 몸을 가까이 하고 속삭이는 것이었다.

"북쪽에는 러시아 군대가 몰려오고 있어요!"

이 무시무시한 말이 귓전에 울리자 그는 서둘러 일한에게 달려갔다. 아버지는 긴 등의자에 누워 대나무 담뱃대로 담배를 피우며 연춘의 이야기를 들었다. 그는 장죽長竹의 한쪽 끝에 달린 작은 놋쇠 대통에서 재를 탁탁 털어내고는 독하면서도 맛이 좋은 담배를 재워 넣었다. 그는 나이가 들면서 이 담배를 즐기고 있었다.

연춘이 다시 큰 소리로 물었다.

"아버님! 어째서 아무 말씀도 없으십니까?"

"무슨 할 말이 있겠느냐?"

일한이 대답했다. 그는 몸을 뒤로 기대고 담배를 깊이 빨았다. 콧구멍에서 연기가 뿜어져 나왔다.

"그럼 전 시내로 들어가 봐야겠습니다. 다시 지하 쪽과 선을 대야겠습니다."

연춘의 언성이 높아졌다. 늙은 아버지에게 꽤나 화가 나 있었던 것이다. 그러자 일한이 말했다.

"진정해라. 그러다간 죽는다. 일인들이 널 감시하고 있는 걸 모르느냐? 저들은 네가 움직이길 기다리는 것이야."

"왜 그런 말씀을 하시는 겁니까?"

"저들이 다 알고 있어서 네가 움직여 봐야 도움이 안 되겠기에 하는 소리다. 아픈 척해라. 가서 자라구. 열병에 걸렸다고 소문을 내라. 나는 네가 살 가망이 없다고 알리고 다니마. 우린 기다려야 해. 그러면서 일본이 항복하면 정권을 인수할 만반의 준비를 해둬야 하는 게야."

"하지만 만약 러시아 군대가…."

"항복하고 진주하는 사이에 짧은 순간이, 다만 몇 시간이라도 있을 게야. 그 짧은 순간이… 그 몇 시간이… 있길 바라자꾸나."

그들의 이야기는 샤샤가 대문을 벌컥 열고 뛰어드는 바람에 중단되었다. 그의 두 눈은 커져 있었고, 얼굴은 지금 할 말을 못하면 당장 터져 버릴 것처럼 벌겋게 달아 있었다. 어른들께 인사도 못할 만큼 급한 모양이었다.

"새 폭탄, 새 폭탄이 떨어졌어요! 일본 하늘이 온통 환하대요, 도시 하나는 완전히 불바다가 됐고요. 오늘 아침… 오늘 아침 일찍, 사람들이 출근하느라 정신없을 때…."

바로 이때 양이 집에 당도해 사샤 뒤를 따라 들어오다가 그의 말을 듣고 소리쳤다.

"일본 왕이 원하더라도 군부는 항복하려 하지 않을 겁니다."

사샤가 웃음을 터뜨렸다.

"그놈들, 또 한 방 맞을 걸. 또 한 방이 터질 거라고!"

그들은 사샤의 웃음소리에 깜짝 놀라 그의 얼굴과 서로의 얼굴만 번갈아 쳐다보며 할 말을 잊고 있었다. 아무도, 그의 아버지까지도 사샤의 그런 웃음을 나무랄 만큼 그를 잘 알지 못했지만, 아무튼 다들 그 웃음소리에 소름이 오싹했다.

마침내 일한이 입을 열었다.

"러시아는 이제 일본에 선전포고를 할 것이다."

"하라지요, 뭐. 미국이 시작한 것을 러시아가 마무리지을 테니까요!"

사샤가 신이 나서 말했다. 그가 웃음을, 그 잔혹한 웃음을 다시 한번 터뜨리자, 나머지 세 사람은 그가 방으로 들어갈 때까지 침묵을 지킬 수밖에 없었다.

"사샤는 어떻게 해서 우리보다 먼저 그 폭탄 소식을 알았지?"

그들은 서로의 얼굴을 쳐다보았지만 아무도 대답하지 못했다.

그리고 이틀 후 러시아가 일본에 전쟁을 선포했다. 어디선가 그 소식이 새어나왔다. 모두 그 소식을 알고 있었지만 아무도 입 밖에 내지 않았다. 일본은 아직 항복하지 않았다. 사흘째 되는 날, 두 번째 폭탄이 나가사키에 떨어졌다. 미국은 이런 폭탄을 도대체 몇 개나 가지고 있는가? 나흘째가 되자, 일본은 천황이 왕위를 유지한다는 조건만을 달아 항복을 선언했다.

한바탕 회오리가 휩쓸고 지나가자 김씨 가문의 남자들 — 일한과 연춘, 그리고 두 손자 — 은 마음을 다잡았다. 이 나라 지하정부로부터 모두 미군의 진주를 기다리라는 지시가 있었다.

그때까지 조선인들은 어떤 움직임도, 일본인에 대한 어떤 보복 행위도, 어떤 반란의 조짐도 보여선 안 된다. 집안에서 조용히 기다려라, 우리의 희망은 미국에 있다!

이 지시에 따라 양은 병원에 나가지 않았고, 사샤도 집에 있었다.

"언제 오는 거지?"

연춘이 신음하듯 말했다. 그 역시 조바심이 나 있었다. 일한만은 노인답게 냉철한 침착성을 유지하고 있었다. 연춘이 가만히 앉아 있지도, 책을 읽지도 못하고, 심지어는 순희가 며칠 전 폭풍우에 이엉이 상한 지붕을 고쳐 달라고 당부했을 때도 손 한번 변변히 놀리지 않고 집에서 정원으로, 정원에서 집으로 안절부절못하고 왔다갔다 하는 모습이 일한으로서는 은근히 재미있기까지 한 것이었다.

"책 한 권 써라,"

일한이 말했다. 그는 정원 한 모퉁이의 긴 의자에 앉아 한낮의 더위를 피하고 있었다.

"책이라 하셨습니까?"

연춘이 되받아 물었다. 일한은 장죽의 작은 대통에서 탁탁 재를 떨었다.

"내, 책을 한 권 썼더니라."

잠시 사이를 두었다가 연춘이 말했다.

"언제 말씀입니까?"

"오래전 내가 너처럼 조바심이 나 있을 때였지. 일인들이 오자 나는 여기 갇히는 신세가 되었다. 지금 너처럼 말이다. 그때 침략자들의 만행을 기록한 책을 쓴 거야. 나는 역사책을 한 권 썼고, 그렇게 해서 내 울분을 삭였다."

연춘은 놀랍고도 반가웠다.

"그 책을 좀 보고 싶습니다, 아버님."

"따라오너라."

일한의 말이었다.

일한은 자리에서 일어나 연춘을 데리고 집안으로 들어가서, 놋쇠를 입힌 목재 서랍을 열어 비단 천에 싼 두터운 원고 뭉치를 꺼냈다. 연춘이 두 손으로 받으며 말했다.

"쓰시느라 정말 힘드셨겠군요! 제가 읽어봐도 될런지요?"

"좋을대로 하려무나. 재미있는 이야기들이 있을 게다. 네 이야기도 나올 거야. 네 재판에 대해 충실히 기록했다. 네 표정 하나 안 빠뜨리고."

"부끄럽습니다."

연춘이 나직이 말했다.

아버지가 정원으로 돌아가 장죽에 다시 담배를 채우는 동안 그는 자리에 앉아 살인과 대량 학살과 암살, 강간과 약탈과 방화, 파렴치하고 기만적인 작태 등, 그 시대의 온갖 악행을 꼼꼼히 기록한 문장들을 읽으며 조바심을 잊었다. 그는 밤낮으로 다 읽어보고 나서야 아버지께 책을 돌려드렸다.

그러고 나자 연춘의 조바심은 두 배로 커져 그를 엄습했다. 아버지가 기록한 내용은 의심의 여지없이 사실임을 알았기 때문이다. 이 나라 백성은 언제나 구원받을 것인가? 그는 미국인들을 의심하기 시작했지만 일한은 여전히 침착했고, 두 젊은이는 확신에 차 있었다. 양은 미국을 신뢰하기에 그렇다지만 샤샤는… 샤샤에 대해서는 아무도 몰랐다.

그들 중에서 연춘만이 침착하지도 확신에 차 있지도 못했다. 희망과 두려움이 똑같은 힘으로 그를 흔들어 놓아, 승전국과 패전국 정부 사이에 공식 절차가 서서히 진행되고 있는 동안 밤이고 낮이고 마음의 안정을 찾지 못했다.

한편 러시아 군대는 이미 북부 지방에 밀려들고 있었다. 그것은 이제 더 이상 과일 장수의 비밀이 아니었다. 일본이 항복하기 엿새 전에 그들은 시베리아를 통해 도보로, 만주에서는 해로로 들어왔다. 사람들은 다만 놀라고 있을 뿐 저항하거나 손을 써 볼 엄두를 못 냈다. 러시아가 전리품을 나누어 갖게 되었다는 소식을 들은 사람은 불과 몇 사람뿐이었으며, 이제 거친 군인들이 도로와 마을들을 메우고 도시로 몰려드는 모습을 사냥개 앞의 토끼처럼 넋 놓고 지켜볼 따름이었다.

연춘은 자문해 보았다.

"어디까지 진군하는 거지? 미군이 오기 전에 전국을 장악하게 되나?"

하지만 그들은 한반도 전역을 장악하지는 못하게 되어 있었다. 어떤 미국 장교가 지도 위에 선을 그어 놓았던 것이다. 러시아 군대는 위도 36도 선에서 멈춘다는 이야기가 돌았다. 38선이 어디지? 일부 사람들은 전에 러시아와 일본이 조선을 거기서 나누기로 타협했던 사실을 기억하고 있었다.

사람들은 불길한 예감에 사로잡혀 자기 집에 혹 공산 지배하에 놓이게 되지나 않는지 알아보려고 자식들이 쓰다 둔 옛날 교과서에서 지도를 찾아보았다. 우려가 사실로 드러나는 경우, 사람들은 미군이 어서 와 주길 기도했다. 미국인들은 어디에 있단 말인가?
"자고 있지."
사샤가 웃으며 말했다.
"올 거야."
양이 침착하게 대꾸했다. 하지만 그들은 오지 않았다.
사람들이 초조하게 기다리는 사이 하루하루 날이 흘렀지만 미국인들은 나타나지 않았다. 사나운 러시아 군대가 설정된 경계선을 무시하고 밀고 내려오면 어쩌나? 약탈, 강도, 강간의 소문이 파다했다.

양은 초가집에 있으면서 시내에서 사 온 권총 두 자루를 닦은 다음 총알을 장전했다. 젊은 여인네가 없는 것이 천만 다행이긴 했지만 준비는 해두는 것이 좋을 것 같았다. 마리코가 무사히 파리에 있다니, 이 또한 얼마나 다행한 일인가! 그는 신문 보도를 통해 그녀의 행적을 알 수 있었던 것이다.

'아시아에서 온 전혀 새로운 어떤 것, 하지만 우리들이 이해할 수 있는 것, 그녀에게 서양인의 피가 흐르고 있음을 보여 주는…'
사샤만이 냉소적이었다.
"난 러시아 군대를 알아요. 군인들이 용감하고 나처럼 젊지만 특별히 다른 나라 군대보다 더 나쁠 것도 없어요. 러시아군이 온다면 내가 러시아어로 말하겠어요. 그럼 우릴 해치지 않을 겁니다."

그러더니 그들에게 무슨 말을 할지 보여 주기 위해 한 차례 러시아 말을 쏟아냈다. 다른 사람들은 조금 두려워하며 듣고 있었다. 순희가 날카로운 목소리로 그만 하라고 소리쳤다.
"이 집에서는 조선말을 쓴다."
그리고는 사샤의 붉으락푸르락하는 얼굴을 본 척도 하지 않았다.
그들은 요 며칠 조바심으로 가슴이 바짝바짝 타 들어가 쉽게 자제력을 잃곤 했다. 그러고 있는데 갑작스레 이달 — 그러니까 9월 아흐렛날 마침내, 마침내 미군이 온다는 소식이 전국에 알려졌다. 그들은 인천항으로 들어올 것이라고 했다. 소식을 접한 사람들은 전국 어디서든지 깃발과 태극기, 꽃과 선물을 준비했다. 하지만 아직은 아무도 집 밖에 나올 엄두를 못 내고 있었다. 일본인 총독이 지금 조선 남부에 살고 있는 60만 일본인들 — 그중 많은 사람은 러시아 군대가 들어오자 북부에서 도망쳐 온 이들이었다 — 에게 조선인들이 보복하는 일이 없도록 하기 위해 일경이 치안을 유지할 수 있도록 해 달라고 미국에 요청해 허락을 받아냈기 때문이었다. 조선인들은 집 밖에 나가지 않았으며 어떠한 보복도 하지 않았다. 조선인들은 대단히 긍지가 높은 민족이어서 어떤 경우에도 그처럼 사사로운 복수나 자행할 사람들이 아니었다.

일본인 총독은 곧 또 다른 명령을 내렸다. 조선인들이 미국인을 접촉하면 안 된다는 것이었다.

"이것만은 따를 수 없어."

연춘이 잘라 말했다.

드디어 예정된 날, 일한과 그의 아들, 그리고 손자들은 한복을 차려 입고 인천 부두에 나갔다. 일한은 미군에게 주려고 순희가 정원의 꽃을 꺾어 만들어 준 꽃다발을 가져갔고, 연춘은 내내 감춰 두었던 태극기를, 양은 미국기를 들었다. 사샤 만이 빈손이었다.

미군이 부두에 들이왔을 때 5백 명쯤 되는 조선인들이 미리 나와 있었다. 조선인들을 대표해서 미군을 맞기 위해 비밀리에 신발된 시민들이었다. 모두들 손에 손에, 오지 못한 이들이 건네준 선물이며 꽃과 환영의 깃발, 그리고 태극기를 들고 있었다. 날은 무더웠지만 쾌청했다. 땅과 바다에 햇빛이 쏟아져 녹음은 더욱 짙었고 바다는 하늘인 듯 푸르렀다. 거대한 미국 군함이 미국기를 휘날리며 부두에 닻을 내렸고, 현문이 내려질 때는 모든 사람이 숨을 죽였다. 오른쪽에는 정장을 한 일본인들이 서 있었는데 그 맨 앞에는 허리에 칼을 찬 총독이 있었다. 왼편에서는 일본 경찰이 조선인 군중을 가로막고 있었다.

그러나 막는다고 가만있을 그들이 아니었다. 미군 장군이 현문에 나타났을 때, 그들은 성조기와 태극기를 흔들면서 뛰쳐나갔다. 장군이 현문을 내려서면 그에게 인사를 하려는 것이었다. 그와 동시에 일본 경찰들이 총을 쏘았다. 조선인 다섯 명이 죽어 넘어졌고 아홉 사람은 부상했으며, 선물과 꽃다발은 그들의 피로 물들었다.

일한과 연춘, 그리고 두 젊은이는 눈앞에 펼쳐지고 있는 장면을 믿을 수가 없었지만, 두 눈으로 직접 보고 있으니 믿지 않을 수도 없었다. 배에서 내려오던 그 미군 장군은 어땠는가? 그는 일경을 꾸짖지도 제지하지도 않았고, 그들이 한 짓에 대해 책임을 묻지도 않았다. 오히려 "폭도들을 통제하라!"고 지시하기까지 했으며, 따라서 그를 환영하러 나왔던 조선인들은 일경에 의해 해산되고 대기하던 일본인 관리들이 환영식의 주인이 되었다. 일한과 연춘, 그리고 두 젊은이는 이 장면을 두 눈으로 똑똑히 보았으며, 미군 장군이 일본인 관리들에게 자신들이 군사정부를 구성해서 이 나라를 다스릴 때까지는 현 직책을 고수하라고 당부하는 것을 두 귀로 똑똑히 들었다. 그는 조선인에게는 한마디도 하지 않았고, 조선인은 안중에도 없는 것 같았다. 이 장면을 목격할 때 일한과 연춘, 그리고 사샤와 양 네 사람은 어느 집 문간에 모여 서 있었다. 대문은 빗장이 채워져 있었지만, 경찰이 환영 나온 조선인들을 해산시킬 때 그 지붕 아래서 몸을 피할 수가 있었던 것이다. 그들은 후줄근한 깃발과 꽃들을 늘어뜨린 채 서로의 얼굴을 바라보았다.

"이제 어떻게 할까요, 할아버님?"

양이 여쭈었다.

"집으로 돌아가자."

일한이 대답했다. 그는 꽃다발을 도랑에 던져 버렸다.

"깃발은 접어라. 집에 가져가서 잘 간수해 두었다가 다른 날 쓰자꾸나."

연춘이 미적대면서도 분부대로 따르려고 몸을 돌렸을 때, 그 미국 장군이 총독에게서 막 칼을 넘겨받으려는 참이었다. 거기서 연춘은 장군이 달아나는 조선인들은 안중에도 두지 않은 채 일본인에게 상냥한 목소리로 당부하는 그 말을 들었던 것이다. 그는 조선인들이 뛰어 달아날 때 깃발이며 국기가 흙속에 짓밟히고 꽃다발이 찌부러지는 것을 보았다. 순간적으로 정신이 아득했다. 그는 뒤돌아서 달리기 시작했다. 그는 태극기를 흔들면서 외쳤다.

"만세… 만세!"

연춘은 더 이상 외치지 못했다. 즉시 총이 겨누어지고 총성이 울리는 순간, 그는 목숨이 끊어진 채로 흙바닥에 나뒹굴게 된 것이다.

뒤돌아서 그에게 뛰어간 것은 양이었다. 그 역시 무슨 일을 당했을지는 자명했으나, 그를 구조했다. 조선인들과 조금 떨어진 곳에 몇 사람의 미국인 ─ 그러니까 선교사들과 학교 선생들, 그리고 의사들이 있었는데, 양을 말리러 뛰어든 사람은 의사였다.

그 미국 의사가 속삭였다.

"돌아가시오. 돌아가요… 저들이 다시 쏘기 전에! 저분은 걱정 마시오. 내가 병원으로 모시겠소. 그러니 어서… 어서…. 저 사람들은 나를 싫어하오. 난 당신을 구해줄 수 없소…."

양은 그의 말을 따르는 수밖에 없었다. 일한이 쓰러져 있는데 사샤가 머리를 받쳐들고 있을 뿐 일으켜 세우지 못하는 것을 보았기 때문이다. 두 젊은이는 힘을 합쳐 노인을 일으켜 세우고, 연춘의 시신이 오는 것을 기다리기 위해 병원으로 모셔갔다. 가는 길에 양이 할아버지를 위로했다.

"큰아버님은 스스로 이런 죽음을 택하신 거예요."

하지만 일한은 위로받기를 거절했다.

"내가 지금 위로받게 되었느냐? 조용히 있거라!"

그러나 조용해질 수가 없었다. 군중들 중에서 남아 있던 사람들이 섧게 울며 그들을 따라왔기 때문이다. '살아있는 갈대'가 죽은 것이다.

"누가 아들 자릴 메우지?"

일한이 물었다.

장례식 날이었다. 그들은 다시 집에 돌아왔으나 연춘은 이제 산비탈 할아버지 곁에 누워 있었다. 각지에서 사람이 와 일한 내외와 연춘의 묘소에 절을 했다.

순희는 흐느껴 울었다.

"아무도… 아무도 없어요. 우리는 아들을 다 잃었어요."

그들은 안방에 앉아 곱단이가 더운 차를 내오길 기다리고 있었다. 그때 정원에서 별안간 성난 목소리가 들려왔다.

"어떻게 북으로 갈 생각을 할 수 있어?"

"우리 양의 목소리 아니에요?"

순희가 속삭였다.

"쉬!"

일한이 순희를 제지했다. 그들은 방석에 나란히 앉아 있었는데, 그 말소리를 들으면서 일한은 손을 내밀어 순희의 손을 잡았다.

어두운 정원에서 두 젊은이가 서로 다투고 있었다. 일한 내외는 두 젊은이가 싸우면서 악을 쓰고 으르렁대는 소리를 들었다.

"사샤가 양을 죽이겠어요."

순희가 숨죽여 말했다. 그녀는 힘겹게 일어나서 비틀거리며 문까지 걸어갔다.

"너희 두 놈!"

순희가 노인네의 떨리는 목소리로 울부짖었다. 두 사람은 그녀의 목소리를 듣지 못한 모양이었다. 일한이 그녀 옆으로 왔다.

"무엇 때문에 싸우는 거요?"

그가 물었다.

"누가 알겠어요?"

순희가 말했다. 그녀는 손바닥을 이마에 대고 자세히 내다보았다. 그들은 한데 뒤엉켜 흙바닥을 뒹굴고 있었다. 그녀는 흐느끼기 시작했다.

"우리 양이 죽겠어요!"

하지만 올라타고 있는 것은 양이었다. 양은 사샤의 어깨를 움켜쥐고 그의 머리를 굳은 땅바닥에 부딪쳤다. 사샤가 딱딱 부딪는 이빨 사이로 소리쳤다.

"형! 형은 자존심도 없어? 혀, 형은 여기서 살라구… 저 미국 놈들의… 모욕이나 받고. 부끄러운 줄도… 모르는…. 내 목, 목을 놔…."

일한이 느닷없이 순희를 밀쳤다. 그는 후들거리는 다리로 성큼성큼 두 젊은이에게 가서 둘을 떼어놓으려고 안간힘을 썼다.

"너희들이 싸우는 것을 보아야 하니? 내 집에서, 너희 둘이 싸우는 걸? 우리는 언제까지 서로 싸워야 하는 거냐?"

일한의 목소리에 양은 퍼뜩 정신을 차렸다. 그는 일어나서 숨을 몰아쉬며 흐느꼈다.

"할아버님!"

그는 입을 열었지만 말을 잊지 못했다. 사샤도 따라 일어났다. 그는 허리를 굽혀 어깨에서 떨어졌던 배낭을 집어들었다. 예전에 쓰던 배낭이었다. 그러고 보니 차림새도 그가 처음 왔을 때의 그 옷에, 그 굽 높은 구두와 벨트 달린 튜닉 상의였다.

사샤가 양을 향해 소리쳤다.

"이 배신자! 순진해 터진… 멍청이, 연애밖에 모르지… 멍청한 사랑! 개만도 못해! 더러워… 모두 다 더러워!"

사샤는 그들 발밑에 침을 뱉고는 배낭을 어깨에 둘러메고 열려 있는 대문으로 달려갔다. 양은 허리를 굽혀 땅바닥에서 작은 종이 한 장을 주워들었다. 그가 일한에게 말했다.

"이것 때문에 돌아버린 거예요. 아버지를 묻은 뒤에 이것까지 본 거예요. 제가 너무 심했어요…. 저도 알아요. 하지만 제가… 어떻게 제가 그럴 수 있었는지 제 자신도 모르겠어요."

일한은 손자에게 종이를 받아 석등 불빛에 한 자, 한 자 읽었다. 그것은 파리에서 온 전보였다.

'살아계신가요?'

그는 머리를 흔들었다.

"도대체 무슨 말인지 모르겠구나."

그는 이렇게 말하면서 쪽지를 다시 양에게 건네주었다.

"안으로 들어와라."

순희가 불렀다.

하지만 양은 할머니의 말이 귀에 들어오지 않았다. 그는 돌의자에 앉아서 두 손으로 머리를 감쌌다. 일한도 그녀의 말에 개의치 않았다. 그는 대문간으로 가서 문 밖의 어둠을 응시했다. 사샤가 뛰어든 밤의 어둠 속을.

"독립이 대체 뭐지?"

일한이 딱히 누구에게랄 것도 없이 물었다. 그는 잠시 사이를 두었다가 스스로 대답했다.

"독립? 그것은 행복한 꿈이었어!"

"들어오세요!"

순희가 다시 부르더니 밖으로 나와 그의 손을 잡아끌었다. 그녀가 달래듯이 말했다.

"들어가요, 영감. 어서요."

그녀가 일한을 방석에 앉히자 곱단이가 찻주전자를 들고 들어와 촛불을 켰다.

바깥 정원에서는 양이 천천히 제정신을 차리고 있었다. 그는 자신의 영혼이 몸 안으로 들어오고 있는 것을 느꼈다. 밤바람은 서늘했고 귀뚜라미 우는 소리가 들렸다. 사샤는 결코 돌아오지 않을 것이다. 그들은 사샤를 잃었다. 양은 연춘의 관이 무덤의 구덩이로 내려갈 때 사샤의 얼굴을 보고 그 점을 우려했었다. 그는 사샤가 흐느끼며 조문객들을 밀치고 달려나갈 때 그것을 알았다. 그는 있는 힘껏 사샤를 뒤쫓아 갔지만 사샤가 먼저 집에 도착해 하인의 손에서 마리코의 전보를 낚아챘다. 파리에서 보낸 것이었다. 사샤는 대문간에서 기다리고 있다가 질투에 휩싸여 그에게 욕을 하며 사납게 달려들었다. 둘은 느닷없이 사생결단을 하듯 맞붙었다.

그의 손에서 떨어진 구겨진 종이쪽이 눈에 띄었다. 양은 그것을 집어들고 반듯이 펴서 다시 읽었다.

'살아계신가요?'

이것이 전부였다. 장난이었을까, 아니면 사랑? 어쩌면 들뜬, 혹은 외로운 기분에서 별 뜻 없이 택한 낱말들일지도 모른다. 그때 문득 어떤 확신 같은 것이 무슨 목소리처럼 내부에서 솟아올랐다.

물론 목소리를 들은 것은 아니었지만.

'살아계신가요?'

살아 있다! 큰아버지는 '살아있는 갈대'였다. 몸은 비록 무덤에 누워 있지만 사람들은 그 말을 되뇌었고, 어떤 이들은 그가 탈출한 감방의 거친 돌 틈으로 죽순이 솟아나왔다는 오랜 전설을 이야기했다. 하지만 관에서는 탈출하지 못했으며, 사람들은 그것을 슬퍼하였다. 불과 며칠 전 큰아버지가 거의 수줍은 표정으로, 언젠가 밤중에 남몰래 동생을 보러 왔을 때 당시 갓난애였던 양이 마치 전에 어디서 만난 적이 있는 듯이 자기를 알아보더라는 이야기를 들려주신 것이 생각났다.

"너는 내 품에 팔짝 뛰어들어서는 두 손을 내 뺨에 댔어. 넌 전생에 나를 알았던 게야…"

양은 그때 그 순간을 거의 다 기억할 수 있었다. 그는 또 연춘이 조선의 우국지사들 이야기를 들려주던 때가 생각났다. 귀에 큰아버지의 목소리가 들리는 듯했다.

"봄이 되면 대나무의 늙은 뿌리에서 푸른 새순이 솟아난다. 늘 그래왔고 앞으로도 영원히 그럴 것이야. 인간이 태어나는 한은."

그때 할머니가 불렀다.

"안으로 들어오너라. 들어와서 문을 닫아, 양아!"

그는 몸을 일으켜 문 앞까지 갔다. 그는 거기 서서 정신을 가다듬은 다음 말했다.

"시내 좀 가봐야겠습니다, 할머님. 할아버님, 제 친구 편에 소식을 좀 보내야겠어요… 미국인 친구요."

"무슨 소식을?"

일한이 물었다.

"제가 살아 있다는 소식 말입니다."

양이 말했다.

"시간이 너무 늦었다."

순희가 걱정을 했다.

"그리 늦지 않았어요, 할머님."

그가 말했다.

"제가 살아있는 동안요."

그는 절을 한 다음, 두 분을 곱단이에게 맡기고 혼자서 길을 나섰다. 대문 너머 하늘에는 새로 나온 달이 높이 떠 있고, 달 아래로는 늘 보는 별이 변함없이 반짝이고 있었다.

- 끝 -

:: 저자의 말

펄 S. 벅

2년 전(1961년), 청명한 가을의 한낮이었다. 나는 남한을 두루 여행하는 중이었는데, 승용차를 타고 다녔으므로 원하면 어디고 들를 수 있었다. 길은 좁고 거칠었으며, 전쟁 중에 파괴된 많은 다리가 아직 복구되지 않아 우리는 털털거리며 자갈길을 달리기도 하고 가뭄으로 얕아진 냇물의 물을 튀기며 달리기도 했다. 나는 그런 일들을 즐기는 가운데, 고상하고 아름다운 경치에 새삼 놀라고 한국 사람들이 우리를 맞으면서 보여준 따뜻한 친절에 다시 한 번 감동했다. 나는 한국의 남단 부산에 갔다. 그곳은 역사적으로 유명한 항구이지만, 역사를 연구하기 위해 간 것은 아니었다. 한국전쟁 때 전사한 유엔군 병사들이 저마다 자기 국기 아래 누워 있는 곳을 방문하려는 것이었다. 그 모든 깃발들이 서늘한 가을바람에 힘차게 펄럭이고 있었다.

나는 사 가지고 간 화환을 기념탑 아래 놓고 선 채로 잠시 묵념했다. 풍광은 더할 나위 없이 좋았다. 삼면이 늘 바다가 둘러싸고 있었다. 측면이었고, 시가지는 그 산줄기의 기슭에 둥지를 틀었다. 묘지는 헌신적인 한국인들이 세심하게 가꾸어 놓아 정원처럼 아름다웠다. 사방을 둘러보는 동안 내 양옆에는 군복을 입은 두 명의 젊은 한국군 위병이 말없이 서 있었다. 내 눈길은 국기에 머물렀다.

"미군 묘지를 둘러보고 싶은데요. 아는 사람이 몇 있어서요."

내가 말했다. 그러자 오른쪽 위병이 내게 말했다.

선생님, 대단히 죄송합니다… 이곳에 미군이 한 사람도 없습니다. 모두 선생님 나라로 송환되었습니다. 국기만 남아 있는 겁니다."

그것은 충격이었다. 미군이 한 사람도 없다니? 아, 한국인들은 이 때문에 얼마나 섭섭했을까? 내가 유감의 뜻을 표하려는데 양복 차림의 키 큰 한국인이 내게 다가왔다. 햇빛을 받아 그의 은회색 머리와 이지적인 준수한 얼굴이 환히 빛났다. 그는 영어를 썼다.

"염려하실 것 없습니다. 우리는 장렬히 전사한 미군의 가족들이 어떤 심정일지 이해합니다. 그분들이 아들을 본국으로 데려오길 바라는 것이야 당연한 일 아니겠습니까? 우리나라는 묘지로선 너무 머니까요."

내가 대답했다.

"고맙군요. 그렇지만 우리나라 사람들이 좀 더 지각 있고 이해심이 있었더라면 아들을 전우들과 함께 이곳에 남겨두는 것을 명예롭게 생각했을 겁니다."

그때 부드러운 목소리가 끼어들었다.

"아, 네. 저는 선생님 나라에서 살아봤어요. 그곳 분들이 얼마나 친절한지 잘 압니다."

"제 아내입니다."

키 큰 한국인이 말했다. 나는 몸을 돌려 한복을 입은 우아한 여성과 마주 보았다. 이후 나는 그들 부부와 친해졌고, 그 두 사람에게서 양과 마리코라는 인물을 만들어 냈다. 그들에게 나는 이 책 이후의 사건들에 대해서도 들었다. 물론 그런 사건들에 대해서는 기록으로도 읽었고, 미국 정부가 처음의 오해를 바로잡기 위해 얼마나 노력했는지에 대해서도 읽었다. 하지만 내가 모든 것들에 대해 내 나름의 식견을 갖게 된 것은 모두 그 두 사람을 통해서였다.

"우리 역시 오해가 있었습니다."

1주일 뒤 어느 날 저녁, 서울 그의 집에서 한가로이 식사를 하는 자리에서 양이 말했다.

"미군이 처음 왔을 때 한국인들은 실망하고 분노했습니다. 1945년에서 1948년까지의 점령 기간 동안 미군은 틀림없이 좋지 않은 경험을 많이 했을 것입니다. 근 반세기 동안을 일본의 무자비한 통치에 시달린 뒤니 좋은 모습만 보였겠습니까?"

"일본인들도 나쁜 일만 한 건 아니죠. 당신 병원만 해도 그렇잖아요?"

마리코가 그에게 상기시킨 사실이었다.

우리는 따뜻한 온돌 바닥에 낮은 탁자를 둘러싸고 앉아 있었다. 쾌적한 집에 이늑한 방이었는데, 집은 현대식으로 지은 한옥이었다. 바로 옆에 양이 근무하는 훌륭한 병원이 있었다. 그는 대학원 과정을 존스 홉킨스 대학에서 마친 유능한 외과 의사였다.

"물론 저는 일인들이 저지른 나쁜 일과 함께 좋은 일도 기억하고 있습니다."

그가 아내의 말을 받아주고는 말을 계속했다.

"하지만 자유롭고 독립된 민족으로 살고자 하는 우리 한국인들의 결의는 대단해요. 우리는 그것을 위한 투쟁을 결코 포기하지 않을 겁니다. 그 열망은 우리의 심장 속에서 뛰고 있고, 우리 핏속에 흐르고 있습니다. 돌이켜 볼 때, 만약 우리 두 나라가 — 선생님 나라와 우리나라 말입니다 — 맺었던 그 조약이 지켜졌더라면 지금의 우리 모습이 어떻게 되어 있을까 궁금합니다. 미국이 1833년에 조인한 한미 수호통상조약 말입니다만, 우리가 침략을 받을 경우 미국이 지원해 주기로 되어 있지요. 그 대신 우리 쪽에서는 미국에 통상의 문호를 연다는 것이었습니다. 하지만 시어도어 루스벨트는 타산적이었습니다…. 그분은 한국을 서로 차지하려는 일본과 러시아의 싸움에 말려들고 싶지 않았던 거지요. 당시 미국 육군 장관이었던 윌리엄 태프트는 1905년 7월 29일 일본으로 가서, 만약 일본이 만주에서 미국을 배척하지 않고 필리핀을 공격하지 않는다면 조선을 일본에 넘긴다는 비밀 협약에 서명했습니다."

마리코가 자리에서 일어서며 말했다.

"여보, 당신은 왜 지나간 이야기만 하시는 거죠? 미국인들이 우리의 자유를 지키기 위해 아들들을 보내준 이야기도 좀 해요, 우리."

양이 즉시 화답했다.

"그럽시다! 당신 말이 맞아요."

우리는 모두 자리에서 일어나 거실로 갔다. 마리코가 피아노를 치면서 남편과 함께 한국의 옛 노래와 미국의 새 노래를 불렀다. 대단히 아름다운 노래였다. 나는 그들이 로저스 — 하머스타인 뮤지컬 가운데서 '그대를 알게 되어'를 듀엣으로 불렀던 것으로 기억한다.

지금 생각해 보면, 양과 마리코는 두 사람 다 옳았다. 그렇다. 역사의 과오에는 가차없는 보복이 따르는 법이다. 태프트와 가츠라가 도쿄에서 체결한 그 비밀 협약과 한국 땅에서 죽은 많은 나라 젊은이들 사이에는 직접적인 관련이 있다.

오늘날 한국은 38선으로 분단되어 있는 것이 아니라, 일본 점령기에 조국을 탈출해 러시아로 간 사람들이 남은 한국인들과 분단되어 있다. 이 아이들은 사샤처럼 공산 체제에서 자랐으므로, 한국에 오면서 조국을 '해방시키러' 온다고 믿었다. 미국의 젊은이들이 그들 손에 죽었다.

하지만 마리코도 말했듯이, 왜 지난 이야기만 하고 있어야 하는가? 그보다는 하나의 끈이 우리 두 국민을 한데 묶고 있다는 사실을 기억하자. 용감한 미국 젊은이들이 생면부지의 사람들을 위해, 그리고 그들로서는 잘 이해하지도 못하는 목적을 위해 향수에 시달리고 절망적 피곤에 찌들면서, 더러는 목숨을 잃어가면서까지, 한국의 험한 산비탈을 오르내리며 싸웠다. 그 의기와 희생정신을 살려 지난 일들은 잊도록 하자. 미래를 위한 교훈이 될 만한 것만 남겨두고서.

:: 옮긴이의 말

펄 벅 「살아있는 갈대」, 그리고 우리

"지난 번 오실 때는 가을이었는데 이번엔 초여름에 오셨습니다. 한국의 여름이 어떻습니까?"

"좋습니다. 특히 논이 보기 좋군요. 모가 많이 자랐어요."

'뉴코리아' 호텔 14층, 햇빛이 환하게 들어오는 넓은 방에서 나는 반 년 만에 다시 펄 벅 여사와 허심탄회하게 이야기할 기회를 가졌다. 여사는 옆이 터진 중국식 검정색 공단 원피스를 입고 있었고, 늘 하는 버릇대로 손을 마주 잡고 있었다.

"이번 방한의 주목적은 ― 미 혼혈아를 위한 '기회 센터'를 발족하려는 것이라고 들었습니다만?"

"그렇습니다. 나는 5백 년 내지 천 년 후에는 인간 모두가 혼혈인이 되리라고 생각해요. 그래서 나는 현재의 혼혈아들을 '새 인간(New People)'라고 부르죠."

"여사는 한국인에 대해 어떻게 생각하시나요?"

"한국 여성은 미국 여성보다 강한 것 같아요. 그런데 한국에서는 여성에 비해 남성이 약한 것 같아요. 아들은 어머니 손에 너무 귀하게 자라서 약해지고 딸은 그렇게 소중히 여기지 않았기에 오히려 독립심이 강해진 게 아닐까요?"

"글쎄요. 한국 남자가 여자보다 약하다는 말은 처음 듣는데요."

"그래요? 또 나는 한국 여자가 결혼한 뒤에도 서양이나 일본에서처럼 남편 성姓으로 바꾸지 않고 자기 성을 그대로 가지고 있는 것이 마음에 듭니다."

"이름 이야기가 나왔으니 말인데, 여사님 이름을 한국에서는 펄 벅으로 발음하는데, '벽'이란 성과 비슷한 발음의 성이 한국에도 있어요. '박'이라고요."

"아, 그렇군요. 그러면 나를 '펄 박'이라고 불러 주세요. 나는 그쪽이 좋습니다."

여사는 친근한 미소를 지으며 말했다. 며칠 후 여사는 서울시의 명예시민이 되었다.

위의 대화는 1967년 초여름에 있었던 「살아있는 갈대」의 작가이자 노벨문학상 수상자인 펄 벅과 영문학자 장왕록 박사의 인터뷰 가운데 일부이다.

대화에서 알 수 있듯이, 그녀의 한국에 대한 관심과 애정은 각별했고, 또한 한국의 문화와 관습에 대해 놀랄 만큼 해박했다. 그녀는 수차례에 걸쳐 한국을 방문했고, 항상 한국과 한국인을 좋아한다고 말하는가 하면, 한국의 전쟁 혼혈아들을 위한 기관을 세우는 등, 아마 외국 작가 중 한국과 가장 인연이 깊은 작가일 것이다.

1938년 여류 작가로서는 최초로 노벨문학상을 수상한 펄 벅은 1892년에 태어나 1973년에 사망하기까지 무려 80권에 가까운 소설, 단편집, 전기, 평론집을 출간한, 세계에서 드물게 보는 속필 다작의 작가였다. 그녀는, 작가의 최대 사명은 — 서양의 벽을 허물고 인류 전체의 복지 사회를 이루는 것이라 생각했고, 미국에서 태어나 중국에서 자란 자신을 '정신적 혼혈아'라고 불렀다. 그녀의 작품 중에는 중국, 한국, 인도, 일본 등, 동양을 배경으로 한 것이 많은데, 스웨덴 한림원 노벨상 시상 이유에서 그녀가 '인종을 분리하고 있는 큰 장벽을 넘어 인류 상호간의 일치감을 일으키게 하는 훌륭한 작품을 썼고, 위대하고 생동하는 예술을 창조' 했다고 밝힌 바 있다.

「살아있는 갈대」는 작품의 스케일이나 수준으로 보아 그녀의 대표작 「대지」 이후 최대의 야심작이다. 구한말에서 해방까지의 역사적 사건들을 소재로 한 이 작품은 역사적 사실을 단순히 피상적 소재로 삼은 것이 아니라 우리 국민의 정서를 깊이 파고들어 간 탁월한 작품으로 알려져 있다. 생생하게 살아 움직이는 인물들과 탄탄한 구성, 극적 긴박감, 박력 있는 문체, 사실과 허구의 완벽한 조화 등은 펄 벅의 작가적 역량을 유감없이 보여 주고 있는 것이다.

「살아있는 갈대」는 한국의 격동기에 태어나 역사의 소용돌이 속에서 나라를 구하기 위해 투쟁한 한 가족을 4대에 걸쳐 그리고 있다. 중국, 일본, 러시아가 서로 한국을 탐내어 풍운이 감돌던 구한말에, 주인공 김일한과 그의 아버지는 왕실의 측근으로서, 당시 미묘했던 조정의 갈등에 깊이 관여한다. 대원군 축출, 명성황후 시해 사건 이후 주변 강국들의 주도권 다툼 속에서 경술국치가 이루어지자, 일한은 그의 아내 순희와 함께 낙향하여 자신의 두 아들 연춘과 연환에게 학문을 가르치며 애국심을 고취한다. 연춘은 집을 떠나 지하운동에 가담하다 투옥되어 갖은 고생을 하고, 학교 교사인 연환은 동료 교사이자 독실한 기독교인과 결혼하여 지식인으로서, 또 종교인으로서 일제의 박해에 대항한다. 연환은 3·1운동 때 다른 교도들과 함께 불타는 교회에 갇혀 있는 아내와 딸을 구하려다 같이 죽고, 고아가 된 그의 아들 양陽은 조부 일한의 집에서 자란다.

한편 연춘은 탈옥하여 '살아있는 갈대' 라는 전설적인 인물이 되고, 중국과 만주를 종횡무진 누비며 독립운동을 계속한다. 그는 독립운동을 하다 알게 된 한녀라는 동지와 북경에서 동거 생활을 하지만, 그녀가 임신하자 자신의 독립 투쟁에 방해가 될 것을 염려하여 남경으로 떠난다. 한녀는 아들 사샤를 데리고 러시아로 가서 갖은 고생 끝에 병들어 죽고, 사샤는 고아원에서 자란다. 2차대전이 시작되자 사샤는 한국으로 오다가 역시 귀국 도중에 있던 아버지 연춘과 우연히 만나 함께 서울에 있는 할아버지 집으로 온다. 연춘은 미군이 인천에 상륙할 때 일본 경찰의 손에 죽고, 끝내 북으로 떠나는 사샤와, 미국인 병원에서 의사가 되어 서울의 미국인 병원에 남는 연환의 아들 양을 통해, 이제 독립을 맞아 본격적으로 시작될 사상의 갈등과 민족의 분단이 예시된다.

2004년 12월
故 장영희

나폴레옹 전기

666 인간 '나폴레옹'
그는 알면 알수록 점점 커져만 간다(괴테)

역사상 그 누가 모스크바를 점령하여 아침 햇살에 빛나는 모스크바의 둥근 지붕들을 바라보았던가? 이 책은 너무나 잘 알려진 이름임에도 그동안 감추어져 있었던 영웅 나폴레옹의 진면목을 강렬하고 빈틈없이 요약했다. – 동아일보

펠릭스 마크햄 지음 / 값 18,000원

이야기 성서

기쁨과 슬픔을 집대성한 인류역사 소설
왜 인간은 에덴의 동쪽으로 돌아갈 수 없는가

노벨문학상 수상 작가 펄 벅 여사의 '이야기 성서'는 경건한 종교세계는 물론 인류역사의 시작과 그 과정을 특유의 유려한 필치로 흥미롭게 풀어낸다. – 조선일보

펄 S. 벅 지음 / 값 35,000원

베토벤 평전

진실한 삶 속에서 울리는 풍요로운 음악 소리
베토벤, 자신을 버린 세상을 끊임없이 사랑하다

악성 베토벤의 인간적 삶에 초점을 맞춘 전기. 알코올중독자 아버지에게 혹독한 훈련을 받은 어린시절부터, 청각을 상실하는 말년에 이르기까지 베토벤의 삶과 예술을 풍성하게 되짚는다. – 조선일보

앤 핌로트 베이커 지음 / 값 9,000원

상형문자의 비밀

고대 이집트의 눈부신 현장이 펼쳐진다

고대 이집트의 멸망과 함께 영원히 비밀 속으로 사라질 뻔했던 상형문자. 어느 날 로제타라는 작은 마을에서 회색빛 돌 하나를 발견하고, 돌 위에 씌어진 상형문자의 해독을 위해 모든 것을 바쳤던 사람들, 바로 그 정열적인 사람들의 신비로운 이야기.

캐롤 도나휴 지음 / 값 12,000원

두 개의 한국(개정판)

한국 현대사를 정평한 제3자의 객관적 시각
한반도 현대사는 진정한 핵의 현대사다

전 워싱턴포스트지 기자 돈 오버도퍼와 미국 최고 남북한 전문가 로버트 칼린의 눈을 통해 한반도 문제의 핵심인 청와대, 평양, 백악관 사이에서 비밀스럽게 진행됐던 수많은 사건들과 핵 협상의 숨막히는 담판 승부를 생생히 목도할 수 있다.

돈 오버도퍼 · 로버트 칼린 지음 / 값 34,000원

소설 중국권력

'돈 對 사상' 현대 중국의 고민

경제 발전에 따른 중국의 부패상을 담아낸 장편소설로 '사회주의적 인간의 건전성'을 찬미하는 데 목적을 두고 있다. 그러나 현대 중국의 갈등과 고민을 당성黨性과 자본주의적 배금주의와의 충돌로 이해하는 데 도움을 준다. - 중앙일보

저우메이선 지음 / 값 19,500원

연인 서태후 (개정판)

꽃과 칼날의 여인, 서태후!

지금껏 수없이 오르내렸던 서태후란 이름은 각각의 입장에 따라 다른 해석이 나오게 마련이다. 환란의 청조 말기, 그녀의 이름은 어떤 사람에게는 시대를 밝히는 등불이었으며, 또 어떤 사람에게는 무시무시한 독재자의 이름이기도 했다. 중국에 대해 남다른 애정을 보였던 저자에게 '서태후'란 이름은 특히 매력적이었을 것이다. 이미 대작《대지》로 친숙한 저자의 필치를 통해 '서태후'의 또 다른 모습을 볼 수 있다. 희대의 악녀로 불렸던 그녀를 순수하고 열정적인 여인으로 재탄생시키고 있는 것이다.

펄 S. 벅 지음 / 값 19,500원

매독

매독, 그리고 어둠 속의 신사들

콜럼버스가 신대륙 학살 끝에 얻어온 '창백한 범죄자' 매독은 근 5백년간 천재들의 영혼을 지배하며 복수의 칼날을 휘둘러왔다. 링컨의 알 수 없는 광증, 베토벤의 청력 상실, 히틀러의 유대인 학살, 니체의 폭발적인 사유, 이 모두가 만일 매독이 불러일으킨 불가해한 현상이라면, 과연 유럽의 역사는 어떻게 달라져야 하는가?

데버러 헤이든 지음 / 값 20,000원

해외 부동산투자 20국+영주권

해외투자는 새로운 미래다!

이 책은 투자 천국인 미국, EU 영주권을 제공하는 몰타, 최저비용으로 고품격 삶을 누릴 수 있는 멕시코 등 20국가를 선별해, 금전적 이익과 생활의 자유를 한꺼번에 잡을 수 있는 새로운 차원의 투자 방법을 제시하고 있다. 새로운 경제 돌파구를 마련하고자 하는 소규모 투자자, 세계를 익히고자 하는 의욕적인 사업가, 새로운 문화 속에서 제2의 인생을 꿈꾸는 퇴직자라면, 이 책에서 해외투자에 대한 많은 정보를 얻을 수 있을 것이다.

헨리 G. 리브먼 지음 / 값 15,000원

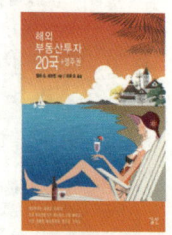

누구를 위한 통일인가

전직 주한미군 그린베레 장교가 바라본 한국의 분단과 통일관

한국 격변기 때 중요한 역사의 현장을 온몸으로 체험한 주한미군 장교가 수기 형식으로 써내려간 이 책에서 우리는 흔히 접할 수 있는 딱딱한 이론이나 주관주의에 매몰된 자기 주장 따위는 찾아볼 수 없다. 마치 한 편의 소설을 읽는 듯한 착각에 빠지게 만드는 저자 특유의 생동감 넘치는 대화체 등의 현장 묘사와 그동안 배후에 가려져 왔던 숨겨진 일화들을 공개함으로써 읽는 재미를 배가시키며, 나무와 더불어 숲을 아우르는 객관적이고 심도 있는 분석을 통해 남북 분단의 근거와 실체, 주요 리더들의 특징과 그 역학적 관계에 대한 정확한 이해, 그에 따른 통일의 함정과 지향점 등을 설득력 있게 제시한 역작이다.

고든 쿠굴루 지음 / 값 17,000원

톨스토이 공원의 시인

톨스토이, 그리고 영혼의 집 짓기

1년밖에 살지 못한다는 시한부 인생을 선고받고 숲으로 들어와 20여 년을 더 살아낸 20세기 마지막 시인 헨리 스튜어트. 이 책은 삶과 죽음 사이를 흔들흔들 오가며 둥근 지붕의 집을 지은 헨리의 특별한 이야기이자, 세월 속에서 잃어버린 우리 영혼에 대한 기록이다. 마치 눈으로 보듯 세밀하게 그려진 집 짓기 과정은 부나 명예와 같은 껍데기가 아닌, 내면의 뼈대를 구축하는 일이 얼마나 중요한가를 역설하고 있으며, 곳곳에 녹아 있는 레오 톨스토이의 사상은 매순간 삶에 대한 뜨거운 애정으로 되살아난다.

소니 브루어 지음 / 값 15,000원

Dear Leader Mr. 김정일

김정일은 악마인가? 체제의 희생양인가?

2005년 타임지 선정 '세계에서 가장 영향력 있는 100인(지도자&혁명가 부문)' 중 한 사람. 세계 최초로 핵확산금지조약을 탈퇴한 지도자. 예술적 면모와 열정을 지닌 북한 최대의 영화 제작자, 개인 최대 코냑 수입자. 주민의 10%가 굶어 죽어가는 나라의 지도자. 이 책에서는 이처럼 아이러니 그 자체인 김정일을 정확하고 심도 있게 분석하고 있다.

김정일을 둘러싼 분분한 소문보다는 그의 행동과 북한 체제, 과거부터 현재까지 북한의 역사와 한국과의 관계를 정확히 분석하여 가정을 세우고, 그 가정을 증명한 이 책은 그간 어디서도 찾아볼 수 없던 북한 정밀 보고서이며, 김정일 정신분석 보고서다. 북한의 핵문제가 전 세계적으로 파급되고 있는 이때, 북한과 김정일을 정확하게 파악하지 못한다면 세계의 미래 역시 예측 불가능할 것이다. 저자는 이 책을 통해, 김정일을 사악한 미치광이로 매도하는 것은 지나친 단순화의 오류며, 김정일 또한 냉전이라는 덫에 사로잡힌 역사의 제물이고, 북한 공산주의라는 체제의 피해자임을 지적한다.

마이클 브린 지음 / 값 14,000원

통제하의 북한예술

'북한예술'을 발가벗긴 책

우리의 관심을 벗어날 수 없는 북한예술은 이 책을 통해 북한의 정치, 사회사를 통합적으로 관통한 저자의 서술에서 그 희미한 실체가 윤곽을 드러내게 된다. 또한 풍부한 자료를 통해 생생하게 전달되는 북한의 미술 세계에서 우리는 이제껏 품어온 궁금증을 하나씩 벗겨내며 저자의 훌륭한 안내를 받게 될 것이다.

제인 포털 지음 / 값 18,000원

독재자의 최후

한 권으로 읽는 지상 최고 악당들의 세계사

역사의 굵직굵직한 사건 뒤에는 늘 독재자들이 그 모습을 감주고 있었다. 그리고 사건이 표면화되면 그들은 서서히 모습을 드러내고 자신의 나라와 국민들을 피의 전쟁으로 몰아넣었다. 예수 그리스도의 탄생 후 자행되었던 헤롯의 유아 대학살, 칭기스칸의 공포적인 영토 확장, 전 세계를 전쟁의 소용돌이로 몰아넣은 히틀러, 그리고 최근 비참한 말로를 맞은 후세인에 이르기까지… 이 책은 역사상 가장 잔혹하고 무자비한 독재 정권을 통해 피의 향연을 펼치고, 아울러 역사를 바꾸기까지 한 독재자들에 대해 조명하고 있다. 어떻게 해서 그들이 독재적인 성격을 띠게 되었는지, 그리고 어떤 최후를 맞게 되었는지를 알아보고, 국가와 국민들에게 행한 잔인한 실상들을 낱낱이 파헤치고 있다.

셸리 클라인 지음 / 값 18,000원

사요나라 BAR

일본 신사이바시 골목 어딘가의 '사요나라 바'를 무대로 펼쳐지는 이 소설은 사랑과 폭력, 그리고 상처와 연민을, 젊음과 중년세대를 아우르며 매우 실감나게 묘사하고 있다.
(야쿠자 조직원과 눈먼 사랑에 빠진) 영국인 호스티스 메리, (소설 '황금비늘'과 '캐리'의 주인공을 연상케 하는) 영험한 정신적 능력을 지닌 4차원적 인물 와타나베, (죽은 아내의 환상 속에서 살아가는) 외로운 일벌레 사토, 이들의 이야기가 탄탄한 구성과 함께 저자 특유의 현란한 문체에 힘입어 독자들은 어느새 '사요나라 바'에 앉아 삶의 진한 페이소스로 혼합한 위스키 한 잔을 맛보는 듯한 착각에 빠질 것이다.

수잔 바커 지음 / 값 14,800원

양 부인과 세 딸

소리 없이 찾아드는 대반점의 밤

이 소설은 거대한 중국 본토에 피의 강을 범람케 했던 '문화대혁명'의 물결 속에서 영혼의 갈등을 겪는 한 가족의 이야기다. 상하이 최고 대반점의 여주인으로 언제 무너질지 모르는 아슬아슬한 삶을 사는 어머니와, 조국의 부름과 자유 사이에서 번뇌하는 세 딸들…. 온갖 영화의 시기를 구름처럼 흘려보내고 대혁명의 습격으로 인해 문을 닫게 되는 대반점과 양 마담의 비참한 최후는, 인간이 역사에게가 아니라, 역사가 인간에게 가져야 할 도의적 책임은 무엇인가라는 엄중한 물음을 던지고 있다.

펄 S. 벅 지음 / 값 18,500원

사탄은 잠들지 않는다

장개석과 모택동의 내전으로 넓은 중국 대륙이 온통 피로 물들던 시대, 두 명의 아일랜드인 신부가 중국 광동성의 시골 마을에 갇히고 만다.
강인한 신의 사자이자 인간적 위트로 넘치는 피치본 대신부와, 무한한 애정 속에서 영혼의 치료사로 거듭나는 젊은 신부 오배논, 그리고 오배논에 대한 금지된 사랑으로 가슴 아파하는 아름다운 소녀 수란과 부모에게 버림받았다는 상처 속에서 삐뚤어진 공산당원이 되는 호산……
이 네 사람 사이에 벌어지는 사랑에 대한 숭고하고도 슬픈 이 대서사시는, 수많은 극적인 사건이 숨겨진 한 편의 연극처럼, 읽는 이를 거대한 감정의 파도 속으로 몰고 간다.

펄 S. 벅 지음 / 값 9,800원

골든혼의 여인

황금빛 물결 속에 피어난 인연의 꽃

이스탄불에 석양이 질 무렵 황금빛 물결을 출렁이는 골든혼. 그곳에서 운명 지어진 아시아데와 존 롤랜드, 그리고 망명지에서의 새로운 연인 하싸. 어디로 흐를지 알 수 없는 세 남녀의 조국, 미래, 사랑의 물결을 따라 새 희망을 꿈꾸며 떠나는 인생 항로의 여정······.

쿠르반 사이드 지음 / 값 12,900원

열두 가지 이야기

삶을 어루만지는 모성적 따뜻함의 정수

일상적 소재에서 신선한 감동과 삶을 이끌어낸 펄 벅의 열두 가지 단편이 담겨 있다. 단절과 소외, 의혹과 불안의 시대를 살아가는 현대인의 가슴속에 따뜻한 온기를 불어넣어 삶에 대한 긍정적인 감정을 일깨워주는 작품.

펄 S. 벅 지음 / 값 12,900원

만다라

**리얼한 구성과 섬세한 내면 묘사
인도의 근현대사 안에서 펼쳐지는 대서사 로망스!**

《대지》, 《북경의 세 딸》 등을 통해 전통과 현대가 충돌하는 지점에서 역동적으로 삶을 헤쳐 나가는 인물들을 보여주었던 펄 벅이 또 한 번 따뜻한 리얼리스트로 돌아왔다. 《만다라》는 그녀의 완숙한 통찰력이 돋보이는 후기작으로, 인도의 격동기를 살아가는 네 주인공의 인생과 사랑, 갈등과 번민을 그린다. 왕족의 권위를 벗어던지고 시대정신에 따르려는 라지푸트족의 위대한 왕 자가트, 체제순응자인 고결한 왕비 모티, 진재성을 찾아 방랑하다 오래된 나라 인도를 찾아온 미국여자 부룩 그리고 가난한 소수민족에게 영적 자비와 실질적 도움을 주려 애쓰는 영국인 신부 폴 등을 통해 시대와의 불화와 극복, 인종과 신분을 뛰어넘은 세기의 사랑, 주변국과의 전쟁과 영토분쟁의 현실, 환생으로 이어지는 인간의 끈질긴 관계 등을 생생히 보여준다.

펄 S. 벅 지음 / 값 12,000원

카불미용학교

눈물과 웃음, 그것이 우리들의 신입니다

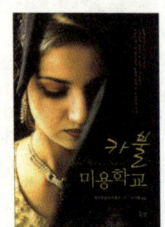

아프간 여인들의 삶 속으로 들어간 데보라 로드리게즈의 다큐멘터리 기록 《카불미용학교》는 전쟁의 그늘 속에서 재기를 꿈꾸는 아프간 여성들을 위해 건설된 미용학교에서 벌어진 일들을 그린 논픽션 작품이다. 애절한 사랑을 가슴에 묻고 계약과 다름없는 결혼을 해야 했던 로샨나, 그 외에도 미용학교 수업을 듣기 위해 탈레반 남편의 잔인한 폭력에 맞서야 했던 수많은 아내들처럼, 이 미용학교는 가슴 아픈 사연을 한 자락씩 품은 여성들의 이야기로 넘쳐흐른다. 이들은 미용기술과 더불어 우정, 그리고 자유가 무엇인지를 배워나가는 동시에, 전쟁의 포화 속에서도 인간적 삶을 놓치지 않으려 했던 아프간 사람들의 역사를 눈물과 웃음으로 털어놓는다.

데보라 로드리게즈 지음 / 값 10,000원

Miss 디거의 황금 사냥

부유한 왕자님을 만나고 싶은가? 그렇다면 당신은 먼저 공주가 되어야 한다! 결과가 존재를 규명하는 것이 아니라, 존재가 결과를 불러온다. 공주처럼 생각하고 공주처럼 행동하고 공주처럼 존재하라! 이 책은 저자의 수많은 시행착오와 심리학적인 고찰을 통해 부유한 남자들의 본질을 해부하고, 그 위에 당당한 여성만의 깃발을 꽂았다. 생생한 에피소드와 저자 특유의 재치 있는 입담, 명쾌한 해법은, 저자가 직접 실천해서 성공한 '공주의 공식'과 '공주의 법칙'을 살아있는 것으로 만들고, 당신이 이를 적용하느냐 안 하느냐에 따라 관계의 재앙을 불러오거나, 관계의 열매를 맺을 수도 있다는 저자의 주장에 강한 힘을 실어준다.

도나 스팽글러 지음 / 값 9,800원

새해

남편의 숨겨진 아이를 찾아 떠나는 길고 긴 여행

이 책의 이야기는 단순하지만 가혹한 질문에서 시작된다. "만일 당신의 남편에게 숨겨진 아이가 있다면 당신은 어떻게 하겠는가?" 어느 날 사랑하는 남편과 평온한 생활을 꾸려오던 로라의 집에 편지 한 통이 도착한다. '그리운 아버지께'로 시작하는 편지는 평온했던 로라의 행복을 송두리째 앗아간다. 배신감을 느끼면서도 남편을 사랑할 수밖에 없는 로라는 남편의 숨겨진 아이를 만나기 위해 긴 여행을 떠나고, 고통 끝에 그 아이를 자신의 세계로 받아들임으로써, 인간의 삶은 노력을 통해서는 결코 완벽해질 수 없으며, 상실과 슬픔을 메울 수 있는 것은 결국 또 다른 사랑뿐이라는 오래된 진실을 들려준다.

펄 S. 벅 지음 / 값 9,500원

피오니

**유대인 남자를 사랑해 비구니가 될 수밖에 없었던
한 중국 소녀의 가슴아픈 사랑 이야기!**

소설 《피오니》는 유대인 가정에 팔려간 어린 중국 소녀 피오니의 삶과 사랑을 다룬 이야기로, 펄 벅 특유의 인생에 대한 통찰과 인간에 대한 따스한 시선을 물씬 느낄 수 있는 아름다운 소설이다. 주인공 피오니는 주인집 아들 데이빗을 어린 시절부터 가슴깊이 연모한다. 하지만, 신분과 종교의 벽은 번번히 그녀의 사랑을 가로막는다. 게다가 데이빗은 어머니가 선택한 랍비의 딸 리아와 자신이 반한 중국 여인 쿠에일란 사이에서 갈등하는데…….

펄 S. 벅 지음 / 값 13,500원

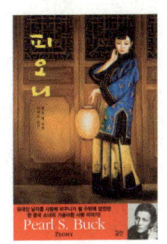

동풍서풍

동양과 서양이 맞닿는 그곳에 당신이 있다

외국에서 서양식 교육을 받고 돌아온 의학자를 남편으로 맞은 중국 여인, 퀘이란이 전통적인 동양의 방식과 자유로운 서양의 방식 사이에서 갈등하다, 조금씩 조금씩 변화해가며 균형점을 찾아가는 과정을 그린 서간체 소설. 서양 여자를 아내로 맞으려는 퀘이란의 오빠와 전통을 고수하려는 기성세대 사이의 갈등, 또 변화에 직면한 20세기 초 중국인들의 사고방식과 생활풍습을 엿보는 묘미가 쏠쏠하다.

펄 S. 벅 지음 / 값 9,500원

여인의 저택

펄 벅의 수상(受賞) 소설들의 대부분은 중국의 평민들인 농부를 주로 다루고 있다. 그러나 이 작품은 부유하고 교양있으며 깨어 있는 정서로 다양한 인간사를 경험하는 대지주 집안의 이야기를 다루고 있다. 소설은 중국의 모든 주택과 마찬가지로 단층짜리 방들로 둘러싸인 안뜰이 모여서 서로 좁은 길로 이어져 있는 대지택을 배경으로 하고 있다. 작품의 주인공인 우 씨 일가는 그 안에서 각 개인의 삶을 존중하는 가운데 삼대가 모여 산다. 독자들은 이 소설을 읽어가는 동안, 펄 벅이 중국에 대한 이야기뿐만 아니라 전 세계인 누구나 공감할 수 있는 남녀관계를 다루고 있음을 알게 될 것이다.

펄 S. 벅 지음 / 값 14,000원

싸우는 천사

작가 펄 벅이 쓴 선교사로서의 아버지의 삶을 회고한 글

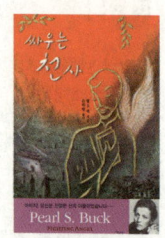

넓고 광활한 중국대륙을 복음화 시키겠다는 소명을 갖고, 중국으로 건너간 펄 벅의 아버지 선교사 앤드류는 혁명군의 총칼 아래에서도 자신의 선교의 소명을 결코 포기하지 않는 '투쟁하는 천사'였다. 그러나, 아내 캐리가 중병에 걸려 죽게 되고, 자신마저 젊은 선교사들에게 내몰려 강제 은퇴를 당할 위기에 놓이고 마는데…….

펄 S. 벅 지음 / 값 14,000원

리앙家

중국과 미국을 배경으로 이어지는 전통과 진보 사이의 갈등

20세기 초, 미국에서 자라 성인이 된 리앙가의 4형제. 첫째와 둘째는 미국에서 태어났지만 본국인 중국으로 돌아가 살고 싶어 하고, 미국인으로서의 삶이 익숙한 셋째와 넷째는 공산주의화된 중국의 현실을 보고 이에 반대한다. 결국 이들은 중국으로 건너가게 되면서 변화에 대한 욕구, 전통을 지키고자 하는 과정에서 겪게 되는 좌절, 그 갈등 사이에서 정체성을 찾아가는 여정을 엿볼 수 있다.

펄 S. 벅 지음 / 값 18,000원

세 남매의 어머니

외딴 시골 마을에 사는 한 가난한 중국 여인네의 초상화. 20세기 초 중국의 어머니를 대변하는 이 여인네는 어느 날 갑자기 남편이 떠난 이후, 여자로서의 삶을 포기하고 어머니로서의 소박한 낙을 즐기며 살아가기로 하는데……. 이어지는 불행과 비극과 가난을 겪는 가운데에도 세 남매의 어머니로 꿋꿋이 삶을 헤쳐 나가는 모습에서 우리네 어머니의 모습을 엿볼 수 있다.

펄 S. 벅 지음 / 값 12,000원

용의 자손

참혹한 전쟁의 소용돌이에 휘말린 중국 농촌마을, 그 속에서 땅과 나라를 지키려 몸부림치는 한 가족의 눈물겨운 투쟁사

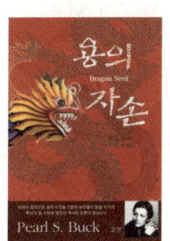

1차 세계대전의 화마를 피하고자 중립을 선언한 중국은 오히려 일본의 침략야욕에 노출된다. 폭력, 살인, 겁탈, 약탈 등 온갖 횡포를 일삼는 적군에 맞서 오로지 땅을 지켜내기 위해 싸우는 '링탄'네 가족들. 그중 남자이면서도 왜군에게 성폭행을 당해 상처받은 영혼 '라오산'이 처참한 전쟁 속에서도 하늘이 정해놓은 운명 같은 사랑을 마침내 완성해가는 모습은 인간에 대한 작가의 진한 애정을 느끼게 한다.
40여 년을 중국에서 살아온 펄 벅은 《용의 자손》을 통해 전쟁이란 윤리나 정치의 반성으로는 치유될 수 없는 상처일 뿐이라는 사실을 다시 한 번 되뇌게 하고 있다.

펄 S. 벅 지음 / 값 15,000원

중국을 변화시킨 청년, 쑨원

삼민주의를 꿈꿨던 중국 최고의 모던보이

이 소설은 중국 근대화의 아버지이자 '삼민주의'로 널리 알려진 쑨원의 격동기를 재현한 작품으로서 펄 벅의 중국 역사에 대한 농후한 통찰력을 엿볼 수 있다. 19세기 말, 외국 열강의 식민지와 다름없었던 중국에서 쑨원은 조국의 근대화와 통일이라는 거대한 목적을 이루고자 했고 일생을 바쳐 자신의 과업에 충실했다. 이 책은 쑨원의 발자취를 연대순으로 세심하게 따라가면서, 중국의 영웅으로 추앙받을 수 있었던 높은 이상과 참된 정신, 나아가 그의 인간적 고뇌를 충실하게 그려냈다.

펄 S. 벅 지음 / 값 9,000원

여신

"하나의 사랑이 또 다른 사랑의 자리를 대신할 수는 없어. 각각의 사랑이 나름대로 풍요로워질 뿐이시."

한 남자의 아내로, 아이들의 엄마로 살아온 중년 여인 에디스. 평범했던 결혼 생활이 끝나자 갑작스런 외로움과 혼란에 빠져 지내던 중 노년의 철학자와 매혹적인 청년을 만나게 되면서 한 여성으로서의 삶과 진정한 사랑을 추구하는 여정을 시작하게 된다. 여성 내면의 심리묘사가 돋보이는 자서전적이고도 철학적인 사랑에 대한 탐구.

펄 S. 벅 지음 / 값 9,500원

城의 죽음

영국의 고성古城을 뒤흔들어놓은 신대륙의 사랑!

왕의 후손으로 5백 년 넘은 스타보로 성을 상속받은 리처드 경은 전통과 영속성이라는 영국적 가치를 소중히 여기는 늙은 성주다. 그러나 바다 건너 신대륙에서 현대화의 활기찬 물결이 밀어닥치면서 성을 유지할 수 있는 수입원을 잃고 몰락하게 된다. 어느 날, 평등과 합리라는 새 가치를 추구하는 미국 청년 블레인이 이곳을 찾아든다. 얼마 안 가 그는 이 성의 비밀을 간직한 아름다운 하녀 케이트와 사랑에 빠지게 되는데……. 영국의 고성(古城)이라는 특별한 공간 안에서 풀어낸 이 소설은 수천 년간 얽혀온 성의 슬픈 비밀과 젊은 남녀의 희망적 사랑을 통해 새로운 미국적 가치와 깊은 영국적 가치의 합일에 대한 염원을 드라마틱하게 풀어가고 있다.

펄 S. 벅 지음 / 값 12,000원

건너야 할 다리

《건너야 할 다리》는 살면서 겪는 여러 일들, 그러니까 사랑과 이별, 낙천적인 소망과 슬픔, 그리움과 쓸쓸함이 잔잔하게 그린 소설이다. 자극적인 사건 없이 사람들과 부대끼면서 느끼는 감정들과 회환을 그린 소설이다. 몸 담고 있는 세상을 충실하게 껴안는 소설이면서, 눈에 보이지 않는 세상에 말을 거는 소설이다.

펄 S. 벅 지음 / 값 14,000원

어서 와요, 나의 연인

**잔잔하고도 뜨거운 갠지스 강변,
4대에 걸쳐 흐르는 영혼과 자유의 드라마!**

펄 벅의 대표작 《대지》에 비견할 만한 웅장한 스토리에 종교와 영혼의 자유라는 심도 깊은 주제를 다룬 이 작품은, 인도에서 펼쳐지는 한 가문의 4대에 걸친 잔잔하고도 열정적인 드라마를 다채롭게 수놓아간 보기 드문 대작이다.
19세기의 마지막 10년이 남은 시점, 뉴욕의 성공한 사업가인 맥카드, 사랑했던 아내 레일라를 잃고 외아들 데이빗과 인도행을 결정한다. 깊은 상실감 가운데 인도 방문에서 영적인 감복을 받은 그는 선교사를 키워 인도에 복음을 전파하고자 한다. 그러나 이는 엉뚱한 결과를 낳게 되는데…….

펄 S. 벅 지음 / 값 15,000원

타향살이

척박한 땅에 울려 퍼진 희망과 희망의 노래

이 소설은 선교를 위하여 조국을 떠난 이민자 가정에서 자란 딸의 시선으로 바라본 어머니의 삶을 그리고 있다. 가난과 굶주림, 질병과 무지로 점철된 척박한 중국 땅에서 소외된 이들을 사랑으로 어루만지고 치유하려 했던 어머니의 헌신적인 일생을 담담히 그려내고 있다.

펄 S. 벅 지음 / 값 14,000원

숨은 꽃

"주일미군 소위와 일본 여대생의 이루지 못한 사랑 이야기"

이 소설은 전후 점령군으로 일본에 부임한 미군 소위 앨런 캐네디와 꽃다운 일본 여대생 조스이 사카이의 사랑 이야기이다. 조스이에게 첫눈에 반해버린 앨런은 그녀의 사랑을 얻어내지만 두려움 없던 이들의 사랑은 미국에서 엄청난 시련을 겪게 된다. 유색인종과의 결혼을 반대하는 부모의 극심한 반대에 무릎을 꿇고 만 그들의 사랑이 남긴 것은 숨은 꽃, 아니 숨을 수밖에 없었던 아름다운 꽃 한 송이였다.

펄 S. 벅 지음 / 값 15,000원

약속

용의 자손들, 죽음과 약속의 땅 버마로 향하다!

일본의 식민지배 하에서 강인한 군인으로 성장한 라오산은 '승'이라는 새로운 이름으로 운명의 연인 메이리와 버마 밀림의 전장에 몸을 던진다. 언제 끝날지 모르는 전쟁의 고통과 약속 없는 미래 속에서도 두 사람은 서로를 의지한 채 사랑을 키워가는데…….
이 작품은 세계1차대전의 소용돌이에 휘말린 링탄 가족의 눈물겨운 역사를 그려낸 《용의 자손》의 2부 격으로, 참혹한 포화 속에서도 약속의 땅을 개척해가는 두 젊은이의 운명적 사랑, 그리고 목숨을 건 투쟁을 그려낸 또 하나의 역작이다.

펄 S. 벅 지음 / 값 15,000원

오피스 와이프

뉴욕 9번가 고층 빌딩의 사무실
또 하나의 아슬아슬한 사랑이 시작된다!

사랑과 사회적 성공은 누구나 거머쥐고 싶어 하는 인생 최고의 선물이다. 나아가 이 두 가지를 모두 갖추고 싶어 하는 것은 비단 남자들뿐만이 아니다.
1930년 미국에서 대성공을 거둔 이 책 『오피스 와이프』는 '여성의 사회진출'이라는 현대적 코드를 일터에서 일과 사랑을 동시에 거머쥐고 싶어 하는 여비서 앤 머독과 그녀와 사랑에 빠진 회사 사장 펠로스 두 사람의 이야기로 흥미진진하고 아기자기하게 풀어가고 있다.

페이스 볼드윈 지음 / 값 13,900원

살아있는 갈대

'고결한 사람들이 사는 보석 같은 나라'
한국에 전하는 위대한 유산!

뉴욕타임즈 등 유수 언론에서 '대지 이후 최고의 걸작', 펄벅이 한국에 보내는 애정의 선물'이라는 찬사를 받은 이 작품은 한국 구한말부터 해방까지 이어지는 한 가족의 4대의 비극적 역사를 시종일관 밀착된 시선으로 그려내고 있다. 작품 전체에 한국에 대한 작가의 특별한 관심이 녹아 있고, 일제강점기에 놓인 한국인에 대한 치밀한 묘사와 철저한 고증이 돋보여 이 시대를 살피고자 하는 이들에게는 반드시 읽어야 할 필독서로 자리 잡았다.

펄 S. 벅 지음 / 값 18,000원

• 펄 벅의 대지 3부작

대지 상

펄 벅의 대지, 그 뜨거운 감동을 다시 만난다!

혼란스러웠던 청나라 말기를 배경으로 격랑 속에서도 묵묵히 흙을 일구며 살아가는 농부 왕룽의 일생을 유려하고 장대하게 그려낸 펄벅의 대표작. 작가에게 노벨문학상의 영광을 안겨준 대지 3부작의 1편으로서 사회적 변화가 몰고 온 고난에 맞서 싸우는 인간의 의지, 흙에서 태어나 흙에서 죽어가는 인간의 운명을 감동적으로 그려내고 있다.

펄 S. 벅 지음 / 값 15,000원

대지
(아들들)

왕룽의 세 아들들, 서로 다른 발자국들

대지 3부작의 두 번째 작품. 이 책은 각각 다른 왕룽 일가 세 아들들의 행보를 통해 격랑의 시기 속에서 좌절하고 동시에 단련되는 인간의 삶을 조명한다. 특히 농부의 자식으로 태어나 군벌 지도자로 성장한 야망 넘치는 막내아들 왕후의 발자취는 한때 빛났지만 허망하게 스러지는 삶의 유한성을 극적으로 보여준다.

펄 S. 벅 지음 / 값 15,000원

대지
(분열된 일가)

3대로 이어지는 흙과 땅의 노래

대지 3부작의 완결편. 왕룽의 손자이자 왕후의 아들인 왕위완을 중심으로 변화의 물결 속에서 고군분투하는 젊은이들의 일대기를 그리고 있다. 야망 넘치는 장군이었던 아버지 왕후와 달리 땅에 대한 깊은 애착을 간직한 채 신(新) 지식인으로 성장한 왕위완이 겪어내는 시대적 갈등과 애틋한 사랑, 고독하고 운명적인 자아 찾기의 여정이 흥미롭다.

펄 S. 벅 지음 / 값 15,000원

펄 벅 시리즈

노벨문학수상작가
펄 벅이 돌아오다!

따뜻한 사랑과 화해를 향한 갈구, 역사와 인간에 대한 깊이 있는 시선으로
20세기의 고전을 빚어낸 "꿈의 스토리텔러 펄 벅"

이야기 성서
연인 서태후
양 부인과 세 딸
새해
동풍서풍
싸우는 천사
세 남매의 어머니
청년 쑨원
城의 죽음
어서 와요, 나의 연인
숨은 꽃
살아있는 갈대

사탄은 잠들지 않는다
열두 가지 이야기
만다라
피오니
여인의 저택
리앙家
용의 자손
여신
건너야 할 다리
타향살이
약속
「대지 3부작」
 - 대지 상
   대지 중 아들들
   대지 하 분열된 일가

펄벅문화원 Pearl S. Buck Literary Institute

```
살아있는 갈대 / 펄 S. 벅 ; 장왕록·장영희 옮김. 고양 : 갈산, 2014

648P. ; 125×187mm

영어서명 : The Living Reed
원저자명 : Buck, Pearl Sydenstricker
영어 원작을 한국어로 번역
미국 소설[美國小說]
ISBN    978-89-91291-34-8  03810 : ₩18000

843-KDC5         813.52-DDC21              CIP2014010641
```